야만스러운
　　탐정들

야만스러운 탐정들 ❶

로베르토 볼라뇨 장편소설

우석균 옮김

LOS DETECTIVES SALVAJES by ROBERTO BOLAÑO

Copyright (C) 1998, Roberto Bolaño
All rights reserved.
Korean translation copyright (C) 2012, The Open Books Co.
This edition is published by arrangement with Carolina López Hernández,
as representative of the literary estate of Roberto Bolaño
c/o The Wylie Agency (UK) Ltd. through Shinwon Agency Co.

COVER ARTWORK by AJUBEL (ALBERTO MORALES AJUBEL)

Copyright (C) 2012, Alberto Morales Ajubel and The Open Books Co.
All rights reserved.

이 책은 실로 꿰매는 정통적인 사철 방식으로 만들어졌습니다.
사철 방식으로 만든 책은 오랫동안 보관해도 손상되지 않습니다.

서로 닮는 행운을 지닌
카롤리나 로페스와 라우타로 볼라뇨에게

「당신은 멕시코의 구원을 원하십니까?
그리스도가 우리의 왕이기를 원하십니까?」
「아니요.」

                                                  맬컴 라우리

제1권

I. 멕시코에서 길을 잃은
멕시코인들(1975)

11

II. 야만스러운 탐정들
(1976~1996)

217

제 2 권

II. 야만스러운 탐정들
(1976~1996) (계속)

477

III. 소노라의 사막들 (1976)

899

옮긴이의 말
세기말, 야만, 폐허

983

로베르토 볼라뇨 연보

991

I
멕시코에서 길을 잃은 멕시코인들(1975)

11월 2일

내장(內臟) 사실주의에 동참하지 않겠느냐는 친절한 제안을 받았다. 물론 나는 수락했다. 통과의례는 없었다. 그게 더 낫다.

11월 3일

내장 사실주의가 뭔지 잘 모르겠다. 나는 열일곱 살이고, 이름은 후안 가르시아 마데로, 법대 첫 학기를 다니고 있다. 법학보다 문학을 공부하고 싶었지만 숙부가 고집을 피워 마지못해 받아들였다. 나는 고아다. 변호사가 되겠다고 숙부님과 숙모님에게 말씀드리고는 방에 처박혀 밤새도록 울었다. 아니 적어도 오랫동안 울었다. 그 후 체념했다는 듯이 영광스러운 법학 대학에 입학했다. 하지만 한 달 뒤 인문대의 훌리오 세사르 알라모 시 창작 교실에 가입했다. 그리하여 내장 사실주의자들을 알게 되었다. 그들을 알기 전까지 나는 네 차례 창작 교실에 갔고 항상 아무 일도 일어나지 않았다. 말이 그렇지 곰곰이 생각해 보면 항상 무슨 일이 있었다. 우리는 각자 시를 읽고, 알라모는 기분에 따라 칭찬하기도 하고 박살 내기도 했다. 누가 자기 시를 읽으면 알라모가 비판하고, 다른 사람이 읽어도 비판하고, 또 다른 사람이 읽어도 비판했다. 가끔 알라모는 따분해져서 우리도(그때까지 자기 시를 읽지 않은 사람들) 비평을 하라고 시켰다. 그러면 우리는 비평을 하고, 알라모는 신문을 읽었다.

그 방법은 누구도 서로 친구가 되지 못하게 만들거나 혹은 원한에 기초한 불건전한 우정을 낳는 데 이상적이었다.

게다가 알라모가 늘 비평을 언급하지만, 나로서는 그가 훌륭한 비평가라고 말하지 못하겠다. 이제 와서 생각하면 알라모는 말을 하기 위해 말했다. 그는 정통하지는 못해도 완곡어법이 무엇인지는 알았다. 그러나 (다들 알다시피 고전적인 율격에서 5음보 체계를 말하는) 펜타포디아도 모르고, (11보격의 팔레치오와 비슷한 시행인) 니카르케오가 무엇인지도 모르고, (1연 4행으로 이루어진) 테트라스티코가 무엇인지도 몰랐다. 알라모가 모르는 줄 내가 어찌 아느냐고? 왜냐하면 창작 교실에 간 첫날 이를 물어보는 실수를 저질렀기 때문이다. 내가 무슨 생각에 그랬는지 모르겠다. 이런 것들 따위를 시시콜콜 아는 유일한 멕시코 시인은 (우리의 커다란 적인)

---

1 Octavio Paz(1914~1998). 1990년 노벨 문학상을 받은 멕시코의 시인, 비평가, 사상가. 멕시코 문단과 문화계에서 가장 강력한 영향력을 발휘했다.

2 *rispetto*. 연인을 향한 애정과 존경심을 내용으로 하는 이탈리아의 민요 또는 민요풍의 노래.

3 스페인어로 〈존중〉은 〈레스페토*respeto*〉로 발음된다.

4 1행과 3행이 운율을 이루고, 2행과 4행이 운율을 이루는 형식.

옥타비오 파스[1]뿐 나머지 사람들은 아무 생각 없다. 적어도 울리세스 리마가, 내가 내장 사실주의 대열에 합류하고 우호적으로 받아들여진 직후에 그렇게 말했다. 이내 깨달았지만 그런 질문들을 알라모에게 한 것은 내가 촉각이 무디다는 증거이다. 처음에는 알라모가 내게 지은 미소가 감탄의 미소인 줄 알았다. 그러나 이윽고 경멸의 미소에 가깝다는 것을 깨달았다. 멕시코 시인들은 (내 생각에는 대부분의 시인들은) 자신의 무지를 일깨워 주는 것을 증오한다. 하지만 나는 움츠러들지 않았다. 두 번째 수업에서 알라모가 내 시 두 편을 박살 내자, 나는 리스페토[2]가 무엇인지는 아느냐고 물었다. 알라모는 내 시에 대한 존중을 요구하는 줄 알고,[3] 모든 젊은 시인 등등이 통과해야 하는 지뢰밭인 객관적 비평(또 꼴값 떤다)에 대해 설파했다. 하지만 나는 말을 끊고, 내 비록 얼마 살지는 못했지만 한 번도 내 빈약한 창작물에 대한 존중을 요구한 적 없음을 분명히 하고, 이번에는 최대한 명료하게 발음하려고 노력하면서 다시 똑같은 질문을 했다.

「짜증나게 하지 말게, 가르시아 마데로.」 알라모가 말했다.

「친애하는 선생님, 리스페토는 서정시의 일종, 더 정확히 말하자면 사랑시의 일종입니다. 스트람보토와 유사한데 6~8행의 11음절 시행으로 구성되죠. 첫 4행은 세르벤테시오 형태[4]로, 나머지 시행들은 2행씩 짝을 이루면서요. 예를 들면……」 내가 한두 가지 예를 들려고 할 때, 알라모가 자리를 박차고 일어나 토론이 끝난 셈 쳤다. 그 뒤에 일어난 일은 기억이 흐릿하다(나는 기억력이 좋은데도). 알라모와 창작 교실 동료들 너덧 명의 웃음은 기억난다. 아마도 알라모가 나를 씹는 농담에 웃음을 터뜨렸으리라.

다른 사람 같으면 다시는 창작 교실에 발을 디디지 않았을 텐데, 그런 불행한 기억에도 불구하고(혹은 그 일을 기억하지 못해서였을지도 모른다. 그 일을 기억하는 만큼이나, 혹은 그 이상 불행한 일이지만) 나는 그다음 주에 평소처럼 시간을 딱 맞춰 그곳에 갔다.

운명이 나를 그곳에 다시 가게 한 것 같다. 알라모의 창작 교실 다섯 번째 수업이었고(하지만 여덟 번째나 아홉 번째 수업일 수도 있다. 최근 나는 시간이 고무줄처럼 제멋대로 줄었다 늘었다 하는 것을 깨달았다), 아무도 이유를 정확히 설명할 수 없었지만 비극의 교류 전류인 긴장감이 감돌았다. 무엇보다도 처음에 등록한 시인 지망생 일곱 사람 모두가 참석했다. 이전 모임 때는 없던 일이다. 또한 우리 모두 신경이 곤두서 있었다. 여느 때는 평온하기 짝이 없는 알라모도 그랬다. 나는 잠시 학교에 무슨 일이 있었으려니 했다. 내가 미처 몰랐던 총격이라든가 기습 파업, 학장 암살, 철학 교수 납치 등의 일이. 하지만 그런 일은 전혀 없었고, 사실 누구도 신경을 곤두세울 이유가 없었다. 적어도 객관적으로는 그럴 만한 이유가 없었다. 하지만 시(진정한 시)란 그런 것이다. 감지되고, 공기 속에 예고된다. 특별히 예민한 동물들이(뱀, 애벌레, 쥐, 몇몇 새 종류) 지진을 미리 감지하듯. 그 후 일이 급박하게 돌아갔다. 저속하다 타박할지 모르겠지만, 뭔가 경이롭다 할 일이다. 두 사람의 내장 사실주의 시인들이 왔고, 알라모는 마지못해 그들을 우리에게 소개했다. 개인적으로는 한 사람만 알 뿐이고, 또 한 사람은 이야기만 들었거나, 들어 본 이름이거나, 누군가 그 사람 이야기를 해준 적이 있는 모양이었다. 어쨌든 알라모는 그 사람도 우리에게 소개했다.

두 사람이 창작 교실에서 무엇을 노렸는지는 모르겠다. 그 방문은 홍보나 신도 모으기의 성격도 다소 있지만 분명 전투적인 성격이 있었다. 처음에 내장 사실주의자들은 침묵을 지키거나 신중했다. 알라모도 약간 빈정대기는 했지만 나름대로 외교적 태도를 견지하며 사건을 기다렸다. 그러나 낯선 이들의 수줍음에 차츰 자신만만해지더니 30분이 지나자 창작 교실은 원래 모습 그대로가 되었다. 그때 전투가 시작되었다. 내장 사실주의자들은 알라모의 비평을 문제 삼았다. 알라모도 내장 사실주의자들을 초현실주의자들의 아류나 사이비 마르크스주의자라고 비판했다. 창작 교실 학생 중 다섯 명이 알라모를 지지했다. 즉, 늘 루이스 캐럴의 책을 끼고 다니는, 거의 말이 없는 깡마른 어린 놈 하나와 나를 제외하고는 전부가 알라모를 지지한 것이다. 솔직히 놀랐다. 금욕주의적인 태도로 그의 신랄한 비판을 감내하던 바로 그놈들이 이제 (내게는 놀랍게도) 알라모의 가장 충실한 옹호자라는 사실이 드러났기 때문이다. 그 순간 나는 재를 뿌리기로 작정하고 알라모가 리스페토도 모르는 인간이라고 비난했다. 내장 사실주의자들은 솔직하게 자기들도 모른다고 인정했지만, 내 지적은 온당하다는 표명을 했다. 그들 중 하나가 내게 몇 살인지 물었다. 나는 열일곱 살이라고 대답한 뒤 리스페토가 무엇인지 다시 한 번 설명하고자 했다. 알라모는 격분해서 얼굴이 시뻘겋게 되었다. 창작 교실 동료들은 현학적이라고 나를 비판했다(그중 한 놈은 나더러 전통주의자란다). 내장 사실주의자들은 나를 옹호했다. 나는 이판사판으로 알라모와 창작 교실 동료들에게 적어도 니카르케오나 테트라스티코가 뭔지는 기억하느냐고 물었다. 아무도 답하지 못했다.

내 희망과 달리 논쟁은 전면적인 난투극으로 끝나지 않았다. 그랬으면 더 좋았을 것을. 창작 교실 동료 한 놈이 울리세스 리마에게 언젠가 면상을 짓이겨 놓겠노라 했지만 결국 폭력적인 일은 전혀 일어나지 않았다. 그래도 나는 그 위협에 맞서(다시 말하지만 나를 향한 위협은 아니었다) 원한다면 언제든지 캠퍼스 아무 데서나 맞짱 뜰 용의가 있노라고 큰소리쳤다.

문학의 밤의 폐막은 놀라웠다. 알라모가 울리세스 리마에게 창작시를 한 편 읽어 보라고 도발했다. 울리세스 리마는 서슴없이 잠바 호주머니에서 꼬깃꼬깃하고 구질구질한 종이 몇 장을 꺼냈다. 헉, 이 작자가 혼자 늑대 아가리 속으로 들어가네. 내가 생각했다. 나는 순전히 울리세스 리마가 창피당할까 봐 눈을 감았던 것 같다. 시를 읽을 때가 있고 권투를 할 때가 있는 법이다. 내게는 그 순간은 권투를 위한 순간이었다. 앞서 말한 것처럼 나는 눈을 감았고 리마가 목청을 가다듬는 소리가 들렸다. 리마의 주위에 형성 중인 뭔가 어색한 침묵을 들었다(침묵을 듣는다는 게 가능한 일인지는 모르겠으나). 마침내 울리세스가 이제껏 내가 들어 본 것 중에 가장 훌륭한 시를 낭송하는 목소리가 들렸다. 그 후 아

---

5 멕시코 북서부의 주로 미국과 국경을 접하고 있다.

르투로 벨라노가 일어나 내장 사실주의자들이 발간하려는 잡지에 참여할 시인들을 찾으러 다니는 중이라고 말했다. 다들 참여하고 싶었을 텐데, 논쟁 후라 다소 겸연쩍었는지 아무도 입을 열지 않았다. 창작 교실 수업이 끝났을 때(여느 때보다 늦게), 나는 그들과 버스 정류장까지 함께 갔다. 너무 늦어서 버스가 끊겼다. 그래서 우리는 함께 미니버스를 타고 레포르마 대로까지 갔고, 거기서 부카렐리 가의 어느 바까지 걸어가 아주 늦게까지 시를 논했다.

나는 명확하게 파악한 것이 별로 없었다. 그룹 이름은 어찌 보면 장난이고 어찌 보면 대단히 진지하다. 오래전 내장 사실주의자라고 불린 멕시코 전위주의 그룹이 있었던 것 같은데, 그들이 작가인지 화가인지 기자인지 혁명가인지는 모르겠다. 확실하지는 않지만 1920년대나 1930년대에 활동한 듯싶다. 물론 그 그룹에 대한 이야기는 한 번도 듣지 못했다. 그러나 이는 문학에 대한 내 무지 탓일 수도 있다(이 세상 모든 책이 내가 읽어 주기를 기다리고 있다). 아르투로 벨라노에 따르면 내장 사실주의자들은 소노라 주[5] 사막에서 사라졌다. 그 뒤 그들은 세사레아 티나헤로 혹은 세사레아 티나하라는 인물에 대해 언급했다. 나는 그때 맥주 몇 병 때문에 종업원과 소리소리 지르며 다투던 중이라 정확한 이름이 기억나지 않는다. 그리고 그들은 로트레아몽 백작의 『시 *Poésies*』를 티나헤로라는 이와 연관 지어 논했고, 리마는 묘한 단언을 했다. 현재의 내장 사실주의자들이 퇴보하고 있다는 것이다. 어떻게 퇴보하는데? 내가 물었다.

「한 점을 바라보지만 똑바로 뒷걸음질 치면서 멀어져

가고 있어. 어딘지도 모르는 곳을 향해.」

나는 전혀 이해가 되지 않았지만 그런 식으로 걷는 것은 완벽한 것 같다고 말했다. 그런데 잘 생각해 보면 걷는 방법으로는 최악이다.

나중에 다른 시인들이 왔다. 몇몇은 내장 사실주의자들이고 몇몇은 아니었다. 난리 법석이었다. 잠시 벨라노와 리마가 우리 탁자로 다가온 온갖 잡놈과 대화를 나누다가 나를 잊어버린 줄 알았다. 그러나 동이 틀 무렵 그들은 나더러 한패거리가 되고 싶은지 물었다. 〈그룹〉이니 〈운동〉이라는 용어를 쓰지 않고 〈패거리〉라고 해서 마음에 들었다. 나는 물론이라고 답했다. 아주 간단했다. 그들 중 하나인 벨라노가 내게 악수를 청하고, 이미 내가 한패라고 말하고, 다 같이 란체라[6] 한 곡을 불렀다. 그게 다였다. 노래 가사는 멕시코 북부의 벽촌들과 한 여인의 눈에 대한 것이었다. 나는 길거리에서 토하기 전에 그 눈이 세사레아 티나헤로의 눈인지 물었다. 벨라노와 리마는 나를 바라보면서, 내가 벌써 의심할 바 없는 내장 사실주의자이고, 그들과 내가 라틴 아메리카 시를 바꾸리라고 말했다. 아침 6시 나는 이번에는 혼자서 미니버스를 타고, 내가 살고 있는 콜로니아[7] 린다비스타까지 실려 왔다. 오늘은 학교에 가지 않았다. 시를 쓰면서 하루 종일 방에 처박혀 있었다.

---

6 19세기에 발생하여 20세기에 확산된 멕시코 민요의 대표적인 장르.
7 우리 나라의 〈동〉 정도에 해당되는 행정 단위.
8 다양한 음식을 두꺼운 옥수수 전병에 싸서 먹는 멕시코 음식.

11월 4일

 부카렐리 가의 바에 다시 갔지만 내장 사실주의자들은 나타나지 않았다. 그들을 기다리면서 책을 읽고 글을 썼다. 바의 단골손님들, 조용하다 못해 섬뜩한 취객들이 내게서 눈을 떼지 않았다.

 다섯 시간의 기다림의 결과는 맥주 네 병, 테킬라 네 잔, 반쯤 남긴 소페스[8] 한 접시(음식 재료가 반쯤 썩어 있었다), 알라모의 마지막 시집 통독(새로운 친구들과 함께 알라모를 대놓고 비웃고자 이 책을 가지고 갔다), 울리세스 리마의 문체, 아니 더 정확히 말하자면 울리세스 리마의 시 중 유일하게 알고 있는 시, 그것도 읽어서가 아니라 들어서 알고 있는 시의 문체로 쓴 일곱 편의 글(첫 번째는 관 냄새가 나는 소페스, 두 번째는 파괴된 캠퍼스, 세 번째는 내가 수많은 좀비 틈에서 벌거벗고 뛰고 있는 캠퍼스, 네 번째는 연방 수도 멕시코시티의 달, 다섯 번째는 죽은 가수, 여섯 번째는 차풀테펙 공원 하수구에 거주하는 비밀 결사, 일곱 번째는 잃어버린 책과 우정에 대한 글이었다), 그리고 심신의 고독함이었다.

 취객 두어 명이 시비를 걸었지만, 내가 나이는 어려도 한성질 하는지라 누구에게도 기죽지 않고 맞설 수 있다. 여종업원 하나가(이름이 브리히다라는 것을 알게 되었으며, 내가 벨라노와 리마와 그곳에서 보낸 밤을 기억한다고 말했다.) 내 머리카락을 쓰다듬었다. 다른 테이블의 주문을 받으러 가는 길에 어쩌다 그런 것처럼 그랬다. 나중에는 잠시 나와 같이 앉아 내 머리가 너무 길다고 말했다. 싹싹한 여자였지만 나는 대답을 하지 않았다. 새벽 3시에 집에 돌아왔다. 내장 사실주의자들은 결국 나타나지 않았다. 더 이상 그들을 볼 수 없는 것일까?

11월 5일

친구들 소식이 없다. 이틀 전부터 학교에 가지 않았다. 알라모의 창작 교실에도 다시 가지 않을 작정이다. 오늘 오후에는 (부카렐리 가에 있는 바인) 〈엔크루시하다 베라크루사나〉에 다시 갔으나 내장 사실주의자들은 흔적도 없었다. 이런 종류의 업소가 오후나 밤, 심지어 아침 등 찾아가는 시간에 따라 변화무쌍한 점이 흥미롭다. 아예 다른 바라고 할 수 있을 정도이다. 오늘 오후 그 업소는 실제보다 훨씬 더 지저분해 보였다. 밤의 섬뜩한 작자들은 아직 모습을 드러내지 않았고, 그보다는 북적거리는 것을 피하는, 좀 더 신원이 확실하고 조용한 손님들이 있었다. 아마도 공무원일 만취 상태의 하급 사무원 셋, 바구니가 빈 바다거북 알 장수 하나, 고등학생 둘, 테이블에 앉아 엔칠라다[9]를 먹는 머리가 희끗한 남자 하나. 여종업원들도 다르다. 오늘 있던 세 여종업원은 처음 보았다. 그런데도 하나가 다가와 갑자기 말했다. 네가 시인이군. 그렇게 말해 당혹스러웠지만, 한편으로 기분 좋았음을 인정해야겠다.

「그래요. 시인이에요, 아가씨. 그런데 어떻게 알죠?」

「브리히다가 네 이야기를 했거든.」

브리히다, 그 종업원이!

---

9 타코와 유사하지만 고추 소스를 많이 친 멕시코 음식.
10 멕시코에서 국모처럼 숭배되는 성모.

「무슨 이야기를 했는데요?」

아직 말을 놓지 못하고 내가 말했다.

「네가 아주 예쁜 시를 쓴다고.」

「브리히다가 알 리가 없는데요. 내 시를 읽은 적이 없으니.」

얼굴이 조금 빨개지면서, 하지만 대화의 방향에 점점 더 만족스러워하면서 내가 말했다. 브리히다가 내 시를 몇 편 읽었을지도 모른다는 생각도 들었다. 어깨너머로! 별로 마음에 드는 행동은 아니지만.

(로사리오라는 이름의) 그 종업원이 부탁 하나 들어 줄 수 있는지 물었다. 숙부가 (마르고 닳도록) 일러 준 대로 〈봐서요〉라고 대답해야 했는데, 내 성격 그대로 말해 보라고, 무슨 부탁이냐고 말했다.

「시 한 편 써주었으면 해.」

로사리오가 말했다.

「문제없지. 조만간 써줄게.」

처음으로 반말로 말했고, 호기롭게 테킬라 한 잔을 더 시켰다.

「내가 살게. 대신 지금 써줘.」

그녀의 말에 나는 시는 그런 식으로 쓸 수 있는 것이 아님을 설명해 주고자 했다.

「뭐가 그리 급한데?」

그녀의 설명은 다소 모호했다. 사라졌다가 다시 나타난 가족 한 사람, 아주 사랑하고 그리워하던 그 사람의 건강과 관련해서 과달루페 성모[10]에게 한 약속 때문인 것 같았다. 대체 시와 무슨 상관이람? 잠시 내가 너무 많이 마셨다는 생각이 들었다. 여러 시간 동안 식사를 하지 않아서 알코올과 굶주림이 현실에서 나를 유리시키고 있었다. 하지만 곧 그리 대단한 일 아니라는 생각이 들었다. 시 쓰기에서 내장 사실주의가 고수하는 전제 중 하나가, 내 기억이 틀리지 않는다면(사실 확실히 그렇다고 장담하지는 못하겠다), 특정 현실과의 잠정적 단절이었다. 어쨌든 그 시각에는 바에 손님이 별로 없어서 다른 여종업원 둘도 점점 내 테이블에 접근했다. 그녀들에게 둘러싸인 나는 분명 결백한(진짜로 결백한) 자세를 취하고 있지만, 무슨 상황인지 모르는 구경꾼, 예컨대 경찰이 오면 그리 생각하지 않을 것이다. 앉아 있는 학생 하나와 옆에 서 있는 여자 셋, 한 여자는 오른쪽 엉덩이를 남자 왼쪽 어깨와 왼팔에 대고 있고, 다른 둘은 허벅지를 테이블 가장자리에 대고 있었으니(테이블 때문에 아마 허벅지에 자국이 났으리라) 문학에 대한 결백한 대화를 나누었지만, 문가에서 바라보면 다른 장면으로 보일 수도 있었으리라. 가령 자기 창녀들과 한창 이야기 중인 포주나, 몸이 달아올라 유혹당할 준비가 된 학생으로 말이다.

나는 이쯤 하기로 했다. 적당한 때에 일어나 돈을 내고, 브리히다에게 다정한 안부 인사를 남기고 그곳에서 나왔다. 거리의 태양에 잠시 눈이 부셨다.

11월 6일

오늘도 학교에 가지 않았다. 일찍 일어나 멕시코 국립 자치 대학으로 가는 버스를 탔지만, 학교에 도착하기 전에 내려 거의 오전 내내 시내를 쏘다녔다. 먼저 엘 소타

---

11 Pierre Louÿs(1870~1925). 프랑스의 소설가, 시인.

노 서점에 들어가 피에르 루이[11]의 책을 한 권 샀다. 그리고 후아레스 로를 건너 햄 샌드위치를 사서 알라메다 대로의 벤치에 앉아 책을 읽으면서 먹었다. 루이의 글, 특히 삽화 때문에 말 좆이 되어 버렸다. 일어나서 자리를 뜨려고 했으나, 그런 발기 상태로는 남의 시선을 끌지 않고 걷기가 불가능했다. 여자들뿐만 아니라 보행자 모두가 난리일 것이었다. 그래서 나는 다시 앉아 책을 덮고, 잠바와 바지에 묻은 빵 부스러기를 털었다. 나뭇가지 사이를 은밀하게 넘나드는 다람쥐 같은 것을 오랫동안 바라보았다. (대략) 10분이 지나고서야 다람쥐가 아니고 쥐라는 것을 알아차렸다. 거대한 쥐! 그 발견은 나를 온통 슬프게 했다. 그곳에 꼼짝하지 못하는 내가 있고, 20미터 거리에는 나뭇가지를 꼭 붙들고 있는 배고픈 쥐가 새알 혹은 (그럴 리는 없지만) 나무 꼭대기까지 바람에 휩쓸려 간 빵 부스러기 등등을 찾고 있었다. 참담함이 목구멍까지 치밀어 구역질이 났다. 토하기 전에 나는 일어나 뛰었다. 5분을 꽤 빠른 속도로 뛰고 나니 발기가 가라앉았다.

저녁에는 (내가 사는 거리와 한 블록을 사이에 두고 있는) 코라손 가에서 축구 시합을 보았다. 축구를 하던 이들은 어릴 적 친구들이었다. 그렇게 말하기엔 좀 멋쩍기도 하지만. 대부분 아직 고등학교를 다니고 있었고, 몇몇은 공부를 그만두고 부모님과 일하거나 백수였다. 내가 대학에 들어간 뒤부터 우리 사이를 갈라놓은 해자가 갑자기 넓어져서, 지금은 두 개의 다른 별에 사는 사이가 됐다. 나도 같이 축구를 하자고 부탁했다. 거리의 불빛이 별로 밝지 않아서 공이 거의 보이지 않았다. 게

다가 이따금 차가 지나가서 경기를 중단해야 했다. 나는 두 번 차이고 공에도 한 번 얼굴을 맞았다. 그걸로 충분했다. 피에르 루이의 책을 조금 더 읽고 자야겠다.

11월 7일

멕시코시티 인구는 1천4백만 명이다. 다시는 내장 사실주의자들을 보지 못하리라. 학교도 알라모의 창작 교실에도 그만 갈 것이다. 숙부, 숙모와 어떻게 이야기할지 생각해 봐야겠다. 루이의 책 『아프로디테*Aphrodite*』를 다 읽고, 지금은 내 장래의 동료인 죽은 멕시코 시인들을 읽는 중이다.

11월 8일

경이로운 시를 발견했다. 저자인 에프렌 레보예도(1877~1929)에 대해서는 문학 강의 시간에 한 번도 들은 적이 없다. 그 시를 여기 옮긴다.

흡혈귀

질고 굵은 네 곱슬머리가
앳된 몸매를 따라 강물처럼 흐르고,
굽이굽이 새카맣게 흐르는 그 물결에
내 입맞춤에 활활 타오른 장미 꽃송이들이 흩어지네.

촘촘한 테들을 헤치던 중
네 부드럽고 차가운 손길이 문득 느껴져,
몸서리가 길게 온몸을 훑고

뼛속까지 파고드네.

눈 둘 데를 몰라 흔들리는 네 눈동자가,
창자를 찢어발기며 터져 나오는
신음 소리를 들으며 번득이네.

나는 죽어 가는데 갈증에 사로잡힌 너.
끓어오르는 내 피를 빨아먹는
검고 끈덕진 흡혈귀처럼.

 (몇 시간 전에) 처음 이 시를 읽었을 때 나는 방문을 걸어 잠그고 자위를 하면서 한 번, 두 번, 세 번, 그리고 열 번 혹은 열다섯 번까지 이 시를 낭송했다. 그러면서 내 위에 올라탄 웨이트리스 로사리오가 사랑하고 그리워하는 사람을 위해 시를 써달라고 부탁하는 장면, 혹은 불끈 솟은 내 성기를 박아 달라고 애원하는 장면을 떠올렸다.
 욕정이 가라앉고 나서야 시에 대해 생각할 수 있었다. 〈굽이굽이 새카맣게 흐르는 그 물결〉은 다른 해석의 여지는 없는 것 같았다. 2연 첫째 행인 〈촘촘한 테들을 헤치던 중〉은 그렇지 않았다. 〈굽이굽이 새카맣게 흐르는 그 물결〉을 하나하나 펴거나 푸는 것을 뜻할 수도 있지만, 〈헤치다〉라는 동사가 다른 의미를 숨기고 있을 수도 있다.
 〈촘촘한 테〉 역시 그리 명료하지는 않다. 음부의 털을 말하는 것일까, 흡혈귀 머리카락을 말하는 것일까? 아니면 육체의 〈다른〉 구멍들을 말하는 것일까? 단적으로 말해 똥창을 쑤신다는 말인가? 피에르 루이의 책을 읽은 영향이 아직 남아 있는 듯하다.

11월 9일

엔크루시하다 베라크루사나에 다시 가보기로 했다. 내장 사실주의자들을 만날 수 있을까 싶어서가 아니라 로사리오를 한 번 더 보기 위해서였다. 그녀를 위해 시를 몇 편 썼다. 그녀의 눈과 멕시코의 끝없는 지평선에 대해, 버려진 성당과 국경으로 가는 길의 신기루에 대해서. 까닭은 알 수 없으나 나는 로사리오의 고향이 베라크루스 주나 타바스코 주, 심지어 유카탄 주일 것이라고 생각한다.[12] 로사리오가 그런 이야기를 했던 것도 같지만 순전히 나만의 상상일 수도 있다. 어쩌면 그런 착각은 바의 이름에서 비롯된 것일 뿐, 실제로는 로사리오가 베라크루스나 유카탄이 아니라 멕시코시티 태생일 수도 있다. 어쨌든 나는 그녀의 고향과(비록 점점 더 회의가 들지만 그녀가 베라크루스 출신이라는 가정하에) 정반대인 지역을 연상시키는 시들이 더 낫겠다고 생각했다. 적어도 내 의도는 그랬다. 될 대로 되라지.

오늘 아침에는 내 인생을 생각하면서 라 비야 주변을 배회했다. 앞날이 전도양양하지는 않은 것 같다. 특히 계속 수업을 빼먹으면. 하지만 정말 걱정스러운 것은 내 성 교육 상태다. 딸이나 잡으면서 인생을 보낼 수는 없다(시 창작 학습 상황도 걱정스럽기는 매한가지이

---

12 〈엔크루시하다 베라크루사나〉는 〈베라크루스의 갈림길〉이라는 뜻이다. 타바스코와 유카탄은 베라크루스와 인접해 있으며 세 주 모두 멕시코 만 연안에 위치해 있다.

지만 여러 가지 문제를 한꺼번에 고민하지 않는 것이 좋겠다). 로사리오에게 애인이 있을까? 애인이 있다면 질투가 심하고 소유욕이 강한 자일까? 유부녀로 보기에는 너무 젊지만, 그 가능성도 배제할 수는 없다. 내가 그녀 마음에 든 것 같다. 그건 분명하다.

11월 10일

내장 사실주의자들을 발견했다. 로사리오는 베라크루스 출신이다. 내장 사실주의자들 모두가 내게 자기들 주소를 주었고, 나도 모두에게 내 주소를 주었다. 모임은 부카렐리 가에서 엔크루시하다 베라크루사나보다 조금 더 위쪽에 있는 카페 키토와 콜로니아 콘데사에 있는 마리아 폰트의 집, 혹은 콜로니아 코요아칸에 있는 화가 카탈리나 오하라의 집에서 열린다(마리아 폰트, 카탈리나 오하라 등의 이름은 뭔가를 연상시키지만 아직 그것이 무엇인지는 모르겠다).

모임은 비극으로 끝날 뻔했지만 무사히 마무리되었다.

자초지종은 이러했다. 나는 엔크루시하다 베라크루사나에 저녁 8시쯤 도착했다. 술집은 만원이었는데 손님들은 더할 나위 없이 궁색하고 섬뜩한 사람들뿐이었다. 심지어 한쪽 구석에는 아코디언을 연주하며 노래를 부르는 맹인도 있었다. 하지만 나는 기죽지 않고 바에 자리가 나자마자 비집고 들어갔다. 로사리오는 없었다. 나를 맞이한 여종업원에게 로사리오에 대해 물었는데, 그녀는 나를 경박하고 변덕스럽고 거들먹거리는 손님 취급 했다. 그래도 싫지는 않다는 듯 얼굴에 미소를 띠었다. 솔직히 나는 그녀가 무슨 말을 하는지 이해하지 못했다. 이윽고 그녀에게 로사리오 출신지가 어딘지 물었고, 베라크루스라고 답했다. 그녀 고향은 어딘지도 물었다. 멕시코시티야. 너는? 그녀가 되물었다. 나는 소노라에서 온 기수(騎手)야. 나는 갑자기 아무렇게나 말했다. 사실 소노라에는 가본 적도 없다. 그녀는 웃었고, 우리는 한참 그런 식으로 대화를 이어 갈 수도 있었다. 하지만 그녀는 다른 테이블 주문을 받으러 가야 했다. 반면 브리히다는 바에 그대로 있었고, 내가 두 잔째 테킬라를 마시고 있을 때 다가오더니 무슨 일 있느냐고 물었다. 브리히다는 찌푸린 상, 울상, 우거지상을 한 여인이었다. 그녀에 대해 가지고 있던 이미지와 달랐다. 하지만 저번에는 내가 취해 있었고, 지금은 아니다. 나는 잘 있었느냐고, 오랜만이라고 말했다. 나는 활달한 인상, 심지어 즐겁지 않으면서도 즐거운 인상을 주려 했다. 브리히다가 내 손을 잡더니 자기 가슴으로 가져갔다. 처음에는 깜짝 놀라 바에서 물러나려 했다. 바에서 뛰쳐나가려 한 것인지도 모른다. 하지만 참았다.

「느껴져?」 그녀가 물었다.

「뭐가?」

「내 심장 말이야, 멍청아. 심장 뛰는 것 모르겠어?」

나는 허용된 부분을 손가락 끝으로 탐색했다. 리넨 블라우스, 그리고 브래지어를 찬 가슴의 윤곽이 느껴졌는데, 브래지어는 그녀의 가슴에 턱없이 작은 것 같았다. 하지만 심장 박동은 전혀 느끼지 못했다.

「아무것도 못 느끼겠는데.」

내가 미소를 지으며 말했다.

「내 심장 말이야, 바보야. 심장 박동이 들리지 않아?

가슴이 조금씩 찢어지는 걸 못 느끼겠어?」

「미안, 아무것도 안 들려.」

「손으로 어떻게 들어, 못된 놈 같으니. 느껴 보라니까. 손가락에 아무런 느낌도 없어?」

「사실…… 없어.」

「손이 얼음장이네. 손가락 예쁜데. 노동이라고는 할 필요도 없었나 보네.」 브리히다가 말했다.

관찰당하고, 연구되고, 파헤쳐지는 기분이었다. 바에 있는 섬뜩한 취객들은 브리히다의 마지막 말에 흥미를 느꼈다. 지금으로서는 그들을 상대하지 않기로 했다. 나는 브리히다에게 틀렸다고, 나 역시 학비를 벌기 위해 일을 해야 했다고 말했다. 그러자 브리히다는 손금을 보듯 내 손을 꽉 잡았다. 나는 흥미가 동해 잠재적인 관찰자들에게 신경을 껐다.

「속이려 들지 마. 나한테는 거짓말할 필요 없어. 너에 대해 알고 있어. 금지옥엽인데 야망이 크네. 복도 많고. 이루고 싶은 것을 이룰 거야. 비록 자신이 원하는 것이 무엇인지 모르는 탓에 여러 번 방황하겠지만 말이야. 좋은 일이든 궂은일이든 함께할 여자가 필요해. 내 말이 틀렸어?」

「아니, 딱 들어맞아. 계속해, 계속.」

「여기서는 싫어. 쑥덕대기나 하는 이 작자들이 네 운세를 알아 뭐하겠어, 안 그래?」

나는 처음으로 대놓고 주위를 둘러보았다. 섬뜩한 취객 너덧 명이 브리히다의 이야기를 계속 주의 깊게 듣고 있었다. 심지어 한 사람은 이상할 정도로 빤히 내 손을 자기 손 들여다보듯 쳐다보고 있었다. 그들이 화가 나지 않도록 모두에게 미소를 지음으로써 나는 이 일과 아무 상관이 없음을 알렸다. 브리히다가 손등을 꼬집었다. 싸움을 걸거나 울음을 터뜨릴 작정인지 눈동자가 활활 타오르고 있었다.

「우리 여기서는 이야기할 수 없어. 따라와.」

브리히다가 여종업원 한 명과 소곤대는 것이 보였다. 이윽고 내게 신호를 보냈다. 엔크루시하다 베라크루사 나는 만원이고, 손님들 머리 위로는 연기구름과 맹인의 아코디언 연주가 솟아오르고 있었다. 시간을 보았더니 거의 12시였다. 시간이 후딱 지나갔네. 나는 생각했다.

그리고 브리히다를 따라갔다.

우리는 술 궤짝과 청소 도구들(세제, 빗자루, 표백제, 고무 달린 유리 닦이, 비닐장갑)이 쌓여 있는 일종의 창고 같은 좁고 길쭉한 뒷방으로 들어갔다. 안쪽에는 탁자 하나와 의자 두 개가 있었다. 브리히다가 의자 하나를 가리켰다. 나는 자리에 앉았다. 탁자는 둥글었고, 표면이 온통 긁힌 자국과 대부분이 알아볼 수 없는 이름투성이였다. 그녀는 불과 몇 센티미터도 안 되는 곳에 서서, 여신 혹은 맹금류 새처럼 나를 감시했다. 앉으라고 권하기를 기다렸을지도 모른다. 그녀가 수줍어하는 게 안됐어서 자리를 권했다. 놀랍게도 그녀는 내 무릎 위에 앉았다. 불편한 상황이었다. 그러나 이내 본능이 나의 지성과, 나의 영혼과, 심지어는 내 저급한 욕망과 결별하고, 숨기기 불가능할 정도로 내 음경을 발기시키는 바람에 깜짝 놀랐다. 브리히다가 내 상태를 감지했는지 일어나서 내려다보면서 나를 다시 살펴본 뒤 피리 불기 해주겠다고 제안했다.

「무슨 뜻인…….」

내가 말했다.

「피리 불어 주겠다고, 피리 불어 주기 바라느냐고.」

나는 도무지 무슨 뜻인지 모르겠다는 표정으로 그녀를 쳐다보았다. 하지만 그녀 말의 의미가 외롭고 지친 수영 선수처럼 내 무지의 검은 바다를 헤치며 차츰 모습을 드러냈다. 그녀도 나를 바라보았다. 눈빛이 결연하고 단호했다. 브리히다는 내가 그때까지 알던 모든 사람과 다른 특징을 지니고 있었다. 항상(장소와 상황과 사안을 불문하고) 사람 눈을 빤히 바라보았다. 그때 생각으로는 브리히다의 시선은 견딜 수 없을 것 같았다.

「무슨 말 하는 건지 모르겠어.」

내가 말했다.

「어휴, 피리 불기 해주겠다니까.」

미처 대답할 시간도 없었고 어쩌면 그편이 나았을지도 모른다. 브리히다는 계속 나를 바라보면서 무릎을 꿇고 내 바지 지퍼를 열고, 내 성기를 입에 넣었다. 처음에는 귀두를 여러 번 깨물었는데, 가볍게 깨무는 것만으로도 흥분이 되었다. 나중에는 성기를 통째로 입에 넣었는데 숨 막혀 하는 기색도 없었다. 동시에 한 손으로 내 하복부와 배와 가슴을 애무하다가 가끔씩 찰싹찰싹 때려, 아직도 멍 자국이 남아 있다. 그 고통이 쾌락을 더 특별하게 느끼게 했을 것이고, 또한 사정이 되지 않도록 제어하기도 했다. 가끔 브리히다는 여전히 내 남성을 꽉 잡은 채 눈을 들어 내 눈을 찾았다. 그때 나는 눈을 감고 속으로 시 「흡혈귀」 구절을 읊었다. 그러나 나중에 생각해 보니 그 시의 구절만 외운 것이 아니라 여러 종류의 시, 숙부의 선언, 어린 시절의 기억, 사춘기 때 흠모한 여배우들의 얼굴(가령 흑백 사진 속 앙헬리카 마리아[13]의 얼굴), 회오리바람에 휩쓸린 듯 돌고 있는 풍경 등이 악마처럼 뒤섞인 구절이었다. 처음에는 브리히다가 때리는 것을 막으려고 했지만 아무 소용 없음을 깨닫고는 양손으로 브리히다의 머리(연한 밤색 머리카락인데 만져 보니 그다지 청결하지는 않았다)와 귀를 만졌다. 커다란 이미테이션 링 귀고리를 한 그녀의 작고 도톰한 귀는 마치 살이나 지방은 1그램도 없이 순전히 연골이나 플라스틱, 아니 막 제조된 금속처럼 믿기 힘들 만큼 딱딱했다.

절정의 순간이 임박했을 때, 그리고 신음 소리를 내면 안 될 것 같아 마치 창고 벽면을 기어오르는 보이지 않는 무언가를 향해 위협적으로 두 주먹을 치켜드는 순간에 문이 갑자기 (그러나 소리 없이) 열렸다. 여종업원 하나가 고개를 들이밀었고, 그녀의 입에서 간결한 경고가 새어 나왔다.

「쉿!」

브리히다는 즉각 하던 짓을 멈췄다. 그녀는 일어나 아쉽다는 듯 내 눈을 바라보면서 웃옷을 잡아끌더니, 그때까지 있는 줄도 몰랐던 문으로 나를 데려갔다.

「다음에 보자고, 자기.」

그녀는 평상시보다 훨씬 더 코맹맹이 소리를 내면서 나를 문 너머로 밀었다.

---

13 Angélica María Hartman Ortiz(1944~). 미국인 아버지와 멕시코인 어머니 사이에 태어난 영화배우로 〈멕시코의 연인〉이라는 찬사를 받았다.

갑자기 나는 엔크루시하다 베라크루사나의 화장실에 있었다. 길고 좁고 음산한 네모난 화장실이었다.

순식간에 일어난 일들 때문에 아직 정신이 아득한 상태에서 되는대로 몇 걸음 발을 뗐다. 소독약 냄새가 나고, 바닥은 젖은 채 군데군데 웅덩이를 이루고 있었다. 조명은 아예 없다 할 정도로 희미했다. 두 개의 깨진 세면대 사이에 있는 거울이 보였다. 내 모습을 힐끔 바라보았다. 거울에 비친 상에 머리카락이 쭈뼛 섰다. 나는 호기심이 동해서 몸을 돌려 조용히 거울 쪽으로 다가갔다. 바닥을 디딜 때 물이 튀지 않도록 조심해서 걸었다. 소변기에서 흘러나오는 가느다란 오줌 줄기가 보였기 때문이다. 쐐기 같은 얼굴, 땀이 번득이고 시뻘겋게 상기된 얼굴이 비쳤다. 깜짝 놀라 뒤로 물러서다 자빠질 뻔했다. 변기에 누군가가 있었다. 투덜거리고 욕을 하는 것을 느꼈다. 틀림없이 섬뜩한 취객이다. 그때 누군가 내 이름을 불렀다.

「가르시아 마데로 시인.」

소변기 옆에 두 개의 그림자가 보였다. 연기 구름에 휩싸여 있었다. 나는 생각했다. 내 이름을 아는 동성애자 두 명인가?

「가르시아 마데로 시인, 가까이 오게.」

출구를 찾아 얼른 엔크루시하다 베라크루사나에서 나가는 것이 당연하고 사려 깊은 행동이리라는 생각이 들었지만, 내가 한 일은 연기 나는 쪽으로 두 걸음 가까이 가는 것이었다. 돌풍 한가운데 있는 늑대들의 눈 같은(시적 상상력이다. 나는 늑대를 한 번도 본 적 없다. 돌풍은 보았지만 그 두 작자를 감싸고 있는 연기 띠에는 잘 들어맞지 않는다) 두 쌍의 빛나는 눈이 나를 지켜보았다. 히히히 하고 웃는 소리가 들렸다. 마리화나 냄새가 났다. 나는 마음이 놓였다.

「가르시아 마데로 시인, 연장이 덜렁거리고 있네.」

「뭐라고?」

「히히히.」

「자지가……. 그게 덜렁거리고 있다고.」

지퍼를 더듬었다. 정말이었다. 깜짝 놀라 서두르다 보니 그놈을 제대로 집어넣지 못한 것이다. 얼굴이 빨개지고, 욕지거리라도 하려다 참고, 바지를 추스르고, 그들 쪽으로 한 걸음 내디뎠다. 아는 사람들 같아서 그들을 감싸고 있는 어둠을 헤치고 얼굴을 보려고 한 것이다. 헛수고였다.

그때 그들을 보호하는 연기 도넛에서 손 하나가, 그리고 이어 팔이 튀어나와 마리화나 꽁초를 권했다.

「안 피워.」

내가 말했다.

「마리화나야, 가르시아 마데로 시인. 골든 아카풀코[14]라고.」

나는 머리를 가로저었다.

「안 좋아해.」

옆방에서 들려오는 소리에 깜짝 놀랐다. 누군가 목소리를 높이고 있었다. 남자였다. 이윽고 누군가 소리를 질렀다. 여자였다. 브리히다였다. 바 주인이 그녀를 폭행하는 모습이 떠올라 달려가 보호해 주고 싶었다. 비록

---

14 고급 마리화나를 지칭하는 속어. 아카풀코는 멕시코 태평양 연안의 도시다.

브리히다는 내게 별로 중요하지 않았지만(사실 전혀 중요하지 않았다). 창고 쪽으로 몸을 돌리려는 순간, 미지의 사람들이 나를 잡았다. 비로소 연기 속에서 나타나는 그들의 얼굴을 보았다. 울리세스 리마와 아르투로 벨라노였다.

안도의 한숨이 나면서 거의 손뼉을 칠 뻔했다. 그들에게 여러 날 동안 찾았노라고 말하고, 다시 소리소리 지르는 여인을 도와주러 가려 했다. 하지만 그들은 나를 놓아주지 않았다.

「끼어들지 마. 저 둘은 항상 저러니까.」

벨라노가 말했다.

「저 둘이 누군데?」

「여종업원과 주인.」

「하지만 때리고 있는데.」 내가 말했다. 사실 이제는 뺨 갈기는 소리가 똑똑하게 들렸다. 「그런 걸 놔둘 수는 없잖아.」

「어휴, 가르시아 마데로 시인.」 울리세스 리마가 말했다.

「그런 걸 놔둘 수는 없지, 하지만 소리는 가끔 우리를 기만해. 내 말 듣고 믿어 봐.」 벨라노가 말했다.

그들이 엔크루시하다 베라크루사나에 대해 많이 아는 것 같아 몇 가지 물어보고 싶었으나, 오지랖으로 비칠 것 같아 그만두었다.

화장실에서 나오자 바의 불빛에 눈이 부셨다. 모두가 소리를 지르며 이야기를 나누고 있었다. 어떤 이들은 맹인의 연주를 따라 노래를 부르고 있었다. 처절한 사랑에 대해, 부적절하고 추잡하고 흉포한 사랑으로 변할지 언정 흐르는 세월도 어쩔 수 없는 사랑에 대해 노래하는 볼레로 같은 것이었다. 리마와 벨라노는 각자 책 세 권을 지니고 있어서 나처럼 학생 같았다. 술집에서 나오기 전, 우리는 어깨싸움을 벌이며 바에 다가가 테킬라 세 잔을 시켜서 한입에 털어 넣고 웃으면서 거리로 나섰다. 엔크루시하다 베라크루사나를 나설 때, 나는 브리히다가 창고 문에서 나오는 모습을 볼 수 있을까 싶어 마지막으로 뒤를 돌아보았다. 하지만 볼 수 없었다.

울리세스 리마의 책은 다음과 같았다.

프랑스의 우리 같은 이들인(내 생각에) 일렉트릭 운동[15] 시인들 중에서 미셸 뷜토, 마티외 메사지에, 장자크 포소, 장자크 엔구엔 댓, 질 베르-람-소트르농 F. M. 등의 『스커트 눈꺼풀이 있는 일렉트릭 선언』.

미셸 뷜토의 『새틴 같은 피』.

마티외 메사지에의 『여름의 북방, 깜깜하게 잉태되다』.

아르투로 벨라노의 책은 다음과 같았다.

알랭 주프루아의 『완벽한 죄인』.

소피 포돌스키의 『모든 것이 허용된 나라』.

레몽 크노의 『시 100조(兆) 편』(이 마지막 책은 복사

---

15 *Mouvement Electrique*. 보들레르에서 초현실주의로 이어지는 프랑스 시와 로큰롤 등 현대 대중문화의 결합을 천명한 문학 운동. 미셸 뷜토와 마티외 메사지에 등이 주역이다.

16 Alain Jouffroy(1928~)는 프랑스의 시인, Sophie Podolski(1953~1974)는 벨기에의 시인이자 그래픽 예술가, Raymond Queneau(1903~1976)는 프랑스의 시인이자 소설가, Brian Patten(1946~)은 영국의 시인, Adrian Henri(1932~2000)는 영국의 시인이자 화가, Spike Hawkins(1943~)은 영국의 시인이다.

17 Carlos Monsiváis(1938~2010). 멕시코의 작가, 비평가, 정치 활동가, 언론인으로 특히 신랄한 문체의 언론 기고문으로 일세를 풍미했다.

본이었는데, 복사 과정에서 수평선들이 생긴 데다가 닳아빠지도록 만지작거린 책이라 사방으로 꽃잎이 뻗친 경이로운 종이꽃을 방불케 했다.)

그 후 우리는 에르네스토 산 에피파니오와 만났는데, 그도 역시 책 세 권을 지니고 있었다. 나는 책 이름 좀 적자고 부탁했다. 다음과 같았다.

브라이언 패튼의 『어린 존의 고백』.
에이드리언 헨리의 『오늘 한밤중에』.
스파이크 호킨스의 『실종된 소방대』.[16]

11월 11일

울리세스 리마는 인수르헨테스 대로 근처 아나우악가의 옥탑방에서 산다. 길이 3미터, 폭 2.5미터의 작은 방으로, 온 데 다 책이 쌓여 있다. 비행기 창처럼 작은 유일한 창을 통해 인근의 옥탑방들이 보이는데, 울리세스 리마의 말에 따르면 아직도 인간을 제물로 바치는 희생 의식이 거행되고 있다고 몬시바이스[17]가 말하는 곳이다. 방바닥에는 달랑 매트리스 하나뿐이다. 리마는 낮에는 매트리스를 접어 놓아서, 손님이 올 때면 이를 소파처럼 이용한다. 타자기가 공간을 다 차지하는 아주 작은 탁자가 있고 의자도 하나 있다. 손님들은 당연히 매트리스나 방바닥에 앉거나 서 있을 수밖에 없다. 오늘 우리는 리마, 벨라노, 라파엘 바리오스, 하신토 레케나와 나 이렇게 다섯이었다. 의자는 벨라노가, 매트리스는 바리오스와 레케나가 차지했다. 리마는 계속 서 있었고(심지어 가끔 방 안을 빙빙 돌기도 했다), 나는 맨바닥에 앉았다.

우리는 시를 논했다. 아무도 내 시를 읽은 적 없음에

도 모두 나를 내장 사실주의의 일원으로 대접했다. 자연 발생적이고 대단한 동료 의식이었다. 밤 9시경에 펠리페 뮐러가 나타났다. 그는 열여덟 살이고, 따라서 내가 갑자기 출현하기 전까지 이 그룹에서 가장 어렸다. 이윽고 전부 같이 중국 식당에 저녁을 먹으러 갔고, 새벽 3시까지 걷고 문학을 논했다. 모두 멕시코의 시를 바꾸어야 한다는 데에 전적으로 의견 일치를 보았다. 우리 상황은 (내가 이해하기로는) 옥타비오 파스 제국과 파블로 네루다[18] 제국 사이에 끼여 견딜 수 없는 상황이다.[19] 즉 칼과 벽 사이에 끼여 있다.

동료들에게 지난번 밤에 가지고 있던 책들을 어디에서 살 수 있는지 물었다. 그들의 대답에 놀라지는 않았다. 소나 로사 지구의 프랑스 서점과 폴랑코 지구 오라시오 가 근처의 헤네랄 마르티네스 가에 있는 보들레르 서점에서 훔친 것이란다. 나는 저자들에 관해서도 알고 싶었다. 다들(내장 사실주의자 한 사람이 읽는 책은 다른 동료들도 즉각 읽는다) 일렉트릭 시인들과 레몽 크노, 소피 포돌스키, 알랭 주프루아의 삶과 작품에 대해서 가르쳐 주었다.

약간 떨떠름해 있는 듯한 펠리페 뮐러는 내게 프랑스어를 아는지 물었다. 사전이 있으면 독해가 가능하다고

---

18 Pablo Neruda(1904~1973). 1971년 노벨 문학상을 받은 칠레 시인.
19 옥타비오 파스의 형이상학적인 시와 네루다의 사회 참여적인 시 사이에 끼였다는 뜻으로, 라틴 아메리카 시가 두 거장의 지대한 영향력에서 벗어날 필요가 있음을 주장하고 있다.
20 Augusto Pinochet(1915~2006). 1973년 9월 11일 군부 쿠데타로 살바도르 아옌데 Salvador Allende(1908~1973) 사회주의 정권을 무너뜨리고 집권하여 1990년까지 철권통치를 한 칠레 대통령.
21 Lee Harvey Oswald(1939~1963). 존 F. 케네디의 암살범.

말했다. 나중에 나도 똑같은 질문을 했다. 이봐, 너도 프랑스어 알지? 펠리페 뮐러의 대답은 〈아니〉였다.

11월 12일

카페 키토에서 하신토 레케나, 라파엘 바리오스, 판초 로드리게스를 만났다. 밤 9시경에 카페에 들어오는 것을 보고, 세 시간가량 알차게 글을 쓰고 책을 읽고 있던 테이블에서 그들에게 손짓을 했다. 그들은 내게 판초 로드리게스를 소개해 주었다. 바리오스처럼 키가 아주 작고, 스물두 살인데도 열두 살짜리 얼굴이었다. 우리는 거의 운명적으로 친해졌다. 판초 로드리게스는 말이 엄청 많다. 덕분에 나는 벨라노와 뮐러가 오기 전에(이들은 피노체트[20] 쿠데타 이후 멕시코시티에 나타났기 때문에 원래 멤버가 아니다), 울리세스 리마가 마리아 폰트, 앙헬리카 폰트, 라우라 다미안, 바리오스, 산 에피파니오, (아직 들어 본 적 없는) 마르셀로 로브렐스라는 사람, 로드리게스 형제인 판초 로드리게스와 목테수마 로드리게스의 시로 잡지를 발간했다는 것을 알게 되었다. 판초에 따르면, 젊은 멕시코 시인 가운데 최고는 자신과 울리세스 리마이며, 자신이 울리세스 리마와 가장 가까운 친구다. 잡지(1974년에 두 권이 발간되었다) 이름은 〈리 하비 오즈월드〉[21]이고, 리마가 전적으로 경비를 댔다. 레케나(그때까지는 그룹에 속하지 않았다)와 바리오스가 판초 로드리게스의 말에 부연 설명을 달았다. 거기서 내장 사실주의의 씨앗이 뿌려졌다고 바리오스는 말했다. 판초 로드리게스는 다른 의견이다. 그에 따르면, 『리 하비 오즈월드』는 계속 발간이 되어야 했음에도 불구하고, 최고의 순간, 즉 사람들이 그들을 알게 되기 시작했을 때 중단되었다고 한다. 어떤 사람들이 그들을 알게 되었느냐고? 다른 시인들 말이다. 물론 인문대 학생들, 시를 쓰고 멕시코시티 여기저기에 꽃처럼 피어난 1백 개의 창작 교실에 매주 가는 문학소녀들. 바리오스와 레케나는 이에 동의하지 않았다. 하지만 향수에 어려 잡지에 대해 말했다.

「여류 시인이 많아?」

「여류 시인이라고 부르는 건 좀 뭐하네.」 판초가 대꾸했다.

「다들 그냥 시인이라고 불러.」 바리오스가 말했다.

「어쨌든 많아?」

「멕시코 역사에서 유례없이 많지. 돌만 들춰도 자기 이야기를 쓰는 문학소녀를 볼 수 있을걸.」 판초가 말했다.

「리마가 혼자서 어떻게 『리 하비 오즈월드』 발간 비용을 감당했다는 거지?」 내가 물었다.

여류 시인 이야기는 더 하지 않는 것이 낫겠다 싶었던 것이다.

「어이, 가르시아 마데로 시인. 울리세스 리마 같은 작자는 시를 위해서라면 무슨 짓이든 할 수 있어.」 바리오스가 꿈꾸듯 말했다.

그 후 우리는 잡지 이름 이야기를 했다. 내 생각에는 기발한 이름이었다.

「내가 똑바로 이해한 건지 모르겠네. 울리세스 리마

---

22 Sor Juana Inés de la Cruz(1648 혹은 1651~1695). 멕시코 식민 시대의 대표적인 시인, 사상가, 수녀. 남성 중심 사회의 벽에 부딪혀 창작과 연구를 그만두고 수녀원에서 은둔 생활을 하다 사망했다.

는, 내장 사실주의 시인들이 리 하비 오즈월드 같다는 거지. 그런 거지?」

「대충 그래. 나는 멕시코 냄새가 나게 〈소르 후아나[22]의 사생아들〉이라고 이름을 붙이자고 그랬어. 그런데 이 둘도 없는 우리 친구가 양키들 이야기라면 죽고 못 산다니까.」 판초 로드리게스가 말했다.

「사실 울리세스는 벌써 그런 이름의 출판사가 존재하는 것으로 믿었어. 하지만 잘못 안 것이었고, 그 사실을 알고서 잡지 이름을 〈리 하비 오즈월드〉로 하기로 결정했어.」 바리오스가 말했다.

「무슨 출판사였는데?」

「파리에 있는데 마티외 메사지에의 책을 출판한 P. J. 오즈월드라는 출판사야.」

「울리세스 이 멍청한 놈이 그 프랑스 출판사가 케네디 암살범 때문에 오즈월드라고 부른 줄 안 거지. P. J. 오즈월드이지 L. H. 오즈월드가 아니었잖아. 어느 날 이 사실을 깨달은 거야. 그래서 〈리 하비 오즈월드〉라는 이름을 쓰기로 결정했지.」

「프랑스 출판사 이름은 〈피에르-자크〉일 거야.」 레케나가 말했다.

「아니면 〈폴-장 오즈월드〉이거나.」

「울리세스 집이 부자야?」 내가 물었다.

「아니. 그 집 돈 없어. 사실 가족이라고 해봐야 어머니뿐이지, 안 그래? 적어도 나는 어머니 외에는 몰라.」 레케나가 대답했다.

「내가 그 집안을 속속들이 다 알아. 너희 모두보다 훨씬 전에, 벨라노보다도 훨씬 전에 울리세스 리마를 알았는데, 어머니가 유일한 가족이야. 그리고 확실히 말하는데 무일푼이야.」 판초가 말했다.

「그러면 잡지 두 호 경비를 어떻게 댔다는 거야?」

「마리화나를 팔아서.」 판초가 말했다. 다른 두 사람은 잠자코 있었지만 이를 부정하지는 않았다.

「믿기지 않는데.」 내가 말했다.

「그렇다니까. 마리화나로 번 돈이야.」

「허참.」

「아카풀코에 가서 마리화나 떼다가 멕시코시티 고객들에게 풀지.」

「닥쳐, 판초.」 바리오스가 말했다.

「왜 닥쳐야 하는데? 이 풋내기도 빌어먹을 내장 사실주의자 아니야? 그런데 왜 내가 입을 닥쳐?」

11월 13일

오늘 하루 종일 리마와 벨라노를 따라다녔다. 우리는 걷고, 지하철과 버스와 미니버스를 타고, 다시 걷고, 내내 이야기를 나누었다. 그들은 가끔 가던 길을 멈추고 가정집에 들어갔다. 그래서 나는 길거리에 홀로 남아 그들을 기다려야 했다. 내가 뭘 하는 것인지 묻자, 그들은 조사 중이라고 답했다. 하지만 마리화나를 배달하는 것 같았다. 같이 다니는 동안 나는 최근에 쓴 열한두 편의 시를 읽어 주었는데, 내 생각에는 그들 마음에 들었다.

11월 14일

오늘은 판초 로드리게스와 폰트 자매 집에 갔다.

카페 키토에서 네 시간쯤 죽 때리면서 밀크 커피를 세 잔이나 마셨고, 독서와 창작에 대한 열정이 사그라지기 시작했을 때 판초가 나타나 따라오라고 했다. 기꺼이 응했다.

폰트 자매는 콜로니아 콘데사 콜리마 가의 이층집에 살고 있는데, 앞쪽 정원과 뒤뜰이 있는 우아하고 예쁜 집이었다. 정원은 그냥 그래서 앙상한 나무가 두어 그루 있고 잔디도 제대로 깎지 않았다. 그러나 뒤뜰은 다른 세상이다. 나무들은 큼직큼직하고, 색깔이 짙다 못해 검은색처럼 보이는 잎들이 달린 거대한 식물군이 있고, 담쟁이덩굴에 뒤덮인 수조가 있다(차마 분수대라고 부를 정도는 아닌 수조에는 물고기는 없고 건전지로 가는 잠수함이 한 대 있다. 막내 호르히토 폰트의 것이다). 또한 본채와는 완전히 분리된 작은 집이 하나 있는데, 아마 옛날에는 차고나 외양간으로 사용했을 것이고, 지금은 폰트 자매가 같이 사용한다.

그 집에 가기 전 판초가 주의를 주었다.

「앙헬리카 아빠 약간 또라이야. 좀 이상한 일 겪어도 놀라지 말고, 나와 똑같이 행동하고 그런가 보다 해. 그 양반이 귀찮게 굴면 깔아뭉개면 그만이고.」

「깔아뭉갠다고?」 판초가 뭘 어쩌자는 건지 잘 이해가 안 되어 내가 말했다. 「너하고 내가? 그 양반 집에서?」

「그 양반 부인은 두고두고 우리한테 감사할 거야. 그 작자 완전히 맛이 갔다니까. 1년 전인가는 한동안 정신병원에 있었어. 그런데 이 얘기 폰트 자매한테는 하지 마. 적어도 내가 그랬다고는 하지 말라고.」

「그러니까 그 작자 미쳤다는 거네.」 내가 말했다.

「미친 데다 쫄딱 망했지. 얼마 전까지만 해도 차가 두 대에다 가정부가 셋이고, 성대한 파티를 열곤 했어. 대체 이 불쌍한 양반한테 무슨 일이 있었는지는 모르겠지만 어느 날 돈을 날렸어. 지금은 파산 상태야.」

「하지만 이런 집 유지하려면 돈이 들 텐데.」

「이건 이 집안 거야. 그리고 이 집이 남은 유일한 재산이야.」

「미치기 전에 폰트 씨는 무슨 일을 했는데?」 내가 물었다.

「건축가였는데 아주 엉터리였어. 그 양반이 『리 하비 오즈월드』 두 호를 디자인한 사람이야.」

「저런.」

초인종을 누르자 머리가 벗어지고 콧수염을 기른, 넋 나간 모습의 사람이 문을 열어 주러 나왔다.

「앙헬리카 아버지야.」 판초가 속삭였다.

「짐작했어.」 내가 말했다.

그 남자는 거리에 면한 대문에 성큼성큼 다가와, 응축된 증오를 발산하는 시선으로 우리를 쳐다보았다. 나는 대문 창살 너머에 있다는 사실이 행복했다. 그는 어찌해야 할지 모르는 사람처럼 잠시 망설이다가, 대문을 열고 우리에게 달려들었다. 나는 뒤로 얼른 물러났으나 판초는 양팔을 벌리고 뜨겁게 인사했다. 그러자 그가 멈칫하더니 엉거주춤 손을 내밀고는 입구에서 비켜 주었다. 판초가 뒤뜰 쪽으로 재빨리 걷기 시작했고, 나는 그를 따랐다. 폰트 자매의 아버지는 혼잣말을 하면서 본채로 돌아갔다. 우리가 정원과 뒤뜰을 잇는, 꽃이 만발한 통로로 접어들 때, 판초는 불쌍한 폰트 씨가 불안해하는 이유 중 하나가 딸인 앙헬리카 때문이라고 설명했다.

「마리아는 벌써 처녀성을 잃었지만, 앙헬리카는 아직 아니야. 하지만 그러기 직전이고 꼰대가 그걸 알기에 난리굿을 피우는 거야.」

「어떻게 안다는 거야?」

「부성애의 신비라고나 할까. 문제는 그 양반이 자기 딸을 처음으로 따먹을 도둑놈이 누굴까 하루 종일 곱씹고 있다는 거야. 한 남자가 감당하기에는 가혹하지. 심정적으로는 이해가 돼. 내가 그 양반이어도 그럴 테니까.」

「그러면 누구를 염두에 두고 그러는 거야 아니면 모든 사람을 의심하는 거야?」

「물론 모든 사람을 의심하지. 게이들과 앙헬리카 언니 두세 사람은 제외지만. 꼰대가 바보는 아니거든.」

나는 하나도 이해하지 못했다.

「작년에 앙헬리카가 라우라 다미안 시 문학상을 받았어. 겨우 열여섯 살에 말이야.」

나는 그런 상에 대해서는 전혀 들어 본 적이 없었다. 나중에 판초가 해준 이야기에 따르면, 라우라 다미안은 스무 살이 채 되기도 전인 1972년에 사망한 시인이고, 그녀의 부모님이 딸을 기리기 위해 그 상을 제정했다. 판초 말로는 라우라 다미안상은 멕시코시티의 〈특별한〉 사람들이 가장 높이 평가하는 상들 중 하나다. 나는 그를 바라보면서 눈으로 대체 네놈은 어떤 종류의 머저리인지 물었지만, 판초는 예상대로 시치미를 뗐다. 그 후 나는 하늘을 향해 시선을 들었고 2층 어느 창문에서 커튼의 움직임을 본 것 같았다. 어쩌면 바람 때문이었을 수도 있지만, 폰트 자매의 별채 문지방을 넘을 때까지도 계속 감시당하는 느낌을 지울 수 없었다.

별채에는 마리아만 있었다.

마리아는 키가 크고, 갈색 피부에, 검은색 생머리와 오똑한(정말로 오똑한) 코와 갸름한 입술의 소유자다. 성격이 좋은 것 같지만, 화를 내면 오래가고 대단하리라는 것을 쉽사리 짐작할 수 있었다. 방 한가운데 서 있는 그녀의 모습을 보았다. 춤 스텝을 연습하고, 소르 후아나 이네스 데 라 크루스를 읽고, 빌리 홀리데이의 음반을 듣고, 화산 밑에서 손이 묶인 채 용암의 강에 둘러싸여 있는 두 여인의 모습이 담긴 수채화를 설렁설렁 그리고 있었다. 처음에 그녀의 반응은 차가웠다. 판초의 방문이 귀찮지만 동생에 대한 예의와 뒤뜰 별채가 자기 혼자가 아니라 공동 소유이기 때문에 참는 것 같았다. 나는 쳐다보지도 않았다.

설상가상으로 내가 소르 후아나에 대해 좀 시시껄렁한 이야기를 하자, 나를 더 못마땅해했다(나는 정말로 유명한 〈어리석은 남성들이여/합당한 이유도 없이,/그대들도 똑같은 잘못을 저지르는 줄도 모른 채/여자를 비난하는〉이라는 시구를 두고 대단히 부적절한 말장난을 했다. 게다가 잘못을 만회한답시고 〈멈춰라, 도망치는 행복의 그림자여,/내가 간절히 원하는 마법의 상(像)이여,/기꺼이 내 목숨을 바칠 아름다운 환영이여,/기꺼이 고통스러운 삶을 감수할 달콤한 허구여〉 하는 구절을 쓸데없이 낭송했다).[23]

그래서 우리 셋은 별채에서 갑자기 소심한 침묵 혹은 적대적인 침묵 속으로 빠져들었다. 마리아 폰트는 우리

---

23 둘 다 소르 후아나의 시들에 있는 구절이다.

를 거들떠보지도 않았다. 나는 가끔 그녀나 수채화를 바라보았고(차라리 그녀와 수채화를 염탐했다 할 것이다), 마리아나 그녀 아버지의 적대감을 전혀 괘념치 않는 듯한 판초는 책들을 바라보면서 빌리 홀리데이의 노래와 전혀 다른 듯한 노래를 휘파람으로 흥얼거렸지만. 그러던 중 마침내 앙헬리카가 나타났고, 비로소 나는 판초의 말을 이해하고(판초는 앙헬리카의 처녀성을 노리는 사람 중 하나였던 것이다!), 폰트 자매 아버지의 마음을 거의 이해했다. 솔직히 내게는 처녀성 따위는 전혀 중요하지 않지만(다른 사람 이야기할 것도 없이 내가 아직 숫총각이다. 브리히다가 하다 만 펠라티오를 딱지 뗀 것으로 간주하지 않는다면. 하지만 펠라티오를 겪었다고 여자와 섹스를 한 것일까? 나 역시 똑같이 그녀의 성기를 핥았어야 섹스를 했다 할 수 있지 않을까? 남자가 딱지를 뗐다 함은 여성의 질에 성기를 삽입해야 하는 것이지, 입이나 항문이나 겨드랑이에 삽입하는 것을 말하는 것은 아니지 않는가? 내가 진짜 섹스를 했다면 사정을 했어야 하는 것 아닌가? 참으로 아리송한 문제들이다).

하던 이야기로 돌아가자. 앙헬리카가 왔고, 그녀가 판초에게 인사하는 모양새를 보건대, 적어도 내 생각에는, 판초는 이 등단 시인과 연정을 나눌 가능성이 있었다. 나는 얼렁뚱땅 소개되고, 또다시 뒷전으로 밀려났다.

판초와 앙헬리카는 칸막이를 쳐서 방을 두 개로 나누었다. 그리고 두 사람은 침대에 앉았고, 소곤거리는 소리가 들렸다.

나는 마리아에게 다가가 수채화가 훌륭하다고 칭찬하는 몇 마디 말을 했다. 마리아는 나를 쳐다보지도 않앉다. 나는 다른 전술을 택했다. 내장 사실주의와 울리세스 리마와 아르투로 벨라노에 대해 말했다. 또한 내 눈앞에 펼쳐진 수채화를 내장 사실주의 작품으로 평가했다(대담하게도 말이다. 칸막이 너머의 소곤거리는 소리에 나는 점점 더 신경이 곤두섰다). 마리아 폰트는 처음으로 나를 바라보면서 미소를 지었다.

「내장 사실주의자들은 눈곱만큼도 상관없어.」

「너도 그 그룹, 즉 그 운동에 참여한다고 생각했는데.」

「내가 미쳤냐……. 구역질 덜 나는 이름이라도 붙였다면 모를까……. 나는 채식주의자야. 내장을 연상시키는 건 다 구역질이 나.」

「너라면 어떤 이름을 붙였을 건데?」

「나도 몰라. 멕시코 초현실주의파라고 했으려나.」

「쿠에르나바카[24]에 이미 멕시코 초현실주의파가 있는 걸로 아는데. 게다가 우리 목적은 라틴 아메리카 차원의 운동을 일으키는 거잖아.」

「라틴 아메리카 차원? 웃기지 마.」

「장기적으로 볼 때 그걸 바란다는 거지. 내가 잘못 파악한 게 아니라면.」

「그런데 너는 누군데?」

「리마와 벨라노의 친구야.」

「그런데 어떻게 한 번도 못 봤을까?」

「걔네들 안 지 얼마 안 되거든…….」

「너 알라모의 창작 교실에 있는 애지, 그렇지?」

---

24 멕시코시티와 인접한 모렐로스 주의 주도.
25 Leonora Carrington(1917~2011). 영국 태생의 초현실주의 화가이자 소설가로 인생의 대부분을 멕시코에서 보냈다.

나는 얼굴이 빨개졌다. 정말로 왠지 모르겠지만. 나는 그곳에서 알게 되었다고 인정했다.

「그러니까 쿠에르나바카에 이미 멕시코 초현실주의파가 있다는 거군.」 마리아가 생각에 잠겨 말했다. 「쿠에르나바카에 가서 살아야 하는 것 아닌가 싶네.」

「『엑셀시오르』지에서 읽었어. 그림을 그리는 몇몇 노인네들이야. 뭐, 관광객이나 다름없는 사람들이겠지.」

「쿠에르나바카에는 레오노라 캐링턴[25]이 살지. 그 사람 이야기 하는 거야?」 마리아가 물었다.

「아니~. 나는 레오노라 캐링턴이 누군지 몰라.」 내가 대답했다.

그때 신음 소리가 들렸다. 나는 그것이 쾌락이 아닌 고통의 신음 소리임을 대번에 알아차렸다. 좀 전부터 칸막이 너머에서 아무 소리도 들리지 않았다는 사실에 생각이 미쳤다.

「괜찮아, 앙헬리카?」 마리아가 물었다.

「그럼, 괜찮지. 부탁인데 산책 나가 줘. 그 작자 데리고.」 앙헬리카 폰트가 숨넘어가는 소리로 대답했다.

마리아는 불쾌함과 혐오감이 깃든 태도로 바닥에 붓들을 팽개쳤다. 바닥 타일의 물감 얼룩으로 미루어 보건대, 앙헬리카가 사생활을 좀 보장해 달라는 요청을 한 게 처음이 아니었다.

「따라와.」

마리아를 따라 뒤뜰에서 멀찌감치 떨어진 구석으로 갔다. 담쟁이덩굴로 뒤덮인 높은 담 옆에 탁자 하나와 금속제 의자 다섯 개가 놓여 있었다.

「네 생각에는 쟤들이 지금……?」 말을 꺼내다가 호기

심을 공유하려던 내 행동을 즉각 후회했다. 다행히도 마리아는 너무 화가 나 있어서 내 말을 괘념치 않았다.

「하고 있는 중이냐고? 아니야. 말도 안 돼.」

잠시 우리는 침묵을 지켰다. 마리아는 손가락으로 탁자 표면을 두들기고 있었고, 나는 두어 번 다리를 꼬면서 뒤뜰의 식물을 탐구했다.

「끙, 뭘 기대하는 거야. 네 시나 읽어 줘.」 마리아가 말했다.

나는 한쪽 다리가 무감각해질 때까지 읽고 또 읽었다. 낭송을 마쳤을 때, 마음에 들었는지 감히 묻지 못했다. 그 후 마리아가 본채에서 커피 한 잔을 대접해 주었다.

부엌에서 요리 중인 마리아 부모님과 마주쳤다. 두 사람은 행복해 보였다. 마리아가 부모님을 소개해 주었다. 마리아 아버지는 이제 넋 나간 사람 모습이 아니었고, 내게 상당히 호의적이었다. 무슨 공부를 하는지, 법과 시를 병행할 수 있는지, 좋은 사람인 알라모는 잘 있는지(아는 사이거나 젊은 시절 친구인 것 같다) 내게 물었다. 마리아 어머니는 대수롭지 않은 이야기를 해서, 무슨 이야기를 했는지 별 기억이 없다. 그녀가 얼마 전부터 다니는 코요아칸의 심령술 모임과 지옥에 떨어진 1940년대 란체라 가수의 망령을 언급한 것 같다. 농담이었는지 진담이었는지 잘 모르겠다.

텔레비전 옆에는 호르히토 폰트가 있었다. 마리아는 그에게 말도 걸지 않고, 내게 소개하지도 않았다. 호르

---

26 나코의 여성형.
27 Olga Guillot(1922~2010). 〈볼레로의 여왕〉이라는 별명이 붙은 쿠바 가수.

히토 폰트는 열두 살로, 머리가 길고 거지처럼 옷을 입고 있었다. 모든 사람에게 나코라는 호칭을 사용한다. 어머니에게는 나카,[26] 나 이거 안 할래, 아버지에게는 제 말 좀 들어 봐요, 나코. 누나에게는 우리 착한 나카 혹은 우리 참을성 많은 나카라고 말하고, 내게도 안녕, 나코라고 말했다.

내가 알기로 나코는 도시에 사는 인디오들을 일컫는 말이지만, 호르히토는 다른 뜻으로 사용하는 것 같다.

11월 15일

오늘 다시 폰트 자매 집에 갔다.

다소 차이는 있지만 어제와 똑같은 일이 일어났다.

판초와 나는 인수르헨테스 로터리 근처에 있는 중국 식당 엘 로토 데 킨타나 루에서 만나, 밀크 커피 여러 잔과 요깃거리를 먹은 뒤에(내가 냈다) 콜로니아 콘데사로 향했다.

또다시 폰트 씨가 초인종 소리를 듣고 나왔으며, 그의 상태는 어제와 결코 다르지 않았다. 아니, 광기로 가는 길을 성큼성큼 걷는 듯했다. 태연자약하게 악수를 청하는 판초의 활달한 손을 잡을 때 폰트 씨의 눈은 초점이 맞지 않았다. 나를 알아보는 눈치도 아니었다.

뒤뜰 별채에는 마리아만 있었다. 어제의 수채화를 그리고 있었고, 어제와 똑같은 책을 왼손에 들고 있었다. 다만 전축에서는 빌리 홀리데이가 아니라 올가 기요트[27]의 목소리가 흘러나왔다.

그녀의 인사는 여전히 차가웠다.

판초도 전날의 행동을 되풀이하면서, 고리버들 의자

에 앉아 앙헬리카가 오기를 기다렸다.

나는 이번에는 소르 후아나에 대한 평가를 하지 않으려 애쓰고, 먼저 책들을 살펴본 뒤 신중한 거리를 유지한 채 마리아 옆에서 수채화를 바라보았다. 수채화에는 상당한 변화가 있었다. 내 기억에 성스러운 모습, 적어도 진지한 모습이던, 화산 산자락의 두 여인이 이제는 서로 팔을 꼬집고 있었다. 한 여인은 웃거나 웃는 척하고, 또 한 여인은 울거나 우는 척했다. 용암이 흐르는 강물에는(여전히 붉은색 내지 적갈색이었다) 빨랫비누 갑, 대머리 인형, 쥐가 득실거리는 버드나무 광주리가 떠 있었다. 여인들의 옷은 찢어져 있거나 헝겊을 덧댔다. 하늘에는(적어도 수채화 윗부분에는) 폭풍이 일기 시작했다. 아래쪽에는 마리아가 오늘의 멕시코시티 일기 예보를 옮겨 놓았다.

그림은 끔찍했다.

이윽고 앙헬리카가 신나서 왔다. 앙헬리카와 판초는 또다시 방을 가르는 칸막이를 쳤다. 마리아가 그림을 그리는 동안 나는 잠시 생각에 잠겼다. 판초가 나를 폰트 자매 집에 끌고 온 이유가 자신과 앙헬리카가 일을 치르는 동안 마리아를 즐겁게 해달라는 것임이 분명했다. 그다지 올바른 처사 같지 않았다. 중국 식당에서 나는 판초에게 스스로를 내장 사실주의자로 생각하는지 물었다. 그의 대답은 모호하고 장황했다. 노동 계급, 마약, 플로레스 마곤,[28] 멕시코 혁명의 주요 인물들에 대해 말했다. 그리고 자신의 시가 리마와 벨라노가 곧 발간하

---

28 Ricardo Flores Magón(1873~1922). 멕시코의 무정부주의자, 언론인, 정치인으로 멕시코 사회에 커다란 영향력을 행사했다.

려는 잡지에 게재되리라고 말했다. 게재하지 않으면 섭할 놈들이지. 그가 말했다. 왠지 판초의 유일한 관심사는 앙헬리카와 자는 것뿐이라는 인상을 받았다.

「괜찮아, 앙헬리카?」 어제와 판박이인 고통의 신음 소리가 시작되었을 때 마리아가 물었다.

「응, 그래, 괜찮아. 나가서 한 바퀴 돌래?」

「물론이지.」 마리아가 말했다.

마리아와 나는 체념한 채 또다시 담쟁이덩굴 밑 금속 탁자 옆에 자리를 잡았다. 별다른 이유도 없이 내 가슴이 찢어졌다. 마리아는 자신과 앙헬리카의 어린 시절 이야기를 해주었다. 지독히 지겨운 내용이라 그저 시간을 죽이려고 하는 이야기임이 뻔히 보였고, 나는 재미있어 하는 척했다. 학교, 최초의 파티들, 고등학교, 자매의 시 사랑, 다른 나라들을 여행하고 알았으면 하는 소망, 자매가 시를 실은 『리 하비 오즈월드』, 앙헬리카가 받은 라우라 다미안상……. 이야기가 이 지점에 이르렀을 때 나는 왠지, 마리아가 잠시 말을 멈추어서 그랬는지, 라우라 다미안이 어떤 사람인지 알고 싶었다. 순전히 직감 때문이었다. 마리아가 말했다.

「아주 젊은 나이에 죽은 시인이야.」

「그건 나도 알아. 스무 살에 죽었다면서. 그런데 어떤 사람이었냐고. 그녀의 글은 단 한 번도 읽어 본 적 없는걸.」

「로트레아몽은 읽었어, 가르시아 마데로?」 마리아가 물었다.

「아니.」

「그럼 라우라 다미안에 대해 전혀 모르는 것이 당연

하네.」

「나도 내가 무식하다는 건 알아. 미안해.」

「그런 이야기가 아니야. 그저 너는 아직 너무 어릴 뿐이야. 게다가 라우라의 유일한 출간 시집『뮤즈의 샘물』은 비매품이야. 라우라를 끔찍하게 예뻐하고 최초의 독자이기도 한 라우라 부모님이 경비를 댄 유작이야.」

「돈깨나 있는가 보군.」

「왜 그렇게 생각하는데?」

「호주머니를 털어 매년 시 문학상을 수여할 정도면 돈이 많다는 거잖아.」

「음, 대단할 건 없어. 앙헬리카에게 상금을 많이 준 건 아니야. 사실 그 상의 가치는 경제적인 면보다는 상의 명성에 있어. 그렇다고 대단한 명성까지는 못 되고. 스무 살 이하의 시인들에게만 주는 상이라는 점을 생각해야지.」

「라우라 다미안이 죽었을 때 나이로군. 너무 병적인데.」

「병적인 게 아니라 슬픈 거지.」

「시상식 때 너도 갔어? 라우라 다미안 부모님이 직접 시상하나?」

「물론이지.」

「어디서? 그들의 집에서?」

「아니. 학교에서.」

「학교 어디?」

「인문대. 라우라가 인문대를 다녔거든.」

「젠장, 너무 병적이야.」

「대체 뭐가 병적이라는 건지 모르겠네. 내 생각에 병적인 사람은 바로 넌데, 가르시아 마데로.」

「이거 알아? 나는 가르시아 마데로라고 부르는 것 싫어. 내가 너를 폰트라고 부른다고 생각해 봐.」

「다 너를 그렇게 부르잖아. 왜 나만 다른 식으로 불러야 하는지 모르겠네.」

「그렇군. 상관없어. 라우라 다미안 이야기나 더 해줘. 너는 응모한 적 없어?」

「있어. 하지만 앙헬리카가 상을 탔지.」

「앙헬리카 전에는 누가 받았는데?」

「멕시코 국립 자치 대학에서 약학을 전공하는 아과스칼리엔테스 출신 여학생이.」

「또 그 전에는?」

「그 전에는 상이 없었으니 아무도 못 탔어. 나는 내년에 다시 응모할지 어쩔지 잘 모르겠어.」

「상을 타면 그 돈으로 뭘 할 건데?」

「아마 유럽에 갈 거야.」

우리 둘은 잠깐 동안 침묵에 빠졌다. 마리아 폰트는 미지의 나라들을, 나는 인정사정없이 그녀와 사랑을 나눌 미지의 남자들을 생각하면서. 그런 생각을 한 것을 깨달았을 때 나는 깜짝 놀랐다. 마리아를 사랑하게 된 걸까?

「라우라 다미안은 어떻게 죽었어?」

「틀랄판에서 차에 치였어. 외동딸이라 부모님 가슴이 찢어졌지. 어머니는 자살 기도까지 한 것으로 알고 있어. 그렇게 젊은 나이에 죽는 건 슬픈 일일 거야.」

「정말 슬프겠지.」 마리아가 키 2미터에 거의 완전히 백인인 어느 영국인의 팔에 안겨 있는 모습, 그가 그녀의 갸름한 입술 사이로 긴 분홍빛 혀를 들이밀고 있는 모습을 상상하면서 대답했다.

「라우라 다미안 이야기를 누구한테 물어보면 되는지 알아?」

「아니, 누군데?」

「울리세스 리마. 라우라 친구였거든.」

「울리세스 리마가?」

「응. 두 사람은 거의 붙어 다녔어. 같이 공부하고, 같이 극장에 가고, 서로 책을 빌려 줬어. 아주 좋은 친구 사이였지.」

「전혀 생각 못 했는데.」 내가 말했다.

별채에서 소리가 들려 우리는 잠시 숨을 죽이고 기다렸다.

「라우라 다미안이 죽었을 때 울리세스 리마는 몇 살이었는데?」

마리아는 즉시 대답하지 못했다.

「울리세스 리마의 이름은 울리세스 리마가 아니야.」 마리아가 걸걸한 목소리로 말했다.

「필명이라는 거야?」

마리아가 담쟁이덩굴이 자아낸 복잡한 그림을 멍하니 바라보며 고개를 끄덕였다.

「그럼 이름이 뭔데?」

「알프레도 마르티네스인가 그래. 나는 벌써 잊어버렸어. 하지만 내가 처음 만났을 때는 울리세스 리마라고 그러지 않았어. 라우라 다미안이 그 이름을 지어 줬어.」

「저런, 놀랄 만한 정보네.」

「다들 울리세스 리마가 라우라를 사랑했다고 그랬어. 하지만 결코 같이 자지는 않은 것 같아. 내 보기에 라우라는 죽을 때까지 처녀였어.」

「스무 살에?」

「그럼. 불가능한 일도 아니잖아.」

「아니지, 분명.」

「슬픈 일이지, 안 그래?」

「그렇지. 슬픈 일이지. 그럼 울리세스, 아니 알프레도 마르티네스는 그때 몇 살이었는데?」

「한 살 적었어. 열아홉, 아니 열여덟 살이었나.」

「라우라의 죽음에 총 맞은 기분이었겠군.」

「아팠어. 사람들 말로는 죽음 문턱까지 갔대. 의사들은 원인도 모르고 울리세스가 저세상으로 가는 줄 알았어. 병원에 문병을 갔는데 완전히 맛이 간 상태였어. 그런데 어느 날 회복하더니 훌훌 털고 일어났어. 아프기 시작할 때도 설명이 안 되더니. 그 뒤 울리세스는 대학을 그만두고 잡지를 창간했어. 그 잡지 읽어 봤지, 그치?」

「『리 하비 오즈월드』말이지. 그래 읽어 봤어.」 나는 거짓말을 했다. 곧이어 울리세스 리마의 옥탑방에 갔을 때, 그냥 훑어보기라도 하게 왜 잡지 한 호라도 보여 주지 않았는지 자문했다.

「시 잡지 이름이 어쩜 그리 끔찍한지.」

「난 맘에 드는데. 그리 나쁘지 않아.」

「악취미네.」

「너라면 무슨 이름을 붙였을 건데.」

「잘 모르겠어, 멕시코 초현실주의파라고 했을까.」

「재미있군.」

「잡지 전체를 우리 아빠가 디자인 한 줄은 알아?」

「그 비슷한 이야기를 판초가 해줬어.」

「그 잡지에서 가장 잘된 것이 디자인이야. 그런데 지금은 모두 아빠를 증오하지.」

「모두라고? 내장 사실주의자들 전부가? 왜 증오하겠어? 그 반대야.」

「아니, 내장 사실주의자들 말고. 아빠 건축사 사무실의 다른 건축가들이 말이야. 아빠가 젊은이들에게 카리스마가 있는 게 질투가 나는지. 그 일을 속으로 삭이지 않고 있다가 이제 그 대가를 치르게 하고 있어. 잡지 일 때문에 말이야.」

「『리 하비 오즈월드』 때문이라고?」

「그럼. 아빠가 그걸 건축사 사무실에서 만들었는데, 지금 그 책임을 묻는 거야. 앞으로 벌어질 일 때문에.」

「무슨 일이 벌어질 수 있는데?」

「수많은 일들. 너 울리세스 리마를 잘 모르나 보네.」

「응, 잘 몰라. 알아 가는 중이야.」 내가 말했다.

「울리세스는 시한폭탄이야.」 마리아가 말했다.

그 순간, 나는 이미 날이 저물어 그녀와 내가 서로 모습이 안 보이는 상태에서 말소리만 들리고 있다는 사실을 깨달았다.

「이봐, 말할 게 있어. 좀 전에 거짓말을 했어. 한 번도 이 손에 그 잡지를 쥐어 본 적이 없어. 그래서 잠깐이라도 보고 싶어 죽겠어. 빌려 줄래?」

「물론이지. 줄게. 나한테 여러 권 있거든.」

「로트레아몽 책도 빌려 줄래?」

「그래. 하지만 꼭 돌려줘. 내가 좋아하는 시인 중 한 사람이니까.」

「약속해.」 내가 말했다.

마리아는 본채로 들어갔다. 나는 홀로 뒤뜰에 남았는데, 잠시 집 바깥이 멕시코시티라는 것이 거짓말처럼 느껴졌다. 이윽고 별채에서 폰트 자매 목소리가 들리더니 불이 켜졌다. 앙헬리카와 판초겠거니 하며 잠시 후 판초가 뒤뜰로 나를 찾으러 오겠지 했지만 아무 일도 일어나지 않았다. 마리아가 잡지 두 권과 『말도로르의 노래』를 들고 돌아왔을 때, 그녀도 별채에 불이 켜진 것을 깨닫고 잠시 주목했다. 그런데 전혀 예상치 못한 순간에 마리아가 내가 아직 총각인지 물었다.

「아니. 물론 아니야.」 그날 오후 두 번째로 거짓말을 했다.

「총각 딱지 떼는 것이 힘들었어?」

「조금.」 잠시 어찌 대답할까 생각 끝에 말했다.

그녀의 목소리가 다시 걸걸해졌음을 깨달았다.

「애인 있어?」

「아니, 물론 없어.」 내가 말했다.

「그럼 누구랑 했는데? 창녀랑?」

「아니. 작년에 알게 된 소노라 여자애랑. 딱 사흘 만났지만.」

「그러고 아무하고도 안 했어?」

브리히다와의 희한한 모험담을 말해 줄까 망설였는데, 결국 하지 않는 것이 좋겠다 싶었다.

「더는 없어.」 대답을 하면서 기분이 최악이었다.

11월 16일

마리아 폰트에게 전화를 했다. 보고 싶다고 말했다. 만나자고 간청했다. 카페 키토에서 약속을 잡았다. 오후 7시경 그녀가 오니, 여러 놈이 그녀가 들어와 내가 기다리던 테이블에 앉을 때까지 눈길을 떼지 못한다.

그녀는 아름다웠다. 오아하카[29]산 블라우스, 꽉 끼는 청바지, 가죽 샌들 차림이다. 어깨에는 책과 종이가 가득 든 짙은 갈색 가방을 메고 있는데 크림색 해마 그림이 가장자리를 수놓고 있다.

마리아에게 시를 한 편 읽어 달라고 부탁했다.

「귀찮게 굴지 마, 가르시아 마데로.」그녀가 말했다.

그녀의 대답이 어쩐지 나를 슬프게 했다. 마리아의 입술에서 흘러나오는 시를 온몸으로 느끼고 싶었던 것 같다. 분위기가 영 아니어서 그런지도 모르고. 카페 키토는 말소리, 고함, 웃음소리로 왁자지껄했다. 마리아에게 로트레아몽의 책을 돌려주었다.

「벌써 다 읽었어?」마리아가 말했다.

「그럼. 책을 읽느라 밤을 샜지. 『리 하비 오즈월드』도 읽었어. 대단한 잡지야. 이제는 나오지 않아 유감이야. 네 시들이 마음에 쏙 들었어.」

「그래서, 아직 안 잔 거야?」

「아직 안 잤는데 괜찮아. 쌩쌩해.」

마리아 폰트는 내 눈을 바라보며 미소 지었다. 여종업원 하나가 다가와 무엇을 마실지 물었다. 됐어요, 그만 나갈 참이에요. 마리아가 말했다. 거리로 나갔을 때, 할 일이라도 있는지 물었다. 마리아는 아무 할 일 없다고, 단지 카페 키토가 자기 취향이 아니라서 그랬을 뿐이라고 대답했다. 우리는 부카렐리 가를 따라 레포르마 대로까지 걷다가 그 길을 건너 게레로 로로 접어들었다.

29 멕시코 동남부에 있는 주.

「여기는 창녀촌이야.」 마리아가 말했다.

「전혀 몰랐는데.」 내가 말했다.

「우리 팔짱 끼자. 창녀 취급 받을라.」

사실 나는 우리가 막 지나온 거리가 특별하다는 징후를 처음에는 알아채지 못했다. 차도 딴 곳처럼 많고, 보도를 다니는 군중도 부카렐리 가를 오가는 사람들과 전혀 다르지 않았다. 하지만 곧(아마 마리아가 알려 주었기 때문에) 몇몇 차이점을 감지했다. 먼저 조명이다. 부카렐리 가의 거리 조명은 백색인 데 반해 게레로 로는 황색 색조에 가까웠다. 부카렐리 가에서는 보도 옆에 주차해 놓은 차를 보기 힘들었지만 게레로 로에는 많았다. 부카렐리 가의 바와 카페들은 문이 열려 있고 밝았지만, 게레로 로에는 바와 카페가 많은데도 불구하고 길 쪽에 면한 통유리가 없어서 비밀스럽게 혹은 조심스럽게 스스로를 감추고 있는 듯했다. 마지막으로 음악이 달랐다. 부카렐리 가에는 음악 소리 없이 차량과 사람 소리뿐인 반면, 게레로 로는 접어들면 들수록, 특히 게레로 로와 만나는 비올레타 가와 마그놀리아 가 사이는 음악이 거리의 주인이었다. 바와 주차된 차에서, 휴대용 라디오에서 음악이 흘러나오고, 입구가 어두운 건물들의 휘황찬란한 창문으로 음악이 쏟아졌다.

「나는 이 거리가 좋아. 언젠가 여기서 살 거야.」 마리아가 말했다.

어린 창녀들 한 무리가 길가에 주차된 낡은 캐딜락 옆에 가만히 서 있었다. 마리아가 걸음을 멈추더니 그중 하나에게 인사했다.

「어떻게 지내, 루페. 만나서 반가워.」

루페는 바짝 마르고 머리카락이 짧았다. 마리아만큼 아름다웠다.

「마리아! 계집애 얼마 만이야.」 루페가 말하면서 마리아를 포옹했다.

루페와 같이 있던 여인들은 캐딜락 보닛에 계속 기대어 마리아를 잡아먹을 듯이 뜯어보았다. 나는 본 척 만 척이었다.

「너 뒈진 줄 알았어.」 마리아가 직설적으로 말했다. 그녀의 거친 언사에 나는 얼어붙었다. 마리아의 섬세함에는 이러한 분화구들이 있다.

「얼마나 잘 살고 있는데. 거의 죽을 뻔했지만. 안 그래, 카르멘시타?」

카르멘시타라는 여인은 〈그렇고말고〉라고 말하며 계속 마리아를 탐색했다.

「뻗은 사람은 글로리아야. 누군지 알지? 예기치 않은 일이었지만 그 언니 좋아하는 사람은 아무도 없었어.」

「아니, 모르는 사람인데.」 마리아가 입가에 미소를 띠면서 말했다.

「짭새들 짓이야.」 카르멘이 말했다.

「그래서 무슨 대응이라도 했어?」 마리아가 물었다.

「전혀.」 카르멘시타가 말했다. 「뭣하러? 그 언니 비밀이 너무 많았어. 약도 했고. 그러니 어쩌겠어.」

「정말 안됐네.」 마리아가 말했다.

「너는 대학 생활 어때?」 루페가 말했다.

「그냥 그래.」

「아직도 그 황소 같은 놈이 집적대?」

마리아가 웃더니 나를 바라보았다.

「여기 내 단짝은 무용가야.」 루페가 카르멘시타의 친구들에게 말했다. 「돈셀레스 가에 있는 현대 무용 학교에서 알게 됐어.」

「거짓말 마.」 카르멘시타가 말했다

「참말이야. 루페는 현대 무용 학교를 다녔어.」 마리아가 말했다.

「그런데 지금은 어쩌다 이 짓거리 하는데?」 그때까지 말을 하지 않던, 거의 난쟁이처럼 제일 작은 여자가 말했다.

마리아는 그녀를 보더니 어깨를 으쓱했다.

「너 우리랑 커피 마실래?」 마리아가 말했다.

루페는 오른 손목의 시계를 보더니 친구들을 바라보았다.

「나 지금 일하는 중이야.」

「아주 잠깐만. 그리고 돌아오면 되잖아.」 마리아가 말했다.

「알았어, 일은 무슨 일. 저리 가자.」 루페는 마리아와 걷기 시작했다. 나는 따라갔다.

마그놀리아 가에서 왼쪽으로 꺾어져 헤수스 가르시아 로까지 갔다. 그러고는 다시 남쪽을 향해 에로에스 레볼루시오나리오스 페로카릴레로스 가까지 걸어가 어느 카페에 들어갔다.

「이 애송이가 요즘 네게 집적대는 애야?」 루페가 마리아에게 하는 말이 들렸다.

마리아는 다시 웃음을 터뜨렸다.

「그냥 친구야.」 마리아가 이렇게 대답한 뒤 내게 말했다. 「가르시아 마데로, 혹시 루페 기둥서방이 나타나면 우리 둘 다 지켜 줘야 해.」

나는 농담이라고 생각했다. 그러다가 진담일 가능성에 생각이 미치자, 이 상황이 심히 매력적으로 느껴졌다. 그 순간에는 마리아에게 잘 보일 생각밖에 없었다. 나는 행복했고, 밤새도록 같이 있을 용의가 있었다.

「우리 그이는 사나워. 내가 모르는 사람들과 다니는 걸 좋아하지 않아.」 루페가 나를 똑바로 쳐다보면서 말하는 것은 처음이었다.

「나는 모르는 사람 아니잖아.」 마리아가 말했다.

「계집애, 너는 아니지.」

「내가 루페랑 어떻게 알게 되었는지 알아?」 마리아가 내게 물었다.

「전혀 모르지.」 내가 대답했다.

「무용 학교에서 알게 되었어. 루페는 스페인 무용가 파코 두아르테하고 친구였거든. 무용 학교 교장.」

「일주일에 한 번 그 사람을 보러 다녔어.」 루페가 말했다.

「무용 공부한 줄 몰랐는데.」 내가 말했다.

「공부는 무슨. 그냥 드나든 거지.」 루페가 말했다.

「너 말고 마리아.」 내가 말했다.

「열네 살 때부터 배웠어. 훌륭한 무용가가 되기에는 이미 너무 늦었지. 별수 있겠어.」 마리아가 말했다.

「하지만 계집애 너 춤 끝내주는데. 짱 이상하게 추지만 거기는 모든 사람이 반쯤 미쳤지. 너 애 춤추는 거 봤어?」 나는 못 봤다고 말했다. 「봤으면 반했을걸.」

마리아는 고개를 가로저었다. 여종업원이 다가왔을

30 영어를 사용하는 서양인, 특히 미국인을 가리키는 말.

때 우리는 밀크 커피 세 잔을 시켰다. 루페는 콩을 뺀 치즈 샌드위치도 주문했다.

「콩은 소화가 잘 안 돼서.」 루페가 설명했다.

「위가 계속 문제야?」 마리아가 물었다.

「그냥 그래. 가끔 많이 아프기도 하고, 또 가끔은 잊어 먹고. 신경성이야. 견디기 힘들 때는 알약 하나 먹으면 괜찮아. 너는 어때? 이제 무용 학교 안 다녀?」

「전보다는 드문드문 가.」 마리아가 말했다.

「마리아 이 바보가 한번은 파코 두아르테 사무실에 있는 나를 보았지.」 루페가 말했다.

「웃겨서 죽을 지경이었어.」 마리아가 말을 받았다. 「왜 웃음을 터뜨렸는지 나도 모르겠어. 나도 파코를 사랑하고 있어서 사실은 히스테리 부린 거였어.」

「뭐야 계집애. 못 믿겠는데. 그 백인 놈 네 스타일 아니잖아.」

「파코 두아르테라는 작자와 뭘 하고 있었는데?」 내가 물었다.

「사실은 아무 짓도 안 했어. 아까 그 길에서 알게 된 사이야. 그가 올 수도 없고 그리고[30] 아내가 있으니 내가 그 집에 갈 수도 없어서 무용 학교로 만나러 가곤 했어. 게다가 그 막돼먹은 작자가 바로 그걸 즐긴 것 같아. 자기 사무실에서 그 짓 하는 거 말이야.」

「네 기둥서방이 구역에서 그렇게 멀리 나가는 걸 놔뒀어?」 내가 말했다.

「대체 내 구역이 어디인지나 알아, 애송이? 대체 나한테 기둥서방이 있는지 없는지는 아는 거고?」

「기분 상했으면 미안. 하지만 좀 전에 마리아가 네 기둥서방이 난폭한 사람이라고 그랬잖아, 안 그래?」

「이봐, 나 기둥서방 없어. 대체 뭔 지랄이야. 나와 말을 섞게 되었다고 모욕해도 되는 거야?」

「진정해, 루페. 누가 너를 모욕한다고 그래.」 마리아가 말했다.

「이 얼간이가 우리 그이를 욕하잖아. 그 사람이 들으면 너를 아주 박살 내버릴걸. 눈 깜짝할 사이에 제압해 버릴 거라고. 너 틀림없이 그 사람 물건이 마음에 들 거야.」

「이봐, 나 동성애자 아니야.」

「마리아 친구들은 모두 동성애자야. 다 안다고.」

「루페, 내 친구들 들먹이지 마.」 그러고는 마리아가 내게 말했다. 「얘가 아팠을 때, 에르네스토하고 내가 병원에 데리고 가서 치료받게 해주었는데. 은혜를 금방 잊어버리는 사람들이 있다니까.」

「에르네스토 산 에피파니오 말이야?」 내가 물었다.

「응.」

「걔도 무용을 공부해?」

「했었지.」 마리아가 말했다.

「에르네스토 말이지. 걔한테는 아주 좋은 기억을 가지고 있는데. 혼자서 나를 번쩍 들어 민첩하게 택시에 태웠지. 에르네스토도 동성애자이기는 하지만.」 루페가 내게 설명했다. 「건장하지.」

「이런 싸가지하고는. 너를 택시에 태운 건 에르네스토가 아니고 나야.」 마리아가 정정했다.

「그날 밤 죽는 줄 알았어.」 루페가 말했다. 「그날 약에 절어 있었는데 갑자기 어지럽더니 피를 토했어. 몇 바가지나 말이야. 나 죽는 게 대수는 아니었던 것 같아. 아들이, 지키지 못한 약속이, 과달루페 성모만 생각났으니. 달이 뜰 때까지 조금씩 술을 먹었지. 내 상태가 좋지 않으니까, 좀 전의 그 키 작은 애가 마리화나를 조금 권했거든. 재수 없게도 마리화나가 잘못된 건지 아니면 내 상태가 지나치게 안 좋았는지, 산페르난도 광장 벤치에서 죽어 가고 있었어. 바로 그때 여기 이 친구와 천사 같은 그 동성애자가 나타난 거야.」

「아들이 있어, 루페?」

「죽었어.」 루페가 내 눈을 빤히 쳐다보며 말했다.

「그러면 너 몇 살인데?」

루페가 미소를 지었다. 활짝 그리고 예쁘게.

「몇 살일 것 같아?」

위험을 무릅쓰지 않으려고 아무 말도 하지 않았다. 마리아가 루페의 어깨에 손을 얹었다. 두 여자가 서로 쳐다보더니, 잘 모르겠지만 서로 미소를 보냈거나 윙크를 했다.

「마리아보다 한 살 적어. 열여덟.」

「우리 둘 다 사자자리야.」

「너는 무슨 별자리야?」 루페가 물었다.

「몰라. 그런 데 관심 가진 적 없어.」

「자기 별자리도 모르는 유일한 멕시코 사람이군.」 루페가 말했다.

「몇 월에 태어났는데, 가르시아 마데로?」 마리아가 물었다.

「1월, 1월 6일.」

「전갈자리네, 울리세스 리마처럼.」

「그 유명한 울리세스 리마?」 루페가 말했다.

나는 루페에게 울리세스 리마를 아는지 물었다. 그도 무용 학교에 다녔다고 말할까 봐 두려웠다. 한순간 텅 빈 연습실에서 발끝으로 서서 춤추고 있는 내 모습을 보았다! 하지만 루페는 그냥 들어서 알고 있노라고, 마리아와 에르네스토 산 에피파니오가 울리세스 리마 이야기를 자주 했다고 말했다.

이윽고 루페는 죽은 아들에 대해 이야기했다. 아기는 4개월 때 죽었다. 병을 안고 태어났는데, 루페는 아들을 낫게만 해주면 거리 생활을 청산하겠노라고 과달루페 성모에게 약속했다. 처음 석 달 동안 약속을 지켰고, 루페가 보기에 아이도 낫는 듯했다. 하지만 그녀는 넉 달째에 다시 거리로 나서야 했고, 아이는 죽었다. 「내가 맹세를 지키지 않아서 성모님이 아이를 빼앗은 거야.」 그 무렵 루페는 산타카타리나 광장 근처의 파라과이 가에 있는 건물에 살고 있었는데, 밤에는 아기를 어느 노파에게 맡겼다. 어느 날 아침 집에 돌아오니, 사람들이 아들이 죽었다고 알려 줬다. 「그게 다였어.」 루페가 말했다.

「네 잘못이 아니야. 미신을 믿지 마.」 마리아가 위로했다.

「어떻게 내 잘못이 아니야. 누가 약속을 깼는데, 누가 이 생활 청산하겠다고 해놓고 그 약속 안 지켰는데?」

「그러면 성모님이 너를 죽이지 왜 애를 죽여?」

「성모님은 내 아이를 죽이신 게 아니라, 데리고 가셨어. 계집애, 그건 아주 다른 이야기야. 애를 못 보는 벌을 내리신 것이고, 아기는 더 좋은 세상으로 데리고 가신 거야.」 루페가 말했다.

「아, 좋아. 그렇게 생각하면 아무 문제 없겠네, 안 그래?」

「정말 그러네. 그러면 다 해결된 거네. 너희는 언제 서로 알게 되었는데. 아이가 죽기 전이야 후야?」 내가 말했다.

「죽은 다음. 얘가 미쳐 날뛸 때였지. 너 그때 죽으려고 환장한 것 같았어, 루페.」 마리아가 말했다.

「알베르토 아니었으면 죽었을 거야.」 루페가 한숨을 쉬었다.

「알베르토가 네…… 애인인가 봐.」 내가 말했다. 「너는 그 사람 알아?」 마리아에게 묻자 그녀는 고개를 끄덕였다.

「루페 기둥서방이야.」 마리아가 말했다.

「그래도 네 친구보다 그게 더 커.」 루페가 말했다.

「친구라니, 설마 나를 지칭하는 건 아니겠지?」

내 말에 마리아가 웃었다.

「물론 네 이야기야, 멍청아.」

나는 얼굴이 달아올랐고 곧이어 웃었다. 마리아와 루페도 웃었다.

「알베르토는 얼마만 한데?」 마리아가 물었다.

「그 사람이 가지고 있는 칼과 같은 크기야.」

「칼 크기는?」 마리아가 물었다.

「이만해.」

「뻥 까지 마.」 차라리 화제를 바꾸는 것이 좋았을 텐데도 내가 그렇게 말했다. 이미 엎지른 물을 주워 담기라도 하겠다는 듯이 또 말했다. 「그렇게 큰 칼이 어디 있어.」 더 기분이 뭣해졌다.

「계집애, 칼만 하다는 이야기를 어떻게 그렇게 굳게 믿는데?」 마리아가 말했다.

「알베르토는 열다섯 살 때부터 그 칼을 가지고 있었어. 라본도호 가의 창녀가 선물한 건데, 그년은 벌써 죽었지.」

「그러면 너는 칼로 그걸 재어 본 거야 아니면 그냥 어림짐작으로 말하는 거야?」

「그렇게 큰 칼은 짐이야.」 내가 주장했다.

「알베르토 자기가 재지, 내가 그러고 말고 할 것도 없어. 내가 무슨 영화를 보겠다고. 자기가 재, 그것도 수시로. 적어도 하루에 한 번. 크기가 작아지지 않았나 보려고 그런다나.」

「그게 작아질까 봐 겁낸다고?」 마리아가 말했다.

「알베르토는 아무것도 겁내지 않아. 사내 중의 사내거든.」

「그러면 칼로 재는 건 뭐야? 정말 이해가 가지 않는데. 그러다 실수로 칼에 벤 적 없어?」 마리아가 말했다.

「벤 적은 있는데 일부러 그런 거야. 알베르토는 칼 다루는 데는 도사인걸.」

「그러니까 네 그 잘난 기둥서방이 재미 삼아 자지에 칼질을 한다는 거야?」 마리아가 말했다.

「그렇다니까.」

「그걸 어떻게 믿어.」

「정말이라고. 거기에 칼질을 해. 매일 그러지는 않지만. 초조할 때나 완전히 취했을 때만 그래. 하지만 크기를 재는 일은 거의 빼먹지 않고 해. 자기 남성을 위해 좋다나. 감방에서 배워 생긴 습관이래.」

「그놈 사이코패스일 거야.」 마리아가 말했다.

「계집애, 넌 너무 곱게 커서 이런 일 이해 못 하는 거야. 뭐가 나쁜데? 남자란 것들은 다 자기 성기 크기를 생각하는걸. 우리 그이는 진짜로 재보는 것뿐이야. 칼로 말이지. 게다가 그 칼은 알베르토에게는 어머니나 마찬가지였던 첫사랑이 선물한 거야.」

「그런데 진짜 그렇게 커?」

마리아와 루페는 웃음을 터뜨렸다. 알베르토의 모습이 내 머릿속에서 점점 커져 위협적인 존재가 되었다. 이제 알베르토가 그곳에 나타나지 않았으면 싶었고, 결사적으로 이 여자들을 지킬 마음도 없어졌다.

「한번은 아스카포찰코에서 그 장사를 하는 어느 바에서 빨기 대회가 열렸는데, 단연 발군인 년이 하나 있었어. 갈보 년들 중 아무도 그년만큼 통째로 입에 성기를 집어넣을 수 있는 년이 없었어. 그때 알베르토가 우리가 있던 테이블에서 일어나더니 말하는 거야. 잠깐만 기다려 봐, 일 좀 처리하고 올게. 우리 테이블에 있던 사람들이 말하는 거야. 분기탱천했군, 알베르토. 그가 어떤 사람인지 아는 거지. 나는 그 불쌍한 년이 질 거라고 직감했지. 알베르토가 무대 가운데 버티고 서더니, 자기 물건을 꺼내 두어 번 토닥거려 발동을 걸고서 챔피언 입에 집어넣었어. 그년도 정말 굳세게 용을 썼어. 사람들이 놀라움의 환호를 보내는 동안 조금씩, 조금씩 삼켰어. 그러자 알베르토가 그년 양쪽 귀를 잡더니 입에다 그놈을 단번에 쑤셔 넣었어. 쇠뿔은 단김에 빼야지? 알베르토가 말했고 모두들 웃었어. 나도 웃었어. 사실은 좀 창피하기도 하고 좀 질투도 났지만 말이야. 처음 몇 초 동안은 견뎌 내는 것 같더니만 그년은 이내 숨이 막혀 캑캑거렸어……」

「어휴, 알베르토란 놈 짐승이로군.」 내가 말했다.

「계속해 봐. 어떻게 됐는데?」 마리아가 말했다.

「별일 없었어. 그년이 알베르토를 마구 때리면서 떨어지려고 했고, 알베르토는 웃으면서 으랴으랴 하고 말했어. 사나운 암말을 타고 있는 것처럼 말이야. 무슨 뜻인지 알지?」

「그럼. 로데오 경기 하듯이 했다는 거군.」 내가 말했다.

「나는 그게 너무 마음에 들지 않아서 소리쳤어. 알베르토, 그 여자 죽겠어. 하지만 내 말이 들리지 않았나 봐. 그러는 동안 그년 얼굴이 점점 새빨갛게 핏발이 서고 눈을 부릅뜨면서(다른 사람들을 빨아 줄 때는 눈을 감고 했어) 알베르토 사타구니를 밀어내는 거야. 호주머니에서 허리띠에 이르는 부분을 말이야. 물론 소용없었지. 그년이 밀쳐 내려고 할 때마다 알베르토가 양쪽 귀를 더 세게 잡고 저지했거든. 그가 단연 유리한 상황이었어. 금방 알 수 있었지.」

「그 여자는 왜 그 물건을 깨물어 버리지 않았지?」 마리아가 물었다.

「알베르토 친구들이 열광하고 있었거든. 그 와중에 그년이 그랬으면 알베르토가 죽여 버렸을걸.」

「너 미쳤구나, 루페.」 마리아가 말했다.

「너도 그래. 우리 여자들 모두가 미친 거지, 안 그래?」

마리아와 루페는 웃음을 터뜨렸다. 나는 이야기의 결말이 궁금했다.

「아무 일도 없었어. 그 여잔 더 견디지 못하고 토하기 시작했어.」 루페가 말했다.

「알베르토는?」

「그 직전에 물러섰지. 무슨 일이 일어날지 알아차렸고, 바지를 버리기 싫었던 거야. 그래서 호랑이처럼 펄쩍 뛰었어, 하지만 뒤로. 그래서 알베르토한테는 하나도 튀지 않았어. 환호하던 사람들은 미친 듯이 박수를 쳤어.」

「그런데 너는 그 미친놈을 사랑하는 거야?」 마리아가 물었다.

「사랑이라. 사람들이 사랑이라고 부르는 그런 감정인지는 모르겠어. 엄청 좋아하는 건 사실이야. 네가 내 처지라도 좋아했을 거야.」

「내가? 내가 미쳤냐.」

「알베르토는 정말 남자다워.」 루페가 통유리 창 너머를 멍하니 바라보며 말했다. 「그건 엄연한 사실이야. 그리고 누구보다도 더 나를 잘 이해해.」

「누구보다도 더 너를 등쳐 먹겠지.」 마리아가 몸을 뒤로 젖히고 테이블을 양손으로 탁 치면서 말했다. 충격에 찻잔이 요동쳤다.

「친구, 이러지 마.」

「그래, 그러지 마. 루페도 자기 삶을 마음대로 할 권리가 있으니까.」 내가 말했다.

「끼어들지 마, 가르시아 마데로. 너는 아무 상관 없는 제삼자일 뿐이잖아. 우리가 무슨 말 하는지 눈곱만큼도 몰라.」

「너도 제삼자일 뿐이야. 젠장, 너는 부모님과 함께 살고 있고, 창녀도 아니잖아. 미안, 루페. 기분 나쁘게 하려고 한 말은 아니야.」

「괜찮아. 기분 나쁘게 하려고 한 게 아니라면, 애송이.」 루페가 말했다.

「닥쳐, 가르시아 마데로.」 마리아가 말했다.

나는 마리아의 말을 따랐다. 잠시 우리 세 사람은 침묵을 지켰다. 이윽고 마리아가 여성 운동에 대해 말하면서 거트루드 스타인, 레메디오스 바로, 레오노라 캐링턴, 앨리스 B. 토클라스(토클라멜라[31]겠지, 루페가 말했지만 마리아는 전혀 신경 쓰지 않았다), 우니카 취른, 조이스 만수르, 메리앤 무어,[32] 그 밖에 이름이 기억나지 않는 사람들을 언급했다. 20세기의 페미니스트들이려니 했다. 소르 후아나 이네스 데 라 크루스도 언급했다.

「소르 후아나는 멕시코 시인이야.」 내가 말했다.

「수녀이기도 하지. 시인인 줄은 나도 안다고.」 루페가 말했다.

11월 17일

오늘은 판초 없이 혼자 폰트 자매 집에 갔다(하루 종일 판초에게 붙어 다닐 수는 없다). 하지만 집이 가까워지자 신경이 곤두섰다. 마리아의 아빠가 발길질로 나를

---

31 음부를 애무해 달라는 뜻의 〈토카멜라〉와, 발음이 비슷한 〈토클라스〉를 결합해 말장난을 하고 있다.

32 Gertrude Stein(1874~1946)은 주로 파리에서 활동하면서 전위주의 작품을 쓰고 옹호한 미국 작가, Remedios Varo(1908~1963)는 스페인 내전과 제2차 세계 대전으로 멕시코로 이주해 활동한 스페인 초현실주의 화가, Alice B. Toklas(1877~1967)는 거트루드 스타인의 미국인 연인, Unica Zürn(1916~1970)은 파리에서 활동한 독일인 전위주의 문인이자 화가, Joyce Mansour(1928~1986)는 영국 태생의 이집트인으로 파리에서 활동한 초현실주의 시인, Marianne Moore(1887~1972)는 객관주의*objectivism*를 표방한 미국 시인.

33 Joseph Rudyard Kipling(1865~1936). 『정글북』과 『킴』을 쓴 영국 작가.

34 바르셀로나를 중심으로 하는 스페인 카탈루냐 지방의 언어로 발음상으로는 프랑스어에 더 가깝다.

쫓아 버리리라고, 나는 그를 다루지 못하리라고, 그가 내게 덤비리라는 생각이 들었다. 초인종을 누를 용기가 없어서 잠시 동네를 돌면서 마리아와 앙헬리카와 루페와 시를 생각했다. 하려고 한 건 아니었는데, 숙모와 숙부와 지금까지의 내 삶에 대해서도 생각하게 되었다. 나의 삶이 편안하고 공허했다는 사실을 알게 되었으며, 다시는 그렇지 못하리라는 것을 깨달았다. 그 사실이 심히 즐거웠다. 그 후 폰트 자매 집으로 성큼성큼 걸어가서 초인종을 눌렀다. 폰트 씨가 대문에 나타나더니, 가지 마, 잠깐 기다려, 지금 열어 줄 테니라고 말하는 듯한 기색을 보였다. 그러고는 사라졌지만 대문은 약간 열려 있었다. 잠시 후 폰트 씨가 다시 나타나, 만면에 미소를 띠고 셔츠 소매를 걷으면서 정원을 가로질러 왔다. 정말로 전보다 상태가 나아 보였다. 폰트 씨가 대문을 열어 주면서 말했다. 자네, 가르시아 마데로 맞지? 그러고는 손을 내밀었다. 나는 안녕하셨어요, 폰트 씨 하고 인사를 했고, 그는 씨라니, 킴이라고 부르게, 우리 집에서는 그런 격식 차리지 않으니까 하고 말했다. 처음에는 어떻게 부르라는 것인지 제대로 알아듣지 못해서, 킴Kim이라고요 하고 되물었다(나는 러디어드 키플링[33]을 읽은 적이 있다). 하지만 폰트 씨는 아니, 카탈루냐어[34]로 호아킨의 약칭인 킴Quim이라고 부르라고 하고 말했다.

「그러죠, 킴.」 내가 마음이 놓이다 못해 기쁨에 겨워 미소 지으며 말했다. 「저는 후안입니다.」

「아닐세, 계속 가르시아 마데로라고 부르는 것이 좋겠어. 다들 자네를 그렇게 부르니까.」 그가 말했다.

그 후 그는 정원에서 한동안 나를 따라왔고(내 팔을

붙든 채), 팔을 놓기 전에 마리아에게 전날 이야기를 들었다고 말했다.

「고맙네, 가르시아 마데로. 자네 같은 젊은이는 드물지. 이 나라가 망조라 이제는 어찌 될지 모르겠네.」

「당연히 할 일을 한 것뿐인데요.」 내가 넘겨짚어 말했다.

「이론적으로는 변화의 희망인 젊은이들마저 마리화나나 피우고 난잡하게 노니. 대책이 없어. 혁명이 일어나야 해결되지.」

「전적으로 동감입니다, 킴.」

「딸애 말에 따르면, 자네는 신사처럼 행동했더군.」

나는 어깨를 으쓱했다.

「마리아 친구들 중에는…… 자네에게 말해 뭐하겠어. 차츰 알게 되겠지. 어떤 면에서는 괜찮아. 사람은 온갖 종류의 사람을 다 알아야 하고, 가끔은 현실을 접해 봐야지, 안 그런가? 알폰소 레예스[35]가 이런 이야기를 한 것 같군. 아닐 수도 있지만 누가 말했든 중요한 건 아니고. 그런데 말이야 마리아는 가끔 너무 지나쳐, 안 그런가? 현실을 접한다고 마리아에게 뭐라 그러는 게 아니야. 하지만 현실과 〈접하기만 해야지〉 스스로를 현실에 〈내놓으면 안 돼〉, 안 그런가? 지나치게 현실과 많이 접하고 현실에 노출이 되면 〈희생자〉가 될 테니까. 내 말 듣고 있는지 모르겠네.」

「듣고 있습니다.」 내가 말했다.

---

35 Alfonso Reyes(1889~1959). 멕시코의 문인이자 사상가로 1909년 몇몇 지식인들과 함께 그리스 고전을 읽고 토론하는 모임인 〈젊음의 학당Ateneo de la Juventud〉을 결성하여 이후 멕시코 지성계에 지대한 영향을 끼친 인물.

「〈현실〉의 희생자가 된다는 말이지. 어찌 말해야 할지 모르겠지만, 특히 친구들이 자력(磁力)이 강하면 말이야, 안 그런가? 천진난만하게 불행이나 〈망나니〉를 끌어들이는 사람들 말일세. 듣고 있는 거지, 가르시아 마데로?」

「물론입니다.」

「예컨대, 어제 만난 여자, 그 루페 말일세. 나도 그 애를 알지. 믿기지 않을 텐지만, 이곳 우리 집에 왔었다네. 하루인가 이틀인가 우리와 같이 식사도 하고 집에서 잤네. 하루나 이틀 밤 정도로 호들갑 떨지는 않겠어. 그쯤으로 무슨 일이 생기겠어. 하지만 그 애 〈문제〉가 있어, 안 그런가? 문제를 끌어들인다고. 내가 자력이 있는 사람들 운운한 것은 바로 그런 뜻일세.」

「압니다. 그런 사람들은 자석 같죠.」 내가 말했다.

「바로 그걸세. 이런 경우에 자석이 나쁜 일, 아주 나쁜 일을 끌어당기고 있네. 하지만 마리아는 너무 어려서 그걸 깨닫지도 못하고 위험도 보지 못하네, 안 그런가? 마리아는 〈선행〉을 베풀고 싶어 그러지만. 선행을 필요로 하는 사람들에게 선행을 베풀지만, 거기에 내재된 위험들을 아랑곳하지 않네. 한마디로 말해 내 불쌍한 딸은 자기 친구나 지인이 예전의 삶을 그만두기를 원하네.」

「이제 무슨 이야기인지 알겠습니다, 폰트 씨, 아니 킴.」

「무슨 이야기인지 알겠다고? 무슨 이야기인데?」

「루페의 기둥서방 말씀이시잖아요.」

「바로 그걸세, 가르시아 마데로. 바로 거기에 문제가 있다네. 루페 기둥서방 말이야. 따져 보자고. 그자한테 루페는 뭐지? 생활 수단, 일, 직장, 한마디로 말해 직업이지. 근로자가 직업을 잃게 되면 어떻게 하지, 응? 말해 보게, 어떻게 하는지.」

「분노할까요?」

「〈엄청〉 분노하지. 그런데 누구에게 분노하겠어? 해고한 사람에게 분노하지. 이웃에게는 안 그래. 물론 그럴 수도 있지만, 먼저 자신을 실업자로 만든 사람에게 분노하는 법일세. 그런데 누가 루페 기둥서방이 실업자가 되도록 기반을 잠식하고 있지? 바로 내 딸이라고. 그러니 그가 누구에게 분노하겠나? 내 딸에게 분노하겠지. 나아가 우리 가족에게도. 자네도 이런 종류의 사람들이 어떤지 알잖아. 끔찍하고 무차별적인 복수가 뒤따르게 마련이야. 맹세컨대, 최고로 용감한 사람일지라도 머리털이 곤두설 끔찍한 악몽을 꾸게 되지.」 킴은 악몽들이 기억이라도 나듯 잔디를 바라보면서 조금 웃었다. 「가끔 어느 도시에 있는 꿈을 꿔. 그 도시는 멕시코시티이기도 하고 아니기도 하지. 즉, 미지의 도시이지만 다른 꿈에서 본 도시일세. 내가 자네를 지겹게 하는 것은 아니겠지, 그렇지?」

「아니요, 그럴 리가요.」

「좀 전에 이야기한 대로 그 도시는 대체로 미지의 도시이기도 하고 어렴풋이 아는 도시이기도 해. 나는 끝없는 길거리를 헤매면서 나를 받아 줄 호텔이나 민박을 기를 쓰고 찾는다네. 그런데 전혀 찾을 수가 없는 거야. 벙어리인 척하는 사람만 발견할 뿐이야. 최악의 일은 날이 저물어 가고, 밤이 되면 내 목숨은 파리 목숨이라는 사실을 알고 있다는 점이야. 흔히 하는 말대로 야생의 법칙에 목숨을 내맡긴 것이지. 개 같은 꿈이지.」 킴이 생각에 잠겨 덧붙였다.

「킴, 이제 따님들이 있는지 볼게요.」

「물론.」 그가 대답했지만 내 팔을 놓지는 않았다.

「나중에 갈 때 인사드리러 건너가겠습니다.」 딱히 할 말이 없어 내가 말했다.

「어젯밤 자네가 한 일이 마음에 드네, 가르시아 마데로. 자네가 마리아를 보살펴 주고, 그 많은 창녀 앞에서도 이성을 잃지 않아서 마음에 든다고.」

「킴, 루페만 있었는데요……. 게다가 친구의 친구는 제게도 친구죠.」 내가 귀 끝까지 빨개져서 말했다.

「그럼 딸아이들한테 가보게. 다른 손님이 있는 것 같아. 그 방에는 사람들이 많이 찾아와. 그러니까……」 킴은 적절한 비교의 대상을 떠올리지 못해 그저 웃었다.

나는 최대한 서둘러 킴에게서 멀어졌다.

뒤뜰로 막 들어설 때 뒤를 돌아보았더니, 킴 폰트가 아직도 그곳에서 가만히 웃으면서 목련을 바라보고 있었다.

11월 18일

오늘 다시 폰트 자매 집에 갔다. 킴이 나와서 문을 열어 주고 나를 얼싸안았다. 별채에는 마리아, 앙헬리카, 에르네스토 산 에피파니오가 있었다. 세 사람은 앙헬리카의 침대에 앉아 있었다. 내가 들어서는 순간 그들은 자신들이 공유하는 것을 보지 못하게 하려는 듯이 무의식중에 서로 몸을 밀착했다. 판초가 들어오는 줄 안 것 같았다. 나라는 것을 깨달았을 때도 그들의 얼굴은 계속 굳어 있었다.

「마리아, 문 좀 잠그고 다녀. 그래야 이렇게 놀랄 일 없지.」 앙헬리카가 말했다.

마리아와 달리 앙헬리카의 얼굴은 아주 하얗다. 하지만 다갈색이라 해야 할지 분홍색이라 해야 할지 모를 색조, 내 생각에는 다갈색 색조가 감돌고 있으며, 튀어나온 광대뼈, 넓은 이마, 언니보다 두툼한 입술을 하고 있다. 앙헬리카를 보니까, 아니 그녀가 나를 바라보는 것을 보니(지난번에 내가 그곳에 갔을 때는 사실상 나를 쳐다보지 않았다), 길고 곱상하면서도 강인한 손가락을 지닌 손이 내 심장을 꽉 쥐는 듯한 느낌이었다. 아마 리마와 벨라노에게는 마음에 들지 않을 이미지겠지만, 어쨌든 내가 그때 느낀 것에 찰떡같이 들어맞는 이미지이다.

「마지막에 들어온 사람은 나 아니야.」 마리아가 말했다.

「언니가 마지막에 들어왔어.」 앙헬리카의 어조는 단호해서 거의 권위적이었다. 잠깐 앙헬리카가 동생이 아니라 언니처럼 느껴졌다. 「걸쇠를 걸고 아무 데나 앉아.」 앙헬리카가 내게 명령했다.

나는 순순히 따랐다. 별채에는 커튼이 쳐져 있고, 실내로 들어오는 빛은 초록색에다 노란색 선들이 세로로 그어져 있었다. 나는 책장 옆에 있는 나무 의자에 앉아 무엇을 보는 중이었는지 그들에게 물었다. 에르네스토 산 에피파니오가 고개를 쳐들고 잠시 나를 탐색했다.

「너, 전에 내가 갖고 있던 책들 제목을 적은 애 맞지?」

「그래 맞아. 브라이언 패튼과 에이드리언 헨리의 책, 또 한 권은 기억나지 않아.」

「스파이크 호킨스의 『실종된 소방대』.」

「바로 그거야.」

「그 책들 샀어?」 어투에 약간 조롱기가 있었다.

「아직은. 하지만 사려고.」

「영국 문학 전문 서점에 가야 해. 멕시코시티의 보통 서점에서는 구하지 못할 거야.」

「그래, 그래. 울리세스가 너희들이 가는 서점 이야기를 했어.」

「아, 울리세스 리마.」 산 에피파니오가 유독 〈i〉마다 강세를 주면서 말했다. 「아마 프랑스 시를 주로 다루고 영국 시는 별로 없는 보들레르 서점에 가보라고 했을 것 같은데……. 그런데 너희라니?」

「너희? 무슨 너희 말이야?」 내가 놀라서 되물었다. 폰트 자매는 여전히 내게는 보이지 않는 무언가를 서로 돌려 가며 보고 있었다. 가끔 웃음도 터뜨렸다. 앙헬리카의 웃음소리는 솟아오르는 샘물 같았다.

「서점을 이용한다는 사람들 말이야.」

「아 물론 내장 사실주의자들이지.」

「웃기지 마. 그 그룹에서는 울리세스와 울리세스의 칠레인 친구만 책을 읽는걸. 나머지는 독서 장애가 있는 패거리들이라고. 그들이 서점에서 하는 거라고는 책 훔치는 일뿐이야.」

「훔치면 나중에라도 읽겠지, 안 그래?」 내가 다소 퉁명스럽게 결론을 내렸다.

「아니, 착각이야. 훔치면 나중에 울리세스와 벨라노에게 선물해. 그러면 걔들이 책을 읽고 이야기를 해주지. 그러면 나머지 애들은 이를테면 크노를 읽은 척하고 다니는 거야. 책을 읽은 것이 아니라 그저 〈훔치기만〉 해놓고 말이야.」

「벨라노가 칠레 사람이야?」 다른 주제로 대화를 돌리고 싶기도 하고, 진짜 잘 모르기도 해서 물었다.

「알아채지 못했어?」 마리아가 바라보던 것에서 눈길을 떼지 않고 말했다.

「알아챘지, 말씨가 조금 다른 건. 하지만 글쎄, 타마울리파스 주나 유카탄 주 출신인가 했는데…….」

「유카탄 출신인 줄 알았다고? 휴, 가르시아 마데로, 이 순진한 녀석. 벨라노를 유카탄 애로 알았단다.」 산 에피파니오가 폰트 자매에게 그렇게 말했고, 세 사람은 깔깔댔다.

나도 웃었다.

「유카탄 사람이라는 게 아니라 그럴 수도 있다는 이야기야. 게다가 내가 뭐 유카탄 사람 전문가도 아니고.」 내가 말했다.

「유카탄 애 아니야. 칠레 애지.」

「벨라노가 멕시코에 산 지는 오래됐어?」 할 말이 없어 내가 물었다.

「피노체트 쿠데타 때부터.」 마리아가 고개를 계속 처박은 채 말했다.

「쿠데타 훨씬 전부터야. 나는 벨라노를 1971년에 알았는걸. 그 후에 칠레로 돌아갔다가 쿠데타가 일어났을 때 멕시코로 돌아왔어.」 산 에피파니오가 말했다.

「그때야 우리가 너를 몰랐지.」 앙헬리카가 말했다.

「벨라노하고 나는 그 시절에 아주 친한 사이였어. 우리 둘 다 열여덟 살이었고, 부카렐리 가에서 제일 젊은 시인이었어.」 산 에피파니오가 말했다.

「너희 뭐 보고 있는지 좀 알 수 있을까?」 내가 말했다.

「내가 찍은 사진이야. 네 마음에는 들지 않을 수도 있는데, 원하면 봐도 괜찮아.」 산 에피파니오가 말했다.

「너 사진작가야?」 일어나 침대 쪽으로 향하며 내가 물었다.

「아니. 나는 시인일 뿐이야.」 산 에피파니오가 내게 자리를 마련해 주면서 말했다. 「시는 남아돌 정도로 썼어. 머잖아 단편을 쓰는 천박한 짓도 저지르려고 하지만.」

「여기.」 앙헬리카가 그들 자매들이 이미 본 사진 한 무더기를 내게 건넸다. 「시간 순서에 따라 사진을 봐야 해.」

50~60장은 될 법했다. 전부 플래시를 터뜨려 찍은 것이었다. 거의 전부가 어느 방 안에서, 아마 여관방에서 찍은 사진이었다. 두 장은 예외였는데, 조명이 시원찮은 어느 밤거리와 사람들이 탄 빨간색 머스탱을 찍은 것이었다. 머스탱에 타고 있는 사람들 얼굴은 흐릿했다. 이 두 장 이외의 사진들 속에는 열예닐곱 살, 아니 열다섯 살일 수도 있는 짧은 금발 머리 남자애와 그보다 두세 살 위일 듯싶은 여자와 에르네스토 산 에피파니오가 찍혀 있었다. 두말할 나위 없이 제4의 인물, 즉 사진을 찍은 사람도 있었겠지만 그 사람 모습은 결코 사진에 보이지 않았다. 처음 사진들은 금발 남자애를 찍은 것으로 차츰 옷을 벗어 가고 있었다. 열다섯 번째 사진부터는 산 에피파니오와 여자도 등장했다. 산 에피파니오는 자주색 재킷을, 여자는 우아한 파티복을 입고 있었다.

「이 남자애는 누구야?」 내가 물었다.

「입 닥치고 사진이나 봐. 그러고 나서 질문하라고.」 앙헬리카가 말했다.

「내 사랑이야.」 산 에피파니오가 말했다.

「아하. 그럼 여자는?」

「그 누나고.」

스무 번째 사진부터인가 금발 소년이 자기 누나 옷을 입기 시작했다. 여자는 금발이라고까지 할 수는 없고 약간 뚱뚱했는데, 사진을 찍고 있는 미지의 인물에게 음탕한 제스처를 취하고 있었다. 반대로 산 에피파니오는 적어도 처음 사진들 속에서는 자신을 제어하고 진지한 미소를 지으며 스카이 소파나 침대 가장자리에 앉아 있었다. 그러나 이 모든 것이 눈가림이었다. 서른 번째나 서른다섯 번째 사진부터는 산 에피파니오도 벗고 있었다 (긴 팔다리를 가진 그의 몸은 실제보다 훨씬 더 마르고 앙상해 보였다). 다음 사진들은 산 에피파니오가 금발 소년의 목, 입술, 눈, 등, 반쯤 일어선 성기, 발딱 선 성기 (그렇게 야리야리한 소년의 것치고는 훌륭했다)에 키스를 하는 모습이었다. 전신이나 육체 일부가(한쪽 팔 전부와 다른 한쪽 팔 절반, 손, 손가락 몇 개, 얼굴의 절반) 드러나는, 심지어 때로는 벽에 그림자만 비치는 소년 누나의 주의 깊은 시선이 언제나 따라다녔다. 고백하건대 내 인생에서 그런 장면을 본 것은 처음이었다. 게다가 아무도 내게 산 에피파니오가 동성애자라고 말해 준 적이 없다(루페가 그런 이야기를 하긴 했지만, 그녀는 나도 동성애자라고 말했다). 그래서 내 감정을 드러내지 않으려고 노력하면서(적어도 혼란스러운 감정이었다) 계속 사진을 보았다. 두려워하던 대로 다음 사진들은 브라이언 패튼의 독자가 금발 소년의 뒤로 삽입하는 광경이었다. 나는 얼굴이 빨개지는 것을 느꼈고, 사진을 다 보고 폰트 자매와 산 에피파니오 얼굴을 어찌 보나 하는 생각이 갑자기 들었다. 삽입당한 소년의 얼굴은 일그러져 있지만 쾌락과 고통이 섞인 듯한 모습이었다(연기일 수도 있지만, 그런 생각은 한참 후에야 하게 되었다). 산 에피파니오의 얼굴은 순간적으로 면도날처럼, 강렬한 빛이 비친 칼처럼 날카로워졌다. 관찰 중인 누나의 얼굴은 극단적인 즐거움에서 깊고 깊은 우울함에 이르기까지 가능한 모든 표정을 선보였다. 마지막 사진들 속에서는 세 사람이 여러 가지 자세로 침대에 누워 자는 척하거나 사진사에게 미소를 짓고 있었다.

「불쌍한 놈, 침대에 강제로 있군.」 산 에피파니오를 자극하려고 내가 말했다.

「강제로? 개 생각이었는걸. 그 애는 어리지만 변태야.」

「그래도 너는 영혼을 바쳐 사랑하잖아.」 앙헬리카가 말했다.

「영혼을 바쳐 사랑하지만 우리를 갈라놓는 것이 너무 많아.

「뭐가 그런데?」 앙헬리카가 물었다.

「예를 들면 돈. 나는 가난한데 그 아이는 부자야. 응석, 사치, 여행 등에 익숙하고, 정말 아무것도 부족한 것이 없어.」

「이 사진들에서는 부자도 아니고 응석받이도 아닌 것 같은데. 정말로 사악해 보이는 사진들도 있고.」 내가 진지하게 말했다.

「개네 집은 돈이 아주 많아.」 산 에피파니오가 말했다.

「그러면 좀 더 좋은 여관으로 가지 그랬어. 조명이 종교 영화 수준이잖아.」

「온두라스 대사의 아들이야.」 산 에피파니오가 음산한 시선을 내게 던지며 말했다. 「그 이야기는 아무에게도 하지 마.」 그가 소년의 비밀을 털어놓은 것을 후회하면서 나중에 덧붙였다.

나는 사진 꾸러미를 돌려주었고, 산 에피파니오는 그것을 호주머니에 넣었다. 내 왼팔에서 몇 센티미터도 떨어져 있지 않은 곳에 앙헬리카의 맨 팔이 있었다. 용기를 내서 그녀 얼굴을 쳐다보았다. 앙헬리카도 나를 바라보았다. 내 얼굴이 약간 빨개졌을 것이다. 나는 행복을 느꼈다. 하지만 즉각 그런 생각을 떨쳐 냈다.

「오늘은 판초 안 왔어?」 내가 바보 천치처럼 말했다.

「아직 안 왔어. 사진 어때?」 앙헬리카가 말했다.

「야해.」 내가 말했다.

「그뿐이야?」 산 에피파니오는 일어나더니, 내가 앉아 있던 나무 의자에 앉았다. 그러고는 특유의 날 선 미소로 나를 관찰했다.

「음, 나름대로 시적이야. 시적이라고만 하면 거짓말이겠지만. 묘한 사진들이야. 포르노물이라고나 할까. 비하하려고 그러는 게 아니야. 하지만 포르노라고 생각해.」

「사람은 다 자기 이해력을 벗어나는 것이 있으면 그걸 규정하려는 경향이 있지.」 산 에피파니오가 말했다. 「사진 보니 흥분이 돼?」

「아니.」 내가 단호하게 말했다. 사실 확신은 없었지만. 「흥분되지는 않았지만 싫지는 않았어.」

「그러면 포르노가 아니지. 적어도 너한테는 아니야.」

---

36 Eugène Savitzkaya(1955~). 프랑스어로 작품 활동을 하는 벨기에 시인.

「하지만 마음에는 들었어.」 내가 인정했다.

「그러면 이렇게만 말해야지. 마음에 들었어, 왠지는 모르겠어, 하지만 그건 별로 중요하지 않아.」

「사진사가 누구야?」 마리아가 물었다.

산 에피파니오가 앙헬리카를 바라보더니 웃었다.

「그건 정말 비밀이야. 아무에게도 이야기하면 안 된다고 맹세까지 시키더라고.」

「하지만 아이디어는 빌리의 것이었어. 사진사가 누구면 뭐 어떻겠어?」 앙헬리카가 말했다.

그러니까 온두라스 대사의 아들 이름이 빌리인 것이다. 아주 잘 어울리는 이름이네, 내가 생각했다.

그 직후, 왠지 나는 울리세스 리마가 사진을 찍은 것 아닌가 의심했다. 곧이어 내게는 새로운 소식인 벨라노의 국적에 생각이 미쳤다. 그 후 주로 앙헬리카가 나를 보지 않을 때 별로 티를 내지 않고 그녀를 바라보았다. 그녀는 주로 고개를 숙이고 시집(외젠 사비츠카야[36]의 『아픔이 있는 곳들』)을 보다가 이따금씩 고개를 들어 에로 예술에 대해 마리아와 산 에피파니오가 나누는 대화에 끼어들었다. 그다음에는 또다시 울리세스 리마가 사진을 찍었을 가능성을 생각했다. 카페 키토에서 들은 이야기, 즉 울리세스가 마약 매매를 한다는 이야기도 떠올렸다. 나는 생각했다. 그렇다면 아마 맞을 거야, 마약 매매를 하는데 다른 거래를 하지 말란 법 없잖아. 바로 그때 바리오스가 서글서글하기 그지없는 바버라 패터슨(그녀는 늘 생글거렸다)이라는 미국 여인과 처음 보는 여성 시인 실비아 모레노와 팔짱을 끼고 나타났다. 그리고 우리 모두 마리화나를 피웠다.

기억은 희미한데(마리화나 때문은 아니다. 약기운은 거의 느끼지도 못했다), 한참 후에 누군가가, 어쩌면 내가, 벨라노 국적 이야기를 다시 끄집어냈다. 그래서 다들 벨라노 이야기, 그에 대한 험담을 하기 시작했다. 마리아와 나만 빼고. 우리는 어느 순간 물리적, 정신적으로 그 무리에서 떨어져 있었지만, 나는 그 멀리서도 (아마 마리화나의 효과 때문에) 그들의 이야기를 여전히 들을 수 있었다. 그들은 울리세스 리마에 대해서도, 게레로 주와 피노체트의 칠레를 돌아다니면서 마리화나를 구해 나중에 멕시코시티의 소설가와 화가들에게 팔게 된 그의 여행에 대해서도 이야기를 했다. 하지만 울리세스가 대륙 반대편 끝까지 어떻게 마리화나를 사러 갈 수 있었다는 말인가? 웃음소리가 들렸다. 나도 웃은 것 같다. 아주 많이. 눈이 감겼다. 그들이 말했다. 아르투로가 울리세스에게 더 많은 일을 강요해서 이제 위험이 더 커졌다고. 그 말이 내 머릿속에 각인되었다. 불쌍한 벨라노, 내가 생각했다. 나중에 마리아가 내 손을 잡기에 우리 둘은 별채를 떴다. 별채에 판초가 있고, 앙헬리카가 우리를 내보냈을 때처럼. 다만 이번에는 판초도 없었고, 아무도 우리를 쫓아내지 않았다.

그 후 나는 잠이 든 것 같다.

새벽 3시에 잠에서 깨어났는데 호르히토 폰트 옆에 누워 있었다.

깜짝 놀라 몸을 일으켰다. 누군가 내 구두, 바지, 셔츠를 벗겨 놓았다. 호르히토를 깨우지 않으려고 조심하면서 더듬더듬 그것들을 찾았다. 제일 먼저 발견한 것은 내 책과 시가 들어 있는 가방이었는데 침대 발치 바닥에 있었다. 좀 더 떨어진 곳에서 의자에 널려 있는 바지, 셔츠, 잠바를 발견했다. 구두는 아무 데도 없었다. 침대 밑을 찾아보았지만 호르히토의 테니스화 몇 켤레만 있었을 뿐이다. 나는 옷을 입고 불을 켤까 아니면 맨발로 나갈까 고민했다. 결정을 내리지 못하고 창가에 다가갔다. 커튼을 걷고 나서야 2층에 있음을 깨달았다. 컴컴한 뒤뜰과, 몇 그루 나무 저 너머에서 희미한 달빛을 받고 있는 폰트 자매의 별채를 내려다보았다. 별채를 비추는 것이 달이 아니라 내가 있는 창문 바로 아래 조금 왼쪽으로 부엌 바깥에 있는 외등이라는 것을 오래지 않아 깨달았다. 불빛은 아주 흐렸다. 폰트 자매 방의 창문을 찾으려고 했다. 나뭇가지들과 그림자만 보일 뿐 아무것도 보이지 않았다. 잠깐 동안, 다시 침대로 돌아가 날이 밝을 때까지 자버릴까 싶었다. 그러나 여러 가지 이유로 그 생각을 떨쳐 버렸다. 첫째, 그때까지 숙부님 내외에게 고하지 않고 외박한 적이 한 번도 없었다. 둘째, 다시 잠을 이루지 못하리라는 것을 알았다. 셋째, 앙헬리카를 봐야 했다. 왜 보아야 했는지는 잊어버렸다. 하지만 그때 급히 그녀를 볼 필요성, 그녀가 자고 있는 것을 바라볼 필요성, 개나 어린아이처럼(끔찍하지만 적확한 비유이다) 그녀 침대 발치에서 몸을 웅크리고 있을 필요성을 느꼈다. 그래서 문 쪽으로 슬그머니 가서, 속으로 말했다. 안녕, 호르헤. 자리 내줘서 고마워, 처남 *cuñado*(이 단어는 라틴어 〈*cognatus*〉에서 왔다)! 그리고 이 말에 용기를 얻고 고무되어 살금살금 방을 빠져나와 칠흑 같은 밤처럼, 혹은 사람들 눈동자까지 다 꺼진 영화관처럼 어두운 복도로 들어서서, 자세히 말하기에는 정말로 길고 초조한(게다가 나는 자세히 이야기하는 것 자체를 싫어한다) 항해를 더듬더듬 벽을 짚어 가며 하던 끝에 2층과 1층을 연결하는 튼튼한 계단을 발견했다. 그곳에 이르러 소금 기둥처럼 가만히 서 있던(즉, 창백하기 이를 데 없는 얼굴을 하고, 반은 힘차게 반은 회의에 빠진 모습으로 양손을 움직이지 않은 채 서 있던) 내게 두 가지 대안이 떠올랐다. 거실과 전화기를 찾아, 이미 그 시각이면 착실한 경찰 몇은 깨우고도 남았을 숙부와 숙모에게 즉시 전화를 드리는 일이 하나였다. 또 다른 하나는, 내 기억으로는 왼편에 있었던, 평소에 식당으로 사용하는 공간 옆에 있는 부엌을 찾는 것이었다. 두 갈래 노선을 놓고 장단점을 따진 끝에 조용한 방법을 택했다. 한시바삐 폰트 일가의 본채를 떠나는 것이었다. 그런 결정을 내린 데에는, 불그스름한 유황빛 안개에 휩싸인 채 어둠 속에서 휠체어에 앉아 있는 킴 폰트의 갑작스러운 모습 내지 환영도 일조했다. 나는 있는 힘을 다해 평정을 되찾았다. 비록 우리 집과 달리 코 고는 소리가 전혀 들리지 않지만, 모두가 잠들어 있었다. 적어도 임박한 위험은 없다고 생각하기에 충분한 잠깐 동안의 시간이 지나고 나는 다시 움직였다. 저택 이편으로는 뒤뜰에 있는 외등 불빛이 희미하게 길을 밝혀 주어 금방 부엌에 이르렀다. 그곳에 이르자 그때까지의 극단적인 조심성은 접어 두고, 문을 닫고, 불을 켜고, 의자에 털썩 앉았다. 마치 오르막길을 1킬로미터 오른 것처럼 지쳤다. 이윽고 냉장고를 열어 우유 한 잔을 가득 따르고, 굴 소스와 디

37 몰레는 고추를 비롯한 갖은 양념으로 만든 소스의 일종이다.
38 탄산음료 상표명.

종 머스터드를 곁들인 햄치즈 샌드위치를 만들었다. 샌드위치를 먹고 난 후에도 배가 고파서, 이번에는 치즈, 양상추, 두세 가지 고추와 함께 절인 오이로 두 번째 샌드위치를 만들었다. 이 두 번째 샌드위치도 내 식욕을 진정시키지 못해서 더 든든한 것을 찾아 보기로 했다. 냉장고 안쪽에 있는 플라스틱 용기에서 치킨 몰레[37] 남은 것을 발견했다. 다른 그릇에서 전날 점심 먹고 남은 것 같은 밥도 조금 찾아냈고, 이윽고 식빵 말고 진짜 빵도 찾아서 만찬을 준비했다. 마실 것으로는 딸기 룰루[38] 한 병을 집어 들었는데, 그 맛이 히비스커스 차 맛과 다를 바 없었다. 조용히 부엌에 앉아 먹으면서 미래를 생각했다. 토네이도, 허리케인, 해저 지진, 화재가 보였다. 다 먹고 나서 프라이팬, 접시, 식기 세트를 설거지하고, 음식 부스러기를 치우고, 뒤뜰로 나가는 문의 고리를 땄다. 나가기 전에 불을 껐다.

    폰트 자매의 별채는 안에서 잠겨 있었다. 문을 한 번 두드리고 가만히 앙헬리카의 이름을 불렀다. 아무도 응답하지 않았다. 뒤를 돌아보았다. 뒤뜰의 그림자, 성난 동물처럼 우뚝 솟은 수조가 호르히토 폰트의 방으로 되돌아가는 것을 단념시켰다. 이번에는 좀 더 세게 다시 문을 두드렸다. 잠깐 기다렸다가 전술을 바꾸기로 했다. 옆으로 몇 미터 가서 손가락 끝으로 차가운 유리창을 몇 번 똑똑 했다. 마리아, 앙헬리카, 마리아, 문 좀 열어 줘, 나야. 그러고는 결과가 나타나기를 기대하며 가만히 있었지만 안에서는 인기척이 없었다. 애가 타서, 아니 애가 탈 정도로 체념했다는 표현이 맞겠지만, 다시 문 있는 데로 몸을 끌고 가서 등을 기대고 멍한 시선을 하고는 바닥으로 주르륵 미끄러져 주저앉았다. 결국에는 내가 이러나저러나 그곳, 즉 폰트 자매의 발치에 강아지처럼(폭풍우가 몰아치는 밤에 홀딱 젖은 강아지처럼!) 잠들어 버릴 거라고 직감했다. 몇 시간 전 바로 내가 무분별하고 대담하게 바라던 것처럼. 정말 울고 싶은 심정이었다. 코앞에 닥친 먹구름을 헤쳐 나가려고 내가 읽어야 할 모든 책, 써야 할 모든 시를 되새김질했다. 그 후, 잠이 들면 아마 폰트 씨 집의 가정부가 나를 발견하고 깨워 주어, 폰트 부인이나 폰트 자매, 혹은 킴 폰트 씨에게 직접 발견되는 굴욕을 면하게 해주리라 생각했다. 설령 나를 발견하는 사람이 킴 폰트 씨라 할지라도, 내가 자신의 딸들을 충직하게 지켜 주려고 하룻밤 달콤한 잠을 희생했거니 생각하리라는 약간의 희망을 품었다. 나는 결론을 내렸다. 식구들이 나를 깨워 커피를 타주면 아무것도 잃을 것이 없다고. 반면 나를 걷어차면서 깨워 다짜고짜 쫓아내면 내게는 아무런 희망이 없다고. 그러면 멕시코시티를 맨발로 가로질러 온 것을 숙부에게 어떻게 설명할 것인가? 이런 생각이 나를 다시 깨우고, 절망감 때문에 무의식중에 뒤통수로 문을 쿵쿵 친 것 같다. 확실한 것은 별안간 별채 내부에서 발소리가 감지되었다는 점이다. 몇 초 후 문이 열리더니, 졸린 목소리가 웅얼웅얼 거기서 뭐하는지 내게 물었다.

마리아였다.

「구두가 없어졌어. 구두 찾으면 바로 집에 갈게.」 내가 말했다.

「들어와. 소리 내지 말고.」

나는 장님처럼 양손을 펼치고 마리아를 따라갔다. 이

내 무엇인가와 부딪혔다. 마리아의 침대였다. 나더러 누우라고 명하는 마리아의 목소리가 들렸고, 이윽고 마리아는 길을 되짚어 가서(폰트 자매의 별채는 〈정말〉 크다) 반쯤 열린 문을 소리 없이 잠갔다. 되돌아오는 소리가 나지 않았다. 칠흑 같은 어둠이었다. 나는 명령대로 눕지 않고 침대 끝에 앉아 있었는데, 조금 지나자 커다란 리넨 커튼 뒤의 유리창 윤곽을 가늠할 수 있었다. 이윽고 누군가 침대 속으로 들어와 드러눕는 것을 느꼈다. 얼마나 지났을까, 그 사람이 팔꿈치를 괬는지 약간 몸을 일으키는 것이 느껴졌다. 그리고 나를 끌어당겼다. 입김 때문에 마리아 얼굴이 바싹 다가왔음을 느낄 수 있었다. 그녀의 손가락은 내 얼굴을 턱수염에서 눈까지 어루만지면서 잠을 자라는 듯 내 눈을 감겼고, 앙상한 또 다른 손으로는 내 바지 지퍼를 내리고 성기를 찾았다. 아마도 신경이 곤두서서 그랬겠지만 왠지 나는 졸리지 않는다고 말했다. 알아, 마리아가 말했다, 나도 안 졸려. 그 후에는 모든 것이 일련의 구체적인 행위, 고유 명사, 동사, 꽃잎처럼 뜯겨 나간 해부학 교본의 장(章)들이 이어지면서 서로 혼란스러운 관계를 맺었다. 나는 마리아의 나신, 그 멋들어진 나신을 절제된 침묵 속에 탐구했다. 마주치는 그녀의 구석구석, 무한하고 매끄러운 공간 공간을 찬미하면서 소리소리 지르고 싶었지만 말이다. 나보다는 덜 얌전 빼는 마리아는 얼마 안 가 신음 소리를 내기 시작했고, 처음에는 수줍던 혹은 조신하던 그녀의 동작이 점점 개방적으로 되면서(지금으로서는 다른 표현이 생각나지 않는다), 무지나 무관심 때문에 이르지 못한 곳들로 내 손을 안내했다. 이렇게 하여 10분도 채 안 되어 나는 여자의 클리토리스가 어디에 있으며, 어떻게 부드러움의 한계를 벗어나지 않으면서 주무르고 애무하고 눌러야 하는지 알게 되었다. 한편 마리아는 그 한계를 수시로 넘어섰으니, 처음에는 내 음경을 살살 어루만지다가 이내 양손으로 무지막지하게 주물러 댔다. 그녀의 손이 어떤 때는 어둠 속에서, 또 구겨진 시트 사이에서 매의 발톱처럼 억세게 그놈을 낚아채 나는 내 물건이 송두리째 뽑힐까 봐 두려웠고, 어떤 때는 내 고환과 음경, 고환과 고환 사이를 연결하는 공간과 수로를 조사하고 측량하는 중국인 난쟁이 같았다(그녀의 손가락이 그렇다는 것이다!). 그 후(하지만 먼저 나는 바지를 무릎까지 내렸다) 나는 그녀 위에 올라타 삽입했다.

「안에다 싸지 마.」 마리아가 말했다.

「그래 볼게.」 내가 말했다.

「나쁜 놈, 그래 볼게라니? 안에 싸지 마!」

마리아의 두 다리가 내 등을 죄었다 풀었다 하는 동안(죽을 때까지 계속 그랬으면 했다), 나는 침대 양쪽을 살폈다. 멀찍감치 있는 앙헬리카 침대의 그림자와, 다른 섬에서 바라보는 섬 같은 엉덩짝 곡선이 보였다. 별안간 마리아의 입술이 마치 내 심장을 물어뜯을 듯한 기세로 왼쪽 젖꼭지를 빠는 것을 느꼈다. 소스라치게 놀라 그녀를 침대에 꽂아 버릴 듯이 덥석 삽입을 했고(침대 스프링이 엄청나게 삐걱거려서 나는 동작을 멈추었다), 그와 동시에 머리카락과 이마에 더없이 섬세하게 입을 맞추었다. 우리가 내는 소리에도 불구하고 어떻게 앙헬리카가 아직 깨지 않는지 생각할 여유는 있었다. 나는 내가 싸는 줄도 몰랐다. 물론 그 전에 그놈을 꺼내는 데는 성공했다. 내 반사 신경은 늘 훌륭하다.

「안에다 싼 건 아니겠지?」 마리아가 확인했다.

나는 그녀의 귀에 대고 아니라고 맹세했다. 잠시 우리는 숨만 몰아쉬었다. 오르가슴을 느꼈는지 물었는데, 그녀의 대답에 어리둥절해졌다.

「두 번 느꼈어, 가르시아 마데로. 몰랐어?」 마리아가 아주 진지하게 물었다.

정말 몰랐다고, 전혀 깨닫지 못했다고 대답했다.

「네 것 아직도 딱딱하네.」 마리아가 말했다.

「그렇군. 다시 넣어도 될까?」

「좋아.」 그녀가 말했다.

얼마나 시간이 흘렀는지 모르겠다. 나는 다시 한 번 밖에 쌌다. 이번에는 신음 소리를 억제할 수가 없었다.

「이제 손으로 해줘.」 마리아가 말했다.

「오르가슴 못 느꼈어?」

「응. 이번에는 못 느꼈어. 그래도 괜찮았어.」 마리아가 내 손을 잡아 집게손가락을 택하더니 클리토리스 근처로 이끌었다. 「젖꼭지에 키스해 줘. 깨물어도 되는데 처음에는 아주 천천히, 나중에는 좀 더 세게. 다른 손으로는 목을 잡아 줘. 얼굴을 쓰다듬어 줘. 손가락을 입에 넣어 주고.」

「차라리…… 클리토리스를 빨아 줄까?」 더 우아한 단어를 찾는 데 실패한 내가 말했다.

「싫어, 지금은 싫어. 손가락으로 충분해. 하지만 젖꼭지에 키스해 줘.」

「너 가슴이 죽이네.」 나는 젖꼭지라는 말을 감히 반복하지 못했다.

나는 침대 시트 안에서 옷을 벗고(별안간 땀이 났기 때문이다), 바로 마리아의 영을 받들었다. 마리아의 숨소리에 이은 신음 소리가 나를 다시 발기시켰다. 그녀가 이를 깨닫고는 지칠 때까지 한 손으로 내 성기를 애무했다.

「왜 그래, 마리아?」 목에 상처를 입혔나 걱정되어(마리아는 계속 속삭였다. 목을 조여, 조이라고), 아니면 유두를 너무 세게 깨문 것은 아닌지 걱정되어 그녀의 귀에 속삭였다.

「계속해, 가르시아 마데로.」 마리아는 어둠 속에서 미소를 지으며 내게 키스했다.

끝이 났을 때, 마리아는 다섯 번 이상 오르가슴을 느꼈다고 말했다. 나로서는 사실 납득이 가지 않았다. 그런 일은 그저 상상이려니 싶었다. 하지만 마리아가 맹세하니 그녀를 믿을 수밖에 없었다.

「무슨 생각 해?」 마리아가 물었다.

「네 생각.」 거짓말이었다. 사실은 숙부와 법대, 그리고 벨라노와 리마가 발간하려는 잡지를 생각했다. 「너는?」

「사진 생각.」 마리아가 말했다.

「무슨 사진?」

「에르네스토 사진.」

「포르노 사진을?」

「그래.」

우리 두 사람은 동시에 진저리를 쳤다. 서로 얼굴을 바싹 대고 있었다. 둘 사이의 간격을 유지해 준 코 덕분에 우리는 대화를 나누었다. 하지만 여전히 내 입술이 그녀 입술 위를 움직이는 것을 느꼈다.

「한 번 더 할래?」

「그래.」 마리아가 말했다.

「좋아.」 내가 조금 어지러움을 느끼며 말했다. 「늦게라도 후회가 되면 알려 줘.」

「무슨 후회 말이야?」 마리아가 물었다.

그녀의 허벅지 안쪽은 내 정액에 젖어 있었다. 나는 추위를 느꼈다. 다시 삽입을 한 순간 숨소리가 절로 거칠어졌다.

마리아는 신음하고, 나는 점점 더 열정적으로 움직였다.

「큰 소리 내지 마. 앙헬리카가 듣는 것 싫어.」

「너나 조심해.」 내가 말했다. 그리고 덧붙였다. 「뭘 주었기에 앙헬리카가 저렇게 깊이 잠들었어? 수면제?」

우리는 낮게 웃었다. 나는 그녀의 목덜미에 대고, 그녀는 얼굴을 베개에 묻으면서.

섹스가 끝났을 때 나는 괜찮았는지 물어볼 기력도 없었다(기력 *ánimo*은 라틴어 아니무스 *animus*에서 왔고, 이 말은 숨 *soplo*을 지칭하는 그리스 단어에서 왔다). 내 유일한 갈망은 내 품에 안긴 마리아와 서서히 잠에 빠져드는 일이었다. 하지만 그녀는 일어나 내게 옷을 입으라고 하더니 본채 목욕탕 쪽으로 자신을 따라오게 했다. 뒤뜰로 나가는 순간 벌써 날이 밝아 오고 있다는 것을 알았다. 그날 밤 처음으로 내 연인의 모습을 선명하게 볼 수 있었다. 마리아는 소매에 붉은 레이스가 수놓인 하얀 잠옷을 입고 있었고, 머리카락은 리본인지 머리끈인지로 뒤로 묶었다. 같이 몸을 닦은 후에 나는 집에 전화를 할 생각이었지만, 마리아가 숙부님 내외가 주무실 테니 더 있다 하라고 했다.

「그러면 이제 뭐 하지?」 내가 말했다.

「조금 자자.」 마리아가 팔을 내 허리에 두르며 말했다.

하지만 그 밤 혹은 그날 마지막으로 놀랄 일이 아직 남아 있었다. 별채 한구석에서 몸을 웅크리고 있는 바리오스와 그의 미국인 여자 친구를 발견한 것이다. 두 사람은 코를 골고 있었다. 기꺼이 키스라도 해서 깨우고 싶은 심정이었다.

11월 19일

다 함께 아침을 먹었다. 킴 폰트, 폰트 부인, 마리아, 앙헬리카, 호르히토 폰트, 바리오스, 바버라 패터슨, 나 이렇게. 메뉴는 스크램블드에그, 구운 햄, 빵, 망고 잼, 딸기 잼, 버터, 연어 파테, 커피였다. 호르히토는 우유를 마셨다. 폰트 부인은(나를 보았을 때 내 뺨에 입을 맞추었다!) 그녀가 크레페라고 부르는 전병을 만들었는데 크레페와 전혀 흡사하지 않았다. 나머지 음식은 가정부(그녀의 이름은 모른다. 아니면 용납은 안 되지만 잊어버린 것일 수도 있다)가 준비했고, 설거지는 바리오스와 내가 했다.

그 후 킴이 출근하고 폰트 부인이 하루 일과를 짜기 시작했을 때(부인은 새로 창간된 멕시코의 가족 잡지의 기자로 일한다고 말해 주었다), 마침내 집에 전화할 생각을 했다. 마르티타 숙모만 집에 있었는데, 내 목소리를 듣자 미친 사람처럼 소리를 지르다가 울음을 터뜨렸다. 숙모는 성모 마리아를 계속 찾고, 책임감을 들먹이고, 나 때문에 〈숙부가 겪은〉 지난밤 이야기들을 두서없이 하고, 단죄한다기보다는 공범에 가까운 어조로 바로 그날 아침에 숙부가 생각하고 있을 벌을 경고했다. 그 후에야 나는 비로소 잘 있노라고, 지난밤은 친구들과 보냈노라고, 학교로 총알같이 가야 하기 때문에 〈해 떨어진〉 다음에야 집에 돌아가리라고 숙모에게 말하고 안심시켜 드릴 수 있었다. 숙모는 숙부의 직장으로 전화해 주겠다고 약속했고, 앞으로 외박을 할 경우에는 집에 전화를 반드시 하겠다는 맹세를 하게 했다. 나는 잠시 내가 직접 숙부에게 전화를 드리는 것이 낫지 않을까 하고 머리를 굴리다가, 마침내는 그럴 필요 없다고 결론지었다.

나는 안락의자에 털썩 앉았다. 무엇을 해야 할지 몰랐다. 남은 아침 시간, 남은 하루를 내 마음대로 할 수 있었다. 즉, 남은 시간이 자유롭다고 생각하니 다른 날 아침, 다른 날과는 다른 것 같았다(나는 다른 날에는 지옥에 떨어진 영혼처럼 학교를 배회하거나 총각 딱지 때문에 전전긍긍했다). 하지만 변화가 생기자 어찌할 바를 몰랐다. 너무나 많은 가능성이 생겼기 때문이다.

폰트 부인과 바버라 패터슨이 멕시코의 박물관과 가족에 대해서 이야기하는 동안 나는 늑대처럼 허겁지겁 먹기만 한지라 좀 졸렸고, 그와 동시에 마리아와 다시 하고 싶은 욕망이 일었다(아침 식사 중에는 애써 마리아를 쳐다보지 않았고, 눈길을 줄 때도 형제애나 사심 없는 동료애로 포장해서 폰트 씨도 깜빡 속아 넘어갔으리라 생각했다. 그는 내가 그렇게 이른 시각에 식탁에 있는 것을 보고도 전혀 놀라지 않았다). 하지만 마리아는 외출 준비를 하고, 앙헬리카도 외출 준비를 하고, 호르히토 폰트는 벌써 나갔고, 바버라 패터슨은 샤워 중이고, 바리오스와 가정부만 이루 말할 수 없을 만큼 고생스러웠던 조난의 생존자들처럼 본채의 넓은 서가를 서성거리고 있었다. 그래서 방해하지 않으려고, 또 약간은 균형을 잡을 생각으로 도대체 몇 번째인지 또다시 뒤뜰을 지나 마리아 자매의 별채에 갔다. 아직 침대들은 흐트러져 있었고(가정부라 해야 할지 하녀라 해야 할지 식모라고 해야 할지 — 혹은 호르히토가 부르는 대로 드센 나카라고 불러야 할지 — 아무튼 그 여자가 침대 정돈을 도맡아 하는 것이 분명했다. 이 점 때문에 마리아에 대한 나의 평가가 낮아지기는커녕 오히려 높아졌다. 쿨하고 자잘한 신경을 쓰지 않는 점이 그녀와 어울린다고 생각한 것이다), 아직도 젖어 있는 나의 〈영광의 문〉이었던 무대를 바라보았다. 의당 눈물을 흘리거나 기도를 해야 할 순간이었지만 나는 흐트러진 침대에 자빠져(나중에 보니 마리아 침대가 아니라 앙헬리카 침대였다) 잠이 들었다.

판초 로드리게스가 내 몸 여기저기를 두들기면서(확실하지는 않지만 발길질도 한 번 했다) 나를 깨웠다. 내가 가정 교육을 못 받은 사람이었으면 턱에 주먹을 날려 화답했을 것이다. 나는 판초에게 아침 인사를 건넨 뒤 뒤뜰로 나와 분수에서 얼굴을 씻었고(내가 아직 잠에 취해 있었던 것이 분명하다), 판초는 내 뒤에서 알아들을 수 없는 말을 중얼거렸다.

「집에 아무도 없어. 담을 뛰어넘었어. 그런데 너는 여기서 뭐 하는 거야?」

나는 그곳에서 잤노라고 말하고(벌렁거리는 판초의 코에 놀라, 별일 아닌 것으로 포장하려고 바리오스와 바버라 패터슨도 같이 잤다고 덧붙였다), 둘이 함께 부엌에 딸린 뒷문과 현관으로 본채에 들어가려고 시도했으나, 둘 다 단단히 잠겨 있었다.

「이웃 사람이 보고 신고라도 하면, 도둑질이 아니라고 설명하기 쉽지 않을 텐데.」 내가 말했다.

「상관없어. 내 깔치들 집을 가끔씩 몰래 들락날락하는 것도 좋아하고.」 판초가 말했다.

「그런데.」 판초의 말을 무시하고 내가 말했다. 「옆집 커튼이 움직이는 걸 본 것 같아. 경찰이 오면…….」

「개자식, 앙헬리카와 했지?」 폰트 씨 집 정면 유리창을 들여다보다 말고 갑자기 판초가 물었다.

「말도 안 돼.」 내가 확언했다.

내 말을 믿었는지 안 믿었는지는 모르겠다. 확실한 것은 우리 둘이 다시 울타리를 뛰어넘어, 콜로니아 콘데사에서 퇴각했다는 점이다.

걷는 동안(우리는 주부, 가정부, 부랑자들만 오가는 그 시각에 말없이 스페인 공원, 파라스 가, 산마르틴 공원, 테오티우아칸 가를 걸었다) 나는 마리아가 사랑에 대해, 판초가 사랑 때문에 머리가 지끈거리도록 고통을 겪으리라 말한 것을 생각했다. 인수르헨테스 대로에 이를 때쯤, 판초는 다시 쾌활한 기분이 되어서 문학을 논하고, 작가들을 추천하고, 앙헬리카 생각을 그만하려고 노력했다. 이윽고 우리는 만사니요 가로 접어들어 아과스칼리엔테스 가로 우회한 다음, 다시 남쪽으로 꺾어서 메데인 로를 따라가 테페히 가에 이르렀다. 우리는 5층 건물 앞에 멈춰 섰고, 판초가 자기 가족과 식사를 같이 하자고 권했다.

우리는 승강기를 타고 꼭대기 층까지 올라갔다.

꼭대기 층에서 예상과 달리 아파트로 들어가지 않고 계단을 올라 옥상으로 갔다. 회색빛 하늘, 하지만 핵 공격이 있었던 듯 번득이는 하늘이 우리를 맞아 주었다. 통로와 세탁용 개수대마다 놓여 있는 수많은 화분의 화초들이 생생하게 피어 있는 가운데.

판초의 가족은 옥상에 있는 두 개의 방에 살았다.

「잠시 살고 있어. 이 근처에 집 구할 돈이 생길 때까지.」 판초가 설명했다.

판초는 나를 정식으로 어머니 도냐 판치타, 카툴루스[39] 경향의 시인이자 노동시인인 열아홉 살의 동생 목테수마, 고등학생인 열다섯 살의 막내 동생 노르베르토에게 소개했다.

방 하나는 낮에는 식당과 텔레비전 방으로 사용되다가, 밤에는 판초, 목테수마, 노르베르토의 침실로 사용되었다. 다른 방은 일종의 옷 방이나 거대한 옷장이라 할 수 있었는데, 그 밖에도 냉장고, 부엌 용품(휴대용 조리 도구는 낮에는 복도에 내놓고, 밤에는 이 방에 넣어 두었다), 도냐 판치타가 휴식을 취하는 매트리스가 있었다.

식사가 시작되었을 때 〈피엘 디비나〉[40]라는 별명을 지

---

39 Gaius Valerius Catullus(B. C. 84?~B. C. 54?). 로마의 서정시인으로 사랑과 실연의 감정을 노래한 시로 훗날 연애 엘레게이아 시인들의 선구가 되었다.

40 Piel Divina. 〈신의 피부〉라는 뜻.

41 Efraín Huerta(1914~1982). 멕시코 시인.

42 Augusto Monterroso(1921~2003). 멕시코에서 활동한 과테말라 문인으로 단편소설로 유명하다.

43 Julio Torri(1889~1970). 수필에서 재능을 보인 멕시코 문인이자 교육가.

닌 스물세 살 먹은 옥탑방 이웃이 합류했는데 그도 내장사실주의 시인이라고 했다. 나는 그 집을 나서기 직전(한참 후의 일이었다. 시간이 후딱 흘렀다), 이름을 다시 물었다. 그는 너무나 천연덕스럽고 당당하게(내 이름이 후안 가르시아 마데로라고 말하는 것보다 훨씬 더) 피엘 디비나라고 말해서, 우리 멕시코 공화국 산천에 정말로 디비나란 성씨가 존재한다고 잠시 믿게 되었다.

식사를 마치고 도냐 판치타는 좋아하는 연속극들을 보고, 노르베르토는 탁자 위에 책을 여기저기 펼쳐 놓고 공부했다. 판초와 목테수마는 개수대에서 설거지를 했는데, 그 너머로 라스 아메리카스 공원이 훤히 보이고, 그 뒤로 의료 센터, 어린이 병원, 시립 병원의 위협적인 ― 다른 행성, 그것도 있을 법하지도 않은 행성에서 온 것 같은 ― 거대한 건물들이 보인다.

「여기는 멕시코시티 한가운데라서 집들이 따닥따닥 붙어 있는 것만 빼면 모든 것이 가까워서 살기 좋아.」 판초가 말했다.

피엘 디비나(판초와 판초의 동생, 심지어 도냐 판치타마저도 그를 당연한 듯이 피엘이라고 불렀다)가 최근 광란의 파티에서 마리화나를 좀 빼돌렸다면서 우리를 자기 방으로 불렀다.

「쇠뿔도 단김에 빼는 게 낫지.」 목테수마가 말했다.

피엘 디비나의 방은 로드리게스 가족이 살고 있는 두 개의 방과는 달리 극도로 간소했다. 널려 있는 옷도, 가재도구도, 책도 눈에 띄지 않았다(판초와 목테수마는 가난했지만 그들의 집에서는 에프라인 우에르타,[41] 아우구스토 몬테로소,[42] 훌리오 토리,[43] 알폰소 레예스의 책들과, 에르네스토 카르데날[44] 번역에 앞서 언급한 카툴루스, 하이메 사비네스,[45] 막스 아우브,[46] 안드레스 에네스트로사[47]의 책이 상상도 하지 못할 곳에서 보였다). 얄팍한 매트리스 하나, 의자 하나, — 책상은 없었다 — 옷을 넣어 둔 고급 가죽 가방 하나뿐이었다.

피엘 디비나는 혼자 살았다. 하지만 피엘 디비나나 로드리게스 형제의 말로 추측건대, 얼마 전까지 그 방에 한 여자와 그 아들이 살았고, 이 무지막지한 두 사람이 떠나면서 가구 대부분을 쓸어 갔다.

잠시 우리는 마리화나를 피우면서 풍경을(앞서 말한 것처럼 기본적으로 병원들의 윤곽, 우리가 있는 곳과 유사한 무수한 옥탑방, 천천히 남쪽으로 흘러가는 낮은 구름이 낀 하늘로 구성되어 있었다) 감상했다. 그러고 난 후 판초가 그날 아침 폰트 가족 저택에서의 모험담과 나와 만난 이야기를 했다.

이번에는 세 사람이 내게 질문을 했는데, 판초에게 발설하지 않은 이야기를 캐내지는 못했다. 그러다가 그들이 마리아에 대해 이야기했다. 그 애매모호한 이야기를 통해 피엘 디비나와 마리아가 연인 사이였음을 알 것 같았다. 피엘 디비나도 폰트 가족의 집에는 출입 금지였

---

44 Ernesto Cardenal(1925~). 노벨 문학상 후보로까지 거론되었던 니카라과의 시인. 원래 해방 신학자 출신으로 산디니스타 정권에서 문화부 장관을 역임했다(1979~1987).

45 Jaime Sabines(1926~1999). 멕시코 시인.

46 Max Aub Mohrenwitz(1903~1972). 스페인 인민 정부에서 활동하다가 내전 후 알제리에서 강제 노역을 하던 중 탈출해 멕시코에 정착한 스페인의 소설가, 극작가, 문학 비평가. 원래는 유대계 프랑스인 어머니와 독일인 아버지 사이에서 파리에서 출생했다.

47 Andrés Henestrosa Morales(1906~2008). 멕시코 문인이자 정치가.

다. 이유가 궁금했다. 그들은 둘이 별채에서 하다가 폰트 부인에게 들켰다고 설명해 주었다. 멕시코에 막 온 스페인 작가를 위한 파티를 본채에서 열었는데, 어느 순간 폰트 부인이 큰딸, 즉 마리아를 소개해 주려고 했지만 그 자리에 없었다. 그래서 스페인 작가의 팔을 끼고 마리아를 찾아 나섰다. 두 사람이 별채로 왔을 때 불이 꺼져 있었고, 내부에서 들리는 소리, 리드미컬하고 낭랑하게 부딪치는 소리를 감지했다. 폰트 부인은 물론 자신이 무슨 짓을 저지르고 있는지 생각이 없었고(행동에 옮기기 전에 생각을 했으면 스페인인을 파티 장소로 다시 데려다 놓고, 혼자 되돌아와 딸의 방에서 무슨 일이 일어나는지 알아보았을 텐데, 목테수마가 말했다), 정말 전혀 생각 없이 불을 켜버렸다. 그리고 바지를 내리고 블라우스 하나만 달랑 걸친 채, 피엘 디비나가 엉덩이와 음부를 찰싹찰싹 때리는 동안 그를 빨아 주고 있는 마리아를 발견하고 기겁했다.

「아주 세게 때렸어. 불이 켜졌을 때 마리아 엉덩이를 보니 빨개져 있었어. 정말 놀랐어.」 피엘 디비나가 말했다.

「대체 왜 때렸는데?」 내가 분개해서 말했다. 얼굴이 달아오를까 걱정하면서.

「마리아가 해달라고 한 거지, 이 순진한 작자야.」 판초가 말했다.

「믿기 어려운데.」 내가 말했다.

「이 세상에는 더 희한한 일들도 있는걸 뭐.」 피엘 디비나가 말했다.

「잘못은 시몬 다리외라는 프랑스 여자애에게 있지. 마리아와 앙헬리카가 시몬이라는 애를 페미니스트 모임에 초대했는데, 모임이 끝나고 나오면서 섹스 이야기를 했거든.」 목테수마가 말했다.

「시몬이 누군데?」 내가 물었다.

「아르투로 벨라노 친구.」

「내가 걔들에게 다가가서 말했지. 안녕. 그런데 그 까질 대로 까진 애들이 사드 후작에 대해 이야기하고 있더라고.」 목테수마가 말했다.

그 뒷이야기는 예측이 가능했다. 마리아 어머니는 무슨 말인가 하고 싶었지만 말문이 막혔다. 피엘 디비나에 따르면, 잡아 잡수 하고 쳐들고 있는 마리아의 엉덩이를 보고 눈에 띄게 창백해진 스페인인이 정신병자에게 애걸하듯 폰트 부인 팔을 붙잡고 파티 장소로 다시 끌고 갔다. 일순간 조용해진 별채에서 피엘 디비나는 두 사람이 뜰에서 급하게 대화를 나누는 소리를 들었다. 마치 후끈 달아오른 스페인 놈팡이가 분수에 몸을 기대고 있는 폰트 부인에게 무언가 부정(不貞)한 짓을 제안하는 듯했다.

하지만 이윽고 발걸음 소리가 본채 쪽으로 멀어지는 것을 느꼈고, 마리아는 계속하자고 피엘 디비나에게 말했다.

「그 이야기는 정말 믿을 수 없어.」 내가 말했다.

「어머니를 두고 맹세해.」 피엘 디비나가 말했다.

「들킨 다음에도 마리아가 계속 섹스를 하기 원했다고?」

「마리아가 그렇지.」 목테수마가 말했다.

「네가 어떻게 알아?」 점점 열이 받친 내가 말했다.

「나도 마리아랑 한 적이 있거든. 멕시코시티에서 마리아보다 더 화끈한 애는 없을걸. 나야 때리지는 않았지만 말이야. 그건 정말 안 했어, 나는 그런 이상한 행동 좋아하지 않아. 하지만 마리아는 좋아해, 내가 알아.」 목테수마가 말했다.

「젠장 내가 때리려고 한 게 아니야. 마리아가 사드 후작에 집착해서 엉덩이 매질을 시험하고 싶어 했어.」 피엘 디비나가 말했다.

「정말 마리아답네. 독서에 아주 충실하거든.」 판초가 말했다.

「그래서 계속했어?」 내가 말했다. 아니 속삭였는지 신음하듯 말했는지 기억이 나지 않는다. 기억나는 것은 내가 마리화나 꽁초를 계속 뻑뻑 빨았고, 나 혼자 피우는 것도 아니라서 그들이 넘겨 달라는 말을 내게 여러 번 반복했다는 사실이다.

「그래. 계속했지. 즉, 마리아는 계속 내 물건을 빨고, 나는 계속 엉덩이를 손바닥으로 때렸지. 점점 약하게, 아니 점점 의욕을 잃고. 마리아 엄마의 등장이 영향을 준 거지. 나는 그랬어. 계속할 의욕을 상실하고 흥분도 가라앉아서 그만 일어나고 싶었을 뿐이야. 어쩌면 파티장을 돌고 싶었는지도 모르고. 유명한 시인이 몇몇 있었던 것 같거든. 그 스페인인, 아나 마리아 디아스와 그녀의 남편 디아스, 라우라 다미안의 부모, 시인 알라모, 시인 라바르카, 시인 베로칼, 시인 아르테미오 산체스, 탤런트 아메리카 라고스. 마리아 엄마가 별채에 다시 나타날까 봐 겁도 좀 났고. 이번에는 개떡 같은 건축가 남편과 나타날까 봐. 그랬으면 진짜 단단히 탈이 났을 거야.」

「라우라 다미안의 부모가 파티에 있었어?」 내가 말했다.

「우리 처녀 시인님의 바로 그 부모와 기타 다른 유명 인사들이 있었지. 믿지 못하겠지만 나는 시시콜콜한 것도 기억 잘해. 그날 창문 너머에 있는 그들을 보았고, 시인 베로칼에게는 인사를 했었어. 그의 시 창작 교실에 몇 번쯤 나간 적이 있었는데 나를 기억이나 했는지 몰라. 배가 고팠던 것도 같아. 본채에서 사람들이 먹고 있을 음식을 상상만 해도 군침이 돌았어. 거기로 가서, 물론 마리아와 함께, 아귀아귀 먹어도 난 상관없었는데. 환장하도록 배가 고팠거든. 펠라티오 때문이었을 거야. 하지만 사실 펠라티오에는 생각이 미치지 않았어. 무슨 말인지 알겠어? 마리아의 입술도, 내 음경을 휘감고 있는 혀도, 그 무렵 내 거시기 털을 따라 흐르던 그녀의 침도 생각이 미치지……」 피엘 디비나가 말했다.

「이야기 그만 끌어.」 판초가 말했다.

「기름칠 좀 그만해.」 판초의 동생이 말했다.

「진 그만 빼라고.」 이에 질세라 나도 말했지만 사실은 맥이 다 빠졌음을 느꼈다.

「그래서 마리아에게 이야기했어. 마리아, 내일이나 다른 날 밤 하자. 우리는 보통 여기 우리 집에서 시간에 구애받지 않고 했거든. 마리아가 밤을 다 보내지는 않았지만. 항상 새벽 4~5시에 가서·개떡 같았어. 항상 바래다주었거든. 그 시간에 혼자 가게 내버려둘 수 없으니. 마리아가 그러는 거야. 계속해, 멈추지 마, 별일 아니니까. 나는 계속해서 엉덩이를 때리라는 소리로 이해했어. 너라면 어떻게 생각했겠어?」 나도 같은 생각을 했겠지, 판초가 말했다. 「그래서 다시 마리아를 때렸지 뭐. 그러니까 한 손으로는 때리고, 또 한 손으로는 클리토리스와 젖꼭지를 애무한 거지. 사실 빨리 끝날수록 좋았는데. 나는 준비가 되어 있었어. 하지만 마리아가 이르지 않았는데 나만 끝낼 수는 당근 없지. 그 화냥년이 질리도록 오래 끄는 바람에 나도 후끈 달아올라 점점 더 세게 때려 버렸어. 엉덩이, 허벅지, 심지어 씹까지. 너네 그렇게 해본 적 있어? 음, 한번 해봐. 처음에는 소리가, 찰싹찰싹 때리는 소리가 약간 낯설어서 집중이 안 돼. 잘 익은 요리에 날것이 들어 있는 셈이라고나 할까. 하지만 그러다가 그 짓과 짝을 이루고, 마리아의 신음 소리도 짝을 이루면, 때릴 때마다 신음이 터져 나오고, 크레센도가 되고, 어느 순간 계집 엉덩이가 화끈거리는 것이 느껴지고, 손바닥도 화끈거리고, 내 그놈이 심장처럼 고동치기 시작해. 쿵쾅 쿵쾅 쿵쾅…….」

「허풍 좀 작작 떨지.」 목테수마가 말했다.

「정말이라니까. 마리아는 내 그놈을 입에 물고 있었는데 깨물거나 빨지 않고 혀끝으로 살살 훑는 거야. 권총집에 든 권총처럼 물고 있었다고. 그 차이를 알기나 해? 손에 쥔 권총이 아니라, 권총집이나 견대나 탄약띠에 넣은 권총처럼. 이해가 될지 모르겠네. 마리아도 고동쳤어. 엉덩이와 다리, 그리고 그곳 입술과 클리토리스 할 것 없이. 알겠더라고. 때리는 중간중간 마리아를 애무했거든. 거기를 손으로 만져 보고 그걸 깨달으니 나도 후끈 달아올랐어. 싸지 않으려고 기를 쓰고 참았지. 마리아는 자지러졌어. 때리면 더 자지러지는 소리를 냈고. 때리지 않을 때도 자지러졌지만(마리아 얼굴은 볼 수가 없었어), 때릴 때가 훨씬 더 요란하더라니까. 자지러지는 소리가 말이야. 마치 영혼이 갈기갈기 찢어지는 듯 말이야. 나는 마리아를 뒤집어 삽입하고 싶었지만, 어림없는 일이지. 마리아가 화를 냈을 테니. 그게 마리아 단점이야. 화끈하게 보낼 수는 있지만 순 자기 마음대로야.」

「그다음에는 어떻게 됐는데?」 내가 물었다.

「그녀도 오르가슴을 느끼고 나도 쌌지. 그뿐이지 뭐.」

「그뿐이라고?」 목테수마가 말했다.

「그것뿐이야, 맹세코. 우리는 몸을 닦았어. 그러니까 나는 몸을 닦고 머리를 좀 빗고, 마리아는 바지를 입었어. 우리는 바깥으로 나가 파티 구경을 했어. 그곳에서 헤어졌고. 그게 내 실수였어. 마리아와 헤어진 것 말이야. 나는 한구석에 홀로 있는 베로칼 선생과 이야기를 나누기 시작했어. 곧이어 시인 아르테미오 산체스와 그와 함께 있던 젊은 여자가 합류했어. 서른 살 정도의 여자인데 잡지 『엘 과홀로테』의 편집부장이라던가. 나는 시나 단편, 혹은 철학적 텍스트가 필요하진 않은지 당장 물어보았어. 미발표 원고가 수두룩하다고 말하고, 단짝인 목테수마의 번역에 대해서도 말하고. 이야기를 나누는 중에도 지독한 허기를 느껴 카나페[48]가 놓인 탁자를 힐끔힐끔 봤어. 그때 마리아 엄마가 마리아 아빠를 대동하고 다시 나타나는 게 보였어. 조금 더 뒤에는 그 유명한 스페인 시인이 있었고. 거기서 모든 것이 끝장났지. 나를 거리로 내쫓으면서 다시는 자기 집에 발을 들여놓지 말라고 엄포를 놨어.」

「마리아는 그냥 있었어?」

「응. 그냥 있었어. 나는 처음에 무슨 일 때문인지 모르

---

48 바게트 빵을 작게 잘라 한쪽 면에 버터를 바르고 먹을 것을 올려놓는 일종의 전채 요리.

는 것처럼 행동했어. 나와는 상관없는 일인 것처럼. 하지만 친구, 뭐하러 시치미를 더 떼겠어, 어차피 곧 나를 똥강아지처럼 내쫓을 게 뻔한데. 베로칼 선생 앞에서 그래서 유감이었어. 사실, 그 작자는 내가 문 쪽으로 뒷걸음치는 걸 보고 틀림없이 속으로 웃었을 거야. 한때 그를 숭상했다 할 수 있는 시절이 있었던 걸 생각하면, 참.」

「베로칼을? 멍청이 같으니, 피엘.」 판초가 말했다.

「사실 베로칼은 처음에는 내게 잘해 줬어. 너네는 잘 몰라. 멕시코시티 출신이고 이곳에서 컸으니까. 나는 아는 사람 하나 없이, 땡전 한 푼 없이 이곳에 왔어. 3년 전 스물한 살 때. 장애물 달리기 같았지. 베로칼은 내게 잘했어. 창작 교실에 받아 주고, 일자리에 꽂아 줄 사람들을 소개해 줬어. 그의 창작 교실에서 마리아를 알았고, 내 삶은 볼레로 같았어.」 갑자기 피엘 디비나가 졸리는 목소리로 말했다.

「그만, 이야기 계속하지. 자 베로칼이 너를 바라보면서 웃었다고 했어.」 내가 말했다.

「아니야, 웃지는 않았어. 하지만 속으로 웃었을 거야. 아르테미오 산체스도 나를 바라보고 있었지만, 엉망진창으로 취해서 무슨 일인지도 알아채지 못했어. 내 생각에 『엘 과홀로테』 편집부장이 가장 놀란 사람일 텐데 그럴 만했어. 그때 마리아 엄마의 얼굴을 보았다면 누구라도 머리카락이 쭈뼛해졌을 테니까. 맹세컨대 무기를 소지하고 있을지도 모른다는 생각이 들었거든. 그런 상황에서도 나는 천천히 뒷걸음질 쳤어. 뛰쳐나가고 싶은 마음이 굴뚝같았지만 말이야. 마리아가 나타나지 않을까, 손님들과 부모 사이를 헤치고 나와 내 팔을 끼거나 어깨에 손을 두르리라는 희망을 잃지 않고 있었거든. 마리아는 내가 알고 있는 여자들 중에서는 유일하게 남자 허리 대신 어깨에 팔을 두르는 사람이야. 마리아가 나를 품위 있게 그곳을 빠져나오게 해주기를, 말하자면 함께 그 자리를 면하기를 기대했던 거야.」

「마리아가 구세주처럼 나타났어?」

「일반적인 의미의 〈나타난다〉는 식으로는 나타나지 않았어. 고개를 디밀기는 했어. 몇몇 작자들 어깨와 머리 사이로 잠시 고개를 내밀었지.」

「마리아가 어떻게 했는데?」

「아무것도, 빌어먹을 년 같으니. 아무것도 하지 않았다고.」

「널 못 봤는지도 모르지.」 목테수마가 말했다.

「당연히 나를 보았어. 내 눈을 빤히 바라보았다고, 자기만의 방식으로 말이야. 너희도 마리아가 어떤지 알잖아. 가끔씩 쳐다봐도 보는 것 같지 않게, 아니면 반대로 뚫어지게 보잖아. 마리아는 그러고는 사라졌어. 그래서 속으로 말했지. 어이 오늘은 네가 졌으니, 찍소리 말고 조용히 가라고. 나는 차분히 퇴각하기 시작했는데 그 육시랄 마리아 엄마가 덤벼드는 거야. 나는 생각했지. 이 아줌씨, 내 불알을 냅다 걷어차거나 귀싸대기라도 날리겠군. 우아한 퇴각은 틀렸고 줄행랑치는 것이 좋겠어. 하지만 그때는 그 징한 아줌씨가 이미 나를 덮치고 있었어. 키스를 하거나 물어뜯을 듯이 말이야. 그런데 그 아줌마가 나한테 뭐라고 한 줄 알아?」

로드리게스 형제는 아무 말도 하지 않았다. 아마 답을 알았을 것이다.

「욕지거리라도 했어?」 내가 주저주저 말했다.

「내게 말했어. 뻔뻔스러운 놈, 뻔뻔스러운 놈. 그렇게만 말했지만 적어도 열 번은 그랬어. 얼굴을 1센티미터도 안 되게 바싹 들이대고.」

「그 마녀 아줌씨가 마리아와 앙헬리카를 낳았다니 거짓부렁 같아.」 목테수마가 말했다.

「정말 희한한 일이지.」 판초가 맞장구쳤다.

「계속 마리아와 사귀었어?」 내가 물었다.

피엘 디비나는 내 말을 듣고도 대꾸를 하지 않았다.

「몇 번이나 했는데?」 내가 다시 물었다.

「이제 기억도 안 나.」 피엘 디비나가 말했다.

「뭐 그따위 질문을 해?」 판초가 말했다.

「아무것도 아니야. 그냥 궁금해서.」 내가 말했다.

그날 밤 나는 로드리게스 형제 집에서 아주 늦게 나왔다(나는 그들과 점심을 같이 먹고, 저녁을 같이 먹었다. 그 집에 남아 같이 자는 것도 가능했으리라. 인심이 끝내줬다). 인수르헨테스 대로 버스 정류장에 도착했을 때, 집에서 기다리고 있는 장황하고 공허한 말다툼에 임할 의욕도 기운도 없다는 것을 깨달았다.

내가 타야 할 버스들이 한 대 한 대 지나갔다. 갓돌에 앉아 생각에 잠기기도 하고, 지나가는 차, 아니 정확히 말해 내 얼굴을 비추는 전조등 불빛들을 바라보던 나는 마침내 일어나 폰트 가족의 집으로 향했다.

도착하기 전에 전화를 걸었다. 호르히토가 받았다. 누나를 불러 달라고 말했다. 곧 마리아가 전화를 받았다. 그녀가 보고 싶었다. 내게 어디 있는지 물었다. 집 근처의 포포카테페틀 광장이라고 말했다.

「두어 시간만 있다가 와. 초인종은 누르지 말고. 담을 뛰어넘어 소리 내지 말고 들어와. 기다리고 있을게.」 그녀가 말했다.

나는 크게 숨을 내쉬며 사랑한다고 말할 뻔했지만(하지만 안 했다) 그냥 전화를 끊었다. 카페에 들어가 있을 돈이 없어서 포포카테페틀 광장 벤치에 앉아서 일기를 쓰고, 판초가 준 타블라다[49]의 시집을 읽었다. 딱 두 시간이 지난 뒤 자리에서 일어나 콜리마 가로 발걸음을 옮겼다.

담을 뛰어넘기 전에 좌우를 살핀 뒤 담장에 매달렸다. 정원의 담장 아래쪽에 폰트 부인(혹은 가정부)이 가꾸는 꽃을 상하게 하지 않으려고 노력하면서 담장 살에서 뛰어내렸다. 그리고 어둠 속에서 별채를 향해 걸어갔다.

마리아가 나무 밑에서 기다리고 있었다. 내가 말을 꺼내기도 전에 내 입에 키스를 했다. 혀가 목구멍까지 침입했다. 담배 냄새와 비싼 음식 냄새가 났다. 나한테선 담배 냄새와 싸구려 음식 냄새가 났다. 하지만 두 번의 식사는 좋았다. 내가 느끼던 모든 두려움과 슬픔이 즉시 증발했다. 우리는 별채로 가는 대신 바로 그곳 나무 밑에 서서 섹스를 시작했다. 마리아는 신음 소리가 안 들리게 내 목을 깨물었다. 절정에 도달하기 전에 나는 음

---

49 José Juan Tablada(1871~1945). 멕시코의 시인, 언론인, 외교관으로 극단적인 비유를 많이 사용하는 시를 쓰거나, 아폴리네르의 입체시 및 일본의 하이쿠를 도입하는 등 실험적인 시를 많이 써서 멕시코 현대시의 선구자로 평가된다.
50 1952년에 제작되어 엄청난 인기를 끈 동명 영화의 주인공. 복면을 한 프로 레슬러이며, 〈우라칸〉은 〈허리케인〉이라는 뜻이다.

경을 빼서(내가 아마도 너무 급하게 그놈을 뺐는지, 마리아는 아~ 하고 신음 소리를 냈다) 사정을 했는데 아마도 풀과 꽃 위에 한 것 같다. 별채에 가니 앙헬리카는 깊이 잠들었거나 그런 척했다. 우리는 다시 사랑을 나누었다. 이윽고 몸을 일으켰을 때 온몸이 쪼개지는 느낌이었다. 그녀를 사랑한다고 고백하면 고통이 즉각 사라질 것을 알았지만, 아무 말도 하지 않았다. 어느 한구석에서 바리오스와 패터슨이 자고 있을까 싶어 구석구석을 살폈다. 하지만 폰트 자매와 나밖에 없었다.

그 후 우리는 대화를 나누기 시작했고 앙헬리카가 잠에서 깨어났다. 우리는 불을 켜고 늦게까지 이야기했다. 시, 라우라 다미안, 그녀의 이름을 딴 상, 죽은 여자 시인, 리마와 벨라노가 발간하려는 잡지, 에르네스토 산 에피파니오의 삶, 우라칸 라미레스[50]의 가면을 벗은 얼굴, 테피토 거리에 사는 앙헬리카의 친구 화가, 마리아의 무용 학교 친구들에 대해. 한참 대화를 나누고 담배를 연달아 피운 뒤 앙헬리카와 마리아는 자고, 나는 불을 끄고 침대에 들어가 머릿속으로 마리아와 다시 사랑을 나누었다.

11월 20일

정치 성향. 목테수마 로드리게스는 트로츠키주의자이다. 하신토 레케나와 아르투로 벨라노는 전에 트로츠키주의자였다.

마리아 폰트, 앙헬리카 폰트, 라우라 하우레기(벨라노의 예전 여자 친구)는 〈멕시코 여성이여, 전쟁의 함성을 질러라〉라는 급진 페미니스트 운동에 참여하고 있었다. 거기서 벨라노의 친구이자 일종의 사디즘-마조히즘의 전도자인 시몬 다리외를 알게 된 듯하다.

에르네스토 산 에피파니오는 최초로 멕시코 동성애 공산당과 멕시코 동성애 프롤레타리아 코뮌을 만들었다.

울리세스 리마와 라우라 다미안은 무정부주의 그룹을 결성할 계획이었다. 창립 선언문 초고는 남아 있다. 울리세스 리마는 열다섯 살 때 루시오 카바냐스[51]의 게릴라 잔당에 들어가려 했다.

킴 폰트와 똑같은 이름의 그의 아버지는 바르셀로나에서 태어나 에브로 전투[52]에서 사망했다.

라파엘 바리오스의 아버지는 비밀 철도 노조에 가입했으며 간경변증으로 사망했다.

피엘 디비나의 아버지와 어머니는 오아하카에서 태어났고, 그의 말에 따르면 굶어 죽었다.

11월 21일

카탈리나 오하라 집에서의 파티.

아침에 숙부와 통화를 했다. 언제 돌아올 생각인지 내게 물었다. 언제든지요. 내가 답했다. 언짢은 침묵 후에 (틀림없이 내 대답을 이해하지 못하셨을 텐데 인정하고 싶어 하지 않으셨다), 무슨 일을 하고 다니는지 물었다. 아무 일도 하지 않아요. 내가 말했다. 숙부가 말했다. 오

---

51 Lucio Cabañas(1938~1974). 교사였다가 혁명가가 된 멕시코인. 그러나 마르크스주의자는 아니고, 1910년 발발한 멕시코 혁명에서 농민 지도자로 영웅이 된 에밀리아노 사파타(1879~1919)를 본받고자 했다.
52 스페인 내전의 최대 전투로 1938년 7~11월 사이에 벌어졌으며 공화국파(인민 전선)가 결정적인 패배를 했다.

늘 저녁에 집에서 보았으면 한다. 아니면 각오하고, 후안. 숙부 뒤쪽에서 마르티타 숙모의 울음소리가 들렸다. 물론 가겠습니다. 내가 대답했다. 마약을 하는지 물어보세요. 숙모가 숙부에게 말했다. 하지만 숙부가 말했다. 후안이 듣고 있어. 그러고는 내게 돈이 있는지 물었다. 버스비는 있습니다. 내가 말했다. 더 이상 말을 할 수가 없었다.

사실은 돈이 떨어져 버스비도 없는 실정이었다. 이윽고 일이 예기치 않은 국면으로 접어들었지만.

카탈리나 오하라의 집에는 울리세스 리마, 벨라노, 뮐러, 산 에피파니오, 바리오스, 바버라 패터슨, 레케나와 그의 애인 소치틀, 로드리게스 형제, 피엘 디비나, 카탈리나와 화실을 같이 사용하는 화가가 있었고, 그 밖에 이름도 들어 보지 못한 많은 낯선 이들이 검은 강물처럼 나타났다가 사라졌다.

마리아와 앙헬리카와 내가 갔을 때 문은 열려 있었고, 집에 들어가니 2층으로 이어지는 계단에 앉아 마리화나를 돌려 피우고 있는 로드리게스 형제만 눈에 띄었다. 우리는 그들에게 인사를 건네고 옆에 앉았다. 내 생각에 그들은 우리를 기다리고 있었다. 그 후 판초와 앙헬리카가 2층으로 올라가고 우리만 남았다. 집 뒤편에서는 음산한 음악이 들렸다. 언뜻 듣기에는 고즈넉해서 새, 오리, 개구리, 바람, 바다 소리, 그리고 심지어 맨땅이나 바싹 마른 풀밭을 밟는 사람 발소리 같은 것들이 들렸다. 하지만 전체적으로는 오싹해서 공포 영화의 배경 음악 같았다. 이윽고 피엘 디비나가 와서 마리아의 뺨에 키스를 하고(나는 다른 곳을, 여인들 혹은 여인들의 꿈이 담긴 판화가 가득한 벽을 쳐다보았다) 우리와 대화를 나누었다. 아마 소심함 때문이겠지만 왠지 그들이 이야기를 나누는 동안(피엘 디비나는 무용 학교를 뻔질나게 드나들었고, 마리아의 패거리에 속해 있었다) 나는 점점 딴전을 피우면서 생각에 잠겨 오늘 아침 폰트 가족의 집에서 겪은 이상한 일들을 생각했다.

처음에는 모든 일이 자연스럽게 진행되었다. 식탁에 앉아 폰트 가족과 아침 식사를 같이 하는데, 폰트 부인이 내게 아침 인사를 상냥하게 건네고, 호르히토는 나를 쳐다보지도 않고(호르히토는 반쯤 졸고 있었다), 가정부가 들어오면서 호감이 담긴 인사를 내게 했다. 거기까지는 다 좋았다. 너무나 좋아서 나머지 인생을 마리아의 별채에서 눌러살아도 되지 않을까 하는 생각이 들기도 했다. 하지만 그때 킴이 나타났고, 그의 모습만으로도 머리카락이 곤두섰다. 마치 밤새 잠을 이루지 못한 듯, 마치 고문실이나 도박판에서 막 나온 듯 했고, 덕지덕지한 머리에 충혈된 눈을 하고 있고, 면도도 하지 않았고(샤워도 하지 않았다), 손도 더러워서 손등은 빨간약을 바른 듯했고 손가락엔 잉크가 묻어 있었다. 내가 가능한 한 살갑게 인사를 했지만, 그는 쳐다보지도 않았다. 부인과 딸들은 폰트 씨를 본척만척했다. 몇 분 뒤에는 나도 그를 무시했다. 폰트 씨의 아침 식사는 우리 것보다 훨씬 더 단출했다. 폰트 씨는 블랙커피를 두 잔 마시고는 담뱃갑도 아닌 호주머니에서 꼬깃꼬깃한 담배를 꺼내 피우면서 우리를 기묘하게 쳐다보았다. 우리를 질책이라도 하듯이, 동시에 우리를 보지 못했다는 듯이. 아침 식사를 마친 폰트 씨는 식탁에서 일어나 나더러 따라

오라고, 이야기 좀 했으면 한다고 했다.

나는 마리아를 바라보고 앙헬리카를 바라보았다. 폰트 씨에게 복종하지 말라고 하는 기색은 전혀 아니어서, 그를 따라갔다.

처음으로 킴 폰트의 작업실에 들어가 본 것인데, 그 크기에 놀랐다. 저택의 다른 방들보다 훨씬 작았던 것이다. 그곳에는 사진과 도면들이 벽에 아무렇게나 압정으로 박혀 있거나 바닥에 뒤죽박죽으로 뒹굴고 있었다. 제도 책상과 걸상이 유일한 가구로, 작업실의 절반 이상을 차지했다. 담배 냄새와 땀 냄새가 났다.

「거의 밤새 일해서 눈을 붙이지 못했네.」 킴이 말했다.

「아, 그러세요.」 말하면서 나는 망했다고 생각했다. 전날 밤 내가 오는 소리를 킴 씨가 틀림없이 들었을 것이고, 작업실의 하나뿐인 쪽창을 통해 마리아와 나를 보고 질책을 하려나 하는 생각이 들었다.

「그렇다네. 내 손을 보게.」 킴이 말했다.

그는 두 손을 가슴 높이에서 펼쳐 보였다. 손이 상당히 떨렸다.

「프로젝트 하고 있으세요?」 책상 위에 흩어져 있는 종이들을 바라보면서 내가 사근사근 물었다.

「아닐세. 잡지 일이야. 곧 발간될 잡지.」

이유는 모르겠지만 즉각 내장 사실주의자들의 잡지를 말한다고 생각했다(아니, 킴이 이미 말해 주기라도 한 듯 알았다).

「나를 비판한 모든 자들을 뭉개 버릴 거야. 암, 그렇고말고.」

나는 책상에 다가가서 뒤죽박죽 쌓여 있는 종이들을

천천히 들어 올리면서 도표와 데생을 살펴보았다. 잡지 기획은 기하학적 형상들과 마구 갈겨쓴 이름이나 글자로 혼돈스러웠다. 가련한 폰트 씨가 신경 쇠약 일보 직전이라는 것은 의심의 여지가 없었다.

「어떤가, 응?」

「아주 흥미로운데요.」 내가 말했다.

「이제 그 얼간이들이 전위주의가 뭔지 알게 될 거야, 그렇지 않은가? 시가 빠져 있지, 안 그런가? 이 자리에 자네들 시가 들어갈 거야.」

킴이 가리킨 공간은 글자를 연상시키는 선으로 가득했다. 또한 뱀, 폭탄, 칼, X자 모양으로 교차된 뼈다귀와 그 위의 해골, 작은 버섯구름 등의 작은 데생들도 있어서 만화에서 누군가 저주를 퍼붓는 장면을 연상시켰다. 그 뒤에는 페이지마다 모두 그래픽 디자인에 대한 킴 폰트의 황당무계한 생각의 개요가 쓰여 있었다.

「보게나. 이게 잡지 로고일세.」

뱀 한 마리가(미소를 띠고 있는 것일 수도 있지만, 발작을 일으키며 몸통을 비비 꼬고 있다는 편이 더 맞는 것 같다) 식탐과 고통을 표하면서 자기 꼬리를 물고 있었고, 두 눈이 가상의 독자에게 못 박혀 있었다.

「하지만 잡지 이름을 무엇으로 할지 아직 아무도 모르잖아요.」 내가 말했다.

「상관없어. 뱀은 멕시코의 상징인 데다가 원형(圓形)을 상징하기도 하지. 니체를 읽어 보았나, 가르시아 마데로?」 문득 킴이 내게 물었다.

나는 안타깝게도 못 읽었다고 고백했다. 그리고 잡지를 한 쪽 한 쪽 들여다보았다(60쪽 이상이었다). 내가 작업실을 뜨려고 할 때 킴은 딸과의 관계가 어떻게 진행되는지 물었다. 괜찮다고, 마리아와 나는 날이 갈수록 잘 통한다고 대답했다. 그다음은 말을 삼갔다.

「우리 부모들은 마음고생이 심하다네, 특히 멕시코시티에서는. 자네, 며칠째 집에서 자지 않고 있지?」

「사흘 밤요.」

「자네 어머니가 걱정하지 않으시나?」

「전화를 드려서, 제가 잘 있는지 알고 계십니다.」

킴은 나를 위에서 아래로 훑어보았다.

「몰골이 썩 좋지는 않군.」

나는 어깨를 으쓱했다. 우리 둘은 잠시 아무 말 없이 생각에 잠겨 있었다. 그는 손가락으로 책상을 툭툭 치고, 나는 벽에 압정으로 꽂아 놓은 이상적인 주택들의 (아마 킴은 이 주택들이 완성되는 것을 결코 보지 못할 것이다) 도면을 바라보았다.

「나를 따라오게.」 그가 말했다.

나는 2층에 있는 그의 방까지 따라갔다. 작업실의 다섯 배는 됐다.

킴은 옷장을 열고 초록색 스포츠 티셔츠를 꺼냈다.

「입어 보게, 어울리는지.」

나는 잠시 의아했으나, 킴은 시간이 없다는 듯 단호했다. 나는 침대, 킴과 부인과 세 자녀가 자도 충분할 만큼 커다란 침대 발치에 내 티셔츠를 벗어 두고 초록색 티셔츠를 입었다. 잘 어울렸다.

「그 옷 선물하지.」 킴이 말했다. 이윽고 그는 주머니에 손을 넣더니 지폐 몇 장을 내밀었다. 「마리아에게 마실 거라도 사주라고.」

그의 손이 떨리고, 내민 팔이 떨리고, 옆구리에 붙이고 있는 다른 팔도 떨리고, 얼굴은 끔찍한 표정이라, 나는 시선을 돌려 아무 데나 보고 있을 수밖에 없었다. 나는 감사를 표했지만, 받을 수 없다고 잘라 말했다.

「이상한 일일세. 모든 사람이 다 내 돈을 받는데. 내 딸들, 내 아들, 내 아내, 내 직원들이 다.」 킴은 직원들이라고 복수를 사용했지만 나는 이미 킴에게는 직원이 하나도 없다는 사실을 알고 있었다. 가정부라면 모를까. 하지만 킴이 가정부를 지칭하는 것은 아니었다. 「심지어 내 상사들도 내 돈을 좋아해서 받는걸.」

「대단히 감사합니다.」 내가 말했다.

「이봐, 받아서 주머니에 넣어 두라고!」

나는 돈을 받아 집어넣었다. 상당한 액수였지만 돈을 세어 볼 만큼 배짱이 두둑하지는 못했다.

「돈이 생기자마자 갚겠습니다.」 내가 말했다.

킴은 침대에 벌렁 누웠다. 그의 몸이 작은 소리를 내더니 이윽고 진동했다. 한순간 그가 물침대에 누웠나 싶었다.

「걱정 말게나, 청년. 우리가 이 세상에 있는 것은 서로 돕기 위해서야. 자네는 딸과 함께 나를 돕고, 나는 돈 몇 푼으로 자네 씀씀이에 도움을 주는 거지. 일종의 가외 수입인 셈이지, 안 그런가?」

당장이라도 지쳐 떨어져 잠이 들 정도로 목소리가 피곤에 절어 있었지만, 그는 눈을 계속 뜬 채 초조하게 평평한 천장을 바라보고 있었다.

「잡지가 마음에 들게 나왔어. 그 작자들 입이 다물어지게 만들 거야.」 킴이 이렇게 말했지만, 이미 그 소리는 웅얼거림이었다.

「잡지가 완벽합니다.」 내가 말했다.

「물론이지, 괜히 내가 건축가가 아니라고.」 그가 말했다. 그리고 잠시 후에 말했다. 「우리도 예술가라고. 다만 그걸 잘 감추고 있을 뿐이지, 안 그런가?」

「그럼요.」 내가 대답했다.

킴이 코를 곤 것 같았다. 얼굴을 쳐다보았다. 눈을 뜬 채였다. 킴? 내가 불렀다. 대답이 없었다. 아주 살그머니 다가가 매트리스를 건드려 보았다. 매트리스 내부의 무엇인가가 내 행동에 응답했다. 사과 크기만 한 플라스틱 공이었다. 나는 뒤로 돌아 침실에서 물러 나왔다.

그날 나머지는 마리아와 같이, 마리아를 쫓아다니면서 보냈다.

비가 두 차례 내렸다. 첫 번째 비가 그쳤을 때 무지개가 떴다. 두 번째는 아무것도 나타나지 않고, 먹구름과 밤이 멕시코시티가 있는 계곡을 엄습했다.

카탈리나 오하라는 머리가 붉고, 스물다섯 살이고, 아들이 하나 있고, 이혼녀이고, 아름답다.

아르투로 벨라노의 여자 친구였던 라우라 하우레기도 알게 되었다. 벨라노는 파티에 소피아 갈베스와 왔는데, 그녀는 울리세스 리마의 잃어버린 사랑이다.

둘 다 예쁘다.

아니 라우라가 〈훨씬〉 더 예쁘다.

나는 도를 넘게 마셨다. 내장 사실주의자들이 사방에 그득했다. 비록 반 이상은 무늬만 그렇고 사실은 대학생에 지나지 않았지만.

앙헬리카와 판초는 일찌감치 가버렸다.

그 밤의 어느 순간 마리아가 내게 말했다. 재앙이 임박했어.

11월 22일

카탈리나 오하라의 집에서 잠이 깼다. 카탈리나, 그리고 유치원에 데리고 가야 할 그녀의 아이 다비와 아주 이른 아침을 먹는 동안(마리아는 없었고, 나머지 사람들은 자고 있었다) 전날 밤 기억이 났다. 몇 사람밖에 남지 않았을 때, 에르네스토 산 에피파니오가 문학에는 이성애

53 기독교 문명권에서 보편적인 이름인 〈마리아María〉에서 파생된 것으로 추측되는 용어. 먼저 〈마리아〉에서 〈마리카*marica*〉가 되고, 경멸적인 의미가 함축된 남성형 어미로 전환시킨 〈마리콘*maricón*〉이나 여성 축소사 어미로 전환시킨 〈마리키타*mariquita*〉 같은 신조어가 자연스럽게 생겨난 것으로 보인다.

54 *loca*. 〈미친 여자〉라는 뜻.

55 *bujarrón*. 남자 동성애자의 은어 중 하나로 보통은 마리콘과 별 차이 없이 쓰이지만, 동성애자임을 숨기기 위해 남성스러움을 유난히 과시하는 사람을 가리키는 경우도 있다.

56 *mariposa*. 〈나비〉라는 뜻.

57 *fileno*. 섬세한, 상냥한 여린 등의 의미를 지닌 단어.

58 William Blake(1757~1827). 영국의 시인이자 화가로 신비로운 체험을 시로 표현했다.

59 Jorge Luis Borges(1899~1986). 아르헨티나의 세계적인 대문호.

60 Rubén Darío(1867~1916). 니카라과의 시인. 라틴 아메리카 고유의 문학을 처음으로 탄생시켰다는 평가를 받는 모데르니스모 *modernismo* 경향의 주역이다.

61 Luis Cernuda(1902~1963). 20세기에 접어들어 스페인 문학의 부활을 주도한 27세대의 주요 시인.

62 Jorge Guillén(1893~1984), Vicente Aleixandre(1898~1984), Rafael Albertí Merello(1901~1999) 모두 세르누다와 마찬가지로 27세대의 주요 시인이었다.

63 Carlos Pellicer Cámara(1897~1977). 멕시코의 시인이자 정치가.

64 Salvador Novo(1904~1974). 멕시코의 시인, 수필가, 역사가.

65 Renato Leduc(1895~1986). 멕시코 시인이자 언론인.

66 Ramón López Velarde(1888~1921). 멕시코의 후기 모데르니스

문학, 동성애 문학, 양성애 문학이 존재한다고 말했다. 그리고 장편소설은 보통 이성애 문학인 반면, 시는 전적으로 동성애 문학이라고 했다. 산 에피파니오가 거론하진 않았지만, 추측건대 단편소설은 양성애 문학이리라.

산 에피파니오는 시의 드넓은 대양에서 마리콘, 마리카, 마리키타,[53] 로카,[54] 부하론,[55] 마리포사,[56] 님프, 필레노[57] 등 여러 조류를 구분했다. 그러나 양대 조류는 마리콘 시인들과 마리카 시인들이었다. 가령, 월트 휘트먼은 마리콘 시인이었다. 파블로 네루다는 마리카 시인. 윌리엄 블레이크[58]는 두말할 나위 없이 마리콘, 옥타비오 파스는 마리카였다. 보르헤스[59]는 필레노였다. 즉 어떤 때는 마리콘이 될 수도 있고 어떤 때는 그저 단순한 무성애자가 될 수도 있다. 루벤 다리오[60]는 로카, 그것도 로카들의 여왕이자 패러다임이었다.

「우리 언어권에서는 분명해. 하지만 넓고도 낯선 이 세계에서는 인심 좋은 베를렌이 여전히 로카의 패러다임이야.」 산 에피파니오가 밝혔다.

산 에피파니오에 따르면 로카는 꽃이 만발한 정신 병원과 생생한 환각에 가깝다. 반면 마리콘과 마리카는 윤리학과 미학 사이를 부유했다. 세르누다,[61] 친애하는 세르누다는 님프, 그리고 크게 상심했을 때는 마리콘 시인이었다. 반면 기옌, 알레이산드레, 알베르티[62]는 각각 마리키타, 부하론, 마리카로 간주될 수 있었다. 카를로스 페이세르[63] 유의 시인들은 보통 부하론인 반면, 타블라다, 노보,[64] 레나토 레둑[65] 같은 시인들은 마리키타였다. 사실 멕시코 시단에는 마리콘 시인들이 부족했다. 로페스 벨라르데[66]나 에프라인 우에르타가 있다고 생각할 낙

관론자도 있을 수 있지만. 반면 마리카 시인들은 넘쳐났다. 건달(순간 나는 조폭이라고 들었다) 디아스 미론[67]부터 우리 고명하신 오메로 아리드히스[68]에 이르기까지. 요즘 각광받고 재조명되고 있으며 징한 작자인 산루이스 포토시 출신의 마누엘 호세 오톤[69] 같은 필레노가 아닌 진정한 시인, 즉 마리콘 시인을 발견하려면 아마도 네르보[70]까지(휘파람) 거슬러 올라가야 했다. 징한 이들로 말하자면, 멕시코 서정시의 영원한 기둥서방들인 마

모 시인으로 국민 시인이라는 예찬까지 받았다.
  67 Salvador Díaz Mirón(1853~1928). 멕시코의 시인.
  68 Homero Aridjis(1940~). 멕시코의 저명한 현대 문인, 언론인, 환경 운동가.
  69 Manuel José Othón(1858~1906). 멕시코의 시인, 극작가, 정치가.
  70 Amado Nervo(1870~1919). 본명은 후안 크리소스토모 루이스. 멕시코 모데르니스모의 주요 시인.
  71 Manuel Acuña(1849~1873). 멕시코의 시인.
  72 José Joaquín Pesado Pérez(1801~1861). 멕시코의 문인, 언론인, 정치가.
  73 Giacomo Leopardi(1798~1837). 이탈리아 낭만주의 시대의 시인이자 철학자. 염세주의적 시로 유명하다.
  74 Giuseppe Ungaretti(1888~1970), Eugenio Montale(1896~1981), Salvatore Quasimodo(1901~1968)는 모두 이탈리아의 순수시파 시인으로 양차 세계 대전의 비극적 경험을 시로 승화시켰다. 콰시모도는 1959년에, 몬탈레는 1975년에 노벨 문학상을 수상했다.
  75 Pier Paolo Pasolini(1922~1975). 이탈리아의 시인, 소설가이자 영화감독. 현대 사회의 허상과 실상을 사실적으로 묘사한 작품들로 네오레알리스모 문학의 기수가 되었다.
  76 Gianfranco Sanguinetti. 1969~1972년 사이에 활동한 정치 예술 운동인 상황주의자 인터내셔널의 운동가.
  77 Cesare Pavese(1908~1950). 이탈리아의 시인이자 소설가.
  78 Dino Campana(1885~1932). 이탈리아의 시인. 정신 질환으로 고통을 받아 프랑스를 비롯하여 여러 나라를 방랑하다가 정신 병원에서 죽었다. 니체와 랭보에 심취하여 「라 보체La Voce」지 및 미래파 운동에 참가하여 관능적 시풍을 발휘했다.
  79 François Villon(1431~1463?). 리얼리즘을 추구한 프랑스의

누엘 아쿠냐[71]는 마리포사, 호세 호아킨 페사도[72]는 그리스 숲 속의 님프였다.

「그럼 에프렌 레보예도는?」 내가 물었다.

「정말 보잘것없는 마리카지. 그에게 봐줄 만한 거라곤 도쿄에서 책을 낸 유일한 멕시코 시인, 유일하지 않더라도 최초의 멕시코 시인이라는 점이야. 1909년에 낸 『일본 운문』이라는 책이지. 물론 레보예도는 외교관이었어.」

어쨌든 〈말〉을 쟁취하려는 마리콘 시인들과 마리카 시인들 사이의 다툼, (지하) 투쟁이 기본적으로 시단의 풍경을 좌지우지했다. 산 에피파니오에 따르면 마리키타 시인들에게는 마리콘 시인들의 피가 흘렀다. 다만 마리키타 시인들은 나약함 때문에, 혹은 안락함을 위해 마리카 시인들의 미학과 삶의 기준과 공존하고 이것들을 존중했다. 늘 그런 것은 아니었지만 말이다. 산 에피파니오가 말하기를, 깊이 없는 독자들의 생각과는 반대로 스페인, 프랑스, 이탈리아에서 마리카 시인들은 군단을 이루었다. 그래서 레오파르디[73] 같은 마리콘 시인이 죽음의 3인조인 웅가레티, 몬탈레, 콰시모도[74] 같은 마리카 시인들이 하는 일을 한꺼번에 재구성한 일도 생긴 것이다.

「파솔리니[75]도 현대 이탈리아 마리카의 역사를 다시 쓰고 있지. 불쌍한 상기네티[76]를 보라고(파베세[77]는 언급하지 않겠어. 그는 슬픈 로카였어. 로카들 중에는 유일하게. 갈 데까지 간 로카들과 별도의 식탁에서 식사를 하는 디노 캄파나[78]도 언급하지 않을게). 포식 세포들이 득실대는 거대한 혀 같은 프랑스는 말할 것도 없고. 프랑스에서는 비용[79]에서부터 우리가 우러러보는 소피 포돌스키에 이르기까지 1백 명의 마리콘 시인들이 필레노, 님프, 부하론, 마리포사 등의 신료들을 거느린 만 명의 마리카 시인들, 고귀한 문학지 주간들, 위대한 번역자들, 문학 왕국의 하급 관료들과 실로 위대한 외교관들을 자신들의 젖꼭지의 피로 감쌌고, 감싸고 있고, 앞으로도 감쌀 테니까(믿지 못하겠다면 『텔 켈』[80] 시인들의 유감스럽고 사악한 행보를 봐봐). 러시아 혁명의 마리카 짓은 우리 이야기하지 말자고. 솔직히 말해, 마리콘 시인은 한 사람, 딱 한 사람밖에 없었으니까.」

방랑시인으로 「지난날의 당신의 발라드Ballade des dames du temps jadis」로 유명하다.

80 *Tel Quel*. 1960년 창간되어 포스트구조주의 사상을 널리 전파한 전위적 평론지. 바르트, 데리다, 크리스테바 등이 이 잡지와 긴밀한 관계를 맺고 활동했으며, 사상뿐 아니라 문단에도 막강한 영향력을 행사했다.

81 Vladimir Vladimirovich Mayakovskii(1893~1930)는 러시아 미래파의 핵심 시인, Boris Leonidovich Pasternak(1890~1960)는 『닥터 지바고』(1957)의 저자로 정치적 소용돌이에 휘말려 노벨 문학상을 거부해야 했던 비운의 작가, Aleksandr Aleksandrovich Blok(1880~1921)는 러시아 상징주의를 대표하는 시인, Osip Mandelshtam(1891~1938)은 순수시로 유명한 시인, Anna Andreyevna Akhmatova(1889~1966)는 러시아 혁명 이전의 상징주의에 반하여 시의 현실성과 명증성을 회복하려는 아크메이즘 시 운동의 대표적인 시인, Viktor Vladimirovich Khlebnikov(1885~1922)는 러시아 미래파 시인이다.

82 César Vallejo(1892~1938)와 Martín Adán(1908~1985)은 페루 전위주의 시인, Macedonio Fernández(1874~1952)는 보르헤스도 존경했던 아르헨티나 문인, Vicente Huidobro(1893~1948)는 칠레 전위주의 시인, Alfonso Cortés(1893~1969)는 니카라과의 후기 모데르니스모 시인, León de Greiff(1895~1976)는 콜롬비아의 모데르니스모 시인, Pablo de Rokha(1894~1968)는 칠레의 전위주의 시인, Luis de Góngora y Argote(1561~1627)는 스페인 문학의 전성기인 황금 세기의 시인, José Lezama Lima(1910~1976)는 쿠바의 시인이자 소설가. Luis Rogelio Nogueras(1944~), Eliseo Diego(1920~1994), Cintio Vitier(1921~2009), Roberto Fernández Retamar(1930~), Nicolás Guillén(1902~1989), Fina García Marruz(1923~)는 쿠바의 시인. José Coronel Urtecho(1906~1994)는 니카라과의 전위주의 시인이다.

「누군데?」 친구들이 산 에피파니오에게 물었다.

「마야콥스키?」

「아니야.」

「예세닌?」

「역시 아니야.」

「파스테르나크? 블로크? 만델스탐? 아흐마토바?」

「더 아니지.」

「뜸 들이지 말고 말해 봐, 에르네스토. 궁금해 죽겠어.」

「딱 한 사람 있었어. 이제 궁금증을 풀어 주지. 스텝 지대와 눈 세상의 마리콘, 머리끝부터 발끝까지 마리콘이었던 흘레브니코프[81]야.」 산 에피파니오가 말했다.

그 말에 저마다 다른 견해를 내놓았다.

「라틴 아메리카에서는 진정한 마리콘 시인을 몇이나 발견할 수 있을까? 바예호와 마르틴 아단. 확실하지. 마세도니오 페르난데스도 그렇다고 볼 수 있고. 나머지는 아니야. 우이도브로 유의 마리카들, 알폰소 코르테스 유의 마리포사들(비록 코르테스는 진정한 마리콘 시들이 있지만), 레온 데 그레이프 유의 부하론들, 파블로 데 로카 유의 부하론화된 님프들(파블로 데 로카는 라캉을 환장하게 했을, 로카의 독설을 지니고 있다), 공고라의 사이비 독자인 레사마 리마 유의 마리키타들, 장난꾸러기 마리콘 기질을 지닌 매력 있는 님프인 로헬리오 노게라스를 제외하면 쿠바 혁명의 모든 시인들(디에고, 비티에르, 끔찍한 레타마르, 안쓰러운 기엔, 슬픔을 가누지 못하는 피나 가르시아). 니카라과에는 코로넬 우르테초 유의 마리포사들과 에르네스토 카르데날 유의 필레노가 될 의지가 있는 마리카들이 우세하다.[82] 멕시코의 동시대인[83]들 역시 마리카…….」

「아니야. 힐베르토 오웬[84]은 아니야!」 벨라노가 외쳤다.

「사실 『끝없는 죽음』[85]은 파스의 시와 함께 극히 예민하고 정주(定住)하는 시인들인 멕시코 마리카 시인들의 라 마르세예즈[86]야. 이름을 더 읊어 보지. 헬만은 님프, 베네데티는 마리카, 니카노르 파라는 마리콘 기질도 다소 있는 마리키타, 베스트팔렌은 로카, 엔리케 린은 마리키타, 히론도는 마리포사, 루벤 보니파스 누뇨는 마리포사화된 부하론, 사비네스는 부하론화된 부하론, 우리 친애하고 건드릴 수 없는 호세밀리오는 로카야.[87] 스페인으로, 기원으로 되돌아가 보자고. ─ 휘파람. 공고라와 케베도는 마리카였어. 산 후안 데 라 크루스와 프라이 루이스 데 레온은 마리콘.[88] 다 읊었어. 이제 마리카

---

83 *Los Contemporáneos*. 1928년 간행되기 시작한 〈동시대인〉을 의미하는 문학지 『콘템포라네오스』를 중심으로 활동하던 시인들을 일컬으며 이들은 현대적인 문화와 문학을 추구했다.

84 Gilberto Owen(1904~1952). 동시대인 그룹의 멕시코 시인.

85 *Muerte sin fin*. 동시대인 그룹의 일원인 멕시코 시인 José Gorostiza(1901~1973)의 대표적인 시집.

86 라 마르세예즈는 프랑스 국가로 프랑스 혁명에서 유래하였다.

87 Juan Gelman(1930~)은 아르헨티나의 사회비판적 시인, Mario Benedetti(1920~2009)는 사회비판적 성향의 우루과이 문인, Emilio Adolfo Westphalen(1911~2001)은 페루의 전위주의 시인, Enrique Lihn(1929~1988)은 칠레의 도시적 감수성의 시인, Oliverio Girondo(1891~1967)는 아르헨티나의 전위주의 시인, Rubén Bonifaz Nuño(1923~)는 그리스 고전문학에 정통한 멕시코 시인, Jaime Sabines(1926~1999)는 멕시코의 시인, Josemilio는 20세기 후반기 멕시코의 주요 시인이자 소설가인 José Emilio Pacheco(1939~)를 가리킨다.

88 Francisco de Quevedo(1580~1645)는 스페인 황금세기의 대표적 문인, San Juan de la Cruz(1542~1591)와 Fray Luis de León(1527 혹은 1528~1591)은 스페인의 수도사 시인들.

와 마리콘의 몇 가지 차이를 말하지. 마리카들은 꿈속에서조차 30센티미터짜리 성기가 자신의 몸을 가르고 열락을 주기를 원해. 하지만 결정적인 순간에는 자기 영혼의 기둥서방들과 잠자리를 감행하지 못하는 경향이 있어. 반면 마리콘들은 항상 후장에 말뚝이 들락날락하는 상태로 살고 있는 이들 같아. 그리고 거울을 보면(온 영혼을 바친 애증의 행위이다) 푹 꺼진 두 눈에서 자신의 정체가 〈저승사자〉임을 발견하지. 마리콘과 마리카들에게 저승사자는 무(無)의 영역(혹은 침묵의 영역이나 내세의 영역)에서도 손상되지 않는 단어야. 그리고 분노하고 죽어 가는 문학의 나라에서는 마리카와 마리콘이 좋은 친구가 되는 것, 서로 절묘하게 베끼는 것, 서로 비판하거나 찬양하는 것, 서로 출판을 해주거나 덮어 버리는 것을 저지하는 것이 아무것도 없어.」

「그러면 세사레아 티나헤로는 마리콘 시인이야 마리카 시인이야?」 누군가가 물었다. 누구 목소리였는지 모르겠다.

「휴, 세사레아 티나헤로는 경악 그 자체야.」 산 에피파니오가 말했다.

11월 23일

나는 돈 받은 이야기를 마리아에게 했다.

「너 내가 창녀인 줄 알아?」 마리아가 내게 말했다.

「물론 그건 아니야!」

「그럼 그 미치광이 꼰대 돈을 다시는 받지 마!」

오늘 오후 우리는 옥타비오 파스 강연회에 갔다. 지하철에서 마리아는 내게 말을 붙이지 않았다. 앙헬리카가 함께 갔고, 강연장인 국립 자치 대학의 알폰시나 도서관에서 에르네스토 산 에피파니오와 만났다. 강연장에서 나오면서 우리는 팔십 노인들이 손님 시중을 드는 팔마 가의 한 식당에 들어갔다. 식당 이름은 라 팔마 데 라 비다였다. 갑자기 덫에 걸린 기분이었다. 금방이라도 죽을 것 같은 종업원들, 이미 내게 싫증이 난 듯한 마리아의 무관심, 산 에피파니오의 아스라하고 아이러니한 미소, 심지어 여느 때와 마찬가지인 앙헬리카의 모습까지도 모두 함정 같고, 나를 비웃는 논평 같았다.

설상가상으로, 그들에 따르면 나는 옥타비오 파스의 강연을 전혀 이해하지 못했다. 그 말이 맞을 수도 있다. 나는, 강연문을 읽으며 말의 리듬에 따라 움직이는 시인의 손만 응시했다. 틀림없이 젊은 시절에 생긴 버릇일 것이다.

「얘는 무식 그 자체야. 법대생의 전형적인 예지.」 마리아가 말했다.

나는 차라리 대꾸를 하지 않았다. (여러 가지 대답이 생각났지만) 그때 무슨 생각을 했느냐고? 역겨운 내 셔츠 생각. 킴 폰트의 돈 생각. 그 어린 나이에 죽은 시인 라우라 다미안 생각. 옥타비오 파스의 오른손, 우리 삶이 달려 있는 문제라는 듯 도서관 허공을 가르던 그의 검지와 중지, 약지, 엄지와 새끼손가락을 생각했다. 또한 집과 내 침대 생각도 했다.

그 후 장발 머리에 가죽 바지를 입은 두 놈이 나타났다. 음악 하는 애들 같았지만 무용 학교 학생들이었다.

오랫동안 나는 존재하지 않았다.

「왜 나를 증오하지, 마리아? 내가 무슨 짓을 했다고?」

마리아의 귀에 대고 물었다.

마리아는 외계인 바라보듯 나를 쳐다보았다. 꼴값 떨지 마. 그녀가 말했다.

에르네스토 산 에피파니오가 그녀의 대답을 듣고는 기분 나쁜 미소를 내게 지었다. 사실 모두가 대답을 들었고, 모두가 내가 미쳐 가고 있다는 듯 미소를 지었다! 나는 눈을 감았던 것 같다. 나는 대화에 끼어들려고 했다. 내장 사실주의 시인들에 대해 이야기하려고 했다. 사이비 음악가들이 웃었다. 어느 순간 마리아가 그들 중 하나에게 키스를 하고, 에르네스토 산 에피파니오가 내 등을 토닥였다. 그 손을 낚아채거나 팔꿈치를 꽉 잡고, 눈을 응시하며 가만있으라고, 그 어떤 위로도 필요 없다고 말한 기억이 난다. 마리아와 앙헬리카가 무용수들과 함께 가기로 결정한 기억이 난다. 그 밤의 어느 순간 내가 외친 기억도 난다.

「네 아버지가 준 돈은 내가 번 거야!」

하지만 마리아가 내 말을 듣기는 한 것인지, 그때 이미 나 홀로 남아 있었던 것인지 기억나지 않는다.

11월 24일

집에 돌아왔다. 학교도 다시 갔다(하지만 들어가지는 않았다). 마리아와 자고 싶다. 카탈리나 오하라와 자고 싶다. 라우라 하우레기와 자고 싶다. 가끔은 앙헬리카와 침대에서 뒹굴고 싶다. 하지만 시간이 지날수록 앙헬리카는 눈가가 점점 거뭇해지고, 창백해지고, 마르고, 있는 듯 없는 듯 해진다.

11월 25일

오늘은 카페 키토에서 바리오스와 하신토 레케나만 볼 수 있었다. 우리의 대화는 대체로 우울했다. 마치 되돌리기 힘든 일 직전의 상황에 처해 있는 듯. 그래도 우리는 꽤 많이 웃었다. 그들이 말하기를 한번은 아르투로 벨라노가 카사 델 라고[89]에서 발표를 했는데, 자기 차례가 되었을 때 발표 내용을 깡그리 잊어 먹었다고 한다. 칠레 시에 대해서 말해야 했는데, 벨라노는 공포 영화에 대한 발표를 급조했다. 그 후 울리세스 리마가 발표를 했는데, 아무도 오지 않았다고 한다. 우리는 카페 문을 닫을 때까지 이런 이야기를 나누었다.

11월 26일

카페 키토에서 아무도 발견하지 못했다. 자리에 앉아 그 시각의 처량한 소음 속에서 책을 읽을 마음은 들지 않았다. 잠시 부카렐리 가를 걷다가 마리아에게 전화를 했지만 집에 없었다. 엔크루시하다 베라크루사나 앞을 두 차례 지나쳤고, 세 번째 지나다가 안으로 들어가 바 앞에 앉았다. 로사리오가 있었다.

나를 알아보지 못하리라 생각했다. 나도 가끔씩 나를 알아보지 못하는 판에! 하지만 로사리오는 나를 바라보고 미소를 지었다. 그리고 섬뜩한 취객들이 잔뜩 있는

---

[89] 원래 이름은 카사 델 라고 후안 호세 아레올라Casa del Lago Juan José Arreola이다. 〈카사 델 라고〉는 〈호수의 집〉이라는 뜻으로 국립 자치 대학에 소속된 문화원이다. 다만 〈캠퍼스 밖 캠퍼스〉 구상에 입각하여 설립되었기에 대학 캠퍼스가 아니라 멕시코시티 차풀테펙 공원 안에 있다. 멕시코 소설가 후안 호세 아레올라(1918~2001)가 설립을 주도하고 초대 원장을 역임했다.

테이블 시중을 드느라 잠시 지체하다가 내가 있는 곳으로 다가왔다.

「내 시는 썼어?」 로사리오가 옆에 앉으면서 물었다. 로사리오는 검다고 할 만큼 짙은 눈동자의 소유자이고 엉덩이가 컸다.

「대충.」 아주 가벼운 승리감을 느끼며 내가 말했다.

「어디, 읽어 줘.」

「내 시는 낭송보다는 눈으로 읽는 시야.」 내가 말했다. 얼마 전 호세 에밀리오 파체코가 이와 비슷한 말을 한 듯하다.

「그러니까 읽어 줘.」 로사리오가 말했다.

「내 말은 직접 읽어 보는 게 낫다는 거야.」

「아니, 네가 읽는 게 나아. 나는 읽어도 이해 못 하니까.」

나는 내 최근 시 중에서 아무 거나 하나 골라 읽어 주었다.

「이해가 안 돼. 하지만 상관없어. 고마워.」 로사리오가 말했다.

잠시 나는 창고로 들어오라고 하기를 기다렸다. 하지만 로사리오는 브리히다가 아님을 이내 느낄 수 있었다. 이어 나는 시인과 독자를 가르는 심연에 대해 생각했다. 그 점에 생각이 미쳤을 때 이미 의기소침해졌다. 다른 테이블들의 주문을 받으러 갔던 로사리오가 내 곁에 돌아왔다.

「브리히다한테도 시를 써줬어?」 내 눈을 빤히 들여다보면서, 바에 다리를 비비며 로사리오가 말했다.

「아니, 너한테만.」 내가 말했다.

「그날 생긴 일은 이야기 들었어.」

「그날 무슨 일이 생겼는데?」 냉철하게, 그러면서도 상냥하게, 하지만 어쨌든 냉철하게 보이려고 애쓰면서 내가 말했다.

「불쌍한 브리히다가 너 때문에 울었잖아.」 로사리오가 말했다.

「뭐 어떻게 됐는데? 브리히다가 우는 걸 봤어?」

「우리 모두 봤어. 브리히다는 그대에게 환장해 있다고, 시인 양반아. 네게는 여자가 느끼기에 뭔가 특별한 것이 있는 것 같아.」

얼굴이 달아오른 듯했지만 또한 우쭐한 기분도 들었다.

「전혀…… 특별한 것 없는데.」 내가 중얼거렸다. 「브리히다가 무슨 이야기를 한 거야?」

「많이 했지. 이야기해 줄까?」

「좋지.」 사실 브리히다의 속 이야기를 듣고 싶은 건지는 그리 확신이 들지 않았지만 그렇게 말했다. 거의 바로 나 스스로가 가증스러워졌다. 인간이란 참 고마운 줄을 모르지, 금방 잊어버리고, 배은망덕하고. 나 자신에게 말했다.

「하지만 여기서 말고. 곧 쉬는 시간이야. 그링고의 피자 가게가 어디 있는지 알아? 거기서 기다려.」 로사리오가 말했다.

나는 그러겠노라고 말하고 엔크루시하다 베라크루사나를 나왔다. 바깥은 구름이 끼어 있었고, 사람들은 세찬 바람 때문에 평소보다 빨리 걷거나 상점 입구로 몸을 피했다. 카페 키토 앞을 지날 때 안을 쳐다보았지만 아는 사람은 아무도 보지 못했다. 잠시 마리아에게 다시 전화할까 하는 생각이 들었지만, 하지 않았다.

피자 가게는 무척 붐볐고, 사람들은 그링고가 커다란 조리용 칼로 직접 잘라 주는 피자 조각을 서서 먹었다. 잠시 나는 그링고를 관찰했다. 장사로 돈을 꽤 벌겠다는 생각이 들었는데, 그링고가 호인처럼 보여서 기뻤다. 모든 일을 그가 했다. 반죽을 만들고, 토마토와 모차렐라를 얹고, 피자를 오븐에 넣고, 피자를 잘라 주문대에 몰린 사람들에게 주고, 더 많은 피자를 준비하고 또 준비했다. 돈을 받고 거스름돈을 내주는 일 외에는 다 직접 했다. 계산은 열다섯 살가량 된 짧은 머리의 갈색 피부 소년이 맡아 했는데, 아직 가격을 잘 모르거나 계산에 서툰 사람처럼 걸핏하면 낮은 목소리로 그링고에게 상의했다. 잠시 후, 사소하지만 묘한 사실 하나가 눈에 띄었다. 그링고가 조리용 칼을 결코 놓지 않는 것이었다.

「여기 왔어.」 로사리오가 내 한쪽 소매를 잡아당기며 말했다.

거리에서의 로사리오는 엔크루시하다 베라크루사나에 있을 때와는 다른 사람 같았다. 바깥에서는 얼굴이 덜 굳어 있고, 이목구비도 더 흰하고 증발해 버릴 듯해서 투명 인간으로 변해 버릴까 걱정스러웠다.

「잠깐 걷다가 뭐 좀 사줘, 좋지?」

우리는 레포르마 대로 쪽으로 걷기 시작했다. 로사리오가 첫 번째 길을 건너면서 팔짱을 끼더니 영 풀지 않았다.

「나는 네 엄마 노릇을 하고 싶어. 하지만 나쁘게 생각하지 말아 줘. 나는 브리히다같이 헤픈 여자가 아니니까. 자기를 돕고 싶고, 잘해 주고 싶고, 자기가 유명해질 때 옆에 있고 싶어.」 로사리오가 말했다.

이 여자 미쳤군. 내가 생각했다. 하지만 아무 말 하지 않고 미소만 지었다.

11월 27일

모든 일이 꼬이고 있다. 끔찍한 일들이 벌어지고 있다. 밤에는 소리를 지르며 잠에서 깬다. 암소 머리를 한 여자 꿈을 꾼다. 그 여자의 눈이 뚫어지게 나를 바라본다. 사실은 아린 슬픔을 안고. 엎친 데 덮친 격으로 나는 〈남자 대 남자〉로 숙부와 짧은 대화를 나누었다. 나더러 마약을 하지 않는다고 맹세하라고 했다. 안 합니다, 마약은 하지 않습니다, 맹세합니다, 내가 말했다. 마약의 마 자도? 숙부가 말했다. 무슨 뜻인데요? 내가 물었다. 뭐가 무슨 뜻이야! 숙부가 포효했다. 그러니까 무슨 뜻이냐고요. 좀 더 정확히 말씀해 주세요. 내가 달팽이처럼 몸을 움츠리며 말했다. 밤에 마리아에게 전화를 했다. 집에 없었다. 하지만 앙헬리카와 잠깐 통화했다. 잘 지내? 내게 물었다. 사실 그리 잘 지내지 못해. 사실은 상당히 안 좋아, 내가 말했다. 어디 아파? 앙헬리카가 말했다. 아니, 초조해. 나도 잘 지내지 못해. 거의 잠을 못 자, 앙헬리카가 말했다. 전 숫총각 대 전 숫처녀로 앙헬리카에게 더 많은 것을 물어보고 싶었지만 그만두었다.

11월 28일

계속 끔찍한 일, 꿈, 악몽, 완전히 통제 불능의 충동들이 계속 일어난다. 열다섯 살 때처럼 쉬지 않고 자위를 했다. 하루 세 번, 하루 다섯 번 딸을 잡고도 전혀 충분하지 못했다! 로사리오는 나와 결혼하고 싶어 한다. 나는 결혼이라는 것을 믿지 않는다고 말해 줬다. 좋아, 그녀가 웃었다. 결혼하든 말든 내가 하고 싶은 말은 너와 같이 〈살아야만〉 한다는 거야. 같이 살다니, 〈같은〉 집에서? 내가 말했다. 물론이지. 같은 집에서. 집을 통째로 〈빌릴〉 돈이 없으면 같은 〈방〉에서. 동굴에서라도. 대단한 〈요구〉를 하는 게 아니야. 로사리오가 말했다. 그녀의 얼굴은 빛나고 있었다. 땀 때문인지 아니면 자신의 말에 대한 순수한 신념 때문인지는 몰라도. 우리가 처음 한 것은 로사리오의 집에서였다. 콜로니아 메르세드 발부에나 한구석에 처박혀 있으며 칼사다 데 라 베가 로에서 아주 가까이 있는 공동 주택이다. 로사리오의 방은 베라크루스 엽서들, 그리고 압정으로 벽에 꽂아 놓은 영화배우 사진으로 꽉 차 있었다.

「처음이지, 자기?」 로사리오가 물었다.

왜 그랬는지 모르겠지만 그렇다고 대답했다.

11월 29일

나는 파도에 휩쓸린 사람처럼 움직인다. 오늘은 아무도 나를 초대하지 않았는데도 카탈리나 오하라의 집에 불쑥 찾아갔다. 요행히 그녀가 있었다. 막 집에 돌아온 참이었으며, 눈이 빨갰다. 틀림없이 울었다는 증거다. 그녀는 처음에는 나를 알아보지 못했다. 나는 왜 울었는지 물었다. 사랑 문제 때문에, 카탈리나가 말했다. 누군가 필요하면 내가 있다고, 무슨 일이든 할 용의가 있다고 말하고 싶었지만 입술을 깨물었다. 우리는 위스키를 마셨다. 술이 필요해, 카탈리나가 말했다. 그 후 우리는 유치원으로 그녀의 아이를 데리러 갔다. 카탈리나가 자살하려는 사람처럼 운전을 해서 아찔했다. 집으로 돌아오는 길에 뒷좌석에서 아이와 놀아 주고 있는데 카탈리나가 자기 그림이 보고 싶은지 물었다. 그렇다고 대답했다. 결국 우리는 위스키 반병을 마셨고, 카탈리나는 아이를 재운 뒤 다시 울음을 터뜨렸다. 카탈리나에게 가까이 가지 마, 〈애 엄마〉라고, 나는 속으로 말했다. 그러고는 생각했다. 무덤을, 무덤 위에서 하는 생각을, 무덤 위에서 자는 생각을. 운 좋게도 몇 분 만에 카탈리나와 집과 작업실을 같이 쓰는 화가가 와서, 셋이 같이 저녁을 준비했다. 카탈리나의 친구도 이혼녀지만, 분명 훨씬 더 잘 살고 있었다. 식사를 하는 동안 그 친구는 재미있는 이야기를 계속했다. 화가들에 대한 농담이다. 그렇게 재미있는 얘기를 많이 아는 여자를 본 적이 없다(안타깝게도 그중 하나도 기억나지 않는다). 그 후, 왠지 모르겠지만 두 여자는 울리세스 리마와 아르투로 벨라노 이야기를 했다. 카탈리나의 친구에 따르면 국립 자치 대학 여직원의 조카로 키 2미터에 몸무게가 1백 킬로그램인 시인이 있는데, 울리세스 리마와 아르투로 벨라노를 패준다고 찾아다닌다는 것이다. 그 시인이 찾는다는 것을 안 두 사람은 사라졌다. 그러나 카탈리나 오하라는 이 이야기를 믿지 않았다. 카탈리나에 따르면 우리의 두 친구는 세사레아 티나헤로의 사라진 원고를 찾아 멕시코시티의 정기 간행물실과 헌책방들을 뒤지고 있다는 것이다. 나는 밤 12시에 그 집에서 나왔고, 거리로 나서자 갑자기 어디로 가야 할지를 몰랐다. 로사리오와의 일을 다 털어놓고(나아가 창고에서 브리히다와 있었던 불장

난까지) 용서를 빌 작정으로 마리아에게 전화를 했지만, 전화벨이 계속 울려도 아무도 받지 않았다. 폰트 가족이 완전히 사라져 버린 것이다. 그래서 나는 남쪽으로, 울리세스 리마의 옥탑방 쪽으로 발걸음을 옮겼다. 그곳에 도착했을 때 아무도 없어서 결국 시내를 향해, 한 번 더 부카렐리 가를 향해 걸었다. 부카렐리 가에 도착해 엔크루시하다 베라크루사나로 가기 전에 카페 아마리요의 대형 유리창을 들여다보았다(카페 키토는 문이 닫혀 있었다). 한 테이블에서 판초 로드리게스를 발견했다. 혼자 앉아 반쯤 마신 밀크 커피를 마주하고 있었다. 그의 앞에는 책이 있고, 책이 덮이지 않도록 책장 위에 손을 얹고는 얼굴을 찌푸린 채 강렬한 고통의 표정을 짓고 있었다. 가끔씩 얼굴을 실룩거렸는데 유리창을 통해 보자니 섬뜩했다. 읽고 있는 책 때문에 마음이 찢어지거나 치통 때문에 고통을 겪는 중이었으리라. 어느 순간 그가 고개를 들어 사방을 쳐다보았다. 마치 관찰당하고 있는 것을 느꼈다는 듯. 나는 몸을 감췄다. 다시 실내를 들여다보았을 때, 판초는 계속 책을 읽고 있었고 얼굴에서는 고통의 표정이 사라진 뒤였다. 엔크루시하다 베라크루사나에는 그날 밤 로사리오와 브리히다가 일했다. 먼저 브리히다가 내게 다가왔다. 그녀의 표정에서 혐오와 원한이 감지되었다. 하지만 차인 사람들의 고통 또한 감지되었다. 정말 가슴이 아팠다! 사람은 다 고통을 겪는다! 나는 브리히다에게 테킬라를 한 잔 주문한 뒤 의당 들어야 할 이야기를 눈도 깜짝하지 않고 들었다. 이윽고 로사리오가 다가와서, 바에 서서 고아처럼 글을 쓰는 내 모습이 보기 싫다고 말했다. 빈 테이블이 하나도 없어, 나는 그렇게 말하며 계속 글을 썼다. 내 시의 제목은 〈사람은 다 고통을 겪는다〉이다. 사람들이 쳐다봐도 상관없다.

11월 30일

어제 저녁 뭔가 끔찍한 일이 일어났다. 나는 엔크루시하다 베라크루사나의 바에서 일기를 쓰다 시 몇 수를 쓰다 했다(나는 아무 문제 없이 장르를 바꿔 일을 할 수 있다). 로사리오와 브리히다가 카페 안쪽에서 서로 욕지거리를 하기 시작했다. 섬뜩한 취객들은 재빨리 편을 나눠 응원을 하기 시작했다. 하도 응원에 열을 올려서 이내 나는 집중해서 시를 쓸 수 없게 되었고, 그래서 용단을 내려 얼른 그 소굴을 빠져나왔다.

거리로 나서니 상쾌한 바람이 얼굴에 와 닿았다. 몇 시인지는 몰랐지만, 느지막한 시간이었다. 걷는 동안 영감까지는 아니더라도(영감이라는 것이 존재할까?) 글을 쓸 준비와 의욕은 되찾고 있는 중이었다. 나는 렐로치노[90]를 돌아 시우다델라 광장 쪽으로 걸으며 글쓰기를 계속할 카페를 찾았다. 모렐로스 공원을 가로질러 갔는데, 인적은 없었지만 구석마다 비밀스러운 삶, 외톨이 행인을 비웃는 몸뚱어리들과 키득거림(혹은 숨죽인 키득거림)을 느낄 수 있었다(그때는 혼자인가 싶었다). 니뇨스 에로에스 거리와 파체코 광장을 가로질렀다(호세 에밀리오 파체코의 할아버지를 기리는 광장인데, 이번에는 그림자나 키득거림 없이 텅 비어 있었다). 그리

---

90 1910년 중국이 멕시코 독립 선언 1백 주년 기념으로 선물한 시계탑을 가리킨다.

고 알라메다 공원으로 가려고 레비야히헤도 가로 접어들 때, 모퉁이에서 킴 폰트가 등장했다. 아니 출현했다 해야 할까. 나는 까무러치게 놀랐다. 그는 양복에 넥타이 차림이었다(하지만 양복과 넥타이는 〈뭔가〉 이상해서 전혀 어울리지 않았다). 그리고 여자 팔꿈치를 꽉 붙든 채 질질 끌고 가고 있었다. 그들은 반대편 보도를 따라 나와 같은 방향으로 가고 있었고, 나는 반응하는 데 몇 초 걸렸다. 처음 본 순간 턱없는 추측을 한 것과 달리 킴이 끌고 가던 여자는 앙헬리카가 아니었다. 키와 몸매가 착각을 일으킬 만했지만.

여자는 킴을 따라갈 의사가 별로 없음이 역력했지만, 그렇다고 강하게 저항한다고 할 수도 없었다. 알라메다 공원으로 통하는 레비야히헤도 가에서 그들 근처까지 갔을 때 나는 야밤의 그 행인이 헛것이 아니라 킴임을 확인하려는 듯이 멈춰 서서 그들을 바라볼 수밖에 없었다. 그때 킴도 나를 보았고, 1초도 안 돼 나를 알아보았다.

「가르시아 마데로! 이봐, 이리 오라고!」 그가 외쳤다.

나는 쓸데없이 조심하면서 혹은 쓸데없이 조심하는 모습을 보이면서 길을 건넜다(그 시각의 레비야히헤도 가에는 아예 차가 다니지 않았다). 아마 마리아 아버지와의 만남을 몇 초라도 지연하려고 그랬으리라. 반대편 보도에 다다랐을 때, 여자가 고개를 들어 나를 바라보았다. 루페, 콜로니아 게레로에서 알게 된 루페였다. 나를 기억하는 기색이 아니었다. 물론 처음에는 킴과 루페가 호텔을 찾고 있구나 하는 생각이 들었다.

「이봐, 때마침 잘 왔어!」 킴 폰트가 말했다.

나는 루페에게 인사를 건넸다.

「안녕.」 루페가 내 가슴을 얼음장처럼 만든 미소를 띠며 말했다.

「나 지금 이 아가씨에게 피난처를 찾아 주고 있는 중인데. 제기랄, 온 동네를 뒤져도 괜찮은 호텔 하나 없네.」 킴이 말했다.

「여기 호텔 꽤 많이 있어요. 차라리 돈 많이 쓰기 싫다고 말씀하시죠.」 루페가 말했다.

「돈은 전혀 문제가 아니야. 돈이야 있으면 있고, 없으면 없는 거니까.」

나는 그제야 킴이 아주 불안해하는 것을 알아차렸다. 루페를 꽉 붙들고 있는 손은 경기를 일으키듯 떨려서, 루페의 팔이 감전된 것처럼 보였다. 킴은 또한 사납게 눈을 깜빡거리면서 입술을 깨물었다.

「무슨 문제라도 생겼나요?」 내가 물었다.

킴과 루페가 잠시 나를 바라보다가(둘 다 폭발하기 일보 직전인 듯했다), 이윽고 웃음을 터뜨렸다.

「엄청 큰 문제가 있어.」 루페가 말했다.

「이 처자 숨길 만한 데 모르나?」 킴이 물었다.

킴은 두말할 나위 없이 대단히 초조한 상태였지만, 동시에 아주 행복해했다.

「잘 모르겠습니다.」 뭐라고 대답은 해야겠기에 그리 대답했다.

「자네 집에는 불가능하겠지, 그렇지?」 킴이 말했다.

「절대 불가능하죠.」

「왜 나 혼자 문제를 해결하게 내버려 두지 않죠?」 루페가 말했다.

「곤경에 처한 사람을 외면할 수는 없지!」 킴이 내게

눈을 찡긋하며 말했다. 「게다가 네가 문제를 해결하지 못할 걸 아니까.」

「밀크 커피 한 잔 하시죠. 그러다 보면 무슨 수가 생길 겁니다.」 내가 말했다.

「옳거니, 가르시아 마데로. 모른 척하지 않을 줄 알았어.」

「하지만 아저씨를 우연히 발견한걸요!」 내가 말했다.

「저런, 우연이라니.」 킴이 레비야히헤도 가의 거인처럼 심호흡을 하면서 말했다. 「이 세상에 우연이 어디 있나. 알고 보면 모두가 다 예정된 것이네. 그 머저리 그리스인들은 우연을 운명이라 부르지.」

루페는 그를 바라보면서 미치광이에게 미소 짓듯 했다. 그녀는 미니스커트와 검은색 스웨터를 입고 있었다. 내가 보기에는 마리아 스웨터 같았다. 적어도 마리아 냄새가 났다.

우리는 걷기 시작했고, 오른쪽으로 꺾어서 빅토리아 가를 따라 돌로레스 가까지 갔다. 그곳에서 중국 식당에 들어갔다. 우리는 신문을 읽는 송장 모습을 한 사람 맞은편에 앉았다. 킴은 업소를 살펴보고는 몇 분 동안 화장실에 틀어박혀 있었다. 루페는 눈으로 그를 좇았는데, 순간적으로 그 눈길이 사랑에 빠진 여인의 것 같았다. 그 순간 두 사람이 잠자리를 했거나, 곧 할 생각임을 확신했다.

킴은 손과 얼굴을 씻고, 머리카락에 물을 뿌린 뒤 돌아왔다. 화장실에는 수건이 없었기 때문에 아직 머리카락이 젖은 상태였고 관자놀이로 물이 흘러내렸다.

「이런 곳들은 내 인생에서 최고로 오싹했던 순간을 떠

올리게 하지.」 킴이 말했다.

 말을 마친 뒤 킴은 말문을 닫았다. 루페와 나도 잠시 침묵을 지켰다.

「내가 젊었을 때 벙어리 한 사람을 알게 되었어. 정확히 말하면 농아였지.」 잠시 생각에 잠겼다가 킴이 말을 이어 나갔다. 「그 농아는 학생 카페에 자주 왔는데, 우리 건축과 친구들이 늘 가던 곳이었어. 친구들 중에는 화가 페레스 카마르가도 있었어. 자네들도 그의 작품을 보았거나, 적어도 이름을 들어 봤을 거야. 카페에서 우리는 늘 그 농아를 보았는데, 몇 푼이라도 더 벌어 보려고 볼펜, 장난감, 수화가 인쇄된 종이쪽 등등 하찮은 것들을 팔았어. 좋은 사람이었고, 가끔 우리 테이블에 와서 앉았어. 사실은, 내가 보기에 몇몇 친구가 참으로 덜떨어진 인간이라 그 농아를 우리 그룹의 마스코트로 생각했고, 몇 사람은 그저 재미 삼아 수화 몇 개를 배웠던 거야. 농아 스스로 우리에게 가르쳐 준 것일 수도 있고. 이제 잘 기억나지 않는군. 그런데 어느 날, 내가 콜로니아 나르바르테에 있는 이런 중국 식당에 들어갔는데, 뜻밖에 그 농아와 마주쳤어. 내가 대체 왜 그 동네를 갔는지는 잘 모르겠어. 늘 다니던 동네가 아니었거든. 여자 친구 집에 있다가 갔으려나. 확실한 건 내가 그때 좀 넋이 나가 있었다는 사실이야. 주기적인 우울증이 도졌다고나 할까. 늦은 시각이었고, 식당은 비어 있었어. 나는 바인가 문가 테이블인가에 앉았어. 처음에는 내가 식당에서 유일한 손님인 줄 알았어. 하지만 자리에서 일어나 화장실에 갔을 때(용변을 보러 갔는지 마음껏 울기 위해 갔는지), 식당 뒤편 홀에 있는 농아를 발견했어. 그도 혼자였고, 신문을 읽는 중이라 나를 보지 못했어. 세상일이란 참. 내가 곁을 지날 때 그는 나를 보지 못했고, 나는 인사를 하지 않았어. 추측건대 그가 즐거운 시간을 보내고 있다는 사실을 내가 용납할 수 없었던 것이겠지. 하지만 화장실에서 나오면서 마음을 완전히 바꿔 인사를 건네기로 했지. 그는 계속 그곳에서 신문을 읽는 중이었어. 나는 안녕 하고 말하면서 테이블을 조금 움직였지. 나 있는 것을 알아차리라고 말이야. 그러자 농아가 시선을 들었는데 반쯤 잠든 듯했어. 그는 나를 바라보고도 알아채지 못하고 내게 안녕 하고 말했어.」

「세상에.」 머리털이 쭈뼛해진 내가 말했다.

「나와 반응이 같군, 가르시아 마데로.」 킴이 나를 정겹게 바라보며 말했다. 「나도 겁이 났어. 사실 그 낯선 중국 식당으로부터 줄행랑치지 않으려고 기를 쓰고 마음을 가다듬었어.」

「뭐가 겁이 난다는 건지 모르겠네요.」 루페가 말했다.

킴은 그녀 말을 무시했다.

「비명을 지르면서 그곳에서 나오지 않으려고 기를 썼다고. 농아가 그때 나를 알아보지 못했다는 확신과 내가 주문한 것을 지불할 의무가 나를 제어했어. 그러나 밀크 커피를 다 마시지는 못했어. 거리에 나섰을 땐 체면 불고하고 뛰었지.」 킴이 말했다.

「상상이 가네요.」 내가 말했다.

「악마를 본 기분이었어.」 킴이 말했다.

「그 작자 말하는 데 전혀 문제없었던 거네요.」 내가 말했다.

「전혀! 시선을 들고 안녕 그러더라니까. 심지어 목소리도 아주 좋았어, 제기랄.」

「악마는 아니었네요. 물론 누가 알겠어요, 악마일 수도 있죠. 하지만 이런 경우는 악마는 아닐 것 같네요.」 루페가 말했다.

「루페, 나는 악마가 있다고 믿지 않아. 그냥 하는 말이야.」 킴이 말했다.

「너는 누가 악마라고 생각하는데?」 내가 루페에게 물었다.

「끄나풀. 경찰 정보원 말이야.」 루페가 웃음이 귀에 걸려 말했다.

「옳거니, 맞아.」 내가 말했다.

「왜 벙어리인 척 우리에게 접근했을까?」 킴이 말했다.

「농아죠.」 내가 지적했다.

「당신들이 학생이었으니까요.」

루페의 말에 킴이 키스라도 하듯 루페를 바라보았다.

「너 똑소리 나는군, 루피타.」[91]

「놀리지 마세요.」 루페가 말했다.

「진심으로 하는 말이야, 제기랄.」

새벽 1시에 우리는 중국 식당에서 나와 호텔을 찾기 시작했다. 2시경 리오 데 라 로사 로에서 마침내 호텔을 발견했다. 가는 중에 두 사람은 내게 루페에게 무슨 일이 있었는지 설명했다. 기둥서방이 그녀를 죽이려고 했다. 그 이유를 물었더니, 루페가 오후에 일을 안 하고 공

---

91 스페인어에서는 남성 이름과 여성 이름 뒤에 각각 〈-ito〉와 〈-ita〉를 붙이는 경우가 있는데, 이는 그 사람을 어리게 보거나 친근하게 느낀다는 것을 드러내기 위한 표현법이다. 이 대목의 루피타나 뒤에 나오는 후아니토, 아르투리토 등이 그런 예이다.

부를 하려고 해서 그랬다는 것이었다.

「축하해, 루페. 뭐 공부하려고?」 내가 그녀에게 물었다.

「현대 무용.」

「무용 학교에서 마리아와 같이?」

「바로 그거야. 파코 두아르테와 같이.」

「시험 같은 것 안 치고 그냥 등록만 하면 돼?」

킴은 4차원에서 온 사람처럼 나를 바라보았다.

「루페도 영향력 있는 친구들이 있다네, 가르시아 마데로. 우리 모두 그녀를 도울 용의가 있고. 시험이고 나발이고 필요 없어.」

호텔 이름은 라 메디아 루나였다. 내 예상과 달리 킴 폰트는 방을 살펴보고 혼자 잠시 프런트 직원과 이야기를 나누더니 루페에게 잘 자라는 인사를 건네고, 자신에게 알리지 않고 그곳을 떠날 생각일랑 말라고 충고한 뒤 그녀와 작별했다. 루페는 방 앞에서 우리에게 작별을 고했다. 배웅하지 않아도 돼, 킴이 루페에게 말했다. 그 뒤 레포르마 대로 쪽으로 걸으면서, 킴은 직원에게 팁을 좀 쥐어 주어 꼬치꼬치 캐묻지 말고 루페를 투숙시켜 달라고, 특히 누군가 루페에 대해 물어봐도 입단속 잘하라고 당부했다고 말했다.

「오늘 밤 루페의 기둥서방이 멕시코시티의 호텔이란 호텔은 다 뒤질까 봐 겁이 나서.」

나는 경찰이 이 문제를 해결해 주거나, 아니면 적어도 막아 줄 수 있지 않겠느냐고 말했다.

「멍청한 소리 하지 말게, 가르시아 마데로. 그 알베르토라는 작자 경찰 친구들이 있어. 그렇지 않으면 매춘

조직을 운영할 수 있을 것 같아? 멕시코시티의 모든 창녀는 경찰이 통제하고 있다고.」

「저런요, 킴, 믿기 힘든데요. 뒷돈을 받고 눈감아 주는 이들은 있겠지만, 그래도 모두가…….」

「멕시코시티를 비롯해 멕시코 전역의 매춘 사업을 경찰이 통제해. 잘 알아 두라고.」 킴이 말했다. 그리고 잠시 뒤에 덧붙였다. 「이 일에서 우리는 혼자라고.」

킴은 니뇨스 에로에스 거리에서 택시를 잡았다. 택시에 오르기 전 다음 날 아침 일찍 집에 찾아가겠다는 약속을 내게 받아 냈다.

12월 1일

폰트 가족의 집에 가지 않았다. 하루 종일 로사리오와 했다.

12월 2일

부카렐리 가에서 그곳을 거닐던 하신토 레케나를 만났다.

우리는 피자 두 조각을 사러 그링고 가게에 갔다. 피자를 먹으면서 레케나는 아르투로가 내장 사실주의 최초의 숙청을 단행했다고 말했다.

나는 얼어붙었다. 몇 사람이나 내쳤는지 물어보았다. 다섯 명, 레케나가 말했다. 나는 그중에 없겠지, 내가 말했다. 없어, 너는, 레케나가 말했다. 그 소식은 내게 커다란 위안을 주었다. 숙청된 이들은 판초 로드리게스와 피엘 디비나, 그리고 내가 모르는 세 명의 시인이었다.

로사리오와 같이 침대에 누워 생각했다. 멕시코 전위

주의 시 최초의 균열이군.

온종일 침울했지만 마치 기관차처럼 계속 쓰고 읽었다.

12월 3일

침대에서는 마리아보다 로사리오와 궁합이 더 잘 맞는다는 것을 인정해야겠다.

12월 4일

하지만 내가 누구를 사랑하는 걸까? 어제는 밤새 비가 내렸다. 공동 주택 계단이 나이아가라 폭포 같았다. 나는 사랑을 나누면서 횟수를 셌다. 로사리오는 환상적이었다. 하지만 실험의 성공을 위해 그녀에게는 알리지 않았다. 그녀는 열다섯 번 절정에 이르렀다. 처음 몇 차례는 이웃 사람들이 깨지 않도록 로사리오의 입을 막아야 했다. 마지막 몇 번은 그녀가 심장 마비라도 걸릴까 두려웠다. 가끔은 내 팔에 안겨 실신한 듯했고, 또 가끔은 유령이 척추로 유희를 벌이듯 허리를 활처럼 휘었다. 나는 세 번 절정에 이르렀다. 그 후 우리는 통로로 나가, 위쪽 계단에서 떨어지는 빗물로 목욕을 했다. 희한하게도 내 땀은 뜨거운데, 로사리오의 땀은 파충류처럼 차갑고 달콤새큼한 맛이다(내 땀은 분명히 짜다). 우리는 총 네 시간 동안 했다. 그 후 로사리오는 내 몸을 닦아 주고, 자신도 닦고, 순식간에 방을 정리한 뒤에(이 여인은 믿기 어려울 정도로 날렵하고 일을 잘했다), 잠을 자기 시작했다. 다음 날 일을 해야 했기 때문이다. 나는 탁자 앞에 자리를 잡고 〈15/3〉이라는 제목을 붙인 시를 썼다.

그 뒤에는 날이 밝을 때까지 윌리엄 버로스[92]를 읽었다.

12월 5일

오늘은 로사리오와 밤 12시부터 새벽 4시 반까지 했고, 또다시 횟수를 셌다. 로사리오는 열 번 절정에 이르렀고, 나는 두 번이었다. 그러나 사랑을 한 시간은 어제보다 길었다. 시를 쓰는 중간중간(로사리오가 자는 동안) 계산을 했다. 네 시간 동안 열다섯 번 절정에 이르면, 네 시간 반 동안에는 열여덟 번이 되어야지 결코 열 번이면 안 됐다. 나도 마찬가지이다. 판에 박힌 일상이 벌써 우리를 덮친 것일까?

그리고 마리아 문제가 있다. 매일 나는 그녀를 생각한다. 만나고 싶고, 하고 싶고, 이야기하고 싶고, 전화를 걸고 싶지만, 결정적인 순간에 나는 그런 방향으로 단 한 걸음도 나아가지 못한다. 그리고 마리아와의 성교와 로사리오와의 성교를 냉정히 검토해 보면, 두말할 나위 없이 로사리오하고가 더 낫다고 인정할 수밖에 없다. 적어도 더 많이 배운다!

12월 6일

오늘은 오후 3시부터 5시까지 로사리오와 했다. 그녀는 두 번, 어쩌면 세 번 절정에 이르렀다. 잘 모르겠지만 그냥 수수께끼로 두련다. 나는 두 번이었다. 로사리오가 일하러 가기 전에 루페 이야기를 해주었다. 내 예상과는 달리 그녀는 루페든 킴이든 내게든 전혀 호감을 보이지

---

92 William Seward Burroughs(1914~1997). 미국의 소설가로 마약 중독의 체험이 담긴 작품들을 썼으며 비트 세대에 지대한 영향을 끼쳤다.

않았다. 루페의 기둥서방인 알베르토에 대해서도 이야기했는데, 놀랍게도 그에게 상당한 이해심을 보였다. 단지 그의 일이 기둥서방이라는 점만 뜨뜻미지근하게 비난했을 뿐이다. 알베르토란 작자가 아주 위험한 인물이고, 루페를 찾아내면 해코지할 위험도 있다고 내가 말했을 때, 로사리오는 자기 남자를 버리는 여자는 그만한, 아니 더 큰 대가를 치러야 한다고 대답했다.

「하지만 걱정할 것 없어, 자기. 그런 일은 자기 문제가 아니야. 하느님 덕분에 진정한 사랑을 곁에 두고 있으니까.」 로사리오가 말했다.

로사리오의 선언은 나를 슬프게 했다. 알지도 못하는 알베르토, 거대한 성기와 거대한 칼과 사나운 눈빛을 한 그를 잠시 상상했다. 길거리에서 만나면 로사리오가 그에게 반하리라는 생각이 들었다. 그 남자가 마리아와 나 사이에 어떤 식으로든 끼어들었다는 생각도 들었다. 잠시 부엌칼로 성기 길이를 재는 알베르토를 상상하고, 딱히 어떤 형태라고 말할 수는 없으나 밤공기와 함께 창문을 통해(음산한 창문이다!) 들어오는, 추억과 암시가 가득한 노래의 가락도 상상했다. 이 모두가 내게 커다란 슬픔을 불러일으켰다.

「너무 우울해하지 마, 자기.」 로사리오가 말했다.

알베르토와 하는 마리아도 상상했다. 마리아의 엉덩이를 찰싹찰싹 때리는 알베르토도. 판초 로드리게스와 (그는 이제 내장 사실주의자가 아니다. 하느님 감사합니다!) 하는 앙헬리카도. 피엘 디비나와 하는 마리아도. 앙헬리카와 마리아와 하는 알베르토도. 카탈리나 오하라와 하는 알베르토도. 킴 폰트와 하는 알베르토도. 시인들이 말하는 최후의 순간에는 마침내 정액에(그 농도와 색깔이 눈을 현혹해서 피와 똥 같아 보였다) 얼룩진 육체들의 양탄자 위로 내가 서 있는 언덕을 향해 전진하는 알베르토의 모습을 상상했다. 나는 온 힘을 다해 반대편 산자락으로 뛰어 내려가 사막으로 도망치고 싶었지만 그 자리에 조각상처럼 굳어 있었다.

12월 7일

오늘 숙부 사무실에 가서 말했다.

「숙부님. 저 여자와 같이 살고 있습니다. 그래서 집에서 자지 않을 겁니다. 하지만 숙부님도 숙모님도 걱정하실 필요는 없습니다. 학교는 계속 다니고 있고 졸업도 할 거니까요. 게다가 아주 잘 지내고 있습니다. 아침도 잘 먹고, 하루에 두 끼를 먹으니까요.」

숙부는 책상에 그대로 앉은 채 나를 바라보았다.

「무슨 돈으로 살려고? 일자리를 구한 거냐, 아니면 얹혀사는 거냐?」

나는 아직은 잘 모르겠노라고, 사실 지금은, 아주 적은 액수이기는 하지만 로사리오가 내 용돈을 대고 있다고 대답했다.

같이 사는 여자가 누군지 숙부가 알고 싶어 해서 말씀드렸다. 숙부는 로사리오가 무슨 일을 하는지도 알고 싶어 했다. 말씀드렸다. 거친 술집 종업원 일을 다소 부드럽게 포장했지만 말이다. 숙부는 로사리오의 나이도 알고 싶어 했다. 처음 의도와는 달리 그 순간부터 모든 것이 거짓말이었다. 나는 로사리오가 열여덟 살이라고 말했다. 스물두 살 이상임이 거의 확실하고, 어쩌면 스물다섯 이상일 수도 있는데. 비록 내 어림짐작일 뿐, 한 번도 로사리오에게 물어본 적이 없지만 말이다. 스스로 털어놓지 않는 한 나이를 묻기는 어째 좀 그랬다.

「그저 네가 웃음거리가 되지 않기만을 바랄 뿐이다.」 숙부가 이렇게 말하며 5천 페소짜리 수표를 건네주었다.

사무실을 나서기 전 숙부는 그 밤으로 숙모에게 전화를 드리라고 말했다.

나는 은행에 가서 수표를 현금으로 바꾼 뒤, 시내 몇몇 서점을 순회했다. 카페 키토도 기웃거렸다. 처음에는 아무도 없었다. 그곳에서 식사를 한 뒤 로사리오 방으로 돌아와 늦게까지 책을 읽고 글을 썼다. 저녁에 카페 키토로 다시 갔고, 심심해서 죽을 지경이던 하신토 레케나를 만났다. 내게 단언하기를, 카페에는 자기 빼고는 내장 사실주의자들의 코빼기도 보이지 않는다고 한다. 모두가 그곳에서 아르투로 벨라노를 만날까 두려워서인데, 그 칠레 녀석은 며칠 전부터 여기 오고 있지 않기 때문에 괜한 걱정이었다. 레케나(두말할 나위 없이 내장 사실주의자들 중에서 제일 덜떨어진 놈이다)에 따르면, 벨라노는 그룹에서 시인들을 더 축출하기 시작했다. 울리세스 리마는 신중하게 2선에 머물러 있지만, 벨라노의 결정을 지지하는 것으로 보인다. 나는 레케나에게 이번에 숙청된 이들이 누구인지 묻는다. 내가 알지 못하는 시인 둘과 앙헬리카 폰트, 라우라 하우레기, 소피아 갈베스를 거명한다.

「여자를 셋이나 축출했다고!」 놀라움을 금할 길 없어 내가 소리를 질렀다.

목테수마 로드리게스, 카탈리나 오하라, 레케나 자신

은 외줄을 타고 있다. 하신토 네가? 벨라노 그놈 아주 신속하게 움직여, 레케나가 체념적으로 말한다. 그러면 나는? 지금으로서는 아무도 네 이야기 하지 않아, 레케나가 확신 없는 목소리로 말한다. 나는 축출 이유를 묻는다. 레케나는 알지 못한다. 처음에 말했던 아르투로 벨라노의 일시적 광기 때문이라는 말만 반복할 뿐이다. 그리고 내게 설명하기를(〈당연히 알고 있는 사실〉이겠지만), 브르통은 아무 거리낌 없이 이 스포츠를 행하곤 했다는 것이다. 벨라노는 자기가 브르통인 줄 알아, 레케나가 말한다. 사실 멕시코 시단에서는 모든 〈패밀리 보스〉가 다 자기가 브르통인 줄 알지, 레케나가 한숨 쉰다. 축출된 사람들은 뭐라고 그러는데? 왜 새 그룹을 만들지 않지? 레케나가 웃으며 말한다. 축출된 사람들 대부분 그런 줄도 모르거든! 그런 줄 아는 사람들은 내장 사실주의 따위 중요하게 생각하지 않고. 그 사람들에게는 아르투로가 호의를 베풀어 준 셈이지.」

「판초가 전혀 중요하게 생각하지 않는다고? 피엘 디 비나도 전혀?」

「걔들은 중요하게 생각할 수도 있어. 나머지 사람들에게는 그저 짐을 덜어 준 것이고. 이제 농민시인[93] 패거리들이나 파스의 똘마니들과 마음 편히 교류할 수 있으니까.」

「내 생각에 벨라노가 하는 짓은 별로 민주적이지 않은데.」 내가 말했다.

---

93 *poeta campesino*. 민중, 농민, 원주민 등의 언어에 입각해 시를 쓴 멕시코 시단의 한 유파.
94 멕시코의 명문 연구 대학. 〈메히코〉는 〈멕시코〉의 스페인어 발음이다.
95 Marcus Manilius. 서기 1세기의 로마 시인이자 천문학자.

「그렇고말고, 정말 비민주적이지.」

「우리 가서 벨라노에게 말을 해야 해.」

「아무도 어디 있는지 몰라. 아르투로와 울리세스는 사라졌어.」

우리는 잠시 창문 너머로 멕시코시티의 밤하늘을 바라보았다.

밖에는 사람들이 몸을 움츠리고 바삐 걷고 있다. 폭풍을 기다리는 정도가 아니라, 이미 폭풍이 이곳까지 들이닥쳤다는 듯이. 그러나 아무도 두려움은 없는 것 같다.

나중에 레케나가 소치틀에 대해, 그녀와의 사이에 태어날 아들 이야기를 했다. 이름을 뭐라고 붙일지 레케나에게 물어보았다.

「프란츠.」 레케나가 말했다.

12월 8일

나는 아무 할 일이 없어서 멕시코시티 서점들을 돌며 아르투로와 울리세스 리마를 찾기로 했다. 베누스티아노 카란사 가에서 헌책방 플리니오 엘 호벤을 발견했다. 돈셀레스 로에서는 리사르디 서점을. 피노 수아레스 로와 만나는 메소네스 가에서는 헌책방 레베카 노디에르를 발견했다. 플리니오 엘 호벤의 유일한 점원은 노인이었다. 그는 〈콜레히오 데 메히코[94]의 연구자〉를 극진히 응대하더니, 이내 책 더미 옆에 놓인 의자에 앉아 잠이 들었다. 완전히 나를 무시하고. 나는 알폰소 레예스가 서문을 쓴 마르쿠스 마닐리우스[95]의 『천문학』 선집과 제1차 세계 대전 때의 일본인 작가가 쓴 『이름 없는 작가의 일기』를 훔쳤다. 리사르디 서점에서는 몬시바이스를 본 것 같았다. 무슨 책을 읽는지 살짝 보려고 접근했다. 그러나 옆에 갔을 때 몬시바이스가 뒤로 돌아서 나를 뚫어지게 바라보았다. 몬시바이스는 미소를 짓는가 싶더니 책을 꽉 잡고 제목을 가리면서 어느 점원에게 가더니 뭐라고 이야기를 했다. 나는 그의 태도에 뜨끔해서, 대학에서 간행된 오마르 이븐 알파리드[96]라는 아랍 시인의 얇은 책과 시티 라이츠 출판사의 미국 젊은 시인 선집 한 권을 서가에서 뺐다. 내가 서점을 떠날 때 몬시바이스는 이미 없었다. 레베카 노디에르 서점은 주인인 레베카 노디에르가 직접 손님을 상대한다. 80세 이상 된 완전히 눈이 먼 노파로, 치아와 잘 어울리는 새하얀 옷을 입고 지팡이로 무장하고 있다가, 나무 바닥 소리가 나면 즉각 손님에게, 레베카 노디에르입니다 등의 자기소개를 하고, 궁극적으로는 〈뵙게 되어 영광인 문학청년〉 손님의 이름을 묻고, 어떤 종류의 문학을 찾는지 알 수 있는 영광을 달라고 요청한다. 내가 시에 관심이 있다고 말하자, 노디에르 부인은 놀랍게도 시인들은 다 부랑자들이지만 침대에서는 제법이라고 말했다. 특히 돈 없는 시인들은, 부인이 말했다. 이윽고 내게 나이를 물었다. 열일곱 살입니다, 내가 말했다. 아이고, 새파란 풋내기

---

[96] Omar Ibn al-Farid(1181~1235). 이집트의 시인으로 메카에서 시적인 능력과 정신적인 체험을 성숙시킨 신비주의 시인.
[97] Roque Dalton(1935~1975). 엘살바도르의 좌파 문인. 민중 해방군에 참여하여 게릴라 활동을 하다가 내부의 권력 암투 과정에서 CIA의 첩자라는 누명을 쓰고 살해되었다.
[98] Alberto Girri(1919~1991). 아르헨티나 시인.
[99] Federico Gamboa(1864~1939). 멕시코의 자연주의 소설가.
[100] Kenneth Fearing(1902~1961). 미국의 시인이자 소설가로 경제 대공황의 시대적 분위기를 물씬 풍기는 작품들을 썼다.
[101] 멕시코를 근거지로 한 스페인어권 최대의 미디어 기업.

네, 부인이 탄성을 질렀다. 그리고 내 책 훔칠 생각은 아니시지? 하고 물었다. 나는 죽어도 아니라고 힘주어 말했다. 잠시 대화를 나눈 뒤 서점을 떠났다.

12월 9일

멕시코 서점 주인들은 문인들 못지않은 마피아 집단이다. 내가 방문한 서점들은 다음과 같다. 소타노 서점. 후아레스 로 지하에 있는데 (완벽하게 제복을 차려입은 많은) 점원들이 나를 엄중하게 감시했다. 로케 달톤,[97] 레사마 리마, 엔리케 린의 시집을 한 권씩 들고 나올 수 있었다. 리브레리아 메히카나. 산후안 광장 인근의 아란다 가에 있는 서점으로, 세 명의 사무라이가 손님을 맞고, 오톤의 책, 아마도 네르보의 책(정말 근사한 책이었다!), 에프라인 우에르타의 얇은 책 한 권을 훔쳤다. 파시피코 서점. 디에시세이스 데 셉티엠브레 가와 교차하는 볼리바르 가에 있으며, 알베르토 히리[98]가 번역한 미국 시인들의 시 선집 한 권과 에르네스토 카르데날의 책 한 권을 훔쳤다. 오후에는 책을 읽고, 글을 쓰고, 잠시 섹스를 한 뒤에 코레오 마요르 가의 헌책방 오라시오에 갔다. 쌍둥이 자매가 영업을 하고 있었는데 로사리오에게 선물하려고 감보아[99]의 소설 『성녀』, 훌리오 안토니오 빌라라는 박사가 번역하고 서문을 쓴(시인 피어링[100]의 1950년대 멕시코 여행에 대해 어수선하고 질문이 넘치는 서문으로, 빌라 박사는 그 여행을 〈불길하면서 유익한 여행〉이라고 말한다) 케네스 피어링의 시 선집, 텔레비사[101]의 모험가 알베르토 몬테스가 쓴 불교 관련 책을 들고 나왔다. 나야 몬테스의 책 대신 전 페더급 세계

챔피언 아달베르토 레돈도의 자서전을 택하고 싶었지만, 책 훔치기의 좋지 않은 점 하나는 — 특히 나처럼 초짜일 경우 — 기회가 되는 대로 집어야 하기 때문에 책을 마음대로 선택할 수 없다는 것이다.

12월 10일

옥스포드 가와 프라가 가 사이의 레포르마 대로에 있는 오로스코 서점에서 스페인 시인들의 시 선집 『9인의 최근 작가들』, 로베르 데스노스[102]의 『육체와 재산』, 보르헤스의 『브로디의 보고서』. 다윈 가와 교차하는 밀턴 가의 밀턴 서점에서 블라디미르 홀란[103]의 『햄릿과의 하룻밤 외』, 막스 자코브[104] 선집, 군나르 에켈뢰프[105] 선집. 리오 나사스 가의 서점 엘 문도에서 바이런과 셸리와 키츠의 시 선집, 스탕달의 (이미 읽은) 『적과 흑』, 알폰소 레예스가 번역한 리히텐베르크[106]의 『잠언집』. 오후에 방에서 책을 정리하면서 레예스를 생각했다. 레예스는 내 작은 은신처가 될 수 있다. 레예스나 레예스가 좋아하던 이들을 읽으면 정말 행복해질 수 있으리라. 하

---

102 Robert Desnos(1900~1945). 최면 상태에서의 꿈을 이야기하는 데 특수한 재능을 지녀 초현실주의 초창기에 기여가 큰 프랑스 시인.

103 Vladimír Holan(1905~1980). 체코의 대표적 시인으로 염세주의적이고 우울한 시를 썼다.

104 Max Jacob(1876~1944). 프랑스의 시인이자 화가로 피카소, 아폴리네르, 브라크, 콕토 등과 교류했다.

105 Gunnar Ekelöf(1907~1968). 스웨덴 최초의 초현실주의 시인.

106 Georg Christoph Lichtenberg(1742~1799). 독일의 물리학자, 계몽주의 사상가.

107 Ángel María Garibay(1892~1967). 멕시코의 사제, 문헌학자, 역사가.

108 Euripides(B.C. 484?~B.C. 406?). 그리스 3대 비극시인의 한 사람.

지만 그건 너무 쉬운 일이다.

12월 11일

전에는 시간이 전혀 없었는데 지금은 남는 게 시간뿐이다. 전에는 버스와 지하철을 타고 적어도 하루 두 번은 멕시코시티를 북에서 남으로 다녀야 했다. 지금은 걸어서 다니고, 많이 읽고, 많이 쓰고, 매일 사랑을 나눈다. 공동 주택의 우리 방에는 이미 조그만 서재가 생겨나고 있으니, 서점 방문과 도둑질의 산물이다. 마지막 서점은 라 바타야 델 에브로 서점이다. 주인은 크리스핀 사모라라는 나이 지긋한 스페인 사람이다. 내 생각에 우리는 친해졌다. 그 서점은 물론 대체로 사람이 없었고, 돈 크리스핀은 독서를 좋아하지만 이런저런 이야기를 하면서 시간 보내는 것도 싫어하지 않는다. 나도 가끔은 대화가 필요하다. 멕시코시티의 서점들을 체계적으로 훑고 다니며 사라진 두 친구를 찾고 있노라고, 돈이 없어서 책을 훔치곤 하노라고(돈 크리스핀은 즉각, 가리바이 신부[107]의 번역으로 포루아 출판사에서 나온 에우리피데스[108]의 책을 내게 선물했다), 그리스어와 라틴어는 물론 프랑스어, 영어, 독어를 알았던 알폰소 레예스를 존경하노라고, 이미 학교에 가지 않노라고 돈 크리스핀에게 털어놓았다. 그는 내 모든 이야기를 즐겁게 들었다. 학업을 그만두었다는 사실만 빼고. 졸업은 필요하다고 그는 생각한다. 돈 크리스핀은 시를 불신한다. 내가 시인임을 밝히자, 그는 불신은 사실 정확한 단어가 아니라고, 자기는 시인을 몇 사람 안다고 말했다. 돈 크리스핀은 내 시를 읽고 싶어 했다. 써놓은 것을 가져가자 그는 잠시 당황

했지만, 다 읽고 나서는 아무런 이야기도 하지 않았다. 그저 내게 어째서 곱지 않은 어휘들을 사용하는지 물었을 뿐이다. 무슨 뜻이죠, 돈 크리스핀? 내가 물었다. 신성 모독, 비속어, 욕설, 인신공격과 관련된 어휘들 말일세. 아 그거요. 제 기질 탓이겠죠, 내가 말했다. 그날 오후 서점을 떠날 때 돈 크리스핀은 내게 세르누다의 『오크노스』[109]를 선사하면서, 세르누다도 분명 악마 같은 기질을 지니고 있으니 잘 연구해 보라고 신신당부했다.

12월 12일

엔크루시하다 베라크루사나 문 앞까지 로사리오를 바래다주고(모든 여종업원, 심지어 브리히다까지 반갑게 내게 인사를 했다. 마치 내가 동료나 가족이 되었다는 듯이, 모두가 언젠가 내가 멕시코 문학의 주요 인물이 되리라고 확신하면서), 아무런 계획 없이 리오 데 라 로사 로까지, 루페가 투숙한 라 메디아 루나 호텔까지 발걸음을 옮겼다.

꽃과 피 흘리는 사슴들이 그려진 벽지를 바른, 내가 기억하는 것보다 훨씬 더 음산한 상자 같은 프런트에는 등판이 넓고 머리가 큰 땅딸보가 루페라는 이름의 손님은 그곳에 투숙하지 않는다고 내게 말했다. 나는 숙박부를 보자고 요청했다. 그 작자는 안 된다고, 숙박부는 절

---

109 *Ocnos*. 루이스 세르누다의 1942년 작품으로 스페인 내전 이후 스코틀랜드 망명 시절 고향을 그리워하는 마음을 담아 쓴 시적인 산문집. 〈오크노스〉는 그리스 신화에서 영원히 새끼를 꼬는 벌을 받는 인물이다.
110 〈루페〉는 〈과달루페〉를 줄여 부르는 이름. 따라서 루페가 가명으로 투숙했으리라고 추측한 것이다.

대 비밀이라고 말했다. 나는 찾는 사람이 매제와 헤어진 여동생이라고, 호텔비를 낼 돈을 가져 왔다고 둘러댔다. 그러자 아마 비슷한 처지에 놓인 동생이 있었던지 프런트의 그 작자는 이내 사근사근해졌다.

「루페라는 이름으로 일을 하는 깡마른 갈색 피부 여자가 누이동생이라는 건가요?」

「바로 그 사람이에요.」

「잠깐만 기다리세요. 불러 줄 테니까요.」

프런트 직원이 그녀를 찾으러 올라간 사이, 나는 숙박부를 보았다. 11월 30일 밤에 과달루페 마르티네스라는 여자가 투숙했다. 같은 날 수사나 알레한드라 토레스, 후안 아파리시오, 마리아 델 마르 히메네스라는 사람들도 투숙했다. 과달루페 마르티네스가 아니라 수사나 알레한드라 토레스가 루페라고 직감했다.[110] 프런트 직원이 내려올 때까지 기다리지 않고 계단을 세 칸씩 뛰어 2층으로 올라가, 수사나 알레한드라 토레스가 투숙한 201호로 갔다.

벨을 한 번 눌렀다. 발걸음 소리, 창문 닫는 소리, 쑥덕대는 소리, 또다시 발걸음 소리가 들리더니 마침내 문이 열리고 루페와 얼굴을 마주하게 되었다.

그렇게 화장한 얼굴은 처음 보았다. 입술은 새빨갛게 칠하고, 눈썹을 그리고, 볼은 자주색으로 덕지덕지 칠했다. 루페는 나를 금방 알아보았다.

「마리아 친구네.」 루페는 즐거움을 감추지 않고 탄성을 질렀다.

「들어가게 해줘.」 내가 말했다. 루페는 등 뒤를 바라보더니 옆으로 비켜섰다. 방은 오만 데 다 여자 옷이 널려 있어서 난장판이었다.

우리 둘만 있는 것이 아님을 즉각 알아챘다. 루페는 초록색 가운을 입고 연신 담배를 빨았다. 욕실에서 소리가 들렸다. 루페는 나를 바라보고 문이 반쯤 열려 있는 욕실을 바라보았다. 나는 그 안에 손님이 있음을 확신했다. 그렇지만 그때 방바닥에 떨어져 있는 데생이 보였다. 내장 사실주의 잡지 최신호 기획이어서 깜짝 놀랐다. 상당히 비논리적인 생각이지만 나는 마리아나 앙헬리카가 욕실에 있다고 생각했다. 라 메디아 루나 호텔에 내가 있는 것을 어찌 설명하나 싶었다.

내게 눈을 떼지 않고 있던 루페가 내가 알아차린 것을 눈치 채고 웃음을 터뜨렸다.

「이제 나오셔도 돼요, 따님 친구예요.」 루페가 소리 질렀다.

욕실 문이 열리고 킴 폰트가 하얀색 가운을 입고 나타났다. 눈에는 운 자국이 있고 얼굴에 루주 자국이 여기저기 있었다. 킴은 내게 호들갑스러운 인사를 건넸다. 손에는 잡지 기획이 담긴 파일을 들고 있었다.

「보라고, 가르시아 마데로. 항상 일하고 있잖아, 항상 두 눈 부릅뜨고.」 그가 말했다.

그리고 내게 집에 들렀는지 물었다.

「오늘은 가지 않았습니다.」 대답하면서 다시 마리아 생각을 했다. 모든 일이 다 견딜 수 없이 추잡하고 슬펐다.

우리 셋은 침대에 앉았다. 킴과 나는 침대 가장자리에, 루페는 시트 속에.

이 상황은 아무리 봐도 견딜 수 없었다!

킴이 미소를 짓고, 루페가 미소를 짓고, 내가 미소를

지었지만 아무도 선뜻 말문을 열지 못했다. 모르는 사람이 보면 우리 셋이 섹스를 하기 위해 그곳에 있다고 짐작할 것이다. 그런 생각을 하니 끔찍했다. 생각만으로도 속이 뒤집혔다. 루페와 킴은 계속 미소를 지었다. 나는 무슨 말이든 하려고, 내장 사실주의 대오에서 아르투로 벨라노가 수행 중인 숙청 이야기를 꺼냈다.

「벌써 때가 되었어. 기회주의자와 무능력자들은 쫓아내야지. 내장 사실주의 운동에는 가르시아 마데로 자네처럼 순수한 영혼만 남아야 해.」 킴이 말했다.

「그건 그렇습니다.」 내가 동의했다. 「하지만 숫자가 많으면 많을수록 더 좋다는 생각도 듭니다.」

「아닐세, 숫자란 환영에 불과해, 가르시아 마데로. 내장 사실주의 경우는 다섯 명이든 쉰 명이든 매한가지야. 나는 벌써 아르투로에게 그렇게 말했다네. 목을 치라고 말이야. 아주 작은 점이 될 때까지 핵심층을 좁히라고.」

킴이 헛소리를 하고 있다는 생각이 들었지만 아무 말도 하지 않았다.

「판초 로드리게스 같은 머저리와 함께 우리가 어디까지 이를 수 있겠어. 말해 보게.」

「잘 모르겠습니다.」 내가 말했다.

「그놈이 훌륭한 시인 같아? 멕시코 전위주의 예술가의 본보기라도 될 것 같아?」

루페는 입을 열지 않았다. 그저 우리를 바라보며 미소를 띨 뿐이었다. 나는 킴에게 알베르토에 대해 뭣 좀 아느냐고 물어보았다.

「우리는 소수지만 더 소수가 되어야 해.」 킴이 수수께끼 같은 소리를 했다. 알베르토 이야기인지 내장 사실주의자 이야기인지 알 수 없었다.

「앙헬리카도 내쳤는데요.」 내가 말했다.

「내 딸 앙헬리카를? 저런, 그건 뉴스거리군. 생각도 못 했었는데. 언제 그랬는데?」

「잘 모르겠습니다. 하신토 레케나가 말해 줬어요.」

「라우라 다미안상을 받은 시인을 내쫓아! 배짱깨나 두둑한걸! 내 딸을 내쫓았다고 하는 소리가 아니야!」

「우리 나가서 한 바퀴 도는 게 어때요?」 루페가 말했다.

「닥쳐, 루페. 나 생각 중이니까.」

「무례하게 굴지 마세요, 호아킨. 닥치라니요. 나는 당신 딸이 아니란 말이에요. 알겠어요?」

킴은 조용히 웃음 지었다. 안면 근육이 거의 움직이지 않는 토끼 같은 웃음이었다.

「물론 내 딸이 아니지. 너야 단어 세 개도 철자 안 틀리고 연달아 못 쓰잖아.」

「거의 나를 문맹 취급하네요, 비열한 인간. 나도 할 수 있어요.」

「아니, 너는 못해.」 킴이 생각에 집중하려고 엄청난 노력을 하면서 말했다. 그의 얼굴에 고통스러운 표정이 일었는데, 카페 아마리요에서 본 판초 로드리게스의 얼굴 표정을 연상시켰다.

「어디, 시험해 보시죠.」

「앙헬리카에게 〈그렇게〉 하면 안 돼지. 그 자식들이 사람 감정 가지고 장난치니 현기증이 다 나는군. 뭣 좀 먹어야겠어. 어지러워.」 킴이 말했다.

「딴전 피우지 말고 시험해 보세요.」 루페가 말했다.

「어쩌면 레케나가 과장했을지도 모릅니다. 앙헬리카

가 자진 하차를 요청했을지도 모르고요. 그들이 판초를 축출했으니……」

「판초, 판초, 판초. 그 빌어먹을 놈은 상관없어. 아무것도 아니라고. 그놈을 축출하건 말건, 그놈을 죽이건 상을 주건 앙헬리카하고는 전혀 상관없어. 알베르토 같은 놈이라고.」 킴이 낮은 소리로 덧붙이며 고갯짓으로 루페를 가리켰다.

「화내지 마세요, 킴. 둘이 애인 사이였기에 드린 말씀이에요.」 내가 말했다.

「뭐라고요, 킴?」 루페가 물었다.

「너와는 전혀 상관없는 말이야.」

「그러면 시험해 보시라고요. 대체 나를 어떻게 생각하는 거죠?」

「뿌리 *raíz*.」 킴이 말했다.

「그건 쉽죠, 종이하고 연필 좀 줘.」

나는 수첩 한 장을 북 찢어서 내 빅 볼펜과 함께 루페에게 건넸다.

「나 많이 울었어.」 킴이 말했다. 루페는 침대에서 몸을 똑바로 하고 무릎을 곧추세워 종이를 댔다. 「너무 많이, 너무 부질없이.」

「다 해결될 거예요.」 내가 말했다.

「라우라 다미안 작품 읽은 적 있나?」 킴이 멍하게 내게 물었다.

「아니요, 한 번도요.」

「여기요, 맞나 보세요.」 루페가 종이를 보여 주면서 말했다. 킴이 미간을 찌푸리며 제법이라고 말했다. 「다른 단어 불러 줘요, 이번에는 진짜 어려운 걸로.」

「고민 *angustia*.」 킴이 말했다.

「고민이라고요? 쉽네요.」

「딸아이들과 이야기 좀 해야겠어. 아내, 동료들, 친구들과도. 내가 뭔가 해야 해, 가르시아 마데로.」 킴이 말했다.

「천천히 하시죠. 시간이 있으니까요, 킴.」

「이봐, 이 일에 대해서는 마리아에게 한 마디도 하지 말게, 응?」

「우리만 아는 것으로 하죠, 킴.」

「어때요?」 루페가 말했다.

「좋아, 좋아, 가르시아 마데로. 그래야지. 자네에게 라우라 다미안의 책을 선물하지.」

「어때, 응?」 루페가 종이를 내게 보였다. 고민이라는 단어를 완벽하게 썼다.

「아주 완벽해.」 내가 루페에게 말했다.

「경멸스러운 *zarrapastrosa*.」 킴이 말했다.

「뭐라고요?」

「경멸스러운이라는 단어를 써보라고.」 킴이 말했다.

「어휴, 그건 정말 어렵네요.」 루페가 말하고 즉시 쓰기 시작했다.

「그러니까 이 일은 딸아이들에게 한 마디도 안하는 거야. 둘 중 누구한테도. 자네 약속을 믿겠네, 가르시아 마데로.」

「물론입니다.」 내가 말했다.

「이제 자네는 그만 가는 게 좋겠어. 나는 이 바보에게 스페인어 수업 좀 더 해주고 나서 움직이겠네.」

「그래요, 킴, 그러면 댁에서 뵙죠.」

내가 일어나자 침대가 흔들렸다. 루페가 뭐라고 중얼거렸으나, 종이에서 시선을 들지는 않았다. 두어 군데 쓰다 지운 자국이 보였다. 루페는 안간힘을 쓰고 있었던 것이다.

「아르투로나 울리세스 보거든 아주 잘못된 일이라고 말해 주게.」

「만나게 되면요.」 내가 어깨를 으쓱하며 말했다.

「친구 사이에 할 짓이 아니지. 우정을 유지할 방법도 못 되고.」

나는 웃는 척했다.

「돈이 필요한가, 가르시아 마데로?」

「아니요, 전혀요. 말씀은 고맙지만요.」

「자네 내가 있다는 걸 잊지 말게. 나도 젊은 시절이 있었고 미쳐 날뛰던 때가 있었지. 자 이제 가게. 우리도 금방 옷 입고 나가서 뭔가 먹어야겠어.」

「제 볼펜요.」 내가 말했다.

「뭐라고?」 킴이 물었다.

「가겠습니다. 볼펜만 받고요.」

「다 할 때까지 내버려두게.」 킴이 어깨 너머로 루페를 보면서 말했다.

「어디, 보세요.」 루페가 말했다.

「잘못 썼어. 매 좀 맞아야겠는걸.」 킴이 말했다.

나는 경멸스러운이라는 단어를 생각했다. 나도 단번에 쓰지 못할 것 같았다. 킴이 일어나서 욕실로 갔다. 욕실에서 나왔을 때 금테를 두른 검은색 볼펜을 한 손에 들고 있었다. 그가 내게 눈을 찡긋했다.

「가르시아 마데로에게 볼펜 돌려주고 이걸로 써.」 킴

이 루페에게 말했다.

    루페는 빅 볼펜을 내게 돌려주었다. 잘 있어, 내가 루페에게 말했다. 루페는 인사를 하지 않았다.

12월 13일

    마리아에게 전화를 걸었다. 가정부와 통화했다. 마리아 아가씨 없는데요. 언제 올까요? 잘 모르겠습니다, 누구세요? 나는 이름을 대기 싫어서 그냥 끊었다. 누가 나타날까 싶어 카페 키토에 있었지만 헛수고였다. 다시 마리아에게 전화를 걸었다. 아무도 받지 않았다. 나는 걸어서 하신토가 사는 몬테스 가까지 갔다. 아무도 없었다. 길에서 샌드위치를 먹고 어제 쓰기 시작한 시 두 편을 끝냈다. 다시 폰트 씨 집에 전화를 걸었다. 이번에는 누구인지 모를 목소리의 여자가 전화를 받았다. 나는 폰트 부인인지 물었다.

    「아니요, 아닙니다.」 머리칼을 쭈뼛 서게 하는 어조의 목소리가 답했다.

    분명히 마리아 목소리가 아니었다. 좀 전에 통화한 가정부 목소리도 아니었다. 남는 사람은 앙헬리카뿐이었다. 아니면 두 자매 중 누군가의 친구인 내가 모르는 사람이었다.

    「그래요, 누구시죠?」

    「누구와 통화하고 싶으신데요?」 그 목소리가 말했다.

    「마리아나 앙헬리카요.」 나 자신이 바보 같고 또 두려움에 사로잡혀 있다는 느낌이 들었다.

    「제가 앙헬리카인데 누구시죠?」

    「나 후안이야.」 내가 말했다.

「안녕, 후안, 잘 있었어?」

앙헬리카 아닌데, 내가 생각했다, 절대 아니야. 하지만 그 집 식구는 모두 다 미치광이이니 그럴 수도 있다는 생각이 들었다.

「잘 있어. 마리아 있어?」 내가 떨리는 목소리로 말했다.

「아니 없어.」 그 목소리가 답했다.

「알았어, 다시 전화할게.」

「남기고 싶은 말 있어?」

「아니!」 내가 답하고 전화를 끊었다.

나는 손을 이마에 갖다 댔다. 열이 나는 것 같았다. 그 순간 나는 집에서 숙부, 숙모와 함께 있으면서 공부를 하거나 텔레비전을 보았으면 하는 생각이 들었다. 하지만 내게는 물러날 곳이 없다는 사실을, 로사리오와 그녀의 공동 주택 방뿐이라는 것을 깨달았다.

나도 모르게 울음이 터졌다. 멕시코시티의 거리를 닥치는 대로 걸었다. 문득 어디 있는 건가 싶었을 때, 콜로니아 아나우악의 우중충한 길거리, 죽어 가는 가로수와 칠이 벗겨진 담벼락 사이에 있음을 깨달았다. 텍스코코 가의 어느 카페로 들어가 밀크 커피를 주문했다. 미지근한 커피를 내왔다. 그곳에 얼마나 있었는지 모른다.

카페에서 나왔을 때는 이미 밤중이었다.

공중전화로 다시 폰트 자매 집에 전화를 걸었다. 아까와 같은 여자 목소리가 전화를 받았다.

「안녕, 앙헬리카. 나 후안 가르시아 마데로야.」 내가 말했다.

「안녕.」 그 목소리가 말했다.

구역질이 났다. 길에서 아이들 몇이 축구를 하고 있

었다.

「네 아버지를 봤어. 루페와 같이 있었어.」 내가 말했다.

「뭐라고?」

「아버지와 내가 루페를 데려다 준 호텔에서. 네 아버지가 그곳에 계셨어.」

「거기서 뭘 하셨는데?」 높낮이 없는 목소리라 달과 통화하는 것 같군, 내가 생각했다.

「루페와 같이 있어 주셔.」 내가 말했다.

「루페는 잘 있어?」

「한 떨기 장미처럼.」 내가 말했다. 「잘 못 있는 사람은 네 아버지 같아. 우신 것 같던데. 내가 갔을 때는 괜찮아지셨지만.」

「아, 왜 우셨을까?」

「몰라. 어쩌면 후회 때문이시겠지. 어쩌면 창피해서. 네게 말하지 말아 달라고 하셨어.」

「뭘 말하지 말라고?」

「내가 그곳에서 아버지 보았다는 말을.」

「아.」 그 목소리가 말했다.

「마리아는 언제 돌아와? 어디 있는 줄 알아?」

「무용 학교에 있어. 나도 막 나가려던 참이야.」 그 목소리가 말했다.

「어디로?」

---

111 Cuauhtémoc(1496?~1525). 1520년 즉위한 아스테카의 마지막 군주로 스페인들과의 전쟁을 이끌다가 패배하여 1521년 포로가 되었다가 후에 처형되었다. 정확히 말하자면 〈아스테카〉는 서구에서 붙인 이름이고, 오늘날의 멕시코 중부 지역은 스페인인들이 신대륙에 나타났을 때 메시카, 틀라코판, 텍스코코의 3부족 연합 체제였으며, 쿠아우테목은 메시카의 군주였다.

「학교에.」

「좋아, 그럼 잘 있어.」

「잘 있어.」 그 목소리가 말했다.

나는 설리반 로까지 걸어서 돌아왔다. 쿠아우테목[111] 동상이 있는 부근에서 레포르마 대로를 건널 때 나를 부르는 목소리가 들렸다.

「손들어, 가르시아 마데로 시인.」

뒤로 돌았을 때 나는 아르투로 벨라노와 울리세스 리마를 보았고, 기절했다.

눈을 떴을 때는 로사리오 방이었다. 나는 누워 있었고, 울리세스와 아르투로가 침대 양옆에서, 자신들이 막 끓인 차를 내게 먹이려고 부질없이 노력 중이었다. 내가 어떻게 된 것인지 물었더니, 기절하고 토하고 나중에는 헛소리까지 지껄였다는 것이다. 그들에게 폰트 자매 집에 전화 건 이야기를 했다. 바로 그 일 때문에 탈이 났다고 말했다. 아르투로와 울리세스는 처음에는 나를 믿지 않았다. 하지만 나중에는 내 최근 모험들에 대한 자세한 이야기를 주의 깊게 듣더니 판정을 내렸다.

두 사람에 따르면 문제는 내가 통화한 사람이 앙헬리카가 아니라는 데 있다.

「게다가 그건 너도 알고 있었어, 가르시아 마데로. 그래서 네가 탈이 난 거야. 으스스한 쇼크를 받아서.」 아르투로가 말했다.

「내가 뭘 알았다고?」

「전화받은 사람이 앙헬리카가 아니라 다른 사람이라는 사실을.」 울리세스가 말했다.

「아니, 나는 몰랐어.」 내가 말했다.

「무의식적으로는 알았어.」 아르투로가 말했다.

「그러면 그 사람이 누구라는 거야?」

아르투로와 울리세스가 웃었다.

「사실 답은 아주 쉽고 재미있어.」

「겁만 계속 주지 말고 말해 봐.」 내가 말했다.

「생각 좀 해봐. 머리를 좀 쓰라고. 앙헬리카였을까? 분명히 아니야. 마리아? 더 아니지. 그럼 누가 남아? 가정부가 있지만, 네가 전화를 건 시간에는 집에 없어. 게다가 처음에는 가정부와 통화했다니, 가정부였다면 목소리를 알았을 거 아냐, 안 그래?」 아르투로가 말했다.

「그렇지. 가정부는 정말 아니야.」 내가 말했다.

「그럼 누가 남아?」 울리세스가 말했다.

「마리아 어머니와 호르히토.」

「내 생각에 호르히토는 아니야, 그렇지?」

「아니지. 호르히토일 리 없지.」 내가 동의했다.

「마리아 크리스티나가 그런 연극 하는 것 봤어?」

「마리아 엄마 이름이 마리아 크리스티나야?」

「그게 이름이야.」 울리세스가 말했다.

「마리아 엄마는 아닌데. 절대 아니라고. 그러면 누구라는 거야? 아무도 남지 않는데.」

「앙헬리카 목소리를 흉내 낼 만큼 충분히 미친 누군가지.」 아르투로가 그렇게 말하며 나를 바라보았다. 「그 집에서 기분 나쁜 장난을 능히 할 만한 유일한 사람.」

두 사람을 바라보는 사이에 머릿속에서 점점 답이 형성되었다.

「머리를 더 써, 더 쓰라고……」 울리세스가 말했다.

「킴이군.」 내가 말했다.

「킴 말고 누구겠어.」 아르투로가 말했다.

「이런 빌어먹을 인간!」

나중에 킴이 이야기해 준 농아 이야기가 떠오르고, 어릴 적에 피학대 아동이었다가 커서 아동 학대자가 된 사람들 생각이 났다. 비록 지금 이 글을 쓰는 순간에도, 킴의 인격 변화와 농아 사건 사이에 어떤 인과 관계가 있는지 정확히 알 수 없지만 말이다. 나는 격분해서 밖으로 나가 마리아 집에 부질없이 전화를 하느라 동전 여러 개를 낭비했다. 마리아의 어머니와 가정부와 호르히토, 밤이 이슥한 시간에는 앙헬리카와(이번에는 정말로 앙헬리카였다) 통화를 했지만 마리아는 한 번도 집에 없었다. 그리고 킴은 한사코 전화를 받지 않으려 했다.

잠시 아르투로와 울리세스 리마가 나와 같이 있었다. 처음에 전화를 몇 통 하는 동안 내 시를 읽어 보라고 그들에게 주었다. 나쁘지 않다고 말했다. 내장 사실주의 숙청은 그저 장난이야, 울리세스가 말했다. 하지만 숙청된 사람들도 그저 장난인 줄 알아? 물론 모르지, 알면 무슨 재미야, 아르투로가 말했다. 그러니까 축출된 사람이 아무도 없다는 거야? 물론 없지. 그러면 너희 둘은 최근 내내 뭘 하고 있었어? 아무것도, 울리세스가 말했다.

「우리를 패려고 벼르는 개자식이 하나 있어.」 둘이 나중에 인정했다.

「너네는 둘이고, 그 사람은 혼자잖아.」

「하지만 우리는 폭력적인 사람들이 아니야, 가르시아 마데로.」 울리세스가 말했다. 「적어도 나는 아니야. 아르투로도 지금은 아니고.」

나는 밤에 하신토 레케나와 라파엘 바리오스와 함께

카페 키토에 있으면서 폰트 자매 집에 여러 번 전화했다. 그들에게 아르투로와 울리세스가 한 이야기를 해주었다. 둘이 세사레아 티나헤로 건을 조사하고 있을 거야, 레케나와 바리오스가 말했다.

12월 14일

내장 사실주의자들에게는 아무도 〈아무것도〉 주지 않는다. 창작 지원금도 잡지 지면도 주지 않을뿐더러, 출판 기념회나 낭송회에 초대하지도 않는다.

벨라노와 리마는 두 명의 유령 같다.

은어로 시몬*simón*이 〈그래*si*〉를, 넬*nel*이 〈아니야*no*〉를 의미한다면 시모넬*simonel*은 무엇을 의미할까?

오늘 나는 상태가 별로 좋지 않다.

12월 15일

돈 크리스핀 사모라는 스페인 내전 이야기를 하는 것을 좋아하지 않는다. 그래서 왜 전쟁을 연상시키는 이름을 서점 이름으로 삼았는지 물어보았다. 자신이 아니라 에브로 전투에서 커다란 전공을 세운 공화국 대령[112] 출신의 전 주인이 붙인 것이라고 털어놓았다.[113] 나는 돈 크리스핀의 이야기에서 빈정거리는 기색을 감지한다. 그의 요청으로 내장 사실주의 이야기를 한다. 〈사실주의는 결코 내장과 상관없어〉 〈내장은 꿈의 세계에 속해〉 등등 나를 당혹스럽게 만든 몇 가지 촌평을 한 뒤,

---

112 인민 전선파의 대령.
113 돈 크리스핀 사모라의 서점 이름 라 바타야 델 에브로는 〈에브로 전투〉라는 뜻이다.

돈 크리스핀은 가난한 젊은이들에게는 문학적 전위밖에 남지 않는 법이라고 주장한다. 나는 〈가난한 젊은이〉라는 표현이 정확히 무엇을 지칭하는지 묻는다. 나는 〈가난한 젊은이〉의 전형적인 예는 아니다. 적어도 멕시코시티에서는 아니다. 하지만 이윽고 로사리오와 같이 쓰는 공동 주택의 방을 생각하니 최초의 거부감이 사라지기 시작한다. 돈 크리스핀이 말한다. 문학이 지닌 문제는 삶이 지닌 문제와 마찬가지로 항상 사람들을 결국 개자식으로 만들어 버린다니까. 그때까지 나는 돈 크리스핀이 말하기 위해 말한다는 인상을 받았다. 그래서 그가 계속 움직이면서 책들의 위치를 바꾸고 잡지 더미의 먼지를 털어 내고 하는 동안 의자에 앉아 있었다. 어느 순간 돈 크리스핀이 뒤로 돌아서더니 얼마면 자기와 자겠느냐고 물었다. 돈 크리스핀이 말했다. 보아하니 돈이 남아도는 것 같지 않아서 감히 제안하는 거야. 나는 일순간 얼어붙었다.

「실수하신 거예요, 돈 크리스핀.」 내가 말했다.

「이보게, 나쁘게 생각하지 말게. 내가 늙은이인 줄 아니까 자네에게 거래를 제안을 하는 거야. 보상이라고 해두지.」

「동성애자세요, 돈 크리스핀?」

그 질문을 하자마자 어리석은 질문임을 깨닫고 얼굴이 발개졌다. 나는 답을 기다리지 않았다.

「저를 동성애자라고 생각하셨어요?」 내가 물었다.

「아닌가? 이런, 이런, 이런. 주여 내가 무슨 짓거리를 한 건가요. 이보게, 미안하네.」 돈 크리스핀이 말하면서 웃음을 터뜨렸다.

라 바타야 델 에브로 서점에서 도망치려던 처음 생각이 싹 가셨다. 돈 크리스핀은 웃음이 심장 발작을 일으킬 수 있다면서 자리를 양보해 달라고 내게 부탁했다. 거듭 사과를 하면서 돈 크리스핀은 안정을 되찾았고, 자신을 이해해 달라고, 자신은 수줍은 동성애자라고(나이 탓이라고 하기는 싫네, 후아니토!), 수수께끼까지는 아니라도 어렵기 짝이 없는 남자 꾀는 기술을 다 잊었노라고 내게 말했다. 당연히 내가 멍청이라는 생각이 들겠지, 돈 크리스핀이 말했다. 그리고 내게 적어도 5년 동안 아무와도 자지 않았다고 고백했다. 내가 마음이 불편해서 서점을 나서려고 하기 직전, 돈 크리스핀은 포루아 출판사가 간행한 소포클레스와 아이스킬로스[114] 전집을 선물하겠다고 고집했다. 나는 돈 크리스핀에게 전혀 언짢지 않았다고 말했지만, 선물을 받지 않으면 안 될 것 같았다. 인생은 엿 같다.

12월 16일
진짜 병이 들었다. 로사리오는 나를 침대에만 누워 있게 했다. 출근하기 전에 로사리오는 이웃집 여자에게 포트를 빌려 와 커피 반 리터를 끓여 놓았다. 아스피린 네 알도 놔두었다. 열이 났다. 시 두 편을 쓰기 시작해 마쳤다.

12월 17일
오늘은 의사가 왕진을 왔다. 의사는 방을 쳐다보고, 책을 쳐다보고, 이윽고 맥을 짚어 보고, 몸 여기저기 짚

[114] 에우리피데스와 함께 고대 그리스의 3대 비극 작가로 꼽히는 인물들.

어 보았다. 그 후 구석에서 나지막하게 로사리오와 이야기를 하면서, 어깨를 들썩이며 자신의 말에 힘을 실었다. 의사가 떠나고 난 뒤 나는 상의도 없이 의사를 부르면 어떻게 하느냐고 말했다. 얼마 들었어? 내가 물었다. 괜찮아, 중요한 건 너야, 로사리오가 말했다.

12월 18일

오후에 오한이 났는데, 그때 문이 열리더니 숙모가, 그리고 뒤이어 숙부가 로사리오를 따라 나타났다. 헛것을 본 줄 알았다. 숙모는 침대로 달려들어 내게 입맞춤 세례를 퍼부었다. 숙부는 평정심을 유지했고, 숙모가 진정되기를 기다렸다가 내 어깨를 두드려 주었다. 이내 위협, 질책, 충고가 시작되었다. 한마디로 말해, 내가 즉시 집으로 돌아가거나, 적어도 정밀 진단을 받게 병원에 가기를 원했다. 나는 거부했다. 마지막에는 위협이 가해졌다. 숙부 내외가 갔을 때, 나는 크게 웃고 로사리오는 막달레나처럼 울었다.

12월 19일

아침 일찍 레케나, 소치틀, 라파엘 바리오스, 바버라 패터슨이 병문안 왔다. 나는 누가 주소를 주었는지 그들에게 물었다. 울리세스와 아르투로가, 그들이 말했다. 그러니까 그 둘이 나타난 거군, 내가 말했다. 나타났다가 다시 사라졌어, 소치틀이 말했다. 울리세스와 아르투로는 멕시코 젊은 시인 선집을 마무리하고 있어, 바리오스가 말했다. 레케나가 웃었다. 레케나에 따르면 그건 진실이 아니었다. 그래서 유감이었다. 잠시나마 나는 선집에 내 작품을 넣어 주었으면 하고 희망에 부풀어 있었기 때문이다. 두 사람이 무슨 일을 하느냐 하면 유럽으로 가려고 돈을 모으고 있어, 레케나가 말했다. 어떻게 돈을 모아? 내가 물었다. 이리저리 마리화나를 팔면서. 어느 날엔가 레포르마 대로에서 골든 아카풀코가 가득 든 가방을 메고 있는 둘을 보았어. 레케나가 말했다. 믿기지 않아, 내가 말했다. 하지만 마지막으로 그들을 보았을 때 정말로 가방을 메고 있던 것이 기억났다. 둘이 내게 골든 아카풀코를 조금 줬어, 하신토가 말하면서 그것을 꺼냈다. 소치틀이 지금 내 상태로는 피우지 않는 것이 좋겠다고 말했다. 나는 걱정 말라고, 아주 많이 나왔다고 말했다. 피우면 안 되는 사람은 너야. 우리 아들이 저능아로 태어나지 않기를 바란다면, 하신토가 말했다. 소치틀은 마리화나는 태아에게 해가 될 이유가 없다고 말했다. 피우지 마, 소치틀, 레케나가 말했다. 태아에게 해를 끼치는 것은 나쁜 기분, 나쁜 음식, 술, 임산부 학대이지 마리화나가 아니야, 소치틀이 말했다. 그래도 모르니까 너는 피우지 마, 레케나가 말했다. 소치틀이 피우고 싶으면 피우는 거지, 바버라 패터슨이 말했다. 그리고 넌, 끼어들지 마, 바리오스가 말했다. 아이 낳거든 마음대로 해, 지금은 참고. 레케나가 말했다. 우리가 마리화나를 피우는 동안 소치틀은 방구석으로 가서, 로사리오가 입지 않는 옷을 넣어 둔 마분지 상자 옆에 앉았다. 아르투로와 울리세스는 돈을 모으는 것이 아니라(약간의 여윳돈을 모은다는 사실까지 부정할 필요는 없지만), 모두의 입이 쩍 벌어질 일의 최종 작업을 하는 중이야, 소치틀이 말했다. 우리는 그녀를 쳐다보며 더 많은 소식을 기다렸다. 하지만 소치틀은 침묵을 지켰다.

12월 20일

오늘 밤 나는 로사리오와 세 번 했다. 이제 회복되었다. 하지만 그저 로사리오를 기쁘게 해주려고 그녀가 구입한 약을 계속 먹고 있다.

12월 21일

별다른 일이 없다. 삶이 멈춘 듯하다. 나는 매일 로사리오와 사랑을 나눈다. 그녀가 출근하면 글을 쓰고 책을 읽는다. 밤에는 나가서 부카렐리 가의 바들을 순회한다. 가끔 엔크루시하다 베라크루사나에 들르면 여종업원들이 나를 먼저 맞는다. 새벽 4시에 로사리오가 돌아오고(밤 근무일 때는), 방에서 뭔가 간단한 것을 같이 먹는다. 보통은 로사리오가 가게에서 챙겨서 가지고 온 음식들이다. 그리고 우리는 그녀가 잠들 때까지 사랑을 나눈다. 그러고 난 뒤 나는 글을 쓴다.

12월 22일

오늘은 일찌감치 나가 한 바퀴 돌았다. 원래 의도는 라 바타야 델 에브로 서점으로 발길을 옮겨 점심시간 때까지 돈 크리스핀과 대화를 나누는 것이었다. 하지만 그곳에 가보니 서점이 닫혀 있었다. 그래서 정처 없이 걸으면서 아침 태양을 만끽했고, 나도 모르는 사이에 레베카 노디에르 서점이 있는 메소네스 가에 다다랐다. 처음 갔을 때 이미 이 서점을 괜찮은 목표에서 제외했음에도 불구하고, 들어가기로 했다. 아무도 없었다. 역겨우면서도 달착지근한 공기가 책과 서가를 감싸고 있었다. 안쪽 방에서 사람들 목소리가 들려서, 장님 여주인이 흥정에 열중해 있나 보다 추측했다. 기다리기로 하고 오래된 책들을 뒤적였다. 알폰소 레예스의 다섯 권짜리 『호감과 차이』 외에도 『잔인한 이피게네이아』, 『빗면』, 『현실 속 초상화와 상상의 초상화』, 훌리오 토리의 『산문집』, 한 번도 이름을 들어보지 못한 에두아르도 콜린[115]이라는 이의 단편집 『여인들』, 타블라다의 『이태백 외 시집』, 레나토 레둑의 『열네 편의 관료주의 시와 한 편의 저항적 코리도』,[116] 후안 데 라 카바다[117]의 『비이성적인 세상의 선율이 있는 사건들』, 호세 레부엘타스[118]의 『지상의 신(神)과 나날』이 있었다. 이내 싫증이 나서 작은 버드나무 의자에 앉았다. 앉자마자 비명 소리가 들렸다. 레베카 노디에르가 강도를 당하고 있다는 생각이 퍼뜩 들어, 앞뒤 가리지 않고 서점 안쪽으로 몸을 날렸다. 문 뒤에서 놀라운 일이 나를 기다리고 있었다. 울리세스 리마와 아르투로 벨라노가 탁자 위에 있는 오래된 카탈로그를 검토하고 있다가, 내가 방으로 뛰어들자 고개를 들었다. 처음으로 그들이 진짜 놀라는 것을 보았다. 도냐 레베카는 두 사람 옆에서 뭔가 생각하거나 떠올리는 태도로 천장을 바라보고 있었다. 그녀에게는 아무 일도 일어나

---

115 Eduardo Colín(1880~1945). 멕시코의 시인이자 변호사로 젊음의 학당 세대 시인으로 여겨지기도 한다.
116 1800년대에 발생한 멕시코의 대표적인 민요 형식.
117 Juan de la Cabada(1899~1986). 멕시코 문인.
118 José Revueltas(1914~1976). 멕시코의 소설가. 선명한 정치적 활동으로 대학생들에게 영향력이 컸으며 여러 차례 수감되기도 했다.

지 않았다. 소리를 지른 것은 그녀였지만 겁에 질린 비명이 아니라 놀라움의 비명이었다.

12월 23일

오늘은 아무 일도 일어나지 않았다. 설사 무슨 일이 일어났더라도, 차라리 아무 이야기도 하지 않는 것이 낫겠다. 무슨 일인지 이해를 못 했으니까.

12월 24일

최악의 크리스마스이브. 마리아에게 전화를 걸었다. 마침내 통화가 되었다! 루페 일을 이야기했더니 다 알고 있다고 말했다. 네가 아는 게 뭔데? 내가 말했다.

「기둥서방을 버렸고, 드디어 무용 학교에서 공부하기로 했잖아.」 마리아가 말했다.

「어디 살고 있는지는 알고 있는 거야?」

「호텔에.」 마리아가 말했다.

「어느 호텔인지 알아?」

「물론 알고말고. 라 메디아 루나 호텔이잖아. 매일 오후에 만나러 가는걸. 불쌍한 루페가 혈혈단신이라.」

「아니, 그렇게 혈혈단신은 아니야. 네 아버지가 같이 있어 주니까.」 내가 말했다.

「우리 아빠는 성인군자인데 너 따위 변변찮은 애송이 때문에 골로 가네.」

나는 왜 〈골로 가네〉라고 하는지 이유를 알고 싶었다.

「아무 말도 아니야.」

「말해, 대체 무슨 뜻으로 하는 말인지!」

「소리 지르지 마.」 마리아가 말했다.

「알아야겠어, 내가 무슨 일에 휘말린 건지! 알아야겠어, 내가 누구랑 통화하고 있는지!」

「소리 지르지 마.」 그녀가 다시 말했다.

그리고 할 일이 있다면서 전화를 끊었다.

12월 25일

나는 다시는 마리아와 자지 않겠다고 결심했다. 그러나 크리스마스 파티와, 시내 거리를 걷는 이들에게 느끼는 설렘과, 불쌍한 로사리오의 계획(새해를 파티장에서 나와 같이, 물론 춤을 추면서 보낼 작정이었다)은 마리아를 만나고, 옷을 벗기고, 다시 한 번 등에 그녀의 다리 감촉을 느끼고, (만일 그녀가 요구하면) 튼실하고 완벽한 엉덩이를 때리고 싶은 욕구만 새롭게 할 뿐이다.

12월 26일

「오늘 놀라게 해줄 일이 있어, 자기.」 로사리오가 집에 오자마자 예고했다.

로사리오가 내게 키스를 하고, 연거푸 사랑한다고 말

---

119 목욕탕 이름인 〈아마누엔세 아스테카〉가 〈아스테카의 필사자〉란 뜻이다.

120 Miguel Hidalgo(1753~1811)와 José María Morelos(1765~1815)는 멕시코 독립 운동가. 막시밀리아노 황제(1832~1867)는 합스부르크 왕실의 피를 물려받은 오스트리아 귀족으로 멕시코 보수주의자들과 프랑스의 지원을 업고 1864년 멕시코 황제가 되었으나, 1867년 멕시코 자유주의자들과 민족주의자들에 의해 퇴위당하고 총살된 인물이다. 이를 주도한 인물이 Benito Juárez(1806~1872)로, 여러 차례 대통령을 지내며 멕시코의 기틀을 닦아 국부로 추앙되는 인물이다. Francisco Madero(1873~1913), José Venustiano Carranza(1860~1920), Emiliano Zapata(1879~1919), Álvaro Obregón(1880~1928)은 1910년 발발한 멕시코 혁명의 주요 인물들이다.

하고, 이제 곧 보름에 책 한 권씩 읽어서 〈내 수준〉에 맞추겠다고 약속해서 내 얼굴을 달아오르게 하더니, 마지막으로 전에는 그 누구도 자신을 이렇게 행복하게 해주지 못했노라고 고백했다.

내가 나이가 먹는지 로사리오의 과장스러운 말에 닭살이 돋는다.

30분 후 우리는 외출해서 로렌소 보투리니 가에 있는 공중목욕탕 아마누엔세 아스테카까지 걸어갔다.

그것이 놀랄 일이었다.

「이제 새해가 다가오니 몸을 깨끗하게 해야지.」 로사리오가 한 눈을 찡끗하며 말했다.

바로 그 자리에서 로사리오 뺨을 갈기고 돌아와 평생 다시는 보지 않았으면 하는 마음이었다(손대면 폭발할 것 같은 기분이었다).

그러나 김이 서린 목욕탕 유리문을 넘어선 순간 프런트를 장식하고 있는 벽화 혹은 수채화가 신비스러운 힘으로 내 주의를 끌었다.

무명의 예술가가, 생각에 잠겨 종이인지 양피지인지에 글을 쓰는 인디오를 그려 놓았다. 두말할 나위 없이 그 인디오가 아스테카의 필사자였다.[119] 필사자 뒤에는 온천이 몇 개 있었고, 세 개의 온천탕에서 인디오와 정복자들, 식민 시대의 멕시코인들, 이달고 신부와 모렐로스, 황제 막시밀리아노와 황비 카를로타, 친구들과 적들에게 둘러싸인 베니토 후아레스, 마데로 대통령, 카란사, 사파타, 오브레곤,[120] 각양각색의 군복 혹은 그냥 옷을 입은 병사들, 농민, 멕시코시티 노동자들, 그 밖에 칸틴플라스, 돌로레스 델 리오, 페드로 아르멘다리스, 페드로 인판테, 호르헤 네그레테, 하비에르 솔리스, 아세베스 메히아, 마리아 펠릭스, 틴-탄, 레소르테스, 칼람브레스, 이르마 세라노 같은 영화배우들이 목욕을 하고 있었다. 또한 누군지 알아볼 수 없는 사람들도 가장 멀리 있는 탕에서 목욕 중이었는데, 이들은 정말 작게 보였다.

「훌륭하지, 그치?」

나는 손을 허리에 얹은 채 있었다. 황홀경에 빠져서.

로사리오의 목소리에 제정신이 들었다.

수건과 비누를 들고 복도로 들어서기 전에 나는 벽화 양 가장자리에 온천탕을 둘러싸고 있는 돌담이 그려져 있는 것도 발견했다. 그리고 담장 너머의 평원 혹은 잔잔한 바다 같은 곳에 있는 흐릿한 동물들이 보였다. 동물들의 환영(아니면 식물들의 환영) 같았는데, 부글부글 끓어오르면서도 정적이 감도는 곳에서 숫자를 늘려 가며 담장 안을 호시탐탐 노리고 있었다.

12월 27일

우리는 다시 아마누엔세 아스테카에 갔다. 성공이다. 양탄자가 깔려 있는 특실에는 탁자와 옷걸이와 넓은 소파가 있었다. 시멘트로 따로 칸막이를 친 공간에는 샤워기와 증기 시설이 설치되어 있었다. 증기 밸브는 나치 영화에서처럼 바닥 높이에 있다. 양쪽 공간을 나누는 문은 두껍고, 머리 높이에는(나는 건축가들의 기준치고는 키가 너무 커서 고개를 숙여야 하지만) 늘 김이 서려 있는 작은 문구멍이 나 있다. 식사 주문 서비스도 가능하다. 우리는 그곳에 틀어박혀 쿠바 리브레[121]를 주문한다. 샤

---

121 럼, 라임 주스, 콜라를 섞은 칵테일.

워를 하고, 사우나를 하고, 쉬고, 긴 소파에서 몸을 말리고, 다시 샤워를 한다. 우리는 부속실에서, 서로의 육체를 은폐하는 수증기 구름 속에서 사랑을 나눈다. 섹스를 하고, 샤워를 하고, 증기에 숨이 막히도록 그냥 있는다. 서로 손과 무릎만 볼 수 있고, 가끔 목덜미와 젖꼭지도 보인다.

12월 28일
내가 시를 몇 편 썼더라?
이 일이 시작된 다음: 55편
전체 쪽수: 76
전체 행수: 2,453
이제 책을 낼 수 있다. 나의 모든 시를 수록한 작품집을.

12월 29일
오늘 밤 엔크루시하다 베라크루사나 바 테이블에서 로사리오를 기다리고 있는데 브리히다가 다가오더니 세월의 흐름에 대해 말했다.

「테킬라 한 잔 더 주고, 설명을 해봐.」 내가 말했다.

그녀의 시선에서 승리라는 단어로밖에 지칭할 수 없는 무언가를 발견했다. 비록 슬프고 체념적인 승리, 삶의 몸짓이라기보다 죽음의 작은 몸짓에 기인해 있었지만 말이다.

「세월은 흐르고, 전에는 모르는 사람이던 네가 이제는 가족 같아.」 브리히다가 내 잔을 채워 주며 말했다.

「나한테 가족 따위가 뭔 상관이야.」 브리히다에게 말하며 로사리오가 대체 어디 처박혀 있을지 생각했다.

「감정 상하게 할 마음은 없었어. 너하고 싸우기도 싫고. 요즘 나는 누구와도 싸우지 않으려고 해.」

무슨 말을 해야 할지 몰라 잠시 브리히다를 바라보고 있었다. 바보 같다고 말하고 싶었지만, 나 역시 아무하고도 싸우고 싶지 않았다.

「내가 하고 싶은 말은.」 로사리오가 아직 안 왔는지 확인하려는 듯 브리히다가 뒤를 돌아보며 말했다. 「나 역시 정말 너를 사랑하고, 같이 살고, 돈을 대주고, 음식을 만들어 주고, 아플 때 돌봐 주고 싶지만, 아무리 해도 그럴 수 없다면 그냥 받아들여야 한다는 거야. 그렇지? 하고 싶은 대로 했으면 좋았겠지만 말이야.」

「나는 참아 내기 힘든 놈이야.」 내가 말했다.

「너는 너고, 게다가 실한 물건도 있잖아.」 브리히다가 말했다.

「고마워.」 내가 말했다.

「알고 하는 말이야.」

「또 뭘 더 아는데?」

「너에 대해서?」 이제 브리히다는 미소를 띠었고, 추측건대 그것이 그녀에게는 승리였다.

「물론 나에 대해서 말이야.」 나는 테킬라 잔을 비우며 말했다.

「너는 일찍 죽을 거고 로사리오를 불행하게 만들 거라는 걸 알지.」

12월 30일

오늘 폰트 자매 집에 다시 갔다. 오늘은 로사리오를 엿 먹인 것이다.

아침 7시경에 일찍 일어나 시내 거리를 정처 없이 걸었다. 집을 나서기 전에 로사리오의 목소리가 들렸다. 아침 차려 줄게 잠깐만 기다려. 나는 대꾸하지 않았다. 소리 없이 문을 닫고 공동 주택을 벗어났다.

오랫동안 낯선 나라를 걷듯 걸으며 숨이 턱 막히고 구역질이 나는 것을 느꼈다. 중앙 광장에 이르렀을 때 마침내 땀구멍이 열렸고, 있는 대로 땀을 흘렸더니 구역질이 사라졌다.

그러자 견딜 수 없는 허기에 사로잡혀, 문을 연 첫 번째 카페를 발견하자마자 들어갔다. 마데로 가에 있는 누에바 시바리스라는 작은 카페였고, 밀크 커피와 햄 샌드위치를 주문했다.

판초 로드리게스가 바에 앉아 있는 것을 발견하고는 놀라지 않을 수 없었다. 막 머리를 빗은 상태였고(머리카락이 아직 젖어 있었다) 눈은 충혈되어 있었다. 로드리게스는 나를 보고도 놀라지 않았다. 그에게 이렇게 이른 시각에 자기 동네에서 이렇게 먼 그곳에서 무엇을 하는지 물었다.

「밤새 떡을 쳤어. 너도 아는 그년을 잊을 수 있을까 해서.」

앙헬리카 이야기인 줄 짐작이 갔고, 커피를 홀짝홀짝 마시기 시작하면서 앙헬리카를, 마리아를, 처음 폰트 자매의 별채를 방문하던 날들을 생각했다. 행복했다. 허기를 느꼈다. 반대로 판초는 의욕 상실 상태인 듯했다. 판초 기분을 돋우려고 나는, 숙부님 집을 나와 1940년대 영화에나 나옴 직한 공동 주택에서 여자와 살고 있다고 말했다. 하지만 판초에게는 나나 사람들 말이 들리지 않았다.

판초는 담배 두 개비를 피우고 나더니 몸이 뻑적지근해서 걸었으면 좋겠다고 말했다.

「어디 가고 싶은데?」 이미 대답을 알면서도 물어보았다. 판초의 대답이 내가 원하는 답이 아니더라도 온갖 술수를 부려 그 대답을 이끌어 낼 작정이었다.

「앙헬리카 집에.」 판초가 말했다.

「좋지.」 판초에게 말했고 얼른 아침을 먹어 치웠다.

판초가 내 몫까지 먼저 계산했고(처음으로 그가 계산을 했다) 우리는 거리로 나섰다. 둘 다 발걸음이 가벼워진 느낌이었다. 곧 판초는 취기가 가신 듯했고, 나 역시 내 삶을 어이할지 모르던 상태에서 벗어났다. 아침 햇살이 우리에게 새 기운을 북돋아 주어, 판초는 다시금 명랑하고 날렵해져 하염없이 지껄였고, 마데로 가의 구두점 대형 창문에는 내 내면의 모습이 오롯이 비쳤다. 그 속의 나는 키가 크고, 의기소침하거나 병적으로 소심한 모습이 아니라 서글서글한 모습이고, 성큼성큼 걸었다. 그 뒤로는 더 작고 다부진 자가 진정한 사랑을 좇아, 아니 사랑이 아닐지라도 무언가를 좇아 걷고 있었다.

물론 그때 나는 그날 우리에게 무슨 일이 벌어질지 생각도 하지 못했다.

중간까지 신명나고 유쾌하고 스스럼없이 굴던 판초는 나머지 절반 동안, 콜로니아 콘데사에 가까이 가면 갈수록 태도가 변해서 앙헬리카와의 기이한 관계(아니 차라리 과장되고 수수께끼 같은 관계)가 야기한 오랜 두려움에 또다시 빠져드는 듯했다. 다시 기분이 상해 내게 고백하기를, 모든 문제는 보잘것없는 노동 계층인 자기 집안과 멕시코시티의 프티부르주아지 계층에 확고하게 닻을 내린 앙헬리카 집안의 사회적 차이에서 비롯되었다고 말했다. 나는 판초의 용기를 북돋아 주려고, 사랑하는 관계를 〈시작할 때까지는〉 문제겠지만, 이미 〈관계가 시작되었으니〉 계급 투쟁의 참호는 상당히 메워졌다고 설파했다. 이미 관계가 시작되었다는 말이 무슨 말이냐는 판초의 약간 멍청한 질문에는 대답을 삼갔다. 아니 비꼬았다. 앙헬리카와 판초 두 사람이 프티부르주아지와 프롤레타리아의 정상적인 사람들이냐고, 움직일 수 없는 전형적인 사례냐고 말이다.

「아니, 아니지.」 판초가 생각에 잠겨 말했다. 그러는 사이, 후아레스 로와 만나는 지점의 레포르마 대로에서 탄 택시는 현기증 나는 속도로 우리를 콜리마 가에 접근시키고 있었다.

바로 그거야, 내가 말했다. 앙헬리카와 판초는 시인인데 서로 다른 사회 계급에 속한 것이 뭐가 문제냐고도 말했다.

「문제 많지.」 판초가 말했다.

「기계론자가 되지 말라고.」 점점 아무 생각 없이 행복해지던 내가 말했다.

택시 기사가 느닷없이 내 논지를 지지했다.

「당신이 이미 그 여자와 즐겼으면 장벽 따위는 상관없죠. 잠자리가 훌륭하면 나머지는 중요하지 않아요.」

「이제 알겠어?」 내가 말했다.

「아니. 아직 잘 모르겠어.」 판초가 말했다.

「여자에게 믿음을 주세요. 공산주의 타령은 집어치우

고.」 기사가 말했다.

「공산주의 타령이라니요?」 판초가 말했다.

「사회 계급 운운하는 거 말이오.」

「그러니까 당신은 사회 계급이 존재하지 않는다는 것이군요.」 판초가 말했다.

백미러로 우리를 보던 기사가 이제는 오른손을 조수석 의자 끝에 의지하고 왼손으로 운전대를 꽉 잡은 채 뒤를 돌아보았다. 이러다 박겠어, 내가 생각했다.

「경우에 따라서는요. 사랑에 관한 한 멕시코 사람 모두가 평등해요. 신 앞에서도 평등하고요.」 기사가 말했다.

「뭔 헛소리람!」 판초가 말했다.

「디스마스가 게스타스에게 한 말이오.」[122] 기사가 대꾸했다.

그때부터 판초와 택시 기사는 종교와 정치에 대해 논쟁을 벌였고, 그러는 동안 나는 창밖에 단조롭게 펼쳐지는 후아레스 로와 로마 노르테 가의 건물 파사드들을 바라보았다. 또한 마리아 생각도 하고, 그녀와 나를 갈라놓는 것은 사회 계급이 아니라 경험의 축적이라는 생각도 했다. 로사리오, 공동 주택의 우리 방, 그곳에서 보낸 경이로운 밤들, 그러나 마리아와, 마리아의 한 마디 말과, 마리아의 단 한 번의 미소와 바꿀 용의가 있는 밤들을 생각했다. 숙부 내외 생각도 했다. 심지어 우리가 지나는 거리 어디에선가 팔짱을 끼고 멀어져 가는 두 분

---

[122] 디스마스와 게스타스는 예수와 같이 십자가에 묶여 처형을 당했다고 전해지는 두 도둑. 신의 아들이 어째 처형을 면하는 권능을 발휘하지 못하느냐고 예수를 조롱한 이가 게스타스이고 그에게 예수를 옹호하는 발언을 한 이가 디스마스이다.

모습을 본 것도 같았다. 이미 다른 거리로 요리조리 위험하게 사라져 가는 택시를 뒤돌아 바라보지 않은 채. 판초와 택시 기사와 나처럼 숙부 내외도 그들만의 고독에 몰입된 채. 그때 최근 뭔가 잘못되었다고, 멕시코의 새로운 시인들과의 내 관계나 내 인생의 새로운 여인들과의 관계가 뭔가 잘못되었다는 것을 깨달았다. 하지만 아무리 이리저리 생각해도 무엇이 잘못인지 알 수 없었다. 어깨 너머로 바라보면 내 뒤에 심연이 있었다. 한편으로는 전혀 두렵지 않은 심연이었다. 괴물들 따위는 없고 어둠과 침묵과 공허함만 가득했으니까. 물론 이것들 때문에 아프기는 했지만 배에 살짝 통증을 느끼는 정도였다. 그러나 어떤 때는 이 사소한 통증이 두려움에 버금가는 것이었다. 창문에 얼굴을 대고 가던 그때 우리는 콜리마 가로 접어들었고, 판초와 기사는 조용해졌다. 아니 기사와의 논쟁에서 진 셈 치고 판초만 조용해진 것일 수도 있다. 내 침묵과 판초의 침묵에 심장이 오그라들었다.

우리는 폰트 자매의 집을 몇 미터 지나 내렸다.

「여기 뭔가 이상해.」 택시 기사가 우리에게 욕지거리를 하면서 즐겁게 멀어지는 동안 판초가 말했다.

언뜻 보아서 거리는 정상적인 모습이었지만, 아주 생생히 기억하던 분위기와는 다른 분위기를 나 역시 느꼈다. 길 건너편에 노란색 카마로 차에 앉아 있는 두 사람이 보였다. 우리를 응시하고 있었다.

판초가 초인종을 눌렀다. 초인종 소리가 끝없이 지속되는 몇 초 동안 집 내부에는 어떠한 움직임도 없었다. 카마로에 탄 사람들 중 하나, 조수석에 앉아 있던 이가 내려서 차 지붕에 팔꿈치를 괬다. 판초가 몇 초 동안 그자를 바라보더니, 아주 낮은 목소리로 또다시 뭔가 이상하다고 말했다. 카마로의 그 작자는 두려움을 불러일으켰다. 처음 몇 번 폰트 자매 집에 갔을 때가 생각났다. 내 눈에는 비밀투성이처럼 보이던 정원을 대문에 서서 보던 기억이. 불과 얼마 전 일인데도 몇 년은 지난 것 같았다. 나와서 문을 열어 준 사람은 호르히토였다.

호르히토는 대문에 이르자 알 수 없는 신호를 보내더니 카마로가 주차된 곳을 바라보았다. 그러고는 우리 인사에도 대꾸하지 않고, 우리가 창살 대문을 넘어서자 열쇠로 문을 다시 잠갔다. 정원은 어째 돌보지 않은 상태 같았다. 집 모습이 달랐다. 호르히토는 우리를 곧장 본채 문 쪽으로 데려갔다. 판초가 무언가 묻는 듯한 얼굴로 나를 바라보고, 우리가 걷는 동안에도 뒤를 돌아보고 거리를 살피던 기억이 난다.

「멈추지 마, 멍청이.」 호르히토가 판초에게 말했다.

집 안에서는 킴 폰트와 부인이 우리를 기다리고 있었다.

「자네가 올 때가 되었지, 가르시아 마데로.」 킴이 나를 와락 안으며 말했다. 그런 환대를 기대하지는 않았다. 폰트 부인은 짙은 녹색 가운을 걸치고 실내화를 신고 있어서 막 일어난 듯했다. 하지만 나중에 알고 보니 그날 밤 한숨도 자지 않은 것이었다.

「무슨 일 있습니까?」 판초가 나를 쳐다보며 폰트 식구들에게 물었다.

「자네 말은, 〈왜 아무 일도 없지요?〉란 거지?」 폰트 부인이 호르히토를 쓰다듬으며 말했다.

킴은 나를 포옹한 뒤 창가로 다가가 조심스럽게 밖을 내다보았다.

「별일 없어요, 아빠.」 호르히토가 말했다.

나는 노란 카마로에 탄 이들이 퍼뜩 떠올랐고, 폰트 가에 무슨 일이 일어나고 있는지 차츰 막연하게나마 감을 잡았다.

「우리 아침 식사 중이었는데 커피들 할 텐가?」 킴이 물었다.

우리는 그를 따라 부엌으로 들어갔다. 부엌 식탁에 앙헬리카와 마리아가, 그리고 루페가 앉아 있었다! 판초는 루페를 보고 미동도 하지 않았지만, 나는 거의 펄쩍 뛰었다.

그다음 일은 잘 기억나지 않는다. 특히 마리아가 우리가 언제 싸웠냐는 듯이, 우리 관계가 당장이라도 다시 시작될 수 있다는 듯이 내게 인사를 건넸기 때문이다. 내가 앙헬리카와 루페에게 자연스럽게 인사를 하고, 마리아가 내 뺨에 키스를 했다는 것만 기억이 난다. 그 후 우리는 커피를 마셨고, 판초가 무슨 일인지 물었다. 여러 가지 혼란스러운 설명이 이어졌고, 그 와중에 폰트 부인과 킴이 싸우기 시작했다. 폰트 부인에 따르면, 최악의 연말 파티였다. 가난한 사람들을 생각해 봐, 크리스티나, 킴이 대꾸했다. 폰트 부인은 울음을 터뜨리며 부엌에서 나갔다. 앙헬리카가 따라 나갔고, 판초도 따라 나서다가 말았다. 의자에서 일어나 부엌문까지 앙헬리카를 따라갔다가 다시 돌아와 자리에 앉은 것이다. 그러는 동안 킴과 마리아가 상황 파악이 되도록 설명해 주었다. 루페의 기둥서방이 그녀를 라 메디아 루나 호텔에서 찾아낸 것이다. 자세히는 모르겠지만 실랑이 끝에 킴과 루페는 호텔에서 빠져나와 콜리마 가까지 오는 데 성공했다. 이틀 전에 일어난 일이었다. 이 일을 알게 된 폰트 부인은 경찰에 전화했고, 즉각 순찰차가 왔다. 경찰들은 폰트 부부가 고발을 원하면 경찰서에 출두해야 한다고 알려 주었다. 킴이 알베르토와 또 다른 작자 하나가 그곳에, 집 앞에 있다고 말하자 경찰들이 나가서 알베르토와 이야기를 나누었다. 이를 창살 대문에서 호르히토가 보았는데 그들의 모습이 마치 평생지기 같았다. 루페의 단언에 따르면, 알베르토의 동행인도 경찰임이 분명했다. 아니면 경찰들이 이 문제를 잊을 만큼 충분히 흡족한 뇌물을 받았거나. 그 순간부터 정식으로 폰트가 포위가 이루어졌다. 순찰대는 가버렸다. 폰트 부인은 다시 경찰에 전화했다. 다른 순찰대 대원들이 왔고, 결과는 똑같았다. 킴의 친구 하나가 전화로 연말 파티 기간이 끝날 때까지 포위를 견디라고 권했다. 유일하게 침입자들을 살펴볼 배짱을 지닌 호르히토에 따르면 가끔 올즈모빌이 나타나 카마로 뒤에 주차를 하고, 알베르토와 동행자는 새로운 포위자들과 이야기를 나눈 뒤 타이어 소리를 내고 경적을 울리면서 의기양양하게, 심지어 공포를 조장하며 떠난다는 것이다. 그리고 여섯 시간 뒤에는 다시 돌아오고, 교대를 해준 차량은 떠났다. 이 교대 근무는 물론 집안 식구들의 기를 꺾어 놓았다. 폰트 부인은 납치될까 두려워 외출을 하지 않았다. 킴도 돌아가는 상황 때문에 외출을 하지 않았다. 킴은 가족에 대한 책임감 때문이라고 하지만 내 생각에는 얻어맞을까 봐 겁에 질려서였다. 앙헬리카와 마리아만 각각 한 번씩 대문을 넘어섰는데 결과는 끔찍했다. 앙헬리카에게는 욕을 퍼부었고, 대담하게 카마로 옆을 지나간 마리아의 경우, 그녀의 몸을 더듬으면서 뺨을 때렸다. 판초와 내가 집에 왔을 때 유일하게 용기를 내서 문을 열어 주러 나온 사람이 호르히토였다.

무슨 일이 있었는지 알게 되자 판초는 즉각 반응했다.

바깥으로 나가 알베르토라는 자에게 한 방 먹이려 한 것이다.

킴과 내가 말렸지만, 어쩔 도리가 없었다. 그리하여 15분 동안 앙헬리카와 단둘이 이야기를 나눈 뒤 판초는 거리로 발걸음을 옮겼다.

「같이 가자, 가르시아 마데로.」 판초가 말했고, 나는 바보처럼 뒤를 따라갔다.

바깥으로 나왔을 때 판초의 전의는 몇 단계 떨어졌다. 우리는 호르히토가 준 열쇠 꾸러미로 대문을 열고, 뒤를 돌아보았다. 거실 창문에서 킴이, 2층 창문에서는 폰트 부인이 우리를 관찰하는 것을 본 것 같았다. 정말 지랄 같은 일이네, 판초가 말했다. 나는 어찌 대답해야 할지 몰랐다. 애초에 누가 그러라고 했나?

「앙헬리카와 끝났어.」 알려 준 열쇠를 집어내지 못해 이것저것 맞춰 보면서 판초가 말했다.

카마로에는 아침 이른 시각에 생각한 것처럼 두 사람이 아니라 세 사람이 있었다. 판초가 단호한 걸음걸이로 그들에게 접근해서 뭘 원하는지 물었다. 나는 몇 미터 뒤에 머물러 있었고, 판초의 몸이 기둥서방 모습을 가렸다. 나도 그를 볼 수 없고, 그도 나를 볼 수 없었다. 하지만 란체라[123] 가수처럼 훌륭한 기둥서방의 목소리는 들을 수 있었다. 거드름이 묻어나지만 아주 불쾌한 목소리는 아니어서 나도 그런 목소리로 말했으면 했다. 터럭만큼의 주저함도 없는 목소리라, 더듬더듬하기 시작하고, 지나치게 억양이 높고, 툭하면 상스러운 말이나 욕지거리를 하는 판초와 잔인한 대조를 이루었다.

그 순간 그날 아침에 일어난 모든 일을 겪은 뒤 처음으로 그자들이 위험한 사람들임을 깨달았다. 판초에게 뒤로 돌아 폰트 자매 집으로 돌아가자고 말하고 싶었다. 그러나 판초는 이미 알베르토에게 싸움을 걸고 있었다.

「차에서 내려, 이 자식.」 판초가 말했다.

알베르토는 웃었다. 뭐라고 했는데 알아듣지 못했다. 동행인 쪽 문이 열리더니 그가 차에서 내렸다. 중키에 피부가 아주 가무잡잡하고 살짝 뚱뚱했다.

「어이, 꼬마, 너는 꺼져.」 뒤늦게 나보고 그러는 것임을 깨달았다.

이윽고 판초가 한 걸음 뒤로 물러나고 알베르토가 차에서 내리는 것이 보였다. 그다음 일은 순식간에 벌어졌다. 알베르토가 판초에게 다가갔고(키스를 하는 듯한 인상을 받았다), 판초가 땅바닥에 쓰러졌다.

「그대로 놔둬, 꼬마.」 가무잡잡한 자가 저편에서 양 팔꿈치를 차 지붕에 대고 내게 말했다. 나는 그 말을 무시했다. 판초를 일으켜 세워 집으로 돌아갔다. 대문에 이르렀을 때 나는 돌아서서 바라보았다. 두 작자는 이미 다시 노란 카마로 안에 타고 있었고 웃고 있는 것 같

---

123 19세기에 발생해 1910년 멕시코 혁명 후에 대중화된 노래 장르.

앉다.

「저 사람들이 때렸죠, 그렇죠?」 관목 사이에서 호르히토가 나타나며 말했다.

「그 빌어먹을 놈이 권총을 가지고 있었어. 내가 대응했으면 쐈을 거야.」 판초가 말했다.

「나도 그렇게 생각했어요.」 호르히토가 말했다.

나는 권총을 보지 못했으나 그냥 잠자코 있었다.

호르히토와 나는 판초를 집으로 데리고 들어갔다. 우리가 현관으로 향하는 돌길을 가고 있을 때, 판초가 싫다고, 마리아와 앙헬리카의 별채로 가고 싶다고 했다. 그래서 우리는 정원을 한 바퀴 돌게 되었다. 그날 나머지 시간은 거의 기분이 엉망이었다.

판초는 앙헬리카와 별채에 처박혀 있었다. 가정부는 늦게 와서 청소를 한답시고 가까이 있는 모든 사람을 괴롭혔다. 호르히토는 친구 집에 가고 싶어 했지만 부모가 허락하지 않았다. 마리아, 루페, 나는 정원 한구석에서 카드를 했고, 그곳에서 우리끼리 최초의 대화를 나누었다. 잠시 마리아와 내가 막 알게 되었을 때, 판초와 앙헬리카가 별채에 틀어박혀 우리에게 나가라고 명령했을 때와 똑같은 행동을 되풀이하고 있다는 착각이 들었지만, 모든 것이 달랐다.

점심시간에 부엌 식탁에서 폰트 부인은 이혼을 원한다고 말했다. 킴은 웃더니, 자기 부인이 돌아 버렸다고 말하듯 어깨를 으쓱해 보였다. 판초는 울음을 터뜨렸다.

그 후 호르히토가 텔레비전을 켜고, 앙헬리카와 함께 거미에 대한 다큐멘터리를 보았다. 폰트 부인은 아직 부엌에 남은 우리에게 커피를 주었다. 가정부는 퇴근하기 전, 다음 날에는 오지 않겠다고 통보했다. 킴이 뜰에서 잠시 그녀와 이야기를 나누더니 봉투를 하나 건넸다. 마리아는 그것이 누군가에게 보내는 구원 요청인지 물었다. 오, 주여, 딸아, 아직 전화가 끊긴 것도 아닌데, 킴이 말했다. 그 봉투는 연말 보너스였다.

언제 판초가 집을 떠났는지 모른다. 내가 언제 그날 밤 그곳에서 보내기로 결정했는지도 모른다. 단지 킴이 저녁 식사 후에 나를 따로 불러내 내 결정에 감사를 표한 기억이 난다.

「그럴 줄 알았네, 가르시아 마데로.」 킴이 말했다.

「무슨 일이든 기꺼이 도와 드리겠습니다.」 내가 얼뜨기처럼 대답했다.

「이제 자네와 나 사이의 장난은 다 잊어버리고 성 방어에만 집중하세.」 킴이 말했다.

장난이라니 무엇을 지칭하는지 알 수 없었지만 성 운운하는 것은 알아들었다. 대답 대신 머리를 끄덕거렸다.

「딸아이들도 집에서 자는 것이 낫겠어, 안보 차원에서 하는 말일세. 무슨 말인지 자네도 이해할 거야. 백척간두 상황에서는 부대를 한 군데 요새로 모으는 것이 낫지.」

우리 모두 전적으로 동의했고, 그날 밤 앙헬리카는 손님방, 루페는 거실, 마리아는 호르히토의 방에서 잤다. 나는 별채에서 자기로 했다. 아마 마리아가 찾아오리라는 기대 때문이었으리라. 마리아와 잘 자라는 인사를 나누고 헤어진 뒤, 나는 부질없이 오랫동안 기다렸다. 마리아의 침대에 누워 그녀의 냄새에 휩싸인 채 눈에 들어오지도 않는 소르 후아나 선집을 양손에 들고. 그러다가 마침내 더 참을 수가 없어, 나와서 정원을 한 바퀴 돌았다. 과달라하라 가인지 소노라 로인지 어느 집에선가 아련한 파티 소리가 들렸다. 나는 담장으로 가서 고개를 내밀었다. 차 안에는 아무도 보이지 않았지만 노란 카마로가 여전히 있었다. 본채로 되돌아갔다. 거실 창에 불빛이 환했고, 문에 귀를 갖다 대었더니 누구 목소리인지 모를 도란거리는 소리가 들렸다. 감히 문을 두드리지는 못했다. 대신 한 바퀴 돌아 부엌문으로 들어갔다. 거실에는 마리아와 루페가 소파에 앉아 있었다. 마리화나 냄새가 났다. 마리아는 붉은색 잠옷을 입고 있었다. 처음에는 잠옷이 아닌 줄 알았다. 가슴팍에 화산, 용암의 강, 파괴 직전의 마을이 수놓여 있었다. 루페는 아직 잠옷으로 갈아입지 않았다. 잠옷이 있는지 모르겠지만. 미니스커트에 검은색 블라우스 차림에 머리는 헝클어져 있어서 신비하고 매력적인 분위기를 풍겼다. 두 사람은 나를 보더니 말문을 닫았다. 무슨 이야기 중이었는지 물어보고 싶었지만, 그러는 대신 옆에 자리를 잡고 앉아 알베르토의 차가 바깥에 여전히 있다고 알려 주었다. 두 사람 다 이미 알고 있었다.

「이런 묘한 연말을 보내기는 처음이군.」 내가 말했다. 마리아는 루페와 내게 커피 한 잔 하자고 말하고는 일어나 부엌으로 향했다. 나는 따라갔다. 물이 끓기를 기다리는 동안 뒤에서 그녀를 안으면서 자고 싶다고 말했다. 대답이 없었다. 대답이 없으면 응한 거야, 내가 생각했다. 마리아의 목과 목덜미에 입을 맞추었다. 마리아의 향기, 이제는 낯설어지기 시작한 그 향기가 나를 활활 불타오르게 만들어 몸이 떨릴 지경이었다. 나는 즉시 그녀에게서 떨어졌다. 부엌 벽에 기댄 나는 잠시 내가 비틀대거나 그 자리에서 기절할까 두려웠고, 그래서 정상을 되찾으려고 노력해야 했다.

「너는 마음이 좋아, 가르시아 마데로.」 마리아가 말하면서 뜨거운 물을 따른 찻잔 세 개, 네스카페, 설탕을 얹은 쟁반을 들고 부엌에서 나갔다. 나는 몽유병자처럼 마리아를 따라갔다. 마음이 좋다는 것이 무슨 뜻인지 알고 싶었지만, 마리아는 더 이상 아무런 말이 없었다.

곧 내가 거실에 있는 것이 방해가 된다는 사실을 깨달았다. 마리아와 루페는 할 이야기가 많았고, 나로서는 전부 다 이해할 수 없는 이야기였다. 두 사람은 잠시 날씨 이야기를 하는가 싶더니, 이내 그 으스스한 기둥서방 알베르토에 대해 이야기했다.

별채에 되돌아왔을 때 나는 너무 지쳐서 불도 켜지 않았다.

본채인지 뜰인지 달인지 알 수 없는 데서 비치는 희미한 불빛에 의지하여 더듬더듬 마리아의 침대까지 가서, 옷도 벗지 않고 엎드려 이내 잠이 들었다.

그때가 몇 시였는지, 그 상태로 얼마나 있었는지 모르겠다. 그저 편안했고, 잠에서 깼을 때 아직 어두웠고, 한 여인이 나를 어루만지고 있었다는 것만 알겠다. 마리아가 아니라는 사실을 알아차리는 데 좀 시간이 걸렸다. 잠시 이게 꿈인가, 공동 주택에 마냥 처박혀 로사리오 옆에 있는 것인가 싶었다. 나는 그 여자를 껴안고 어

124 가족 파티나 어린이 생일 잔치 때 눈을 가리고 작대기로 때려 부수도록 높은 데 걸어 놓는 물건. 포장한 질그릇 혹은 종이 인형 등이 사용된다.

둠 속에서 얼굴을 찾았다. 루페였다. 거미처럼 미소 짓고 있었다.

12월 31일

우리는 새해가 오는 것을 한가족처럼 축하했다. 하루 종일 폰트 부부의 평생지기들이 집에 나타났다가 사라졌다. 친구들이 많지는 않았다. 시인 한 사람, 화가 두 사람, 건축가 한 사람, 폰트 부인의 막내 여동생, 죽은 라우라 다미안의 아버지가 전부였다.

이 마지막 인물의 출현은 극단적이고 신비로운 분위기가 감돌았다. 킴은 잠옷 차림에 면도도 하지 않고 거실에 앉아 텔레비전을 보고 있었다. 내가 문을 열자 다미안 씨가 커다란 붉은 장미 꽃다발을 앞세워 들어와 소심하고 마지못해하는 태도로(혹은 의기소침하고 내키지 않는 태도로) 내게 건넸다. 부엌에 꽃을 들고 가 화병이든 뭐든 꽃을 데를 찾는데, 다미안이 킴에게 뭔가 하루하루 삶의 고통에 대해 이야기하는 것이 들렸다. 그다음에는 파티에 대해 이야기를 나누었다. 파티가 이제 예전 같지 않아, 킴이 말했다. 사실 그래, 라우라 다미안의 아버지가 말했다. 말해 뭣해. 옛날이 좋았어, 킴이 말했다. 우리가 늙어 가는군, 라우라 다미안의 아버지가 말했다. 그러자 킴이 다소 놀라운 이야기를 했다. 자네는 어떻게 계속 사는지 모르겠어. 내가 자네라면 진작 죽어 버렸을 거야.

오랜 침묵이 흘렀다. 다만 뒤뜰에서 피냐타[124]를 준비 중인 폰트 부인과 딸들의 아련히 들리는 목소리가 침묵을 깰 뿐이다. 이윽고 라우라 다미안의 아버지가 흐느끼기 시작했다. 나는 호기심을 참지 못하고 살금살금 부엌에서 나갔다. 두 사람이 서로 몰입해서 바라보고 있었기에 그렇게 조심할 필요는 없었다. 킴은 막 일어난 듯 헝클어진 머리, 다크서클, 눈곱, 꼬깃꼬깃한 잠옷, 반쯤 벗겨진 실내화 차림이었다. 보니까 발이 섬세해서 우리 숙부 같은 사람의 발과는 아주 달랐다. 다미안 씨는 말 그대로 눈물로 목욕한 듯한 표정이지만, 눈물은 다만 뺨에 두 줄기 고랑, 얼굴 전체가 다 들어갈 만큼 깊은 고랑을 이루고 있을 뿐이었다. 두 손을 모은 채 킴 건너편 소파에 앉아 있었다. 앙헬리카가 보고 싶네, 다미안 씨가 말했다. 먼저 콧물 좀 닦지, 킴이 말했다. 다미안 씨는 저고리 주머니에서 손수건을 꺼내 눈과 뺨을 훔치고, 코를 풀었다. 삶이 고달프네, 킴. 다미안 씨가 말하며 별안간 일어나 잠에 취한 사람처럼 화장실로 향했다. 내 옆을 지날 때 나를 쳐다보지도 않았다.

그 후 나는 잠시 뜰에서 폰트 부인을 도와 1975년의 그 마지막 날 밤에 열리는 만찬 준비를 한 것 같다. 부인이 말했다. 매년 마지막 날에 친구들을 위해 만찬을 베풀지. 이제는 전통이야. 금년에는 정말 하고 싶지 않지만. 자네도 봐서 알겠지만 내가 파티를 열 기분이 아니야. 하지만 강해져야지. 나는 부인에게 라우라 다미안의 아버지가 집에 왔다고 말했다. 알바리토는 매년 오지. 그 양반은 자기가 아는 한 내가 최고의 요리사래, 폰트 부인이 말했다. 오늘 밤엔 뭘 먹는데요? 내가 물었다.

「휴, 나도 모르겠어. 몰레나 조금 해주고 나는 일찍 잠자리에 들 거야. 올해는 시끌벅적하게 즐길 기분이 아니야. 안 그래?」

폰트 부인이 나를 보더니 웃기 시작했다. 머리가 어떻게 된 것 같았다. 그 후 초인종이 다시 계속 울렸고, 폰트 부인은 잠시 기다리며 가만히 있다가, 내게 누구인지 가보라고 했다. 거실을 지날 때 킴과 라우라 다미안의 아버지를 바라보았다. 두 사람 다 손에 술잔을 들고 예의 그 소파에 앉아 아까와는 다른 텔레비전 프로그램을 보고 있었다. 방문자는 농민시인이었다. 그는 취한 것 같았다. 내게 폰트 부인이 어디 있는지 묻더니, 뒤뜰로 곧장 갔다. 부인은 킴과 라우라 다미안의 아버지가 자아낸 슬픈 풍경을 잊고자 꽃 장식과 종이로 만든 작은 멕시코 깃발에 둘러싸여 있는 중이었다. 나는 호르히토의 방으로 올라갔는데, 그곳에는 농민시인이 두 손으로 머리를 감싸 쥐고 있었다.

반면 전화는 수없이 왔다. 먼저 전 내장 사실주의 시인인 로레나라는 애가 마리아와 앙헬리카를 연말 파티에 초대하는 전화를 했다. 이어 옥타비오 파스파 시인 한 사람이 전화했다. 그다음에는 로돌포라는 이름의 무용수가 전화해서 마리아와 통화를 원했는데, 그녀가 거절하면서 없다고 말해 달라고 내게 부탁했다. 나는 별달리 기쁜 마음 없이 자동으로, 이미 질투 따위는 초극한 듯 그렇게 했다. 정말로 그랬으면 무지 기뻤을 것이다. 질투는 아무짝에도 쓸모없으니. 그다음에는 킴의 건축사무소 수석 건축가가 전화했다. 먼저 킴과 통화하더니 놀랍게도 앙헬리카를 바꿔 주기를 원했다. 킴이 내게 앙헬리카를 불러 달라고 부탁했을 때 그의 눈에는 눈물이 맺혀 있었고, 앙헬리카가 통화하는 동안, 아니 통화한다기보단 상대방의 말을 듣고 있는 동안, 킴은 이 빌어먹을 세상에서 할 수 있는 가장 아름다운 일이시라고 내게 말했다. 그의 말 그대로 옮긴 것이다. 나는 킴과 부딪치기 싫어서 그에 동의했다(이렇게 말한 것 같다. 멋진 말이네요, 킴. 두말할 나위 없이 바보 천치 같은 대답이었다). 그 후 나는 자매의 별채에 잠시 머물면서 마리아와 루페와 이야기를 했다. 아니 두 사람의 말을 듣기만 하고, 언제 어떻게 기둥서방의 포위에 종지부를 찍을지 속으로 자문했다.

어젯밤 루페와의 섹스에 대해서는 여전히 모든 것이 의문이었다. 사실 그렇게 좋았던 적은 아주 오랜만이었지만. 오후 1시에 점심을 먹는 둥 마는 둥 했다. 먼저 호르히토, 마리아, 루페, 내가 식사를 하고, 이윽고 1시 반에는 폰트 부인, 킴, 라우라 다미안의 아버지, 농민시인, 앙헬리카가 식사를 했다. 내가 설거지를 하는 동안 농민시인이 바깥으로 나가 알베르토와 붙겠다고 으르는 말이 들렸다. 뒤이어 폰트 부인의 경고가 뒤따랐다. 훌리오, 바보짓 하지 마. 그 후 우리 모두 후식을 먹으러 거실로 갔다.

오후에는 샤워를 했다.

온몸이 멍투성이였는데 누가 그랬는지 몰랐다. 로사리오나 루페 때문일 것이고, 마리아는 아무튼 아닌데, 그 사실이 묘하게도 가슴 아팠다. 처음 마리아를 알게 되었을 때의 견딜 수 없는 아픔과는 아주 거리가 멀었지만 말이다. 가슴팍에는 왼쪽 젖꼭지 아래로 자두 크기만 한 멍이 나 있었다. 쇄골에는 작은 혜성 모양의 손톱자국이 몇 개 나 있었다. 양어깨에도 몇 군데 자국을 발견했다.

욕실에서 나왔을 때 모두 부엌에서 커피를 마시고 있는 것이 보였다. 몇 사람은 앉아 있고, 몇 사람은 서 있었다. 마리아는 알베르토가 성기로 거의 질식사시킬 뻔한 매춘부 이야기를 해보라고 루페에게 부탁했다. 다들 최면에 걸린 사람들 같았다. 가끔 그럴 수가, 완전히 짐승 같은 놈들이군 하는 말들, 심지어 엄청나군 하는 여자 목소리(폰트 부인이나 앙헬리카의 목소리)가 루페의 이야기에 끼어들었다. 킴이 라우라 다미안의 아버지에게 말했다. 우리가 상대해야 하는 놈이 어떤 인간인지 알겠지.

오후 4시에 농민시인이 돌아가고, 그 직후에 폰트 부인의 여동생이 왔다. 저녁 준비에 속도가 붙었다.

5시에서 6시 사이에 만찬에 오지 못해서 미안하다는 사람들의 전화가 쇄도했고, 6시 반이 되자 폰트 부인은 더 못 견디겠다고 말하고는 울음을 터뜨리고 2층에 올라가 자기 방에 틀어박혔다.

7시에 폰트 부인의 여동생이 마리아와 루페의 도움으로 상을 차리고, 한 해의 마지막 날 저녁 준비를 마쳤다. 하지만 몇 가지 부족한 것이 있어서 집을 나섰다. 그녀가 가기 전에 킴이 자기 작업실에 잠시 들르게 했다. 작업실에서 나왔을 때는 돈이 들어 있으리라고 짐작되는 봉투가 손에 쥐여 있었다. 작업실 안에서 폰트 씨가 그녀에게 봉투를 지갑에 집어넣으라고, 그러지 않으면 노란 카마로에 타고 있는 자들이 강탈할지도 모른다고 말하는 소리가 들렸다. 폰트 부인의 여동생은 처음에는 무시하는 듯하더니 대문을 열고 나가는 순간에 그 말을 따랐다. 어쨌든 더 조심하는 것이 나았기 때문에. 호르히토와 나는 그녀를 대문까지 배웅했다. 실제로 카마로는 계속 그곳에 있었지만, 차 속에 있던 이들은 그녀가 차 옆을 지나 쿠에르나바카 가 방향으로 사라지는 동안 꿈쩍도 하지 않았다.

9시에 우리는 만찬을 위해 자리에 앉았다. 초대받은 사람들 대부분이 오지 않은 가운데, 아마도 킴의 사촌인 연로한 부인 한 사람, 건축가로 소개되었지만 스스로 바로잡기를 전(前) 건축가인 키가 크고 마른 사람, 전혀 영문을 모르는 화가 두 명만 모습을 드러냈다. 폰트 부인은 가장 훌륭한 옷을 차려입고 여동생을 대동하고 방에서 나왔다. 폰트 부인의 여동생은 다시 집에 돌아와 있었고, 만찬 준비를 점검하는 것만으로는 성이 차지 않아 마지막 몇 분 동안 언니가 옷 입는 것을 도와주고 있었던 것이다. 한 해의 마지막 순간이 다가올수록 점점 침울해진 루페는 자신은 우리와 같이 식사를 할 자격이 없노라고, 부엌에서 먹겠노라고 말했다. 하지만 마리아가 단호하게 반대했고, 솔직히 나로서는 이해가 되지 않는 설전 끝에 마침내 루페가 정식 식탁에 앉았다.

만찬의 시작은 기이했다.

킴이 자리에서 일어나 누군가를 위해 건배하고 싶다고 말했다. 상황이 상황인지라 여느 때보다 의연해지고자 노력하는 부인을 위한 건배이겠거니 했다. 그런데 나를 위해서였! 킴은 내 나이와 시에 대해 말하고, 자기 딸들과 나의 우정(이 말을 하면서 고개를 끄덕이는 라우라 다미안의 아버지를 빤히 바라보았다), 자신과 나의 우정, 우리 사이의 대화, 멕시코시티 길거리에서의 뜻밖의 만남을 환기하면서, 실제로는 짧았지만 내게는 영원히 계속된 듯한 말을 마쳤다. 그리고 내 얼굴을 똑바로 바라보면서, 성숙하고 책임감 있는 시민으로 성장하면 자기를 너무 가혹하게 평가하지 말아 달라고 내게 부탁했다. 킴이 입을 다물었을 때 나는 창피해서 얼굴이 시뻘게져 있었다. 마리아와 앙헬리카와 루페가 박수를 쳤다. 영문을 모르는 화가들도 박수를 쳤다. 호르히토는 식탁 아래로 들어갔는데, 아무도 이를 깨닫지 못했다. 흘끔 보니 폰트 부인은 나와 마찬가지로 기가 막힌 듯했다.

시끌벅적한 시작에도 불구하고 새해 전야 만찬은 차라리 처량하고 정적이 흘렀다. 폰트 부인과 부인의 여동생은 요리를 내오는 데 정신을 쏟고, 마리아는 음식에 입을 거의 대지 않고, 앙헬리카는 뚱해 있다기보다 맥이 빠져 침묵에 잠겨 있고, 킴과 라우라 다미안의 아버지는 킴을 부드럽게 면박 주는 건축가에게 가끔 관심을 주었지만 전반적으로 거리를 유지했다. 두 화가는 자기들끼리만 이야기하다가, 예술 작품도 수집하는 것처럼 보이는 라우라 다미안의 아버지와 대화를 나누었다. 처음에는 누구보다도 즐길 작정인 것 같던 마리아와 루페는 자리에서 일어나 만찬 시중을 드는 여자들을 돕다가 마침내는 부엌으로 사라졌다. 세속의 영광은 덧없노라, 킴이 식탁 반대편에서 내게 말했다.

그때 초인종이 울려서 모두 소스라치게 놀랐다. 마리아와 루페는 부엌에서 고개를 내밀었다.

「누가 문 좀 열어 주지.」 킴이 말했지만 아무도 자기 자리에서 움직이지 않았다.

자리에서 일어난 사람은 나였다.

정원은 어두컴컴했고, 창살 대문 저편에 두 개의 그림

자가 보였다. 알베르토와 그와 동행한 경찰이라고 생각했다. 비이성적이게도 한판 뜰 마음이 들어 그들을 향해 단호하게 발걸음을 옮겼다. 그러나 조금 더 가까이 갔을 때, 그곳에 있는 이들이 울리세스 리마와 아르투로 벨라노임을 깨달았다. 그들은 왜 왔는지 말하지 않았다. 나를 보고 놀라지도 않았다. 내가 이런 생각을 한 기억이 난다. 아, 이제 살았구나!

음식이 남아돌았기 때문에 울리세스와 아르투로는 식탁에 앉았고, 다른 이들이 후식을 들고 대화를 나누는 동안 폰트 부인이 두 사람에게 저녁을 내왔다. 울리세스와 아르투로가 식사를 마치자 킴은 그들을 작업실로 데리고 갔다. 라우라 다미안의 아버지도 곧 따라 들어갔다.

그 직후 킴이 반쯤 열려 있는 문으로 고개를 내밀고 루페를 불렀다. 거실에 남아 있던 우리는 장례식에 참석한 기분이었다. 마리아가 내게 뜰로 따라 나오라고 말했다. 우리는 잠시 이야기를 했는데, 내게는 꽤 오랫동안인 듯했지만 5분 이상은 아니었으리라. 이건 함정이야, 난 스스로에게 말했다. 그 후 우리 둘은 킴의 작업실에 들어갔다.

놀랍게도 주도권을 쥔 사람은 알바로 다미안이었다. 다미안이 킴의 의자에 앉아(킴은 한쪽 구석에 서 있었다), 지참인불 수표 여러 장에 서명을 하고 있었다. 벨라노와 리마는 미소를 지었다. 루페는 걱정스러운 듯했지만 체념 상태였다. 마리아는 라우라 다미안의 아버지에게 무슨 일인지 물었다. 그는 수표책에서 시선을 들더니 루페 일을 최대한 빨리 해결해야 한다고 말했다.

「나 북쪽으로 가, 마리아.」 루페가 말했다.

「뭐라고?」 마리아가 되물었다.

「여기 이 사람들과 같이 네 아빠 차를 타고.」

나는 이내 알아챘다. 킴과 라우라 다미안의 아버지가 내 친구들을 설득해 어디로든 루페를 데리고 가게 만들어 포위를 풀려는 것이었다.

가장 놀라운 것은 킴이 임팔라 승용차를 빌려 주기로 한 일이다. 그건 정말 생각지도 않은 일이었다.

우리가 방에서 나온 뒤 루페와 마리아는 가방을 싸러 갔다. 나는 따라갔다. 루페의 가방은 거의 텅 비어 있었다. 호텔에서 도망치면서 대부분의 옷을 못 가져온 것이다.

텔레비전에서 12시를 알렸을 때 우리 모두 얼싸안았다. 마리아, 앙헬리카, 호르히토, 킴, 폰트 부인, 폰트 부인 여동생, 라우라 다미안 아버지, 건축가, 화가들, 킴의 사촌 누이, 아르투로 벨라노, 울리세스 리마, 루페, 그리고 내가.

어느 순간 누가 누구를 안고 있는지, 같은 사람을 또다시 포옹한 것은 아닌지 모르게 되었다.

밤 10시까지는 대문 저편에 알베르토와 그의 총잡이들의 그림자가 보였다. 11시에는 그들이 보이지 않아서 호르히토가 용기를 내어 정원에 나가, 담장을 기어올라 길 전체를 둘러보았다. 그들은 가버리고 없었다. 12시 15분에 우리 모두 조용히 차고로 갔고, 작별 인사가 시작되었다. 나는 벨라노와 리마를 안으면서 내장 사실주의는 어떻게 되는 거냐고 물었다. 대답이 없었다. 나는 루페를 안아 주며 조심하라고 말했다. 답례로 볼 키스를 받았다. 킴의 승용차는 임팔라 최신 모델로 하얀색이었다. 킴과 그의 부인은 마지막 순간에 후회가 되는 듯 누가 운전할지 알고 싶어 했다.

「저요.」 울리세스 리마가 말했다.

킴이 울리세스에게 몇 가지 차 조작 방법을 설명하는 동안 호르히토가, 루페의 기둥서방이 막 돌아왔으니 서두르라고 말했다. 잠시 모두가 큰 소리로 떠들기 시작했고, 폰트 부인이 말했다. 창피해, 이 지경에 이른 것이. 그때 나는 폰트 자매의 별채로 뛰어가 내 책을 들고 돌아왔다. 이미 자동차 시동이 걸려 있었고, 다른 모든 사람은 소금 기둥처럼 꼼짝하지 않고 있었다.

앞자리에는 아르투로와 울리세스가, 뒷자리에는 루페가 타고 있는 것이 보였다.

「누가 바깥으로 나가서 차고 문을 열어 줘야 할 텐데.」 킴이 말했다.

내가 하겠다고 했다.

내가 보도로 나갔을 때 카마로와 임팔라의 전조등이 켜졌다. SF 영화의 한 장면 같았다. 차 한 대가 집에서 나오자, 다른 차가 다가왔다. 자석 혹은 숙명에 이끌린 것처럼. 그리스인들에게는 매한가지겠지만.

목소리들이 들리고, 사람들이 나를 부르고, 내 옆으로 킴의 자가용이 지나가고, 카마로에서 내리는 알베르토의 그림자가 보이고, 알베르토가 한달음에 내 친구들이 탄 차 옆으로 왔다. 알베르토의 동행인들은 차에 그대로 앉은 채 임팔라 창문을 깨라고 소리 질렀다. 왜 속도를 내지 않는 거야? 내가 생각했다. 루페의 기둥서방이 차문에 발길질을 하기 시작했다. 마리아가 정원을 따라 내 쪽으로 전진하는 것이 보였다. 카마라 안의 깡패들 얼굴이 보였다. 하나는 퀼런을 피우고 있었다. 울리세스의 얼굴과, 킴의 자동차 계기판을 오가는 그의 두 손이 보였다. 자기 일 아니라는 듯 태연자약하게 기둥서방을 바라보는 아르투로의 얼굴이 보였다. 뒷좌석에서 얼굴을 가리고 있는 루페가 보였다. 유리창이 발길질을 더 견뎌 내지 못하리라고 생각한 순간 나는 얼른 알베르토 옆으로 갔다. 그 순간 알베르토가 비틀거리는 것이 보였다. 술 냄새가 났다. 그들 역시 한 해의 마지막을 축하하고 있었을 것이다. 내 오른손 주먹이(다른 손으로는 책을 들고 있어서 유일하게 자유로운 주먹이었다) 기둥서방에게 날아가는 것이 보인 데 이어, 이번에는 그가 고꾸라지는 것이 보였다. 집에서 나를 부르는 소리가 들렸지만 나는 돌아보지 않았다. 발밑에 있는 몸뚱어리에 발길질을 하는 사이 마침내 임팔라가 움직였다. 카마로에서 두 깡패가 튀어나와 내 쪽으로 오는 것이 보였다. 루페가 차 안에서 나를 바라보는 것을, 차 문이 열리는 것을 보았다. 나는 늘 떠나고 싶었다. 차에 탔고, 문을 닫기도 전에 울리세스가 급발진을 했다. 총성 같은 소리가 들렸다. 우리에게 총을 쐈어, 빌어먹을 놈들, 루페가 말했다. 나는 몸을 돌려 뒤 유리창을 통해 길 한복판에 있는 거뭇한 형체를 보았다. 반듯한 직사각형 창틀 안에 담겨 있는 그 그림자에 세상의 모든 슬픔이 농축되어 있었다. 불꽃놀이야, 아르투로의 말이 들렸다. 그러는 사이 우리가 탄 차는 우당탕거리며 폰트 자매의 집과 건달들의 카마로와 콜리마 가를 뒤로하고 달렸다. 2초도 안 되어 우리는 벌써 오아하카 로에 들어서 멕시코시티 북쪽으로 사라져 갔다.

II
야만스러운 탐정들
(1976~1996)

1 용설란으로 만든 술.
2 Germán List Arzubide(1898~1998), Manuel Maples Arce (1898~1981), Arqueles Vela(1899?~1977)는 멕시코 전위주의인 반골주의 *estridentismo*의 일원이다. 1921년 말에 마플레스 아르세가 작성한 선언문에는 미래파의 영향이 두드러진다. 그러나 스페인과 아르헨티나의 전위주의였던 과격주의 *ultraísmo*와도 교감하고 있었으며, 또한 입체파와 다다이즘의 영향도 받았다. 멕시코 문학에서 반골주의는 문학과 문화의 현대화와 국제주의를 표방했다는 점에서 동시대인 그룹과 공통점을 보였으나, 멕시코의 민중문화와 대중문화를 접목하려 하는 등 더 사회비판적인 모습을 보였다는 점에서는 반대 지점에 위치해 있었다고 할 수 있다. 반골주의는 1927년까지 활발하게 활동하면서 시뿐만 아니라 다른 예술 영역까지 포괄하고자 했다. 주요 활동 지역은 멕시코시티, 베라크루스, 푸에블라 등이며 과테말라에도 지지자들이 있었다. 그러나 아마데오 살바티에라는 실존 인물은 아니다. 다만 로돌포 사나브리아라는 반골주의 화가가 모델이 되었다는 견해가 있다.

1

1976년 1월, 멕시코시티 종교 재판소 인근 레푸블리카 데 베네수엘라 가, 아마데오 살바티에라. 젊은이들, 어서들 오게. 어서 들어와 내 집처럼 편히 있게, 내가 두 청년에게 말했다. 그들이 복도를 따라 차례로, 불이 나갔는데 전구를 갈지 않아서(아직까지도 갈지 않고 그대로 있다) 어두운 복도를 더듬더듬 들어오는 사이, 나는 기쁨에 차 후다닥 부엌으로 가서 로스 수이시다스 표 메스칼[1] 한 병을 꺼내 왔다. 치와와 주에서만 생산되는 메스칼로 정말 구하기 힘든 한정 품목인데, 나는 1967년까지는 매년 두 병씩 소포로 받았다. 내가 돌아왔을 때 젊은이들은 거실에서 내 그림을 보고 책을 들춰 보고 있었다. 나는 다시 그들의 방문이 정말 기쁘다고 말할 수밖에 없었다. 누가 내 주소를 알려 줬나, 젊은이들? 헤르만, 마누엘, 아르켈레스?[2] 두 사람은 무슨 말인지 모르겠다는 듯 나를 바라보다가, 하나가 리스트 아르수비데라고 답했다. 나는 그들에게 말했다. 앉게, 앉으라고. 아, 내 친한 벗 헤르만 리스트 아르수비데가 알려 주었군. 그는 항상 나를 기억해 주지. 여전히 몸집이 통통하고 사람이 좋던가? 청년들은 어깨를 으쓱하면서 그렇다고 대답했다. 그렇겠지, 몸집이 줄 리야 있나, 안 그런가? 하지만 젊은이들은 네라고만 대답했다. 그래서 내가 말했다, 이 메스칼 맛 좀 보자고. 나는 잔 두 개를 건네주고, 그들이 술병에서 용이라도 튀어나올까 두려운 듯 술병을 보고만 있기에 웃음을 터뜨렸다. 하지만 비웃은 것은 아니고 정말 행복해서, 그들과 같이 있는 것이 좋아서 웃었다. 그러자 한 명이 이 메스칼의 상표명이 정말 제가 보고 있는 그대로 〈로스 수이시다스〉[3]가 맞아요? 하고 물었다. 나는 여전히 웃으면서 그에게 병을 건넸다. 나는 라벨 이름이 그들의 호기심을 자극하리라는 것을 알고 있었고, 젊은이들을 더 똑똑히 보려고 두어 걸음 물러났다. 그들에게 신의 가호가 있기를, 얼마나 풋풋한 젊은이들이었는지. 머리는 어깨까지 길게 기르고 책을 잔뜩 짊어지고. 옛날 기억이 새록새록 났다. 그러자 한 젊은이가 말했다. 살바티에라 씨 확실해요? 이 술 때문에 죽을 일 없겠죠? 내가 말했다. 죽다니, 이 술은 건강에 엄청 좋은 거야. 생명수나 다름없지. 걱정 말고 마셔 보게. 나는 시범을 보이려고 내 잔을 채워 반 잔을 한 번에 입에 털어 넣었다. 그리고 그들에게도 따라 주자 이 악동들이 처음에는 입술만 갖다 대더니, 맛이 좋았는지 사내답게 마시기 시작했다. 어이 젊은이들, 어떤가? 내가 말했다. 그중 하나인 칠레 젊은이가 메스칼 중에 로스 수이시다스 표는 한 번도 들어 본 적이 없노라고 대답했다. 약간 주제넘은 놈 같았다. 멕시코에는 적어도 2백 개 정도의 메스칼 라벨이 있어서 그걸 다 알기란 극히

---

3 〈로스 수이시다스 *los suicidas*〉는 자살한 사람들이라는 뜻이다.

어려운 일인데. 더구나 멕시코 사람도 아니니 그 젊은이가 이를 알 리 없었다. 다른 젊은이가 말했다. 이 술 괜찮은데, 저도 들어 본 적 없는 라벨이에요. 나는 그 메스칼이 이제 더 이상 생산되지 않을 거라고, 공장이 파산했거나 불에 탔거나 레프레스코스 파스쿠알이라는 주류 회사에 팔린 것 같다고, 아니면 새 주인들이 이를테면 로스 수이시다스라는 이름이 별로 상업적이지 않다고 생각했을지도 모른다고 젊은이들에게 말해야만 했다. 우리는 잠시 침묵에 빠졌다. 그들은 서서, 나는 앉아서 술을 마시고, 로스 수이시다스 메스칼을 한 방울 한 방울 음미하고, 저마다 무슨 생각인가에 잠겼다. 그때 젊은이 하나가 말했다. 살바티에라 씨, 저희는 세사레아 티나헤로에 대해 이야기하고 싶습니다. 다른 하나가 말했다. 그리고 잡지 『카보르카』에 대해서도요. 묘한 젊은이들이었다. 그들은 머리가, 또 혀가 서로 연결되어 있었다. 하나가 이야기를 하다가 중간에 멈추면, 또 다른 하나는 마치 이야기를 꺼낸 사람이 자기라는 듯, 하던 이야기나 내용을 이어 갔다. 그들이 세사레아를 언급했을 때, 나는 시선을 들어 그들을 바라보았다. 가제로 만든 커튼, 더 정확히 말하자면 병원에서 사용하는 가제를 통해서 그들이 보이는 듯했다. 그들에게 말했다. 젊은이들, 존칭을 붙이지 말고 친구처럼 아마데오라고 부르게. 그들이 말했다, 그러죠, 아마데오. 두 사람은 또다시 세사레아 티나헤로를 언급했다.

1976년 1월, 멕시코시티 콜로니아 믹스코악 레오나르도 다 빈치 가, 페를라 아빌레스. 나는 1970년 이야기를 하련다. 1970년 탈리스만에 있는 포르베니르 고등학교에서 아르투로를 알게 됐다. 우리 둘은 그 학교에서 한동안 같이 공부했다. 그는 멕시코에 오게 된 1968년부터, 나는 1969년부터. 그래도 1970년까지는 서로 몰랐다. 이 이야기와 상관없는 일 때문에 우리 둘 다 한동안 학업을 그만두었기 때문이다. 그는 경제적 이유 때문인 것 같고, 나는 갑자기 두려움이 생겨서였다. 하지만 나는 그 후 학교로 돌아왔고, 그도 돌아왔다. 아르투로는 부모님의 강요에 의한 것이었는지도 모르지만. 우리는 그때 알게 되었다. 이건 1970년 이야기이고, 나는 그때 반에서 제일 나이가 많은, 제일 늙은 학생이었다. 열여덟 살이었고, 대학에서 공부할 나이였는데 그곳 포르베니르 고등학교에 있었던 것이다. 어느 날 아침 이미 수업이 시작되었는데 아르투로가 나타났고, 나는 즉시 그를 주목했다. 새 학생이 아니어서 친구들이 있었다. 한 해 꿇었는데도 나보다 한 살 어렸다. 당시 아르투로는 콜로니아 린다비스타에 살고 있었는데, 몇 달 뒤에 이사를 해서 콜로니아 나폴레스에 살았다. 나는 그와 친구가 되었다. 처음 며칠 동안 말을 붙일 용기가 없어 그가 운동장에서 축구하는 것을 구경했다. 아르투로는 축구를 좋아했고, 나는 계단에서 그를 바라보곤 했는데 내가 본 사람 중 최고 미남이었다. 고등학교에서 장발은 금지되어 있었는데도 머리가 길었고, 축구를 할 때는 웃통을 벗어 상반신을 드러냈다. 그리스 신화 잡지에 나오는 그리스인과 똑같다고 생각했고, 어떤 때는(수업 시간에 잠이 든 것 같았을 때는) 가톨릭 성인 같았다. 그를 바라보고 있는 것만으로 더 이상 바랄 게 없었다. 그는 친구가 많지 않았다. 아는 사람이야 많았지만. 많은 이와 같이 웃고(그는 늘 웃고 있었다) 농담을 했지만 친구는 거의 혹은 아예 없었다. 우등생은 아니었다. 화학과 물리 시간에는 낙제를 했다. 나는 그게 이상했다. 그리 어려운 과목들도 아니고, 조금만 집중하면 극복할 수 있고, 조금만 공부하면 됐을 텐데. 하지만 아르투로는 거의, 아니 아예 공부를 하지 않았고, 수업 시간에는 정신이 딴 데 가 있었다. 한번은 계단에서 로트레아몽을 읽던 내게 다가와 포르베니르 고등학교의 소유자들이 누군지 아느냐고 물었다. 나는 너무 놀라 뭐라 답해야 할지 몰랐다. 입을 열었지만 아무 말도 튀어나오지 않고, 낯빛이 변하고, 아마 바들바들 떨기까지 했으리라. 그는 웃통을 벗은 채 한 손에 셔츠를, 또 한 손에는 공책이 들어 있는 먼지 뽀얀 가방을 메고 입가에 미소를 지으며 나를 바라보았다. 나는 그의 가슴팍에 흐르는 땀방울, 해 질 녘의 바람 혹은 대기가(바람과 대기는 다르다) 현기증 나는 속도로 말려 주고 있는 땀방울을 바라보았다. 대부분의 수업이 끝났는데 내가 학교에서 무엇을 하고 있었는지 기억나지 않는다. 누군가를, 남자 친구나 여자 친구를 기다리고 있었을까. 나도 친구가 많지 않아서 그랬을 것 같지는 않지만. 어쩌면 그저 축구하는 아르투로를 보려고 남아 있었을지도 모르겠다. 촉촉하게 빛나는 회색빛 하늘이었고, 날이 추웠거나 내가 그때 추위를 느꼈거나 한 기억이 난다. 텅 빈 학교에서 멀리서 들려오는 발소리와 아련한 웃음소리만 들리던 기억도 난다. 그는 내가 처음에 말을 제대로 알아듣지 못했다고 생각했는지 같은 질문을 다시 했다. 소유자가 누구인지도 모르고, 고등학교에 소유자란 게 있기나 한 건지도 모르겠어, 내가 말했다. 소유자가 있고말고. 오푸스 데이[4]야, 그가 말했다. 나는 오푸스 데이가 뭔지 모른다고 그랬으니, 전형적인 바보 천치의 대답처럼 들렸을 것이다. 악마와 계약한 가톨릭의 한 분파야, 그가 웃으면서 말했다. 그때서야 나는 이해가 되었고, 내게 종교는 별로 중요하지 않노라고, 포르베니르 고등학교가 교회 소유임은 이미 알고 있었노라고 말했다. 아니 중요한 것은 교회의 어느 파에 속해 있느냐는 점이야. 우리 학교는 오푸스 데이 소유야, 그가 말했다. 오푸스 데이 사람들이 어때서? 내가 물었다. 그러자 그는 내 옆 계단에 앉았고, 우리는 오래 이야기를 나누었다. 날이 점점 쌀쌀해지는데 그가 계속 웃옷을 벗은 채로 있어서 신경이 쓰였다. 그 첫 번째 대화에서 아르투로가 자기 부모에 대해 한 말이 기억난다. 부모가 순진한 사람들이고 자신도 순진한 사람이라고 말했디 무지하고 단순한 사람들(자기 부모와 그 자신이)이라 그때까지 학교가 오푸스 데이 소유인지도 몰랐다는 이야기도 한 것 같다. 네 부모님은 이 학교를 누가 지배하는지 알아? 내게 물었다. 엄마는 돌아가셨고, 아버지는 알지도 못하고 상관도 안 해. 나도 상관없고. 나는 그저 고등학교를 마치고 대학에 가고 싶을 뿐이야, 내가 말했다. 뭘 공부할 건데? 그가 물었다. 문학, 내가 대답했다. 바로 그때 아르투로는 자신이 작가라고 밝혔다. 이런 우연의 일치

---

4 1928년 스페인에서 창설된 보수적이고 엄격한 로마 가톨릭 평신도 및 사제들의 조직. 철저한 자기 관리와 직업을 통해 가톨릭의 이상을 실천하고자 했다.
5 흙에 짚을 섞어 반죽하여 햇볕에 말린 벽돌.

가! 나 작가거든. 그가 말했다. 아니 뭐 대충 그런 말이었다. 특별한 의미로 한 말은 아니었지만. 물론 나를 놀리는 거라고 생각했다. 그렇게 하여 우리는 친구가 되었다. 나는 열여덟 살이었고, 그는 막 열일곱 살이 되었다. 그는 열다섯 살 때부터 멕시코에 살았다. 한번은 말을 타자고 아르투로를 초대했다. 우리 아버지는 틀락스칼라 주에 땅이 있었는데, 예전에 말 한 마리를 사두었다. 그가 말을 아주 잘 탄다고 해서 내가 그랬다. 이번 주 일요일에 아버지 따라 틀락스칼라에 가는데, 가고 싶으면 같이 가자. 틀락스칼라 땅은 얼마나 황량했는지. 아버지는 그곳에 초가지붕을 얹은 어도비[5] 집을 지었는데, 그게 다이고 나머지는 덤불과 척박한 땅이었다. 우리가 그곳에 도착했을 때, 아르투로는 미소를 지으며 그 모든 것을 바라보았다. 우아한 목장이나 대농장에 오는 게 아니라는 것쯤은 벌써 짐작하고 있었지만, 이건 너무하는군 하고 말하는 듯했다. 나마저도 아버지의 땅에 조금 창피했다. 안장조차 없는 말은 이웃 사람들이 돌봐 주고 있었다. 아버지가 말을 찾으러 간 사이 우리는 잠깐 그 메마른 땅을 거닐었다. 나는 내가 읽은 책들, 내가 알기로 그가 읽지 못한 책들에 대해 말하고자 했지만 그는 내 이야기를 듣는 둥 마는 둥 했다. 그는 걷고 담배를 피우고, 담배를 피우고 걸었고, 풍경은 계속 똑같았다. 그러다가 아버지 차의 경적 소리가 들리고, 이윽고 말을 돌봐 주는 사람이 말고삐를 쥐고 도착했다. 우리가 어도비 집에 돌아왔을 때 아버지와 그 남자는 사업 문제를 해결하기 위해 차를 타고 떠나 버렸고, 말이 묶인 채 우리를 기다리고 있었다. 너 먼저 타,

내가 말했다. 아니, 너 먼저 타, 아르투로가 말했다(그의 정신이 딴 데 팔려 있는 것을 느꼈다). 나는 실랑이 벌이지 않고 말에 올라 이내 달리기 시작했다. 내가 돌아왔을 때, 그는 땅바닥에 앉아 등을 집 벽에 기댄 채 담배를 피우고 있었다. 아주 잘 타는데, 그가 내게 말했다. 이윽고 아르투로가 자리에서 일어나 말에 다가가더니, 안장 없이 타는 데 익숙하지 않다고 말했다. 하지만 어쨌든 말에 펄쩍 뛰어올랐고, 나는 방향을 가리켰다. 저쪽으로 강, 아니 강바닥이 있고, 지금은 말라 있는데 비가 와서 물이 차면 아름답다고 말해 주었다. 그 후 아르투로는 말을 달렸다. 솜씨가 좋았다. 나는 훌륭한 아마존 여전사인데, 그는 나만큼이나, 잘은 몰라도 어쩌면 나보다 더 훌륭했다. 그 당시에는 나보다 잘 탄다고 생각했다. 등자도 없이 말을 달리는 것은 쉽지 않은데, 그는 말 등에 엎드려 달려 나가 내 시야에서 사라져 버렸다. 기다리는 동안 그가 집 옆에 꺼놓은 담배꽁초 수를 세면서, 담배를 배웠으면 하는 마음이 들었다. 몇 시간 뒤 그는 앞좌석에, 나는 뒷좌석에 타고 아버지 차로 돌아오는 동안, 아르투로가 내게 그 땅 밑에 피라미드가 묻혀 있을지도 모른다고 말했다. 아버지가 도로에서 눈을 떼서 나를 바라본 기억이 난다. 피라미드라고? 네, 아르투로가 말했다, 땅속에 피라미드 천지일 거예요. 아버지는 아무런 대꾸도 하지 않았다. 나는 뒷좌석의 어둠 속에서 아르투로에게 왜 그렇게 믿는지 물어보았다. 대답이 없었다. 그 후 우리는 다른 이야기를 했지만, 나는 왜 그가 피라미드 이야기를 꺼냈을까 생각했다. 이후에도 한참 동안 피라미드에 대해, 또 아버지의 자갈밭에 대해 생각했다. 오랜 시간이 지나고 더 이상 그를 만나지 않게 되었을 때도 마찬가지였다. 그 황량한 고장을 찾아갈 때마다 땅에 묻혀 있는 피라미드를 생각했다. 그가 말을 타고 피라미드 위를 달리는 것을 본 단 한 번의 순간을 떠올렸다. 그리고 그가 집에 홀로 남아 담배를 피우는 모습을 생각했다.

1976년 1월, 멕시코시티 틀랄판, 라우라 하우레기. 그를 알기 전에 나는 세사르, 세사르 아리아가의 애인이었다. 멕시코 국립 자치 대학 본부 건물에 있는 시 창작 교실에서 세사르를 소개받았다. 그곳에서 마리아 폰트와 라파엘 바리오스도 알게 되었다. 울리세스 리마도 알게 되었는데, 그때는 울리세스 리마라고 부르지 않았다. 아니 잘 모르겠다. 아니, 어쩌면 그때도 이미 울리세스 리마로 불렸는지도 모르겠다. 하지만 우리는 그를 부를 때 알프레도 어쩌고 하는 본명으로 불렀다. 나는 세사르도 알게 되었고 우리는 사랑에 빠졌거나 그렇게 생각했다. 세사르와 나는 울리세스 리마의 잡지에 협력했다. 더 정확히는 기억나지 않지만 1973년 말의 일로, 비가 많이 오는 나날이었다. 그건 기억이 나는데, 왜냐하면 우리가 늘 비에 젖어 모임에 갔기 때문이다. 그 후 우리는 『리 하비 오즈월드』(이름하고는 참)라는 잡지를 마리아 아버지가 일하는 건축사 사무실에서 만들었다. 기분 좋은 오후들이었고, 같이 포도주를 마시곤 했고, 늘 우리 중 누군가는 샌드위치를 가져왔다. 소피아나 마리아나 내가. 남자들은 한 번도 뭘 가져와 본 적이 없다. 물론 처음에는 가져왔지만, 뭔가를 가져오는 남자들, 즉 더 교양이 있는 이들은 잡지 기획에서 점점 빠졌다. 적어도 모임에는 나타나지 않았다. 그 뒤에 판초 로드리게스가 나타나 모든 것이 엉망이 되었다. 적어도 나와 관련된 일은. 그래도 나는 잡지 일을 계속했다. 아니 잡지 만드는 그룹에 계속 갔다고 해야 하려나. 특히 세사르가 거기에 속해 있었고, 특히 마리아와 소피아 때문이었다(사람들이 말하는 친구의 기준으로 볼 때 나는 결코 앙헬리카와 친구는 아니었다). 내 시를 게재하고 싶어 간 것은 아니다. 첫 호에는 내 시가 전혀 실리지 않았고, 두 번째 호에는 〈릴리스Lilith〉라는 제목의 시가 실릴 예정이었지만 무슨 일이 있었는지 결국 성사되지 않았다. 『리 하비 오즈월드』에 시를 발표한 사람은 세사르로, 제목은 〈라우라와 세사르〉였다. 정말 달콤한 제목이었다. 그런데 울리세스가 제목을 바꾸었고(아니면 제목을 바꾸라고 세사르를 설득했다), 마침내는 〈라우라 & 세사르〉가 되었다. 울리세스 리마가 걸핏하면 하는 일이었다.

어쨌든 나는 먼저 세사르를 알았고, 라우라 & 세사르는 애인 아니면 그 비슷한 관계가 되었다. 불쌍한 세사르. 그는 머리카락이 밝은 밤색이고 꽤 키가 컸다. 할머니와 함께 살았는데(부모님은 미초아칸에 살고), 나는 성인이 된 후 최초의 섹스 경험을 세사르와 가졌다. 아니 청소년기의 마지막 섹스 경험이라고 해야 할까. 잘 생각해 보면 청소년기의 마지막에서 두 번째 섹스였다. 우리는 극장에 다니고, 두어 번 연극을 보러 가기도 하고, 그 무렵 무용 학교에 등록했던 나를 세사르가 가끔 바래다주었다. 나머지 시간은 기나긴 산책, 우리가 읽던 책에 대한 논평, 아무것도 하지 않고 그저 같이 있는

데 보냈다. 이 만남은 몇 달간 지속되었다. 서너 달 혹은 아홉 달 동안. 아홉 달 이상은 아니었다. 어느 날 그와 찢어졌는데, 그 일은 확실히 기억난다. 이제 끝났다고 말한 사람은 바로 나였다. 정확한 이유는 잊어버렸지만, 세사르가 그 말을 아주 선선히 받아들이면서 그러자고 동의한 기억이 난다. 세사르는 그때 의대 2학년이었고 나는 막 인문대에 등록을 마친 뒤였는데, 그날 오후 수업을 빼먹고 마리아 집에 갔다. 친구와 이야기를 할 일이 있어서. 전화로 말고 직접 만나서 말이다. 콜리마 가의 마리아 집에 갔을 때, 정원으로 난 문이 열려 있는 걸 보고 좀 이상하게 생각했다. 마리아 어머니가 편집증이 있어서 그 문은 늘 닫혀 있었기 때문이다. 정원으로 들어가 본채 초인종을 눌렀더니 문이 열리고, 처음 보는 남자가 누구를 찾는지 물었다. 아르투로 벨라노였다. 그때 스물한 살이었고, 마르고 아주 긴 머리에, 안경을 썼다. 끔찍한 안경이었다. 근시가 심하지 않아 도수가 높지 않은 렌즈를 사용했는데도 끔찍한 안경이었다. 우리는 몇 마디 말만 교환했다. 그는 마리아와, 당시 마리아에게 환장했던 아니발이라는 시인과 함께 있었는데, 내가 갔을 때 아르투로와 아니발은 집을 나서던 참이었다.

바로 그날 나는 또다시 아르투로를 만났다. 마리아와 나는 오후 내내 이야기를 나누다가 손수건인가를 사러 시내에 나갔고, 거기서도 계속 대화를 나누다가(처음에는 세사르 & 라우라에 대해, 나중에는 세상만사에 대해) 마지막에는 마리아가 아니발과 약속을 잡은 카페 키토에서 카푸치노를 마셨다. 밤 9시쯤 아르투로가 나타났다. 이번에는 펠리페 뮐러라는 열일곱 살짜리 칠레 애와 같이. 뮐러는 아르투로의 가장 친한 친구이고, 아주 키가 큰 금발이었는데 입을 거의 열지 않고 어디든 아르투로를 따라다녔다. 두 사람은 물론 우리와 합석했다. 그 뒤로 다른 시인들, 아르투로보다 조금 나이 많은 시인들이 왔다. 내장 사실주의 멤버들은 없었는데 무엇보다도 그때까지는 아직 내장 사실주의가 존재하지 않았다. 아니발처럼 아르투로가 칠레로 가기 전부터 그의 친구였던 시인들, 그래서 아르투로를 열일곱 살 때부터 알던 시인들이었다. 사실은 신문 기자와 공무원들이었던 이들은 절대로 시내를, 시내의 특정 구역을 벗어나지 않는 처량한 종류의 사람들로, 남쪽으로는 차풀테펙로, 북쪽으로는 레포르마 대로 사이의 지역에 머무는 족속들이었다. 퇴근 후에 부카렐리 가로 가서 유세를 떨거나 종이를 펴는[6] 「엘 나시오날」지의 월급쟁이들, 「엑셀시오르」지의 교정자들, 국무부 말단 직원들이었다. 이미 말했듯이 비록 그들이 처량한 사람들이기는 했지만 그날 밤 우리는 많이 웃었다. 사실상 웃음을 멈추지 못했다. 그 후 우리는 버스 정류장까지 걸어갔다. 마리아, 아니발, 펠리페 뮐러, 곤살로 뮐러(펠리페와 형제로 얼마 뒤 멕시코를 떠날 예정이었다), 아르투로와 내가. 우리 모두 아주 즐거운 듯했다. 나는 벌써 세사르 생각 따위는 하지 않았고, 마리아는 홀로그램 투사체처럼 멕시코시티의 밤하늘에 기적처럼 나타난 별들을 바라보고 있었다. 우리는 걸음걸이부터가 우아했고, 버스 정류장에 필연적으로 도달하게 될 순간을 미루려고 전진과 후진

[6] 마리화나를 말아 피우려고 종이를 펼친다는 뜻.

을 반복하듯 아주 천천히 걸었다. 어느 구간에서는 모두가 하늘을 바라보면서(마리아는 별 이름을 하나하나 말했다) 걸었다. 비록 오랜 시간이 지난 뒤 아르투로가 내게, 자신은 별 대신 아파트에 켜진 불, 베르사예스 가나 루세르나 가나 론드레스 가의 옥탑방처럼 작은 아파트들의 불빛을 보았노라고, 그 순간 그 아파트들 중 하나에 나와 함께 살면서 부카렐리 가의 노점상에서 파는 크림 샌드위치로 저녁을 먹으면 그보다 더한 행복이 없으리라는 사실을 알게 되었노라고 말했지만 말이다. 하지만 당시에 그는 그런 이야기 대신(했다 해도 내가 미친놈 취급했을 것이다) 내 시를 읽어 보고 싶다고, 자신은 북반구와 남반구의 모든 별을 예찬한다고, 내 전화번호 좀 달라고 말했다.

나는 전화번호를 주었고, 아르투로가 다음 날 전화했다. 만나기로 약속했지만 시내에서는 아니었다. 나는 틀랄판에 있는 집에서 나갈 수 없다고, 공부해야 한다고 말했다. 그러자 아르투로가 말했다. 좋았어, 내가 만나러 갈게, 이참에 틀랄판이나 구경하지. 내가 말했다. 볼 것 하나도 없어, 지하철을 탄 다음에 버스로 갈아타야 하고, 그러고 또 다른 버스로 갈아타면 돼. 그때 나는 왠지 아르투로가 길을 잃을 것 같은 생각이 들어 말했다. 지하철역에서 기다려. 아르투로를 찾으러 갔을 때 그는 과일 박스에 앉아 나무에 등을 기대고 있었다. 기다리기에 최고로 좋은 장소를 발견한 것이었다. 운이 좋네, 내가 아르투로에게 말했다. 그래, 난 엄청 운 좋아. 그가 말했다. 그날 오후 아르투로는 칠레에 대해 이야기했다. 자기가 하고 싶어서였는지, 아니면 내가 물어봐서 이야기했는지는 잘 모르겠지만 아르투로의 이야기는 두서 없었다. 과테말라와 엘살바도르 이야기도 했다. 그는 라틴 아메리카 대륙의 모든 나라, 적어도 모든 태평양 연안 국가를 가보았다. 우리는 처음으로 키스를 하고, 그 후 꽤 여러 달 동안 만나고 동거도 했다. 그 후 올 것이 왔다. 즉, 갈라섰다. 나는 다시 어머니 집으로 들어갔고, 생물학과에 등록했다(나는 언젠가 훌륭한 생물학자가 되고 싶고, 발생 생리학을 전공하고 싶다). 아르투로에게는 기이한 일들이 일어나기 시작했다. 바로 그 무렵 내장 사실주의가 탄생한 것이다. 처음에는 우리 모두 장난일 줄 알았는데, 곧 그렇지 않다는 것을 깨달았다. 장난이 아님을 깨달았을 때, 몇 명은 내 생각에 마지못해, 아니면 기가 막히게도 그 일이 가능하다고 생각해서, 또 아니면 우정 때문에, 즉 갑자기 친구들을 잃지 않으려고 그 물결을 따라 내장 사실주의자가 되었다. 하지만 속으로는, 말하자면 정말로 속으로는 아무도 그 일을 진지하게 받아들이지 않았다.

그 무렵 나는 대학에서 새 친구들이 생기던 중이라 아르투로와 그의 친구들을 점점 덜 만나게 됐다. 유일하게 전화를 걸고 가끔 만나기도 한 사람이 마리아였지만, 그 우정마저도 식기 시작했다. 어쨌든 나는 항상 아르투로가 하는 일을 어느 정도 알고 있었다. 그리고 생각하고는 했다. 이 자식 머리에는 어쩌면 이렇게 멍청한 생각만 떠오르지, 어떻게 이런 바보 같은 일들을 믿는 거야. 그러다 어느 날 밤잠을 이루지 못하고 있을 때, 그 모든 것

---

7 쿠바 혁명 이후 혁명 정부가 설립한 문화 기관으로 한때 라틴 아메리카 지식인의 풍향계 역할을 했을 정도로 영향력이 큰 기관이었다.

이 나를 향한 메시지라는 생각이 갑자기 들었다. 이렇게 말하고자 하는 것이었다. 나를 버리지 마, 내가 무슨 짓을 할 수 있는지 봐, 내 곁을 떠나지 마. 그때 아르투로가 속속들이 개자식임을 깨달았다. 자기 자신을 속이는 것과 남을 속이는 것은 천지 차이이기 때문이다. 내장사실주의 전부가 사랑의 편지이고, 달빛 아래 있는 멍청한 새의 광기 어린 잘난 척이고, 뭔가 천박하고 하찮은 일이었을 뿐이다.

이런 이야기를 하려고 한 건 아닌데.

1976년 3월, 멕시코시티 루이스 모야 가와 만나는 인데펜덴시아 가, 잡지 『라 치스파』 편집국, 파비오 에르네스토 로히아코모. 나는 1975년 11월에 멕시코에 왔다. 라틴 아메리카 다른 국가들에서 도망 다니다시피 살다가. 스물네 살이었고, 내 운명이 바뀌기 시작했다. 라틴 아메리카에서 일어나는 일이 그런 법이라 굳이 납득할 만한 설명을 찾지는 않으련다. 나는 파나마에서 빌빌대고 살다가 카사 데 라스 아메리카스[7]의 시 부문 수상자로 결정되었음을 알게 되었다. 무척 기뻤다. 수중에 땡전 한 푼 없었는데 상금으로 멕시코행 표를 사고, 끼니를 거르지 않을 수 있었다. 그런데 묘한 일이 내가 그해에 카사 데 라스 아메리카스에 응모하지 않았다는 점이다. 사실이다. 그보다 1년 전에 책을 한 권 보냈지만 그 책은 가작조차 받지 못했다. 그런데 그해에 갑자기 내가 상과 달리 상금을 받게 되었다는 사실을 알게 된 것이다. 처음 그 소식을 들었을 때는 무엇에 홀린 기분이었다. 당시 나는 굶주리고 있었다. 정말로 굶주렸고, 사람이 굶주리면 이따금 정신이 어떻게 되기도 하는 법이다. 이윽고 다른 로히아코모가 아닐까 하는 생각이 들었다. 하지만 우연이 그렇게 많이 겹칠 수 있을까. 나처럼 아르헨티나인인 로히아코모, 나처럼 스물네 살인 로히아코모, 나와 같은 제목의 시집을 쓴 로히아코모가 있을 수 있을까. 좋다. 라틴 아메리카에서는 이런 일들이 벌어지고, 가끔은 존재하지도 않는 논리적인 대답을 찾느라고 머리가 빠개져라 고민할 필요가 없었다. 상을 탄 사람은 다행히도 나고, 그뿐이었다. 나중에 카사 데 라스 아메리카스 사람들이, 한 해 전 책이 다른 책들 사이에 잘못 들어갔느니 하는 말들을 내게 했다.

그리하여 나는 멕시코에 올 수 있었고 멕시코시티에 정착했다. 멕시코시티에 온 직후 그 청년의 전화를 받았다. 인터뷰, 나는 인터뷰라고 들었는데, 그런 종류의 일을 하고 싶다는 것이었다. 물론 그러자고 대답했다. 사실 나는 너무 외롭고 미아가 된 기분이 들던 참이고, 젊은 멕시코 시인을 단 한 사람도 알지 못했다. 인터뷰든 그 무엇이든 간에 끝내주는 일 같았다. 그렇게 우리는 그날 당장 만났다. 약속 장소에 갔을 때 시인 한 사람이 아니라 네 사람이 나를 기다리고 있었고, 그들이 바란 것은 인터뷰가 아니라 대담이었다. 삼자 대담을 해서 멕시코 최고의 잡지에 게재하겠다는 것이었다. 대담은 그들 중에서 멕시코인과 칠레인, 그리고 아르헨티나인인 나 사이에 전개될 예정이었다. 나머지 둘은 청자였다. 주제는 라틴 아메리카 새로운 시의 건강성이었다. 좋은 주제였다. 그래서 내가 말했다. 좋았어, 언제든지 시작하자고. 우리는 비교적 조용한 카페를 찾았고 이야기를 풀어놓기 시작했다.

그들은 녹음기를 준비해 왔지만, 결정적인 순간에 망가져 버렸다. 그래서 다시 처음부터 시작해야 했다. 그렇게 30분 정도 시간을 보내는 사이 나는 밀크 커피를 두 잔 마셨는데 계산은 그들이 했다. 그들이 이런 일에 익숙하지 않음을 알 수 있었다. 다시 말해 녹음기에, 다시 말해 녹음기 앞에서 시 이야기를 하는 것에, 다시 말해 생각을 정리하고 명확하게 개진하는 데에. 우리는 두어 번 더 녹음을 시도했는데 여의치 않았다. 각자 하고 싶은 말을 글로 써서, 나중에 모으는 것이 낫겠다고 결정했다. 결국에는 칠레인과 나만 대담 글을 썼다. 멕시코인은 어떻게 된 건지 모르겠다.

오후 나머지 시간에 우리는 산책을 했다. 이 청년들 때문에, 혹은 그들이 권한 커피 때문에 기이한 경험을 했다. 그들에게는 이상한 점이 있었다. 어떻게 설명해야 할지 모르겠지만 그들은 있는 듯 없는 듯 했다. 내가 알게 된 최초의 젊은 멕시코 시인들이었고, 그래서 이상하게 느꼈는지도 모르겠다. 하지만 사실 나는 그 이전 몇 달간 페루의 젊은 시인들, 콜롬비아의 젊은 시인들, 파나마와 코스타리카의 젊은 시인들도 알게 되었는데, 그런 느낌을 받은 적이 없었다. 나는 젊은 시인들에 관한 전문가였는데, 그 청년들과의 만남에서는 뭔가 이상한 점이 있었다. 뭔가 부족했다. 호감이라든지, 몇 가지 이상에 대한 남성적 교감이라든지, 라틴 아메리카 시인들끼리 뭉칠 때면 으레 분위기를 지배하는 솔직함이라든지. 그날 오후의 어느 순간이 떠오른다. 잔뜩 술에 취해 겪은 희한한 일이 떠오르듯이. 나는 내 시집과 시 이야기를 했고, 어쩌다 그랬는지 다니엘 콘-벤디트[8]에 대해 쓴 시 이야기도 했다. 쿠바에서 상을 받은 시집에 실린 시들보다 더 낫지도 못하지도 않지만, 최종적으로는 싣지 않은 시였다. 아마도 시의 길이, 쪽 수에 대해서 이야기하는 중이었으리라. 그때까지 아직 읽어 보지 못했지만 그 두 사람(칠레인과 멕시코인)은 아주 긴 시를 쓴다고 말했고, 내 기억에는 장시에 대한 이론도 지니고 있어서 이를 시-소설이라고 불렀다. 정확히는 기억나지 않지만, 몇몇 프랑스인에게서 비롯된 이론이었다. 솔직히 왜 그랬는지 도무지 모르겠지만, 나는 콘-벤디트에게 바친 시 이야기를 했다. 그들 중 하나가 묻는다, 그런데 어째서 당신 책에 실려 있지 않나요? 내가 대답한다, 카사 데 라스 아메리카스가 빼기로 결정했기 때문이야. 멕시코인이 그 말을 받아 말한다, 당신에게 허락은 구했겠죠. 내가 말한다, 아니라고, 허락을 구하지 않았다고. 멕시코인이 나서서 내게 묻는다, 아무 이야기 없이 책에서 뺐다고요? 내가 말한다, 그래, 사실 내가 소재 파악이 되지 않았으니까. 칠레인이 묻는다, 왜 뺐는데요? 나는 카사 데 라스 아메리카스 사람들이 해준 이야기, 그 일이 있기 직전 콘-벤디트가 쿠바 혁명에 반대하는 일련의 발언을 했다는 이야기를 해준다. 칠레인이 묻는다, 단지 그것 때문에요? 내가 말한다, 그런 것 같아. 그 시가 썩 훌륭하지 않기도 해서겠지만(그런데 대체 이놈들이 내게 뭘 마시게 했기에 내가 말을 이런 식으로 하는

---

8 Daniel Cohn-Bendit(1945~). 독일인으로 프랑스 68학생 운동 당시 학생 지도자였다. 그 후 독일 녹색당의 주역이 되었으며, 현재는 유럽 의회 의원이다.

거야?). 장시는 맞지만, 그리 훌륭하지는 않아. 멕시코인이 말한다, 이런 개자식들. 하지만 부드럽게, 정말로 앙심을 품지는 않고 말한다. 본질적으로는 쿠바인들이 책을 훼손하기 전에 겪었을 고충을 이해한다는 듯, 본질적으로는 나를 경멸하고 아바나의 동료들을 경멸하는 일이 귀찮다는 듯.

문학은 결백하지 않다. 그건 열다섯 살 때부터 알고 있는 일이다. 그들과 이야기를 나눌 때도 문학이 결백하지 않다는 생각을 했지만, 그 이야기를 했는지 안 했는지는 기억나지 않는다. 말했다면 어떤 맥락에서 했는지도. 그래서 산책은(여기서 분명히 할 것은 그때는 다섯이 아니라 멕시코인, 칠레인, 나 셋뿐이었다는 점이다. 다른 두 명의 멕시코인은 연옥의 문턱에서 사라졌다) 일종의 지옥 언저리 산책으로 변했다.

우리 셋은 벙어리가 된 듯 말없이 걸었다. 하지만 우리의 육신은 뭔가에 맞추기라도 하듯, 뭔가가 우리를 그 미지의 땅에서 춤추게 시키기라도 하는 듯이 움직였다. 이렇게 표현해도 좋을지 모르겠지만 당김음이 있는 산책, 침묵의 산책이었다고 할까. 바로 그때 나는 환영을 보았다. 그날의 첫 번째 환영도 아니고, 물론 마지막 환영도 아니었다. 우리가 걷던 공원이 호수 같은 것으로 통하고, 호수가 폭포 같은 것으로 통하고, 폭포가 강을 이뤄 공동묘지 같은 곳으로 흘렀다. 호수와 폭포와 강과 공동묘지가 다 짙은 녹색, 침묵의 녹색이었다. 그때 둘 중 하나라는 생각이 들었다. 내가 미쳐 가고 있거나(나야 늘 머리가 온전했으니 그럴 리가 없다) 이놈들이 내게 마약을 먹였거나. 그래서 그들에게 말했다. 멈춰, 잠깐 멈추라고. 몸이 이상해서 쉬어야겠어. 그들이 뭐라고 말했지만 들리지 않았다. 내게 다가오는 것만 보일 뿐이었다. 내가 사람을 찾듯이, 증인을 찾듯이 사방을 둘러본 기억이 나는데 숲을 지나던 참이라 아무도 없었다. 그들에게 물어본 기억이 난다, 이게 무슨 숲이지? 그들은 말했다. 차풀테펙 숲이에요. 그러고 나를 벤치로 데리고 가서, 우리는 한동안 앉아 있었다. 그들 중 하나가 내게 어디가 아픈지 물었다(아프다라는 단어가 딱 들어맞도록, 아주 적절하게 사용되었다). 몸 전체가, 영혼 전체가 아프다고 답해야만 했지만, 그 대신 아마 고도 때문일 것이라고, 아직도 멕시코시티의 고도에 적응하지 못했다고, 고도 때문에 눈에 헛것이 보인다고 말했다.

1976년 4월, 멕시코시티 콜로니아 코요아칸, 카페 라 라마 도라다, 루이스 세바스티안 로사도. 몬시바이스가 이미 말한 적이 있다. 마리네티[9]와 차라[10]의 추종자들, 요란하고 황당무계하고 가식적인 그들의 시는 그저 활자로만 전투를 벌였을 뿐이고, 어린아이 유희 수준을 극복하지 못했다고. 몬시[11]는 반골주의자들을 놓고 한 말이지만, 내장 사실주의자들에게도 똑같은 평가를 적용할 수 있다. 아무도 그들에게 눈길을 주지 않자 내장 사실주의

---

9 Filippo Marinetti(1876~1944). 미래파를 창시한 이탈리아의 시인.
10 Tristan Tzara(1896~1963). 다다이즘을 제창한 루마니아 출신의 프랑스 시인.
11 카를로스 몬시바이스를 가리킨다.
12 목테수마 로드리게스의 이름을 혼동하는 것은 목테수마와 쿠아우테목 두 사람 모두 아스테카의 군주 이름이기 때문이다.

자들은 무차별 공격을 택한 것이다. 1975년 12월 크리스마스 직전, 나는 불행히도 이곳 카페 라 라마 도라다에서 내장 사실주의자들 몇 사람과 마주쳤다. 이 가게 주인 돈 네스토르 페스케이라도 동의하겠지만 정말 불쾌하기 그지없는 만남이었다. 그들을 이끈 사람은 울리세스 리마였고, 다른 사람은 체격이 크고 뚱뚱한 메스티소였는데 이름이 목테수마 아니면 쿠아우테목이고,[12] 세 번째 사람은 피엘 디비나라고 불렀다. 나는 바로 이 자리에 앉아서 알베르토 무어와 그의 누나를 기다리던 중이었는데, 갑자기 그 세 명의 미치광이가 나를 에워싸더니 내 옆에 하나씩 앉았다. 그들이 내게 루이시토, 우리 시에 대해서 이야기해 보자고, 아니면 멕시코 시의 미래를 가늠해 보자고 하는 식의 이야기를 건넸다. 나는 폭력적인 사람이 아니라 당연히 신경이 곤두섰다. 속으로 생각했다. 이자들이 이곳에서 뭘 하는 거야, 어떻게 날 보았지? 나한테 무슨 원한이 있어서 이러지? 이 나라는 부끄러운 나라다. 그건 인정해야 한다. 이 나라 문학은 부끄러운 문학이다. 그것도 인정해야 한다. 결국 우리는 20분 동안 이야기했고(그때만큼 알베르티토의 철저하지 못한 시간관념과 그의 새침데기 누나가 원망스러운 적은 없었다), 마침내 몇 가지 점에서는 의견 일치까지 보았다. 결국 우리가 혐오하는 것이 90퍼센트 같았던 셈이다. 물론 문학의 파노라마에서 나는 매 순간 옥타비오 파스가 하는 일을 옹호했다. 물론 그들은 자기네가 하는 문학만 좋다고 하는 것 같았다. 그래도 최악은 아니었다. 그러니까 개중에 최악은 아니었다는 말이다. 농민시인들의 제자라거나, 가련한 로사리오 카스테야노스[13]의 추종자나 하이메 사비네스의(내 생각에 하이메라는 이름의 시인은 한 명으로 충분했다)의 광팬이라고 했으면 최악이었을 텐데. 나는 어쨌든 우리가 서로 의견이 일치하는 부분도 있다고 말했다. 이윽고 알베르토가 왔고, 나는 아직 목숨을 부지하고 있었다. 알베르토가 오기 전 두어 번의 큰소리가 났고, 두어 번의 역겨운 말이 오갔으며, 카페 라 라마 도라다 분위기에 어울리지 않는 행동이 있었다. 여기 있는 돈 네스토르 페스케이라에게 한번 물어보라. 하지만 그게 다였다. 알베르토가 왔을 때 나는 의기양양하게 그 만남에서 헤어 나올 줄 알았다. 그런데 그때 훌리아 무어가 나서서 그들에게 대놓고 누구냐고, 그날 오후에 무엇을 할 생각이냐고 묻는다. 피엘 디비나라고 불리는 놈이 재빨리 나서더니 아무 일도 없다고, 좋은 생각 있으면 말해 보라고, 무슨 일이든 할 용의가 있다고 대답한다. 그러자 훌리타[14]가 동생과 나의 눈짓을 알아채지 못하고 프리아포스에 춤추러 가는 것이 어떠냐고 말한다. 콜로니아 디 에스 데 마요 아니면 콜로니아 테피토에 있는 천박하기 짝이 없는 업소로, 나는 단 한 번 가보았는데, 사력을 다해 그 단 한 번 간 일을 잊으려던 참이었다. 알베르토도 나도 훌리타에게 안 된다고 말할 배짱이 없어서 우리는 알베르토의 차를 타고 그곳으로 갔다. 알베르토, 울리

---

13 Rosario Castellanos(1925~1974). 멕시코의 여성 작가로 정치적이고 페미니스트적인 작품을 썼다.
14 훌리아의 애칭.
15 멕시코의 백화점 체인.
16 18세기에 지어진 호세 데 라 보르다(프랑스 이름은 조제프 드 라 보르드)의 저택으로 현재 원주민 의상이나 식민 시대 의상을 소장한 박물관으로 쓰이고 있다.

세스 리마, 나는 앞좌석에, 훌리타, 피엘 디비나, 그리고 쿠아우테목인지 목테수마인지는 뒷좌석에 타고. 정말로 나는 최악의 상황이 두려웠다. 그들은 신뢰할 만한 자들이 아니었다. 한번은 그런 이야기를 들었다. 그들이 산보른스[15]에서, 카사 보르다[16]에서 몬시를 궁지에 몰아넣었다고. 하지만 몬시가 그들과 커피를 마시러 간 것이 일종의 빌미가 되었기 때문에 부분적으로는 몬시도 잘못한 셈이다. 모두들 내장 사실주의자들은 반골주의자들과 마찬가지 놈들이고, 모두들 몬시가 반골주의자들에 대해 어떻게 생각하는지 알기 때문에, 몬시는 자기가 겪은 일에 대해서 결코 불평하면 안 된다. 무슨 일이 있었는지는 아무도 모르거나 극소수의 사람들만 안다. 언젠가 몬시에게 물어보고 싶었지만 경박한 질문일까 싶어서, 또 상처를 건드리고 싶지 않아서 관두었다. 어쨌든 내장 사실주의자들과의 만남에서 〈무슨 일〉이 있긴 했다. 그건 모든 사람, 몬시를 좋아하든 속으로 싫어하든 모든 사람이 알고 있었다. 다들 제멋대로 구구한 억측을 하는 모양이지만. 아무튼 내가 그 일을 생각하는 동안 알베르토의 차는 교통 사정에 따라 때로는 유성처럼 때로는 바퀴벌레처럼 프리아포스를 향해 달렸다. 뒷좌석의 훌리타 무어는 두 명의 내장 사실주의 놈팡이들과 쉬지 않고 이야기하고, 이야기하고, 또 이야기했다. 앞서 말한 디스코텍에 대한 묘사는 접어 두련다. 하느님께 맹세컨대 나는 그곳에서 우리가 살아나올 수 있을까 하는 생각이 들었다. 단지 그 디스코텍 업소 풍경을 장식하는 가구와 인간들이 리사르디의 『페리키요 사르니엔토』, 마리아노 아수엘라의 『하층민』, 델 파소의 『호세 트리고』,[17] 최악의 온다 소설들,[18] 1950년대 최악의 창녀촌 영화에서 마구잡이로 뽑아낸 듯했다는 것만 말하련다(통골렐레[19]와 닮은 여자 손님이 여럿이었다. 잘은 몰라도 통골렐레가 1950년대에 영화를 찍지는 않았어도 두말할 나위 없이 그럴 자격이 있었다). 어쨌든 아까 말한 것처럼 우리는 프리아포스에 들어가서 무대 근처 테이블에 자리했다. 훌리타는 차차차, 볼레로, 단손 같은 춤을 추었다. 사실 나는 대중음악에 빠삭한 편이 아니라 정확히는 모르겠다. 알베르토와 나는 무슨 이야기인가를 했고(맹세코 무슨 이야기였는지는 기

17 멕시코 최초의 소설가로 불리는 José Joaquín Fernández de Lizardi(1776~1827)의 『페리키요 사르니엔토El Periquillo Sarniento』(1816, 1830~1831), 멕시코 혁명 작가의 선구자 Mariano Azuela González(1873~1952)의 『하층민Los de abajo』(1915), 멕시코의 대표적인 현대 소설가인 Fernando del Paso(1935~)의 『호세 트리고José Trigo』(1966)는 모두 소외된 인물들이 등장하고, 소외된 지역을 배경으로 작품이 전개된다.

18 1960년대 중반 멕시코에서 일어난 온다 문학Literatura de la Onda이라는 문학 운동이 낳은 소설들. 온다 문학은 비트 세대와 유사한 분위기의 작품을 쏟아 내면서 기득권층, 전통, 사실상 일당 독재 중이던 집권당 제도혁명당에 반기를 들었다.

19 Tongolele(1932~). 미국의 유명 댄서인 욜란다 몬테스의 예명으로 이국적인 아름다움으로 멕시코에서 크게 인기를 누렸다.

20 Richard Brautigan(1935~1984). 미국 작가로 블랙 유머, 패러디, 풍자 등의 기법을 많이 사용했다.

21 실제로 미국 시인이자 행위 예술가인 John Giorno(1936~)가 있다.

22 Paul Claudel(1868~1955). 프랑스의 시인이자 극작가. 죽음 이후 온갖 생의 가능성을 구상화하면서, 말라르메의 시학에 의거한 종교적 세계 인식을 보여 주었다.

23 Catulle Mendès(1841~1909). 프랑스의 고답파 문인.

24 Gérard de Nerval(1808~1855). 프랑스의 시인이자 소설가. 상징주의의 선구적 작품이라 할 만한 『환상시집』, 프루스트에게 영향을 끼친 〈마음의 간헐〉 기법으로 유명하다.

억나지 않는다), 웨이터가 테킬라인지 쥐약인지를 한 병 가져왔다. 우리는 그저 주는 대로 받을 정도로 절망하고 있었다. 미처 〈다른 세상이네〉 하고 말할 겨를도 없이 우리는 순식간에 취하고, 울리세스 리마가 시 한 편을 프랑스어로 낭송했다. 도대체 무슨 이유로 그랬는지 모르겠지만 아무튼 시를 낭송했다. 나는 울리세스 리마가 프랑스어를 아는지 몰랐다. 영어는 할지도 모른다고 생각했지만. 어디선가 그가 형편없는 시인 리처드 브라우티건[20]과 리마 자신의 다른 이름일지도 모르는 정체불명의 시인 존 조르노[21]의 영시를 번역한 것을 보았던 듯했기 때문이다. 하지만 프랑스어는 약간 뜻밖이었다. 또박또박 괜찮은 발음의 낭송이었고, 시는 글쎄 어떻게 말해야 할지 모르겠지만 들어 본 시, 친숙한 시 같았다. 그렇지만 취기가 돌기 시작해서 그런지, 계속 흘러나오는 볼레로 때문인지 누구 시인지 잘 알 수 없었다. 클로델[22]이라는 생각이 들었는데, 나나 여러분이나 클로델 시를 낭송하는 리마는 상상이 안 될 것이다, 안 그런가? 나는 보들레르를 떠올리고, 카튈 망데스[23](난 그의 시 몇 편을 번역해서 대학 잡지에 발표한 적이 있다)를 떠올리고, 네르발[24]을 떠올렸다. 이를 인정하기는 좀 창피한데, 어쨌든 내가 떠올린 이름들이다. 굳이 변명을 하자면 술로 머리가 흐릿한 가운데서도 이내 네르발과 망데스가 무슨 상관이 있느냐고 자문했다. 그러고 나서 말라르메를 떠올렸다. 나와 같은 생각을 한 듯한 알베르토가 보들레르를 언급했다. 물론 보들레르가 아니었다. 이것이 그 시구인데, 여러분은 아는지 모르겠다.

내 슬픈 마음은 선미(船尾)에서 군침을 흘린다,
담배 냄새에 찌든 내 마음이.
그놈들은 수프를 뿌려 대는데,
내 슬픈 마음은 선미에서 군침을 흘린다.
한바탕 웃음을 터뜨리는
그 부대의 야유 속에서도
내 슬픈 마음은 선미에서 군침을 흘린다.
담배 냄새에 찌든 내 마음이!

발딱 선 남근과 병사들
그들의 야유가 그를 타락시켰네!
방향키에도 그려 놓은
발딱 선 남근과 병사들.
아! 파도여, 수리수리마수리,
내 마음을 데려가고 구해 다오!
발딱 선 남근과 병사들
그들의 야유가 그를 타락시켰네!

그놈들의 씹는담배가 다하면
어찌하리오, 아, 도둑맞은 마음이여.
그놈들의 씹는담배가 다하면
디오니소스의 주사(酒邪)가 뒤따를 텐데.
내 마음이 억눌리면
속이 뒤집힐 텐데.

25 랭보의 「도둑맞은 마음Le coeur volé」인데 원래 제목은 〈어릿광대의 마음Le coeur du pitre〉이었다고 한다. 본문에 실린 작품은 국내의 여러 번역을 참고로 하여 옮긴이가 문맥에 맞게 다시 번역한 것이다.

그놈들의 씹는담배가 다하면
어찌하리오, 아, 도둑맞은 마음이여.

시는 랭보의 것이다.[25] 놀랍다. 비교적 놀랍다는 말이다. 진짜 놀라운 일은 리마가 그 시를 프랑스어로 읊었다는 점이다. 좋다. 나는 랭보 작품을 꽤 잘 아는데도 알아차리지 못해서 약간 화가 났지만 괘념치 않았고, 그들과 통하는 점이 더 있다는 생각을 했다. 어쩌면 그 소굴에서 살아 나갈 수 있을 것 같았다. 리마는 랭보의 시를 낭송한 후에 랭보와 어느 전쟁에 대해서 이야기했다. 나야 전쟁에는 흥미가 없어서 어느 전쟁인지는 모르겠지만 랭보와 시와 전쟁 사이에 뭔가 연관이 있었다. 아마 추잡한 일화였던 것 같다. 하지만 그 시점에 내 귀와, 이윽고 내 눈까지 또 다른 소소한 추잡한 일화들을 기록하고 있었다(맹세하건대, 만일 홀리타 무어가 또다시 나를 프리아포스 같은 소굴로 끌고 간다면 죽여 버릴 것이다). 우중충한 잡것들이, 발악하는 젊은 가정부나 창녀들과 명암이 엇갈리는 회오리바람을 일으키며 춤을 추는 가당치 않은 장면들이었다. 고백하건대 그 장면이, 가능한 일인지 모르겠지만, 내 취기를 더욱 부추겼다. 그 후 어느 곳에서인지 싸움이 벌어졌다. 나는 아무것도 보지 못하고 고함 소리만 들었다. 어깨 두 명이 어둠 속에서 나타나 얼굴이 피로 범벅된 자를 질질 끌고 갔다. 가는 게 낫겠다고, 사태가 악화될 수 있다고 알베르토에게 말한 기억이 난다. 하지만 알베르토는 울리세스 리마의 이야기를 듣느라 내 말 따위는 안중에도 없었다. 울리세스의 친구 하나와 무대에서 춤을 추는 홀리타를 바라본 기억이 난다. 그 후 피엘 디비나와 볼레로를 같이 추던 내 모습도 기억난다. 꿈을 꾸는 듯했지만, 어쨌든 아마 그날 밤 처음으로, 정말로 그날 밤 처음으로 기분이 좋았다. 바로 뒤이어, 잠에서 깨어난 사람처럼 내 춤 상대의 귀에 대고, 우리 행동이 아마 다른 춤꾼들과 구경꾼들 눈에 거슬린 거라고 속삭인 일이 떠오른다. 그 뒷일은 혼란스럽다. 누군가 나를 모욕했다. 잘은 모르겠지만, 나는 테이블 밑으로 기어 들어가 잠에 곯아떨어지든지, 피엘 디비나 가슴팍에 안겨 마찬가지로 곯아떨어질 지경이었다. 그러나 누군가가 나를 욕했고, 피엘 디비나가 나를 놔두고 모욕을 가한 사람과(뭐라고 모욕했는지는 잘 기억나지 않는다. 게이인지 남창인지. 나는 그런 말에 적응하기 힘들다. 그래야만 한다는 것을 알지만) 맞짱을 뜰 태세였다. 하지만 내가 너무 취해 온몸이 흐느적거리는 지경이라, 피엘 디비나는 나를 홀로 내버려두지 못하고 — 만일 그랬으면 나는 넘어졌을 것이다 — 대신 무대 중앙에서 욕설로 대꾸했을 뿐이다. 나는 눈을 감고 그 상황에서 헤어나려고 하는데, 피엘 디비나의 어깨에서 땀 냄새가 났다. 아주 이상한 산성 냄새, 퀴퀴한 냄새도 아니고 전혀 나쁜 냄새도 아닌 산성 냄새로, 화학 공장에서 일어난 폭발에서 무사히 빠져나와 맡는 냄새 같았다. 이윽고 피엘 디비나의 목소리가 들렸는데, 하나가 아니라 여러 사람, 적어도 두 사람 이상과 싸우는 목소리였다. 그때 눈을 떴는데, 하느님 맙소사, 우리를 둘러싼 사람들이 아니라 나 자신이 보였다. 한 팔은

---

26 Netzahualcóyotl(1402~1472). 텍스코코의 군주로 현자이자 시인으로 명성을 떨쳤다.

피엘 디비나 어깨에 걸치고, 왼팔은 그의 허리를 감싼 채 뺨을 어깨에 대고 있었다. 곧이어 사악한 시선들, 타고난 살인자의 시선들을 보았다. 아니 감지했다. 나는 공포에 질려 취한 상태에서도 하늘로 솟아 버리고 싶었고, 땅으로 꺼졌으면 싶었고, 벼락을 맞게 해달라고 간청했고, 한마디로 차라리 태어나지 말았으면 했다. 이 무슨 굴욕이란 말인가. 나는 창피해서 홍당무가 되고, 토하고 싶어서 피엘 디비나를 놓고 비틀거렸다. 내가 잔인한 조롱거리이자 동시에 공격 대상임을 깨달았다. 유일한 위안거리는 나를 조롱하는 자 역시 공격 대상이었다는 점이다. 나는 마치 전쟁터에서 배신당해 패배한 뒤에(울리세스 리마가 말하는 전투, 전쟁이 어떤 거였더라?), 정의의 천사들이나 묵시록의 천사들에게 우리 두 사람을, 그리고 모든 사람을 쓸어버릴 커다란 파도, 이 모욕과 부당함에 종지부를 찍을 커다란 파도의 기적을 간구하는 심정이었다. 그러나 그때 얼어붙은 호수가 된 내 눈동자를 통해(좋은 비유는 아니다. 프리아포스 실내 온도가 아주 높았기 때문이다. 하지만 울음을 터뜨릴 지경에 이르긴 했어도, 그 〈지경〉에 이르자마자 바로 후회를 하며 상황을 수습했는지라 내 눈동자에 그저 상이 뒤틀릴 정도의 액체 막만 맺혀 있던 상태를 가리킬 더 나은 비유를 찾지 못하겠다) 쿠아우테목인지 목테수마인지 네사우알코요틀[26]인지 하는 놈과 뒤엉켜서 나타난 경이로운 훌리타 무어의 모습이 비쳤다. 그리고 그놈과 피엘 디비나가 합세하여 소동을 일으킨 자들과 맞서는 사이, 훌리타는 내 허리를 붙잡고 그 자식들이 내게 해코지를 했는지 묻고, 나를 무대에서, 그리고 그 끔찍한 소굴에서 끄집어 내주었다. 바깥으로 나온 뒤에 나는 홀리타가 이끄는 대로 차까지 걸어갔는데, 중간에 울음을 터뜨렸다. 그리고 홀리타가 나를 뒷좌석에 태울 때 그녀에게 말했다. 아니 간청했다. 우리끼리 가자고, 알베르토와 그녀와 나만 가고 나머지 놈들은 똑같이 악마 같은 놈들과 있으라고 내버려 두자고. 제발, 홀리타, 내가 말했다. 그녀는 말했다. 이런 제기랄, 루이시토. 이 밤을 망치지 마, 귀찮게 굴지 말라고. 그래서 내가 홀리타에게 말했거나 소리를 질렀거나 울부짖었다, 그들이 내게 한 짓은 몬시에게 한 짓보다 더 나빠. 홀리타는 그들이 몬시에게 대체 무슨 짓을 했느냐고 물었다(홀리타는 어느 몬시를 말하는 것이냐고 묻기도 했다. 이름을 말할 때 몬트세 또는 몬치라고 말한 것 같은데 정확히 기억은 나지 않는다). 그래서 내가 말했다. 몬시바이스 말이야, 홀리타. 수필가 몬시바이스. 그러자 그녀가 아 그래 하고 말했는데, 전혀 놀라는 기색이 아니었다. 대체 이 여자 속은 얼마나 단단한 거야, 오 하느님, 내가 생각했다. 바로 그때 내가 토하고 눈물을 흘렸을 것이다. 아니 눈물을 흘린 다음 토했던가. 알베르토의 차 안에서! 홀리타는 웃음을 터뜨렸고, 이미 그때는 다른 사람들도 프리아포스에서 나오고 있었다. 가로등 불에 재단된 그들의 그림자가 보였고 나는 생각했다. 내가 무슨 짓을 한 거야, 무슨 짓을. 너무너무 창피해서 자리에 쓰러져 몸을 웅크리고 자는 척했다. 하지만 그들의 이야기 소리가 들렸다. 홀리타가 무슨 이야기인가를 하고, 내장 사실주의자들이 대답했는데, 그들의 어조는 뭔가 유쾌한 기색이었지 결코 공격적이지 않았다. 이윽고 알베르토가 차에 타더니 말했다. 대체 이게 뭐야, 어휴 냄새. 그때 나는 눈을 뜨고 뒷거울에서 그의 눈을 찾으며 말했다. 미안, 알베르토. 일부러 그런 것 아니야. 나 아주 죽겠어. 이윽고 홀리타가 조수석에 타고 말했다. 이런 알베르토. 창문 열어, 냄새 고약하네. 내가 말했다. 미안, 홀리타. 너무 호들갑 떨지 마. 홀리타가 말했다. 루이시토, 너 죽은 지 일주일은 된 사람 같아. 나는 약간 웃었다. 상태가 좋아지기 시작했고, 골목 안쪽에 있는 프리아포스의 네온사인 아래로 그림자가 이리저리 움직였다. 하지만 우리 차 쪽으로 오지는 않았다. 그때 훌리타 무어가 창문을 내리고 피엘 디비나와 목테수마인지 쿠아우테목인지에게 볼 키스를 했다. 하지만 차와 떨어진 곳에서 하늘을 바라보고 있는 울리세스 리마에게는 하지 않았다. 피엘 디비나가 창문으로 고개를 들이밀며 말했다. 괜찮니, 루이스? 나는 대답조차 하지 않고, 몸짓으로 괜찮다고 표한 것 같다. 이윽고 알베르토가 닷지를 몰기 시작했고, 우리는 창문을 활짝 열고 콜로니아 테피토를 뒤로한 채 우리 동네로 향했다.

1976년 4월, 멕시코시티 콜로니아 나바르테 피타고라스가, 알베르토 무어. 루이시토의 말은 어느 정도는 사실이다. 우리 누나는 못 말리는 또라이이기는 한데 매력적이다. 나보다 겨우 한 살 많은 스물두 살이며 아주 똑똑하다. 곧 의대를 졸업하고 소아과 전문의가 되고 싶어 한다. 그러니까 백치는 아니라는 말이다. 이 점은 처음부터 분명히 했으면 좋겠다.

둘째. 나는 멕시코시티 거리를 유성처럼 질주하지 않

았다. 그날 가져간 푸른색 닷지는 어머니 차인데, 어머니 차를 몰 때면 나는 보통 조심스럽게 운전한다. 토한 일은 용서할 수 없다.

셋째, 프리아포스는 테피토에 있다. 이는 전쟁 지역이나 무법 지대나 철의 장막 너머에 있다는 듯이다. 어쨌든 춤추는 무대에서 싸움이 날 뻔했는데, 나는 테이블에 앉아 울리세스 리마와 이야기를 하느라 전혀 몰랐다. 내가 아는 한 콜로니아 디에스 데 마요에 디스코텍은 하나도 없다. 누나가 보증할 것이다.

마지막으로 넷째. 나는 보들레르라고 하지 않았다. 보들레르와 카틸 망데스를 언급한 사람은 루이스이다. 심지어 빅토르 위고까지 언급한 것 같다. 나는 잠자코 있었다. 랭보 같았지만 잠자코 있었다. 그건 분명히 했으면 좋겠다.

한편 내장 사실주의자들은 우리가 걱정하던 온갖 악행은 하지 않았다. 나는 그들에 대한 이야기만 들어서 알고 있을 뿐이었다. 알다시피 멕시코시티는 인구가 1천4백만 명에 이르지만 자그마한 마을이다. 내가 그들에게 받은 인상은 비교적 괜찮았다. 피엘 디비나라는 그 불쌍한 순진남은 누나를 꾀고 싶어 했다. 그건 목테수마 로드리게스(쿠아우테목 로드리게스가 아니라)라는 애도 마찬가지였다. 그날 밤 어느 순간에 그들은 정말로

---

27 프랑스어로 〈caporal〉은 〈담배〉라는 뜻과 〈하사〉라는 뜻을 동시에 가지고 있다. 즉, 랭보의 시에서는 〈caporal〉이 〈담배〉로, 이 대목에서는 〈하사〉로 쓰이고 있다.

28 프랑스는 19세기에 멕시코에 두 번 침입했다. 작품의 이 대목은 시기적으로 1862~1867년의 두 번째 침입 때에 해당한다. 앞서 등장한 막시밀리아노가 황제가 된 것도 이 두 번째 침입 때의 일이다.

뜻을 이루었다고 믿기까지 했다. 그 광경을 보자니 슬펐다. 어느 정도 귀엽게 봐줄 만한 광경이기도 하지만.

울리세스 리마는 늘 마약에 취해 있는 인상이고 그의 프랑스어는 괜찮았다. 게다가 랭보의 시에 관해 상당히 독특한 이야기를 해주었다. 울리세스 리마에 따르면 「도둑맞은 마음」은 자전적 작품으로 랭보가 코뮌에 합류하기 위해 샤를빌에서 파리로 가는 여행에 대해 말하고 있다. 도보로 한 그 여행에서 랭보는 길을 가다 술 취한 군인들과 만났는데, 이들은 랭보를 희롱하고 강간했다. 솔직히 그 이야기는 다소 추잡했다.

하지만 이야기가 더 남아 있다. 리마에 따르면 그 군인들 중 몇 사람, 적어도 이들의 지휘자로 〈담배 냄새에 찌든 내 마음이〉라는 구절의 하사[27]는 프랑스의 멕시코 침입[28] 때의 용사였다. 물론 루이시토도 나도 무엇을 근거로 그런 단언을 하는지 물어보지는 않았다. 하지만 나는 그 이야기에 흥미를 느껴(루이시토는 안 그랬다. 외려 그는 우리 주위에서 벌어지던 일, 혹은 벌어지게 내버려 둔 일에 관심을 보였다) 더 많이 알고 싶었다. 리마는 1865년 소노라 주 산타테레사 시를 점령해야 했던 리브레히트 대령 부대의 보고가 끊겼고, 그러자 그 멕시코 서북부 지역에서 작전을 수행하는 부대들의 병참 기지 사령관인 에이두 대령이라는 자가 산타테레사 방향으로 30명의 기병대를 파견했다고 말했다.

파견대는 로랭 대위, 루팡슈 중위, 곤살레스 중위가 지휘했는데, 마지막 인물은 멕시코의 왕정주의자였다. 리마에 따르면 그 파견대는 출발 이틀째에 비야비시오사라고 부르는 산타테레사 인근 마을에 도착했는데, 결코 리브레히트의 부대를 찾아낼 수 없었다. 파견대는 그 마을의 유일한 주막에서 식사를 하다가 모조리 포로가 되었다. 즉사한 루팡슈 중위와 세 명의 병사를 제외하고는. 이들 중에는 당시 스물두 살의 신병이던 미래의 하사가 있었다. 포로들은 삼베 밧줄로 손이 묶이고 재갈이 물린 채 비야비시오사의 군사 수장 역할을 하는 사람과 마을 유지들 앞으로 끌려갔다. 군사 수장은 다들 이노센시오 혹은 미친놈이라고 부르는 메스티소였다. 대부분 맨발인 유지들은 늙은 농부들로 프랑스인들을 쳐다보다가 회의를 하려고 한구석으로 물러났다. 완전히 의견이 다른 두 그룹이 30분 동안 잠시 밀고 당기기를 하다가 프랑스인들을 지붕이 있는 우리로 끌고 가 옷과 구두를 벗겼다. 그리고 잠시 후 그들을 포로로 잡은 사람들 중 한 무리가 그날 나머지 동안 프랑스 병사들을 강간하고 고문했다.

밤 12시에 그들은 로랭 대위의 목을 잘랐다. 곤살레스 중위, 두 명의 하사관, 일곱 명의 병사들은 마을 큰길로 끌려가 횃불 아래에서 그들 것이었던 말에 탄 어두운 그림자들의 창에 찔렸다.

동이 틀 무렵 미래의 하사와 다른 두 병사가 포승을 풀고 들판을 가로질러 도주하는 데 성공했다. 아무도 그들을 추격하지 않았지만 하사만 생존에 성공하여 자신이 겪은 이야기를 사람들에게 해줄 수 있었다. 그는 2주일을 사막에서 헤맨 끝에 엘 타호에 이르렀다. 그는 훈장을 받고 1867년까지도 멕시코에 머물다가, 그해에

---

29 José Agustín(1944~)과 Gustavo Saínz(1940~) 두 사람 다 멕시코 작가로 온다 문학의 주역이다.

막시밀리아노 황제가 어떻게 되건 말건 멕시코에 버려 두고 퇴각한 바젠의 부대와 함께(아니면 당시 프랑스군을 지휘하던 이의 부대와 함께) 프랑스로 돌아갔다.

1976년 5월, 멕시코시티 산보른스 근처의 마데로 가를 거닐면서, 카를로스 몬시바이스. 나를 몰아붙인 일도 폭력적인 사건도, 기타 아무 일도 일어나지 않았다. 스물세 살이 채 안 될 것 같은 두 젊은이, 그 어떤 시인보다도 머리카락이 턱없이 길고(나는 〈모든 시인〉의 머리 길이에 대해 증언할 수 있다), 파스의 그 어떠한 가치도 싫으니까 싫지 식의 어린애 같은 고집으로 악착같이 인정 안 하고, 명백한 것조차 능히 부정할 그 두 젊은이는 내가 잠시 약해진 순간(아마 정신적으로 약해진 순간) 호세 아구스틴과 구스타보 사인스[29]를 생각나게 했다. 하지만 우리의 이 두 빼어난 소설가들의 재능은 전혀 없었다. 사실 정말 아무런 재주도 없었다. 우리가 마신 커피 값도 없고(내가 지불해야 했다), 무게감 있는 논지도 독창성 있는 주장도 없었다. 길을 잃은 두 젊은이, 일탈한 두 젊은이. 내 생각엔 내가 지나치게 너그러웠다(커피 말고도). 울리세스에게(다른 젊은이는 이름이 뭔지 기억나지 않지만 아르헨티나인이나 칠레인으로 생각된다) 우리가 이야기한 대상인 파스를 비평하는 책을 쓰라는 이야기까지 했을 정도이니 말이다. 내가 말했다. 훌륭한 비평서면(나는 〈훌륭한〉이라는 말을 강조했다) 내가 출판해 주지. 울리세스는 알았노라고, 쓰겠노라고, 우리 집에 가지고 오겠노라고 말했다. 그래서 내가 집으로 가져오지는 말라고, 어머님이 당신을 보고 놀랄 수도 있다고 말했다. 내가 두 젊은이들에게 한 유일한 농담이었다. 하지만 그들은 그 일을 진지하게 받아들이고(미소조차 짓지 않았다), 우편으로 보내겠다고 말했다. 아직도 나는 그 책을 기다리고 있다.

2

 1976년 1월, 멕시코시티 종교 재판소 인근 레푸블리카 데 베네수엘라 가, 아마데오 살바티에라. 내가 그들에게 말했다. 아, 세사레아 티나헤로 말이군. 젊은이들 어디서 그 여자 이야기를 들었나? 그러자 하나가 설명했다. 자신들이 반골주의자들을 연구 중이며, 헤르만, 아르켈레스, 마플레스 아르세를 인터뷰했고, 그 시대의 모든 잡지와 책을 읽었다고. 그리고 수많은 이름, 걸물들의 이름과 이제는 아무런 의미도 없고, 심지어 나쁜 기억조차 되지 못하는 공허한 이름들 사이에서 세사레아의 이름을 발견했다고. 그래서? 내가 두 사람에게 말했다. 그들은 서로 바라보면서 미소를 지었다. 빌어먹을 젊은이 둘이 서로 접속되어 있는 것처럼 동시에. 무슨 말인지 설명이 될지 모르겠지만. 이상했습니다. 유일한 여자 같았어요. 그녀에 대한 언급은 많았고, 하나같이 훌륭한 시인이라고 말했습니다. 그들이 말했다. 훌륭한 여류 시인이라고? 어디서 세사레아의 시를 읽은 적이 있나? 내가 물었다. 그녀의 글은 아무 데도, 아무 곳에도 없었고, 그 점 때문에 끌렸습니다. 그들이 대답했다. 젊은이들, 아니 어떤 식으로 끌렸단 말인가? 어디 설명 좀 해보게, 내가 말했다. 모두가 세사레아에 대해 대단히 좋게 혹은 대단히 나쁘게 이야기하는데도 아무도 그녀 글을 게재하지 않았습니다. 우리는 곤살레스 페드레뇨가 발간하던 잡지『모토르 우마노 Motor Humano』, 마플레스 아르세의 전위주의 안내 책자, 살바도르 살라사르의 잡지를 읽었는데, 마플레스의 안내 책자 외에는 세사레아가 어디에도 등장하지 않습니다, 칠레 젊은이가 말했다. 하지만 후안 그라디, 에르네스토 루비오, 아달베르토 에스코바르가 저마다의 인터뷰에서 세사레아 이야기를, 그것도 예찬하는 투로 했습니다. 처음에 우리는 세사레아 티나헤로가 반골주의 시인, 여행의 동반자라고 생각했습니다. 하지만 마플레스 아르세가 그녀는 결코 자신의 시 운동에 속해 있지 않았다고 했습니다, 멕시코 젊은이가 말했다. 마플레스 씨 기억이 잘못된 것인지도 모르지만요, 칠레 젊은이가 덧붙였다. 물론 우리는 마플레스 씨 기억이 잘못이라고 믿지는 않지만요, 멕시코 젊은이가 말했다. 아무튼 세사레아를 반골주의자로 기억하지는 않지만 시인으로는 기억했습니다, 칠레 젊은이가 말했다. 우라질 젊은이들. 우라질 청춘. 서로 접속되어 있는 놈들. 온몸이 오싹했다. 비록 마플레스 씨의 방대한 장서에도 그의 단언을 입증할 만한 그 여인의 시가 하나도 없지만요, 멕시코 젊은이가 말했다. 요약하자면 살바티에라 씨, 아니 아마데오, 우리는 여기저기 물어보고, 리스트 아르수비데와 아르켈레스 벨라와 에르난데스 미로와 이야기를 나누었습니다. 결과는 대충 동일합니다. 더 선명하게 기억하든 덜 선명하게 기억하든 모두들 그녀를 기억하고 있습니다. 하지만 아무도 세사레아의 글을 갖고 있지 않아서 우리 연구에 집어넣을 수가 없습니다, 칠레 젊은이가 말했다. 그러면 젊은이들, 그 연구는 정확히 어떤 것인가? 이윽고 나는 손을 들어 그들이 대답하기 전에 로스 수이시다스 메스칼을 더 따라 주었다. 그리고 소파 끝자락에 앉았다. 맹세컨대 면도날 위에 앉는 느낌이 궁둥이에 전달되었다.

1976년 5월, 멕시코시티 콜로니아 믹스코악 레오나르도 다 빈치 가, 페를라 아빌레스. 나는 당시에 친구가 별로 없었고, 아르투로를 알게 되었을 때는 하나도 없었다. 1970년, 우리 둘 다 포르베니르 고등학교에서 공부할 때 이야기이다. 사실 정말 얼마 안 되는 기간이고, 이는 기억의 상대성을 증명한다. 우리가 안다고 믿지만 사실은 알지 못하는 언어처럼 기억은 자기 마음대로 과거를 훌륭하거나 하찮은 것으로 만드니 말이다. 내가 그런 이야기를 종종 했지만, 아르투로는 내 이야기를 거의 듣지 않았다. 한번은 아르투로 집까지 따라갔다. 아직 그가 학교 근처에 살 때로, 그의 여동생을 알게 되었다. 집에는 그녀만 있었고, 우리는 오래 이야기를 나누었다. 그 직후 그들은 콜로니아 나폴레스로 이사를 했고, 그는 공부를 완전히 그만두었다. 난 아르투로에게 말하고는 했다. 대학에 가고 싶지 않아? 고등교육 혜택을 스스로 거부하는 거야? 그럴 때마다 그는 웃으면서 아마 대학에서도 고등학교와 똑같은 것을 배울 거라고 말했다. 즉, 아무것도 못 배울 거라고. 그러면 뭐 하고 살 건데? 무슨 일을 할 거야? 내가 묻곤 했다. 그러면 아르투로는 아무 생각 없다고, 게다가 별로 중요하지 않다고 대답하고는 했다. 어느 날 오후 집으로 그를 만나러 가서 마약을 하는지 물었다. 아니, 안 해, 내게 말했다. 진짜 전혀? 내가 물었다. 그가 답했다. 마리화나를 피웠는데, 오래전 일이야. 그것뿐이야? 그럼, 그것뿐이지 하고 말하며 아르투로가 웃음을 터뜨렸다. 나를 비웃은 것이지만, 기분 나쁘기는커녕 오히려 웃는 모습을 보는 것이 좋았다. 그 무렵 아르투로는 영화와 연극 분야에서 유명한 한 감독을 만났다. 그의 동포였다. 아르투로는 가끔 감독에 대해 말했고, 극장 출구에서 어떻게 그에게 접근했는지 말했다. 극장에서는 그 감독의 연극이 공연 중이었다. 헤라클레이토스[1]에 대한, 혹은 소크라테스 시대 이전의 다른 인물에 대한 작품으로, 이 철학자의 작품을 자유분방하게 각색한 것이었는데 당시의 따분한 멕시코 분위기에서 어느 정도 논란을 불러일으켰다. 그러나 작품 내용 때문이 아니라 모든 배우가 어느 순간 벌거벗고 나온다는 사실 때문이었다. 나는 아직 포르베니르 고등학교에서 오푸스 데이의 악취 속에서 공부하고 있었고, 내 모든 시간을 공부하고 책을 읽는 데 보냈다(그 후 다시는 책을 그렇게 많이 읽지 않은 것 같다). 내 유일한 여가이자 또한 가장 강렬한 즐거움은 규칙적으로 아르투로의 집을 방문하는 것이었다. 그리 자주는 아니었다. 귀찮은 사람이나 원치 않는 사람이 되고 싶지는 않

---

1 Heraclitus of Ephesus(B. C. 540?~B. C. 480?). 고대 그리스 사상가로 소크라테스 이전 시기의 주요 철학자로 꼽힌다. 만물의 근원을 불이라고 주장했으며 대립물의 충돌과 조화, 다원성과 통일성의 긴밀한 관계, 로고스에 주목했다.

2 Empedokles(B. C. 490?~B. C. 430?). 시칠리아 출신의 고대 그리

앉기 때문이다. 하지만 어쨌든 꾸준히 오후나 밤에 아르투로를 방문했고, 두세 시간 대화를 나누며 시간을 보냈다. 보통은 문학을 논했지만 그는 영화·연극 연출가와 있던 일들도 이야기해 주곤 했다. 감독을 무척 우러러보는 티가 났다. 아르투로는, 연극은 모르겠지만, 영화는 좋아했다. 사실 지금 생각해 보면 그는 당시에는 독서를 많이 하지는 않았다. 책을 이야기하는 사람은 나였고, 나는 사실 문학, 철학, 정치 에세이 등 책을 많이 읽었다. 하지만 아르투로는 아니었다. 아르투로는 극장을 다녔다. 그리고 매일 혹은 사흘마다, 정말 자주 감독의 집을 드나들었다. 한번은 내가 독서를 더 많이 해야할 거라고 말했다. 아르투로는 웬 잘난 척인지, 자신에게 진짜 중요한 것은 이미 다 읽었다고 말했다. 가끔 그런 식의 돌출 발언을 했다. 즉, 가끔은 막돼먹은 애 같았다. 하지만 나는 다 용서했다. 아르투로가 하는 일이면 뭐든지 좋아 보였기 때문이다. 어느 날 내게 감독과 싸웠다고 말했다. 이유를 물었더니 말하고 싶어 하지 않았다. 문학적 기준의 차이니 하는 정도의 말만 했다. 나는 더 캐물어서, 감독이 네루다는 엿 같고, 니카노르 파라는 위대한 스페인어권 시인이라고 말했다는 사실을 알아냈다. 대충 그런 내용이었다. 물론 나로서는 두 사람이 그리도 하찮은 이유로 싸웠다는 사실이 믿기지 않았다. 하지만 아르투로는 말했다. 내가 살던 나라에서는 사람들이 그런 문제를 놓고 싸워. 내가 말했다. 멕시코에서는 사람들이 하찮은 일로 서로 죽이기도 하지만 교양 있는 사람들은 안 그래. 참내, 내가 당시 문화에 대해 지닌 생각이란. 그 직후에 나는 엠페도클레스[2]의 작은 책으로 무장하고 감독 집으로 갔다. 부인이 나를 맞이하고, 이내 감독이 몸소 거실에 나타나서 우리는 이야기를 하기 시작했다. 내게 맨 처음 한 질문은 자기 주소를 어떻게 알았는가 하는 것이었다. 나는 내 친구가 알려 주었다고 말했다. 아, 그가 주었군. 감독이 말하더니 즉각 아르투로가 어찌 지내는지, 뭘 하는지, 왜 자신을 방문하지 않는지 물었다. 생각나는 대로 답을 하고, 이윽고 우리는 다른 이야기를 했다. 그때부터 나는 찾아갈 수 있는 사람이 감독과 아르투로, 두 사람이 되었다. 갑자기 내 지평이 무한히 확대되고 풍요로워진 느낌이었다. 아주 행복한 나날이었다. 그러던 어느 날 오후 감독은 다시 한 번 내 친구에 대해 묻더니, 두 사람의 싸움이 어떻게 된 건지 말해 주었다. 감독의 이야기는 친구가 해준 것과 별로 다르지 않아서 싸움은 네루다와 파라 때문에, 두 종류 시학의 유효성 때문에 벌어졌다. 그러나 감독이 해준 이야기에는(나는 감독이 진실을 이야기하고 있음을 〈알았다〉) 새로운 요소가 있었다. 싸움이 일어났을 때, 내 친구는 덮어놓고 네루다를 박박 옹호하다가 할 말이 없어지자 울음을 터뜨렸다는 것이다. 바로 그곳, 동포 감독의 거실에서 체면이고 뭐고 할 것 없이 열 살짜리 소년처럼. 당시 친구 나이가 열일곱이 지난 지 한참이었는데도. 감독에 따르면 두 사람을 갈라놓은 것, 내 친구를 감독의 집에서 멀어지게 한 것은 눈물이었다. 아마 토론 중 보인 자신의 반응이 창피해서(감독의 말에 따르면), 그것도 대단히 하찮고 우발적인 성격의

스 철학자. 세상 만물이 바람, 불, 물, 흙 등 네 개의 원소로 이루어졌다고 주장했다.

토론 중에 그랬다는 것이 창피해서 그러리라는 것이다. 나 만나러 오라고 전해 줘, 내가 그날 오후 감독의 집을 나설 때 그가 말했다. 그다음 이틀간 나는 감독이 한 이야기에 대해, 내 친구의 성격에 대해, 친구가 자초지종을 털어놓지 않은 동기에 대해 생각하며 보냈다. 친구를 만나러 갔더니 몸져누워 있었다. 열이 났는데, 그 와중에 템플 기사단, 고딕 대성당의 미스터리 따위에 대한 책을 읽고 있었다. 사실 나로서는 어떻게 그런 쓰레기를 읽을 수 있는지 정말 알 수 없었지만, 솔직히 말해 그런 종류의 책들을 읽는 것을 본 게 처음은 아니었다. 가끔은 추리 소설, 또 가끔은 사이비 과학 소설을 읽었다. 어쨌든 그런 독서의 유일한 장점은 나더러 읽어 보라고 권하지 않는다는 점이다. 좋은 책을 읽을 때마다 즉시 아르투로에게 건네주고, 다 읽으면 토론하려고 가끔은 몇 주씩이나 기다리던 나와는 달리. 그가 몸져누운 상태에서 템플 기사단 책을 읽는 것을 본 나는 방에 들어서자마자 치를 떨었다. 잠시 우리는 이런저런 이야기를 했지만 무슨 내용인지는 잊었다. 어쩌면 잠시 침묵을 지키고 있었을 수도 있다. 나는 침대 발치에 앉아서 그리고 친구는 책을 들고 길게 누워서, 마치 어두운 방에 있거나 한밤중에 들판에서 길을 잃어 말[馬] 소리만 들리는 상황에 처해 있는 듯이 서로 곁눈질하고 엘리베이터 소리나 들으면서. 그렇게 앉아서 남은 하루를, 아니 남은 평생을 보낼 수도 있었을 것이다. 하지만 말을 했다. 감독 집을 최근에 찾아간 이야기를 하고, 기다리고 있으니 만나러 오라는 감독의 전갈을 전했다. 친구가 말했다. 그러면 기다리라지, 나는 다시는 찾아가지 않을 거니까. 그러고는 템플 기사단 책을 다시 읽는 척했다. 나는 네루다 시가 가치 있다 해서 파라의 시가 가치 없어지는 것은 아니라고 주장했다. 친구의 대답은 나를 당혹스럽게 했다. 그는 말했다. 네루다 시고 파라 시고 나랑 뭔 상관이야. 나는 그러면 왜 논쟁을 벌이고 싸우고 했느냐고 간신히 물어보았다. 대답이 없었다. 그때 나는 실수를 범했다. 나는 좀 더 다가가서 침대 위 아르투로의 옆에 앉아 주머니에서 책을 한 권, 그러니까 시집 한 권을 꺼내 한 구절 읽어 주었다. 친구는 잠자코 들었다. 문제의 시는 나르시스에 대해, 그리고 헤르마프로디토스[3]들이 거주하는 광활한 숲에 대해 말하고 있었다. 낭송을 마쳤을 때 아르투로는 아무런 말도 하지 않았다. 이 시 어때? 내가 물었다. 글쎄, 너는 어떤데? 그가 물었다. 그래서 내가 말했다. 시인은 헤르마프로디토스라서 그들끼리만 서로 이해할 수 있다고. 나는 〈시인들이 그렇다〉라고 말했지만, 사실은 〈우리 시인들은 그렇다〉라고 말하고 싶었다. 하지만 친구는 나를 해골바가지 바라보듯 하더니 미소를 띠고 말했다. 가식 떨지 마, 페를라. 그게 다였다. 나는 얼굴이 창백하게 질리고 펄쩍 뛰었다. 하지만 그저 그에게서 약간 떨어졌을 뿐이고, 일어서려 해도 일어설 수가 없었다. 아르투로는 내내 꼼짝하지 않고 나를 바라보면서 빙글거렸다. 내 얼굴에서 살점이, 근육이, 지방질이, 피가 뜯어지고 쏟아져 이제 누런 혹은 하얀 뼈만 남았다는 듯이. 처음에 나는 말문이 막혀 버렸다. 이윽고 이제 늦었으니 가야겠다고 말했든가 아니면 속삭였다. 나는

[3] 신들의 정령인 헤르메스와 미의 여신 아프로디테 사이에서 태어난 아들로 양성을 한꺼번에 갖춘 존재를 가리키기도 한다.

일어나서 인사를 건네고 나왔다. 그는 읽던 책에서 시선조차 들지 않았다. 적막한 친구 집의 텅 빈 거실, 텅 빈 복도를 지날 때 다시는 그를 만나지 않으리라 생각했다. 얼마 후 나는 대학에 입학했고, 인생이 백팔십도 달라졌다. 세월이 지난 후 아주 우연히 인문대에서 트로츠키 선전물을 배포하는 아르투로의 여동생을 만났다. 나는 팸플릿을 하나 사주고 같이 커피를 마시러 갔다. 그때는 감독을 자주 찾아가지 않았고, 졸업 직전이었고, 거의 아무도 읽지 않는 시를 썼다. 불가피하게 나는 친구 안부를 물었다. 그러자 그녀는 아르투로의 최근 행적에 대해 시시콜콜 이야기했다. 라틴 아메리카 전역을 여행하고 고국에 돌아가 쿠데타의 무자비함을 맛보았다는 것이다. 나는 간신히 말했다. 재수가 없었네. 여동생이 말했다. 그렇죠. 오빠는 그곳에서 살 작정이었는데, 간 지 몇 주도 채 안 되어 군바리들이 쿠데타를 일으켰으니 재수 옴 붙은 거죠. 잠시 우리는 무슨 말을 더 해야 할지 몰랐다. 백색의 공간, 순결의 공간이었으나 친구의 의지와 상관없이 점점 더러워지고, 점점 얼룩져 가는 곳에서 길을 잃은 친구의 모습이 떠올랐다. 내 기억 속 아르투로의 얼굴조차 점차 모습이 바뀌었다. 그의 여동생과 이야기하면서 친구의 얼굴과 이야기 내용이 융합되는 것 같았다. 갚잖은 용기와 섬뜩하고 쓸모없는 성인통과 의례, 그래서 언젠가 내가 그려 본 친구의 장래와는 너무나 거리가 먼 이야기가 말이다. 심지어 라틴 아메리카 혁명과, 그 혁명을 이끌고 갈 패배와 승리와 죽음을 논하는 아르투로 여동생의 목소리까지 똑똑히 안 들리기 시작했다. 그래서 나는 1초도 더 자리에 앉아 있을 수 없어서 수업에 가야 한다고, 다음에 만나자고 말했다. 2~3일 후 친구의 꿈을 꾼 기억이 난다. 긴 머리에 남루한 옷과 신발, 뼈만 남은 모습으로 일어나 걸을 힘도 없어 나무 아래 앉아 있었다.

1976년 5월, 멕시코시티 테페히 가의 옥탑방, 피엘 디비나.
아르투로 벨라노는 결코 나를 좋아한 적이 없다. 울리세스 리마는 나를 좋아했다. 사람이라면 그런 것들은 알아채는 법이다. 마리아 폰트는 나를 좋아했다. 앙헬리카 폰트는 결코 나를 좋아하지 않았다. 하지만 상관없다. 로드리게스 형제는 나를 좋아했다. 판초, 목테수마, 어린 노르베르토. 이들은 가끔 나를 비판했다. 가끔 판초가 나를 이해하지 못하겠다고(특히 내가 남자들과 잘 때) 말했지만, 그래도 그들은 나를 좋아한다는 것을 알고 있었다. 아르투로 벨라노는 아니다. 그는 결코 나를 좋아한 적이 없다. 한번은 에르네스토 산 에피파니오 탓이라는 생각이 들었다. 아르투로와 에르네스토는 두 사람 다 스무 살 이전, 아르투로가 소위 혁명을 하러 칠레로 가기 전부터 친구였다. 내가 에르네스토의 연인이었고, 그를 버렸다고 사람들이 말했다. 사실 에르네스토와는 두어 번 잤을 뿐인데, 사람들이 이러쿵저러쿵한다고 내게 잘못이 있는 건 아니다. 나는 마리아 폰트와도 잤기 때문에, 아르투로 벨라노에게 밉보였다. 프리아포스에서의 밤 때는 루이스 로사도와도 자고 싶었는데, 그랬으면 아르투로 벨라노가 나를 그룹에서 내쫓았을 것이다.

솔직히 내가 뭘 잘못했다는 건지 모르겠다. 프리아포

스에서 일어난 일을 듣고서, 벨라노는 우리는 어깨도 아니고 기둥서방도 아니라고 말했다. 하지만 내가 한 일이라고는 내 관능을 드러낸 것뿐이다. 나는 방어한답시고 그저, 나는 자연의 괴물이라고 더듬더듬(장난스럽게, 게다가 그의 눈도 똑바로 바라보지 못하고) 말했을 뿐이다. 하지만 벨라노는 장난으로 받아들이지 않았다. 벨라노가 보기에 내가 하는 일은 다 잘못이었다. 내가 춤추자고 루이스 세바스티안 로사도를 끌어낸 것도 아닌데. 춤추자고 한 것은 그였다. 엉망진창으로 취해서 춤이 당긴 것이다. 나는 루이스 로사도가 좋다고 벨라노에게 말했어야 했다. 하지만 제3세계의 앙드레 브르통에게 누가 그런 말을 하겠나.

아르투로 벨라노는 나를 벼르고 있었다. 묘한 일이다. 왜냐하면 나는 벨라노 앞에서는 잘해 보려고 했기 때문이다. 하지만 아무것도 잘되지 않았다. 나는 돈도 직장도 가족도 없었다. 그래서 좀도둑질을 하고 살았다. 한번은 카사 델 라고에서 조각상을 훔쳤다. 관장인 우고 구티에레스 베가라는 작자가 내장 사실주의자 한 놈이 그랬다고 말했다. 벨라노는 그럴 리 없다고 말했다. 아마 창피해서 벨라노의 얼굴이 시뻘게졌으리라. 하지만 그럴 리 없다면서 나를 옹호했다. 내가 그런 줄도 모르고(알았으면 어떻게 되었을까?). 며칠 뒤 울리세스가 벨라노에게 사실을 이야기했다. 조각상 훔친 사람은 피엘 디비나였어, 울리세스가 벨라노에게 그렇게 말했다. 하지만 중하게 생각하지 않고 농담하듯이 말했다. 울리세스는 그렇다. 그런 일들을 중하게 생각하지 않고, 오히려 재미있어한다. 하지만 벨라노는 길길이 날뛰었다. 어떻게 그럴 수 있느냐고, 카사 델 라고 사람들은 낭송회에 여러 차례 우리를 초빙했노라고, 자신은 이제 도둑질에 책임감을 느낀다고 말했다. 마치 자기가 내장 사실주의자들 모두의 어머니이기라도 한 것처럼. 어쨌든 벨라노는 아무 일도 하지 않았다. 그저 나를 나쁘게 보았을 뿐이다.

가끔 나는 그와 맞짱을 뜨고 싶었다. 하지만 다행히도 나는 평화주의자이다. 게다가 사람들은 벨라노가 세다고 하지만, 나는 그렇지 않다는 것을 안다. 열정적이고 나름대로 용기가 있지만 세지는 않다. 판초는 세다. 내 피붙이 같은 친구인 목테수마는 세다. 나는 세다. 벨라노는 그저 그렇게 보일 뿐이지 그렇지 않다는 것을 나는 안다. 그런데 왜 내가 하룻밤 날을 잡아 벨라노를 혼찌검 내지 않았느냐고? 존경심 때문일 것이다. 벨라노는 나보다 어리고, 항상 나를 안 좋게 생각하고, 개무시했다. 하지만 나는 결국 그를 존중하고, 그의 말에 귀 기울이고, 매순간 나를 인정해 주는 말을 기대한 것 같다. 그래서 나는 그 위대한 개자식에게 결코 주먹을 들지 않았다.

1976년 5월, 멕시코시티 틀랄판, 라우라 하우레기. 정원, 탑, 빈터를 만들어 놓고 유혹의 춤을 추는 새들에 대한 다큐멘터리를 본 적이 있는가? 가장 훌륭한 정원, 가장 훌륭한 탑, 가장 훌륭한 무대를 만들고, 가장 훌륭한 춤을 추는 수컷들만 짝을 구한다는 사실을 알고 있는가? 암컷을 정복하고자 지쳐 빠질 때까지 춤을 추는 그 터

---

4 Alí Chumacero(1918~2010). 멕시코 시인, 출판인, 언어학자.

무늬없는 수컷 새들을 본 적이 있는가?

 우쭐대고 멍청한 공작새인 아르투로 벨라노가 바로 그런 새였다. 그리고 내장 사실주의는 나를 향한 아르투로 벨라노의 끝없는 구애의 춤이었다. 하지만 문제는 내가 이미 그를 사랑하지 않는다는 것이었다. 시 한 편으로 여자를 정복할 수는 있지만, 시 한 편으로 붙잡아 둘 수는 없다. 시 운동으로도 붙잡지 못하고.

 왜 내가 한동안 아르투로 벨라노가 자주 만나던 사람을 만났느냐고? 흠, 그들 〈또한〉 내 친구들이기도 했고, 〈아직도〉 친구들이었기 때문이다. 비록 그들 역시 오래지 않아 나를 피곤하게 만들었지만. 이런 이야기를 하는 것을 용서하라. 대학은 현실이고, 생물학부는 현실이고, 우리 교수님들은 현실이고, 내 동료들은 현실이다. 말하자면 대충 분명한 목표, 분명한 계획이 있다. 하지만 그들은 아니다. 위대한 시인 알리 추마세로[4](내 생각에 이름이 이렇다고 해도 그에게는 아무런 잘못이 없다)는 현실이었다. 이해가 되는가? 그가 남긴 자취는 현실이었다. 반면 내장 사실주의자들의 자취는 현실이 아니었다. 울리세스가 최면을 걸고, 아르투로가 도살장으로 끌고 간 가련한 생쥐들. 요점만 간단히 말하자면, 가장 큰 문제는 거의 모두가 스무 살이 넘었는데 열다섯 살도 안 된 애들처럼 굴었다는 점이다. 이해가 되는가?

1976년 7월, 멕시코시티 콜로니아 라스 로마스, 스무 명 이상 참석한 무어 가의 파티, 잔디에 조명이 있는 정원에서 루이스 세바스티안 로사도. 논리로도 우연의 장난으로도 설명할 수 없는 일인데, 나는 다시 피엘 디비나를 만났다.

어떻게 내 전화번호를 입수했는지는 모르겠다. 피엘 디비나에 따르면 『리네아 데 살리다』 편집부에 먼저 전화를 했고, 거기서 내 집 전화번호를 가르쳐 주었다고 한다. 내 상식에 반하여(하지만 젠장! 우리 시인들이 그렇지, 안 그런가?) 우리는 바로 그날 밤 내가 가끔 가던 인수르헨테스 대로의 카페에서 만나기로 약속을 잡았다. 피엘 디비나가 혼자 나타나지 않을지도 모른다는 생각이 언뜻 머리를 스쳤다. 그러나 누가 같이 오면 즉시 자리를 박차고 나올 작정을 하고 (30분 늦게) 카페에 도착했을 때, 피엘 디비나가 테이블 위에 엎드리다시피 한 채 글을 쓰면서 혼자 있는 모습에 그때까지 꽁꽁 얼어붙어 있던 내 마음에 갑자기 온기가 돌았다.

나는 커피를 시켰다. 피엘 디비나에게도 뭔가 주문을 하라고 말했다. 그는 내 눈을 쳐다보더니 창피한 듯 미소를 지었다. 그는 돈이 떨어졌다고 말했다. 내가 말했다. 괜찮아, 시키고 싶은 것 시켜, 내가 살게. 그러자 피엘 디비나는 배가 고파서 엔칠라다를 먹었으면 한다고 말했다. 내가 말했다. 이 집은 엔칠라다 안 해. 하지만 샌드위치는 될 거야. 피엘 디비나는 잠시 생각하는 듯하더니 말했다. 알았어, 햄 샌드위치 하나 먹지. 그는 전부 세 개의 샌드위치를 먹어 치웠다. 우리는 밤 12시까지 이야기를 했다. 나는 몇몇 사람에게 전화를 걸어야 했다. 아마 만나야 했을 것이다. 하지만 아무한테도 전화하지 않았다. 아니 어머니에게는 했다. 바로 그 카페에

---

5 1945년 설립된 멕시코의 엔터테인먼트 사.
6 Abraham Oceransky. 멕시코의 예술 감독. 연극, 음악, 미술, 영화, 텔레비전 등 다양한 영역을 넘나들었다.

서, 집에 늦을 거라고 말씀드리려고. 그리고 나머지 약속들은 제쳐 버렸다.

무슨 이야기를 했느냐고? 많은 이야기. 피엘 디비나의 가족, 고향 마을, 멕시코시티에 온 초창기, 이 도시에 얼마나 적응하기 힘들었는지, 꿈들에 대해서. 피엘 디비나는 시인, 무용수, 가수가 되고 싶어 하고, 자식 다섯을 원하고(손가락 수만큼, 그가 말하면서 한 손을 위로 뻗어 거의 내 얼굴에 스칠 듯했다), 추루부스코 스튜디오[5]에서 운을 시험하고 싶어 하고, 어느 연극 작품을 위해 오세란스키[6]에게 오디션을 보고, 그림을 그리고 싶어 했다(피엘 디비나는 내게 그림 몇 점에 대한 〈구상〉을 그야말로 자세하게 말했다). 결국 대화를 나누던 중 나는 피엘 디비나에게 사실은 진짜 무엇이 되고 싶은지 모르는 것 아니냐고 말하고 싶었지만, 잠자코 있었다.

그 후 피엘 디비나는 자기 집으로 가자고 했다. 나 혼자 살아, 그가 말했다. 나는 떨면서 어디 사는지 물었다. 로마 수르에서 별들과 아주 가까운 옥탑방에 살아, 그가 말했다. 나는 이제 정말 너무 늦었다고, 12시가 넘었다고, 다음 날 프랑스 소설가 J. M. G. 아르침볼디가 와서 친구 몇과 함께 혼돈스러운 멕시코시티의 흥미로운 곳들을 둘러볼 예정이라 자야 한다고 말했다. 아르침볼디가 누군데? 피엘 디비나가 물었다. 휴, 이 내장 사실주의자들은 정말 무식하다니까. 최고의 프랑스 소설가 중 하나야. 스페인어로 번역된 작품은 거의 없지만. 아르헨티나에서 나온 소설 한두 권 빼고는. 어쨌든 물론 나는 프랑스어로 읽었어, 내가 말했다. 전혀 못 들어 본 이름인데, 피엘 디비나가 말했다. 그리고 자기 집으로 가자고 다시 졸랐다. 왜 내가 같이 갔으면 하는데? 내가 피엘 디비나의 눈을 바라보며 말했다. 나는 보통은 그렇게 대담하게 굴지 않는다. 너한테 할 이야기가 있어. 흥미 있어 할 것 같은데. 피엘 디비나가 말했다. 얼마큼이나? 내가 말했다. 그는 무슨 말인지 모르겠다는 듯 나를 쳐다보면서 갑자기 공격적으로 말했다. 뭐가 얼마큼이라는 거야? 얼마 줄 거냐고? 아니 그게 아니고, 나는 얼른 해명했다. 네 말이 얼마큼 내게 흥미로운 것이냐고. 피엘 디비나의 성질을 돋우지 않으려고, 그에게 바보, 그렇게 방어 자세 취할 건 없잖아라고 내뱉지 않으려고 자제해야 했다. 내장 사실주의자들에 대한 이야기야, 피엘 디비나가 말했다. 저런, 나는 아무 관심 없어. 이런 말 해서 미안한데 나쁘게 생각하지는 마. 나는 내장 사실주의자들한테(하느님 맙소사, 이름하고는) 관심 없거든, 내가 말했다. 내 이야기는 흥미로울 거야, 틀림없이 흥미로울 거야. 내장 사실주의자들이 네가 상상도 하지 못할 큰일을 무언가 준비하고 있거든, 그가 말했다.

잠시 내 머릿속에 테러 생각이 퍼뜩 스쳤다. 그랬다는 것을 부정하지는 않겠다. 옥타비오 파스 납치를 준비하고, 그의 집을 습격하고(불쌍한 마리-호세,[7] 저 깨진 도자기들 하고는), 그에게 재갈을 물리고 손발을 묶어 양탄자처럼 어깨에 둘러멘 내장 사실주의자들, 심지어 차 트렁크 안에서 이리저리 부딪히는 옥타비오 파스를 태운 낡은 검정색 캐딜락이 네사우알코요틀의 변두리로 사라져 가는 모습이 눈에 선했다. 그러나 나는 곧 정신을 차렸다. 초조함 때문에, 이따금 인수르헨테스 대로에

---

7 Marie-José Tramini. 옥타비오 파스의 마지막 부인.

불어와(우리는 보도에서 이야기하고 있었다) 행인과 운전자들에게 어처구니 짝이 없는 생각을 주입하는 바람 때문에 그랬으리라. 그래서 나는 다시 피엘 디비나의 초대를 거절했고, 그는 또다시 졸랐다. 내 이야기는 멕시코의 시, 어쩌면 라틴 아메리카 시의 토대를 뒤흔들 이야기야. 전 세계의 시까지는 아니고. 너무 황당무계해서 스페인어권 테두리를 벗어나지는 못할 거야, 피엘 디비나가 말했다. 내게 하고자 한 그 이야기가 스페인어권 시를 혼란스럽게 하리라는 것이었다. 저런, 소르 후아나 이네스 데 라 크루스의 새로운 원고라도 돼? 멕시코의 운명을 예언한 소르 후아나의 텍스트 말이야. 내가 말했다. 물론 이는 내장 사실주의자들이 발견할 만한 것이 아니다. 그치들은 사라진 17세기 장서에 접근할 능력이 있는 작자들이 못 된다. 대체 뭐야? 내가 말했다. 우리 집에서 말해 주지, 피엘 디비나가 말하며 한 손을 내 어깨 위에 올렸다. 나를 끌어당기는 듯이, 또다시 춤을 추자고 나를 프리아포스의 끔찍한 무대로 끄집어내는 듯이.

나는 떨기 시작했고, 피엘 디비나는 그 사실을 깨달았다. 나는 생각했다. 왜 나는 제일 덜떨어진 놈들만 좋아하는 거야, 왜 나는 제일 성질 더러운 놈, 제일 못 배운 놈, 제일 발악하는 놈들에게만 끌리는 거야? 내가 1년에 두 번씩 스스로에게 던지는 질문이다. 답은 없다. 나는 화가 친구 작업실의 열쇠를 가지고 있다고 피엘 디비나에게 말했다. 그곳으로 가자고, 산책 삼아 가기에 충분히 가까운 곳에 있다고, 가는 중에 내게 하고 싶은 이야기를 다 하라고 말했다. 피엘 디비나가 받아들이지 않을 줄 알았는데 받아들였다. 갑자기 밤이 너무 아름답게 변하고, 바람이 잦아들고, 부드러운 미풍만이 우리가 걷는 동안 동행했다. 피엘 디비나는 이야기를 하기 시작했지만, 솔직히 거의 다 잊어버렸다. 내 머릿속에는 걱정거리 하나, 소망 하나가 있었을 뿐이다. 그날 밤 에밀리오(에밀리토 라구나를 말하는데 지금 보스턴에서 건축을 공부하고 있다. 멕시코에서의 그의 보헤미안 생활에 지친 부모가 보스턴에 가서 건축 공부를 하든지 아니면 취직을 하라고 말하며 보내 버렸다)가 없고, 친구들도 하나도 없고, 아무도 작업실에 오지 않았으면 하는 것이었다. 하느님이 보우하사 밤새도록 말이다. 기도가 먹혔다. 작업실에는 아무도 없었을 뿐만 아니라, 라구나 가의 가정부가 막 다녀간 듯이 깨끗했다. 피엘 디비나가 말했다. 끝내주는 작업실이네, 여기라면 정말 그림 그릴 맛 날 거야. 나는 어찌할 바를 몰라(안타깝게도 나는 대단히 내성적이며 이런 상황에서는 더하다) 에밀리오의 그림들을 보여 주기 시작했다. 더 이상 좋은 생각이 나지 않아 그림들을 차례차례 벽에 기대 놓으면서 뒤에서 들려오는 칭찬이나 비판의 중얼거림을 들었다(피엘 디비나는 그림에 대해서는 아무것도 몰랐다). 그림이 끝도 없이 이어지기에 이런 생각이 들었다. 에밀리오가 최근에 상당히 작업을 많이 했군. 친구 그림들이 아니라면 말이야. 하지만 그럴 가능성이 다분하니 어찌 이 말을 하겠는가. 흘끗 보아도 화풍이 한 가지가 아니었다. 특히 붉은색 캔버스에는 팔렌[8]의 전형적인 특징, 제대로 모방한 팔렌의 화풍을 볼 수 있었다. 그래 봐야 무

---

8 Wolfgang Paalen(1905~1959). 오스트리아 태생의 초현실주의 화가로 멕시코에서 활동했다.

슨 상관인가. 사실 그림은 내게 전혀 중요하지 않았다. 하지만 나는 주도권을 줄 능력이 없었고, 마침내 작업실 벽마다 〈에밀리오의 그림〉으로 가득 채웠을 때 땀을 흘리며 돌아서서 피엘 디비나에게 어떤지 물었다. 그는 늑대의 미소로 뭘 그렇게 애쓰느냐고 말했다. 나는 생각했다. 그래 사실이야. 웃기는 짓이었어. 게다가 이렇게 먼지까지 뒤집어쓰고 땀 냄새를 풍기고 있으니. 그러자 피엘 디비나는 내 생각을 읽었다는 듯, 너 땀 흘리고 있네 하고 말하더니, 샤워 시설이 있는지 물었다. 너 샤워가 필요해, 그가 말했다. 나는 아마도 모기만 한 소리로 말한 것 같다. 샤워실이 있는데 뜨거운 물이 나오지 않을 것 같아. 그가 말했다. 더 잘됐네, 찬물이 더 나아. 나는 항상 찬물로 샤워를 하거든. 옥탑방에 뜨거운 물이 나오지 않아서. 나는 욕실까지 질질 끌려가 옷을 벗고, 물을 틀었다. 차가운 물줄기에 의식을 잃을 지경이었고, 살이 오그라들어 뼈 마디마디가 욱신거렸다. 나는 눈을 감았다. 아마 소리를 질렀을지도 모르겠다. 그때 피엘 디비나가 샤워 부스에 들어와 나를 안았다.

그 뒷일은 나 혼자 간직하련다. 아직도 나는 낭만주의자니까. 몇 시간 뒤 우리가 어둠 속에서 휴식을 취하고 있을 때, 누가 피엘 디비나라는 그렇게 인상적이고 딱 들어맞는 이름을 붙여 주었는지 물었다. 피엘 디비나가 내 이름이야, 그가 말했다. 알았다고, 네 이름이지, 그래. 하지만 누가 이름을 붙였느냐고. 너에 대해 전부 알고 싶어. 사람들이 사랑을 나눈 뒤에 하는 약간 억압적이고 우둔한 그런 식의 질문을 던진 것이다. 피엘 디비나는 마리아 폰트라고 말하고 침묵에 빠졌다. 마치 기억이 그를 엄습한다는 듯이. 어둠 속 그의 옆모습은 아주 슬프고, 슬프면서도 상념에 빠진 것 같았다. 나는 아마도 약간은 비꼬는 목소리로(아마 질투가, 그리고 또한 슬픔이 나를 사로잡았으리라) 마리아 폰트가 라우라 다미안상을 받은 그 사람인지 물었다. 아니, 상을 받은 사람은 앙헬리카야. 마리아는 앙헬리카 언니고. 피엘 디비나가 말했다. 그가 앙헬리카에 대해 몇 가지 언급을 추가로 했지만, 이제는 기억나지 않는다. 내 입에서 질문이 튀어나왔다. 저절로 튀어나왔다고 할 수 있으리라. 마리아랑 잤어? 그의 대답은(하지만 피엘 디비나의 옆모습이 얼마나 아름답고 슬펐는지) 기가 막힌 것이었다. 나는 멕시코의 모든 시인들과 잤어. 입을 다물거나 그를 쓰다듬어 주어야 할 순간이었지만, 나는 둘 다 하지 않았다. 계속 그에게 질문을 해댔고, 그럴 때마다 질문이 고약해졌고, 질문을 할 때마다 조금씩 내 무덤을 팠다. 우리는 아침 5시에 헤어졌다. 나는 인수르헨테스 대로에서 택시를 타고, 피엘 디비나는 걸어서 북쪽으로 사라졌다.

1976년 7월, 멕시코시티 콜로니아 콘데사 콜리마 가, 앙헬리카 폰트. 불가사의한 나날이었다. 나는 판초 로드리게스의 애인이었다. 아르투로 벨라노의 칠레 친구인 펠리페 뮐러는 내게 빠져 있었다. 하지만 나는 판초를 택했다. 왜냐고? 나도 모른다. 판초를 택한 것만 알 뿐이다. 그 직전 나는 젊은 시인에게 주는 라우라 다미안상을 받았다. 나는 라우라 다미안을 알지 못했다. 하지만 그녀의 부모님과 그녀를 아는 많은 사람들, 그리고 심지어 그녀의 친구들을 안다. 나는 이틀간 계속된 파티가 끝나고 판초와 잤다. 마지막 날 밤에 그와 잔 것이다. 언니는 나더러 조심하라고 말했다. 그런데 언니가 충고를 할 자격이나 있을까? 언니는 피엘 디비나와 자고, 판초의 동생 목테수마 로드리게스하고도 잤다. 또한 절름발이라고 불리는 서른 살 넘은 알코올 중독자 시인과도 잤다. 하지만 적어도 예의를 지켜 그자를 집에 끌어들이지는 않았다. 사실 나는 언니 애인들을 감내하는 데 이미 지쳐 있었다. 왜 언니가 그 사람들 우리로 가지 않는 거야? 언젠가 내가 말했다. 언니는 대답이 없더니 울음을 터뜨렸다. 마리아는 언니이고 나는 언니를 사랑한다. 하지만 언니는 히스테리를 부린다. 어느 날 오후 판초가 언니 이야기를 했다. 하도 많은 이야기를 해서 언니가 판초하고도 잤나 싶었다. 하지만 아니었다. 나는 언니의 애인들을 전부 알고, 밤에 내 침대에서 3미터도 떨어지지 않은 곳에서 헐떡거리는 소리들을 들어서 소리만으로도, 억제하면서 혹은 야단스럽게 절정에 이르는 소리에 따라, 또한 언니에게 건네는 말로도 누구인지 구별할 수 있다.

판초는 결코 언니와 자지 않았다. 판초는 나와 잤다. 이유는 모르겠지만 판초가 내가 선택한 사람이고, 심지어 처음에는 사랑의 몽상에 빠졌다. 물론 진정 판초를 사랑하지는 않았지만. 처음에는 꽤 고통스러웠다. 나는 전혀 쾌락을 느끼지 못했다. 순전히 고통뿐이었고, 그것도 견디기 힘든 고통이었다. 우리는 콜로니아 게레로의 한 호텔, 아마 창녀들이 드나들 호텔에서 했다. 사정을 한 뒤 판초는 나와 결혼하고 싶다고 말했다. 나를 사랑한다고 말했다. 세상에서 제일 행복한 여자로 만들어 주겠다고 말했다. 나는 판초 얼굴을 바라보면서 잠시 이놈이 미쳤나 싶었다. 그 후, 사실 판초가 겁을 먹고 있다는, 〈내게〉 겁을 먹고 있다는 생각이 들어 슬펐다. 그때처럼 판초가 작아 보인 적이 없었고, 그것도 슬픈 일이었다.

우리는 두어 번 더 그 짓을 치렀다. 이제 고통을 느끼지는 않았지만 쾌락도 느끼지 못했다. 판초는 우리 관계가 빠르게 꺼져 간다는 것을 깨달았다. 무엇의 속도냐고? 무엇인가 아주 빨리 꺼지는 것의 속도, 이를테면 하루 일과가 끝날 때의 공장 불빛이나 밤의 익명성에 허겁지겁 합류하는 사무실 건물 불빛 따위의 속도로 말이다. 그런 이미지는 다소 가식적이다. 하지만 판초가 선택했을 이미지이다. 두세 마디의 상스러운 말들에 어울리는 가식적인 이미지. 어느 날 밤, 시 낭송이 끝나고 판초가 깨달았음을 깨달았다. 바로 그날 밤 나는 우리는 끝났다고 말했다. 판초가 이를 나쁘게 받아들이지는 않았다. 일주일 동안은 판초가 부질없이 나를 침대로 끌어들이려고 노력한 것 같다. 그 뒤 판초는 언니와 자려고 시도했다. 뜻을 이루었는지는 잘 모르겠다. 어느 날 밤 내가 잠에서 깼을 때 언니가 어느 그림자와 몸을 섞고 있었다. 이제 그만, 좀 편안히 자고 싶다고. 소르 후아나는 엄청 읽으면서 창녀처럼 굴기야, 내가 말했다. 불을 켰을 때 언니와 같이 있는 사람이 피엘 디비나라는 것을 알았다. 내가 경찰에 전화하는 것을 원치 않으면 당장 꺼지라고 말했다. 묘하게도 마리아는 항의하지 않았다. 피엘 디비나는 바지를 입으면서 깨워서 미안하다고 말했다. 우리 언니가 창녀인 줄 알아, 내가 피엘 디비나에게 말했다. 내 태도가 다소 모순적이었음을 안다. 아니 태도가 아니라 내 말이. 그게 그거지만. 피엘 디비나가 떠나자, 나는 언니 침대에 들어가 언니를 얼싸안고 울음을 터뜨렸다. 그 직후 나는 대학 연극패에서 일하기 시작했다. 내게는 미출간 작품이 있어서 아버지가 몇 군데 출판사로 가져가고 싶어 했지만 내가 거부했다. 나는 내장 사실주의자들의 활동에 참가하지 않았다. 그들에 대해서는 전혀 알고 싶지 않았다. 그 후 마리아는 판초도 내장 사실주의 그룹에 속하지 않는다고 내게 말했다. 판초가 축출된 것인지(아르투로 벨라노가 판초를 축출한 것인지), 스스로 탈퇴한 것인지, 그저 아무런 의욕이 없어진 건지는 잘 모르겠다. 불쌍한 판초. 그의 동생 목테수마는 계속 그룹에 있었다. 어느 선집에서 그의 시를 한 편 본 것 같다. 어쨌든 우리 집에는 둘 다 나타나지 않았다. 사람들은 아르투로 벨라노와 울리세스 리마가 북쪽에서 사라져 버렸다고 말했다. 한번은 아빠와 엄마가 그에 관련해서 뭔가 이야기했다. 엄마가 웃으며 이렇게 말한 기억이 난다. 이제 나타날 거야. 아빠는 걱정이 되는 듯했다. 마리아도 걱정하고 있었다. 나는 아니었다. 그 무렵 그 그룹에서 내게 남은 유일한 친구는 에르네스토 산 에피파니오였다.

3

1976년 8월, 멕시코시티 차풀테펙 공원 칼사다 델 세로를 거닐면서, 마누엘 마플레스 아르세. 아르투로 벨라노라는 그 청년은 인터뷰를 하러 나를 찾아왔다. 나는 그를 딱 한 번 보았다. 두 명의 청년과 한 명의 아가씨가 아르투로 벨라노와 같이 왔는데 이름은 모르겠다. 그들은 입을 닫고 있다시피 했고, 아가씨는 미국인이었다.

나는 아르투로 벨라노에게 말했다. 나는, 내 친구 보르헤스가 거울을 혐오하는 것처럼 녹음기도 싫어했듯이 나도 녹음기를 혐오한다고. 보르헤스 친구였다고요? 아르투로 벨라노가 놀란 어조로 물었는데 말투가 다소 거슬렸다. 내가 대답했다. 우리 꽤 친했어. 오래전 우리가 젊었던 시절에는 절친했다고 할 수 있고. 미국 아가씨는 왜 보르헤스가 녹음기를 혐오하는지 알고 싶어 했다. 내가 그녀에게 영어로 말했다. 장님이라서 그런 것 같아. 그녀가 말했다. 앞 못 보는 것과 녹음기가 무슨 상

---

1 John Dos Passos(1896~1970). 미국 소설가 겸 정치 평론가. 〈잃어버린 세대〉의 대표적 작가로 1920년대 말의 경제 공황기를 신랄하게 파헤친 3부작 소설 『미합중국 *U. S. A*』으로 유명하다.

관인데요? 내가 대답했다. 녹음기가 듣기의 위험성을 환기해 주니까. 자신의 목소리, 자신의 발소리, 적의 발소리를 듣는 것이 말이야. 미국 아가씨는 내 눈을 바라보며 이에 동의했다. 그녀는 보르헤스를 그다지 잘 아는 것 같지 않았다. 존 더스패서스[1]가 내 작품을 번역했음에도 불구하고 내 작품은 전혀 모르는 것 같았다. 존 더스패서스도 잘 아는 것 같지 않고.

이야기가 샜군. 무슨 이야기를 하고 있었더라? 나는 아르투로 벨라노에게 녹음기를 사용하지 않았으면 한다고, 내게 질문지를 주는 것이 나을 거라고 말했다. 그는 내 말을 따랐다. 종이를 한 장 꺼내 질문 항목들을 작성했다. 그사이 나는 동행인들에게 우리 집 방 몇 개를 보여 주었다. 질문지 작성이 끝났을 때, 나는 음료수를 내오게 하고 이야기를 나눴다. 그들은 이미 아르켈레스 벨라와 헤르만 리스트 아르수비데를 인터뷰했다. 오늘날 반골주의에 관심을 가질 사람이 있을까? 내가 아르투로 벨라노에게 물었다. 물론입니다, 선생님, 그가 대답했다. 아니면 그 비슷한 이야기를 했거나. 내 생각에 반골주의는 벌써 역사 속 사조라서 그 자체로는 문학사가들이나 관심을 가질 텐데, 내가 말했다. 저는 관심이 있지만 문학사가가 아니잖아요, 그가 말했다. 아, 그렇군.

그날 밤 나는 잠자리에 들기 전에 질문지를 읽었다. 열정적이고 무지한 청년의 전형적인 질문들이었다. 나는 곧바로 답을 적은 초안을 작성했다. 그리고 다음 날 깨끗하게 옮겼다. 사흘 후 약속대로 아르투로 벨라노가 질문지를 찾으러 왔다. 가정부가 그를 집에 들이기는 했지만, 미리 똑똑히 일러 준 대로 내가 집에 없다고 말했다. 그리고 내가 그를 위해 준비한 상자를 건넸다. 내 대답을 적은 질문지와 책 두 권이었다. 하지만 책에 섣불리 헌사를 쓰지는 않았다(오늘날 젊은이들은 그런 감상주의를 경멸하는 것 같다). 그 책들은 『내면의 발판들』과 『대도시』였다. 나는 문 너머에서 듣고 있었다. 가정부가 말했다. 마플레스 씨가 이걸 드리라고 했습니다. 정적이 흘렀다. 아르투로 벨라노가 상자를 집어 들고 바라보았으리라. 책장을 넘겨 보았으리라. 아주 오래전에 출판되었으며 책장(훌륭한 종이였다)도 아직 뜯지 않은 두 권의 책이었다. 정적이 흘렀다. 질문지를 훑어보고 있었으리라. 이윽고 가정부에게 고맙다고 말하고 떠나는 소리가 들렸다. 나는 생각했다. 만일 아르투로 벨라노가 다시 찾아온다면 나는 인정을 받은 거야. 나와 이야기를 하려고, 내 옛날 이야기를 들으려고, 자기 시를 봐달라고 어느 날 예고도 없이 우리 집에 나타나면 나는 인정을 받은 거야. 모든 시인은, 심지어 가장 전위적인 시인들도 아버지를 필요로 하는 법이니까. 하지만 아르투로 벨라노 무리는 타고난 고아들이었다. 아르투로 벨라노는 결코 다시 찾아오지 않았다.

1976년 9월, 멕시코시티 후안 데 디오스 페사 가와 만나는 니뇨 페르디도 로 모퉁이, 로스 클라벨레스 여관방, 바버라 패터슨. 제 어미 등쳐 먹을 영감탱이. 처음부터 알아봤어. 창백하고 따분한 원숭이 눈초리를 보고 못돼 처먹은 인간이라는 것을 알아봤다고. 나는 속으로 말했다. 이자는 내게 침 뱉을 기회가 있으면 놓치지 않을 거야, 개자식. 하지만 나는 바보다. 늘 바보였고 순진했고 빈틈을 보였다. 그래서 항상 겪는 일을 또 겪었다. 보르헤스. 존 더 스패서스. 토사물이 느닷없이 내 머리카락을 적신다. 게다가 이 멍청이는 내가 안됐다는 듯, 이 머저리들이 흐리멍덩한 눈의 이 그렁고 년을 나더러 짓밟아 주라고 데리고 왔군 하고 말하는 듯 나를 바라보았다. 라파엘, 이 덜떨어진 난쟁이도 나를 바라보며 눈 하나 깜짝하지 않았다. 마치 멕시코 문단에서 벽에 똥칠할 위인이면 누구나 다 나를 함부로 대하는 데 익숙해져 있다는 듯. 이윽고 영감탱이는 내가 힘들게 구한 녹음기가 싫다고 대놓고 말하고, 알랑방귀나 뀌는 이놈들은 말한다. 좋습니다, 문제없어요, 당장 질문지를 작성하죠, 태초의 위대한 시인님이시여. 영감탱이 바지를 벗겨 똥구멍에 녹음기를 쑤셔 넣는 대신에. 그 영감탱이는 우쭐해서 친구들을(죽은 것이나 마찬가지인 친구들 혹은 이미 사망한 친구들) 열거하고, 나를 아가씨라고 부른다. 자기가 토한 것, 내 블라우스와 청바지에 흘러내리는 토사물 문제를 해결하려는 듯. 내게 영어로 말을 붙이기 시작했을 때 나는 이미 대답할 기운도 없었다. 그저 예, 아니요, 잘 모르겠는데요 할 뿐이었다. 특히 잘 모르겠는데요를 연발했다. 그 영감탱이 집에서 나올 때(저택이라 할 만 했다. 돈이 어디서 났을까? 죽은 쥐까지 귀찮게 할 영감탱이, 당신 이 돈 어디서 났어?) 나는 이야기 좀 하자고 라파엘에게 말했다. 그런데 라파엘은 아르투로 벨라노와 계속 붙어 있고 싶다고 말했다. 나는 말했다, 이 멍청이 개자식, 이야기가 〈필요해〉. 그가 말했다. 나중에, 바버리타, 나중에. 내가 자기보다 키가 10센티미터가 더 크고 몸무게가 적어도 15킬로그램은 더 나가는 여자가 아니라(다이어트해야 하는데 이 지랄 같은 멕시코 음식으로 어쩌라고), 밤마다 아무 데서나 따먹어도 되는 계집애 취급하는 것이었다. 그래서 내가 말했다. 〈지금〉 이야기가 〈필요해〉. 그 빌어먹을 기둥서방 같은 놈은 자기 불알 만지듯 나를 바라보다가 말한다. 왜 그래, 귀염둥이? 무슨 문제라도 생겼어? 다행히도 벨라노와 레케나는 앞서 가고 있어서 라파엘의 말을 듣지 못했다. 특히 나를 보지 못해 다행이었다. 아마 내 고통스러운 상판대기가 일그러져 있었을 테니. 적어도 표정이 변하고, 눈에 살기가 서린 것을 나 스스로 느꼈으니. 그래서 씹할 놈, 비열한 놈이라고 말하고, 더 상스러운 말을 하기 싫어서 뒤돌아 가버렸다. 나는 그날 오후 내내 울었다. 나는 후안 룰포[2]의 작품에 대한 대학원 수업을 하나 듣는답시고 멕시코에 왔는데, 카사 델 라고의 시 낭송회에서 라파엘을 알게 되면서 곧바로 사랑에 빠졌다. 아니, 내가 사랑에 빠진 것이지 라파엘도 그랬는지 그리 확신이 없다. 나는 그날 밤 당장, 내가 아직도 살고 있는 로스 클라벨레스 여관으로 라파엘을 끌고 갔고 우리는 섹스로 끝장을 보았다. 라파엘은 약간 정력이 달려도 나는 충분해서 아침 햇살이 니뇨 페르디도 로를 적실 때까지(아침 햇살이 황홀하다 해야 할지 죽여준다 해야 할지 모르겠다. 이 지랄 같은 도시는 여명이 아주 묘하다) 기를 써서 그가 섹스에 임하도록 했다. 그다음 날부터 나는 학교에 가지 않고 모든 내장 사실주의자들과 온갖 이야기를 하면서 보냈다. 그들은 아직 대체로 건전한, 그저 약간만 병

---

[2] Juan Rulfo(1917~1986). 『페드로 파라모 *Pedro Páramo*』(1955)로 멕시코의 국민적 작가가 된 소설가.

적인 애들이었고, 아직 내장 사실주의자라고 이름 붙이기 전이었다. 나는 그들이 마음에 들었다. 마치 비트 세대 같았다. 울리세스 리마, 벨라노, 마리아 폰트를 좋아했고, 잘난 척하는 에르네스토 산 에피파니오 같은 놈은 약간 마음에 덜 찼다. 그래도 어쨌든 나는 내장 사실주의자들이 마음에 들었다. 나는 재미있게 보내고 싶었고, 내장 사실주의자들과는 재미가 보장되었다. 많은 사람을 알게 되었는데 이들은 차츰 그룹에서 멀어졌다. 캔자스 주 출신의(나는 캘리포니아 출신이다) 미국인 화가 카탈리나 오하라를 알게 되었다. 아주 친해지지는 않았다. 자기가 창작의 어머니라고 믿는 잘날 척하는 년이라서. 쿠데타가 일어났을 때 칠레에 있었다는 이유로 자신이 혁명가라고 생각하는 년이라서. 카탈리나 오하라가 남편과 갈라서고 난 직후에 그녀를 알게 된 것인데, 모든 시인이 미친놈처럼 그녀 뒤를 쫓아다녔다. 벨라노와 울리세스 리마처럼 밝히지 않는 이들, 아니면 자기들끼리 뒹구는 놈들까지도(알겠지. 내가 핥아 줄 테니 너도 핥아 줘. 조금만 해보자) 그 카우보이 년에 환장한 것 같았으니. 라파엘도 마찬가지였다. 하지만 내가 라파엘을 붙잡고 말했다. 그년과 자다 들키면 불알을 잘라 버릴 거야. 라파엘이 웃으면서 말했다. 불알을 자르다니, 자기. 나는 너만 사랑하는데. 하지만 그의 눈마저(라파엘은 눈이 제일 멋있었다. 천막과 오아시스의 전형적인 아랍인 눈이었다) 반대로 말하는 것 같았다. 네가 용돈을 주니까 같이 있어 주는 거야. 네가 돈을 대니까 같이 있어 주는 거야. 지금은 곁에 있어 줄 사람이 없고 더 나은 섹스 상대가 없어서 같이 있어 주는 거야. 나는 라파엘에게 말하곤 했다. 나쁜 놈, 멍청이, 개자식. 네 친구들이 사라져도 나는 너와 계속 같이 있을 거야. 〈나는 알아.〉 네가 불알 두 쪽만 달랑 남은 외톨이가 되면, 네 옆에 남아 〈도와줄〉 사람은 〈나〉뿐이라는 것을. 친구들의 기억과 문학적인 언급에 등장하는 그 썩을 노인네들이 아니고. 별 볼 일 없는 네 구루들은 더 아니고. (그가 말했다. 아르투로와 울리세스 말하는 거야? 빌어먹을 그링고 년. 걔들은 내 구루가 아니라 친구야.) 내가 보기에 그놈들 조만간 사라질 거야. 왜 사라지는데? 그가 물었다. 글쎄 잘은 모르겠지만 창피함, 슬픔, 곤경, 소심, 우유부단, 능력 부족, 쪽팔림 때문에. 스페인어가 달려서 더 말 못 하겠네. 그러면 그는 웃으면서 말했다. 바버라, 이 마녀. 어서 룰포 논문이나 마치시지, 나 지금 갔다 금방 돌아올 테니. 나는 라파엘 말은 안중에도 없이 침대에 몸을 던지고 울음을 터뜨렸다. 그리고 로스 클라벨레스 여관의 내 방 창가에서 라파엘에게 고래고래 소리를 질렀다. 모두 다 너를 버릴 거야, 라파엘. 나만 빼고, 이 개자식아, 나만 빼고. 라파엘은 사람들 사이로 사라졌다.

1976년 1월, 멕시코시티 종교 재판소 근처 레푸블리카 데 베네수엘라 가, 아마데오 살바티에라. 내가 젊은이들에게 물었다. 마누엘, 헤르만, 아르켈레스가 뭐라고 하던가? 하나가 되물었다. 뭐에 대해서요? 내가 말했다. 세사레아에 대해서 말일세. 하나가 대답했다. 거의 아무것도요. 마플레스 아르세는 세사레아를 거의 기억하지 못했습니다. 아르켈레스 벨라도 마찬가지고요. 리스트는 이름만 안다고 했습니다. 세사레아 티나헤로가 멕시코시티에 있을 때, 자기는 푸에블라 시에 살았다면서요. 마플레스에 따르면 아주 젊고 말 없는 여인이었답니다. 또 다른 이야기는 없었고? 더는 없었습니다. 아르켈레스는? 마찬가지로 전혀요. 그러면 어떻게 나를 찾아왔나? 리스트 때문에요. 선생님이 아니, 당신이 세사레아를 좀 더 잘 알 거라고 해서요. 헤르만은 나에 대해 뭐라고 하던가? 당신이 그녀를 알고 있었다고요. 반골주의에 합류하시기 전에 세사레아의 그룹, 내장 사실주의의 일원이었다고요. 잡지 이야기도 했습니다. 그 시절 세사레아가 발간하던 잡지인데 이름이 〈카보르카〉라고 했습니다. 헤르만 이 사람이, 내가 말하면서 로스 수이시다스를 내 잔에 한 잔 더 따랐다. 우리가 마시는 속도로 보아 밤이 되기 전 바닥이 드러날 것 같았다. 안심하고 천천히 마시게, 젊은이들. 이 병으로 모자라면 내려가서 한 병 더 사자고. 물론 지금 마시던 술만 한 것을 살 수는 없을 테지만, 아무것도 없는 것보다는 낫지 않겠나. 이제 로스 수이시다스 메스칼이 생산되지 않아서 유감이군. 흐르는 세월이 유감이야, 안 그런가? 우리가 죽는 것이, 늙는 것이, 좋은 것들이 말 달리듯 멀어져 가는 것이 유감이야.

1976년 10월, 멕시코시티 콜로니아 콘데사 콜리마 가, 호아킨 폰트. 이제 세월이 흐른다, 냉정하게. 흐르는 세월의 냉정함을 가지고 아무런 억하심정 없이 말하건대 벨라노는 낭만주의자였고, 종종 허세를 떨었으며, 친구들 사이에서 좋은 친구였다고 생각한다. 아니 믿는다. 비록 그 누구도 벨라노가 무슨 생각을 하는지 잘 몰랐지만.

아마 자기 자신도 몰랐으리라. 울리세스 리마는 반대로 훨씬 더 급진적이고 더 살가웠다. 바셰[3]의 막내 동생 같을 때도 있고 외계인 같을 때도 있었다. 울리세스 리마에게서는 묘한 냄새가 났다. 내가 알고, 말할 수 있고, 단언할 수 있는 사실이다. 왜냐하면 우리 집에서 두 번 목욕을 했는데 잊을 수가 없으니까. 정확히 말하자면 나쁜 냄새는 아니었지만, 묘한 냄새가 나서 늪이면서 동시에 사막인 곳에서 막 나온 사람 같았다. 축축함과 건조함이 극에 달하고, 태초의 탕(湯)이요 고적한 불모의 평원이었다. 동시에 말이다! 정말로 신경 쓰이는 냄새였다! 이 자리에서 굳이 밝힐 필요는 없는 이유로 나를 짜증나게 했지만. 그의 냄새가 말이다. 성격으로 보아 벨라노는 외향적이고 울리세스는 내향적이었다. 즉, 나는 울리세스에 더 가까운 셈이었다. 벨라노가 리마보다 상어 떼 사이에서 훨씬 더 능란하게 움직일 줄 알았다. 의심할 나위 없이 나보다도 훨씬 더. 상어 떼 속에서 더 잘 지내고, 어찌 처신해야 하는지 알고, 더 훈련이 잘되어 있고, 더 천연덕스럽게 굴 줄 알았다. 울리세스의 장점은 시한폭탄이라는 사실이었는데, 이는 사회적으로는 더 안 좋았다. 모든 사람이 울리세스가 시한폭탄이라는 점을 알거나 짐작하고 있었다. 명백하고 당연한 일이지만, 아무도 그를 아주 가까이는 두고 싶어 하지 않았다. 아, 울리세스 리마……. 훔친 책 여백이나 잃어버리기 일쑤인 아무 종이에 끊임없이 글을 쓰던 모습이 제일 기억에 남는다. 완결된 시는 결코 쓰는 법 없이 되는대로 몇 줄씩 끄

---

3 Jacques Vaché(1895~1919). 앙드레 브르통의 친구이며 초현실주의의 창설자 중 한 사람으로 마약 과다 복용으로 사망했다.

적였는데, 이 구절들이 요행히 기묘한 장시를 이루었으니……. 반면 벨라노는 공책에 글을 썼다……. 두 사람은 아직도 내 돈을 갚지 않았다…….

1976년 11월, 멕시코시티 부카렐리 가, 카페 키토, 하신토 레케나. 그들은 가끔 사라지기는 했지만 2~3일 이상 걸린 적은 한 번도 없었다. 어디를 가는 거냐고 물으면 양식을 구하러 간다고 대답했다. 그게 다였다. 〈그 일〉에 대해서는 절대 더 이상 말하지 않았다. 물론 우리 몇몇, 가장 가까운 이들은 두 사람이 어디 가는지는 몰라도 사라진 날들 동안 무엇을 하는지는 알았다. 어떤 사람들은 상관하지 않았다. 어떤 사람들은 안 좋게 생각해서 룸펜의 행동이라고 말했다. 지식인의 소아병적 기질인 룸펜 기질 말이다. 또 어떤 사람들은 그것을 반겼는데, 이는 리마와 벨라노가 나쁘게 번 돈을 가지고 대체로 너그럽게 썼기 때문이다. 이 마지막 사람들 중에 내가 속해 있었다. 나는 일이 잘 풀리지 않았다. 내 동거녀인 소치틀은 임신 3개월이었다. 그런데 나는 일이 없었다. 우리는 혁명 기념 아치 근처의 몬테스 가에 있는 여관에 살았는데 소치틀 아버지가 돈을 대주었다. 욕실이 딸려 있고 아주 작은 부엌이 있어서 적어도 방에서 음식을 만들 수 있었다. 매일 바깥에서 먹는 것보다 경제적이었다. 소치틀의 아버지는 그녀가 임신하기 훨씬 오래전부터 작은 아파트에 더 가깝다 할 수 있는 그 방을 가지고 있다가 우리에게 내주었다. 내 생각에 그 방을 밀애 장소 같은 걸로 사용한 것 같다. 소치틀의 아버지는 방을 내주기 전에 결혼 약속을 받아 냈다. 나는 곧 결혼하겠다고 말했다. 심지어 맹세까지 한 것 같다. 소치틀은 아무 말도 하지 않고 아버지의 눈을 바라보았다. 재미있는 노인네였다. 나이가 아주 많아서 소치틀 할아버지라 해도 믿을 정도였고, 게다가 적어도 처음 만난 사람들에게는 소름이 쫙 끼치는 외모였다. 나도 소름이 끼쳤으니. 그는 육중했다. 너무 육중해서 소치틀이 키가 작고 뼈가 가는 것이 신기할 정도였다. 반면 소치틀의 아버지는 체격이 좋고, 피부가 쪼글쪼글하고, 살결이 아주 가무잡잡했다(그렇다, 이 점은 소치틀과 똑같았다). 항상 양복에 넥타이 차림이었는데, 짙푸른색 정장을 할 때도 있고 갈색 정장을 할 때도 있었다. 두 벌 다 고급이었지만 새 옷은 아니었다. 가끔, 특히 밤에는 정장 위에 바바리코트를 입었다. 소치틀이 나를 아버지에게 인사시켰을 때, 즉 우리가 도움을 청하러 찾아갔을 때, 노인네는 나를 바라보다가 말했다. 이리 오게, 자네와 둘이 이야기하고 싶으니. 나는 생각했다, 망했군. 하지만 내가 뭘 어쩌겠는가. 나는 그를 따라갔고, 각오를 단단히 했다. 하지만 그 노인네가 내게 한 유일한 말은 입을 벌리라는 것이었다. 내가 물었다. 뭐라고요? 그가 말했다. 입을 벌리라고. 그래서 나는 입을 열었고, 노인네가 살펴보더니 어떡하다 이 세 개가 빠졌느냐고 물었다. 내가 말했다. 고등학교 때 싸움을 하다가요. 그가 말했다. 내 딸이 자네를 그 후에 알게 되었나? 네. 저를 알았을 때 벌써 이랬습니다. 젠장, 딸년이 자네를 정말 사랑하는 모양이군. (노인네는 내 동거녀가 여섯 살 때부터 같이 살지 않았

---

4 Juan Orol(1897~1988). 스페인계 멕시코 영화인으로 갱 영화의 선구자였다.

다. 하지만 소치틀 자매가 매달 만나러 갔다.) 이윽고 그가 말했다. 내 딸 버리면 죽을 줄 알아. 그가 쥐새끼 같은 눈으로 — 그 얼굴은 눈동자마저 쪼글쪼글해 보였다 — 내 눈을 응시하면서, 하지만 오롤[4]의 영화에 나오는 갱처럼(어쩌면 진짜 갱일지도 모른다) 목소리를 깔고 말했다. 나는 물론 절대 소치틀을 버리지 않겠다고, 더군다나 이제 내 아들의 엄마가 될 사람을 버리지는 않을 거라고 맹세했다. 이로써 독대는 끝났다. 우리는 소치틀과 다시 합류하고, 노인네는 자기 밀애 장소의 열쇠를 주면서 방값은 걱정하지 말라고, 자신이 알아서 하겠다고 장담했다. 그리고 둘이 쓰라고 지폐 한 다발을 건넸다.

그가 떠났을 때, 그리고 지붕이 생겼다는 것을 알았을 때 마음이 놓였다. 하지만 곧 노인네가 준 돈으로는 버티기 쉽지 않다는 것을 알게 되었다. 즉 소치틀과 나는 노인네가 주는 돈으로는 감당할 수 없는 씀씀이, 추가 용처가 있었다. 우리는 옷 같은 데는 돈을 쓰지 않았다. 늘 입던 옷을 별문제 없이 입는 데 익숙했다. 하지만 영화와 연극, 보통 카사 델 라고나 대학의 시 창작 교실에 가기 위해 타는 버스와 지하철에(사실은 시내에 사는지라 거의 모든 곳을 걸어서 다녔는데도) 돈이 들었다. 공부를 하려면 돈이 들었기 때문이다. 사람들이 말하는 공부를 한 것은 아니지만, 우리가 한 번쯤 기웃거리지 않은 창작 교실은 없었다. 열병 걸린 사람처럼 창작 교실에 이끌려, 샌드위치 두 개를 싸서 너무나 즐겁게 참석하여 시 낭송을 듣고, 비판을 듣고, 가끔은 우리끼리도 서로 비판하고(소치틀이 더했다), 밤이 되어서야 나왔다.

그리고 버스 정류장이나 지하철까지 걸어가거나 아니면 바로 집까지 걸어갔다. 그렇게 걷는 동안 우리는 샌드위치를 먹으며 내게는 항상 아름다웠던 멕시코시티의 밤을 즐겼다. 멕시코시티의 밤은 보통 춥지 않고, 상쾌하고 별이 빛나서 산책이나 섹스에 그만인 밤, 한가하게 대화를 나누는 데 그만인 밤이었으니까. 내가 소치틀과 한 일이 그 일이다. 태어날 아들에 대해, 낭송을 들은 시인들에 대해, 우리가 읽던 책들에 대해 대화를 나누었다.

울리세스 리마, 라파엘 바리오스, 피엘 디비나를 알게 된 곳도 어느 시 창작 교실이다. 우리가 처음이나 두 번째, 울리세스가 처음 그곳에 나타났을 때였다. 창작 교실이 끝나고 우리는 친구가 되어 같이 걷다가 함께 버스를 탔다. 피엘 디비나가 소치틀을 꼬이려고 할 때, 나는 울리세스 리마 이야기를, 또 그는 내 이야기를 듣고 있었고, 라파엘은 울리세스와 내 말에 고개를 끄덕거리고 있었다. 나는 정말 쌍둥이 영혼을 만난 듯했고, 내가 단지 직감하고 원하고 꿈꾸기만 하는 것을 명쾌하게 설명할 수 있는 진정한 시인, 머리부터 발끝까지 전체가 다 시인인 이를 만난 듯했다. 그날 밤이 내 인생 최고의 순간 중 하나였고, 집에 돌아왔을 때 소치틀과 나는 잠을 이룰 수 없어 새벽 4시까지 이야기를 했다. 나중에 아르투로 벨라노, 펠리페 뮐러, 마리아 폰트, 에르네스토 산 에피파니오를 비롯해 나머지 사람들을 알게 되었다. 하지만 그 누구도 울리세스처럼 인상적이진 않았다. 물론 피엘 디비나만 내 동거녀를 침대에 끌어들이려고 시도한 것은 아니다. 판초 로드리게스와 목테수마 로드리게스, 심지어 라파엘 바리오스도 별짓 다했다. 나는 가끔 소치틀에게 말했다. 왜 임신했다는 이야기를 하지 않는 거야, 다 낙담해서 더 이상 치근덕거리지 않을 텐데. 하지만 그녀는 웃으면서 그들의 알랑방귀가 싫지 않다고 말하곤 했다. 내가 말했다. 좋아, 마음대로 해. 나는 질투를 하는 사람이 아니다. 하지만 똑똑히 기억나는데, 어느 날 밤 아르투로 벨라노가 소치틀을 엮어 보려 했고, 그것만은 나를 정말 슬프게 했다. 소치틀이 누구와도 침대로 들어가지 않으리라는 것은 알고 있었지만, 그들의 태도는 불쾌했다. 기본적으로 외모 때문에 나를 무시하는 것 같았다. 마치 이렇게 생각하는 것 같았다. 이 계집이 이빨도 몇 개 없는 이 구질구질한 놈을 좋아할 리 없어. 마치 이빨과 사랑이 상관있는 것처럼 말이다. 소치틀이 사람들의 알랑방귀를 즐겼다고는 하지만, 아르투로 벨라노와는 단순한 즐거움을 훨씬 뛰어넘었다. 우리는 아직 아르투로 벨라노를 모르고 있었고, 그때가 처음 만난 것이었다. 그 전에 이야기는 많이 듣고 있었지만 이런저런 이유로 아직 아르투로 벨라노를 소개받은 적이 없었다. 그런데 그날 밤 아르투로 벨라노가 나타나 밤이 이슥한 시간에 그룹 모두 텅 빈 버스를 타고 (그 버스에는 내장 사실주의자들만 타고 있었다!), 이제 기억도 나지 않지만 파티인지 연극 공연인지 누군가의 낭송인지를 들으러 갔다. 버스에서 벨라노는 소치틀 옆에 앉았고, 둘은 가는 내내 이야기를 했다. 그때 나는 느꼈다. 몇 칸 뒤에서 울리세스 리마와 애송이 부스타만테 옆에 앉아 몸을 부르르 떨던 나는 소치틀의 얼굴이 다르다는 것을, 이번에는 정말 그녀 기분이 좋다는 것을 느낀 것이다. 뭐라고 해야 할지, 소치틀은 벨라노가 옆에 앉아 자기 시간을 1백 퍼센트 할애하고 있다는 사실에 〈황홀해했다〉. 그러는 동안 나머지 사람들, 특히 예전에 그녀를 침대에 끌어들이려고 시도한 모든 녀석들이 이야기를 계속하면서, 거의 텅 빈 거리를 계속 바라보면서 나처럼 두 사람을 곁눈질했다. 버스 문은 화장터 소각로 뚜껑처럼 굳게 닫혀 있고, 그들은 하던 일을 계속하되 내 여자인 소치틀과 아르투로 벨라노가 앉은 자리에서 벌어지는 일에 온 신경을 기울였다. 어느 순간 분위기가 일촉즉발이라 바늘방석에 앉은 기분이 되면서 나는 그런 생각이 들었다. 이 좆같은 놈들이 내가 모르는 뭔가를 알고 있는 거야, 지금 뭔가 이상한 일이 벌어지고 있어, 이 염병할 버스가 멕시코시티의 거리를 유령처럼 다니는 건 비정상적이야, 아무도 타지 않는 건 비정상적이야, 특별한 이유 없이 헛것이 보이는 건 비정상적이야. 하지만 늘 그렇듯이 나는 참았고, 결국 아무 일도 일어나지 않았다. 나중에 라파엘 바리오스가 뻔뻔스럽게 말했다. 벨라노는 소치틀이 내 동거녀인 줄 몰랐다고. 나는 대답했다. 아무 일 없었다고, 무슨 일이 있었다 해도 그건 소치틀이 알아서 할 일이라고 말했다. 그녀는 나하고 같이 살 뿐이지 내 노예가 아니야, 내가 말했다. 하지만 묘한 것은 그다음부터다. 그날 밤부터, 즉 벨라노가 그 고독한 야밤의 여정에서 내 동거녀에게 그렇게 공을 들인(키스만 안 했다 뿐이지) 날 밤부터, 아무도 소치틀에게 집적대지 않았다. 정말 그 누구도. 그 개자식들이 그들의 염병할 지도자 모습에 투영된 자기 모습이 싫다는 듯이. 또 한 가지 덧붙이자면 벨라노의 희롱이 딱 그 끝없는 버스 여정만큼만 지속되었다는 것이다. 즉, 뭔가 결백한 희롱이었다. 몇 칸 뒤에 앉은 이빨 없는 자가 자신이 꾀려던 영계의 동거남인지 그때는 몰랐을 수도 있다. 하지만 소치틀은 알고 있었고, 칠레 놈의 구애를 받아들이는 그녀의 태도는 이를테면 피엘 디비나 판초 로드리게스의 구애를 감수할 때와는 달랐다. 이들과는 기분 좋게 웃으면서 즐겼지만, 벨라노와 있던 소치틀은 얼굴에, 그날 밤 내가 관찰한 얼굴 표정에 상당히 다른 감정이 드러났다. 그날 밤 여관에서 나는 평소와 달리 멍하니 상념에 잠긴 듯한 소치틀을 본 것 같다. 하지만 나는 소치틀에게 아무 말 하지 않았다. 이유를 이해할 것 같았다. 그래서 나는 이야기를 했다. 우리 아들에 대해, 그녀와 내가 쓸 시에 대해, 한마디로 말해 미래에 대해. 아르투로 벨라노에 대해서나, 우리에게 닥친 진정한 문제들, 예컨대 내가 일자리를 찾는 문제, 돈을 구해 셋집을 얻는 문제, 우리 자신과 아들을 부양하는 문제에 대해서는 한 마디도 꺼내지 않았다. 그런 이야기 대신 나는 날마다 그랬듯이 시와 창작 이야기만 했다. 그리고 내 영혼에, 현실과 맞서는 내 기질에 딱 들어맞는 반지와도 같은 문학 운동인 내장 사실주의 이야기만 했다.

음산했다 할 그날 밤부터 우리는 거의 매일 내장 사실주의자들과 만났다. 그들이 가는 곳이면 우리도 갔다. 곧, 기억하기로는 일주일 뒤에, 나는 그룹의 시 낭송에 참여해 달라는 권유를 받았다. 소치틀과 내가 가지 않은 모임은 없었다. 벨라노와 소치틀의 관계는 동결되어 예의를 갖추었다. 미스터리 같은 구석이 있는 예의였지만(역설적으로, 내 동거녀의 배가 차츰 불러오는 것을 감추지 않는 미스터리였다) 어쨌든 더 진도가 나가지는 않았다. 사실 아르투로는 그 전에 한 번도 소치틀을 본 적이 없었다. 그날 밤 멕시코시티의 텅 빈 거리, 우리만 태우고 바람 부는 거리를 달리던 버스에서 무슨 일이 일어난 것일까? 잘 모르겠다. 아마 임신 상태가 아직 표 나지 않는 젊은 여자가 몇 시간 동안 몽유병자와 사랑에 빠진 것이리라. 그게 다였다.

남은 이야기는 평범하다 할 것들이다. 울리세스와 벨라노는 가끔 멕시코시티에서 사라졌다. 어떤 사람들은 이를 나쁘게 생각했다. 어떤 사람들은 상관하지 않았다. 나는 좋았다. 언젠가 울리세스가 돈을 빌려 주었다. 바람이 불면 그들에게는 넘쳐 나는 돈이었지만 내게는 없었다. 나는 그들이 어디서 돈을 벌었는지도 모르고 상관하지도 않는다. 벨라노는 한 번도 돈을 빌려 준 적이 없다. 울리세스와 벨라노가 소노라로 떠났을 때, 나는 그룹이 소멸 중임을 직감했다. 장난이 다 끝났다는 듯이. 내게는 나쁜 일이 아니었다. 아들이 막 태어날 참이었고, 마침 일자리도 구했다. 어느 날 밤 라파엘이 집에 전화해서 그들이 돌아왔다고, 하지만 다시 떠날 거라고 말했다. 내가 말했다. 좋지, 자기들 돈으로 뭔 짓을 하든. 라파엘이 말했다. 이번에는 유럽으로 가. 내가 말했다. 완벽해, 우리도 그렇게 해야 하는데. 라파엘이 말했다. 시 운동은? 내가 잠자고 있는 소치틀을 쳐다보며 말했다. 무슨 운동? 방은 어둡고 창문 바깥으로는 여관 간판이 염병할 갱 영화 속에서처럼 깜빡거렸다. 내 아들의 할아버지가 추잡한 짓을 하던 곳에 깔린 어둠이었다. 라파엘이 말했다. 내장 사실주의지 뭐겠어. 내가 말했다. 내장 사실주의가 어찌 되는 거냐? 라파엘이 말했다.

바로 그거야, 내장 사실주의는 어떻게 되는 거냐고. 우리가 내려던 잡지는 어떻게 되고, 우리의 기획들은 다 어떻게 될까? 라파엘이 너무 낙담한 어조로 말해서 소치틀이 자고 있지 않았으면 크게 웃을 뻔했다. 내가 말했다. 잡지는 우리가 내면 되고, 각종 기획은 두 사람과 함께든 아니든 계속 진행될 테지. 라파엘은 잠시 아무 말도 하지 않았다. 그가 중얼거렸다. 방향성을 상실하면 안 돼. 그러고 다시 침묵을 지켰다. 나는 그가 생각 중이라고 짐작했다. 나 역시 침묵에 빠졌다. 하지만 나는 아무 생각 없었다. 나는 나 자신이 어느 위치에 있고, 무엇을 하고 싶은지 완벽하게 알고 있었다. 내가 하고 싶은 일이 무엇인지, 그때부터 무엇을 할 것인지 잘 알고 있었듯이, 나는 라파엘도 결국에는 방향성을 찾으리라는 것을 알고 있었다. 수화기를 귀에 대고 어둠 속에 있는 데 지친 내가 말했다. 흥분하면 안 돼. 라파엘이 말했다. 흥분하지 않았어. 우리도 떠나야 할 것 같아. 내가 말했다. 나는 멕시코를 떠나지 않을 거야.

1976년 12월, 멕시코시티 콜로니아 콘데사 콜리마 가, 마리아 폰트. 우리는 아버지를 정신 병원에 입원시켜야 했다(어머니가 내 말을 바로잡는다. 신경 정신과 클리닉이야. 하지만 광택을 낼 필요가 전혀 없는 단어들이 있다. 정신 병원은 정신 병원일 뿐이다). 울리세스와 아르투로가 소노라에서 돌아오기 직전의 일이었다. 내가 말했는지 모르겠지만, 그들은 우리 아버지 차를 타고 갔다. 어머니가 슬쩍 내지 도둑질이라고까지 정의하는 그 일이 어머니 말로는 아버지의 정신 건강을 망쳐 버린 뇌관이었다. 나는 동의하지 않지만. 집, 자동차, 예술 서적, 당좌 계좌 등의 아버지 소유물과 아버지의 관계는 전혀 과장 없이 말해서 항상 소원하고, 모호했다. 아버지는 항상 옷을 다 벗는 사람 같았다. 기꺼이 혹은 마지못해 늘 물건들에게서 벗어났는데, 운이 지지리도 없어서(혹은 지지리도 천천히 벗어나서) 아버지가 갈망하던 벌거벗음에는 결코 이르지 못했다. 쉽게 짐작이 가겠지만 그것이 결국 아버지를 미치게 만들었다. 하지만 차 문제로 돌아가자. 울리세스와 아르투로가 돌아왔을 때, 그리고 그들을 다시 카페 키토에서 거의 우연히 보았을 때(비록 그 끔찍한 장소에 간 건 결국은 그들을 찾기 위해서였지만), 나는 그들을 거의 알아보지 못했다. 울리세스와 아르투로는 내가 모르는 사람과 카페 키토에 왔다. 온통 하얀 옷차림에, 막대기처럼 생긴 머리에는 밀짚모자를 쓴 사람이었다. 처음에 나는 그들이 나를 보았다고 생각했는데, 보지 못한 척하는 것이었다. 그들은 부카렐리 가 쪽 통유리 창이 있는 구석 자리에 앉아 있었다. 거울과 〈새끼 염소 오븐 구이〉라고 적힌 차림표 옆자리에. 하지만 그들은 아무것도 먹지 않았다. 밀크 커피 큰 잔 두 개를 앞에 놓고, 병자나 졸려서 죽을 지경인 사람들처럼 이따금 맥없이 홀짝홀짝 마셨다. 반면 하얀 옷을 입은 남자는 음식을 먹었다. 하지만 새끼 염소 오븐 구이가 아니라(〈새끼 염소 오븐 구이〉라는 말을 또다시 되풀이하니 구역질이 난다), 카페 키토의 유명하고

---

5 두 사람 다 〈*salir por un ojo*〉라는 표현을 쓰고 있는데, 어머니는 눈알 하나의 대가를 치른다는 뜻으로 사용했지만, 아버지는 눈을 통해 나온다는 뜻으로 사용했다.

값싼 엔칠라다를 먹었다. 그 사람 옆에는 맥주병이 하나 있었다. 나는 생각했다. 나를 못 본 척하는데, 못 보았을 리 없어. 많이 변했네. 나는 거의 변하지 않았는데. 내게 인사하고 싶지 않은가 봐. 그때 아버지의 임팔라 승용차에 생각이 미치고, 어머니 말이 떠올랐다. 울리세스와 아르투로가 이 세상에서 최고로 뻔뻔스럽게, 한 번도 목격한 적 없을 만큼 뻔뻔스럽게 그 차를 훔쳤다느니, 경찰서에 신고하는 것이 좋겠다느니 하는 말이었다. 차 이야기를 하면 횡설수설하던 아버지 생각도 났다. 어머니가 아버지에게 말하곤 했다. 제발, 킴, 웃기는 소리 작작해요. 버스나 택시를 타고 이곳저곳 다니는 것은 지치는 일이고, 그렇게 다니다 보면 결국에는 눈알 한쪽을 대가로 치를 거예요. 어머니가 그런 이야기를 하면, 불쌍한 아버지는 웃으면서 말했다. 조심하오, 외눈박이 되겠소. 어머니는 그 말이 재미없었겠지만 나는 재미있었다. 아버지는 어머니가 교통비로 한쪽 눈 값만큼이나 많은 돈을 쓰게 되리라는 이야기를 한 것이 아니다. 어머니가 타는 택시와 어쩌다 타는 버스가 눈물이나 눈곱처럼 한쪽 눈으로 나온다는 이야기를 한 것이다.[5] 나처럼 이야기하면 아마 전혀 재미없을 것이다. 하지만 아버지가 갑자기, 설령 말장난이라 해도 예기치 않은 확신을 가지고 말하면 웃기고 재미있었다. 어쨌든 어머니는 임팔라를 되찾기 위해 신고를 하려 했고, 나는 그러지 못하게 했다. 차는 저절로(이 표현도 재미있다. 안 그런가?) 돌아올 것이기 때문에 기다리기만 하면 됐다. 아르투로와 울리세스가 돌아올 때까지, 그래서 차를 돌려줄 때까지 기다리기만 하면 됐다. 그런데 지금 그들이 그곳에 있었다. 멕시코시티에 돌아와 하얀 옷을 입은 사람과 이야기하면서. 그들이 나를 보지 못해서 혹은 나를 보고 싶어 하지 않는 바람에 시간이 남아돌아 두 사람을 관찰하면서 할 말을 생각했다. 아버지가 정신 병원에 있노라고, 차를 돌려 달라고 등의 말을. 내가 얼마나 그곳에 있었는지 모르겠지만 시간이 흐르면서 주변 테이블이 비었다가 다시 차고, 하얀 옷을 입은 자는 결코 모자를 벗지 않고, 그의 엔칠라다 접시는 영원히 비지 않는 것 같고, 내 머릿속은 모든 것이 얽히고설켰다. 그들에게 할 말이 식물이고, 그 식물이 갑자기 시들어 색깔과 싱싱함을 상실하고 죽어 가는 듯했다. 자살 충동이 수반된 우울증으로 정신 병원에 갇혀 있는 아버지를 생각해도, 멕시코 국립 자치 대학 팀의 치어리더라도 된 듯(실제로 치어리더였던 학창 시절처럼. 불쌍한 엄마) 경찰이라는 협박 내지 후렴구를 일삼는 어머니를 생각해도 아무 소용없었다. 갑자기 나도 마르고 시들어 이런 생각이 들었다(생각을 했다기보다 북이 계속 울리는 듯했다). 이건 아무런 의미도 없다고, 이 세상이 다할 때까지(고등학교에 다닐 때, 제3차 세계 대전이 발발하면 자신이 할 일을 정확히 알고 있다고 말하는 선생님이 있었다. 고향으로 돌아가는 것이었다. 왜냐하면 그곳에서는 절대 아무 일도 일어나지 않기 때문이다. 잘은 몰라도 아마 농담이었으리라. 하지만 한편으로는 그 선생님이 옳았다. 전 문명 세계가 사라져도 멕시코는 계속 존재할 것이다. 지구가 사라지거나 해체돼도 멕시코는 계속 멕시코일 것이다) 혹은 울리세스와 아르투로와 낯선 하얀 옷의 남자가 일어나 가버릴 때까지 카페 카토의 그 테이블에 앉아 있을 수 있다고. 하지만 그런 종류의 일은 일어나지 않았다. 아르투로가 나를 보고 일어나 내 쪽으로 와서 볼에 입을 맞췄다. 그러고는 자기네 테이블로 갈 것인지, 아니면 더 편하게 내 자리에 그대로 앉아서 기다릴 건지 물었다. 기다리겠다고 말했다. 그가 말했다. 알았어. 그러고는 하얀 옷의 남자가 있는 테이블로 되돌아갔다. 나는 그들을 바라보지 않으려고 노력했고, 한동안 성공했지만 마침내는 시선을 들었다. 울리세스는 머리를 수그리고 있었는데 머리카락이 얼굴 반을 뒤덮고 있었고 거의 잠이 들려는 것 같았다. 아르투로는 낯선 이를 바라보다가 이따금 나를 힐끔 쳐다보았다. 하얀 옷의 남자를 바라보는 시선과 내 테이블을 찾는 시선 두 개의 시선이 다 공허하고 먼 산 쳐다보듯 했다. 한참 전에 카페 키토를 떴는데, 무자비하게도 환영만 그곳에 남아 있는 듯했다. 그 후(얼마나 지난 다음일까?) 아르투로와 울리세스가 자리에서 일어나 내 옆에 앉았다. 하얀 옷의 남자는 이미 없었다. 카페는 텅 비어 있었다. 나는 아버지 차에 대해서는 묻지 않았다. 아르투로는 떠나려 한다고 말했다. 내가 물었다. 다시 소노라로? 아르투로가 웃었다. 가래침 뱉듯 하는 웃음이었다. 자기 바지에 침을 뱉는 듯한. 아르투로가 말했다. 아니, 훨씬 더 먼 곳으로. 울리세스는 이번 주에 파리로 가. 내가 말했다. 잘됐네, 미셸 빌토를 만나게 되겠네. 울리세스가 말했다. 세상에서 제일 유명한 강(江)도. 내가 말했다. 잘됐네. 울리세스가 말했다. 괜찮은 일이지. 내가 아르투로에게 말했다. 너는? 아르투로가 말했다. 나는 조금 더 있다가 스페인으로 가. 내가 말했다. 언제들 돌아올 생각인데?

두 사람은 어깨를 으쓱했다. 그러고는 말했다. 누가 알겠어, 마리아. 그들이 그렇게 잘생겨 보인 적은 없었다. 바보 같은 말임을 알지만, 그렇게 잘생기고 유혹적으로 보인 적은 결코 없었다. 비록 나를 유혹하는 행동은 전혀 하지 않았지만. 그런데 실제는 그 반대여서 두 사람 다 꾀죄죄했다. 대체 얼마 동안이나 샤워를 하지 않고 잠을 자지 않았는지, 눈가에 주름이 가득하고 면도가 필요했다(수염이 많이 나지 않는 울리세스는 아니었지만). 그래도 나는 그들에게 키스하고 싶었고, 왜 안 그랬는지 모를 일인데 두 사람과 침대에서 정신을 잃을 때까지 하고, 그 후 그들이 잠자는 것을 바라보고, 그 후 다시 계속 하고 싶었다. 나는 생각했다. 만일 여관을 잡으면, 만일 어두운 방에 한정 없이 처박혀 있으면, 만일 내가 이들의 옷을 벗기고 이들이 내 옷을 벗기면 모든 문제가 해결될 거야. 아버지의 광기도, 잃어버린 차도, 순간순간 나를 질식시킬 것 같은 슬픔과 기(氣)가. 하지만 나는 그들에게 아무런 말도 하지 않았다.

---

1 León Felipe(1884~1968). 스페인 시인으로 내전 발발 이후 멕시코에 정착했다.
2 Pedro Garfias(1901~1967). 스페인 27세대 시인으로 내전 발발 이후 멕시코에 정착했다.

4

1976년 12월, 멕시코시티 멕시코 국립 자치 대학 인문대, 아욱실리오 라쿠투레. 나는 멕시코 시의 어머니다. 모든 시인을 알고, 모든 시인이 나를 안다. 나는 아르투로 벨라노가 열여섯 살일 때, 그가 아직 내성적이고 술도 못할 때 알게 되었다. 나는 우루과이인이고 몬테비데오가 고향이다. 하지만 어느 날 멕시코에 왔다. 어째서, 무엇 때문에, 어떻게, 언제 오게 되었는지 잘 모르겠지만. 나는 1967년, 아니 어쩌면 1965년이나 1962년에 멕시코시티에 왔다. 연도나 여정은 이제 기억나지 않고, 멕시코에 와서 이곳을 뜨지 않았다는 사실만 알 뿐이다. 나는 레온 펠리페[1]가 아직 생존해 있을 때 멕시코에 왔다. 거인, 자연의 경이! 그는 1968년 사망했다. 나는 페드로 가르피아스[2]가 아직 살아 있을 때 멕시코에 왔다. 위대한 인물, 우울한 인물! 돈 페드로는 1967년 사망했다. 즉, 나는 적어도 1967년 이전에 온 셈이다. 그러니 멕시코에 온 해가 1965년이라고 해두자. 결국 나는 1965년에 멕시코에 온 것으로 믿고 있고(착각일 수도 있지만), 그 세계적인 스페인들을 자주, 매일, 시시각각 찾아갔다. 여성 시인의 열정, 영국인 간호사 같은 열정, 오빠들을 위해 무진 애를 쓰는 여동생의 헌신으로. 그들은 z와 c를 입모양을 둥글게 해서 발음하고,[3] s 발음은 유례없이 씹고 외설스럽게 하는[4] 그 독특한 스페인 발음으로 내게 말하곤 했다. 아욱실리오, 바닥 좀 그만 닦아. 아욱실리오, 그 종이들 좀 가만 놔둬. 먼지는 늘 문학과 짝을 이루니까. 나는 그들에게 말했다. 돈 페드로, 레온(정말 이상하지. 더 나이 많고 존경스러운 분에게는 편하게 말을 하고, 더 손아랫인 사람에게는 조심스럽다는 듯 계속 존칭을 쓰니), 저 좀 내버려두고 하시던 일 하세요. 제가 투명 인간인 셈 치고 계속 차분하게 글을 쓰세요. 그들은 웃었다. 아니 레온 펠리페가 웃었다. 비록 솔직히 말하면 웃는 것인지 목청을 가다듬는 것인지 저주를 하는 것인지 알 수 없었지만. 돈 페드로, 그 우울한 양반!, 페드리토 가르피아스는 웃지 않았다. 정말 우울한 사람이었다. 그는 웃지 않고 해 질 녘의 호수 같은 눈망울로 나를 바라보았다. 아무도 찾지 않는 산중 호수, 처연하기 짝이 없는 데다가 이 세상 것이 아닌 듯 너무나 잔잔한 호수 같은 눈망울로 아욱실리오, 아니면 고마워, 아욱실리오 하는 말만 했다. 정말 하느님 같은 사람이었다. 그래서

---

3 라틴 아메리카 스페인어와 달리 스페인 스페인어에서는 c가 e, i와 결합할 때와 z를 [θ]로 발음하는 것을 가리킨다.

4 s 발음을 명료하게 하지 않는데, 그것이 오히려 야하게 들린다는 뜻이다.

5 멕시코시티를 말한다. 멕시코의 정복자 에르난 코르테스가 처음 사용하고 알폰소 레예스도 쓴 표현이지만, 멕시코를 대표하는 소설가 카를로스 푸엔테스(1928~2012)가 20세기 전반기의 멕시코시티를 다룬 『세상에서 가장 맑은 지역 La región más transparente』(1958)이라는 소설을 발간하면서 유명해진 표현이다.

나는 충직하게 자주 그들을 찾아갔다. 내 시를 보여 준 답시고 괴롭히지 않고, 그들에게 도움이 되려고 노력하면서. 하지만 다른 일들도 했다. 나는 일을 했다. 일을 하려고 노력했다. 모든 사람이 알고 있거나 믿고 있거나 상상하는 것처럼 멕시코시티에서 사는 것은 쉬우니까. 돈이 좀 있거나 장학금이나 일자리가 있다면 말이다. 그런데 나는 아무것도 없었다. 세상에서 가장 맑은 지역[5]에 올 때까지의 긴 여정은 내게서 많은 것을 고갈시켰다. 정상적인 일에 종사할 근로 의욕도 그중 하나였다. 그래서 나는 대학, 더 구체적으로 말하면 인문대를 맴돌면서 이를테면 자원봉사를 했다. 하루는 가르시아 리스카노 교수의 강의록을 타이핑하고, 하루는 프랑스어과에서 프랑스어 텍스트를 번역하고, 또 어떤 날은 삿갓조개처럼 연극 동아리에 찰싹 달라붙어, 거짓말 안 보태고 여덟 시간 동안 연습을 보면서 샌드위치를 날라다 주고 시험 삼아 조명을 조작해 보고 했다. 가끔은 보수가 있는 일도 얻었다. 이를테면 조교 역할을 해준 데 대해 어느 교수는 자기 월급에서 돈을 지불했고, 학과장들은 자신들이 직접, 혹은 단대 차원에서 보름이나 한 달 동안 대체로 존재하지도 않는 유령 직책에 나를 고용해 주었다. 혹은 비서들, 참으로 친절했던 그녀들이 수를 써서 상사들이 자잘한 일을 맡기도록 하여 몇 푼이라도 벌 수 있었다. 이런 식으로 낮을 보냈다. 밤에는 친구들과 더불어 보헤미안 생활을 했다. 나로서는 즐거운 생활이었고 유익하기까지 했다. 왜냐하면 돈이 별로 없던 시절이라 가끔은 방값도 없었기 때문이다. 그러나 대체로 돈이 떨어지는 법은 없었다. 과장하고 싶지는 않다. 살 수 있을 만큼은 돈이 있었다. 행복했다. 낮에는 인문대에서 개미처럼, 아니 더 적절하게 표현하자면 매미처럼 이리저리, 이 사무실에서 저 사무실로 오가며 살면서 온갖 뒷소문, 온갖 바람피우는 이야기와 이혼 이야기, 온갖 계획과 기획 소식을 꿰차고 있었다. 그리고 밤에는 박쥐처럼 행동반경을 넓혀 인문대를 벗어나 정령처럼(요정이라고 말하고 싶지만, 그러면 진실에 어긋날 것이다) 멕시코시티를 쏘다니고, 술 마시고, 토론하고, 문학 모임에 참여하고(나는 모든 문학.모임을 알게 되었다), 나중만큼 많은 수는 아니지만 그때부터 이미 나를 찾던 젊은 시인들에게 충고를 해주었다. 한마디로 내 인생을 살고, 내가 선택한 인생을 살고, 나를 둘러싼 떨리고 변화무쌍하고 충만하고 행복한 삶을 살았다. 그리고 나는 1968년을 맞이했다. 아니 1968년이 나를 맞이한 것일 수도 있다. 이제는 말할 수 있을 것 같다. 1968년 2월인가 3월인가에 그해의 전조를 느꼈다고, 여러 술집에서 그해의 냄새를 맡았다고. 하지만 1968년이 아직 진정한 1968년이 되기 전이었다. 아! 그때 생각을 하면 웃음이 난다. 울고 싶다! 내가 울고 있다고? 나는 모든 것을 보았고, 동시에 아무것도 보지 못했다. 이해가 되는가? 군대가 대학의 자율성을 깨뜨리고 캠퍼스에 진입해 사람들을 체포하고 죽일 때 나는 인문대에 있었다. 아니 대학에서 죽은 사람은 많지 않았다. 틀라텔롤코에서 많이 죽었다.[6] 틀라

---

6 1968년 10월 2일 멕시코시티 틀라텔롤코 라스 트레스 쿨투라스 광장[삼문화(三文化) 광장이라는 뜻]에서 일어난 학살 사건을 말한다. 집권당인 제도혁명당의 장기 집권과 실정에 염증이 난 학생들이 중심이 되어 올림픽 개최 반대 등의 이슈로 시위를 일으키자 정부가 강경 진압에 나서 최소한 수백 명의 학생과 시민이 사망했다.

텔롤코, 우리의 기억에 영원히 남을 그 이름! 하지만 군과 전경이 대학에 들어와 모든 사람을 끌고 갈 때 나는 인문대에 있었다. 도저히 믿기 힘든 일이다. 나는 화장실, 4층이었던 것 같은데 정확히는 모르겠고 아무튼 인문대 어느 층 화장실에 있었다. 나는 치마를 들추고(시나 노랫말에 나오듯이 그렇게) 변기에 앉아 페드로 가르피아스의 그 섬세한 시들을 읽고 있었다. 그가 죽은 지 이미 1년이었다. 스페인과 이 세상 전반에 대해 너무 우울해하고 슬퍼하던 돈 페드로, 파렴치한 전경들이 대학에 진입한 바로 그 순간 내가 화장실에서 자기 시를 읽고 있을 줄 상상이나 했을까. 옆길로 새서 미안하지만, 내 생각에 삶은 경이로운 일과 수수께끼투성이다. 사실 페드로 가르피아스 덕분에, 페드로 가르피아스의 시 덕분에, 그리고 화장실에서 책을 읽는 나의 오랜 나쁜 습관 덕분에, 나는 전경이 진입하고 군이 진입해서 눈앞에 뵈는 모든 사람을 끌고 갔다는 사실을 최후로 알게 된 사람이었다. 소리야 들었다. 내 영혼에 울리는 소리를! 그 후 그 소리가 점점 커지고 커져서 이미 그때는 바깥에서 일어나는 일에 주의를 기울이고, 옆 칸에서 누군가 줄을 잡아당겨 물 내리는 소리를 듣고, 문 닫는 소리와 복도의 발소리와 정원의 아우성을 들었다. 언제라도 비밀 이야기와 사랑이 가능한 섬을 휘감고 있는 초록 바다처럼 인문대를 에워싸고 있는 잔디밭, 지극정성으로 가꾼 그 잔디밭에서 들리는 아우성을. 그리하여 페드로 가르피아스 시의 포말이 사라지고, 나는 책을 덮고 일어나 줄을 당기고 문을 열고 큰 소리로 말했다. 이봐요, 밖에 무슨 일이에요. 하지만 아무도 대답하지 않았다. 화장실 사용자들은 다 사라지고 없었다. 나는 아무도 대답하지 않으리라는 것을 이미 알면서도 말했다. 이봐요, 아무도 없어요? 여러분은 그런 느낌을 알는지 모르겠다. 이윽고 나는 손을 씻고 거울 속의 나를 보았다. 키가 크고, 마르고, 금발이고, 몇 개, 아니 이미 너무 많은 주름이 있어서 언젠가 페드로 가르피아스가 여자 돈키호테라고 부른 얼굴을 한 사람이 보였다. 그 후 나는 복도로 나갔다. 나가자마자 무슨 일이 있음을 깨달았다. 복도가 텅 비어 있고, 계단을 타고 올라오는 비명들은 혼을 빼놓고 남을 만했다. 그래서 내가 무엇을 했느냐? 누구나 할 수밖에 없을 일을 했다. 창가에 가서 아래를 바라보았다. 군인들이 보였다. 다른 창가로 갔다. 탱크가 보였다. 복도 끝에 있는 또 다른 창으로 갔다. 체포된 학생과 교수들을 싣고 있는 트럭이 보였다. 마리아 펠릭스와 페드로 아르멘다리스 주연의 멕시코 혁명 영화와 제2차 세계 대전 영화가 뒤섞인 장면을 방불케 해서, 어두운 화면 속에 점점이 번득이는 사람들이 있었다. 미친놈들 눈에, 혹은 잔뜩 공포에 질렸을 때 일부 사람들 눈에 뵌다는 장면 같았다. 그때 나 자신에게 말했다. 여기 그대로 있어, 아욱실리오. 저들이 너를 잡아가게 하면 안 돼. 여기 그대로 있어, 아욱실리오. 자진해서 저 영화 속으로 들어가지 말라고. 너를 트럭에 싣고 싶다면 너를 찾아내는 수고를 감수하게 해. 그래서 나는 화장실로 돌아갔다. 참 묘하다. 화장실까지만 돌아간 것이 아니라, 변기가 있는 칸까지 돌아갔다. 내가 있던 바로 그 칸으로 돌아가 다시 변기에 앉은 것이다. 무슨 뜻인고 하니, 전혀 볼일이 급하지 않은데도(이런 경우에는 똥오줌을 지린다고들 하는데 내 경우는 그렇지 않았다) 다시 치마를 들추고, 팬티를 내리고, 페드로 가르피아스의 책을 펼쳤다. 책 읽을 마음이 없는데도 천천히 단어 하나하나, 시 구절 하나하나를 읽기 시작했다. 갑자기 복도에서 소리가 들렸다. 군화 소리? 징이 박힌 군화 소리? 나는 속으로 말했다. 이봐, 설마 이리로 오겠어, 안 그래? 그때 이상 없음이라고 말한 듯한 목소리가 들렸다. 다른 말이었을 수도 있지만. 그리고 누군가가, 아마도 그 말을 한 바로 그 자식이 화장실 문을 열고 들어왔다. 나는 르누아르의 발레리나처럼 발을 들어올렸다. 내 깡마른 복사뼈에, 그때 신고 있던 가장 편안한 종류의 노란 모카신 구두에 팬티가 대롱대롱 걸렸다. 그 군인이 칸막이마다 수색하는 것을 기다리는 동안, 나는 내 차례가 되어도 문을 열지 않고 멕시코 국립 자치 대학의 자율성의 마지막 보루를 지킬 작정이었다. 불쌍한 우루과이 시인에 불과하지만 그 누구보다도 멕시코를 사랑하는 내가. 기다리는 동안 특별한 정적이 감돌았다. 시간이 파괴되어 여러 방향으로 동시에 흐르는 것 같았다. 말뿐인 시간도, 제스처나 행동으로 구성된 시간도 아닌 순수한 시간이. 나는 나 자신을, 또 자아도취에 빠져 거울 속 자신을 바라보는 군인을 보았다. 인문대 4층 여자 화장실에서 조각상처럼 가만히 있는 이 두 사람을. 그게 다였다. 그 후 화장실을 떠나는 발소리를 감지하고, 문 닫는 소리를 들었다. 허공에 떠 있던 내 다리는 스스로 결정한 것인 양 원래 위치로 돌아왔다. 짐작건대 그 상태로 세 시간가량 머물렀을 것이다. 칸막이에서 나왔을 때 날이 저물기 시작한 기억이 난다. 사실 처음 겪는 상황이었지만, 나는 무엇을 해야 할지 알았다. 내 의무가 무엇인지 알았다. 그래서 나는 화장실의 유일한 창문에 기어올라 바깥을 살폈다. 저 멀리 홀로 있는 군인이 보였다. 장갑차의 윤곽 내지 그림자가 보였다. 라틴 문학의 주랑 현관, 그리스 문학의 주랑 현관처럼. 아, 나는 정말 그리스 문학이 좋다. 핀다로스[7]에서 이오르고스 세페리스[8]에 이르기까지. 나는 바람이 하루의 마지막 빛을 즐기듯 대학을 휘젓고 지나가는 것을 보았다. 그리고 내가 무엇을 해야 할지 알았다. 알고 있었다. 굴하지 말아야 한다는 것을 알고 있었다. 그래서 여자 화장실 타일 바닥에 앉아 마지막 햇빛을 이용해 페드로 가르피아스의 시 세 편을 더 읽었다. 그리고 책을 덮고 눈을 감고 말했다. 아욱실리오 라쿠투레, 우루과이 시민이자 라틴 아메리카 시민이여, 시인이자 여행가여, 버텨라. 그것뿐이었다. 이윽고 나는 지금 이 순간처럼 내 과거에 대해 생각했다. 여러 가지 생각을 했다. 하지만 여러분에게는 지금 이 순간 내가 생각하는 아르투로 벨라노, 젊은 아르투로 벨라노 이야기처럼 흥미 있는 이야기들이 아닐 것이다. 나는 1970년, 아르투로 벨라노가 열예닐곱 살일 때 그를 알게 되었다. 나는 이미 멕시코 젊은 시인들의 어머니였고, 그는 술도 마실 줄 모르면서, 멀리 떨어져 있는 조국 칠레에서 살바도르 아옌데가 대선에 승리한 것을 자랑스러워하는 풋내기였

---

7 Pindaros(B. C. 518?~B. C. 438?). 그리스의 서정시인으로 왕후와 귀족들을 위한 찬미의 시를 지었다.

8 Giorgos Seferis(1900~1971). 그리스의 시인. 초현실주의 시인으로 출발하여 고대 그리스 전통을 살린 독특한 시풍을 보여 주었다. 1963년 노벨 문학상을 수상했다.

9 William Carlos Williams(1883~1963). 미국 시인으로 모더니즘과 이미지즘 경향의 시를 썼다.

다. 나는 아르투로 벨라노를 알게 되었다. 끔찍한 토굴 같은 바인 엔크루시하다 베라크루사나의 시끌벅적한 시인 모임에서. 그곳에는 각양각색의 젊은이들과 그리 젊지만은 않은 유망 시인들이 가끔 모였다. 나는 아르투로 벨라노와 친구가 되었다. 아마 그 수많은 멕시코인들 사이에서 우리 두 사람만 유일한 남미인이었기 때문이리라. 나는 나이 차이에도 불구하고 그와 친구가 되었다. 온갖 차이에도 불구하고! 나는 그에게 T. S. 엘리엇이 누구인지, 윌리엄 카를로스 윌리엄스[9]가 누구인지, 파운드가 누구인지 말해 주었다. 한번은 아프고 술에 취한 그를 집에 데려다 주었다. 목에 팔을 두르고 내 앙상한 어깨로 받치고서. 나는 아르투로 벨라노 어머니의 친구, 아버지의 친구, 너무나 서글서글한 여동생의 친구가 되었다. 모두 너무 호감이 갔다. 내가 그의 어머니에게 처음 한 말은 이랬다. 부인, 당신 아들과 잔 것 아니에요. 그러자 그녀가 말했다. 물론 아니겠죠, 아욱실리오. 그런데 부인이라고 부르지 마세요. 우리 나이도 거의 같은데. 나는 그 가족과 친구가 되었다. 이 칠레인 가족은 1968년에 멕시코로 왔다. 나의 해에. 나는 아르투로의 집에 오랫동안 손님으로 머물곤 했다. 어떤 때는 한 달, 또 어떤 때는 보름, 그리고 한번은 한 달 반 동안. 왜냐하면 그 당시 하숙비나 옥탑방 방값이 없었기 때문이다. 낮에는 대학에서 천 가지 일을 하면서 보내고, 밤에는 보헤미안 생활을 하고, 남녀 불문하고 이 친구 저 친구 집에서 자면서 옷, 책, 잡지, 사진 등등 얼마 되지 않는 내 소지품을 뿌려 놓던 중이었다. 나는 레메디오스 바로, 레오노라 캐링턴, 에우니세 오디오, 릴리안 세르파스(아

불쌍한 릴리안 세르파스)였다.[10] 내가 미치지 않은 것은 늘 웃음을 유지했기 때문이다. 내 치마 때문에 웃고, 내 홀태바지 때문에 웃고, 줄이 간 내 스타킹 때문에 웃고, 점점 금발이 사라지고 흰머리가 늘어나는 내 프린스 밸리언트[11] 헤어스타일 때문에 웃고, 멕시코시티의 밤을 세심히 살피는 내 푸른 눈 때문에 웃고, 대학의 이야기들, 즉 부상(浮上)과 추락, 개무시, 승진 탈락, 납작 엎드리기, 아부, 허위 업적, 멕시코시티의 밤하늘에서 분해되었다가 다시 조립되는 흔들거리는 침대들 등의 이야기에 귀기울이는 내 분홍빛 귀 때문에 웃었다. 내가 익히 아는 그 하늘, 아스테카의 가마솥 같은 그 변화무쌍하고 가없는 하늘 아래에서 나는 행복한 삶을 살았다. 멕시코의 모든 시인과 함께, 그리고 아르투로 벨라노와 함께. 그는 열예닐곱 살이었고, 내 눈길하에 성장하기 시작해서 1973년 혁명을 하러 조국으로 돌아가기로 결정했다. 아르투로 벨라노의 가족 외에 배웅하러 버스 터미널에 간 유일한 사람이 나였다. 그는 육로로 갔는데, 그것은 위험천만한 기나긴 여행, 라틴 아메리카의 모든 가난한 청년

---

10 Remedios Varo(1908~1963)는 초현실주의 계통의 스페인 화가, Eunice Odio(1922~1974)는 코스타리카 시인, Lilian Serpas(1905~1985)는 엘살바도르 시인. 레오노라 캐링턴을 비롯해 모두 멕시코에 오래 거주했다.
11 Prince Valiant. 1937년부터 오랫동안 인기를 끌어 영화로도 여러 차례 만들어진 영국 만화. 밸리언트는 바이킹족의 왕자로, 짧은 단발에 앞머리를 일자로 자른 머리 모양을 하고 있다.
12 칠레에서 피노체트 쿠데타가 일어난 날로, 아옌데 정부 지지자들 중에서는 근무지나 비상시를 대비해 미리 지정된 자기 위치를 고수한 사람들이 있었다.
13 단테의 『신곡』에서 단테를 지옥에 데려간 이가 로마 시인 베르길리우스였다.

이 이 부조리한 대륙을 일주하는 통과 의례 여행이었다. 아르투리토 벨라노가 버스 창문에 모습을 보이며 손짓으로 작별 인사를 했을 때, 그의 어머니뿐만 아니라 나도 울었고, 그날 밤 그저 그녀 곁에 같이 있어 주려고 그 가족의 집에서 잤다. 하지만 다음 날에는 그 집에서 나왔다. 늘 가는 바와 카페와 주점들 외에는 갈 데도 없건만 그래도 집을 나왔다. 지나치게 남을 이용하기 싫어서이다. 아르투로가 1974년에 돌아왔을 때, 그는 이미 딴사람이었다. 아옌데는 실각하고 아르투로는 의무를 다했다. 그 이야기는 아르투로 여동생이 해주었다. 아르투리토는 양심, 라틴 아메리카 사내의 그 혹독한 양심을 지켰다. 이론적으로는 아무것도 자책할 일이 없었다. 아르투로는 9월 11일 자원자로 나섰다.[12] 텅 빈 거리에서 황당무계한 보초를 섰다. 밤에 거리로 나왔다가 여러 가지 일을 목격했다. 그리고 며칠 후 경찰 검문에서 체포되었다. 고문을 당하지는 않았지만 며칠 동안 구금되었는데, 그 기간 동안 남자답게 행동했다. 아르투로의 양심은 평화로워야 했다. 멕시코에서는 친구들, 멕시코시티의 밤, 시인들의 삶이 아르투로를 기다렸다. 하지만 돌아왔을 때, 아르투로는 이미 그가 아니었다. 자기보다 어린 다른 사람들, 즉 열여섯, 열일곱, 열여덟 살짜리 코흘리개들과 어울리고, 울리세스 리마를 알게 되고(잘못된 만남이군, 내가 울리세스 리마를 보았을 때 생각했다), 자신의 옛 친구들을 비웃으며 이들의 삶을 거들떠보지도 않았다. 그리고 마치 자신이 단테라도 되는 듯, 막 지옥에서 돌아온 사람이라도 되는 듯 모든 것을 바라보았다. 아니 단테를 넘어 자신이 바로 그 베르길리우스라도 되는 듯 행동했다.[13]

정말 예민한 청년이었던 아르투로는 그 상스러운 마리화나를 피우고, 내가 상상하기도 싫은 약들을 이것저것 들이켜기 시작했다. 그러나 내가 아는데 아르투로는 어쨌든 내면적으로는 늘 좋은 사람이었다. 아르투로와 나는 이제 서로 다른 사람들과 어울리기 때문에 순전히 우연히 만날 때마다 그는 그랬다. 어떻게 지내요, 아욱실리오라고 말하거나, 부카렐리 가의 건너편 보도에서 소코로, 소코로, 소코로[14]라고 외치며 손에 타코나 피자 조각을 든 채 원숭이처럼 펄쩍펄쩍 뛰었다. 그럴 때마다, 대단히 아름답지만 검은 옷의 미망인보다 마음이 더 어두운 그 라우라 하우레기, 울리세스 리마, 또 다른 칠레 애 펠리페 뮐러와 같이 있었다. 이따금 나는 용기를 내서 아르투로 그룹에 끼었다. 그러나 그들은 글리글리코[15]로 이야기했다. 비록 나를 좋아하는 티를 내고, 내가 누구인지 아는 티를 내지만 글리글리코로 이야기를 해서 대화의 내용을 따라잡기 어려웠기 때문에 나는 마침내는 가던 길을 갈 수밖에 없었다. 하지만 그 애들이 나를 비웃은 건 아니었다! 내 말은 들었다고! 그러나 내가 글리글리코를 모르고, 그 불쌍한 아이들은 자신들만의 은어를 버릴 수가 없으니 어쩔 수 없는 일이었다. 버림받은

---

14 아욱실리오 *auxilio*와 소코로 *socorro*는 도움을 요청할 때 쓰는 표현으로 동의어이다.

15 훌리오 코르타사르(1914~1984)가 『팔방놀이 *Rayuela*』(1963)에서 라 마가와 올리베이라 사이의 에로틱한 성행위 장면을 묘사하기 위해 고안한 인공어. 일견 아무 의미가 없는 것처럼 보이지만 스페인어와 구문과 형태가 동일하여 상당 부분 의미를 파악할 수 있다. 라틴 아메리카의 아방가르드 시인인 비센테 우이도브로와 올리베리오 히론도 역시 이런 식의 실험을 시도한 바 있다.

16 만두 비슷하게 생긴 음식으로 오븐이나 화덕에 요리한다.

불쌍한 아이들. 그것이 그들의 상황이었다. 아무도 그들을 좋아하지 않았다. 아니면 아무도 그들을 대단하게 생각하지 않았든지. 가끔 자신들이 지나치게 대단한 줄 아는 듯한 인상도 받았다. 어느 날 사람들이 내게 말했다. 아르투로 벨라노가 멕시코를 떠났어. 그리고 덧붙였다. 이번에는 안 돌아왔으면. 나는 늘 아르투로를 좋아했기 때문에 그 말에 엄청 화가 났다. 그래서 그 말을 한 사람과 한바탕한 것 같다(적어도 머릿속으로라도). 하지만 그러기 전에 냉철하게 아르투로가 어디로 갔는지 물어보았다. 대답이 시원치 않았다. 오스트레일리아, 유럽, 캐나다, 어딘가 한 곳으로 갔겠지요. 그래서 아르투로 생각이 나고, 너그럽기 그지없는 그의 어머니 생각이 나고, 그의 동생 생각이 나고, 그의 집에서 같이 엠파나다[16]를 만들던 오후들 생각이 나고, 내가 국수 면발을 뽑은 다음 이를 말린답시고 아브라암 곤살레스 가에 위치한 아르투로 가족의 집 부엌, 식당, 작은 거실 할 것 없이 온 데 다 국수를 널던 생각이 난다. 아무것도 잊을 수가 없다. 사람들은 그게 내 문제라고 말한다. 나는 멕시코 시인들의 어머니이다. 나는 1968년 전경과 군이 대학에 진입했을 때 유일하게 버틴 사람이다. 잘 기억나지 않지만, 열흘 이상, 보름 이상을 아무것도 못 먹고 나 혼자 인문대에 남아 화장실에 숨어 있었다. 하얀 블라우스에 파란 주름치마 차림으로 페드로 가르피아스의 책과 핸드백을 가지고 남았고, 생각하고 또 생각할 시간이 있었다. 하지만 그때는 아직 아르투로 벨라노를 몰라서 그를 생각할 수는 없었다. 나는 스스로에게 말했다. 아욱실리오 라쿠투레, 버텨. 바깥으로 나가면 너를 체포할 거야(그리고 아마 몬테비데오로 추방할 거야. 당연하지, 합법적인 신분증이 없잖아, 바보야), 침을 뱉을 거야, 몽둥이찜질을 할 거야. 나는 버틸 작정이었다. 배고픔과 고독을. 처음 몇 시간 동안은 변기에 앉아서 잠을 잤다. 모든 일이 시작되었을 때 차지하고 있던 바로 그 변기, 고립무원의 처지에서 행운을 주었다고 생각하게 해준 바로 그 변기였으나 옥좌에 앉아 잠을 자는 일은 불편하기 짝이 없어서 결국 타일 바닥에 쭈그리고 앉았다. 꿈을 꾸었다. 악몽은 아니고 음악적인 꿈, 투명한 질문들의 꿈, 라틴 아메리카의 차가운 창공을 끝에서 끝으로 가로지르는 날렵하고 안전한 비행기 꿈이었다. 나는 몸이 뻣뻣해진 채 지독한 배고픔을 느끼며 잠에서 깨어났다. 창문, 세면대 위의 작은 창문을 통해 바깥을 내다보았다. 퍼즐 조각처럼 조각조각 보이는 캠퍼스의 새 아침을 보았다. 그 첫 번째 아침에 나는 울면서 천사들에게 단수가 안 된 것을 감사드리며 보냈다. 나 자신에게 말했다. 아프지 마, 아욱실리오. 물은 실컷 마시고, 아프지는 마. 나는 바닥에 주저앉아 벽에 등을 기대고 다시 한 번 페드로 가르피아스의 책을 펼쳤다. 눈이 감겼다. 아마 잠이 든 것 같다. 그 후 발걸음 소리가 들려서 나는 내 칸막이에 숨었다(그 칸막이는 내가 한 번도 가져 보지 못한 개인 공간

17 이탈리아의 성으로 릴케가 한때 머물며 영감을 받아 쓴 비가로 유명하다.
18 Dr. Atl(1875~1964). 멕시코 현대 회화의 선구자인 화가 헤라르도 무리요의 예명.
19 Juana de Ibarbourou(1892~1979). 우루과이의 대중적인 여성 시인으로 〈아메리카의 어머니〉라는 별명을 얻었다.
20 이 작품에서 〈아메리카〉는 미국이 아니라 미주 대륙 전체 혹은 라틴 아메리카를 가리킨다.

이자 내 참호이고 내 두이노 궁전[17]이었으며, 멕시코에서 내가 깨달음을 얻은 곳이었다). 그다음에 페드로 가르피아스를 읽었다. 그 후 잠이 들었다. 그 후 둥근 창을 통해 드높이 떠 있는 구름을 보았다. 아틀 박사[18]의 그림과 세상에서 가장 맑은 지역 생각을 했다. 그 후 아름다운 것들을 생각했다. 내가 외우고 있는 시가 몇 편이나 될까? 나는 시를 암송하기 시작했다. 기억나는 시를 나지막하게 읊조렸다. 그 시들을 적었으면 했지만 빅 볼펜만 있고 종이가 없었다. 그 후 생각했다. 바보, 이 세상 최고의 종이가 있으면서. 나는 휴지를 뜯어 거기에 쓰기 시작했다. 그 후 잠이 들고, 후아나 데 이바르부루[19]에 대한 꿈(웃음만 나오네), 그녀의 1930년 작품 『바람의 장미』와 첫 작품 『다이아몬드의 혀들』에 대한 꿈을 꾸었다. 『다이아몬드의 혀들』, 참으로 예쁜 제목, 아름답기 그지없는 제목이라 거의 전위주의 책, 마치 바로 지난해에 쓰인 프랑스 책 같았다. 하지만 아메리카[20]의 후아나는 1919년, 즉 스물여섯의 나이에 이 책을 출간했다. 당시로서는 정말 흥미로운 여인이었으리라. 그녀의 발밑에 온 세계가 있고, 그녀의 명을 우아하게 수행할 용의가 있는 수많은 기사(그들은 이제 죽었지만, 후아나는 아직 존재한다), 시를 위해 목숨을 바칠 수많은 모데르니스모 시인들 등 그녀는 모든 사람을 거느리고 있었고, 무수한 시선과 환대와 사랑을 받았다. 그 후 잠에서 깨어나서 생각했다. 나는 과거의 기억이야. 그런 생각을 했다. 그 후 다시 잠이 들었다. 그 후 잠에서 깨어나 몇 시간 동안, 어쩌면 며칠 동안 울었다. 잃어버린 시절을, 몬테비데오에서의 유년기를, 아직도 내 마음을 어지럽

히지만(심지어 오늘날 예전보다 더 내 마음을 어지럽힌다) 이에 대해서는 차라리 입을 다물고 싶은 얼굴들을 생각하며 울면서 보냈다. 그 후 나는 며칠 동안 갇혀 있었는지 헤아릴 수 없게 되었다. 내 작은 창문에서 새, 나무, 아니 보이지 않는 곳에서 드리워진 나뭇가지, 관목, 풀, 구름, 벽을 보았다. 그러나 사람도 보지 못하고 아무 소리도 듣지 못했다. 얼마나 갇혀 있었는지 시간 감각을 상실했다. 그 후 화장지를 먹었다. 아마도 찰리 채플린을 떠올리면서 그랬을 텐데 약간 먹었을 뿐이다. 내게는 더 많이 먹을 위가 없었다. 그 후 이제 배가 고프지 않다는 사실을 발견했다. 그 후 글을 쓴 화장지를 집어 변기에 넣고 줄을 당겼다. 물소리에 깜짝 놀랐고, 그래서 내가 졌다는 생각이 들었다. 나는 생각했다. 여태까지 내가 보여 왔던 영리함과 희생에도 불구하고 내가 졌어. 나는 생각했다. 내 글을 파괴하다니 정말로 시적 행위이군. 나는 생각했다. 차라리 종이를 삼켜 버릴걸. 이제는 내가 졌어. 나는 생각했다. 글쓰기의 부질없음, 파괴의 부질없음이란. 나는 생각했다. 글을 썼기 때문에 견딜 수 있었어. 나는 생각했다. 쓴 글을 파괴했으니 나를 발견하고 때리고 겁탈하고 죽일 거야. 나는 생각했다. 글쓰기와 파괴, 은신과 발각 이 두 가지는 서로 관련이 있어. 그 후 나는 옥좌에 앉아 눈을 감았다. 그 후 잠을 잤다. 그 후 잠에서 깼다. 온몸이 저렸다. 화장실을 천천히 거닐고, 거울을 보고, 머리를 빗고, 얼굴을 씻었다. 얼굴이 정말 말이 아니었다! 지금 내 얼굴 같았으니, 상상을 해보라. 그 후 나는 목소리를 들었다. 오랫동안 아무 소리도 듣지 못한 것 같은데. 모래사장에서 사람 흔적을 발견한 로빈슨 크루소 같은 기분이 들었다. 내가 발견한 흔적은 목소리와 갑자기 닫히는 문, 복도에 갑자기 내던져진 돌구슬 사태였다. 그 후 폼보나 교수의 비서인 루피타가 문을 열었다. 우리 두 사람은 아무 말도 못하고 입을 쩍 벌린 채 서로 바라보았다. 감정이 북받쳤는지 나는 실신했다. 다시 눈을 떴을 때 리우스 교수(그는 정말 잘생기고 항상 용감했다!) 연구실에 누워 친구들과 아는 얼굴들, 즉 군인이 아닌 학교 사람들에게 둘러싸여 있었다. 그 사실이 너무나 경이로운 나머지 울음을 터뜨려서 내가 겪은 일을 조리 있게 이야기할 수 없었다. 내가 한 일에 한편으로는 놀라고 또 한편으로는 감사하는 듯한 리우스 교수의 요청에도 불구하고. 그것이 전부다, 친구들이여. 그 전설은 멕시코시티의 바람과 1968년의 바람에 실려 퍼져 나가고, 죽은 자와 산 자들과 융합되고, 그 아름다우면서도 비극적인 해에 대학 자율성이 침해되었을 때 한 여성이 대학에 남아 있었다는 사실을 이제는 모든 사람이 알고 있다. 나는 다른 사람들에게 수없이 그 이야기를 들었다. 이야기 속에서 그 여성은 보름 동안 아무것도 못 먹고 화장실에 갇혀 있었고, 신분증도 직업도 쉴 수 있는 집 한 칸도 없는 우루과이인이 아니라 의대 학생 또는 대학 본부의 비서이다. 가끔은 여자가 아니라 남자, 마오쩌둥주의자 학생, 혹은 위장 장애가 있는 학생으로 등장한다. 나는 그런 이야기들, 내가 겪은 일에 대한 그런 여러 설을 들을 때 보통(특히 술을 마시지 않았을 때는) 아무 말 하지 않는다. 그리고 내가 취해 있을 때는 그 사안의 중요성을 깎아내린다! 사람들에게 그런다. 그건 중요한 일이 아니야, 대학에서 생긴 전설, 멕시코시티의 전설이야. 그러면 사람들은 나를 바라보며 말한다. 아욱실리오, 너는 멕시코 시의 어머니야. 그러면 나는 말한다(술을 마셨을 때는 소리 지른다). 아니라고, 나는 누구의 어머니도 아니라고, 하지만 모든 사람, 멕시코시티의 모든 젊은 시인, 멕시코시티 출신의 시인들과 지방에서 온 시인들 모두, 다른 라틴 아메리카 국가에서 파도에 휩쓸려 온 시인 모두를 알고 사랑하는 것은 맞는 말이라고.[21]

---

21 이 일화를 이야기한 아욱실리오 라쿠투레의 실존 모델이 존재한다. 멕시코에 불법 체류 중이던 우루과이 여성 알시라 소우스트 스카포 Alcira Soust Scaffo이다. 알시라는 1968년 9월 군대와 경찰이 멕시코 국립 자치 대학을 점거했을 때 보름 동안 여장 화장실에서 수돗물만 마시며 숨어 있었다고 한다. 이 부분은 후에 수정, 확장되어 『부적』이라는 장편으로 출간된다.

5

1976년 1월, 멕시코시티 종교 재판소 근처 레푸블리카 데 베네수엘라 가, 아마데오 살바티에라. 그때 내가 그들에게 말했다. 어이 젊은이들, 메스칼 다 떨어지면 어쩔까? 그들이 말했다. 내려가서 다른 술 한 병 더 사죠, 살바티에라 씨, 아니 아마데오. 그건 걱정 마세요. 나는 안심이 돼서, 아니 희망이 생겨서 술을 한 잔 쭉 들이켰다. 옛날에 이 땅에서는 정말 훌륭한 메스칼을 만들었는데, 암 그렇고말고. 그러고 나는 일어나 서가, 먼지 덮인 서가로 갔다. 그 책장을 청소하지 않은 지 오래였다! 하지만 책이 싫어져서가 아니라는 점을 믿어 주었으면 한다. 삶은 사람을 피폐하게 하고, 나아가 마취시키고(거의 깨닫지 못하는 사이에 말이다), 내 경우는 아니지만 일부 사람은 최면에 빠뜨린다. 혹은 좌뇌에 물길을 열어 버린다. 기억의 문제에 대한 비유적 표현인데 이해가 될지 모르겠다. 젊은이들도 자리에서 일어났고, 나는 목덜미에 숨결을 느꼈다. 물론 이 역시 비유적 표현이다. 나는 뒤돌아보지 않은 채 헤르만이나 아르켈레스나 마누엘이 내가 무슨 일을 하는지, 돈을 어떻게 버는지 말해 주었느냐고 물었다. 그들이 대답했다. 아니요, 아마데오. 그런 이야기는 전혀 없었습니다. 그래서 나는 아주 우쭐해서 글을 쓴다고 말했다. 나는 웃었든가 아니면 한동안 기침을 했든가 했다. 내가 말했다. 나는 글을 써서 생계를 유지한다네, 젊은이들. 이 개떡 같은 나라에서는 옥타비오 파스와 나만 글로 생계를 유지하지. 물론 그들은, 이런 표현을 써도 괜찮을지 모르겠지만, 감동의 침묵을 지켰다. 사람들 말마따나 힐베르토 오웬이 지키는 침묵 같은 것이었다. 나는 그들에게 말했다. 항상 등을 지고, 항상 책등에 시선을 꽂고. 나는 이 옆의 산토도밍고 광장에서 일하면서 신청서, 기도문, 편지를 쓴다네. 나는 다시 웃었고, 크게 웃는 바람에 책 먼지가 떨어져 나가 제목, 저자 이름, 내가 활동하던 시절의 미발표 원고 꾸러미를 더 선명하게 볼 수 있었다. 그들도 짧게 웃어서 그 웃음이 목덜미를 스쳤다. 정말 조심스러운 젊은이들이었다. 나는 마침내 찾던 서류철을 발견할 수 있었다. 내가 말했다. 여기 내 인생이 있고, 나아가 세사레아 티나헤로의 인생에서 남은 유일한 것이 있네. 그런데 그들은 야심차게 서류철에 달려들어 종이를 뒤적이지 않았다. 그 점이 묘한 점이었다. 대신 꼼짝도 하지 않고 그대로 서서 나더러 연애편지도 쓰는지 물었다. 나는 대답을 하면서 서류철을 바닥에 놓고 로스 수이시다스 메스칼을 내 잔에 가득 따랐다. 온갖 것을 다 쓴다네, 젊은이들. 어머니가 아들에게 보내는 편지, 자식이 부모에게 보내는 편지, 부인이 수감된 남편에게 보내는 편지, 애인 사이의 편지. 물론 애인 사이의 편지가 최고지. 순수하니까, 아니 뜨거우니까. 약국에서처럼 모든 것을 뒤섞고, 가끔은 대서인이 자기 이야기도 좀 넣지. 그들이 말했다. 아, 정말 아름다운 직업이네요. 나는 말했다. 산토도밍고 광장의 회랑 아래에서 30년을 보내고 나니 그 정도는 아니야. 그렇게 말하면서 나는 서류철을 열어 종이를 뒤지며 유일한 『카보르카』지를 찾기 시작했다. 세사레아가 은밀하게 작업하고 부푼 꿈을 안고 펴낸 잡지이다.

1977년 1월, 멕시코시티 교외 데시에르토 데 로스 레오네스 길, 정신 병원 엘 레포소, 호아킨 폰트. 지루할 때를 위한 문학이 있다. 그런 문학은 넘쳐 난다. 평온할 때를 위한 문학이 있다. 내 생각에는 그것이 최고의 문학이다. 슬플 때를 위한 문학도 있다. 기쁠 때를 위한 문학이 있다. 지식에 갈증을 느낄 때를 위한 문학이 있다. 절망할 때를 위한 문학이 있다. 이 마지막 문학이 울리세스 리마와 벨라노가 하고 싶어 한 문학이다. 곧 알겠지만 심각한 오류이다. 예를 들어 평온하고 교양 있고 대체로 건전한 생활을 하는 성숙한 독자, 즉 평균적인 독자를 생각해 보자. 책과 문학지를 구매하는 사람을. 자 그 사람이 여기 있다. 그 사람은 차분할 때를 위해, 평온할 때를 위해 쓰인 문학을 읽을 수 있다. 또한 터무니없거나 유감스러운 공모(共謀) 없이 비판적인 눈으로 그리고 냉철하게 다른 모든 종류의 문학을 읽을 수 있다. 나는 그렇게 생각한다. 이런 말이 누구의 감정도 상하게 하지 않길 바란다.

이제 절망하는 독자를 생각해 보자. 절망하는 이들을 위한 문학이 대상으로 하고 있을 독자를. 여러분에게 무엇이 보이나? 첫째, 절망하는 이들은 젊은 독자, 혹은 잔뜩 예민해진 성숙하지 못한 성인, 비겁한 성인이다. 『젊은 베르테르의 슬픔』을 읽고 자살하는 전형적인 머저리(표현이 뭐하지만)라는 말이다. 둘째, 그들은 한계가 있는 독자이다. 왜 한계가 있느냐고? 간단하다. 그게 그거지만 절망의 문학 혹은 절망하는 사람들을 위한 문학밖에 못 읽기 때문이다. 예를 들어 『잃어버린 시간을 찾아서』나 『마의 산』(이 작품은 내 보잘것없는 견해로는 조용한 문학, 차분한 문학, 완벽한 문학의 패러다임이다)을 단숨에 못 읽는 자 혹은 태아일 뿐이다. 이런 사람이라면 『레 미제라블』이나 『전쟁과 평화』도 마찬가지이다. 내 이야기가 꽤 명쾌하지 않은가? 그렇다, 나는 명쾌하게 이야기했다. 나는 그들에게 이렇게 이야기하고, 말하고, 경고하고, 그들이 직면할 위험을 대비시켰다. 돌에 대고 이야기하는 것과 마찬가지였다. 게다가 절망하는 독자들은 캘리포니아 금광과 마찬가지이다. 머잖아 고갈된다! 왜냐고? 너무나 명백한 일이다! 사람이 평생을 절망하면서 살 수는 없다. 몸이 결국 말을 듣지 않게 되고, 고통은 결국 견딜 수 없어지고, 총명함은 차가운 세찬 물줄기 속에 사라진다. 절망하는 독자는(더구나 시를 읽는 절망하는 독자는 더 견딜 수 없다. 내 말을 믿어라) 결국 책과 멀어지고, 필연적으로 절망만 하는 사람이 된다. 아니면 절망을 치료한다! 그러면 절망적인 독자는 갱생 과정의 일환으로 천천히(강보에 쌓인 아이처럼, 신경 안정제가 녹아 만들어진 비를 맞으면서) 차분한 독자, 휴식하는 독자들을 위한 문학에 집중 가능한 정신 상태로 돌아온다. 그것을 사춘기에서 성인으로의 이행이라고 부른다(아무도 그렇게 부르지 않으면, 〈나〉

라도 그렇게 부르련다). 그러나 평온한 독자가 되었다고 해서 절망하는 독자를 위한 책을 읽지 않는다는 이야기는 아니다. 당연히 그런 책도 읽는다! 특히 그 책이 훌륭하거나 괜찮으면, 아니면 친구가 추천했다면. 하지만 궁극적으로는 지겨워진다! 무기나 처형당한 메시아가 난무하는 그 씁쓸한 문학은 궁극적으로 평온한 독자의 심장을 파고들지 못한다. 차분한 페이지, 성찰이 있는 페이지, 기법상 완벽한 페이지와는 달리. 나는 그들에게 이 이야기를 했다. 경고를 했다. 기법상 완벽한 페이지를 가르쳐 주었다. 위험에 대해 알려 주었다. 광맥을 고갈시키지 말라고! 겸허해지라고! 미지의 땅에서 찾아 헤매고 방황하라고! 그렇게 하되 빵 부스러기나 하얀 조약돌 같은 생명줄은 유지한 채! 그러나 나는 미쳐 있었다. 딸들 잘못으로, 그들의 잘못으로, 라우라 다미안의 잘못으로 미쳐 있었다. 그래서 아무도 내 말에 귀를 기울이지 않았다.

1977년 2월, 미국 중서부 어느 대학 캠퍼스를 걸으면서, 호아킨 바스케스 아마랄. 아니, 아니, 아니, 정말 아니다. 벨라노 그 청년은 정말 좋은 사람이고, 정말 교양 있었다. 전혀 공격적이지 않았다. 나는 1975년 멕시코에 갔다. 내가 번역한 에즈라 파운드의 『캔터스 *The Cantos*』를, 이렇게 말해도 될는지 모르겠지만, 멕시코 사회에 소개하기 위해서였다. 호아킨 모르티스 출판사에서 간행된 꽤 아름다운 이 책은, 유럽 국가였으면 훨씬 더 많은 사람의 주목을 받았을 것이다. 그때 벨라노와 그의 친구들이 행사에 몰려왔다. 그리고 중요한 일인데 그들은 나와 이야기를 나누며 같이 있어 주었고(미지의 도시라고 할 수 있는 곳에 간 외국인에게 이는 늘 감사할 일이다), 그다음 우리는 바에 갔다. 바 이름은 이제 기억나지 않는데 시내 중심가의 국립 예술원 근처였던 것 같다. 우리는 아주 늦게까지 파운드에 대해 이야기했다. 즉, 나는 출판 기념회에서 아는 얼굴들, 멕시코 시단의 저명한 얼굴들은 못 보고(혹 그런 얼굴이 있었다면 유감스럽게도 내가 알아보지 못한 것이다) 그들만 보았다. 꿈 많고 정열적인 이 청년들을. 외국인으로서 감사한 일이다.

무슨 이야기를 했느냐고? 대문호 에즈라 파운드에 대해서는 물론이고, 그의 세인트엘리자베스 정신 병원 시절, 기인 페놀로사,[1] 한나라와 수나라의 시, 유향, 동중서, 왕필, 도연명(365~427), 당시(唐詩), 한유(768~823), 맹호연(689~740), 왕유(699~759), 이백(701~762), 두보(712~770), 백거이(772~846), 명나라, 청나라, 마오쩌둥 등등 대문호 파운드와 관련되어 있지만 우리 중 누구도 근본적으로는 알지 못하는 일들 이야기를 했다. 대문호 파운드도 몰랐을 것이다. 그렇지 않을까? 파운드가 진짜로 아는 문학은 유럽 문학이었으니까. 그래도 얼마나 정열적으로 보이는가. 그 수수께끼 같은 언어를 들이파다니 파운드의 호기심이 정말 대단하지 않은가? 인류에 대한 신뢰가 정말 대단하지 않

1 Ernest Francisco Fenollosa(1853~1908). 카탈루냐계 미국인으로 메이지 유신 시대에 동경 제국 대학에서 철학과 정치 경제학을 가르치면서 일본의 근대화에 중요한 역할을 했다. 일본 예술에 심취해서 서양에 이를 소개하기도 하고, 중국 시를 번역하기도 했다. 에즈라 파운드는 페놀로사의 번역을 토대로 이백의 시를 번역했다.
2 *Dolce stil novo*. 13세기 중엽부터 활발한 활동을 한 시칠리아풍의 시인들을 높이 평가한 단테가 이들의 문체를 청신체(清新體)로 규정했다.

은가? 우리는 또 프로방스 시인들 이야기도 했다. 아르노 다니엘, 베르트랑 드 보른, 지로 드 보르넬, 조프레 루델, 길렘 드 베르게다, 마르카브루, 베르나르 드 방타도른, 랭보 드 바케이라스, 카스텔랑 드 쿠시, 위대한 크레티앵 드 트루아 등, 다들 알겠지만 늘 언급되는 작가들에 대해서. 또 청신체파[2]에 속하는 이탈리아인들로 단테 패거리들이라고도 불리는 치노 다 피스토이아, 귀도 카발칸티, 귀도 귀니첼리, 체코 안지올리에리, 잔니 알파니, 디노 프레스코발디에 대해서도 이야기했다. 하지만 무엇보다도 우리는 대문호 파운드에 대해서 이야기했다. 영국에서의 파운드, 파리에서의 파운드, 라팔로에서의 파운드, 수감된 파운드, 세인트엘리사베스에서의 파운드, 이탈리아에 다시 온 파운드, 죽음의 문턱에서의 파운드…….

그 후 무슨 일이 있었느냐고? 늘 일어나는 일이었다. 우리는 계산서를 달라고 했다. 그들은 나더러 돈을 내지 말라고 우겼지만, 나는 단호하게 거부했다. 나도 젊은 시절이 있었고, 그들 나이에, 더군다나 시인인 경우에 돈이 풍족하지 않다는 것을 안다. 그래서 나는 시킨 것을 다 지불할 수 있을 만큼 충분한 돈을 탁자 위에 놓았다(청년 벨라노와 그의 친구 여덟 명 해서 열 사람쯤 되었다. 친구들 중에는 예쁜 여자도 두 사람 있었는데 불행히도 이름은 잊어버렸다). 지금 생각해 보니 아마 그날 밤의 유일하게 이상한 일이 그 후 일어났다. 그들은 돈을 집어 내게 돌려주고, 나는 탁자 위에 다시 돈을 놓고, 그들이 또다시 내게 돈을 돌려주었다. 그래서 내가 말했다. 젊은이들, 나는 내 학생들과 술을 마시거나 코카콜라를 마시면(하하), 절대로 돈을 못 내게 하네. 나는 이 말을 다정다감하게 했건만(나는 내 학생들을 아주 좋아하고, 내 생각에는 그들도 나를 좋아한다) 그들이 말했다. 말도 안 됩니다, 선생님. 그뿐이었다. 말도 안 됩니다, 선생님이라고. 나는 그 순간 그들의 다의적인 말을 해독하면서, 일곱 명의 청년과 정말 아름다운 두 명의 여자 얼굴을 살펴보았다. 그리고 생각했다. 그래, 이들은 결코 내 학생이 아니야. 왜 그렇게 생각했는지 모르겠다. 사실 그들은 품행이 조신하고 친절했는데도 그런 생각이 들었다.

나는 돈을 지갑에 도로 집어넣었고, 그들 중 하나가 지불을 했다. 그 후 우리는 거리로 나섰다. 아름다운 밤이었고 차량의 홍수도 한낮의 군중도 없었다. 우리는 잠시 내가 묵은 호텔을 향해 걸었다. 거의 표류하듯 걸었지만 어쨌든 가고는 있었다. 가는 중에(하지만 대체 어디를 향해?) 몇 사람은 중간중간 작별을 고했다. 나와 악수를 한 뒤 갔고(그들은 동료들에게는 다른 방식으로 인사를 했다. 아니면 그저 내가 그렇게 느꼈거나), 일행은 차츰 수가 줄었다. 그러는 동안에도 우리는 계속 이야기하고, 이야기하고, 또 이야기했다. 지금 생각인지는 모르겠지만, 그렇게 많이 이야기하지 않았을 수도 있다. 차라리 말을 바꿔 우리가 생각하고 또 생각했다고 하련다. 하지만 그 역시 아닌 듯싶다. 그런 시각에는 그 누구도 많이 생각하지 않는다. 몸이 휴식을 요구하니까. 어

---

3 Gabriel García Márquez(1927~). 대표적인 마술적 사실주의 작가로 1982년 노벨 문학상을 받은 콜롬비아 소설가.
4 Mario Vargas Llosa(1936~). 2010년 노벨 문학상을 수상한 페루 소설가.

느 순간 다섯 명만이 멕시코시티의 거리를 정처 없이 걷고 있었다. 아마도 완벽한 침묵, 파운드의 침묵 속에서. 물론 파운드 선생은 침묵과는 아주 거리가 먼 사람이지만. 안 그런가? 파운드의 말은 쉬지 않고 탐구하고 조사하고 모든 역사를 언급하는 부족(部族)의 말이니까. 그의 말들이 침묵에 둘러싸여 시시각각 침묵에 의해 부식되더라도. 그렇지 않은가? 그때 나는 잘 시간이라고 결정하고 택시를 잡고 안녕을 고했다.

1977년 3월, 멕시코시티 콜로니아 에스칸돈 코메르시오 가, 모렐로스 공원 맞은편, 리산드로 모랄레스. 아는 것은 쥐뿔도 없는 주제에 내 출판사에서 교정자로 일하던 에콰도르 소설가 바르가스 파르도가 그 아르투로 벨라노를 내게 소개해 준 작자이다. 바르가스 파르도 바로 그자가 그 일이 있기 1년 전에 멕시코와 라틴 아메리카 최고의 펜들이 참여하는 문학지를 내면 수지가 맞으리라고 나를 설득했다. 나는 그의 말을 받아들여 문학지를 창간했다. 바르가스 파르도와 그의 친구 두 명은 스스로 편집 위원회를 구성하고 내게는 명예 편집장 자리를 주었다.

적어도 그들이 말한 대로라면 그 문학지는 출판사가 발간한 책들을 홍보하리라는 것이었다. 그것이 으뜸가는 목표였다. 두 번째 목표는 내용으로 보나 필진 면모로 보나 출판사의 위상을 높여 줄 〈훌륭한〉 문학지를 만든다는 것이었다. 편집 위원들은 내게 훌리오 코르타사르, 가르시아 마르케스,[3] 카를로스 푸엔테스, 바르가스 요사[4] 등 라틴 아메리카 문학에서 제일가는 인물들을 언급했다. 항상 신중한 사람인 나는(비관적인 사람이라고 말하기는 싫다) 그들에게 이바르구엔고이티아,[5] 몬테로소, 호세 에밀리오 파체코, 몬시바이스, 엘레나 포니아토프스카[6]면 만족한다고 말했다. 그들이 대답했다. 물론이지요. 알았습니다. 곧 다들 우리 잡지에 글을 실으려고 죽을 지경이 될 거요. 내가 말했다. 좋소, 그들이 죽을 지경이 되기를 빌겠소. 잘해 봅시다. 하지만 첫 번째 목표를 잊지 말아 주시오. 출판사를 홍보하는 것 말이오. 그들은 문제없다고, 매 페이지마다, 적어도 두 페이지에 한 번은 출판사의 책이 소개될 것이라고, 게다가 문학지가 곧 혜택을 줄 거라고 말했다. 나는 말했다. 여러분, 운명은 여러분 손에 있습니다. 쉽게 알 수 있겠지만 첫 호에는 코르타사르도 가르시아 마르케스도 등장하지 않았다. 심지어 호세 에밀리오 파체코도. 하지만 몬시바이스의 수필 한 편이 실린 덕분에 문학지 체면이 다소 섰다. 나머지는 바르가스 파르도가 쓴 글 한 편, 그의 친구로 멕시코에 망명 중인 아르헨티나 소설가의 수필 한 편, 우리 출판사에서 곧 발간될 소설 두 권의 일부분, 바르가스 파르도의 잘 알려지지 않은 동포가 쓴 단편 한 편이었다. 그 밖에도 시, 지나치게 많은 시가 실렸다. 서평 섹션은 적어도 내가 반대할 거리가 없었다. 주로 우리 신간을 다룬 데다가 대체적으로 찬양 조의 내용

---

5 Jorge Ibargüengoitia(1928~1983). 신랄한 비판 정신으로 유명했던 멕시코의 문인.

6 Elena Poniatowska(1932~). 폴란드 왕족의 아버지와 멕시코인 어머니 사이에서 태어났지만 제2차 세계 대전 때 멕시코로 와서 멕시코 문인으로 활동한 여성 문인, 언론인, 정치 활동가. 1968년의 틀라텔롤코 학살을 고발한 작품으로 유명하다.

이었기 때문이다.

　잡지를 읽은 후에 바르가스 파르도와 대화를 나누면서 다음과 같이 말한 기억이 난다. 시가 너무 많은데 시는 안 팔리잖소. 나는 그의 대답을 잊지 못한다. 안 팔리다니요, 돈 리산드로. 옥타비오 파스와 그의 잡지를 보세요. 내가 말했다. 그래요 바르가스. 하지만 옥타비오는 옥타비오요. 우리 나머지 사람들에게는 허용되지 않는 사치를 누릴 수 있죠. 물론 나는 아주 오래전부터 옥타비오의 잡지를 읽지 않는다는 이야기도 하지 않고, 시 자체보다는 수고스러운 출판 작업을 비유하는 단어로 사용한 〈사치〉라는 단어도 수정하지 않았다. 나는 궁극적으로 시 발간은 사치가 아니라 엄청나게 멍청한 짓이라고 생각한다. 어쨌든 더 이상 일이 커지지는 않고, 바르가스 파르도는 2호와 3호, 그리고 4호와 5호를 발간할 수 있었다. 우리 잡지가 지나치게 공격적으로 변하고 있다는 말이 가끔 들려왔다. 내 생각에 잘못은 바르가스 파르도에게 있었다. 멕시코에 왔을 때 자신을 무시한 이들에게 발사하는 무기로, 빚진 것을 갚기 위한 이상적인 도구로 문학지를 이용했다고 보기 때문이다(작가들 중에는 정말 꽁하고 오만한 작자들이 있다!). 사실을 말하자면 나는 별로 걱정하지 않았다. 문학지가 논쟁을 야기하는 것은 좋은 일이다. 잘 팔릴 테니까. 시를 그렇게 많이 게재한 잡지가 팔린다면 내게는 기적 같은 일이었다. 가끔은 바르가스 파르도 이 개자식이 왜 그리도 시에 관심이 많은지 자문했다. 내가 보기에 그는 시인이 아니라 소설가였다. 그렇다면 시에 대한 관심은 어디서 비롯된 것일까?

한동안 나는 이 점에 대해 온갖 추측을 했다. 바르가스 파르도가 동성애자가 아닐까 하는 생각, 그럴 수도 있다는 생각이 들었다. 그는 결혼을 했지만(멕시코 여자와) 그럴 수도 있었다. 하지만 어떤 종류의 동성애자일까? 순전히 문학적인 차원에서의 플라토닉하고 시적인 동성애자일까? 아니면 그가 문학지에 실어 주는 시인들 중에 짝이 있는 것일까? 잘 모르겠다. 저마다 자기 인생이 있으니. 나는 동성애자들에게 악감정이 없다. 날이 갈수록 그 수가 늘어나는 것은 사실이지만. 1940년대에 멕시코 문단에서 동성애자 수는 정점에 이르렀고, 나는 그 이상으로 많아지지는 않으리라고 생각했다. 하지만 오늘날 동성애자들이 그 어느 때보다 득실댄다. 모든 잘못은 공교육에, 또 멕시코인들이 점점 과시욕에 사로잡히고 영화와 음악에 관심을 두는 데에 있다. 누가 알겠느냐마는. 살바도르 노보 바로 그 사람도 한번은, 자신을 찾아오는 일부 젊은이들의 행동거지와 말에 놀랐다고 내게 말했다. 살바도르 노보는 자신이 무슨 말을 하는지 아는 사람인데도.[7]

그러다가 아르투로 벨라노를 알게 되었다. 어느 날 오후 바르가스 파르도가 그에 대해서 말했다. 환상적인(바르가스 파르도가 사용한 단어가 그것이었다) 책, 라틴 아메리카 젊은 시인들의 작품을 모은 권위 있는 선집을 준비 중인 아르투로 벨라노가 발행인을 구하러 다닌다는 것이었다. 내가 물었다. 그 벨라노라는 사람이 누군데요? 바르가스 파르도가 말했다. 우리 문학지에 서평을 씁니다. 내가 말했다. 시인들은 — 나는 잠시 슬쩍

---

[7] 살바도르 노보도 동성애자였다.

그의 반응을 보았다 — 팔아먹을 여자를 구하느라 혈안이 된 기둥서방들 같다니까. 하지만 바르가스 파르도는 내 공격을 잘 받아 내면서, 책이 아주 훌륭하다고, 우리가 출간하지 않으면(휴, 대놓고 〈우리〉라고 그랬다) 어디든 다른 출판사에서 나올 거라고 말했다. 그래서 나는 다시 그를 슬쩍 바라보면서 말했다. 데리고 와보시죠. 약속을 잡아 주면 어찌할지 결정하죠.

이틀 후 아르투로 벨라노가 출판사에 나타났다. 청재킷에 청바지 차림이었다. 양팔과 왼쪽 옆구리 부분은 찢어져 있어서 누군가가 장난삼아 화살을 쏘거나 창을 던진 것 같았다. 바지는 벗으면 저 혼자 그대로 서 있을 것 같았다. 신발은 보기만 해도 끔찍한 체조용 신발이었다. 머리카락은 길어서 어깨까지 내려오고, 아마 늘 깡말랐겠지만 당시에는 더한 것 같았다. 며칠 잠도 자지 않은 듯했다. 나는 생각했다. 이런. 이 무슨 난리람. 적어도 그날 아침 샤워는 한 듯한 인상이었다. 그래서 내가 그에게 말했다. 벨라노 씨 당신이 작업한 그 선집을 봅시다. 그러자 그가 말했다. 벌써 바르가스 파르도에게 주었는데요. 내가 생각했다. 시작이 안 좋군.

나는 전화기를 들어 비서에게 바르가스 파르도더러 내 방에 오란다고 전하라고 말했다. 잠시 우리는 아무 말도 하지 않았다. 우라질, 바르가스 파르도가 조금만 더 늦게 나타났으면 그 젊은 시인은 잠들어 버렸을 것이다. 동성애자는 틀림없이 아닌 것 같았다. 나는 시간을 죽이기 위해, 다들 알다시피 시집은 많이 출간되기는 해도 별로 팔리지 않는다고 설명했다. 그가 말했다. 그렇죠, 많이 출판됩니다. 하느님 맙소사, 좀비 같았다. 순간 나는 그가 마약에 취한 것 아닐까 의심했다. 하지만 그걸 어떻게 확인하겠는가? 내가 말했다. 좋아요, 라틴아메리카 시 선집 작업이 많이 힘드셨나요? 그가 말했다. 아니요. 다 친구들인걸요. 뻔뻔스럽기는! 내가 말했다. 그러면 저작권 문제는 없겠네요. 당신이 허락을 받았을 테니까요. 그는 웃었다. 굳이 그 모습을 설명하자면 입을 실룩거렸다고 해야 할까, 아니면 입술을 꼬았다고 해야 할까, 또 아니면 누리끼리한 이빨을 보였다 해야 할까. 아무튼 그러면서 소리를 냈다. 맹세컨대 그 웃음소리에 머리카락이 곤두섰다. 그 웃음을 어떻게 설명할 수 있을까? 무덤 속에서 들리는 웃음 같다고 해야 할까? 병원에서 적막한 복도를 걸을 때 이따금 들리는 그런 웃음 같다고 해야 할까? 대충 그런 웃음이었다. 그 후, 즉 그가 웃고 난 후 우리는 또다시 침묵에 잠길 상황이었다. 막 알게 된 사람들 사이의, 혹은 그게 그거지만 발행인과 좀비 사이의 어색한 침묵 속으로. 하지만 나는 다시 그 침묵에 빠지는 것만큼은 피하고 싶었기에 계속 떠들었다. 그의 고국 칠레에 대해서, 그가 서평 몇 편을 실은 내 문학지에 대해서, 가끔은 시집 재고를 털어내는 일이 얼마나 어려운지에 대해서. 바르가스 파르도는 나타나지 않았다(전화기를 붙들고 다른 시인에게 수다를 떨고 있었을 것이다!). 그때, 바로 그때 번쩍하는 것이 있었다. 아니 예감이 들었다고 할까. 그 선집을 출판하지 않는 것이 좋으리라고 깨달은 것이다. 그 시인의 것은 〈아무것도〉 출판하지 않는 것이 좋겠다는 것을 깨달았다. 바르가스 파르도도 이 작자의 기발한 생각도

8 멕시코의 항공사.

엿 먹으라지. 관심 있는 출판사들이 있으면 그들이 출판하라지. 나는 하지 않을 것이고, 그 번쩍하는 순간 깨달았다. 그런 종류의 책을 출판하면 액운이 낄 거라고. 마주 앉은 그런 작자를, 그 공허한 눈으로 나를 바라보면서 졸기 직전에 있는 그런 작자를 내 방에 두면 액운이 낄 거라고. 어쩌면 내 출판사 지붕에 벌써 액운이 끼어서 혐오스러운 까마귀 한 마리 혹은 아에로리네아스 메히카나[8] 비행기가 내 사무실 건물에 충돌할 운명일지도 모른다고.

갑자기 바르가스 파르도가 라틴 아메리카 시인들 원고를 펄럭이면서 나타나서, 나는 환영에서 깨어났다. 하지만 아주 천천히 깨어났기 때문에 처음에는 바르가스 파르도의 말도 똑똑히 들리지 않고, 인생이 행복한 그의 웃음소리와 염병할 정도로 큰 목소리만 들릴 뿐이었다. 그에게는 나를 위해 일하는 것이 인생 최고의 순간, 멕시코시티에서의 유급 휴가인 듯했다. 하도 정신이 사납다 보니 일어나서 바르가스 파르도에게 악수를 청한 기억이 난다. 하느님 맙소사, 그 개자식이 상관 내지 총지배인이고 나는 보잘것없는 하급 직원인 것처럼 내가 악수를 청하다니. 아르투로 벨라노를 쳐다보았는데, 내 기억에 이자는 에콰도르인이 왔을 때 자리에서 일어나지도 않았다. 한술 더 떠 우리에게 관심을 보이지도 쳐다보지도 않았다. 제기랄, 머리카락이 수북한 그의 목덜미가 보였고, 순간 나는 내가 보고 있는 것이 인간, 살과 뼈가 있는 인간, 우리처럼 혈관에 피가 도는 인간이 아니라 허수아비, 즉 밀짚과 플라스틱으로 만든 몸뚱어리에 너덜너덜한 옷을 입힌 물체 따위 같다는 생각이 들었다.

그때 바르가스 파르도가 하는 말이 들렸다. 다 준비되었습니다, 리산드로. 금방 마르티타가 계약서 들고 이리 올 겁니다. 내가 더듬더듬 말했다. 무슨 계약서를 들고 온다는 말이오? 바르가스 파르도가 말했다. 벨라노 책 계약서 말입니다.

그래서 나는 다시 자리에 앉아 말했다. 잠깐, 잠깐만, 계약이라니요? 바르가스 파르도가 말했다. 벨라노가 모레 떠나거든요. 그래서 이 문제를 마무리 지어야 합니다. 내가 말했다. 어디로 떠나는데요? 바르가스 파르도가 말했다. 유럽으로, 스칸디나비아 아가씨들을 맛보러(바르가스 파르도에게 경박함은 솔직함, 심지어 정직함과 동의어이다) 갑니다. 내가 말했다. 스웨덴으로요? 바르가스 파르도가 말했다. 비슷해요. 스웨덴으로, 덴마크로 추위를 경험하려고요. 내가 제안했다. 계약서를 보내면 되지 않겠습니까? 바르가스 파르도가 말했다. 아니요, 리산드로. 벨라노가 정해진 주소도 없이 유럽으로 가는 데다가 이 문제를 마무리 짓고 싶어 합니다. 바르가스 파르도 이 개자식이 눈을 찡긋하며 얼굴을 들이댔고(커밍아웃하지 않은 이 진짜배기 호모가 내게 입을 맞추는 줄 알았다!), 나는 몸을 뒤로 뺄 수도 없고 뺄 줄도 몰랐다. 하지만 바르가스 파르도가 하고자 한 일은 단지 귓속말, 모종의 이야기를 속삭이는 것이었다. 그가 말한 것은 선금을 지불할 필요 없다고, 사인을 하라고, 당장 사인을 하라고, 그래서 벨라노가 여기서 발을 빼 책을 경쟁에 부치지 못하게 하라는 것이었다. 나는 바르가스 파르도에게 이렇게 말하고 싶었다. 책을 경쟁에 부친들 좆도 아니라고, 다른 사람들에게 책을 주어

나보다 그들이 먼저 망하게 했으면 한다고. 하지만 그렇게 말하는 대신 겨우 용기를 내어 가느다란 목소리로 바르가스에게 물었다. 이 애송이가 약에 취했소? 아니면 뭐요? 바르가스 파르도가 껄껄 웃더니 다시 비밀스럽게 말했다. 그런 것 같네요, 리산드로, 그런 것 같아요. 하지만 결코 확인할 수 없는 일이고 중요한 것은 책인데, 여기 있으니 사인을 더 미루지 맙시다. 내가 살짝 말했다. 하지만 신중하게……. 그때 바르가스 파르도는 상관대기를 치우며 평상시 목소리, 그가 이해하기 힘든 나르시시즘에 빠져 아마존의 사자후라고 정의한 바 있는 그런 목소리로 내게 답했다. 물론이죠, 물론. 그러고는 시인에게 가까이 가서 등을 토닥거리면서 말했다. 어때, 벨라노? 젊은 칠레인은 그를 바라보고 나를 바라보았다. 벨라노 얼굴이 아둔한 미소로 환해졌다. 저능아의 미소, 뇌엽 절리술을 받은 사람의 미소였다. 하늘이시여. 그때 내 비서 마르티타가 들어와 책상 위에 계약서 두 부를 놓았다. 바르가스 파르도는 벨라노가 사인하도록 볼펜을 찾기 시작했다. 어서 사인하라고. 벨라노가 말했다. 저기 그런데 볼펜이 없네요. 바르가스 파르도가 말했다. 시인에게는 만년필이 딱이지. 약속이나 한 듯 내 사무실에서 볼펜이 다 사라지고 없었다. 물론 내 재킷 주머니에 볼펜 두 자루가 있었지만, 꺼내기 싫었다. 나는 생각했다. 사인하지 않으면 계약이 안 되지. 하지만 마르티타가 내 책상 위에 있는 종이들을 뒤적이더니 볼펜 한 자루를 찾아냈다. 벨라노가 사인을 했다. 나도 사인했다. 바르가스 파르도가 말했다. 이제 악수들 나누고 마치죠. 나는 칠레인과 악수했다. 그의 얼굴을 관찰했다.

그는 미소를 지었다. 잠에 빠져드는 와중에 미소를 지었다. 예전에 어디서 저 미소를 보았을까? 나는 그 고약한 미소를 예전에 어디서 보았는지 문득 바르가스 파르도를 바라보았다. 무기력한 미소 그 자체이며, 우리 모두를 지옥으로 끌고 가는 미소였다. 하지만 바르가스 파르도는 이미 칠레인과 작별 인사를 하고 있었다. 유럽에 갔을 때를 위한 충고를 하고 있었다! 그 동성애자가 상선을 탔을 때의 자기 젊은 시절을 회상하고 있었다! 그 일화를 듣고 마르티타까지 깔깔거렸다! 나는 어찌해 볼 도리가 없음을 깨달았다. 책은 출판될 것이다.

늘 용기 있는 출판인이던 나는 이마에 그 굴욕의 표식이 새겨지는 것을 받아들였다.

1977년 3월, 멕시코시티 틀랄판, 라우라 하우레기. 그는 떠나기 전에 우리 집에 왔다. 오후 7시경이었을 것이다. 어머니가 외출하셔서 나는 혼자 있었다. 아르투로는 떠난다고, 다시는 돌아오지 않을 거라고 말했다. 나는 행운을 빈다고 말했지만 어디로 가는지도 묻지 않았다. 아르투로가 내 학업에 대해서, 생물학 공부는 괜찮은지 물어본 것 같다. 나는 정말 잘 지낸다고 말했다. 그가 말했다. 나 멕시코 북부에, 소노라에 갔었어. 애리조나에도 간 것 같은데 사실 잘은 모르겠어. 아르투로가 그 말을 한 뒤 웃었다. 짧고 건조한 웃음이었다. 토끼 웃음처럼. 약에 취한 듯했지만 나는 그가 마약을 하지 않는다는 것을 알고 있다. 울리세스 리마는 약을 하지만. 울리세스는 아무거나 다 하는데 신기하게도 거의 티가 나지

---

9 콩고 민주 공화국의 옛 이름.

않았다. 울리세스가 약을 했을 때와 안 했을 때를 절대 분간할 수 없다. 그러나 아르투로는 전혀 달랐다. 그는 결코 마약을 하지 않았다. 내가 모르면 누가 알겠는가. 아르투로가 이윽고 또다시 떠난다고 말했다. 그가 말을 잇기 전에 내가 말했다. 정말 대단하다고, 여행을 떠나 세상을 아는 것만큼, 다른 도시들과 하늘을 아는 것만큼 좋은 일은 없다고. 그는 어디나 하늘은 다 똑같다고, 도시는 저마다 달라도 하늘은 매한가지라고 말했다. 나는 그렇지 않다고, 그렇게 믿지 않는다고, 아르투로 너도 아틀 박사가 그린 하늘이 다른 그림 혹은 다른 곳의 하늘과는 다르다고 노래한 시를 쓰지 않았느냐고 말했다. 사실 논쟁을 벌일 마음은 없었다. 처음에는 아르투로의 계획, 대화, 내게 해야 할 모든 말에 관심 없는 척했다. 하지만 이윽고 〈실제로〉 관심이 없고, 그와 관련된 모든 것이 지독히 지겹고, 내 진짜 소원은 조용히 공부하게 그가 얼른 가버렸으면 하는 것임을 깨달았다. 그날 오후 나는 공부할 것이 많았다. 그때 아르투로는 나 없이 여행하고 세상 구경을 하게 되어 슬프다고, 어디를 가든 내가 따라오리라고 항상 생각했노라고 말하면서 리비아, 에티오피아, 자이르[9] 등의 나라와 바르셀로나, 피렌체, 아비뇽 같은 도시들을 언급했다. 그래서 나는 그 나라들이 그 도시들과 무슨 관련이 있는지 물어볼 수밖에 없었다. 그가 말했다. 전부, 전부 상관있지. 나는 생물학자가 되면 시간이 있고 돈도 있을 거라고, 그 도시들과 나라들을 보고자 히치하이킹을 하고 아무 데서나 자면서 세계를 돌 생각은 없다고 말했다. 그러자 그가 말했다. 그 도시들과 나라들을 〈볼〉 생각이 아니라 〈살아 볼〉 생각이야. 멕시코에서 살았던 것처럼. 내가 말했다. 잘 살아 봐, 네가 원한다면 그런 곳들에서 살다 죽으라고. 나는 돈 생기면 그때 여행을 할 테니. 그가 말했다. 그때가 되면 시간이 없을걸. 내가 말했다. 없지 않을 거야. 도리어 나는 내 시간의 주인이 될 거야. 내 시간을 이용해 하고 싶은 것만 할 거야. 그러자 그가 말했다. 그때는 젊지 않겠지. 아르투로는 그 말을 하면서 거의 울려고 했다. 그렇게 괴로워하는 모습을 보니 화가 치밀어 소리소리 질렀다. 내 인생, 내 여행, 내 청춘에 네가 무슨 상관이야. 그러자 그가 나를 바라보더니 자리에 주저앉았다. 마치 갑자기 피로 때문에 죽어 가고 있다는 것을 깨달은 양. 그가 중얼거렸다. 나를 사랑한다고, 결코 잊을 수 없을 거라고. 그러더니 자리에서 일어나(그 말을 한 뒤 불과 20초도 안 돼서) 내 뺨을 갈겼다. 소리가 온 집 안에 울려 퍼졌다. 우리는 1층에 있었건만 그의 손찌검 소리가(그의 손바닥이 이미 내 뺨을 떠났을 때) 계단을 올라, 2층 방마다 다 들어가고, 담쟁이넝쿨처럼 늘어져 내려, 엄청난 숫자의 유리구슬처럼 정원을 굴렀다. 정신이 들었을 때 나는 오른 주먹을 꽉 쥐고 아르투로의 얼굴에 날렸다. 그는 거의 움직이지 않았다. 하지만 팔은 충분히 빨라서 다시 내 뺨을 갈겼다. 나는 개새끼, 호모, 겁쟁이 하고 욕하면서 마구잡이로 주먹질을 하고 할퀴고 발길질을 퍼부었다. 그는 전혀 피하려는 동작을 취하지 않았다. 나는 〈이 빌어먹을 마조히스트!〉라고 소리소리 질러 대며 점점 더 격하게 계속 때리고 울부짖었다. 눈물이 앞을 가려 가격하는 대상의 형체는 보이지 않고 빛과 그림자만 겨우 구분할 지경까지 이르렀다. 그 뒤 나는 바닥에 주저앉아 하염없이 울었다. 시선을 들었을 때, 아르투로는 코에서 피를 흘리며 내 옆에 있었다. 한 줄기 피가 윗입술로 흘러내려 입꼬리를 지나 턱수염까지 흘러내리던 모습이 기억난다. 아르투로가 말했다. 내게 상처를 입혔어. 이건 아프네. 나는 그를 바라보며 여러 차례 눈을 깜빡거렸다. 그가 이건 아프네 하고 말하며 한숨을 내쉬었다. 내가 말했다. 너는 나한테 어떻게 했는데? 그는 몸을 구부리고 내 뺨을 어루만지려 했다. 나는 펄쩍 뛰면서 말했다. 건드리지 마. 그가 말했다. 미안. 내가 말했다. 뒈져 버려. 그가 말했다. 나도 그랬으면 좋겠어. 정말 나는 죽게 될 거야. 나한테 말한 것이 아니었다. 나는 다시 울기 시작했고, 울면 울수록 더 울고 싶어졌다. 겨우 그에게 말할 수 있었다. 우리 집에서 꺼지라고, 사라지라고, 이곳에 다시는 발을 들여놓지 말라고. 나는 그가 한숨짓는 소리를 듣고 눈을 감았다. 얼굴이 달아올랐다. 하지만 아픔보다는 굴욕 때문이었다. 내 자존심에, 여자로서의 내 자긍심에 뺨 두 대를 맞은 느낌이었다. 나는 알았다. 결코 그를 용서하지 못하리라는 것을. 아르투로는 자리에서 일어났고(내 옆에 무릎을 꿇고 있었다), 화장실에 가는 소리가 들렸다. 아르투로는 다시 돌아와 휴지 한 조각으로 코피를 닦았다. 나는 꺼지라고, 다시는 보고 싶지 않다고 말했다. 아르투로는 내가 좀 진정이 되었는지 물었다. 내가 말했다. 너랑 있으면 절대 진정이 되지 않아. 그러자 그는 반쯤 몸을 돌려, (마약 중독자 창녀의 패드 같은) 피 묻은 휴지 조각을 바닥에 집어던지고 가버렸다. 나는 몇 분 더 울고만 있었다. 무슨 일이 있었는지 다 생각하려고 했다.

한결 정신이 들었을 때 일어나 화장실로 가서 거울을 보았다(왼뺨이 빨갰다). 그리고 커피 한 잔을 타고, 음악을 틀고, 정원에 나가 문이 잘 잠겨 있는지 확인하고, 책 몇 권을 찾으러 가고, 거실에 자리를 잡았다. 하지만 공부가 안 되어 학교 친구에게 전화를 했다. 다행히 집에 있었다. 우리는 잠시 수다를 떨었다. 무슨 이야기였는지 이제 기억나지 않는데 아마 그 친구 애인 이야기였으리라. 그러다 갑자기, 친구가 말하는 중에 아르투로가 피를 닦은 휴지 조각이 눈에 띄었다. 휴지 조각이 구겨진 채, 하얀 바탕에 빨간 물이 든 채, 거의 살아 있는 물체처럼 바닥을 뒹굴고 있었다. 엄청나게 구역질 났다. 친구에게 전화를 끊어야겠다고, 집에 혼자 있는데 초인종이 울린다고 둘러댔다. 친구가 말했다. 열어 주지 마, 도둑이나 강간범, 아니 둘 다일 거야. 내가 말했다. 열어 주지 않을게, 누군지 보기만 할 거야. 친구가 말했다. 너희 집에 담 있어? 내가 말했다. 커다란 담이 있어. 전화를 끊고 거실을 지나 부엌으로 갔다. 부엌에서 나는 어찌할 바를 몰랐다. 아래층 화장실로 갔다. 휴지를 뜯어 거실로 돌아왔다. 피 묻은 휴지는 계속 그곳에 있었지만, 소파 밑이나 식탁 밑에 있었다 해도 이상하지 않았을 것이다. 나는 손에 쥔 휴지로 아르투로의 피 묻은 휴지를 감싼 뒤 손가락 두 개로 집어 변기에 넣고 줄을 당겼다.

  1 1960년 프랑수아 르 리오네와 레몽 크노가 주도하여 결성한 문학 그룹인 〈잠재적 문학 작업실〉이 문학을 형식화하기 위해 제안한 방법. 이 그룹은 형식적 제약을 타파해야 할 대상이 아니라, 작품의 생성과 새로운 창조를 위한 원칙으로 생각했다.
  2 보통 반주 없이 여러 명이 부르게 만든 노래로 이탈리아에서 발생해 16세기에 유행했다.

6

1977년 5월, 멕시코시티 부카렐리 가, 카페 키토, 라파엘 바리오스. 울리세스 리마와 아르투로 벨라노가 떠났을 때 우리 내장 사실주의자들은 무엇을 했을까? 자동기술법, 우아한 시체, 관객도 없는 1인 퍼포먼스, 구속,[1] 두 손 기술법, 세 손 기술법, 자위 기술법(오른손으로 글을 쓰고 왼손으로 자위를 한다. 왼손잡이인 경우는 그 반대로 한다), 마드리갈,[2] 시-소설, 마지막 단어가 늘 동일한 소네트, 벽에 세 단어로만 쓴 메시지(〈나는 더는 못해〉, 〈라우라, 너를 사랑해〉 등등), 황당무계한 일기, 편지-시, 투영시(投影詩), 대화시, 반(反)시, 브라질 구체시(포르투갈어 사전에서 어휘를 추출한 시), 추리소설 시(극도로 경제적으로 추리 이야기를 전개시킨다. 마지막 문장은 진범을 밝히기도 하고 밝히지 않기도 한다), 우화, 설화, 부조리극, 팝 아트, 하이쿠, 경구(사실은 카툴루스를 모방하거나 변주한 것으로 대부분 목테수마 로드리게스의 시도이다), 데스페라도 시(웨스턴 발라드), 조지 5세 시대풍의 시, 경험시, 비트시, bp니콜과 존 조르노와 존 케이지와(존 케이지의 『월요일부터 1년』) 테드 베리건과 안토니누스 수사와 아르망 슈베르너(슈베르너의 『정제(錠劑) 시』)의 위작(僞作) 시, 문자주의 시, 그림 시, 일렉트릭 시(빌토, 메사지에), 피의 시(적어도 세 사람이 죽음), 포르노 시(시인의 개인적 성향과 무관하게 이성애 시, 동성애 시, 양성애 시 등의 변종이 있다), 콜롬비아 무(無)주의[3] 시인들과 페루 오라 세로[4]파 시인들과 우루과이 강직증 시인들과 에콰도르 찬차[5] 시인들과 브라질의 식인주의자[6]들과 프롤레타리아적인 노 연극[7]의 위작들……. 심지어 우리는 잡지를 발간했다……. 우리는 활동했다……. 우리는 활동했다……. 할 수 있는 것은 다 했다……. 하지만 신통한 것은 아무것도 없었다.

1977년 3월, 멕시코시티 교외 데시에르토 데 로스 레오네스 길, 엘 레포소 정신 병원, 호아킨 폰트. 가끔 라우라 다미안을 떠올린다. 많이는 아니고 하루에 너덧 번. 잠을 이루지 못할 때는 여덟 번, 열여섯 번 생각하는데 이는 당연한 일이다. 하루 스물네 시간이면 숱한 기억이 가능하기 때문이다. 하지만 보통은 너덧 번만 생각하는데 한 번 기억할 때마다, 즉 각각의 기억 캡슐마다 2분 정도 지

---

3 *nadaísmo*. 1958년에서 1964년 사이 콜롬비아 메데인 시에서 발생한 문학 운동. 다다이즘, 초현실주의, 비트 세대 등의 영향을 받았다.
4 *Hora Zero*. 시 문예지 이름으로 〈0시〉라는 뜻.
5 페루와 에콰도르 아마존에 사는 슈아르족 문화에서 사람의 머리를 잘라 쪼그라들게 말린 것을 〈찬차〉라고 부른다.
6 *caníbales*. 1920년대 브라질 모더니즘 예술 운동의 주역들이 스스로를 지칭한 표현. 서구 문화를 닥치는 대로 수용해 브라질 문화와 접속시킴으로써 독창적인 문화를 창조하고자 했다. 브라질 시인 오스월드 지 안드라지(1890~1954)는 1928년 「식인종 선언Manifiesto antropófago」을 발표하기도 했다.
7 일본의 전통 연극.

속된다. 얼마 전 시계를 도둑맞았고, 그래서 어림짐작으로 시간을 재기는 위험천만인지라 확실히 말할 수는 없지만 말이다.

젊었을 때 나에겐 돌로레스, 돌로레스 파체코라는 여자 친구가 있었다. 그녀는 어림짐작으로 시간을 잴 수 있었다. 나는 돌로레스를 침대로 끌어들이고 싶었다. 어느 날 그녀에게 말했다. 천국을 보게 해줄래, 돌로레스? 그녀가 말했다. 천국이 얼마나 지속되는데? 내가 물었다. 무슨 말이야? 그녀가 물었다. 오르가슴이 얼마나 지속되느냐고. 내가 말했다. 충분할 만큼. 그녀가 말했다. 하지만 얼마나? 내가 말했다. 몰라, 많이. 별 질문 다 하네, 돌로레스. 그녀가 끈질기게 물었다. 많이가 얼마큼인데? 그래서 한 번도 오르가슴 시간을 재본 적이 없다고 그랬더니, 돌로레스가 말했다. 킴, 지금 오르가슴에 달했다고 쳐, 눈을 감고 오르가슴에 이르고 있다고 생각해. 내가 그 틈을 타서 말했다. 너하고? 그녀가 말했다. 네가 원하는 사람과. 하지만 오르가슴을 생각해, 알겠어? 내가 말했다. 마음대로 해봐. 그녀가 말했다. 좋아, 오르가슴이 시작되면 손을 들어. 그래서 나는 눈을 감고, 돌로레스에게 올라탄 내 모습을 상상하고, 손을 들었다. 그때 이렇게 말하는 그녀 목소리가 들렸다. 미시시피 하나, 미시시피 둘, 미시시피 셋, 미시시피 넷. 나는 웃음을 참을 수 없어 눈을 뜨고 뭐하는 짓이냐고 물었다. 그녀가 말했다. 시간을 재잖아. 벌써 사정한 거야? 내가 말했다. 음, 잘 모르겠어. 보통 더 오래 끄는데. 그녀가 말했다. 거짓말 마, 킴. 미시시피 넷이면 보통 오르가슴이 끝나. 다시 해보면 알 수 있을걸. 나는 눈을 감고 처음에는 돌로레스를 올라탄 모습을 상상했다. 하지만 이윽고 나는 사람이 아니라 강을 운행하는 배, 지금 내가 있는 방과 쏙 빼닮은 하얗고 무미건조한 선실에 있는 것 같은 기분이 들었다. 그리고 벽마다 숨겨진 확성기를 통해 돌로레스가 세는 숫자가 방울방울 떨어졌다. 미시시피 하나, 미시시피 둘. 하구에서 무선으로 나를 호출해도 대답할 수 없는 상황에 처한 듯했다. 마음속으로는 정말 대답하고 싶지만. 들립니까? 나는 잘 있어요, 살아 있어요, 돌아가고 싶어요 하고. 내가 눈을 떴을 때, 돌로레스는 오르가슴의 시간은 이렇게 재는 거라고, 미시시피 하나가 1초이고, 오르가슴은 6초 이상 지속되지 않는다고 말했다. 돌로레스와 나는 한 번도 섹스를 하지 않았지만 좋은 친구 사이였다. 그녀가 결혼을 했을 때(졸업하기 전에) 결혼식에 가서 축하를 해주면서 말했다. 미시시피 강들이 즐겁기를. 돌로레스와 나처럼 건축을 전공했지만, 우리보다 한 학년 위였거나 결혼 직전 이미 졸업한 신랑은 우리 이야기를 들으면서 신혼여행 이야기를 한다고 생각했다. 물론 그들이 미국으로 신혼여행을 갔기 때문이었다. 세월이 많이 흘렀다. 오래전부터 나는 돌로레스를 생각하지 않는다. 돌로레스는 내게 시간 재는 법을 가르쳐 주었다.

지금 나는 라우라 다미안에 대한 기억의 시간을 잰다. 바닥에 앉아서 시작한다. 미시시피 하나, 미시시피 둘, 미시시피 셋, 미시시피 넷, 미시시피 다섯, 미시시피 여섯. 라우라 다미안의 얼굴, 라우라 다미안의 긴 머리카락이 미시시피를 50번 또는 120번 세는 동안 아무도 살지 않는 내 머리에 자리한다. 더 헤아릴 수 없어서 입을 열면

날숨이 갑자기 빠져나간다. 아니면 벽에 침을 뱉기도 한다. 그러면 나는 공허하게 다시 홀로 남는다. 내 머릿속 아치 천장에 부딪혀 되울리는 미시시피라는 단어의 메아리와 살인 자동차에 으스러진 라우라의 육신이 또다시 희미해지는 모습. 멕시코시티의 하늘, 아니 콜로니아 로마, 콜로니아 이포드로모-라 콘데사, 콜로니아 후아레스, 콜로니아 쿠아우테목의 하늘에서 부릅뜬 라우라의 두 눈. 초록색과 세피아색과 코요아칸의 벽돌과 돌이 지닌 모든 색조를 비추는 라우라의 두 눈. 이윽고 나는 수 헤아리기를 멈추고, 마치 공격당한 사람처럼 여러 번 호흡을 가다듬고 중얼거린다. 그만 가, 라우라 다미안, 그만 가, 라우라 다미안. 그러면 마침내 그녀의 얼굴이 사라지기 시작하고 내 방은 이제 라우라 다미안의 얼굴이 아니라 모든 편의 시설을 갖춘 현대적인 정신 병원의 방이다. 그리고 나를 감시하던 눈은 라우라 다미안의 눈이 (그녀의 목덜미에 달려 있는 눈!) 아니라 다시 간호사의 눈으로 변한다. 내 팔목에서 시계가 빛나지 않는 이유는 라우라가 빼앗았거나 시계를 삼키라고 강요했기 때문이 아니다. 이곳을 돌아다니는 미친놈들, 폭행을 가하거나 우는 불쌍한 멕시코 미친놈들, 하지만 정말이지 아무것도 모르는 무지한 놈들이 시계를 훔쳐 갔기 때문이다.

1976년 1월, 멕시코시티 종교 재판소 근처 레푸블리카 데 베네수엘라 가, 아마데오 살바티에라. 여러분, 나는 『카보르카』를 발견했을 때, 그 잡지를 팔에 안고 바라본 뒤 눈을 지그시 감았소. 목석이 아니기 때문이오. 이윽고 나는 눈을 뜨고 다시 원고들을 뒤졌소. 그러다 마누엘의 성명서 「현재 제1호」⁸를 발견했다. 그것은 마누엘이 1921년에 푸에블라 여기저기 담벼락에 붙인 것으로, 〈멕시코의 현재 전위주의〉에 대해 적고 있다. 이름도 참 이상하지만 그래도 정말 아름답지 않은가? 또 〈나의 광기는 예산에 없다〉라는 구절도 있다. 〈나의 광기는 예산에 없다〉라니 비비 꼰 말이다. 하지만 다음과 같은 아름다운 구절도 있다. 〈나는 성공하노라. 멕시코의 모든 젊은 시인, 화가, 조각가에게, 미관말직의 보잘것없는 녹에 아직 현혹되지 않은 이들에게, 제도권 비평의 저열한 예찬과 천박하고 욕정에 사로잡힌 대중의 박수갈채에 아직 썩지 않은 이들에게, 엔리케 곤살레스 마르티네스⁹의 연회 음식을 핥아먹지 않은 이들에게 지적 생리의 핏방울로 예술을 할 것을. 위대한 모든 진중한 사람에게, 풀케 주점의 악취가 풍기고 각종 튀김 찌꺼기가 낀 우리 민족주의 진영의 통탄스럽고 유해한 백태(白苔)에 부식되지 않은 이들에게, 그 모든 이에게 멕시코 현재 전위주의의 이름으로 촉구하노니, 우리와 함께 나대지의 빛나는 대오에서 투쟁하러 오라……〉 황금 주둥아리였다, 마누엘은. 황금 주둥아리! 이제 몇몇 단어는 이해하지도 못하겠다. 가령 〈나는 성공하노라〉 대신 나는 소집하노라, 부

---

8 *Actual n°1*. 반골주의의 선언문.
9 Enrique González Martínez(1871~1952). 젊음의 학당 세대의 시인. 젊음의 학당 회장으로 또 문학지와 신문을 통해 문단에 커다란 영향력을 행사했다.
10 〈나는 성공하노라〉의 원문은 〈[Yo] Exito〉이다. 그러나 Exito라는 1인칭 활용형이 나오려면 *exitar*라는 동사가 존재해야 하는데 〈성공〉을 뜻하는 *éxito*라는 명사는 있어도 *exitar*라는 동사는 존재하지 않는다. 그래서 〈요구하다〉라는 뜻의 *exigir*라는 동사의 1인칭 단수 활용형인 *exijo*라고 쓰려다가 잘못 쓴 것일지도 모른다는 말을 하고 있다.

르노라, 촉구하노라 아니면 위협하노라라고 말하고 싶었던 것이리라. 어디 사전을 찾아보자. 없다. 〈성공〉이라는 단어만 나온다. 그러니까 〈나는 성공하다〉는 존재하는 말일 수도 있고 아닐 수도 있다. 알 수 없는 일이지만 오자일 수도 있다. 〈나는 성공하다〉 대신 〈요구하다〉라고 했어야지.[10] 그런 오류는 마누엘 특유의 오류이리라. 그러니까 당시 내가 알던 마누엘의. 아니면 라틴어 부스러기나 신조어일 수도 있지만 그걸 누가 알겠나. 아니면 사용하지 않게 된 단어일 수도 있고. 내가 젊은이들에게 한 이야기는 그런 이야기였다. 내가 그들에게 말했다. 젊은이들, 마누엘 마플레스 아르세의 산문이 그랬어. 화끈하고 저돌적이었다고. 우리를 혹하게 만드는 말들이 넘쳐 나지. 지금 자네들에게는 전혀 이야깃거리가 되지 않을지 몰라도 그 시절에는 멕시코 혁명의 장군들을 사로잡았어. 사람들이 죽는 것을 보고 직접 죽이기도 한 용맹한 장군들일지라도 마누엘의 글을 읽거나 들으면 대체 이게 뭐야 하면서 소금 기둥 내지 석상으로 변해 버렸지. 바다, 멕시코 하늘의 바다가 될 시 같은 산문이 있어. 그런데 내가 지금 곁가지를 치고 있군. 나는 단 한 권뿐인 『카보르카』를 팔에 끼고 왼손에는 「현재 제1호」를, 오른손에는 로스 수이시다스 메스칼 잔을 들고 있었다. 그리고 술을 마시면서 그 아스라한 1921년 글을 몇 구절씩 읽어 주고, 구절구절에 대해 또 메스칼에 대해 평을 했다. 천천히 친구들끼리(청년들은 항상 내 친구였다) 읽고 마셨으니 이 아니 아름다운 일인가! 술이 얼마 남지 않았을 때 나는 로스 수이시다스를 마지막으로 한 잔씩 더 돌리고, 내 오랜 영약과 속으로 작별을 고했다.

나는 「현재 제1호」의 마지막 부분을 읽었다. 그 시절 국내외 인사들을, 예술가와 연구자들을 정말로 놀라게 한 전위주의 지도부 명단이었다. 그 명단은 라파엘 칸시노스 아센스[11]와 라몬 고메스 데 라 세르나[12]의 이름으로 시작되었다. 묘하지 않은가? 칸시노스 아센스와 고메스 데 라 세르나라니 이건 마치 보르헤스와 마누엘 마플레스 아르세가 텔레파시로 교감을 나눈 것과 같은 일이지, 안 그런가?(보르헤스가 마누엘의 1922년 작품 『내면의 발판들』 서평을 썼는데 알고 있는가?) 명단은 이런 순으로 계속되었다. 라파엘 라소 데 라 베가. 기예르모 데 토레. 호르헤 루이스 보르헤스. 클레오틸데 루이시(이 사람이 누구더라?). 비센테 루이스 우이도브로. 내가 젊은이 중 하나에게 말했다. 자네 동포로군. 헤라르도 디에고. 에우헤니오 몬테스. 페드로 가르피아스. 루시아 산체스 사오르닐. J. 리바스 파네다스. 에르네스토 로페스 파라. 후안 라레아. 호아킨 데 라 에스코수라. 호세 데 시리아 이 에스칼란테. 세사르 A. 코메트. 이삭 델 반도 비야르. 이삭Isac에 이렇게 〈a〉가 하나뿐인데 아마 이것도 오자일 것이다. 아드리아노 델 바예. 후안 라스. 이름이 뭐 이래. 마우리시오 바카리세. 로헬리오 부엔디아.

11 Rafael Cansinos Assens(1882~1964). 스페인 전위주의인 과격주의의 주요 시인.
12 Ramón Gómez de la Serna(1888~1963). 과격주의의 주요 시인.
13 마리 로랑생Marie Laurencin으로 추정된다.
14 앙드레 뒤누아예 드 스공자크André Dunoyer de Segonzac로 추정된다.
15 알베르트 글레즈Albert Gleizes의 이름을 스페인어식으로 읽은 것이다.
16 조르주 브라크Georges Braque의 이름을 스페인어식으로 읽은 것이다.

비센테 리스코. 페드로 라이다. 안토니오 에스피나. 아돌포 살라사르. 미겔 로메로 마르티네스. 시리키아인 카이타로. 또 실수가 나오네. 안토니오 M. 쿠베로. 호아킨 에드와르즈. 젊은이 중 하나가 말했다. 이 사람도 아마 제 동포일 겁니다. 페드로 이글레시아스. 호아킨 데 아로카. 레온 펠리페. 엘리오도로 푸체. 프리에토 로메로. 코레아 칼데론. 내가 말했다. 보게나, 성만 나왔네. 나쁜 징조일세. 프란시스코 비기. 우고 마요. 바르톨로메 갈린데스. 후안 라몬 히메네스. 라몬 델 바예-인클란. 호세 오르테가 이 가세트. 아니 돈 호세는 이 명단에 왜 들어간 거야! 알폰소 레예스. 호세 후안 타블라다. 디에고 리베라. 다비드 알파로 시케이로스. 마리오 데 사야스. 호세 D. 프리아스. 페르민 레부엘타스. 실베스트레 레부엘타스. P. 에체베리아. 아틀. 위대한 아틀 박사를 말하리라. J. 토레스-가르시아. 라파엘 P. 바라다스. J. 살바트 파파세이트. 호세 마리아 예노이. 장 엡스탱. 장 리샤르 블로크. 피에르 브륀. 이 사람 아는가? 마네 블랑샤르. 코르노. 파레이. 이 부분은 마누엘이 귀동냥으로 적은 것인 듯했다. 푸르니에. 리우. 내 손에 장을 지지지. 마담 기 로엠. 제기랄. 아, 미안. 마네 로랑생.[13] 여기서부터는 상태가 좋아진다. 뒤노제르 드 스공자크.[14] 상태가 나빠진다. 대체 어떤 프랑스 개새끼가 마누엘을 엿먹인 거야? 아니면 아무 잡지에서나 이름을 베낀 건가? 호네거. 조르주 오리크. 오장팡. 알베르토 글레즈.[15] 피에르 르베르디. 마침내 늪에서 빠져나왔다. 후안 그리스. 니콜라 보두앵. 윌리엄 스페스. 장 폴랑. 기욤 아폴리네르. 시피옝. 막스 자코브. 호르헤 브라크.[16] 쉬르바

주. 코리스. 트리스탕 차라. 프란시스코 피카비아.[17] 호르헤 리브몽-데세뉴.[18] 르네 뒤낭. 아르키펭코. 수포. 브르통. 폴 엘루아르.[19] 이 대목에 이르러 나와 젊은이들은 마누엘 마플레스 아르세가 이름을 자의적으로 적었다는 데 의견 일치를 보았다. 프란시스 피카비아와 조르주 브라크를 각각 프란시스코 피카비아와 호르헤 브라크로 부르면서, 마르셀 뒤샹과 폴 엘뤼아르는 각각 마르셀로 델 캄포와 파블로 엘뤼아라고 부르지 않기 때문이다. 게다가 프랑스 시의 연인인 우리 모두가 잘 아는 것처럼 엘뤼아르에는 〈o〉가 없다.[20] 브르통에 악센트 부호를 찍은 것은 그렇다 치고.[21] 전위주의 지도부 명단

17 프란시스 피카비아Francis Picabia의 이름을 스페인어식으로 읽은 것이다.
18 조르주 리브몽-데세뉴Georges Ribemont-Dessaignes의 이름을 스페인어식으로 읽은 것이다.
19 폴 엘뤼아르Paul Éluard로 추정된다.
20 이 명단에는 없는 〈o〉를 넣어 〈Élouard〉로 표기했다.
21 브르통은 〈Breton〉인데 이 명단에는 〈Bretón〉이라고 표기되어 있다.
22 이 명단에는 Frankel이라고 나왔으나 테오도르 프랑켈Théodore Fraenkel로 추정된다.
23 발터 제르너Walter Serner로 추정된다.
24 월터 콘래드 아렌스버그Walter Conrad Arensberg로 추정된다.
25 패트릭 브루스Patrick Bruce를 지칭하는 듯하다.
26 모건 러셀Morgan Russell로 추정된다.
27 요하네스 바더Johannes Baader로 추정된다.
28 조앙 드 아라우주 코헤이아 João de Araújo Correia로 추정된다.
29 에길 야콥센Egill Jacobsen을 지칭하는 듯하다.
30 스페인어로 모스크바에 해당한다.
31 장 메챙제Jean Metzinger로 추정된다.
32 〈레날〉의 철자는 Raynal이 맞는데 선언문 원문에는 Reynal이라고 표기했다.
33 G. P. 루치니G. P. Lucini로 추정된다.
34 엔리코 카바키올리Enrico Cavacchioli의 이름을 스페인어식으로 읽은 것이다.

은 영웅들의 이름과 오자로 계속되었다. 프랑켈.[22] 제르넨.[23] 에릭 사티. 엘리 포르. 파블로 피카소. 월터 본래드 아렌스버그.[24] 셀린 아르노. 월터 팩. 브루스.[25] 정말 극으로 치닫는군! 모건 루셀.[26] 마르크 샤갈. 헤르 바더.[27] 막스 에른스트. 크리스티안 샤드. 립시츠. 오르티스 데 사라테. 코헤이아 다라우주.[28] 야콥센.[29] 쇼콜드. 아담 피셔. 마담 피셔. 피어 크루. 알프 롤프센. 조네예. 피트 몬드리안. 토르스텐손. 마담 앨리카. 오스트롬. 겔린. 살토. 베버. 부스터. 코코디카. 칸딘스키. 스테렘베르크(모스크바 예술 위원회). 괄호는 물론 마누엘이 친 거야. 젊은 이 중 하나가 말했다. 푸에블라 시민이 다 나머지 사람들, 가령 헤르 바더, 코리스, 코코슈카를 말하는 것 같은 코코디카, 리우, 아담 피셔와 마담 피셔가 누구인지 완벽하게 알고 있다는 듯이 말이죠. 왜 Moscú[30]라고 쓰지 않고 Moscou라고 쓰는 것일까? 내가 큰 목소리로 말하며 생각했다. 그래도 계속하자고. 모스크바 위원회 뒤로는 러시아인이 적지 않았다. 마담 루나차르스키. 에렌부르크. 탈린. 콘찰롭스키. 마호코프. 마담 엑스테르. 울 모나트. 마레프나. 라리오노프. 곤디아로바. 벨로파. 손틴 Sontine. 아마 ⟨n⟩이 아니라 ⟨u⟩, 즉 수틴일 것이다. 다이블렛. 두스부르흐. 레이날. 잔. 드랭. 발터로부아 추어=무에클렌. 두말할 나위 없이 최고의 남성 예술가이다. 아니 최고의 여성 예술가일지도 모른다. 그 누구도 추어=무에클렌의 성(性)을 확신할 수 없으니(적어도 멕시코에서는). 장 콕토. 피에르 알베르 비로. 메쟁제.[31] 장 샤를로. 모리스 레날.[32] 피외. F. T. 마리네티. G. P. 루친니.[33] 파올로 부치. 팔라체스키. 엔리케 카바키올리.[34] 리베로

알토마레. 젊은이들 기억이 가물거리기는 한데 어째 알베르토 사비니오인 것 같아. 루치아노 폴고레. 이름 예쁘군, 그렇지 않은가? 두체[35]의 군에 공수 부대 사단이 있었는데 이렇게 불렀지. 폴고레 사단이라고 말이야. 남색자 집단 같았는데 호주군이 제대로 물을 먹였어. E. 카르딜레. G. 카리에리. F. 만셀라 폰티니. 아우로 달바. 마리오 베투다. 아르만도 마차. M. 보초니.[36] C. D. 카라. G. 세베리니. 바릴라 프라텔라. 캉기울로. 코라. 마리아노. 보초니. 동일인을 반복한 사람은 내가 아니라 마누엘이나 엉터리 인쇄업자야. 페시. 세티멜리. 카를리. 오크세. 리나티. 티타 로자. 생프웽. 디브와르. 마르티니. 모레티. 피란델로. 토치. 에볼라. 아르데뇨. 토볼라토. 도이블러. 두스브르흐. 브롤리오. 위트릴로. 파브리. 바트리냐. 리에주. 노라 보르헤스. 사보리. 김미. 반 고흐. 그뤼네발트. 드랭. 코코네. 부생고틀. 마르케. 제르네. 포빈. 들로네. 쿠르크. 슈비터스. 쿠르트 슈비터스에요. 젊은이 중 하나, 멕시코인이 마치 식자기(植字機)의 지옥에서 잃어버린 쌍둥이 형제를 찾은 듯이 말했다. 하이니치. 클림. 이 사람은 클리일 수 있다. 지르너. 지노. 염병할, 이 대목에서는 정말 머리가 곤두서네! 갈리. 보타이. 초카토. 조지 벨로스. 조르조 데 키리코. 모딜리아니. 칸타렐리. 소피치. 카레나. 지도부 명단은 여기서 끝이 나고, 카레나 뒤에 기타 등등이라는 위협적인 단어가 따른다. 내가 그 긴 명단을 다 읽었을 때, 두 젊은이는 무릎을 꿇고 있었거나 부동자세를 취하고 있었다. 맹세

---

35 〈최고 통치자〉를 의미하며 무솔리니가 자신의 호칭으로 사용했다.
36 움베르토 보초니Umberto Boccioni로 추정된다.

코 기억나지 않지만 맹세코 그게 그거다. 군인처럼 부동자세를 취하든 신도처럼 무릎을 꿇고 있든. 아는 이름이든 모르는 이름이든, 기억되는 이름이든 손자들조차 망각한 이름이든, 두 젊은이는 그 모든 이름을 기리며 로스 수이시다스 메스칼의 마지막 방울을 입에 털어 넣었다. 나는 조금 전까지 진지해 보이던 두 젊은이, 내 앞에서 부동자세를 취하며 국기에 대한 경례 혹은 전투에서 산화한 전우에게 경례하는 그들을 보았다. 나도 잔을 들어 메스칼을 단숨에 비웠다. 나 역시 우리의 모든 망자들을 위해 건배한 것이다.

1977년 5월, 바르셀로나 타예스 가, 바 센트리코, 펠리페 뮐러. 아르투로 벨라노는 바르셀로나의 어머니 집으로 왔다. 그의 어머니는 2년 전부터 이곳에 살았다. 그녀는 아팠다. 갑상선 항진증으로 몸무게가 너무 많이 줄어서 살아 있는 해골 같았다.

나는 당시 훈타 데 코메르시오 가에 있는 형 집에 살았는데, 그 집은 칠레인들 소굴이었다. 아르투로 어머니는 타예스 가에 살았다. 내가 지금 살고 있는 이곳, 샤워 시설은 없고 복도에 화장실만 있는 바로 이 집에서. 나는 바르셀로나에 올 때, 아르투로가 멕시코에서 출판한 시집을 그의 어머니에게 가져다 드렸다. 그녀는 책을 살펴보더니 헛소리 같은 알 수 없는 말을 중얼거렸다. 그녀는 건강이 좋지 않았다. 갑상선 항진증 탓에 흥분 상태로 이리저리 계속 움직였고 툭하면 울었다. 두 눈은 안구에서 튀어나올 듯했다. 맥박도 펄떡펄떡 뛰었다. 가끔 천식 기침에 시달렸지만 하루에 담배 한 갑을 피웠다.

아르투로의 여동생 카르멘처럼 검정 담배를 피웠다. 카르멘은 어머니와 같이 살았지만 거의 하루 종일 집에 없었다. 텔레포니카[37]에서 청소 일을 하고, 안달루시아[38] 출신의 공산당원과 사귀었다. 내가 멕시코에서 카르멘을 알게 되었을 때 그녀는 트로츠키주의자였는데, 그때도 여전히 그랬다. 그래도 그 안달루시아 남자와 사귀었다. 그는 확고한 스탈린주의자는 아니라도 적어도 확고한 브레즈네프주의자로 보였다. 그게 그거기는 하지만. 어쨌거나 결국 그 안달루시아 남자는 트로츠키주의자들의 숙적이기 때문에, 두 사람 관계는 대단히 들썩들썩할 수밖에 없었다.

나는 아르투로에게 보내는 편지들을 통해 이 모든 것을 설명해 주었다. 네 어머니가 건강하지 않다고, 뼈만 남아 가고 있다고, 돈이 없다고, 이 도시가 네 어머니를 죽이고 있다고. 이따금 나는 성화를 부렸다(다른 방법이 없었다). 그래서 네가 어머니를 위해 뭔가 해야 한다고, 돈을 보내 드리거나 다시 멕시코로 모시라고 말했다. 아르투로의 답신들은 가끔 진정으로 받아들여야 할지 농담으로 여겨야 할지 알 수 없는 종류의 것이었다. 한번은 내게 이렇게 썼다. 〈어머니와 동생이 견뎠으면 해. 내가 곧 그리로 가서 다 해결할 테니, 지금은 그냥 견뎠으면 해.〉 철면피 같으니. 내 답신은 어머니와 매일 싸워도 겉보기에는 잘 지내는 누이동생과 달리 어머니는 견디지 못할 것이라고, 당장 무슨 수를 내지 않으면 낳아 준 분을 잃게 되리라는 것이었다. 그 무렵 나는 아르

---

37 스페인 전화국.
38 스페인 남부 지방.

투로 어머니에게 내게 남은 돈 전부인 2백여 달러를 이미 빌려 준 뒤였다. 1975년 멕시코에서 받은 시 문학상의 남은 상금이었다. 그 상금 덕에 바르셀로나행 표를 산 터였다. 물론 돈 이야기는 아르투로에게 하지 않았다. 하지만 아르투로 어머니가 이야기했을 것이다. 그녀는 아들에게 사흘이 멀다 하고 편지를 썼다. 이 역시 갑상선 항진증 때문이리라. 2백 달러라고 해봐야 월세 내는 데 쓰고 거의 남지 않았다. 하루는 하신토 레케나가 편지를 했는데, 내용 중에 아르투로가 어머니 편지를 읽지 않는다는 이야기가 있었다. 머저리 같은 레케나는 그 이야기를 재미 삼아 했지만 상황은 극에 달했다. 나는 아르투로에게 편지를 썼다. 문학 이야기는 전혀 없고, 경제적인 문제와 건강과 가족 문제 이야기만 많은 편지였다. 답장이 금방 날아들었고(사람들이 아르투로를 두고 온갖 소리를 하더라도 답장을 하지 않는다는 말은 못 하리라), 아르투로는 장담을 했다. 벌써 어머니에게 돈을 보냈지만 일간 더 나은 조치를 취하겠다고, 어머니에게 직장을 구해 드리겠다고, 어머니의 문제는 항상 일을 해왔기 때문에 자신이 쓸모없어졌다는 느낌을 못 견디는 것이라고. 나는 아르투로에게 말해 주고 싶었다. 바르셀로나는 실업 문제가 심각하다고, 또 네 어머니는 일할 상태가 아니라고, 너무 야위어서 직장에 출근하면 틀림없이 상사들이 놀랄 것이라고, 너무 깡말라서 딱 아우슈비츠 생존자 같다고. 하지만 나는 아무 말도 하지 않는 편을 택했다. 아르투로와 나 자신에게 숨 돌릴 틈을 주려고 시에 대해서, 그와 내가 좋아하는 시인들인 레오폴도 마리아 파네로, 펠릭스 데 아수아, 짐페레, 마르티네스 사리온에 대해,[39] 후기주의의 창시자로 당시 나와 서신을 주고받던 카를로스 에드문도 데 오리[40]에 대해 말했다.

어느 날 오후 아르투로의 어머니가 우리 형 집으로 나를 찾으러 왔다. 그녀는 아들이 복잡하기 짝이 없는 편지를 보냈다고 말하면서 내게 보여 주었다. 봉투 속에는 아르투로의 편지와 에콰도르 소설가 바르가스 파르도가 카탈루냐 소설가 후안 마르세[41]에게 쓴 소개장이 들어 있었다. 아르투로가 편지에서 설명한 바에 따르면 어머니가 해야 할 일은 사그라다 파밀리아 성당[42] 근처의 후안 마르세의 집에 찾아가 바르가스 파르도의 소개장을 내미는 것이었다. 소개장은 단출했다. 처음 몇 줄은 마르세에게 보내는 인사말이었는데 가리발디 광장 주변 어느 거리에서 일어난, 언뜻 보면 재미있는 사건을 어지럽게 언급하고 있었다. 이윽고 피상적이라 할 아르투로 소개가 이어지고, 곧이어 정말로 중요한 부분, 즉 시인의 어머니 상황으로 넘어가, 어떻게든 손을 써서 일자리를 구해 주었으면 한다는 부탁을 했다. 아르투로 어머니가

---

39 Leopoldo María Panero(1948~), Félix de Azúa(1944~), Pere Gimferrer(1945~), Antonio Martínez Sarrión(1939~)는 시선집『최근 스페인 시인 9인선』을 계기로 스페인 현대 시에 커다란 족적을 남긴 세대의 시인들.

40 Carlos Edmundo de Ory(1923~2010). 전위주의에서 출발한 스페인 시인으로 〈모든 주의(主義) 이후〉라는 의미의 후기주의*postismo*를 주창했다.

41 Juan Marsé(1933~). 2008년 세르반테스 상을 수상한 스페인의 대표적인 현대 소설가. 바르셀로나 문단을 대표하는 인물이기도 하다.

42 Sagrada Familia. 〈성가족 성당〉으로도 번역되며 세계적으로 유명한 스페인 건축가인 가우디가 설계와 건축을 맡아 생전에 심혈을 기울인 성당.

말했다. 후안 마르세를 만나러 가자! 아들이 한 일에 행복해하고 자랑스러워했다. 그렇지만 나는 의문이 들었다. 아르투로 어머니는 내가 함께 마르세를 방문해 줬으면 했다. 그녀가 말했다. 나 혼자 가면 너무 긴장해서 무슨 말을 해야 할지 모를 것 같아. 하지만 너는 작가니까 일이 꼬이면 나를 곤경에서 구해 줄 수 있을 거야.

내키지 않았지만 같이 가겠노라고 약속했다. 우리는 어느 날 오후 그 집에 갔다. 아르투로의 어머니는 평소보다 조금 더 꾸몄으나, 그래도 상태가 안쓰러웠다. 우리는 카탈루냐 광장 역에서 지하철을 타서 사그라다 파밀리아 역에 내렸다. 그 집에 이르기 직전 아르투로 어머니는 천식 징후가 있어서 흡입기를 사용해야 했다. 문을 열어 준 사람은 후안 마르세 본인이었다. 우리는 그에게 인사를 하고, 아르투로 어머니가 왜 방문했는지 설명했다. 그 설명은 난리도 아니어서 〈긴요〉, 〈긴급〉, 〈참여시〉, 〈칠레〉, 〈병〉, 〈불명예스러운 상황〉 등에 대해 말했다. 나는 그녀가 미쳐 버린 줄 알았다. 후안 마르세는 그녀가 내미는 봉투를 쳐다보더니 우리를 집에 들였다. 그가 말했다. 마실 것 좀 내올까요? 아르투로 어머니가 말했다. 정말 감사합니다만 괜찮습니다. 내가 말했다. 감사합니다만 괜찮습니다. 이윽고 마르세는 바르가스 파르도의 편지를 읽었고 우리가 그를 아는지 물었다. 제 아들 친구입니다. 아르투로 어머니가 말했다. 우리 집에 한 번 온 것 같은데 보지는 못했습니다. 나도 바르가스 파르도를 몰랐다. 마르세가 중얼거렸다. 바르가스 파르도는 아주 좋은 사람이죠. 마르세가 이어 아르투로 어머니에게 물었다. 칠레를 떠난 지 오래되셨나요? 아르투로 어머니가 말했다. 아주 오래전에요. 너무 오래되어 이제 기억도 잘 나지 않네요. 그리고 아르투로 어머니는 칠레와 멕시코 이야기를 했다. 마르세도 멕시코 이야기를 했다. 어느 순간부터인지는 잘 모르겠으나 두 사람은 서로 존댓말을 그만두고, 같이 웃고 했다. 나도 웃었다. 마르세가 재미있는 이야기 혹은 그 비슷한 일을 한 것 같다. 그가 말했다. 마침 당신이 관심 있을 만한 건이 있는 사람을 알고 있어. 일자리가 아니라 장학금, 특수 교육 과정을 위한 장학금이지. 아르투로 어머니가 물었다. 특수 교육? 마르세가 말했다. 음 그렇게 부르는 것 같네. 지적 장애인이나 다운 증후군 아이들 교육과 관계있어. 아르투로 어머니가 말했다. 아 그것 참 마음이 동하네. 잠시 후 우리는 마르세의 집을 나섰다. 마르세가 문가에서 말했다. 내일 전화하라고.

돌아오는 길에 우리는 계속 웃었다. 아르투로 어머니는 후안 마르세를 눈이 아름다운 좋은 사람, 대단한 사람으로 생각했다. 정말 호감이 가고 담백한 사람이야. 나는 아르투로의 어머니가 그렇게 만족해하는 것을 오랫동안 보지 못했다. 다음 날 아르투로 어머니는 전화를 했고, 마르세는 장학금을 줄 여자의 전화번호를 주었다. 일주일 뒤 아르투로 어머니는 바르셀로나의 어느 학교에서 지적 장애인, 자폐증 환자, 다운 증후군 환자 교육자가 되기 위한 공부를 했다. 학교에서는 공부와 함께 실습도 했다. 장학금은 3년짜리인데 평가에 따라 매해 갱신되는 것이었다. 그 직후 아르투로의 어머니는 갑상선 항진증 치료를 위해 병원에 입원했다. 처음에는 수술을 할 줄 알았는데 그럴 필요는 없었다. 그래서 아르투로가 바르셀로나에 왔을 때, 그의 어머니는 훨씬 호전되어 있었다. 장학금은 아주 넉넉하지는 않았지만 그럭저럭 생활할 만했고, 심지어 여러 종류의 초콜릿을 살 수 있을 만큼은 되었다. 아르투로의 어머니는 아들이 초콜릿을 좋아하는 것을 알고 있었고, 다들 아시다시피 유럽 초콜릿은 멕시코 초콜릿이 상대가 안 될 만큼 맛있다.

7

1977년 7월, 파리 프티트 에퀴리 가, 시몬 다리외. 파리에 왔을 때 울리세스 리마는 멕시코에서 망명 생활을 했던 페루 시인과 나밖에 아는 사람이 없었다. 나는 그전에 딱 한 번 울리세스 리마를 만난 적이 있는데, 아르투로 벨라노와 약속이 있던 날 저녁 카페 키토에서였다. 커피를 마시는 동안 셋이 이야기를 조금 하고, 이윽고 아르투로와 나는 그곳을 나왔다.

나는 아르투로는 잘 알고 있었다. 비록 그 이후 한 번도 다시 만나지 못했고, 아마 틀림없이 결코 다시 만나지 못하겠지만. 멕시코에서 내가 무엇을 했느냐고? 명목상으로는 인류학을 공부했지만 실제로는 그 나라를 여행하고 체험했다. 수많은 파티도 참석했다. 멕시코인들은 엄청나게 논다. 물론 하고 싶은 일을 다 하기에는 돈이 모자라(나는 장학금을 받고 있었다) 지미 세티나라는 사진사를 위해 일을 했다. 어느 호텔, 아마도 론드레스 가에 있는 바스코 데 키로가 호텔 파티에서 알게 된 사람이었는데, 덕분에 내 주머니 사정이 상당히 나아

---

1 Jacques Rigaut(1898~1929). 프랑스 초현실주의 시인.

졌다. 지미는 예술 누드 사진을 찍었다. 그는 그렇게 말했지만 사실은 가벼운 포르노 사진으로 전신 누드와 도발적 포즈의 사진, 혹은 일련의 스트립쇼 사진이었다. 이 모든 작업을 부카렐리 가 어느 건물 고층에 있는 자기 작업실에서 했다.

어떻게 아르투로와 알게 됐는지는 이제 기억도 나지 않는다. 아마 지미 세티나의 작업실이 있는 건물에서 사진을 찍고 나오다가, 아니면 바나 어느 파티에서 알게 되었으리라. 제리 루이스라는 미국인의 피자 가게에서였을 수도 있다. 멕시코에서는 사람들이 정말로 믿기지 않는 장소에서 서로 알게 된다. 확실한 것은 아르투로와 내가 알게 되었고, 서로 호감을 가지게 되었다는 점이다. 같이 잠을 자게 될 때까지는 거의 1년이 걸렸지만.

아르투로는 프랑스와 관련된 것은 무엇이든 관심을 보였다. 그 점에서 그는 조금 순진했다. 난 인류학을 전공하는 학생인데도 막스 자코브 같은 시인의 작품을 당연히 알 거라고 생각했다(이름만 들어 보았을 뿐이다). 내가 아르투로에게 막스 자코브를 모른다고, 젊은 프랑스 여성들은 다른 것을(내 경우는 애거사 크리스티를) 읽는다고 말하자, 그는 말 그대로 믿지 못했다. 나아가 자기를 놀린다고 생각했다. 하지만 아르투로는 이해심이 있었다. 무슨 말인고 하니, 아르투로는 언제나 문학의 견지에서 생각을 〈하는 것 같았지만〉, 그렇다고 〈광적인〉 사람은 아니었다. 자크 리고[1]를 한 번도 읽지 않았다 해서 상대를 무시하지는 않았다. 게다가 아르투로도 애거사 크리스티를 좋아해서 우리는 가끔 그녀의 작품 이야기를 하며, 수수께끼를 복기하고(나는 기억력이 그야말로 형편없는데, 아르투로는 정말 좋았다), 불가능해 보이는 살인들을 재구성했다.

내가 아르투로의 어떤 점에 끌렸는지는 잘 모르겠다. 어느 날 나는, 나 말고도 콜로라도 출신의 미국인 남자와 두 명의 프랑스 여자 등 세 명의 인류학도가 살고 있는 우리 아파트로 아르투로를 데려갔고, 결국 새벽 4시에 침대에서 끝을 보았다. 그 전에 나는 내 별난 취향에 대해 아르투로에게 경고한 적이 있다. 농담 반 진담 반으로. 조각 작품들이 있는(정말 끔찍한 작품들이었다) 현대 미술관 정원에서 같이 웃다가 아르투로에게 말했다. 아르투로 너 내가 마조히스트라서 나랑 자지 않는 거지. 그가 물었다. 그게 뭔 말이야? 내가 말했다. 나는 섹스할 때 누가 때려 주는 게 좋아. 그러자 아르투로는 웃음을 멈추고 물었다. 진짜야? 내가 말했다. 완전 진짜야. 아르투로가 말했다. 어떻게 때려 주면 좋은데? 내가 말했다. 찰싹찰싹 때리는 게 좋아. 뺨이나 엉덩이를 때리는 그런 종류의 가격 말이야. 그가 물었다. 세게? 내가 말했다. 아니, 아주 세게는 말고. 잠시 생각에 잠겼다가 그가 말했다. 너 멕시코에서는 많이 하지 않은 모양이네. 나는 왜 그런 말을 하는지 물었다. 멍 때문에, 미스 마플.[2] 네가 멍든 모습 한 번도 본 적이 없는걸. 내가 대꾸했다. 아니, 하는데. 나는 마조히스트이지만 무지막지하지는 않거든. 아르투로가 웃었다. 농담을 한다고 생각한 것 같다. 그래서 그날 밤, 아니 그날 새벽 침대에 들었을 때, 아르투로는 나를 아주 부드럽게 다루었다. 온몸을 핥으며 너무나 부드러운 키스를 퍼붓는 것을 그냥

---

2 애거사 크리스티의 추리 소설에 자주 주인공으로 등장하는 탐정.

내버려두었다. 하지만 조금 후 아르투로가 발기가 되지 않는 것을 깨달았다. 그의 물건을 잡고 잠시 쓰다듬었지만 헛수고였다. 그래서 그의 귀에 대고 걱정이 있는지 물었지만 그는 아니라고, 기분 좋다고 대답했다. 우리는 조금 더 서로 애무를 했지만 분명 그의 물건이 서지 않을 것 같았다. 그래서 내가 말했다. 좋아, 그만 애써, 고생하지 말라고. 동하지 않으면 동하지 않는 거지 뭐. 그런 일 많잖아. 그는 담배에 불을 붙이고(그는 발리라는 담배를 피웠다. 이름 참 희한하다), 자신이 최근 마지막으로 본 영화 이야기를 했다. 이윽고 일어나더니 벌거벗은 채로 방을 빙빙 돌고, 담배를 피우고, 내 물건들을 살피다가 침대 옆 바닥에 앉아 내 사진들을 쳐다보았다. 지미 세티나의 예술 사진들이었다. 내가 왜 그걸 가지고 있었는지는 모르겠다. 아마 바보라서 그랬나 보다. 나는 아르투로에게 흥분되느냐고 물었고, 그는 그렇지는 않은데 훌륭한 사진이라고, 내가 〈정말〉 잘 나왔다고 말했다. 너 정말 아름다워, 시몬. 그 순간 이유는 잘 모르겠으나 갑자기 그에게 말했다. 침대로 들어오라고, 내 위에 올라타라고, 내 뺨이나 엉덩이를 때리라고. 그는 나를 빤히 쳐다보더니 말했다. 나는 그런 짓 못 해, 시몬. 그러더니 다시 고쳐 말했다. 그 짓에도 무능하고, 시몬. 하지만 나는 말했다. 어서, 용기를 내, 침대로 들어와. 그는 침대로 들어왔고, 나는 몸을 돌려 엉덩이를 쳐들고 말했다. 천천히 나를 때려 봐, 장난인 셈 치고. 아르투로가 첫 번째 가격을 했고, 나는 베개에 고개를 처박으면서 말했다. 나는 리고를 읽지 않아, 막스 자코브도, 방빌, 보들레르, 카튈 망데스, 코르비에르 같은 어려운 작가들도 필독서인데도 안 읽었어. 하지만 사드 후작은 읽었어. 그가 말했다. 아, 그래? 내가 그의 성기를 쓰다듬으며 말했다. 응. 엉덩이에 가해지는 그의 가격은 점점 더 확신에 찬 것이었다. 그가 물었다. 사드 후작의 어떤 작품을 읽었는데? 내가 답했다. 『규방 철학』. 『쥐스틴』은? 당연히 읽었지. 『쥘리에트』는? 물론 읽었고. 『소돔의 120일』은? 물론 읽었고말고. 그때쯤 나는 촉촉이 젖어 신음 소리를 냈고, 아르투로의 음경은 막대기처럼 불끈 섰다. 그래서 나는 몸을 돌려 다리를 열고 아르투로에게 삽입하라고, 하지만 삽입만 하라고, 내 말이 있을 때까지 박았다 뺐다 하지 말라고 말했다. 그의 물건을 내 몸속에 느끼는 기분은 그만이었다. 내가 말했다. 나를 갈겨. 얼굴을, 뺨을. 손가락을 내 입에 집어넣어. 그가 나를 때렸다. 더 세게! 그는 더 세게 때렸다. 내가 말했다. 이제 움직여. 잠시 방에서는 내 신음 소리와 뺨 때리는 소리만 들렸다. 이윽고 아르투로도 신음하기 시작했다.

우리는 동이 틀 때까지 사랑을 나누었다. 사랑이 끝나고 난 뒤 아르투로는 발리 담배에 불을 붙이고 내게 사드 후작의 희곡 작품을 읽었는지 물었다. 나는 읽지 못했다고, 사드가 희곡을 썼다는 사실은 처음 듣는다고 말했다. 그가 말했다. 희곡 작품만 쓴 게 아니라, 극단주들에게 자기 작품을 무대에 올리라고 권하는 편지도 숱하게 썼어. 하지만 당연히 그 누구도 감히 작품을 올릴 생각을 하지 못했지. 모두 체포되고 말았을 테니까(우리는 이 대목에서 웃었다). 놀라운 사실은 후작이 집요하게 권했다는 점이야. 편지에서 비용까지 계산하고, 심지어 의상에 얼마를 써야 할지까지 나와 있어. 가장 슬픈 사실은 그의 계산이 말이 된다는 점이야. 계산이 훌륭했다고! 그의 작품들은 이익을 낼 수도 있었어. 내가 물었다. 하지만 포르노물이었겠지? 아르투로가 말했다. 아니, 성 이야기가 좀 담긴 철학적인 내용이었어.

우리는 상당 기간 연인이었다. 정확히 말하면 내가 파리로 돌아오기까지 석 달 동안이었다. 매일 밤 섹스를 하지는 않았다. 매일 밤 만난 것도 아니다. 그래도 우리는 가능한 온갖 종류의 섹스를 했다. 그는 나를 묶었고, 매질했고, 항문에 삽입했다. 빨개진 엉덩이 외에는 결코 자국을 남기지 않았는데, 이는 아르투로가 얼마나 세심했는지 충분히 말해 준다. 시간이 조금 더 있었다면, 나는 아르투로에게 익숙해졌으리라. 즉, 그를 필요로 했을 것이다. 그도 나에게 익숙해졌을 것이다. 하지만 우리는 시간이 부족했다. 그저 친구였을 뿐이다. 우리는 사드 후작, 애거사 크리스티, 삶 일반에 대해 이야기를 나누었다. 내가 아르투로를 알게 되었을 때 그는 다른 멕시코인과 똑같은 멕시코인이었다. 하지만 마지막 만날 때쯤 그는 점점 더 자신이 외국인 같다고 느꼈다. 한번은 내가 아르투로에게 말했다. 너희 멕시코 사람들은 이렇고 저래. 그러자 그가 말했다. 나는 멕시코 사람 아니야, 시몬. 나는 칠레 사람이야. 슬픔이 배어 있기는 했으나 상당히 확신에 찬 말이었다.

그래서 울리세스 리마가 내 집에 나타나, 나는 아르투로 벨라노 친구야라고 말했을 때 나는 무척 기뻤다. 비록 이윽고 아르투로도 유럽에 있으면서 엽서 한 장 안 보내는 무신경함에 조금 분노하기는 했지만. 나는 파리

북(北)대학 인류학과에서 다시 일하고 있었는데, 관료적이고 지루하다 할 일이었다. 그 멕시코인의 방문은 적어도, 다소 녹슨 내 스페인어를 다시 연습하게 해주었다.

울리세스 리마는 오 가에 살았다. 한 번, 딱 한 번 집으로 그를 찾아갔다. 그보다 더한 쪽방은 본 적이 없었다. 하나 있는 쪽창은 열리지도 않고, 어둡고 지저분한 뜰 쪽으로 나 있었다. 침대 하나와 완전히 부서진 일종의 유치원용 탁자를 놓기도 버거웠다. 옷장도 벽장도 없어서 옷은 그대로 가방 안에 있거나 방 여기저기 흩어져 있었다. 그 방에 들어섰을 때 토하고 싶을 지경이었다. 울리세스에게 방값이 얼마인지 물었다. 방값을 듣고 나는 그가 속고 있음을 깨달았다. 내가 말했다. 이 방에 너를 들인 사람에게 속았어. 이건 쥐구멍이잖아. 파리는 더 좋은 방 천지인데. 그가 말했다. 그렇지. 두말할 나위 없지. 하지만 이윽고, 파리에 영원히 머물 생각이 없다고, 더 좋은 거처를 찾아 헤매느라 시간 낭비하고 싶지 않다는 주장을 펼쳤다.

우리는 자주 만나지 않았고, 늘 울리세스가 연락해서 만났다. 가끔은 전화를 했고, 또 가끔은 그냥 집으로 찾아와 나가서 한 바퀴 돌지 않겠느냐고, 커피 마시러 가지 않겠느냐고 혹은 극장에 가지 않겠느냐고 물었다. 나는 보통은 공부나 과 일 때문에 바쁘다고 말했지만, 가끔은 제의를 받아들여 나가서 걸었다. 우리는 마지막에는 륀 가의 바에서 파스타를 먹고, 포도주를 마시고, 멕시코 이야기를 하곤 했다. 보통 울리세스가 돈을 냈는데, 지금 생각해 보니 이상하기 짝이 없었다. 내가 알기로 그는 일을 하지 않았기 때문이다. 울리세스는 책을 많이 읽고, 늘 책 여러 권을 팔에 끼고 다녔다. 다 프랑스어로 된 책이었다. 사실을 말하자면 그의 프랑스어는 유창함과는 거리가 멀었다(앞서 말한 것처럼 우리는 스페인어로 이야기하려고 했다). 어느 날 밤 울리세스는 자기 계획을 이야기해 주었다. 파리에 좀 머물다가 이스라엘로 가는 것이었다. 울리세스가 그 이야기를 했을 때 나는 불신과 놀라움이 뒤섞인 미소를 지었다. 내가 물었다. 이스라엘은 왜? 울리세스의 대답은 이랬다. 거기에 여자 친구가 살거든. 믿기지 않아서 내가 물었다. 단지 그래서? 그가 말했다. 단지 그래서.

사실 울리세스가 하는 일 중 그 어느 것도 미리 정한 계획이 없는 것 같았다.

울리세스의 성격은 조용하고, 차분하기 그지없고, 뭔가 거리를 두지만 그렇다고 차갑지는 않고 가끔은 아주 따스했다. 들떠 있고 가끔은 모든 사람을 증오하는 듯한 아르투로의 성격과는 딴판이었다. 울리세스는 그렇지 않았다. 빈정대기는 해도 예의를 갖추고, 사람을 있는 그대로 받아들였다. 라틴 아메리카 사람들과 접할 때면 늘 겪는 것처럼 사생활을 침해하려는 인상은 결코 주지 않았다.

1977년 8월, 파리 마르셀 프루스트 로, 이폴리토 가르세스. 단짝이었던 울리세스 리마가 파리에 나타났을 때 나는 굉장히 기뻤다. 정말이다. 나는 오 가에 좋은 방을 구해 주었는데, 내가 사는 곳 바로 옆이었다. 마르셀 프루스트 로에서 그의 집까지는 엎어지면 코 닿을 거리였다. 오른편으로 꺾어서 르네 부알레스브 로를 걷다가 찰스

디킨스 가로 접어들어 가다 보면 오 가에 이른다. 울리세스와 나는 사람들 말마따나 어깨를 나란히 하고 산 셈이다. 나는 방에 간이 조리 기구를 갖추고 매일 음식을 만들어 먹었고, 울리세스가 와서 나와 식사를 같이 했다. 하지만 내가 그에게 말했다. 돈 좀 보태야지. 울리세스가 말했다. 폴리토,[3] 돈 줄 테니 걱정 마. 그래야 옳지. 네가 장을 보고 요리까지 하는 마당에. 얼마 줄까? 내가 말했다. 그냥 1백 달러만 줘 그 정도면 될 거야. 그는 달러는 벌써 떨어지고 프랑만 있다고 했다. 하지만 어쨌든 그 돈을 주었다. 그는 돈이 있고 믿을 만한 친구였다.

그러나 어느 날 울리세스가 내게 말했다. 폴리토, 음식이 점점 나빠지네. 하찮은 쌀 요리가 어떻게 그렇게 비쌀 수 있어? 내가 설명해 주었다. 멕시코나 페루와 달리 프랑스에서는 쌀이 비싸다고. 여기서는 쌀 1킬로그램이 눈깔 하나 값이라고. 그는 멕시코인 특유의 뜨악한 시선으로 나를 바라보며 말했다. 좋아, 하지만 적어도 토마토소스라도 사라고. 흰 밥만 먹는 데 물렸으니까. 내가 말했다. 알았다고. 서둘다가 깜빡한 포도주도 살 거고. 하지만 돈을 조금 더 줘야겠어. 그는 내게 돈을 주었고, 다음 날 나는 토마토소스를 곁들인 쌀 요리를 준비하고 적포도주 한 잔도 내놓았다. 하지만 그다음 날 이미 포도주는 자취를 감추었고(사실을 말하자면 내가 마셔 버렸다), 이틀 뒤에는 토마토소스가 떨어져, 다시 흰밥만 먹게 되었다. 그 후 나는 마카로니를 만들었다. 그리고 또 뭘 만들었더라? 그 후 나는 철분이 많고

[3] 이폴리토의 애칭.

먹을 만한 렌즈콩 요리를 해주었다. 렌즈콩이 다 떨어진 뒤에는 병아리콩 요리를 했다. 그다음에는 다시 흰밥을 준비했다. 어느 날 울리세스가 자리에서 일어서더니 농담처럼 말했다. 폴리토, 나를 바보 취급 하는군. 네 요리는 파리에서 제일 형편없고 제일 비싸. 내가 말했다. 아니야, 친구. 그렇지 않아. 물가가 얼마나 비싼지 모르는 걸 보니 장을 안 보는 표가 나네. 그러자 그는 내게 돈을 더 주었다. 하지만 다음 날 식사를 하러 오지 않았다. 사흘 동안 코빼기도 보이지 않아서 나는 오 가로 울리세스를 찾아갔다. 방에 없었다. 하지만 그를 만나야만 했기에 복도에 앉아서 기다렸다.

새벽 3시경 울리세스가 나타났다. 복도, 그 길고 악취 풍기는 컴컴한 복도에 있는 나를 본 그는 그 자리에 멈춰 섰다. 내가 있는 곳에서 5미터쯤 떨어진 데였는데, 마치 내 공격을 기다리고 있다는 듯 양발을 벌리고 버티고 서 있었다. 하지만 가장 이상했던 점은 자리에 멈춰 서면서 울리세스가 말을 잃었다는 사실이다. 정말 한 마디도 하지 않았다! 나는 생각했다. 제기랄, 울리세스가 나한테 정말 화가 났네. 이 자리에서 당장 나를 요절낼 기세잖아. 그래서 신중하게 나는 일어서지 않고 있었다. 바닥에 앉아 있는 검은 물체는 전혀 위험하지 않으니까. 안 그런가? 나는 울리세스의 이름을 불렀다. 울리세스, 이 친구야. 나야. 폴리토. 그는 말했다. 아하, 폴리토라고. 대체 이 시간에 여기서 무슨 짓이야, 폴리토. 그제야 그가 처음에 나를 알아보지 못했다는 사실을 깨달았다. 그리고 생각했다. 이 자식이 대체 누구라고 생각한 거야? 내가 누구라고 생각한 거지? 어머니를 걸고 맹세컨대 나는 그때가 더 겁이 났다. 이유는 잘 모르겠다. 늦은 시간, 음산한 복도, 시인으로서의 내 상상의 날개 때문이었으리라. 씹할, 소름마저 쭉 끼치고, 복도의 울리세스 리마 그림자 뒤에 또 다른 그림자가 있을 것만 같았다. 사실 그 유령 건물의 8층 계단을 걸어 내려갈 일조차 무서울 지경이었다. 하지만 그 순간만은 그곳에서 뛰쳐나가는 것이 유일한 소원이었다. 그러나 혼자가 된다는 갑작스러운 두려움이 더 컸다. 자리에서 일어났고, 한쪽 다리에 쥐가 난 것을 알았다. 울리세스에게 방에 좀 들어가게 해달라고 말했다. 울리세스는 그제야 잠에서 깨어나는 사람처럼 말했다. 좋지, 폴리토. 그리고 문을 열었다. 불을 켜고 안에 들어갔을 때, 온몸에 피가 다시 도는 느낌이었다. 나는 가지고 온 책들을 뻔뻔스럽게 울리세스에게 보여 주었다. 울리세스는 책을 한 권 한 권 살펴보더니 좋은 책이라고 말했다. 하지만 책을 가지고 싶어 죽을 지경이라는 것을 나는 알고 있었다. 내가 말했다. 네게 팔까 해서 가져왔어. 그가 물었다. 얼마면 되는데? 나는 그의 반응이 궁금하여 터무니없는 액수를 불렀다. 울리세스가 나를 바라보며 말했다. 좋아. 그러더니 주머니에서 돈을 꺼내 주고 아무 말 없이 나를 바라보고만 있었다. 내가 말했다. 좋아, 친구. 이제 갈게. 내일 맛있는 음식 해놓고 기다릴까? 그가 대답했다. 아니. 기다리지 마. 내가 말했다. 그러면 언제 올래? 먹지 않으면 굶어 죽는다는 사실을 명심하라고. 그가 말했다. 다시는 안 가, 폴리토. 그 후 내게 무슨 일이 일어났는지 모른다. 속으로는 오줌을 지릴 만큼 무서웠는데(방에서 나가, 복도를 통과해, 계단을 내려갈 생각에 죽을 맛이었다), 겉으로는 떠들어 대기 시작했다. 썹할, 갑자기 떠들어 대는, 〈내가 어떻게 말하는지 듣고 있는〉 내 모습을 발견했는데, 그 소리가 내 목소리가 아니라 저 혼자 주절대는 것 같았다. 내가 그에게 말하고 있었다. 그럴 권리는 없어, 울리세스. 먹을 것 사는 데 돈이 들었거든. 맛있는 것 많이 샀다고. 이제 그걸 다 어쩌라고? 썩게 내버려 둬야 하겠어? 나더러 혼자 내리 처먹으라고, 울리세스? 배 터지게 먹고 소화 불량에 걸리거나 배탈 나라고? 대답해 봐, 울리세스. 귀머거리처럼 있지 말고. 그런 종류의 말이었다. 속으로는 입 닥쳐, 폴리토. 뻔뻔스럽기는. 이러다 끝이 안 좋을 텐데. 네 주제를 알아야지, 멍청아라고 스스로에게 말했다. 하지만 겉으로는 달랐다. 마치 잠에 취한 듯, 마취에 걸린 듯 얼굴에 감각이 없는 와중에도 입술을 통해, 나불대는 혀를 통해 쉬지 않고 말이 흘러나와(난생처음 말을 내뱉고 싶지 않았는데도!) 이런 소리를 지껄이고 있었다. 무슨 친구가 그래, 울리세스. 친구, 형제, 절친, 막내 동생처럼 오냐오냐해 주니까 제기랄 이제 나를 이렇게 멸시하는군 등등의 말이었다. 더 이야기해 무엇하겠는가. 단지 나만 떠들고 또 떠들고, 울리세스는 너무 작아서 관 같은 그 방에서 앞에 버티고 선 채 내게 시선을 떼지 않고 있었다는 말밖에는. 조용히, 내가 예상하고 두려워하던 그런 움직임을 보이지 않고. 마치 내게 태엽을 감는 것처럼, 마치 속으로 폴리토에게는 2분 남았어, 1분 30초 남았어, 1분 남았어, 폴리토 이 불쌍한 놈 50초 남았어, 10초 남았어 하고 말하고 있는 것처럼. 맹세컨대 나는 내 온몸의 털을 속속들이 들여다보는 기분, 지금 뜨고 있는 두 눈 이외에도 또 다른 두 눈이 있어(하지만 감고 있는 두 눈) 내 살갗 구석구석을 돌아다니며 온몸의 털을 세는 듯한 기분, 이 감은 눈이 뜬 눈보다 더 똑똑히 보는 듯한 기분이었다. 내 말이 전혀 이해가 되지 않을 것이다. 나는 더 견딜 수 없어 창녀처럼 침대에 벌렁 드러누우며 말했다. 울리세스, 기분이 엿 같네. 친구, 내 인생은 재앙이야. 왜 그런지 모르겠어. 잘해 보려 하는데 뭐든지 엉망으로 끝나. 페루로 돌아갈까 봐. 이 좆같은 도시가 나를 죽이고 있어. 나는 이미 예전의 내가 아니야. 나는 이렇게 말했다. 끓는 속을 다 털어놓았다. 모포에 얼굴을 반쯤 묻고, 대체 어디서 난 모포인지도 모를, 고약한 냄새가 나는 울리세스의 모포에. 쪽방 특유의 찌든 냄새나 울리세스 냄새가 아니라 다른 냄새, 이를테면 죽음의 냄새, 문득 뇌리에 파고들어 사람을 펄쩍 뛰게 만드는 불길한 냄새였다. 씹할, 울리세스, 이 담요들 시체 안치소에서 가져온 거야? 울리세스는 그 자리에 계속 있었다. 선 채로, 동일한 위치를 고수하면서, 내 말을 들으면서. 그래서 나는 생각했다. 지금이 갈 때야. 나는 침대에서 일어나 손을 뻗어 울리세스의 어깨를 토닥였다. 동상을 만지는 기분이었다.

1977년 9월, 파리 파시 가, 로베르토 로사스. 우리가 거주하던 옥탑방들이 있던 층에는 방이 열두 개 있었다. 그중 여덟 개를 라틴 아메리카 사람들이 차지하고 있었다.

---

4 Pueblo Joven. 페루에서 빈민촌을 일컫는 말.
5 남미 팜파스 지대에서 주로 마시는 차.
6 Alfredo Bryce Echenique(1939~), Julio Ramón Ribeyro (1929~1994), Rodolfo Hinostroza(1941~) 모두 국제적인 명성을 얻은 페루 문인들.

칠레인 리카르디토 바리엔토스, 아르헨티나인 커플 소피아 페예그리니와 미겔리토 사보틴스키가 있었고, 나머지는 우리 페루인이었다. 우리 모두 시인이고 서로 싸웠다.

우리는 상당한 자부심을 가지고 우리 층을 파시 코뮌 혹은 푸에블로 호벤[4] 파시라고 불렀다.

우리는 늘 논쟁을 벌였다. 우리가 선호하는 주제, 아니 어쩌면 논쟁의 유일한 주제는 정치와 문학이었다. 리카르디토 바리엔토스의 방은 예전에 폴리토 가르세스가 세들었던 방이었다. 그도 페루인이자 시인이었는데, 어느 날 긴급 총회 후에 우리가 최후통첩을 했다. 씹할 놈아 이번 주에 당장 여기서 나가. 그러지 않으면 너를 계단에 굴려 버리고, 네 침대에 똥을 싸고, 포도주에 쥐약을 탈 거야. 아니 더한 짓도 할 수 있어. 불행 중 다행으로 폴리토는 우리 말을 들었다. 그러지 않으면 무슨 일이 일어났을지 몰랐을 테니.

그러나 어느 날 폴리토가 옥탑 층에 다시 나타나 평소처럼 어슬렁거렸다. 이 방 저 방 들어가고, 돈을 빌려 달라고 부탁하고(그는 빌려 간 돈을 한 번도 갚지 않았다), 이 방에서는 커피를 저 방에서는 마테차[5]를(소피아 페예그리니는 폴리토를 죽도록 미워했다) 얻어 마시고, 책을 빌려 달라고 청하고, 그 주에 브라이스 에체니케를 보았느니, 훌리오 라몬 리베이로를 보았느니 하는 이야기나 이노스트로사와 차를 마셨다는 이야기를 늘어놓았다.[6] 늘 하는 거짓말인데, 처음에는 믿고, 두 번째는 농담으로 생각하지만, 무한 반복되면 혐오, 연민, 경계심만 불러일으킬 뿐이었다. 폴리토의 머리가 어떻게 된 것이 분명하다는 생각이 들기 때문이었다. 하지만 우리 중 그 누가 정상이라 할 수 있을까? 사람들이 말하는 의미에서 말이다. 물론 우리는 폴리토처럼 그렇게 심각하지는 않지만.

어쨌든 어느 날 폴리토가 그곳에 나타났다. 마침 거의 모두가 집에 있는 날 오후였다(폴리토가 다른 방들의 문을 두드리는 소리, 〈안녕, 친구〉 하는 혼동할 수 없는 그의 목소리가 들렸기에 안다). 잠시 후 내 방 문턱에 그의 그림자가 드리워졌다. 권하지 않으면 감히 들어오지 않을 것같이. 그래서 말했다. 내가 너무 대놓고 말한 듯도 싶다. 뭘 원해, 씹할 놈아. 그는 특유의 바보 웃음을 웃더니 말했다. 어휴, 로베르티토. 이게 얼마 만인가. 자네는 여전하군, 친구. 좋았어. 이봐, 자네가 알았으면 하는 시인을 여기 데리고 왔어. 멕시코 친구야.

그제야 나는 폴리토 옆에 누가 있다는 사실을 깨달았다. 가무잡잡하고 원주민 용모를 한 건장한 자였다. 맑으면서도 동시에 흐린 눈을 하고 의사 같은 미소를 짓는 인물이었다. 모두가 민속 음악가나 변호사의 미소를 짓는 파시 코뮌에서는 드문 미소였다.

그 사람이 울리세스 리마였다. 나는 그렇게 그를 알게 되었다. 우리는 친구가 되었다. 파리를 같이 쏘다니는 친구가. 물론 울리세스는 폴리토와 전혀 닮지 않았다. 그렇지 않으면 울리세스와 친구가 되지 않았으리라.

울리세스가 파리에 얼마나 살았는지는 기억나지 않는다. 성격이 무척 달랐음에도 우리가 자주 만났다는 사실은 기억난다. 그러나 어느 날 울리세스는 떠난다고 말했다. 내가 물었다. 그게 무슨 소리야, 친구? 내가 알기로는 울리세스가 이 도시에 매료되어 있었기 때문에 그렇게 물었다. 그가 미소를 지으며 말했다. 건강이 별로 좋지 않은 것 같아. 심각한 거야? 아니, 심각한 건 전혀 아니야. 하지만 불편해. 좋아, 그럼 별일 아니네. 축배의 술을 한 잔 들이켜자고. 내가 건배를 했다. 멕시코를 위해! 그런데 그가 말했다. 멕시코로 돌아가는 거 아니야. 바르셀로나로 가. 그게 무슨 소리야, 친구? 거기 친구가 하나 있어. 한동안 그 친구 집에서 지내려고. 그것이 울리세스가 한 말 전부이고, 나는 더 묻지 않았다. 이윽고 우리는 포도주 한잔 더 하려고 바깥으로 나갔다. 비르 아켐 역 근처에서 포도주를 마시면서 나는 내 최근 연애 이야기를 했다. 하지만 울리세스는 정신이 딴 데 팔려 있어서, 분위기를 바꾸고자 우리는 시를 논하기 시작했다. 내게는 점점 호감이 가지 않는 주제였지만.

울리세스가 젊은 프랑스 시인들의 시를 좋아하던 기억이 난다. 맹세할 수 있다. 반면 우리는, 푸에블로 호벤 파시 사람들은 그들이 구역질 난다고 생각했다. 어리광쟁이나 마약 중독자 같았다. 내가 울리세스에게 말하곤 했다. 똑똑히 알아야 해, 울리세스. 우리는 혁명가야, 우리는 라틴 아메리카의 감옥들을 구경했다고. 어떻게 우리가 프랑스 시 따위를 좋아할 수 있어? 그는 아무 말 없이 웃기만 했다. 한번은 그를 따라 미셸 뷜토를 만나러 갔다. 울리세스의 프랑스어는 형편없었기 때문에 대화를 이끈 사람은 나였다. 그 뒤로 나는 마티외 메사지에, 장자크 포소, 뷜토의 동반자인 아델린을 알게 되었다.

그들 중 누구도 내 마음에 들지 않았다. 포소에게 나는 그가 일하는 잡지에 내 글을 하나 실어 줄 수 있는지 물었다. 거지 같은 팝 뮤직 잡지였음에도 그는 먼저 글을 읽어 봐야겠다고 대답했다. 며칠 뒤 나는 글을 가져갔는데 그의 마음에 들지 않았다. 메사지에에게는, 〈위대한 문인〉이며 1940년대 리마 여행 중에 마르틴 아단을 알게 되었다고 하는 프랑스 노시인의 주소를 부탁했는데, 노시인이 다른 사람의 방문을 회피한다는 말도 안 되는 이유를 대면서 알려 주려 하지 않았다. 나는 메사지에에게 말했다. 내가 돈을 빌려 달라는 것도 아니고 그저 인터뷰를 하고 싶을 뿐인데. 하지만 그래도 주소를 주지 않았다. 마지막으로 뷜토에게는 그의 작품을 번역하겠다고 말한 적이 있다. 그건 뷜토가 좋아했고 전혀 토를 달지 않았다. 물론 나는 농담이었지만. 하지만 나중에 나쁜 생각이 아닐지도 모른다는 생각이 들었다. 그래서 며칠 뒤 그의 작품에 손을 댔다. 내가 고른 시는 「Sang de satin(새틴 같은 피)」이라는 작품이었다. 예전에는 단 한 번도 시를 번역하겠다는 생각이 내 머리를 스친 적이 없었다. 내가 시인이고, 사람들은 시인은 다른 시인의 시를 번역한다고 생각하지만 말이다. 하지만 내 시는 아무도 번역하지 않는데, 내가 왜 남의 시를 번역해야 한단 말인가? 좋다, 인생이란 이런 것이다. 나는 이번에는 나쁘지 않은 생각이라고 여겼다. 아마 울리세스 탓이었으리라. 그의 영향으로 내 뿌리 깊은 습관까지 흔들리고 있었으니까. 아니 전에 해보지 않은 짓을 해볼 때가 되었다는 생각이 들어서 그랬는지도 모르

---

7 Felipe Guamán Poma de Ayala(1535?~1616?). 식민 시대 페루의 원주민 연대기 작가.

8 Sebastián Salazar Bondy(1924~1965). 페루 문인.

겠다. 잘 모르겠다. 뷜토에게 그의 작품을 번역해서 페루 잡지에 게재하겠다는(게재가 핵심어이다) 이야기를 한 기억만 난다. 사실은 존재하지도 않는 잡지, 내가 이름을 지어낸 잡지였지만 뷜토에게 말했다. 베스트팔렌이 필진인 페루 잡지죠. 뷜토는 이에 동의했지만, 내 생각에 그는 베스트팔렌이 어떤 사람인지 전혀 알지 못했다. 와만 포마[7]나 살라사르 본디[8]가 필진으로 있는 잡지라고 했어도 마찬가지였으리라. 어쨌든 나는 번역에 착수했다.

울리세스가 벌써 파리를 떠난 후인지 아직 있을 때였는지는 기억나지 않는다. 「새틴 같은 피」. 그 지랄 같은 시는 처음부터 문제를 안겨 주었다. 제목을 어떻게 번역할 것인가? 〈윤기 나는 피〉라고 해야 할까 〈보드라운 피〉라고 해야 할까? 나는 그 문제를 일주일 이상 생각했다. 바로 그때 갑자기 파리의 모든 끔찍함이 나를 덮쳤다. 프랑스어, 프랑스 청년 시, 외국인이라는 우리 조건, 유럽, 나아가 전 세계로 흩어진 슬프고도 돌이킬 수 없는 라틴 아메리카인들의 조건에서 비롯된 모든 끔찍함이. 그때 나는 내가 「윤기 나는 피」 혹은 「보드라운 피」를 더 이상 계속 번역하지 않으리라는 것을 알았다. 만약 번역을 계속하다가는 테헤란 가에 있는 뷜토의 작업실에서 그를 살해하고, 절망에 가득한 사람처럼 파리에서 도망치는 것으로 막을 내리리라는 것도 알았다. 그래서 결국 그 일을 하지 않기로 했고, 울리세스 리마가 파리를 떠나자(언제인지는 정확히 기억나지 않는다), 프랑스 시인들을 만나는 일을 완전히 그만두었다.

1977년 9월, 파리 프티트 에퀴리 가, 시몬 다리외. 울리세스 리마는 직업이라고 할 만한 일자리를 결코 얻은 적이 없다. 사실 무슨 돈으로 살았는지 잘 모르겠다. 돈을 가지고 있었던 것은 확실하다. 우리가 처음 몇 번 만났을 때 돈을 내는 사람은 항상 그였다. 밀크 커피, 사과주, 포도주 몇 잔 등등. 하지만 돈은 금방 바닥났고, 내가 아는 한 울리세스는 수입원이 전혀 없었다.

한번은 울리세스가 길거리에서 5천 프랑짜리 지폐를 주웠다고 말했다. 그가 말하기를, 그 이후로는 늘 땅바닥을 쳐다보고 걸었다고 했다.

얼마 뒤에 울리세스는 길에 떨어진 지폐를 또다시 발견했다.

울리세스에게는 가끔 일거리를 주는 페루 친구 몇 사람이 있었다. 페루 시인 그룹이지만 아마 이름만 시인일 것이다. 다들 알겠지만 강철 같은 의지가 아니면 파리의 삶은 모든 소명 의식을 갉아먹고, 희석시키고, 타락시키고, 망각으로 밀어 넣는다. 적어도 내가 아는 많은 라틴 아메리카 사람에게 곧잘 일어나는 일이다. 울리세스 리마의 경우가 그렇다는 것이 아니다. 하지만 그의 페루 친구들의 경우는 그렇다. 이들은 일종의 청소 협동조합을 결성했다. 사무실 바닥에 왁스 칠을 하고, 창문을 닦는 등의 일을 했다. 울리세스는 조합원 중 누군가가 아프거나 파리에 없을 때 그들을 도왔다. 대부분은 조합원의 건강 문제인 경우가 많았다. 페루인들은 여행을 많이 하지 않았기 때문이다. 물론 여름에 포도 수확 일을 하러 루시용에 가는 사람들도 있었지만. 보통은 두세 사람

9 스페인 카탈루냐 지방의 해안 이름.

이 함께, 때로는 혼자 가기도 했는데, 떠나기 전에는 코스타 브라바[9]로 휴가를 떠난다고 말하곤 했다. 나는 그들과 세 번 정도 만났는데, 안쓰러운 사람들이었다. 그들 중 한 사람 이상이 내게 같이 자자는 제안을 했다.

한번은 내가 울리세스에게 말했다. 네가 버는 돈으로는 겨우 굶어 죽는 것을 면할 판인데 이스라엘 갈 돈은 언제, 어떻게 모으려고? 그가 대답했다. 아직 시간 있어. 그리고 돈 이야기는 그걸로 끝이었다. 사실 지금 생각해보면 우리 대화의 주제를 정확히 기억하기 어렵다. 아르투로와는 주제가 정말 확실했는데(우리는 기본적으로 문학과 성 이야기를 했다), 울리세스와는 대화 주제들의 경계가 모호했다. 우리가 별로 만나지 않았거나(비록 울리세스는 나름대로 우리 우정에, 또 내 전화번호에 충실했지만), 그가 아무것도 요구하지 않는 사람이거나 혹은 그렇게 보였기 때문이리라.

1977년 9월, 파리 트로카데로 광장에 앉아서, 소피아 페예그리니. 울리세스 리마에게는 오 가의 예수라는 별명이 붙고, 모두들 그를 비웃었다. 파리에서 제일 가까운 친구라고 말하던 로베르토 로사스까지도. 사람들 말로는 울리세스가 기본적으로 바보, 그것도 엄청난 바보라서 폴리토 가르세스에게 세 번 이상 속았고, 그래서 비웃음을 샀다. 하지만 그들은 자신들도 폴리토에게 속은 적이 있다는 사실은 망각했다. 오 가의 예수. 나는 한 번도 그의 집에 찾아가지 않았다. 집에 대해 경악스러운 이야기들이 떠돌아서 난장판이고, 파리에서 제일 쓸모없는 물건들이 쌓여 있었다는 사실을 알고 있었다. 쓰레기,

잡지, 신문, 서점에서 훔친 책 등등이. 그 책들은 이내 그 집 냄새가 배고, 이어 썩고, 곰팡이가 피고, 환각적인 색채로 물들었다. 사람들은 울리세스가 끼니도 며칠씩 거르고, 공중목욕탕도 몇 달 동안 안 가기도 한다고 말했다. 하지만 내 생각에 그 이야기는 틀렸다. 울리세스가 아주 더러운 모습을 하고 있는 것을 본 적이 없기 때문이다. 물론 나는 그를 잘 알지 못했다. 친구가 아니었다. 하지만 어느 날 울리세스가 파시의 우리 층에 왔는데 나 이외에는 아무도 없던 적이 있었다. 그때 나는 아주 안 좋은 상황이었다. 동거남과 싸우고 일도 잘 풀리지 않아서 의기소침해 있었는데 울리세스가 나타났을 때는 마침 방에 처박혀 울고 있던 참이었다. 다른 사람들은 영화 클럽에 가고 없거나, 다들 혁명 투사인지라 수많은 정치 집회 어딘가에 참석했다. 울리세스 리마는 복도를 쭉 걸어와, 아무도 없다는 것을 미리 알았다는 듯 다른 방 문을 두들기지 않고 곧장 내 방으로 왔다. 나는 혼자 침대에 앉아 벽을 바라보고 있었는데, 그가 들어와(깨끗한 차림에 냄새가 좋았다) 안녕, 소피아라는 말 이외에는 아무 말도 하지 않고 내가 울음을 멈출 때까지 내 옆에 서 있었다. 그래서 나는 울리세스에 대해 좋은 기억을 가지고 있다.

1977년 9월, 파리 프티트 에퀴리 가, 시몬 다리외. 울리세스 리마는 우리 집에서 샤워를 하곤 했다. 나로서는 그리 달가운 일이 아니다. 다른 사람, 특히 나와 어떤 육체적인 관계, 심지어 정서적인 관계가 없는 사람이 사용한

10 아프리카 서북부의 모로코, 알제리, 튀니지를 포괄하는 지역.

수건을 쓰는 것이 싫다. 하지만 그래도 울리세스가 샤워를 하게 내버려두었다. 그가 다 씻고 나면 수건들을 돌려받아 세탁기에 집어넣었다. 그래서 울리세스는 내 아파트에서 조신하게 행동하려고 노력했다. 그래 봐야 나름대로 그랬다는 것이지만, 그래도 노력을 했고 그 점이 중요하다. 울리세스는 샤워를 한 뒤 욕실 바닥을 닦고, 수챗구멍에서 머리카락을 끄집어냈다. 머리카락은 별것 아닌 것 같아도 사실 나를 돌게 만드는 것이다. 욕조를 막히게 하는 머리카락 뭉치가(더구나 남의 머리카락이) 눈에 띄면 혐오스럽다. 그러고 나서 울리세스는 사용한 수건들을 집어서 개킨 다음 비데 위에 둔다. 내가 필요하다고 생각하면 세탁기에 집어넣을 수 있도록. 처음 몇 번은 비누도 가져왔다. 하지만 내가 괜찮다고, 내 비누와 샴푸를 얼마든지 사용해도 된다고(하지만 내 스펀지는 건드릴 생각일랑 말라고) 말했다.

울리세스는 지극히 예의를 갖추었다. 보통 하루 전에 전화해서 와도 되는지, 다른 손님이 오거나 할 일이 있는지 물었다. 그런 뒤 시간 약속을 하고, 다음 날 정확한 시간에 나타나 이야기를 조금 나눈 뒤 욕실에 들어갔다. 한 번 그러고 나면 한동안 그를 보지 못했다. 일주일 뒤에나 다시 왔고, 2~3주 뒤에 나타나기도 했다. 그 사이에는 아마 공중목욕탕에서 씻었으리라.

언젠가 한번은 뤤 가의 바에서 자신은 공중목욕탕, 프랑스어권 아프리카 흑인들이나 마그레브[10]인들처럼 외국인이 다니는 곳이 좋다고 말했다. 내가 가난한 학생들도 다닌다고 알려 주었다. 그러자 그가 말했다. 그렇지. 하지만 특히 외국인이 다녀. 내 기억에 또 한번은 멕시코 공중목욕탕에 간 적이 있는지 내게 물었다. 내가 말했다. 아니, 물론 단 한 번도 없지. 그가 말했다. 멕시코 목욕탕이야말로 진짜 공중목욕탕이야. 사우나, 터키탕, 한증막을 갖추고 있거든. 내가 대답했다. 여기도 그래. 더 비쌀 뿐이지. 그가 말했다. 멕시코는 아니야. 값이 싸지. 사실 나는 그때까지 한 번도 멕시코의 공중목욕탕을 생각해 본 적이 없다. 내가 말했다. 하지만 멕시코에서는 틀림없이 공중목욕탕에서 목욕해 본 적 없을 것 같은데. 그가 말했다. 응, 없어. 한 번 가기는 했는데 사실상 없다고 봐야지.

울리세스는 묘한 사람이었다. 책 여백에 뭔가를 끄적거리곤 했다. 다행히 나는 책은 한 권도 빌려 주지 않았다. 왜냐고? 사람들이 내 책에 뭔가를 적는 것이 싫으니까. 울리세스는 여백에 글을 끄적거리는 것보다 더 거슬리는 일도 했다. 아마 내 말을 믿지 못하겠지만, 그는 책을 들고 샤워를 했다. 맹세한다. 샤워를 하면서 책을 읽었다. 어떻게 아느냐고? 아주 쉬운 일이다. 그의 거의 모든 책이 젖어 있었다. 처음에는 비 때문이라고 생각했다. 울리세스는 노상 걷는 사람이었다. 거의 지하철을 타지 않고 파리를 끝에서 끝까지 도보로 쏘다녔다. 비가 오면 고스란히 젖었다. 날이 갤 때까지 기다리는 법이 없었다. 그의 책들, 적어도 그가 많이 읽는 책들은 늘 마분지처럼 약간 뻣뻣했는데, 나는 비를 맞아서 그렇거니 했다. 하지만 어느 날 그가 욕실에 마른 책을 들고 들어가서, 나올 때는 책이 젖어 있는 것을 포착했다. 그날 내게는 신중함보다 호기심이 더 강렬했다. 나는 다가가 다짜고짜 책을 빼앗았다. 표지뿐만 아니라 내지도 몇 장

젖어 있고, 여백의 메모도 번져서 읽기 힘들었다. 어쩌면 그 메모들 중 일부도 물을 맞으며 적은 것일지도 모른다. 내가 말했다. 하느님 맙소사, 이럴 수가. 샤워하면서 책을 읽다니! 너 미쳤어? 그는 그러지 않으려고 해도 안 되더라고, 그리고 시만 읽는다고 말했다. 나로서는 왜 시만 읽는다는 것인지 그 이유가 이해가 안 되었다. 지금은 이해가 가지만 그때는 아니었다. 책 전체를 다 읽는 것이 아니라 그저 한두 쪽 혹은 두세 쪽을 읽는 것뿐이라는 이야기를 하고자 한 것이다. 그때 나는 웃음이 터져, 소파에 몸을 던지고 온몸을 비틀면서 웃었다. 그도 웃었다. 둘 다 오래오래 웃었다. 얼마큼이었는지 이제 기억나지 않지만.

1978년 1월, 파리 테헤란 가, 미셸 뷜토. 그가 어떻게 내 전화번호를 입수했는지 모르겠지만, 어느 날 밤, 아마 12시가 지나 우리 집에 전화했다. 미셸 뷜토를 찾았다. 내가 말했다. 내가 미셸 뷜토입니다. 그가 말했다. 나는 울리세스 리마입니다. 침묵이 흘렀다. 내가 말했다. 그렇군요. 그가 말했다. 집에 있어서 다행이네요. 자다가 받은 게 아니었으면 하네요. 내가 말했다. 아니요, 자지는 않았어요. 침묵이 흘렀다. 그가 말했다. 만나고 싶습니다. 내가 말했다. 지금 말이에요? 그가 말했다. 음, 그래요. 지금. 원한다면 내가 당신 집에 갈 수도 있습니다. 내가 물었다. 어디에 있는데요? 하지만 그는 잘못 알아듣고 말했다. 나는 멕시코 사람입니다. 그러자 아주 어렴풋이 멕시코 잡지를 받은 기억이 떠올랐다. 그래도 울리세스 리마라는 이름은 기억나지 않았다. 내가 물었다.

퀘스천 마크 그룹의 음악을 들어 본 적 있나요? 그가 대답했다. 아니요, 한 번도요. 내가 말했다. 멕시코 사람들인 것 같은데. 그가 물었다. 퀘스천 마크요? 퀘스천 마크가 누군데요? 내가 말했다. 록 그룹입니다, 당연히. 그가 물었다. 가면을 쓰고 공연하나요? 나는 처음에는 무슨 말인지 몰랐다. 가면을 쓰고요? 아니요, 물론 가면을 쓰고 공연하지는 않아요. 왜 그렇게 해야 하는데요? 멕시코엔 가면을 쓰고 무대에 나서는 록 그룹들이 있나요? 그가 대답했다. 가끔요. 내가 말했다. 웃기는 짓이지만 재미있을 수도 있겠네요. 어디서 전화하고 있습니까? 당신 호텔에서? 그가 답했다. 아니요, 길거리에서요. 내가 물었다. 미로메닐 역에 어떻게 오는지 압니까? 그가 말했다. 그럼요, 그럼요. 문제없습니다. 내가 말했다. 20분 뒤에 보죠. 그가 말했다. 그리 가죠. 그는 전화를 끊었다. 나는 재킷을 걸치면서 생각했다. 이런 그가 어떻게 생겼는지도 모르면서! 멕시코 시인들은 어떤 모습을 하고 있더라? 아는 사람이 하나도 없군! 달랑 옥타비오 파스 사진 한 장뿐이니! 나는 직감했다. 전화 건 사람이 전혀 옥타비오 파스를 닮지 않았으리라고. 그래서 나는 퀘스천 마크를 생각하고, 엘리엇 머피[11]를 생각하고, 내가 뉴욕에 갔을 때 엘리엇이 해준 말을 생각했다. 멕시코 해골, 즉 멕시코 해골이라고 불리는 자에 대한 이야기였다. 나는 차이나타운에서 브로드웨이와 만나는 프랭클린 가에 위치한 어느 업소에서 멕시코 해골을 그저 먼발치로 본 적이 있다. 멕시코 해골은 음악인

---

11 Elliott James Murphy(1949~). 파리에 거주하는 미국의 로커이자 싱어송라이터, 프로듀서, 소설가, 언론인.

인데, 나는 그의 그림자만 보았을 뿐이다. 그자가 무엇이길래 내게 알려 주는 것인지 엘리엇에게 물었더니 그가 말했다. 멕시코 해골은 이를테면 구더기야. 구더기 눈을 하고 구더기처럼 말해. 내가 물었다. 구더기가 어떻게 말하는데? 엘리엇이 답했다. 이중적인 말을 하지. 그랬다. 그건 확실했다. 내가 물었다. 왜 저 사람을 멕시코 해골이라고 부르지? 그러나 엘리엇은 이미 내 말을 듣지 않고 있었거나 다른 사람과 이야기 중이었다. 그래서 그자가 빗자루처럼 뻐쩍 마른 데다가 멕시코 사람이거나, 멕시코 사람이라고 말을 하거나, 언젠가 멕시코 여행을 한 적이 있으리라고 추측했다. 그러나 나는 그의 얼굴은 못 보고 업소를 가로지르는 그림자만 보았다. 비유로서의 그림자가 아닌 진짜 그림자, 상(像)이 없는 그림자, 그저 그림자일 뿐이고 그래서 그것만으로 충분한 그림자였다. 그리하여 나는 검은 재킷을 걸치고, 머리를 빗고, 거리로 나섰다. 내게 전화한 미지의 사람을 생각하면서, 뉴욕에서 언뜻 본 멕시코 해골을 생각하면서. 테헤란 가에서 미로메닐 역까지는 빠른 걸음으로 몇 분이면 족하지만, 오스망 대로를 건너 페르시에 로를, 그리고 라 보에티 로의 일부분을 지나야 했다. 밤 10시부터 엑스선 폭격을 맞은 것처럼 그 시각이면 축 늘어져 있는 거리들이었다. 그래서 미지의 그 친구와 몽소 역에서 만나는 것이 나을 뻔했다는 생각이 들었다. 그러면 길을 반대로 가기 때문이다. 테헤란 가에서 몽소 가로, 그다음 라위스달 로를 거치고, 몽소 공원을 가로지르는 페르두시 로로. 그 시각의 몽소 공원은 마약 중독자와 판매상, 다른 세상에서 온 우울한 경찰이 득실대는 데다가 어둠과 느림의 세상이라 멕시코 해골과의 만남에 안성맞춤인 레퓌블리크 도미니켄 광장으로 이어지기 때문이다. 그러나 내 여정은 이와 달랐고, 그 다른 길을 따라 적막하고 깔끔한 미로메닐 로의 계단까지 갔다. 고백하건대 지하철 계단이 그때처럼 도발적이면서 동시에 내려갈 수 없을 것처럼 느껴진 적은 없었다. 하지만 그 모습은 평소와 다를 바 없는 것이었다. 나는 이내 변곡점은 바로 내가 찍은 것임을 깨달았다. 내가 보통 하지 않는 일, 즉 부적절한 시간에 모르는 사람과 만나기로 한 것이었다. 물론 그렇다고 내가 운명의 초대를 회피하는 습성을 지닌 것은 아니었다. 나는 그곳에 있었고 바로 그 점이 중요했다. 그러나 책을 읽으면서 누군가를 기다리고 있는 듯한 공무원 한 사람 이외에는 계단에 아무도 없었다. 그래서 나는 계단을 내려갔다. 5분만 기다리다 자리를 떠나 이 일에 대해서 아예 잊어버릴 참이었다. 첫 번째 모퉁이에서 누더기 옷과 판지를 두르고 자고 있는, 아니면 자는 척하고 있는 노파를 발견했다. 몇 미터 떨어진 곳에서 뱀 보듯 노파를 쳐다보는 사람이 눈에 띄었다. 길고 검은 머리를 하고 있어서 멕시코인의 모습에 부합하는 듯한 사람이었다. 물론 이 점에 관한 한 내 무지는 끝도 한도 없지만. 나는 걸음을 멈추고 그를 관찰했다. 나보다 키가 작고, 닳아 빠진 가죽 재킷을 입고, 책 너덧 권을 팔에 끼고 있었다. 그가 갑자기 잠에서 깨어난 듯 내게 시선을 꽂았다. 그였다, 두말할 나위 없이. 그는 내게 가까이 오더니 손을 내밀었다. 이상하기 짝이 없는 악수였다. 악수를 하면서 그의 손이 프

12 Claude Pélieu(1934~2002). 프랑스의 시인이자 조형 예술가.

리메이슨과 멕시코의 어둠의 세계를 뒤섞은 표식을 내게 주입하는 듯했다. 어찌 됐든 감촉과 형태학적으로 이상한 악수였다. 내 손을 쥔 그의 손은 살갗이 없거나, 아니면 덮개, 문신을 한 덮개 같았다. 그러나 손 이야기는 잊어버리자. 나는 그에게 아름다운 밤이라고, 나가서 걷자고 말했다. 아직 여름 같군요, 내가 말했다. 그는 잠자코 나를 따라왔다. 만남 내내 아무 말도 하지 않을까 잠시 걱정이 되었다. 그의 책들을 보았다. 한 권은 내 작품 『에테르-입』이고, 한 권은 클로드 펠리외[12]의 작품이었으며, 나머지는 이름도 들어 보지 못한 멕시코 작가들 작품이었던 것 같다. 나는 그에게 파리에 얼마나 있었는지 물었다. 그가 말했다. 오래요. 그의 프랑스어는 형편없었다. 영어로 이야기하는 것이 어떻겠냐고 하니까 그가 받아들였다. 우리는 미로메닐 가를 따라 포부르 생토노레 가까지 걸었다. 워낙 성큼성큼 걷다 보니, 중요한 약속에 시간이 다 되어 바삐 가는 듯한 모양이었다. 나는 걷는 것을 좋아하지 않는 사람이다. 그러나 그날 밤 우리는 멈추지 않고 전속력으로 포부르 생토노레 가를 거쳐 부아시 당글라 가로, 부아시 당글라 가에서 샹젤리제까지 간 뒤 오른편의 처칠 로까지 갔다. 그리고 그곳에서 왼편으로 접어들어 불명료한 그랑 팔레 그림자를 뒤로하고 왼쪽으로 꺾어 알렉상드르 3세 교까지 속도를 늦추지 않고 곧장 갔다. 그러는 사이 그 멕시코인은 가끔씩은 알아먹을 수 없는 영어로 이해하기 힘든 이야기, 사라진 시인들과 사라진 잡지들과 아무도 존재를 모르는 작품들에 대한 이야기를 털어놓았다. 그 배경은 캘리포니아나 애리조나, 혹은 그 주들과 접해 있는 멕시코의 어느 지역, 상상의 지역이든 실제 존재하는 지역이든 태양과 지나간 세월에 해체된 곳으로 이미 망각된, 적어도 1970년대의 이곳 파리에서는 전혀 중요하지 않은 장소였다. 내가 말했다. 문명 너머의 이야기군요. 그가 말했다. 그렇죠, 그래요. 겉보기로는 그렇고말고요. 그래서 내가 말했다. 그러니까 퀘스천 마크의 음악은 전혀 들어 보지 못했나요? 그가 답했다. 네, 전혀 듣지 못했어요. 그래서 나는 들어 보아야 한다고, 아주 훌륭한 음악이라고 말했다. 하지만 사실은 그에게 무슨 말을 해야 할지 몰라 한 소리였다.

8

 1976년 1월, 멕시코시티 종교 재판소 근처 레푸블리카 데 베네수엘라 가, 아마데오 살바티에라. 그들에게 말했다. 젊은이들, 로스 수이시다스 메스칼이 바닥났네. 반박할 수도 뒤집을 수도 없는 사실이니 누가 내려가서 사우사 작은 병 하나 사 오는 것이 어떤가. 그러자 그들 중 한 사람, 멕시코 청년이 말했다. 제가 가죠, 아마데오. 벌써 문으로 가려는 것을 제지하면서 내가 말했다. 잠깐. 돈을 가져가야지, 친구. 그가 나를 보며 말했다. 무슨 말씀이세요, 아마데오. 이건 우리가 삽니다. 정말 좋은 청년들이었다. 나는 그가 나가기 전에 길을 일러 주었다. 레푸블리카 데 베네수엘라 가를 따라 브라질 가까지 가서 오른쪽으로 돌아 온두라스 가 산타카타리나 광장까지 가고, 그곳에서 왼쪽으로 꺾어 칠레 가까지 간 뒤 다시 오른쪽으로 꺾어 라 라구니야 시장 방향으로 가다 보면, 보도 왼편에 있는 바 라 게레렌세를 발견할 거라고, 철물점 엘 부엔 토노 옆이니 못 찾을 리 없다고, 라 게레렌세에서 내가 보냈다고, 대서인 아마데오 살바티에라가 보냈다고 말하라고, 늦지 말라고 말했다. 그 후 나는 계속 종이들을 뒤적이고, 남은 한 청년은 자리에서 일어나 내 장서를 살펴보았다. 나는 사실 그를 보지 못했다. 소리만 들었다. 한 걸음 앞으로 나서서 책을 꺼냈다가 다시 꽂았다. 그의 손가락이 책등마다 훑는 소리를 들었다! 하지만 그를 보지는 않았다. 나는 다시 자리에 앉아 지폐를 지갑에 넣고 떨리는 손으로 누렇게 된 내 오랜 원고들을 검토했다. 나이가 들면 마냥 즐겁게 술을 마실 수 없는 법이다. 나는 고개를 숙이고 있었고, 눈은 조금 게슴츠레했다. 칠레 젊은이는 내 장서 주위를 조용히 움직였고, 유성처럼 책등을 훑는 그의 검지 혹은 약지 소리만 들릴 뿐이었다. 아! 얼마나 능란한 젊은이였는지. 살갗과 가죽이 스르륵거리는 소리, 살갗과 두꺼운 종이가 스르륵거리는 소리, 귀가 즐겁고 잠자기에 적합한 소리. 그런 소리를 자아낸 것이 틀림없었다. 갑자기 눈이 감기고(어쩌면 그 이전부터 눈을 감고 있었을지도 모르겠다) 아치 회랑이 있는 산토도밍고 광장, 레푸블리카 데 베네수엘라 가, 종교 재판소, 로레토 가에 있는 주점 라스 도스 에스트레야스, 후스토 시에라 가에 있는 카페 라 세비야나, 피노 수아레스 역 근처 미시오네로 가의 주점 미 오피시나가 보였다. 주점 미 오피시나는 제복 입은 사람도 개도 여성도 출입을 제한했지만 딱 한 사람의 여자는 예외였다. 그 여자가 또다시 로레토 가, 솔레다드 가, 코레오 마요르 가, 모네다 가 같은 거리들을 걷는 것이 보였다. 그녀가 멕시코시티 중앙 광장을 바삐 가로지르는 것이 보였다. 눈에 선하다! 1920년대, 20대 여인이 애인과의 약속에 늦기라도 한 듯, 시내 어느 가게로 출근 중이라는 듯 중앙 광장을 가로지르는 모습이. 값은 싸지만 아름다운 옷을 입은 깔끔한 차림새, 칠흑 같은 머리카락, 꼿꼿한 등, 그리 늘씬하지는 않지만 모든 젊은 여인의 다리가 그렇듯(마른 다리, 통통한 다리, 쭉 뻗은 다리를 막론하고) 견줄 수 없는 매력을 지닌 야들야들하면서도 탄탄한 다리. 싸지만 예쁜 단화 내지 아주 낮은 굽이 달린, 특히나 편안해서 빨리 걸을 수 있도록, 약속 시간이나 직장에 제시간에 도착할 수 있도록 만들어진 신발. 하지만 나는 그녀가 약속 때문에 가는 것도 아니고 어떤 직장에서도 그녀를 기다리고 있지 않다는 것을 안다. 그러면 어디로 가는 것이냐고? 어디 가서가 아니라 그녀의 걸음걸이가 그런 것이냐고? 이제 여인은 중앙 광장을 지나 몬테 데 피에다드 가를 따라 타쿠바 가까지 간다. 이제 사람들이 많아 그리 빨리 걷지 못하고 속도를 떨어뜨려 타쿠바 가를 걷는다. 순간적으로 군중이 내게서 그녀 모습을 앗아 가지만 다시 모습을 드러낸다. 저기 있다. 알라메다 대로 방향으로 걷는다. 대로에 이르기 전 중앙 우체국에서 멈출 수도 있다. 그녀의 손에 있는 종이, 아마도 편지들이 이제 똑똑히 보인다. 하지만 중앙 우체국에 들어가지 않고, 알라메다 대로를 건너가서 멈춘다. 숨을 가다듬기 위해 멈춘 듯, 이내 같은 리듬으로 정원을, 나무 아래를 계속 걷는다. 미래를 내다보는 여인네들이 있듯이, 나는 과거를 본다. 멕시코의 과거를 보고, 내 꿈에서 멀어져 가는 이 여인의 등을 보면서 그녀에게 말한다. 어디로 가는 거야, 세사레아? 어디로 가는 거야, 세사레아 티나헤로?

1978년 1월, 바르셀로나 타예스 가, 바 센트리코, 펠리페 뮐러. 내게 1977년은 동거녀와 살기 시작한 해였다. 우리 둘은 막 스무 살이 되었다. 타예스 가에 아파트를 구해 살았다. 나는 어느 출판사의 교정 일을 했고, 그녀는 아르투로 벨라노의 어머니와 같은 연구소의 장학금을 받고 있었다. 사실 우리를 소개한 사람이 아르투로의 어머니였다. 1977년은 또 우리가 파리 여행을 한 해이기도 하다. 그때 우리는 울리세스 리마의 쪽방에 묵었다. 울리세스는 그리 잘 지낸다고는 할 수 없었다. 그의 방은 쓰레기장 같았다. 내 동거녀와 내가 그 무질서를 약간 바로잡았지만, 아무리 쓸고 닦아도 벗겨 낼 수 없는 무언가가 남았다. 밤이면(내 동거녀는 침대에서, 울리세스와 나는 바닥에서 잤다) 천장에 뭔가 빛나는 것이 있었다. 빛이 유일한 창문 — 더럽기 짝이 없었다 — 에서 발현해 해초가 밀려들듯 벽과 천장으로 퍼졌다. 바르셀로나에 돌아왔을 때 우리는 옴에 걸린 것을 알았다. 한 대 얻어맞은 듯한 충격이었다. 우리에게 옴을 옮길 수 있는 사람은 울리세스뿐이었다. 내 동거녀가 불평했다. 울리세스는 왜 알려 주지도 않은 거야? 내가 말했다. 아마 몰랐겠지. 그러나 그때 나는 1977년 파리에서의 나날을 다시 떠올렸다. 울리세스가 긁적대는 모습, 포도주를 병째로 나발 불면서 긁적대는 모습이 눈에 선했다. 그 광경은 내 동거녀 말이 옳다는 사실을 납득시켜 주었다. 울리세스는 알면서도 아무 말 하지 않은 것이다. 한동안 나는 옴 때문에 울리세스에게 감정이 남았지만, 곧 우리는 그 사실을 잊어버렸다. 심지어 그 일을 두고 웃기도 했다. 우리의 문제는 치료였다. 우리 아파트에는 샤워 시설이 없는데, 적어도 하루 한 번 유황 비누로 목욕을 한 뒤 사르나틴 크림을 발라야 했다. 그래서 1977년은 좋은 한 해이기도 하지만, 한 달 내지 한 달 반 동안 샤워 시설이 있는 친구 집들을 끊임없이 방문한 해이기도 하다. 그중 하나가 아르투로 벨라노의 집이었다. 그 집에는 샤워 시설뿐만 아니라 세 사람이 들어가도 충분할 만한, 발 달린 커다란 욕조가 있었다. 문제는 그곳에는 아르투로 혼자가 아니라 일고여덟 사람이 일종의 도시 코뮌을 이루고 살았다는 점이다. 그리고 그들 중 몇 사람은 동거녀와 내가 그 집에서 목욕하는 것을 좋아하지 않았다. 어쨌든 그 집에서 자주 목욕을 하지는 않았다. 1977년에 아르투로 벨라노는 어느 야영장의 야간 경비원 일을 구했었다. 한번은 그리로 아르투로를 찾아갔다. 그곳에서는 아르투로를 보안관이라고 불렀고, 그는 이 일을 두고 웃었다. 우리 둘이 합의를 보고 내장 사실주의와 결별한 것이 그해 여름이었을 것이다. 우리는 바르셀로나에서 잡지를 발간했는데, 뚜렷한 자금줄도 없다시피 했고 배포도 거의 이루어지지 않았다. 우리는 편지로 내장 사실주의에서 탈퇴한다는 소식을 알렸다. 아무것도 배격하지 않고, 멕시코에 있는 동료들을 비판하지도 않았다. 그저 우리는 이제 그룹의 일원이 아니라고 말했을 뿐이다. 사실 우리는 일을 하느라, 생존을 위해 발버둥 치느라 너무 정신이 없었다.

1978년 5월, 런던 서덜랜드 플레이스, 메리 왓슨. 1977년 여름 나는 친구 휴 마크스와 함께 프랑스로 여행 갔다. 나는 당시 옥스퍼드에서 문학을 공부하는 중이었고, 얼마 안 되는 장학금으로 살고 있었다. 휴는 실업 수당을 받고 있었다. 우리는 애인 사이가 아니라 그저 친구였다. 사실 우리가 그해 여름 같이 런던을 떠난 이유는 각자 가슴앓이 중이던 애정 관계 때문이며, 우리 사이에는 그런 관계가 결코 형성되지 않으리라는 확신 때문이었다. 휴를 버린 사람은 가증스러운 스코틀랜드 여자애였다. 나를 버린 사람은 대학교에서 만난 남학생이었는데 늘 여자에게 둘러싸여 있었다. 그런데도 나는 그를 사랑한다고 믿었다.

우리는 파리에서 돈이 떨어졌지만, 그래도 계속 여행을 하고 싶었다. 그래서 재주껏 파리를 벗어나 히치하이크를 해서 남쪽으로 내려가기 시작했다. 오를레앙 근처에서 폭스바겐 밴 한 대가 우리를 태워 주었다. 운전자는 독일인으로 이름이 한스였다. 그는 우리처럼 남쪽으로 여행 중이었고, 모니크라는 이름의 프랑스인 부인과 갓난아기인 아들과 함께였다. 한스는 머리카락이 길고 수염이 덥수룩해서 금발의 라스푸틴[1] 같았고, 여기저기 여행을 많이 했다.

얼마 안 가 우리는 레스터 출신으로 어린이집에서 일하는 스티브를 태우고, 몇 킬로미터를 더 가다가 휴처럼 실직 상태에 있던 런던 출신의 존을 태웠다. 밴은 넓어서 우리 모두 탈 수 있는 데다가, 내가 이내 알아차린 일이지만 한스는 동행인, 이야기를 나누고 자기 이야기를 털어놓을 수 있는 사람들과 같이 가는 것을 좋아했다. 반

---

1 Grigorii Efimovich Rasputin(1872?~1916). 농민에게 성자라고 칭송받은 러시아의 성직자. 혈우병을 앓고 있던 황태자를 고쳐 니콜라이 2세와 황후 알렉산드라의 총애를 얻으면서, 종교는 물론 내치와 외교에도 개입했다.

면 모니크는 낯선 사람 여럿과 같이 가는 것이 그리 편하지 않은 기색이었다. 그러나 그녀는 한스 말이면 순순히 따랐고, 게다가 아이를 봐야 했다.

카르카손에 도착하기 직전 한스는 루시용의 어느 마을에 볼일이 있다고 하면서, 우리가 원한다면 모두에게 괜찮은 일자리를 얻어 줄 수 있다고 말했다. 휴와 나는 너무 기뻐 즉시 좋다고 대답했다. 스티브와 존은 어떤 일인지 물었다. 한스는 모니크 삼촌 밭에서 포도를 수확하는 일이라고 말했다. 일하는 동안 숙식이 제공되니까, 포도 수확이 끝나면 프랑스 프랑을 주머니에 두둑이 넣고 가던 길을 갈 수 있으리라고 했다. 한스가 이야기를 마쳤을 때, 우리 모두 좋은 조건이라고 생각했다. 그래서 우리는 간선 도로에서 벗어나 비포장도로로 아주 작은 마을들을 지났는데 모두 포도밭에 둘러싸여 있었다. 나는 한스에게 말했다. 미로같이 생긴 곳이네요. 아무에게도 하지 않은 말이지만 그런 상황이 아니었으면, 이를테면 휴하고 같이, 또 스티브와 존과 함께 가는 것이 아니고 혼자였으면 겁이 났거나 싫었을 것이다. 하지만 다행히 나는 혼자가 아니었다. 친구들과 함께였다. 휴는 친동기간 같고 스티브는 처음부터 호감이 갔다. 존과 한스는 달랐다. 존은 좀비 같아서 그리 마음에 들지 않았다. 한스는 넘치는 힘 그 자체이고, 과대망상증이 있지만 의지할 수 있는 사람이었다. 적어도 그때는 그리 믿었다.

모니크의 삼촌이 있는 곳에 도착했지만, 일이 한 달 내에는 시작되지 않는다는 것을 알게 되었다. 밤 12시경이었을 텐데, 한스가 우리 모두를 밴에 모아 상황을 설명했다. 좋은 소식은 아니지만 긴급 처방이 있다고 말했다. 그가 말했다. 우리 흩어지지 말자고. 스페인에 가서 오렌지 수확을 하는 거야. 그것도 여의치 않으면 스페인에서 기다리는 거야. 스페인은 모든 것이 더 싸니까. 우리가 말했다. 끼니 때울 돈도 거의 없는데 한 달을 어찌 버티느냐고. 고작해야 사흘을 버틸 수 있을 거라고. 그러자 한스가 돈 문제라면 걱정하지 말라고, 우리가 일할 수 있을 때까지 비용을 대겠다고 말했다. 존이 말했다. 대신 무엇을 바라는데요? 하지만 한스는 대답하지 않았다. 가끔은 영어를 못 알아듣는 척도 했다. 그 외의 사람들에게는 사실 하늘에서 떨어진 제안 같았다. 우리는 한스에게 좋다고, 아직 8월 초이고 누구도 그렇게 일찍 영국에 돌아가고 싶은 마음이 없다고 말했다.

그날 밤 우리는 모니크 삼촌의 빈집에서 자고(마을에는 집이 서른 채가 채 되지 않았고, 한스의 말에 따르면 절반이 모니크 삼촌 소유였다), 다음 날 아침 남쪽으로 향했다. 페르피냥에 이르기 전에 우리는 다른 히치하이크족을 태웠다. 금발에 약간 통통한 에리카라는 파리 여자애였다. 이야기를 나눈 지 몇 분도 채 안 되어 에리카는 우리 그룹이 되기로 결정했다. 즉, 함께 발렌시아로 가서 오렌지 수확을 한 달 하고, 루시용의 그 벽촌으로 다시 올라와 포도 수확을 하기로 한 것이다. 에리카도 우리와 마찬가지로 돈이 별로 없어서, 그녀의 비용 역시 독일인 몫이었다. 게다가 에리카가 합류하면서 자리가 꽉 차서 한스는 이제 히치하이크족 때문에 다시 서는 일은 없을 것이라고 말했다.

우리는 하루 종일 남쪽으로 달렸다. 우리 일행은 즐겁

게 보냈지만, 그렇게 오래 길을 가고 나니 샤워와 따뜻한 음식이 그립고, 아홉 시간이나 열 시간쯤 푹 자고 싶었다. 한스만 처음과 똑같이 원기를 유지해서 쉬지 않고 떠들어 대고, 자기가 혹은 아는 사람이 겪은 일을 이야기했다. 밴에서 최악의 장소는 조수석, 즉 한스 옆자리여서 우리는 번갈아 가며 그 자리에 탔다. 내 차례가 되었을 때, 한스와 나는 내가 열여덟 살부터 열아홉 살까지 산 도시인 베를린 이야기를 했다. 사실 나는 독일어를 조금 하는 유일한 탑승자라서 한스는 그 기회를 타 자신의 언어로 이야기했다. 하지만 우리는 나를 신나게 하는 독일 문학에 대해서는 이야기하지 않고, 항상 나를 결국 지겹게 만드는 정치 이야기만 했다.

국경을 지날 때, 스티브가 내 자리에 앉고, 나는 맨 뒷좌석으로 갔다. 맨 뒷좌석에는 어린 우도가 자고 있었고, 나는 거기서 한스의 헛소리, 세상을 바꾸려는 계획에 대해 계속 들었다. 모르는 사람인데도 그렇게 내게 잘해 주었건만, 그렇게 마음에 들지 않은 사람도 없다.

한스는 감당하기 힘든 사람인 데다가 최악의 운전사였다. 우리는 두어 번 길을 잃었다. 바르셀로나로 가는 도로를 다시 타지 못하고 몇 시간을 어느 산에서 헤맸다. 마침내 바르셀로나에 도착했을 때, 한스는 사그라다 파밀리아 성당을 보러 가자고 고집 피웠다. 그때쯤 우리는 모두 배가 고파서, 아무리 아름답다 해도 성당 구경 할 마음이 별로 없었다. 하지만 한스가 대장인지라 도시를 여러 번 돈 끝에 마침내 사그라다 파밀리아 성당에 도착했다. 모두 아름다운 성당이라고 생각했지만(거의 모든 예술적 표현에 무덤덤한 존만 빼고), 물론 우리는 괜찮은 식당에 들어가 식사를 하고 싶었다. 그런데 한스가 스페인에서 제일 안전한 것은 과일을 먹는 것이라고 말하더니 우리를 광장 벤치에 앉아 사그라다 파밀리아 성당만 물끄러미 바라보게 만들고, 모니크와 아기만 데리고 과일 가게를 찾으러 나섰다. 바르셀로나의 분홍빛 노을을 바라본 지 30분이 지나도 그들이 나타나지 않자, 휴는 틀림없이 또 길을 잃었을 것이라고 말했다. 에리카는 우리를 버린 것일 수도 있다고 말했다. 그리고 또 덧붙였다. 성당 앞에 고아들을 버리듯 말이야. 거의 말이 없고, 입을 열면 대개 어처구니없는 소리만 하던 존은 한스와 모니크가 바로 그 순간 괜찮은 식당에서 따뜻한 음식을 먹고 있을 가능성도 있다고 말했다. 스티브와 나는 아무 말도 하지 않았지만 다 가능한 일이라고 생각했고, 나 개인적으로는 존의 말이 가장 진실에 근접해 있다고 생각했다.

밤 9시경 우리가 모두 절망하기 시작했을 때 밴이 나타나는 것을 보았다. 한스와 모니크는 사과, 바나나, 오렌지를 1인당 하나씩 주었다. 그리고 현지인 몇 사람과 이야기를 해보았는데, 자기 생각에는 현재로서는 예정된 발렌시아 원정을 늦추는 것이 낫겠다고 통보했다. 내 기억이 틀리지 않는다면 한스는 이렇게 말했다. 바르셀로나 외곽에 상당히 저렴한 야영장이 있어. 적은 일비로 며칠 쉬고, 목욕하고, 일광욕을 할 수 있어. 두말할 나위 없이 모두 찬성하고 한스에게 당장 가자고 간청했다. 기억이 나는데 모니크는 한 번도 입을 열지 않았다.

도시에서 나가는 길을 찾는 데 세 시간이 더 걸렸다. 그 시간 동안 한스는 자기가 뤼네부르크 인근 부대에서

군 복무를 할 때 탱크 조종을 잘못해 상관들이 군법 회의에 회부하려 했다는 이야기를 우리에게 했다. 한스가 말했다. 장담컨대 탱크 조종은 밴 모는 것보다 훨씬 복잡해.

우리는 마침내 도시를 빠져나와 4차선 고속 도로에 접어들었다. 한스가 말했다. 야영장이 한곳에 몰려 있으니, 보이면 알려 줘. 고속 도로는 어두워서 도로 양쪽으로는 공장과 공터만 보이고, 그 너머로는 마구잡이로 세운 듯한, 불빛도 별로 없어서 조로한 인상을 주는 대형 건물만 몇 채 보일 뿐이었다. 그러나 얼마 안 가 우리는 숲으로 들어서서 첫 번째 야영장을 발견했다.

하지만 돈을 낼 사람인 한스의 마음에 차는 야영장이 하나도 없어서 우리는 숲을 따라 계속 갔고, 늘어선 소나무들 가지 사이로 푸른 별 하나가 외롭게 그려진 푯말을 발견했다. 한스가 통행을 가로막는 차단기 앞에서 브레이크를 밟았을 때가 몇 시였는지 기억나지 않는다. 다만 늦은 시각이었고 어린 우도를 포함한 모든 사람이 자지 않고 있었다는 기억뿐이다. 이윽고 차단기를 올리는 사람 혹은 그 그림자가 보였다. 한스가 밴에서 내려 입구를 터준 이를 따라 야영장 프런트로 들어갔다. 그러고 얼마 후 다시 나오더니 운전석 창문 너머로 말했다. 우리에게 알려 준 소식은 그 야영장은 텐트를 대여해 주지 않는다는 것이었다. 우리는 재빨리 계산을 해보았다. 에리카, 스티브, 존은 텐트가 없었다. 휴와 나는 있었다. 에리카와 내가 한 텐트에 자고, 스티브와 존과 휴가 다른 텐트에 자기로 결정했다. 한스, 모니크, 아기는 밴에서 자기로 했다. 한스는 다시 프런트로 들어가, 종이 몇

장에 서명을 한 뒤 다시 운전대를 잡았다. 차단기를 열어 준 사람은 아주 작은 자전거를 타고 낡은 캠핑카들이 양옆으로 있는 유령 같은 길을 따라 야영장 한구석으로 우리를 안내했다. 너무 지친 우리는 모두 샤워도 하지 않고 바로 잠을 잤다.

우리는 다음 날을 해변에서 보내고, 저녁 식사 후 밤중에 야영장 바의 테라스에 술을 마시러 갔다. 내가 도착했을 때, 휴와 스티브는 전날 밤 본 야간 경비원과 이야기 중이었다. 나는 모니크와 에리카 옆에 앉아 분위기 파악에 힘썼다. 바는 야영장 분위기를 충실히 반영해서 거의 비어 있었다. 커다란 소나무 세 그루가 테라스의 시멘트 바닥에 우뚝 솟아 있고, 몇 군데는 나무뿌리들이 융단 뚫듯 시멘트 바닥을 뚫고 나왔다. 잠시 나는 대체 내가 이곳에서 무엇을 하고 있나 하는 생각이 들었다. 아무 의미도 없는 것 같았다. 그 밤의 어느 순간 스티브와 야간 경비원이 시를 읽기 시작했다. 스티브는 그 시들을 어디서 가져온 것일까? 또 어느 순간에는 독일 사람들 몇이 합류하고(우리에게 술을 한 잔씩 돌렸다), 그중 한 사람이 도널드 덕 흉내를 완벽하게 냈다. 내 기억으로는 그 밤이 거의 다할 때 한스가 야간 경비원과 다투는 것을 본 것 같다. 한스는 스페인어로 이야기를 했고, 점점 더 흥분하는 것 같았다. 잠시 나는 그들을 바라보았다. 어느 순간 한스가 우는 것 같았다. 반대로 야간 경비원은 평정심을 유지하고 있는 듯했다. 적어도 팔을 휘젓거나 터무니없는 모습은 보이지 않았다.

다음 날 전날 밤 숙취에서 아직 회복되지 못한 상태

2 바게트 빵으로 만든 일종의 샌드위치.

로 해수욕을 하던 나는 야간 경비원을 보았다. 해변에는 경비원 외에는 아무도 없었다. 옷을 제대로 입은 채 모래사장에 앉아 신문을 읽고 있었다. 나는 물에서 나오면서 인사를 건넸다. 그가 고개를 들고 답례를 보냈다. 얼굴이 아주 창백하고, 막 잠에서 깨어난 사람처럼 머리가 부스스했다. 그날 밤 아무 할 일 없던 우리는 다시 야영장 바에 모였다. 존은 주크박스에서 노래를 선곡했다. 에리카와 스티브는 떨어져 있는 테이블에 따로 앉았다. 전날 밤의 독일인들은 떠나고 없고 우리만 테라스에 있었다. 나중에 야간 경비원이 왔다. 새벽 4시에는 휴와 야간 경비원과 나만 남아 있었다. 이윽고 휴가 가버리고, 야간 경비원과 나는 같이 잠을 자러 갔다.

야간 경비원이 밤을 보내는 초소는 너무 좁아서 아이나 난쟁이가 아니면 발도 뻗지 못할 정도였다. 우리는 무릎을 꿇은 자세로 사랑을 나누려고 했지만 너무 불편했다. 나중에는 의자에 앉아서 시도했다. 결국에는 섹스를 못 하고 웃고 말았다. 날이 샜을 때 그는 나를 텐트까지 바래다주고 갔다. 나는 그에게 어디 사는지 물었다. 그가 말했다. 바르셀로나에. 내가 말했다. 우리 같이 바르셀로나로 가야겠네.

다음 날 그 야간 경비원은 아주 일찌감치, 자기 근무 시간 훨씬 전에 야영장에 와서 나와 함께 해변에서 보내다가 같이 카스텔데펠스까지 걸어갔다. 밤에는 모든 사람이 다시 바 테라스에 모였다. 그날 밤에는 바가 일찍, 아마 10시 전에 문을 닫았지만. 우리는 마치 전쟁 피난민 같았다. 한스가 밴을 타고 빵을 사러 가고, 그 후 모니크가 모두를 위해 살라미 소시지 보카디요[2]를 만들었다. 맥주는 바가 문을 닫기 전에 사두었다. 한스는 우리 모두를 자기 테이블 주변에 모으더니, 2~3일 안에 발렌시아로 떠날 거라고 말했다. 한스가 말했다. 나는 일행을 위해 할 수 있는 일을 하고 있어. 한스가 야간 경비원의 눈을 바라보면서 덧붙였다. 이 야영장은 망해 가고 있잖아. 그날 밤에는 주크박스가 없어서 한스와 모니크가 카세트를 가져와 두 사람이 좋아하는 음악을 다 같이 잠시 들었다. 나중에 한스와 야간 경비원은 다시 논쟁을 벌였다. 두 사람은 스페인어로 이야기했다. 그러나 한스가 이따금 독일어로 내게 통역을 해주고, 야간 경비원의 세계관에 대한 자기 의견을 덧붙였다. 그들의 대화가 지겨워서 나는 두 사람만 내버려두었다. 그러나 휴와 춤을 출 때, 몸을 돌려 두 사람을 보았더니, 전날 밤처럼 한스가 눈물을 흘리려고 했다.

휴가 내게 물었다. 저 사람들 무슨 이야기 하는 것 같니? 내가 답했다. 틀림없이 멍청한 이야기일 거야. 휴가 말했다. 저 둘은 서로를 증오해. 내가 말했다. 서로 잘 알지도 못하잖아. 하지만 나중에 나는 휴의 말을 생각하면서 그 말이 옳다는 결론을 내렸다.

다음 날 아침 9시가 되기 전 야간 경비원이 내 텐트로 찾아왔고, 우리는 기차를 타고 카스텔데펠스에서 시체스로 갔다. 우리는 하루 종일 그 도시에서 보냈다. 해변에서 치즈 보카디요를 함께 먹으면서, 나는 작년에 그레이엄 그린[3]에게 편지를 한 통 보냈노라고 말했다. 야간 경비원은 놀란 것 같았다. 그가 물었다. 그레이엄 그린

---

3 Graham Greene(1904~1991). 영국의 소설가로 쫓기는 자의 불안과 공포, 혹은 악의 세계를 묘사하는 작품들을 썼다.

한테는 왜? 내가 답했다. 그레이엄 그린을 좋아하거든. 그가 말했다. 전혀 그럴 줄 몰랐는데. 나는 아직 배울 것이 많은가 봐. 내가 물었다. 그레이엄 그린이 싫어? 그가 말했다. 그 사람 책은 별로 읽지 않았어. 편지에 뭐라고 썼는데? 내가 말했다. 내 삶과 옥스퍼드에 대한 이야기들. 야간 경비원이 말했다. 나는 소설은 몰라도 시는 많이 읽었어. 그리고 내게 그레이엄 그린이 답장을 보냈는지 물었다. 내가 답했다. 짧지만 정말 살가운 답신을 보내 주었어. 야간 경비원이 말했다. 이곳 시체스에 우리 나라 소설가가 살고 있어서 그 사람을 만나러 온 적이 있어. 내가 물었다. 소설가 누구? 나는 라틴 아메리카 소설가의 작품을 한 번도 읽은 적이 없기 때문에 하나마나 한 질문이었다. 야간 경비원이 이름을 댔는데 잊어버렸다. 그는 또 그 소설가가 그레이엄 그린처럼 자신에게 아주 살갑게 대해 주었다고 말했다. 내가 말했다. 왜 만나러 왔는데? 야간 경비원이 말했다. 모르겠어. 할 말이 전혀 없어서 같이 있는 동안 나는 거의 입도 벙긋하지 않았어. 내가 말했다. 내내 아무 말도 하지 않았다고? 야간 경비원이 말했다. 혼자 만난 게 아니라 친구와 함께였어. 그 친구가 이야기를 했고. 내가 말했다. 그래도 소설가에게 아무 말도 하지 않고, 아무런 질문도 하지 않았다는 거야? 야간 경비원이 답했다. 안 했어. 그 사람 우울해하고 어딘가 아픈 것 같아서 귀찮게 하고 싶지 않았거든. 내가 말했다. 아무런 질문도 하지 않았다니 믿기지가 않네. 야간 경비원이 재미있다는 듯 나를 바라보면서 말했다. 그 사람은 내게 질문 하나를 했지. 내가 말했다. 무슨 질문? 멕시코에서 자기 작품을 원작으로 만든 영화를 보았는지 물었어. 내가 물었다. 너는 그 영화 보았고? 야간 경비원이 말했다. 응. 우연히 보았고 마음에도 들었어. 문제는 내가 그 소설을 읽지 않았다는 점이야. 그러니 영화가 어느 정도까지 원작에 충실했는지 알 수가 있나. 내가 말했다. 소설가에게는 뭐라고 말했는데? 야간 경비원이 말했다. 소설 못 읽었다는 말은 하지 않았어. 내가 말했다. 영화 보았다는 이야기는 했겠지? 야간 경비원이 말했다. 내가 어떻게 했을 것 같은데? 그러자 그레이엄 그린의 얼굴을 한 소설가 앞에 앉아 있는 야간 경비원의 모습이 떠올랐고, 그가 침묵을 지키고 있었으리라는 생각이 들었다. 내가 말했다. 말하지 않았군. 야간 경비원이 말했다. 보았다고 말했어.

이틀 뒤 우리는 캠프에서 철수하고 발렌시아로 갔다. 나는 야간 경비원과 작별하면서 그것이 마지막 만남이라고 생각했다. 길을 가면서 내가 한스 옆자리에 앉아 대화를 나누어야 할 차례가 되었을 때, 야간 경비원과의 논쟁의 동기가 무엇인지 물어보았다. 내가 말했다. 야간 경비원이 마음에 들지 않았죠, 왜죠? 한스가 그답지 않게 잠시 침묵에 빠져 대답을 생각했다. 이윽고 잘 모르겠다고만 간단히 답했다.

우리는 발렌시아에서 일주일을 보내면서 이리저리 돌아다니고, 밴에서 자고, 오렌지 농장에서 일거리를 구했지만 전혀 찾지 못했다. 어린 우도가 탈이 나서 우리는 아이를 병원에 데려갔다. 그저 열이 좀 나는 감기였는데 우리의 생활 조건으로 악화된 것이다. 이 일로 모니크의 기분이 상했고, 처음으로 한스에게 화를 내는 모습을 목격했다. 어느 날 밤 우리는 밴을 포기하고 한스와 그의 가족이 자기들끼리 평화롭게 가게 하자는 이야기를 했다. 그러나 한스는 우리끼리만 가는 것을 용납할 수 없다고 말했다. 우리는 한스 말이 옳다는 것을 이해했다. 늘 그렇지만, 문제는 돈이었다.

카스텔데펠스로 돌아왔을 때 비가 억수같이 쏟아져 야영장이 물에 잠겨 있었다. 밤 12시였다. 야간 경비원이 밴을 알아보고 우리를 맞으러 나왔다. 나는 뒷좌석 한 곳에 앉아 있었고, 야간 경비원이 나를 찾는 모습을 보았다. 그는 메리는 어디 있는지 한스에게 물었다. 그러고 난 다음 텐트를 치면 틀림없이 물이 찰 거라고 하면서 나무와 벽돌로 만든 오두막 같은 곳으로 우리를 안내했다. 야영장 반대편 끝에 마구잡이로 지은 오두막으로, 적어도 방이 여덟 개는 있었다. 우리는 그곳에서 밤을 났다. 한스와 모니크는 돈을 아끼기 위해 밴을 타고 해변으로 갔다. 오두막은 전깃불이 들어오지 않아서 야간 경비원이 관리용 물품 창고로 쓰는 방에서 양초를 찾았다. 그러나 결국 찾지 못해서 우리는 라이터로 불을 밝혀야 했다. 다음 날 아침 야간 경비원이 머리가 하얗고 꼬불꼬불한 50세가량의 남자와 함께 막사에 나타났다. 그는 우리에게 인사를 건넨 뒤 야간 경비원과 이야기를 나눴다. 그 후 야간 경비원은 그 사람이 야영장 주인이고, 일주일 동안 무료로 그곳에 묵게 해줄 거라고 말했다.

오후에 밴이 나타났다. 모니크가 운전을 하고 우도는 뒷좌석에 두었다. 우리는 그녀에게 잘 있다고, 우리와 함께 있자고, 공짜이고 모두 같이 있어도 자리가 넘쳐난다고 말했다. 하지만 모니크는 한스가 프랑스 남부의

자기 삼촌과 전화를 했고, 최선의 방법은 우리 모두 그리로 즉시 가는 것이라고 말했다. 우리는 한스가 그 순간 어디 있는지 물었고, 그녀는 한스는 바르셀로나에서 해결할 문제가 있다고 대답했다.

우리는 하룻밤 더 야영장에 묵었다. 다음 날 아침 한스가 나타나 모두 해결이 되었다고, 포도 수확이 시작될 때까지 남는 시간은 모니크 삼촌 집 중 한 군데에서 아무것도 하지 않고 일광욕만 하면서 보낼 수 있다고 말했다. 나중에 한스는 휴, 스티브, 그리고 내게 따로, 존이 일행에 끼는 것은 싫다고 말했다. 한스가 말했다. 그놈은 나쁜 놈이야. 놀랍게도 휴와 스티브가 맞장구 쳤다. 나는 존이 우리와 같이 있든 말든 신경 쓰지 않는다고 말했다. 하지만 누가 그 얘기를 존에게 할 것인가? 한스가 말했다. 당연히 우리 함께 이야기해야지. 그건 지나친 일 같아서 나는 끼지 않을 작정을 했다. 그들이 자리를 뜨기 전에 나는 며칠 동안 바르셀로나의 야간 경비원 집에 있다가 일주일 뒤 그 마을에서 합류하겠다고 알렸다.

한스는 아무런 반대도 하지 않았지만 출발하기 전에 내게 정말 조심하라고 당부했다. 한스가 말했다. 그놈 못된 놈이야. 내가 물었다. 야간 경비원이요? 어떤 점에서 그렇다는 거죠? 그가 답했다. 모든 점에서. 다음 날 아침 나는 바르셀로나로 갔다. 야간 경비원은 그란 비아 로에 있는 커다란 아파트에서 어머니, 그리고 그녀의 스무 살 정도 어린 연하남과 함께 살고 있었다. 그 집은 한쪽 끝에만 사람이 살았다. 뜰에 면한 안쪽 방에는 어머니와 애인이, 그란 비아 로로 난 발코니가 있는 바깥쪽 방에는 야간 경비원이 거처했다. 그 중간에는 적어도 여섯 개의 방이 있고, 먼지와 거미줄 속에서 예전 거주자들의 흔적을 짐작할 수 있었다. 존은 이 방들 중 한 곳에서 이틀 밤을 지냈다. 야간 경비원이 존은 왜 나머지 사람들과 같이 안 갔는지 물었고, 내가 이야기를 해주자, 생각에 잠기더니 다음 날 아침 존과 함께 집에 나타난 것이다.

그 후 존은 영국행 기차를 탔다. 야간 경비원은 주말에만 일을 하기 시작했고, 덕분에 우리 마음대로 시간을 다 쓸 수 있었다. 대단히 즐거운 나날이었다. 늦게 일어나, 동네 바에서 아침으로 나는 홍차 한 잔을, 야간 경비원은 밀크 커피나 브랜디를 곁들인 커피를 마셨다. 그러고 나면 우리는, 피곤해져서 집에 돌아올 수밖에 없을 때까지 도시를 쏘다녔다. 물론 불편한 점들도 있었다. 제일 불편한 일은 야간 경비원이 내게 돈을 쓰는 것이 기쁘지 않았다는 점이다. 어느 날 오후 서점에 갔을 때, 나는 야간 경비원에게 무슨 책이 갖고 싶은지 물어본 뒤 사주었다. 내 유일한 선물이었다. 그는 데 오리라는 스페인 시인의 시 선집을 골랐다. 시인 이름을 지금도 기억하고 있다.

열흘 후 나는 바르셀로나를 떠났다. 야간 경비원이 역까지 데려다 주었다. 나는 내 런던 주소와, 마음이 동하면 오라고 루시용의 마을 주소를 주었다. 그러나 작별 인사를 할 때 나는 그를 더 볼 일 없을 거라고 거의 확신했다.

오랜만에 처음으로 혼자 하는 기차 여행은 정말 좋았다. 몸속까지 쾌적했다. 내 인생, 내 계획, 내가 원하는 것과 원하지 않는 것을 생각할 여유가 있었다. 고독은 이제 저어할 일이 못 된다는 것을 거의 즉흥적으로 깨달았다. 페르피냥에서 버스를 탔더니 갈림길에서 내려 줘서, 거기서부터 내 여행 동료들이 기다리고 있을 플라네제까지 걸었다. 태양이 모습을 감추기 직전 그곳에 도착했다. 온통 포도밭이어서 강렬하기 짝이 없는 녹갈색 언덕 풍경이 내 기분을 더욱 평온하게 해주었다. 그러나 플라네제에 도착했을 때 내가 조우한 얼굴들은 그다지 고무적이지 못했다. 그날 밤 휴가 나 없는 사이 일어난 일을 전부 알려 주었다. 이유는 알 수 없지만 한스가 에리카와 싸웠고, 이제 서로 말도 하지 않는다는 것이었다. 며칠 동안 스티브와 에리카는 같이 떠날 궁리를 했는데, 스티브도 에리카와 싸워서 이탈 계획은 없던 일이 되었다. 설상가상으로 어린 우도가 다시 아파서 그 일로 모니크와 한스는 서로 손찌검 직전까지 이르렀다. 휴의 말에 따르면 모니크는 아들을 페르피냥에 있는 병원으로 데려가고 싶어 했는데, 한스가 병원은 병을 치료하기는커녕 만들기만 할 뿐이라는 구실로 반대했다고 한다. 다음 날 아침 모니크는 너무 울어서, 아니 어쩌면 한스에게 맞아서 눈이 퉁퉁 부어 있었다. 어린 우도는 어쨌든 혼자, 혹은 아버지가 먹인 약초 달인 물 덕분에 완쾌되었다. 휴 자신은 포도주가 남아돌고 공짜라서 거의 내내 술독에 빠져 있었다고 한다.

그날 밤 저녁 식사 중에 나는 동료들 사이에 특별히 걱정할 만한 징후를 발견하지 못했다. 다음 날, 마치 나를 기다리고 있었다는 듯 포도 수확이 시작되었다. 우리 대부분은 포도송이를 따는 일을 했다. 한스와 휴는 운

반책으로 일했다. 모니크는 차를 몰고 이웃 마을 조합 창고로 포도를 실어 날랐다. 한스 일행 외에도 세 명의 스페인 남자와 두 명의 프랑스 아가씨들이 함께 일했는데, 나는 곧 프랑스 애들과 친구가 되었다.

일은 고됐다. 아마 유일한 장점은 작업이 끝나고 나면 아무도 싸울 생각이 없어진다는 것이었으리라. 어쨌든 갈등 요인은 늘 있었다. 어느 날 오후 휴와 스티브와 나는 한스에게 적어도 두 사람의 일꾼이 더 필요하다고 말했다. 한스는 우리 말에 맞장구를 쳤지만 불가능한 일이라고 말했다. 우리가 왜 불가능한지 묻자, 한스는 모니크 삼촌과 더도 말고 딱 열한 사람만 가지고 포도 수확을 하기로 약속했다고 대답했다.

오후마다 작업이 끝나고 나면 우리는 보통 강으로 가서 멱을 감았다. 물은 차가웠지만 강은 수영할 만큼 충분히 깊어서 수영을 하다 보면 몸이 더워졌다. 멱을 다 감으면 우리는 비누칠을 하고, 머리를 감고, 집으로 돌아와 저녁을 먹었다. 스페인 남자 셋은 다른 집에 머물렀고, 가끔 우리가 같이 식사하자고 부르기는 했지만 자기들끼리 따로 생활했다. 프랑스 여자애 둘은 (조합이 있는) 이웃 마을에 머물고 있어서 오후마다 오토바이를 타고 각자의 거처로 갔다. 하나는 이름이 마리-조제트이고 다른 애는 마리-프랑스였다.

모두 도를 넘게 술을 마신 어느 날 밤 한스가 덴마크의 어느 코뮌, 세계에서 가장 크고 잘 조직된 코뮌에 살던 이야기를 했다. 그가 얼마나 떠들어 댔는지 모르겠다. 가끔 흥분해서 탁자를 두들기거나 자리에서 일어났다. 우리는 자리에 앉은 채 그의 몸이 기괴하게 커지는 듯한 느낌을 받았다. 마치 식인 거인 같았고, 우리가 그 식인 거인의 너그러움 덕분에, 그리고 돈이 없어서 매여 있는 형국이었다. 또 어느 날 밤 모두가 자는 동안 나는 한스가 모니크와 이야기하는 것을 들었다. 한스와 모니크는 내 방 바로 위의 방을 썼는데, 아마 그날 밤 창문을 닫지 않은 것 같다. 어찌 됐든 나는 그들의 이야기를 들었다. 프랑스어로 이야기를 나눴는데, 한스는 불가피하다는 말만 되풀이하고, 모니크는 아니라고, 할 수 있다고, 노력해야 한다고 말했다. 나머지 말은 알아듣지 못했다.

일이 끝나 갈 무렵인 어느 날 오후 플라네제에 야간 경비원이 나타났다. 나는 너무 좋아서 그에게 사랑한다고 하면서, 주의해야 한다고 말했다. 왜 그렇게 말했는지 나도 모를 일이다. 하지만 그가 마을 큰길을 걸어오는 것을 보았을 때, 모종의 위험이 우리 모두를 호시탐탐 노리고 있다는 느낌을 받았다.

놀랍게도 그도 나를 사랑한다고, 나와 같이 살고 싶다고 말했다. 행복하고 피곤해 보였다. 히치하이크로 거의 모든 지역을 돌아다닌 끝에 마을에 다다른 것이었다. 그래도 행복해 보였다. 그날 오후 기억이 나는데, 우리는 한스와 모니크를 제외하고 모두 강에 멱을 감으러 갔다. 우리가 옷을 벗고 물에 뛰어들었을 때 야간 경비원은 완전한 옷차림, 그러니까 〈지나치게〉 많은 옷을 걸치고 강가에 남았다. 그 더위에도 추위를 타는 듯이. 이윽고 전혀 중요해 보이지 않는 일이 일어났다. 하지만 나는 그 일에서 누군가의 손, 우연이나 신의 손을 감지했다. 우리가 멱을 감을 때 다리에 세 사람의 계절노동자가 나타나 에리카와 나를 오랫동안 바라보았다. 나이가 지긋한 남자 둘과 청년 한 사람, 어쩌면 할아버지, 아버지, 아들이었을 텐데 다들 형편없는 작업복을 입고 있었다. 마침내 한 사람이 무언가 스페인어로 말하고, 야간 경비원이 대답했다. 인부들의 얼굴이 아래를 향하고, 야간 경비원의 얼굴이 위를 향하는(새파란 하늘을 향하는) 것이 보였다. 최초의 말들이 오가고 또 다른 말이 이어졌다. 세 인부와 야간 경비원 모두가 말을 했고, 처음에는 질문과 답 같았다. 그 뒤에는 그저 하찮은 말, 다리 위에 있는 세 사람과 다리 아래 있는 방랑자 사이의 단순한 대화처럼 보였다. 이 모든 일이 스티브, 에리카, 휴, 내가 멱을 감으면서 백조나 오리처럼 이리저리 헤엄치는 동안 벌어졌다. 우리는 기본적으로 그 스페인어 대화와 무관했지만, 부분적으로는 대화의 대상이고, 특히 에리카와 나는 시각적 쾌락과 기다림의 동인이었다. 그러나 갑자기 인부들이 자리를 뜨면서(우리가 물에서 나오기를 기다리지 않고) 안녕이라고 말했다. 물론 나도 그런 스페인어 단어 정도는 알아듣는다. 야간 경비원도 안녕이라고 말했다. 그리고 모든 일이 다 종결되었다.

밤에 저녁을 먹을 때 다들 술에 취했다. 나 역시 취했지만 다른 사람들만큼은 아니었다. 휴가 디오니소스, 디오니소스 하고 소리친 기억이 난다. 긴 탁자에서 내 옆에 앉아 있던 에리카가 내 턱을 잡고 입에 키스를 한 기억도 난다.

나는 뭔가 안 좋은 일이 생길 거라고 확신했다.

야간 경비원에게 침대로 가자고 말했다. 그는 내 말을 귀담아듣지 않았다. 프랑스어 단어를 섞은 형편없는 영어로 루시용에서 사라진 친구에 대해 떠들어 댔다. 휴가 말했다. 낯선 사람들과 술이나 마시고 있다니 친구 찾기에 참 좋은 방법이네. 야간 경비원이 말했다. 너희들은 낯선 사람 아니잖아. 이윽고 휴, 에리카, 스티브, 야간 경비원 모두 노래를 불렀다. 롤링 스톤스 노래였던 것 같다. 그 직후 우리와 함께 일하는 스페인 남자 두 명이 나타났다. 누가 그들을 부르러 갔었는지 나는 모른다. 내내 생각했다. 뭔가 안 좋은 일이 곧 일어날 거야, 뭔가 안 좋은 일이 일어날 거야. 그러나 무슨 일일지도 몰랐고, 야간 경비원을 내 방에 데려가 사랑을 나누거나 잠을 자라고 설득하지 않는 한 어찌해야 그 일을 피할 수 있을지도 몰랐다.

그 후 한스가 자기 방에서 나와(모니크와 한스는 식사가 끝나자마자 일찌감치 방에 들어갔다), 너무 소란 떨지 말아 달라고 부탁했다. 그 장면이 여러 번 되풀이된 기억이 난다. 한스가 방문을 열고, 우리를 하나하나 쳐다보면서 이제 늦은 시각이라고, 시끄러워서 잠을 잘 수 없다고, 다음 날 일을 해야 한다고 말했다. 아무도 그의 말에 전혀 귀 기울이지 않은 것이 기억난다. 그가 모습을 드러내면 다들 말했다. 알았어요, 알았어, 한스. 이제 조용히 하죠. 하지만 문이 닫히면 이내 고성과 웃음이 다시 터져 나왔다. 그러면 한스가 하얀 팬티만 달랑 걸치고 긴 금발 머리가 헝클어진 채로 말했다. 파티는 벌써 끝났다고, 당장 자리를 떠나 각자 방으로 가라고. 야간 경비원이 일어나 그에게 말했다. 이봐요 한스. 멍청한 소리 좀 작작 해요. 여하튼 이와 비슷한 말이었다. 휴와 스티브가 웃음을 터뜨린 기억이 난다. 하지만 한스 표정 때문인지 그의 영어가 엉망이기 때문이었는지는 모르겠다. 한스는 순간 당황해서 멈칫했지만, 그 순간이 지나자 으르렁거렸다. 네가 감히? 단지 그 말만 하고 야간 경비원에게 덤벼들었다. 한스와 야간 경비원과의 거리가 꽤 되었는지라, 내 불쌍한 친구를 향해 뛰다시피 방을 가로지르는 반나체의 거한을 자세히 보는 사치를 우리 모두 누렸다.

하지만 그때 아무도 예상하지 못한 일이 벌어졌다. 그 살덩어리가 들이받을 기세로 방을 가로지르는 동안 야간 경비원은 제자리에서 조용히 그대로 있었는데, 한스가 가까이 다가온 순간 야간 경비원의 오른손에(포도 따는 여인의 손과는 천양지차인 그의 섬세한 오른손에) 칼이 번득였다. 그 칼이 한스의 턱 바로 아래까지 올라가 살점을 파고들 지경이었다. 한스가 급정거를 하더니 독일어로 말했다. 왜 그래? 웬 장난이야? 에리카는 비명을 지르고, 모니크와 어린 우도가 있는 방문이 반쯤 열리더니, 아마도 옷을 벗고 있었을 모니크가 고개를 조신하게 내밀었다. 그때 야간 경비원은 한스가 흥분해서 온 방향을 되짚어 걷기 시작했다. 1미터도 채 안 되는 거리에 있던 나는 야간 경비원의 칼이 한스의 턱수염을 파고드는 것을 똑똑히 보았고, 한스는 뒷걸음질 치기 시작했다. 두 사람이 방 전체를 돌아다니다 모니크가 몸을 감추고 있는 문까지 온 것같이 느껴졌지만 사실 두 사람은 세 걸음, 아니 어쩌면 두 걸음만 내딛고 그 자리에 멈추었다. 이윽고 야간 경비원이 칼을 내리고 한스의 눈을 바라보더니, 등을 돌렸다.

휴에 따르면 그때가 한스가 덤벼들어 야간 경비원을

제압할 수 있는 순간이었다. 하지만 확실한 것은 한스는 꼼짝하지 않았고, 스티브가 다가와 포도주 한 잔을 건넨 것도 깨닫지 못했다는 점이다. 포도주를 받아 들고는 마치 공기 들이마시듯 마셨으면서도 말이다.

그때 야간 경비원이 뒤로 돌아 한스를 모욕했다. 나치. 내게 무슨 짓을 하고 싶었는데, 나치? 한스는 그의 눈을 바라보고 뭔가 중얼거리더니 두 주먹을 불끈 쥐었다. 그래서 우리 모두 한스가 야간 경비원에게 돌진하리라고, 이번에는 그 어떤 것도 한스를 막지 못하리라고 생각했다. 그러나 한스는 참았다. 모니크가 무슨 말을 했고, 한스가 뒤로 돌아 그녀에게 대답했다. 휴는 야간 경비원에게 다가가 그를 의자까지 질질 끌고 갔다. 아마 야간 경비원에게 포도주를 한 잔 더 따라 준 것 같다.

그다음 기억나는 일은 우리 모두 집에서 나와 플라네제의 길을 걸으면서 달을 찾은 일이다. 우리는 하늘을 바라보았다. 커다란 먹구름들이 달을 감추고 있었다. 하지만 바람이 구름을 동쪽으로 밀쳐 내면서 달이 다시 나타났다가(우리는 그때 함성을 질렀다) 또다시 숨었다. 어느 순간 나는 우리가 유령 같다는 생각이 들었다. 야간 경비원에게 말했다. 집으로 가자. 자고 싶고 피곤해. 하지만 그는 내 말을 듣지 않았다.

야간 경비원은 실종자 이야기를 하고, 웃고, 아무도 이해 못 하는 농담을 해댔다. 마을의 마지막 집들을 뒤로했을 때, 나는 생각했다. 이제 돌아갈 시간이라고, 돌아가지 않으면 다음 날 일어나지 못하리라고. 야간 경비원에게 다가가 입맞춤을 했다. 잘 자라는 입맞춤이었다.

집으로 돌아왔을 때, 불이 다 꺼져 있고 침묵만 감돌

았다. 나는 창가로 다가가 창문을 열었다. 아무 소리도 들리지 않았다. 이윽고 방으로 올라가 옷을 벗고 침대에 들었다.

잠에서 깨어났을 때 야간 경비원이 내 옆에서 자고 있었다. 나는 안녕이라고 말하고 다른 사람들과 일하러 갔다. 그는 대답도 없이 죽은 듯이 있었다. 방에는 구토 냄새가 떠다녔다. 우리는 정오에 돌아왔는데, 야간 경비원은 벌써 떠난 뒤였다. 나는 침대 위에 있는 쪽지를 발견했다. 전날 밤 자신의 행동을 사과하고, 기다릴 테니 언제든지 바르셀로나로 찾아오라고 적혀 있었다.

바로 그날 아침에 휴가 전날 밤 일을 이야기해 주었다. 휴가 그러는데, 내가 자리를 뜨자 야간 경비원은 미쳐 날뛰었다. 그들은 강 근처에 있었는데, 야간 경비원이 건너편에서 누군가가, 어떤 목소리가 자신을 부른다고 말했다. 휴가 아무리 아무도 없다고 말해도, 들리는 소리라고는, 그것도 정말 약하게 들리는 소리라고는 물소리뿐이라고 말해도, 야간 경비원은 누가 언덕 아래 강 건너편에서 자신을 기다리고 있다고 계속 주장했다. 휴가 말했다. 나는 농담인 줄 알았어. 그런데 내가 한눈을 파는 순간 야간 경비원이 칠흑 같은 어둠을 뚫고 언덕 아래로 뛰어가는 거야. 강이라고 생각하는 쪽을 향해, 무턱대고 관목과 가시덤불을 가로지르면서. 휴에 따르면 그 순간에는 애초의 일행 중에서 자신과, 우리가 파티에 초대한 두 명의 스페인 애들만 남아 있었다. 야간 경비원이 언덕 아래로 뛰어 내려가 사라졌을 때, 그들이 따라갔지만 훨씬 속도가 늦었다. 너무 캄캄한 데다가 급경사라서 한 발자국만 잘못 디디면 추락해서 뼈가 으스러질 것이기 때문이었다. 그래서 야간 경비원은 곧 그들의 시야에서 사라졌다.

휴에 따르면, 그는 야간 경비원의 의도가 물에 뛰어드는 것이라고 생각했다. 휴가 말했다. 하지만 그가 그 근처에 천지인 돌을 향해 뛰어들거나, 쓰러진 나무에 충돌하거나, 관목에 처박힐 가능성이 더 컸어. 언덕 아래에 도달했을 때 세 사람은 풀밭에 앉아 자신들을 기다리는 야간 경비원을 발견했다. 휴가 말했다. 그때 제일 이상한 일이 일어났어. 내가 뒤로 접근했을 때, 그가 재빨리 몸을 돌리더니 눈 깜짝할 사이에 내가 바닥에 자빠져 있었어. 야간 경비원이 내 위에 올라타 목을 졸랐고. 휴에 따르면 이 모든 일이 순식간에 일어나 겁먹을 시간조차 없었는데, 분명한 것은 야간 경비원이 자신의 목을 조르고 있었고, 스페인 애들 둘은 멀찌감치 있어서 야간 경비원은 물론 자신을 보지도 그들의 소리를 듣지도 못했다는 것이다. 게다가 야간 경비원의 양손이(그 시절 상처투성이이던 휴와 나의 손과는 천양지차인 손) 목을 조르는지라 아무 소리도 낼 수 없고, 도와 달라고 소리조차 지를 수 없어서 벙어리처럼 있었다.

휴가 말했다. 나를 죽일 수도 있었어. 하지만 야간 경비원은 갑자기 자신이 무슨 짓을 하는지 깨닫고 그를 풀어 주면서 용서를 구했다. 휴는 야간 경비원의 얼굴을 볼 수 있었는데(달이 다시 모습을 드러낸 다음이었다), 눈물범벅이었다고 한다. 휴의 이야기 중에서 가장 놀라운 부분은 다음 대목이다. 야간 경비원이 그를 풀어 주고 용서를 구했을 때 휴도 울음을 터뜨렸다는 것이다. 휴 말에 따르면, 갑자기 자신을 버린 스코틀랜드 여자가 떠오르고, 갑자기 아무도 영국에서 자신을 기다리지 않는다는(부모님 외에는) 생각이 들고, 갑자기 무언가를 깨달았기 때문이다. 휴는 그게 무엇인지 내게 설명할 능력이 없었거나 아니면 너무 어설프게 설명했다.

그 후 스페인 애들이 도착했다. 그들은 마리화나를 피우면서 왜들 우는지 물었고, 휴와 야간 경비원은 웃음을 터뜨렸다. 스페인 애들은 ─ 휴가 말했다. 걔들 정말 된 사람들이고 현명했어 ─ 아무 이야기를 듣지 못했는데도 모든 일을 이해하고 두 사람에게 마리화나를 건넸다. 이윽고 네 사람은 함께 돌아왔다.

내가 휴에게 물었다. 너 지금은 괜찮아? 휴가 말했다. 멀쩡해. 포도 수확이 끝나면, 집에 돌아갔으면 해. 내가 물었다. 야간 경비원에 대해서는 어떻게 생각해? 휴가 말했다. 잘 모르겠어. 그건 네 일이겠지. 그 문제를 생각해야 할 사람은 너야.

일주일 후 작업이 끝났을 때, 나는 휴와 함께 영국으로 돌아갔다. 내 원래 생각은 남쪽을, 바르셀로나를 다시 여행하는 것이었지만, 포도 수확이 끝났을 무렵엔 너무 지치고 몸도 좋지 않았다. 그래서 런던의 부모님 집으로 돌아가 의사에게 진찰을 받는 것이 낫겠다는 결정을 내렸다.

나는 부모님 집에서 2주일을 보냈다. 친구도 전혀 만나지 않은 공허한 2주일이었다. 의사는 〈육체적으로 탈진했다〉고 말하면서 비타민을 처방하고 나를 안과의에게 보냈다. 안과의는 안경을 써야 한다고 말했다. 얼마 뒤 나는 옥스퍼드의 카울리 로 25번지로 떠났고, 야간 경비원에게 편지를 여러 통 썼다. 그에게 모든 것을 설명했다. 내 몸이 어떤지, 의사가 한 말, 지금은 안경을 쓰고 있다는 이야기, 돈이 생기자마자 바르셀로나로 만나러 갈 거라는 이야기, 그를 사랑한다는 이야기를. 비교적 짧은 기간 동안 편지를 예닐곱 통 보낸 것 같다. 답장은 받지 못했다. 그 후 수업이 다시 시작되고, 다른 사람을 알게 되고, 야간 경비원 생각을 하지 않게 되었다.

1978년 12월, 프랑스 포르방드르, 바 셰 라울, 알랭 르베르. 그 당시 나는 레지스탕스처럼 살았다. 나만의 굴이 있고 라울의 바에서 「리베라시옹」지를 읽었다. 나뿐만이 아니었다. 나 같은 사람들이 있었고, 우리는 별로 서로 지겨워하지 않았다. 밤이면 함께 정치를 논하고 당구를 쳤다. 아니면 얼마 전 끝난 휴가철을 회상했다. 다른 사람들의 멍청함, 다른 사람들의 허점을 생각했다. 그러면서 라울의 바 테라스에서 배꼽 빠지게 웃었다. 요트를 바라보면서 혹은 불길한 몇 달, 힘든 노동과 추위의 몇 달이 닥칠 것을 예고하는 밝은 별들을 바라보면서. 그리고 술에 취해 각자 혹은 둘씩 짝을 지어 바를 나섰다. 나는 교외의 엘 보라도 바위에 있는 내 굴로 돌아왔다. 그곳을 왜 엘 보라도라고 부르는지 전혀 모르고, 새삼스레 이유를 물어본 적도 없다. 최근 내게는 세상만사를 있는 그대로 받아들이는 우려스러운 경향이 있다. 앞서 말한 대로 나는 매일 밤 홀로, 이미 잠든 사람처럼 내 굴로 돌아와 촛불을 켰다. 혹시라도 굴을 잘못 찾은 게 아닌지 확인하기 위해서였다. 엘 보라도에는 열 개 이상의 굴이 있고 그중 절반엔 사람이 사는데, 나는 한 번도 잘못 들어간 적이 없었다. 촛불을 켜고 나면 나는 캐나다제 초강력 보온 침낭 속에 들어가 인생을, 또 바로 코앞에서 벌어지는 일들을, 가끔은 이해하지만 대부분 이해하지 못하는 일들을 생각했다. 그러면 그 생각이 나를 다른 생각으로 이끌고, 그 다른 생각이 또 다른 생각으로 이끌다가 나도 모르게 잠이 들어 하늘을 날든지 땅바닥을 기든지 했다.

아침이면 엘 보라도는 베드타운 같았다. 특히 여름에는. 모든 굴에 사람이 있고, 어떤 굴에는 네 사람 이상이 있다. 10시경이면 모두 바깥으로 나오기 시작해 잘 잤어, 쥘리에트? 잘 잤어, 피에로? 하며 인사들을 건넸다. 굴에 남아 침낭 속에 있으면 사람들이 바다에 대해, 바다의 찬란함에 대해 이야기하는 것이 들리고, 누군가 캠핑 도구로 물을 끓이는 듯 냄비 소리 따위가 들리고, 심지어 불을 붙이는 라이터 소리, 꼬깃꼬깃한 골루아즈 담뱃갑이 이 사람 저 사람 손을 거치는 소리, 아아~ 오오~ 야호~ 하고 외치는 소리도 들을 수 있었다. 물론 날씨 이야기를 하는 멍청이도 없지 않았다. 비록 이 모든 것 외에 진짜 들을 수 있는 것은 바다 소리, 엘 보라도 바위에서 부서지는 파도 소리였지만. 그러다 여름이 끝나면서 굴들은 비어 가고 다섯 사람만 남았다. 그러다 네 사람만 남고, 이윽고 해적과 마무드와 나 세 사람만 남게 되었다. 그리고 그 무렵에 해적과 나는 이조벨호에 일자리를 구했고, 선주가 짐을 챙겨 와 아예 선실에 있어도 된다고 말했다. 반가운 제안이었지만 바로 그러고 싶지는 않았다. 굴에서는 사생활이 보장되고 자기 공간이 있는 반면, 갑판 아래에서 자는 것은 이미 야외 생활의 쾌적함에 익숙해져 있는 해적과 내게는 관 속에서 자는 거나 진배없었기 때문이다.

  9월 중순 우리는 리옹 만으로 조업을 나서기 시작했는데, 때로는 어획량이 그럭저럭 되고 때로는 엉망이었다. 돈으로 따지자면 그럭저럭 된 날은 다행히 음식비와 술값이 되는 날이고, 엉망인 날은 이쑤시개까지 라울에게 외상을 해야 하는 날이었다. 대단히 걱정스러울 만큼 불운이 이어져 어느 날 밤 해상에서 선주가 모든 잘못이 재수 없는 해적 탓이라고 말했다. 선주는 이런 이야기를 비가 오네 혹은 배가 고프네라고 말하는 사람처럼 했다. 그러자 다른 어부들이 그렇다면 왜 당장 그 자리에서 해적을 바다에 처넣고, 나중에 항구로 돌아가 그가 술에 너무 취해 바다에 떨어졌다고 말하지 않느냐고 했다. 농담 반 진담 반으로 모두 한동안 그런 이야기를 했다. 그나마 다행인 것이 해적은 너무 취해서 다른 사람들이 그런 이야기를 하는 줄도 몰랐다는 것이다. 그 무렵에는 또 경찰 놈들이 굴로 나를 찾아왔다. 알비 근처 마을의 한 슈퍼마켓에서 물건을 훔친 일로 계류 중인 재판 때문이었다. 2년 전 일이고 절도 품목은 모두 해서 바게트 빵 하나, 치즈 한 덩어리, 참치 통조림 하나였다. 하지만 사법부의 손은 길다. 나는 매일 밤 라울의 바에서 친구들과 술타령을 했다. 경찰(언젠가 본 적 있는 경찰 한 사람이 가까운 테이블에서 파스티스[4]를 마시고 있음에도 불구하고), 사회, 사람을 들들 볶는 사법 체계에 대해 욕을 퍼붓고, 잡지 『고난의 시대』의 기사들을 크게 읽었다. 내 테이블에는 어부와 낚시꾼, 나 같은 도시 젊은이들이 앉아 있었다. 여름이 포르방드르에 던져 놓은 무리들로,

---

4 보통 식사 전에 마시는 술로 아니스 열매 향이 난다.

이들은 새로운 명령이 떨어질 때까지 그곳에 정박해 있었다. 어느 날 밤 마르그리트라는, 우리 모두가 자고 싶어 하던 아가씨가 로베르 데스노스의 시를 낭송했다. 나는 데스노스가 대체 어떤 작자인지 몰랐지만, 내 테이블의 다른 사람들은 그 시인을 알았고, 게다가 시가 훌륭해서 심금을 울렸다. 우리는 테라스에 있었다. 거리에는 불쌍한 고양이조차 없건만 집집마다 불빛이 환했다. 우리 목소리와 이따금 거리를 지나 역으로 향하는 아련한 자동차 소리만 들렸다. 테라스에는 우리만 있었다. 아니 그렇게 믿고 있었다. 왜냐하면 테라스의 가장 구석진 테이블에 다른 사람이 있는 걸 보지 못했기 때문이다(적어도 나는 보지 못했다). 마르그리트가 데스노스의 시를 읽은 다음, 그러니까 뭔가 정말 아름다운 것을 들었을 때 야기되는 그 침묵의 순간, 1~2초 혹은 평생 지속될 수도 있는 바로 그 순간(정의도 자유도 없는 이 세상에도 모두가 좋아할 수밖에 없는 것이 있는 법이다)에 테라스 반대편에 있던 그 친구가 일어나 다가와, 마르그리트에게 다른 시를 낭송해 달라고 요청했다. 그러고는 우리에게 합석하게 해달라고 부탁했다. 우리가 그러라고, 상관없다고 말하자, 그는 자기 테이블로 커피를 가지러 갔다. 이윽고 그가 어둠에서 빠져나와(라울은 끝내주게 전기를 아낀다) 우리와 합석하고, 같이 포도주를 마시고, 돈이 많을 것 같지 않은 행색인데도 몇 차례 모두에게 술을 돌렸다. 우리 일행은 한창 위기 중이라 마다하지 않았다. 별도리 없지 않은가.

새벽 4시쯤 우리는 모두 잘 자라는 인사를 나눴다. 해적과 나는 엘 보라도로 갔다. 처음 포르방드르를 떠날 때는 성큼성큼 걸으며 노래를 했다. 그 후 길이 이미 길이라는 이름이 무색할 정도가 되고, 그저 굴 쪽으로 난, 바위들 사이의 통로가 되었을 때는 걸음걸이를 늦추었다. 아무리 취해 있어도, 저 아래 파도가 부서지는데 그 어둠 속에서 발 한 번 삐끗하면 치명적인 결과가 올 수 있으리라는 것을 알고 있었기 때문이다. 밤에 그 통로는 결코 고요하지만은 않은데, 그날 밤은 조용했다. 한동안 우리 발소리와 바위에 부딪치는 잔잔한 파도 소리만 들렸다. 그런데 갑자기 다른 종류의 소리가 들리고, 나는 웬일인지 누군가 우리를 쫓아오고 있다는 생각이 들었다. 발걸음을 멈추고 뒤로 돌아 어둠 속을 주시했지만 아무것도 보이지 않았다. 해적도 나보다 몇 미터 앞에서 걸음을 멈추고 뭔가 기대하는 태도로 귀를 기울이고 있었다. 우리는 아무 말 없이, 심지어 꼼짝도 하지 않고 기다렸다. 아주 멀리서 자동차의 낮은 소리와 미쳐 버린 듯한 운전자의 숨죽인 웃음소리가 들렸다. 그러나 내가 들은 발소리는 다시 들리지 않았다. 해적의 말소리가 들렸다. 귀신인 게지. 우리는 다시 걸었다. 그 무렵에는 해적과 나만 각자 굴에서 살고 있었다. 마무드는 사촌인지 숙부인지가 몽펠리에의 어느 마을에서 포도 수확을 도와 달라면서 찾아와 그곳을 떠났다. 잠자리에 들기 전 해적과 나는 바다를 바라보며 담배를 피웠다. 이윽고 우리는 잘 자라는 인사를 나누고 각자의 굴로 몸을 이끌고 갔다. 잠시 나는 내 일들을 생각했다. 알비로의 강제 출두, 이조벨호의 계속되는 불운, 마르그리트, 데스노스의 시, 그날 아침 「리베라시옹」에서 읽은 바더마인호프

5 제2차 세계 대전 이후 서독의 좌익 급진파.

단(團)[5] 기사를 생각했다. 눈이 감기기 시작할 때, 좀 전과 같은 소리, 접근하다 멈춰 서는 발걸음 소리, 그 발소리를 자아내고 어두운 동굴 어귀마다 기웃거리는 그림자의 소리가 다시 들렸다. 해적이 아니라는 사실은 깨달았다. 해적의 걸음걸이는 잘 알고 있는데 그는 아니었다. 하지만 침낭에서 나가기에는 너무 피곤했다. 아니 벌써 잠이 든 상태에서 발소리를 계속 들은 것인지도 모르겠다. 어쨌든 나는 생각했다. 발소리를 내는 사람이 누구든지 간에 나나 해적에게 전혀 위험이 되지 않으리라고. 그 사람이 앙갚음을 하려는 것일 수도 있겠지만, 만일 그런 생각이었다면 곧장 우리 굴에 들어왔으리라고. 나는 알고 있었다. 그 낯선 사람이 굴에 들어오지 않을 것임을. 단지 자기도 자려고 비어 있는 굴을 찾는 것뿐임을.

다음 날 아침 나는 그 사람을 발견했다. 의자처럼 평평한 돌에 앉아서 바다를 바라보면서 담배를 피우고 있었다. 그는 셰 라울 테라스에서 만났던 그 이방인이었다. 그는 내가 굴에서 나오는 것을 보고 일어나 악수를 한답시고 내 손을 쥐었다. 나는 세수도 하지 않은 상태에서 모르는 사람이 나를 건드리는 것이 싫다. 그래서 나는 그냥 그를 바라보면서 무슨 말을 하는지 파악하려 했다. 하지만 〈편안함〉, 〈악몽〉, 〈아가씨〉 같은 자투리 말만 알아들었다. 그러고 나서 나는 우물이 있는 프랑시네 부인의 밭으로 갔고, 그는 그 자리에 남아 담배를 피웠다. 내가 돌아왔을 때, 계속 담배를 피우고 있다가(그 친구는 뭐에 썰 사람처럼 담배를 피워 댔다) 나를 보고 다시 자리에서 일어나 말했다. 알랭, 내가 아침 살게요.

내 이름을 말해 준 기억이 없었다. 같이 엘 보라도에서 나서면서 동굴에는 어떻게 왔는지, 엘 보라도에 잘 수 있는 굴들이 있다는 이야기는 누가 해줬는지 물었다. 그는 데스노스의 독자 마르그리트라고(그가 마르그리트를 이렇게 불렀다), 해적과 내가 자리를 떴을 때 자신은 마르그리트와 프랑수아와 남았노라고, 그리고 그들에게 하룻밤 보낼 만한 곳이 있는지 물었노라고 말했다. 그러자 마르그리트가 교외에 해적과 내과 사는 곳에 빈 굴들이 있다고 말했다는 것이다. 나머지는 간단했다. 뛰어서 우리를 따라잡고, 굴을 하나 골라 침낭을 펴면 그만이었다. 바위들 사이에서, 길이 너무 나빠 길이라고 부르기도 무색한데 어떻게 방향을 잡았는지 물었더니, 그리 어렵지 않았다고, 우리가 앞에 가고 있었고 그저 발소리를 따라왔다고 답했다.

   그날 아침 우리는 라울의 바에서 아침으로 밀크 커피와 크루아상을 먹었다. 그 낯선 사람은 자기 이름이 아르투로 벨라노이고 친구를 찾아다니고 있다고 말했다. 나는 어떤 친구인지, 왜 하필이면 이곳 포르방드르에서 찾고 있는지 물어보았다. 그는 호주머니에서 마지막 남은 프랑을 털어 코냑 두 잔을 주문한 뒤 이야기를 했다. 자기 친구가 다른 친구 집에 살면서 일자리를 — 어떤 일자리인지는 기억나지 않는다 — 찾고 있었는데, 친구의 친구가 집에서 내쳤다고 하기에 찾으러 왔다고 말했다. 내가 물었다. 자네 친구가 어디 사는데? 그가 말했다. 집이 없습니다. 내가 물었다. 자네는 어디 사는데? 그가 말했다. 굴속에서요. 그는 이 말을 나를 놀리듯 미소 지으며 했다. 마침내는 그가 콜리우르에 있는 페르피낭 대학교의 어느 교수 집에 머물고 있는 것으로 판명 났다. 엘 보라도에서 보일 만큼 가까운 곳이다. 그래서 나는 친구가 거리에 나앉은 것을 어떻게 알았는지 물었다. 그가 말했다. 친구의 친구가 말해 줬습니다. 내가 물었다. 친구를 내쫓은 바로 그 사람이? 그가 답했다. 바로 그 사람이요. 내가 물었다. 그러니까 내쫓고 나서 자네에게 이야기해 주었다는 거야? 그가 말했다. 겁먹었거든요. 내가 물었다. 그 못된 친구가 뭐에 겁먹었다는 거야? 그가 말했다. 내 친구가 자살할까 봐요. 내가 물었다. 그러니까 자네 친구의 친구는 자네 친구가 자살할 수도 있다고 생각하면서도 내쳤다는 거야? 그가 말했다. 그렇죠. 아주 정확히 말하는군요. 벌써 그때 그와 나는 반쯤 취해 웃고 있었다. 그가 작은 가방을 어깨에 메고 히치하이크로 그 지역 마을들을 더 돌아다녀 보려고 떠날 무렵에는 벌써 우리는 상당히 친한 친구가 되었고, 식사를 같이 했고(해적이 곧 우리와 합류했다), 알비의 판사들이 내게 저지르고 있는 부당함 이야기나 우리가 어디서 일하는지도 이야기해 주었다. 아르투로 벨라노는 이미 해가 질 무렵 길을 떠났고, 나는 일주일 뒤에나 그를 다시 보았다. 그때까지도 친구를 찾지 못했으나, 내 생각에 그는 이미 그 생각을 하지 않는 것 같았다. 우리는 포도주를 한 병 사서 항구를 같이 돌았다. 아르투로 벨라노는 1년째 배에서 하역하는 일을 하고 있다고 말했다. 그는 그때는 몇 시간만 머물렀다. 이전보다 옷을 잘 입고 있었다. 내게 알비 재판 건은 어떻게 되어 가는지 물었다. 해적과 동굴에 대해서도 물었다. 우리가 아직도 굴에서 사는지 물었다. 나는 아니라고, 배로 옮졌다고, 이미 시작된 추위보다 경제적인 문제 때문이었다고, 수중에 1프랑도 없는데 배에서는 적어도 따뜻한 음식을 먹을 수 있다고 말했다. 얼마 후 그는 떠났다. 해적은 그 작자가 내게 사랑에 빠졌다고 말했다. 내가 말했다. 너 미쳤어? 해적이 말했다. 안 그러면 포르방드르에 왜 오는데? 여기서 잃어버린 거라도 있어?

10월 중순에 벨라노가 다시 나타났다. 간이침대에 누워 이 생각 저 생각 중이었는데 밖에서 누군가 내 이름을 부르는 소리가 들렸다. 갑판에 나가 보니 항구의 말뚝에 앉아 있는 그가 보였다. 그가 말했다. 안녕하세요, 르베르. 나는 배에서 내려 그와 인사를 나누면서 같이 담배에 불을 붙였다. 안개가 약간 낀 추운 아침이었고, 주변에 개미 한 마리 보이지 않았다. 나는 사람들이 다 라울의 바에 있으리라고 추측했다. 멀리 하역 작업을 하는 배에서 윈치 소리가 들렸다. 그가 말했다. 아침 먹죠. 내가 말했다. 좋아, 아침 먹자고. 그러나 둘 중 누구도 움직이지 않았다. 방파제 끝에서 누가 오는 것이 보였다. 벨라노가 미소를 지었다. 아니, 울리세스 리마잖아. 우리는 그 자리에서 가만히 그가 우리 있는 곳으로 올 때까지 기다렸다. 울리세스 리마는 벨라노보다 작지만 더 건장했다. 벨라노처럼 어깨에 작은 가방을 메고 있었다. 그들은 만나자마자 스페인어로 이야기를 나누었다. 비록 인사, 서로 인사를 나누는 모양새는 별다른 호들갑을 떨지 않았지만. 나는 그들에게 라울의 바로 가겠다고 말했다. 벨라노가 말했다. 좋아요. 우리도 곧 그리 가죠. 나는 이야기하는 두 사람을 그곳에 두었다.

바에는 이조벨호의 모든 선원이 있었고, 다들 무슨 일

있는 얼굴이었는데 당연했다. 내가 평소에 말하듯, 일이 잘 안 될 때는 슬퍼하면 할수록 일이 더 꼬이는 법이지만. 그래서 나는 바에 들어서서 우리 식구들을 보면서 큰 목소리로 농담을 하고 놀리기도 했다. 그리고 밀크 커피, 크루아상, 코냑을 시킨 뒤, 프랑수아가 사서 보통 바에 두는 전날 자「리베라시옹」을 읽었다. 벨라노와 그의 친구가 들어와 곧장 내 테이블로 왔을 때 나는 자이르의 유유족 기사를 읽던 참이었다. 그들은 크루아상을 네 개 시켰는데, 실종자 울리세스 리마가 다 먹어 치웠다. 그다음에 그들은 햄 치즈 샌드위치를 세 개 시켜 내게 하나를 권했다. 리마가 묘한 목소리의 소유자라는 기억이 난다. 친구보다는 프랑스어를 잘했다. 우리가 무슨 이야기를 나누었는지는 잘 모르겠는데, 글쎄 자이르의 유유족 이야기였으려나. 대화를 나누던 중 벨라노가 리마에게 일자리를 구해 줄 수 있는지 내게 물어본 기억만 난다. 나는 웃음이 터질 지경이었다. 내가 말했다. 여기 있는 우리 모두 일자리를 구하고 있어. 벨라노가 말했다. 그런 이야기가 아니에요. 뱃일 말이에요. 내가 벨라노에게 물었다. 이조벨호에서? 이조벨호 사람들이 일자리를 찾는다니까! 벨라노가 말했다. 바로 그거예요. 그런 상황이라면 빈자리가 있을 거 아닙니까. 사실 이조벨호의 어부 두 사람이 페르피냥에서 미장이 일을 구해서, 적어도 일주일은 일손이 비게 된 상황이었다. 내가 말했다. 선주에게 물어봐야겠지. 벨라노가 말했다. 르베르, 당신이면 틀림없이 내 친구에게 일자리를 구해 줄 수 있을 거예요. 내가 말했다. 하지만 선주는 지금 돈이 없어. 벨라노가 말했다. 하지만 침대는 주잖아요. 내가 말했다. 문제는 자네 친구가 고기잡이나 배에 대해서 아무것도 모를 것 같다는 거야. 벨라노가 말했다. 아니 알아요. 이봐, 울리세스. 진짜 알지? 리마가 말했다. 엄청 잘 알지. 나는 두 사람을 빤히 쳐다보았다. 그 말이 사실이 아님이 분명했기 때문이다. 그들의 얼굴만 봐도 충분히 알 수 있었다. 그러나 이윽고 내가 뭐기에 사람들 직업이 뭔지 그리 확신할 수 있나, 한 번도 아메리카에 가본 적도 없으면서 그 동네 어부들이 어떤지 어떻게 알겠는가 하는 생각이 들었다.

그날 아침 당장 나는 선주를 찾아가 새로운 선원이 있다고 말했더니 그가 말했다. 좋아, 르베르. 아미두 침대를 쓰라고 해. 하지만 일주일만이야. 라울의 바로 되돌아오니 벨라노와 리마의 테이블에 포도주가 한 병 있었다. 조금 있다 라울이 생선 수프 세 접시를 가지고 왔다. 별 볼 일 없는 수프였지만 벨라노와 리마는 프랑스 요리의 진수라며 너스레를 떨었다. 그들이 라울이나 자기 자신들을 비웃느라 그런 건지 진지하게 한 말인지는 모르겠지만, 진지하게 말한 것이라 믿는다. 그 후 우리는 삶은 생선 샐러드를 먹었는데 그들이 또다시 샐러드의 지존이니 전형적인 프로방스식 샐러드니 하고 호들갑을 떨었다. 딱 보기에도 루시용 샐러드만도 못했는데 말이다. 어쨌거나 라울은 좋아했고, 게다가 그들은 외상을 긋는 손님들이 아니니 뭘 더 바라겠는가? 이윽고 프랑수아와 마르그리트가 와서, 우리가 합석하자고 권했다.

6 멕시코의 중앙부에 있는 호수로 카누와 나비 모양의 그물을 이용하는 원주민의 전통적 고기잡이 방법으로 유명했다.
7 유령선이 되었다는 전설 속의 〈플라잉 더치맨〉호의 네덜란드인 선장을 가리킨다.

벨라노는 모두 후식을 먹자고 고집하고, 샴페인도 한 병 주문했지만 없어서 포도주 한 병을 더 시키는 것으로 만족해야 했다. 바에 있던 이조벨호의 어부 두 사람이 우리 테이블로 와서 그들에게 리마를 소개해 주었다. 이 사람 우리하고 같이 일할 거야. 멕시코 뱃사람이야. 벨라노가 말했다. 그래요. 파츠쿠아로 호수[6]의 방황하는 네덜란드인[7]이죠. 어부들은 리마에게 인사를 건네고 악수를 청했는데 리마의 손을 이상하게 생각했다. 어부의 손이 아니었으니 당연했다. 그런 건 금방 드러난다. 하지만 나처럼, 그렇게 먼 나라 어부들이 어떤지 알 게 뭐람 하고 생각했으리라. 벨라노가 말했다. 차풀테펙 공원 카사 델 라고의 어부 중의 어부죠. 그리하여, 내 기억이 잘못된 것이 아니면, 우리는 오후 6시까지 계속 마셨다. 그 후 벨라노는 돈을 내고, 안녕이라고 인사를 하고, 콜리우르로 갔다.

그날 밤 리마는 우리와 함께 이조벨호에서 잤다. 다음 날은 날씨가 좋지 않았다. 해 뜰 때부터 구름이 껴 있었고, 우리는 오전 내내, 그리고 오후에도 한동안 어구를 준비하면서 보냈다. 리마에게는 창고 청소가 할당되었다. 그곳 배 아래는 냄새가 고약하기 짝이 없었다. 썩은 생선 냄새가 진동해서 가장 익숙한 선원도 쓰러질 판이라 다들 그 일을 꺼리는데, 멕시코인은 몸을 사리지 않았다. 내 생각에는 선주가 리마를 시험하고자 한 것이었다. 선주가 그에게 말했다. 창고를 청소하게. 내가 리마에게 말했다. 청소하는 척하다가 2분 있다 갑판으로 돌아와. 하지만 리마는 창고로 내려가 그곳에 한 시간 이상 있었다. 식사 시간에 해적이 생선 스튜를 만들었는데

리마는 먹고 싶어 하지 않았다. 해적이 말했다. 먹어, 먹어 두라고. 그러나 리마는 배가 고프지 않다고 말했다. 리마는 우리가 먹는 모습을 보고 토할까 무섭다는 듯이 멀찍감치 떨어져 잠시 쉬다가 다시 창고로 내려갔다. 다음 날 새벽 3시에 출항했다. 몇 시간도 채 안 돼 우리는 리마가 평생 배 한 번 타보지 않았음을 알 수 있었다. 선주가 말했다. 바다에 떨어지지만 않으면 다행이겠군. 다른 사람들은, 의욕은 있으나 아무것도 할 줄 모르는 리마와 벌써 취해 있는 해적을 바라보았다. 아무도 불만을 토로하지 않고 그저 어깨만 으쓱했지만, 틀림없이 그 순간 페르피냥에 미장이 일을 얻어서 간 두 동료를 부러워하고 있었으리라. 내 기억에 그날은 구름이 끼고 남동쪽에는 비를 뿌릴 기세였으나, 나중에 바람이 바뀌어 구름이 물러갔다. 우리는 12시에 그물을 걷어 올렸는데 어획량이 시원치 않았다. 식사 시간에 다들 기분이 엉망이었다. 리마가 언제부터 이랬냐고 물어서, 적어도 한 달 전부터라고 대답한 기억이 난다. 해적이 농담 삼아 배에 불을 질러 버리자고 하자, 선주는 한 번 더 그따위 말을 하면 얼굴을 박살 내겠다고 했다. 이윽고 우리는 뱃머리를 북동쪽으로 돌려, 오후에 한 번도 조업한 적 없는 장소에 그물을 다시 던졌다. 기억나는데 우리는 해적만 빼고 맥 빠진 상태로 일을 했다. 해적은 그 무렵에는 고주망태가 되어서 조타실에서 헛소리를 하고 있었다. 숨겨 놓았다는 권총 이야기를 늘어놓거나, 부엌칼 날을 한참 들여다보다가 눈으로 선주를 찾아 참는 데도 한계가 있다는 따위의 말을 했다.

어두워지기 시작했을 때 우리는 그물이 가득 찼다는

것을 깨달았다. 그물을 걷은 결과 그날까지 잡은 것을 합친 것보다 더 많은 생선이 창고에 쌓였다. 우리는 갑자기 아귀처럼 일하기 시작했다. 북동쪽으로 가다가 다시 그물을 던지고, 또다시 물고기가 넘칠 정도의 그물을 끌어올렸다. 해적까지 맹렬하게 일했다. 우리는 밤새, 이어서 아침나절 내내 잠도 자지 않고, 만의 동쪽 끝으로 이동하는 물고기 떼를 쫓아갔다. 둘째 날 오후 6시에 창고가 넘칠 지경이었다. 비록 선주만은 10년 전 이렇게 엄청난 어획량을 경험한 적이 있다 말했지만, 그 누구도 경험하지 못한 일이었다. 우리가 포르방드르에 돌아왔을 때, 거의 누구도 우리에게 일어난 일을 믿지 않았다. 우리는 하역을 하고, 눈을 조금 붙이고, 다시 출항했다. 이번에는 대규모 물고기 떼를 발견하지는 못했으나 조업은 아주 잘되었다. 그 2주일 동안 우리는 항구보다 바다에서 더 오래 있었다고 할 수 있다. 그 후 모든 것이 예전과 마찬가지가 되었다. 그러나 우리는 우리가 부자가 되었음을 알았다. 어획량의 일정 부분을 임금으로 받기 때문이다. 그러자 멕시코인은 이제 됐다고, 해야 할 일을 할 수 있을 만큼 충분히 돈이 된다고, 떠나겠다고 말했다. 해적과 나는 해야 할 일이 무엇인지 물었다. 그가 답했다. 여행요. 번 돈으로 이스라엘행 비행기 표를 살 수 있어요. 해적이 그에게 말했다. 틀림없이 깔치가 이스라엘에서 기다리는 모양이군. 멕시코인이 말했다. 대충 그래요. 그러고 난 후 나는 그와 같이 선주와 이야기를 하러 갔다. 선주는 아직 돈이 없었다. 가공 공장은 원래도 결제에 시간이 걸리는데, 특히 양이 이렇게 많으면 도리가 없었다. 리마는 며칠 더 우리와 머물러 있어야 했다. 하지만 더 이상 이조벨호에서 자고 싶어 하지 않았다. 며칠 동안 그는 보이지 않았다. 다시 만났을 때 리마는 파리에 갔었다고 말했다. 히치하이크로 왕복 여행을 한 것이다. 그날 밤 해적과 나는 라울의 바에서 리마에게 저녁을 냈다. 그 뒤 리마는 잠을 자러 배로 갔다. 새벽 4시에 포르방드르에서 리옹 만으로 그 믿을 수 없는 물고기 떼를 한 번 더 찾으러 출항하는 줄 알면서도. 우리는 이틀 동안 바다에 있었는데 어획량은 그저 그랬다.

그때부터 리마는 임금을 받을 때까지 엘 보라도의 동굴에서 잤다. 해적과 내가 어느 날 오후 그와 함께 가서 어떤 굴이 좋은지, 우물이 어디 있는지, 밤에 절벽에서 떨어지지 않으려면 어떤 길을 택해야 하는지 등등 노숙을 쾌적하게 할 수 있는 몇 가지 비법을 전수해 주었다. 해적과 나는 바다에 나가지 않을 때면 라울의 바에서 리마와 만났다. 리마는 마르그리트, 프랑수아, 마흔 살가량의 독일인 루돌프와 친구가 되었다. 루돌프는 포르방드르와 그 인근에서 아무 일이나 닥치는 대로 했는데, 열 살 때 독일 국방군 병사로 철십자 훈장까지 받았다고 큰소리쳤다. 우리가 믿지 못하자 루돌프는 메달을 꺼내서 원하는 사람들에게 보여 주었다. 거무스레하고 녹슨 철십자 훈장이었다. 그러더니 메달에 침을 뱉으면서 독일어와 프랑스어로 욕설을 했다. 메달을 얼굴 앞 30센티미터 거리에 들고 난쟁이와 대화를 나누듯 이야기를 건네고, 인상을 쓰고, 다시 메달을 내린 뒤 경멸이나 분노의 침을 뱉었다. 어느 날 밤 내가 루돌프에게 말했다. 그 좆같은 메달을 그렇게 증오하면서 왜 좆같은 바다에 당장 던져 버리지 않는 거야? 그러자 루돌프는 창피한 듯 침묵에 빠지더니 철십자 훈장을 호주머니에 집어넣었다.

어느 날 아침 우리는 마침내 임금을 받았고, 바로 그날 아침 벨라노가 다시 나타나 멕시코인이 떠나려는 이스라엘 여행을 함께 축하했다. 자정이 다 되어 해적과 나는 역까지 그들을 따라갔다. 리마는 12시에 파리행 기차를 타고, 파리에서 텔아비브로 가는 첫 번째 비행기를 탈 예정이었다. 맹세컨대 역에는 개미 새끼 한 마리 없었다. 우리는 바깥 벤치에 앉았고, 해적은 이내 잠이 들었다. 벨라노가 말했다. 음, 이게 마지막 보는 것 아닌가 싶네. 우리는 오랫동안 침묵을 지키고 있었기 때문에 벨라노의 목소리가 나를 놀라게 했다. 내게 하는 말이라고 생각했는데, 리마가 스페인어로 벨라노에게 대답하는 것을 듣고 그렇지 않다는 것을 깨달았다. 벨라노와 리마는 잠시 이야기를 더 했다. 이윽고 세르베르에서 오는 기차가 도착하고, 리마는 일어나 내게 작별을 고했다. 배에서 어찌해야 하는지 가르쳐 주어 고마워요, 르베르. 이것이 리마가 내게 남긴 말이었다. 그는 해적을 깨우기를 바라지 않았다. 벨라노가 기차 탑승구까지 리마를 배웅하러 갔다. 나는 그들이 어떻게 악수하는지 보았고, 이윽고 기차가 출발했다. 그날 밤 벨라노는 엘 보라도에서 잠을 자고, 해적과 나는 이조벨호로 갔다. 다음 날 벨라노는 이미 포르방드르를 떠나고 없었다.

9

1976년 1월, 멕시코시티 종교 재판소 근처 레푸블리카 데 베네수엘라 가, 아마데오 살바티에라. 갑자기 누군가 말을 거는 것을 느꼈다. 그들이 말했다. 살바티에라 씨, 아마데오. 괜찮으세요. 눈을 떴더니 두 젊은이가 있었다. 하나는 사우사 표 테킬라 한 병을 손에 들고 있었다. 내가 말했다. 아무 일 아닐세, 젊은이들. 그저 잠시 졸았을 뿐이야. 내 나이가 되면 정말 난처하고 믿기 힘든 순간에 잠이 쏟아지지. 정작 잠을 자야 할 때, 즉 밤 12시에 침대에 들었을 때에는 그 빌어먹을 잠이 사라지거나 나 몰라라 해서 우리 늙은이들이 날밤을 새우게 만들고. 그래도 밤을 새우는 것이 싫지는 않아. 책을 읽거나, 가끔은 내 원고도 검토할 시간을 가질 수 있으니까. 나쁜 점은 그러고 난 뒤 아무 데서나, 심지어 일터에서 잠이 들어 버리고, 그러다 보니 평판이 나빠지는 점일세. 청년들이 말했다. 걱정하지 마세요, 아마데오. 주무시고 싶으시

---

1 Salvador Gallardo(1893~1981). 멕시코 시인으로 반골주의 활동을 하기도 했다.
2 Philippe Soupault(1897~1990). 프랑스의 시인이자 소설가. 다다이즘의 주창자였으며, 초현실주의 운동의 중심 멤버로도 활약했다.

면 그냥 주무세요. 다른 날 오면 되니까요. 내가 말했다. 아니, 젊은이들, 이제 괜찮네. 어디 테킬라는? 그러자 하나가 병을 따서 신들의 꿀을 각자의 잔, 메스칼을 마시던 바로 그 잔에 따랐다. 어떤 이들은 이렇게 같은 잔을 쓰는 것을 지저분하다 여기지만 어떤 이들은 이렇게 먹는 것이 최고의 맛을 낸다 생각한다. 가령 유리잔을 메스칼로 윤을 내면, 벌거벗은 여인에게 모피 입히듯 테킬라에 더 감칠맛이 돌기 때문이다. 내가 말했다. 건배! 그들이 화답했다. 건배. 그러고 나서 나는 아직 팔에 끼고 있던 잡지를 꺼내 그들 눈앞에 휙 내보였다. 아, 젊은이들하고는! 그 두 사람은 잡지를 낚아챌 태세였지만 그럴 수 없었다. 내가 말했다. 이것이 『카보르카』의 처음이자 마지막 호일세. 세사레아가 발간한 잡지, 사람들 말마따나 내장 사실주의의 공식 기관지. 당연히 여기에 실린 사람들 대부분은 그룹에 속하지 않네. 여기 마누엘과 헤르만이 있네. 아르켈레스는 없고, 살바도르 가야르도[1]는 있네. 보라고. 살바도르 노보가 있고, 파블리토 레스카노가 있고, 엔카르나시온 구스만 아레돈도가 있고, 자네들의 조력자인 내가 있고, 그다음에는 외국인들이 오네. 트리스탄 차라, 앙드레 브르통, 필리프 수포.[2] 어떤가? 훌륭한 트리오잖아! 그때서야 나는 그들이 잡지를 낚아채게 내버려 두었다. 둘이 세사레아의 잡지인 그 옛날 8절판 잡지에 고개를 처박는 모습을 얼마나 흐뭇하게 보았는지. 비록 그 세계주의자들은 먼저 번역 작품, 차라와 브르통과 수포의 시들을 먼저 보았지만. 각각 파블리토 레스카노, 세사레아 티나헤로, 이 조력자가 번역한 것이었다. 내 기억이 틀리지 않는다면 번역 시들은

「하얀 늪지」, 「하얀 밤」, 「여명과 도시」였다. 세사레아는 이 마지막 시를 「하얀 도시」로 번역하자고 주장했지만 내가 거부했다. 왜 반대했느냐고? 아니까. 여명과 도시는 하얀 색채의 도시와는 아주 다르니까. 그 점에 있어서 나의 의견은 단호했다. 내 아무리 그 시절에 세사레아에게 정을 듬뿍 주었다 하더라도. 물론 충분히 듬뿍 주지는 않았지만, 어쨌든 많이 주었다. 물론 파블리토 외에 우리 프랑스어는 사실 아쉬움이 많다. 믿기 힘들겠지만 나는 프랑스어를 완전히 잊어버렸다. 하지만 그래도 우리는 번역을 했다. 이런 표현이 어떨지 모르겠지만, 세사레아는 짐승처럼 자신이 당시 느끼는 대로 시를 재창조하고, 나는 원전의 포착하기 힘든 정신과 글자를 짧은 보폭으로 따라갔다. 물론 우리는 오류도 저질러서 번역시들은 피냐타처럼 되어 버렸다. 게다가 믿기 힘들겠지만 우리의 생각, 우리의 의견까지 덧붙였다. 이를테면 〈수포의 시와 나〉 같은 식으로 말이다. 사실이다. 나에게 수포는 프랑스의 20세기를 대표하는 위대한 시인으로 더 크게 될 것 같은 사람이었다. 하지만 보라. 수포는 아직도 살아 있는 것 같은데 나는 오랜 세월 수포 이야기를 듣지 못했다. 반면 나는 엘뤼아르는 전혀 몰랐는데 어디까지 이르렀는지 보라. 노벨상만 타지 못했을 뿐이지 않은가? 아라공에게는 노벨상을 주었나? 아니다. 내가 알기론 주지 않았다. 샤르[3]는 받은 것 같지만. 하지

---

3 René Char(1907~1988). 20세기 중반 응축된 간결한 시구의 작품으로 명성이 높았던 프랑스의 시인. 그러나 사실은 노벨 문학상을 받지는 못했다.
4 Saint-John Perse(1887~1975). 프랑스 시인으로 1960년 노벨 문학상을 받았다.

만 샤르는 상을 받을 무렵엔 시는 쓰지 않았을 것이다. 생존 페르스[4]에게는 주었던가? 그에 대해서는 아무 아는 바가 없다. 트리스탄 차라에게는 틀림없이 주지 않았다. 삶이란 그런 법이다! 이윽고 젊은이들은 마누엘, 리스트, 살바도르 노보(그들 마음에 들었다!), 나(내가 그들에게 말했다. 내 시는 차라리 읽지들 말게. 마음이 아프네! 시간 낭비야!), 엔카르나시온, 파블리토의 글을 읽었다. 두 젊은이가 물었다. 이 엔카르나시온 구스만은 어떤 사람이었죠? 차라를 번역하고 마리네티처럼 글을 쓰는 이 파블리토 레스카노는 어떤 사람이었죠? 프랑스 문화원의 장학생처럼 프랑스어를 잘했다는? 마치 그들이 태엽을 다시 감아 나를 작동시키는 듯했고, 밤이 가던 길을 멈추고 작은 커튼을 통해 나를 바라보면서 이렇게 말하는 듯했다. 살바티에라 씨, 아마데오, 허락해 줄 테니 무대로 나와 목이 터져라 외쳐 보시오. 잠이 확 깨고, 막 들이마신 테킬라가 내 오장육부 속에서, 내 흑요석 같은 간 속에서 로스 수이시다스 메스칼에게 경배를 드리는 듯했다. 급이 차이가 나니까 당연히. 그래서 우리는 전부 또 한 잔씩 돌렸고, 이윽고 나는 파블리토 레스카노와 엔카르나시온 구스만 이야기를 하기 시작했다. 엔카르나시온의 시 두 편은 벨라노와 리마의 마음에 들지 않았다. 이 두 사람은 아주 솔직하게 까놓고 말했다. 게다가 내 견해와 상당히 비슷했다. 불쌍한 여성 시인 엔카르나시온은 시인으로서의 자질이 있었다기보다는 다른 여성 시인 세사레아 티나헤로의 약한 마음 때문에 『카보르카』에 실렸다. 그녀가 엔카르나시온에게 무엇을 보았는지, 엔카르나시온이나 자기 스스로에게 대체 얼마나 큰 약속을 했는지 모를 일이다. 친구의 작품을 실어 주는 것은 멕시코 문단에서 통상적인 일이다. 엔카르나시온은 훌륭한 시인이 아닐 수도 있고(나처럼), 심지어 시인 자체가 아닐 수도 있다(제길, 나처럼). 하지만 세사레아의 좋은 친구였던 것은 사실이다. 그리고 세사레아는 친구라면 입에 넣은 것도 빼줄 사람이었으니! 그래서 나는 두 청년에게 엔카르나시온 구스만에 대해서 말했다. 내 어림짐작으로 그녀는 1903년 멕시코시티에서 태어났고, 영화를 보고 나오다 세사레아와 알게 되었다. 웃지들 말라고, 사실이니까. 무슨 영화인지는 모르지만 슬픈 영화, 아마 채플린 영화였으리라. 영화를 보고 나오면서 두 여인은 울고 있었고, 서로 바라보았고, 웃음을 터뜨렸다. 추측건대 세사레아는 크게 웃었을 것이다. 독특한 웃음 코드가 있어서 이따금 폭발적으로 웃는 사람, 스파크 한 번, 눈길 한 번이면 빵 터져서 이미 배를 잡고 웃는 사람이었으니. 엔카르나시온은 음, 엔카르나시온은 추측건대 그보다는 얌전하게 웃었을 것이다. 그 시절 세사레아는 라스 크루세스 가의 공동 주택에서, 엔카르나시온은 이모와 함께(불쌍한 엔카르나시온은 고아였다) 델리시아스 가에서 산 것 같다. 세사레아와 엔카르나시온은 거의 매일 일을 했다. 세사레아는 우리 디에고 카르바할 장군님 사무실, 사실 문학이라고는 눈곱만큼도 모르면서 반골주의 시인들의 친구였던 그 장군의 사무실에서, 엔카르나시온은 니뇨 페르디도 로의 어느 옷가게 점원으로 일했다. 어떻게 친구가 되었는지, 서로 무엇을 본 것인지 모를 일이다. 세사레아는 이 세상에서 아무것도 가진 것이 없지만, 1초만 그녀를 바라보아도 자신이 원하는 것이 무엇인지 아는 여자임을 알 수 있었다. 엔카르나시온은 정반대였다. 사실 아주 예쁘고 늘 잘 차려입었지만(세사레아는 아무 거나 눈에 먼저 띄는 옷을 입고, 가끔은 촌스러운 숄을 뒤집어쓰고 다니기도 했다), 술꾼들의 싸움판 한복판에 놓여 있는 작은 도자기 조각품처럼 어찌할 바를 모르고, 또 금방이라도 부서질 것 같은 사람이었다. 어찌 말해야 할지 모르겠지만 엔카르나시온의 목소리는 휘파람 소리처럼 가늘고 매가리가 없어서, 다른 사람들이 들을 수 있도록 늘 목소리를 높였다. 그 불쌍한 여자는 어렸을 때부터 자기 목소리 크기를 불신하는 데 익숙했던 것이다. 한마디로 째지는 목소리, 불쾌하기 짝이 없는 목소리였다. 나는 그런 목소리는 아주 오랜 세월 뒤에나, 그것도 영화 속에서나 다시 들어 보았다. 단편 만화 영화를 보는데 암고양이 혹은 암캐, 그도 아니면 암컷 생쥐가(그렁고들이 얼마나 만화 영화를 잘 만드는지 알 것이다) 엔카르나시온 구스만과 똑같이 말했다. 차라리 그녀가 벙어리였으면 사랑에 빠질 남자가 한둘이 아니었으리라. 하지만 그 목소리로는 도저히 불가능한 일이었다. 게다가 엔카르나시온은 재능이 부족했다. 우리가 모두 반골주의 시인 아니면 반골주의 동조자였을 때인 어느 날 우리 모임에 그녀를 데려온 것도 세사레아였다. 처음에 그녀는 호감을 주었다. 말하자면 침묵을 지키고 있는 동안은. 헤르만은 몇 번 그녀에게 알랑방귀를 뀐 것 같고, 나도 그랬을 수 있다. 하지만 그녀는 거리를 유지하거나 수줍은 태도를 견지하면서 세사레아만 상대했다. 그러나 시간이 감에 따라 엔카르나시온은, 점점 더 자신감을 가지더니 어느 날 저녁 의견을 내고, 비판하고, 제안을 하기 시작했다. 마누엘은 그녀를 제자리로 돌려놓을 수밖에 없었다. 마누엘이 엔카르나시온에게 말했다. 하지만 당신은 시를 전혀 모르잖아. 왜 입 다물고 있지 않지? 그래서 난리가 났다. 아마 순수함의 화신이었을 엔카르나시온은 그렇게 대놓고 창피를 주리라고는 생각하지 못했기에 얼굴이 백짓장이 되었다. 나는 그녀가 그 자리에서 까무러치는 줄 알았다. 엔카르나시온이 말할 때면 2선으로 물러나 있는 듯 없는 듯 하던 세사레아가 자리에서 벌떡 일어나 마누엘에게 어떻게 여자에게 그따위로 말하느냐고 했다. 마누엘이 말했다. 하지만 말도 안 되는 소리 당신도 들었잖아? 아무리 무심하게 있는 듯했어도 사실은 친구이자 수양딸의 말 한마디 놓치지 않던 세사레아가 말했다. 들었어. 그래도 당신 말은 여전히 사과를 필요로 하는 말 같은데. 마누엘이 말했다. 좋아, 사과하지. 하지만 지금부터는 엔카르나시온이 주둥아리를 놀리지 말았으면 해. 아르켈레스와 헤르만은 마누엘에게 동조하며 주장했다. 모르면 말을 하지 말아야지. 세사레아가 말했다. 그건 예의가 아니지. 말할 권리를 빼앗는 것은. 그다음 모임에 엔카르나시온은 오지 않았다. 세사레아도 마찬가지였다. 우리 모임은 비공식 모임이었고, 적어도 겉보기에는 그 누구도 두 여인의 부재를 아쉬워하지 않았다. 다만 모임이 끝나고 파블리토 레스카노와 내가 시내 거리를 지나면서 반동주의자인 타블라다의 시를 읊을 때, 나는 세사레아 티나헤로가 오지 않았음을, 또한 그녀에 대해 아는 것이 거의 없다는 사실을 깨달았다.

1979년 3월, 멕시코시티 교외 데시에르토 데 로스 레오네스 길, 엘 레포소 정신 병원, 호아킨 폰트. 어느 날 낯선 사람이 면회 왔다. 1978년의 일로 기억된다. 나는 면회가 많지 않았다. 딸 하나와 부인, 그리고 자기도 내 딸이라고 하는 보기 드문 또 다른 젊은 미녀만 면회를 왔다. 그 낯선 사람은 예전에 한 번도 오지 않았다. 내가 북쪽을 바라보면서 정원에 있을 때 그의 방문을 받았다. 미친 사람들은 다 남쪽이나 서쪽을 바라보지만, 나는 북쪽을 바라보고 있었고, 그 상태에서 그를 맞았다. 낯선 사람이 말했다. 잘 지냈나, 킴? 오늘은 어떤가? 나는 어제와 똑같고 그저께와 똑같다고 말한 뒤, 내가 오래전에 다니던 건축사 사무실에서 보낸 사람인지 물었다. 그 사람의 얼굴이나 행동거지가 어딘지 익숙했기 때문이다. 그러자 낯선 사람이 웃으면서 말했다. 이 사람 어째 이러나. 나를 기억 못 하다니. 장난치지 말게. 그 사람이 나를 신뢰하도록 나도 웃었다. 그리고 그에게 물론 아니라고, 내 질문은 지극히 진지하다고 말했다. 그러자 낯선 사람이 말했다. 나 다미안일세, 알바로 다미안. 자네 친구. 그리고 또 말했다. 우린 오래전부터 알던 사이일세, 이 사람아. 어찌 이럴 수 있나. 나는 그 사람을 진정시키고자, 혹은 그 사람이 슬퍼하지 않도록 말했다. 그렇군, 이제 기억나는군. 그는 미소를 지으면서(비록 그의 눈망울은 즐거운 기색이 아니었지만) 담당 의사와 간호사의 목소리와 걱정을 빌린 사람처럼 말했다. 차라리 낫군, 킴. 낯선 사람이 갔을 때 나는 그를 잊은 것 같다. 한 달 뒤에 다시 왔을 때 그가 말했다. 나 여기에 온 적이 있다네, 이 정신 병원이 친숙하다고, 소변보는 데가 저기잖아, 이 정원은 북쪽을 향해 있고. 그다음 달에는 이렇게 말했다. 2년 이상 자네를 면회 왔어, 이 사람아. 어디 조금이라도 기억나나? 그래서 나는 애를 썼고, 그가 그다음에 다시 왔을 때 말했다. 안녕하셨는지요, 알바로 다미안 씨. 그는 미소를 지었지만 눈망울은 계속 슬펐다. 마치 크나큰 슬픔을 안고 모든 것을 바라보는 사람처럼.

1979년 3월, 멕시코시티 부카렐리 가, 카페 키토, 하신토 레케나. 그건 정말 묘한 일이었다. 순전히 우연의 일치임은 알지만 이따금 그런 생각이 든다. 내가 라파엘에게 그 이야기를 하자, 그건 내 생각일 뿐이라고 말했다. 내가 말했다. 울리세스와 아르투로가 멕시코에서 사라지니까 시인이 더 많아진 것 알아? 라파엘이 말했다. 어떻게 시인이 더 많아졌다는 거야? 내가 말했다. 우리 나이 또래 시인들. 1954, 1955, 1956년에 태어난 시인들 말이야. 라파엘이 말했다. 네가 어떻게 아는데? 내가 말했다. 음, 여기저기 돌아다니고, 문학지를 읽고, 시 낭송회에 가고, 신문 문학 면을 읽고, 가끔 라디오까지 들어. 라파엘이 말했다. 아기도 있는데 어떻게 그렇게 많은 일을 할 틈이 있지? 내가 말했다. 프란츠가 라디오 듣는 것을 좋아하거든. 라디오만 켜면 잠이 들어. 라파엘이 이상하게 생각했다. 요새 라디오에 시 낭송이 있어? 내가 말했다. 응. 라디오와 문학지에서 시를 접해. 일종의 폭발이야. 매일같이 새로운 출판사가 생겨나 신인 시인들을 출판해. 이 모든 일이 바로 울리세스가 떠난 다음부터야. 묘한 일이지, 안 그래? 라파엘이 말했다. 나는 하나도 묘하게 보지 않아. 내가 말했다. 난데없이 싹이 트고, 1백 개의 시 파(派)가 꽃피고 있어. 그리고 우연히도 이게 다 울리세스가 떠난 다음에 일어나고 있고. 우연의 일치라고 보기에는 지나치지 않아? 라파엘이 말했다. 대부분 형편없는 시인들이야. 파스, 에프라인, 호세밀리오, 농민 시인들에게 아첨하는 쓰레기일 뿐이라고. 내가 말했다. 부정도 긍정도 하지 않겠어. 나를 놀라게 하는 건 숫자야. 한꺼번에 갑자기 출현했으니. 멕시코 전 시인의 선집을 준비하는 작자까지 있을 지경이라고. 라파엘이 말했다. 그래, 그건 벌써 알고 있어(나는 라파엘이 알고 있다는 사실을 벌써 알고 있었다). 라파엘이 말했다. 내 시는 선집에 안 넣어 줄 거야. 내가 물었다. 네가 그걸 어떻게 알아? 라파엘이 말했다. 친구가 이야기해 줬어. 내장 사실주의자들은 일절 다루려 하지 않는대. 그래서 나는 라파엘에게 그게 전적으로 옳은 말은 아니라고 했다. 비록 선집을 준비하는 그놈이 울리세스 리마를 배제했지만, 마리아 폰트와 앙헬리카 폰트, 에르네스토 산 에피파니오나 나는 배제하지 않았다고 말했다. 그 작자 우리 시는 원해. 라파엘은 대답이 없었다. 우리는 미스테리오스 역 근처를 걷고 있었고, 라파엘은 지평선이 보이기라도 하는 듯 지평선 쪽을 바라보았다. 사실 지평선 자리에는 집, 스모그, 멕시코시티의 저녁 안개가 차지하고 있었다. 한참 뒤에 라파엘이 말했다. 너네는 선집에 실린다는 거지? 내가 답했다. 마리아와 앙헬리카는 모르겠어. 걔네들 본 지 오래거든. 에르네스토는 틀림없고, 나는 틀림없이 아니고. 라파엘이 물었다. 너는 왜……? 하지만 나는 라파엘의 질문을 끊으며 말했다. 왜냐하면 나는 내장 사실주의자거든. 그놈이 울리세스를 집어넣지 않을 거면 나한테도 기대하지 말아야지.

1979년 5월, 멕시코시티 콜로니아 코요아칸, 어두운 작업실, 루이스 세바스티안 로사도. 그렇다. 그 현상은 묘하다. 하지만 하신토 레케나가 약간 순진하게 들이대는 것과는 상당히 다른 이유 때문이다. 사실 멕시코에서는 시인 인구의 폭발이 있었다. 1977년 1월부터 이 현상이 명백해졌다. 1976년 1월부터일 수도 있지만. 정확한 시점을 대는 것은 불가능하다. 그 현상을 야기한 여러 원인 중에서 명확한 것들은 비교적 꾸준한 경제 발전(1960년부터 지금까지), 중산층 강화, 나날이 체계화되는 대학, 특히 인문학 분야를 꼽을 수 있다.

이 새로운 시인 무리, 나도 적어도 나이 때문에 포함되어 있는 이 무리를 면밀하게 관찰해 보자. 대다수는 대학생이다. 최초의 시, 나아가 최초의 책을 대학이나 교육부의 잡지와 출판사를 통해 발표하는 비율이 높다. 상당수는 스페인어 외에도 다른 언어에 통달해 있다(말이 그렇다는 것이다). 보통 영어지만 일부는 프랑스어를 한다. 그리고 이들 언어권 시인들을 번역한다. 이탈리아어, 포르투갈어, 독일어 신참 번역자들도 있고. 일부 시인은 시에 대한 소명 의식 외에도 편집자 일에도 취미가 있어서, 이는 편집 분야의 다양한 시도, 때로는 가치 있는 시도로 연결된다. 아마 멕시코에 지금처럼 젊은 시인이 많았던 적은 없으리라. 그렇다고 서른 살 아래의 시인들이 이를테면 1960년대에 그 나이 대였던 시인들보다 더 뛰어나다고 할 수 있을까? 한층 열정적인

---

5 José Carlos Becerra(1936~1970). 멕시코 시인.

현재 시인들 중에서 베세라,[5] 호세 에밀리오 파체코, 오메로 아리드히스에 필적하는 시인들을 발견할 수 있을까? 아직 두고 볼 일이다.

그러나 내 보기에 이스마엘 움베르토 사르코의 구상은 완벽하다. 이제 멕시코 젊은 시인 선집을 만들 때가 된 것이다! 여러 가지 면에서 기억될 만한 몬시바이스의 『20세기 멕시코 시』에 필적하는 엄정한 기준으로! 아니면 옥타비오 파스, 알리 추마세로, 호세 에밀리오 파체코, 오메로 아리드히스가 만든 『약동하는 시』처럼 모범적이고 전형적인 선집을 만들든지! 이스마엘 움베르토 사르코가 집으로 전화해서 〈루이스 세바스티안, 나 좀 보좌해 줘야겠어〉라고 말했을 때 다소 기분 좋았다는 점을 인정은 한다. 물론 나는 그를 돕든 말든 이미 그의 선집에 말하자면 〈당연히〉 포함되어 있었다(몇 편이 실릴지는 몰랐지만). 내 친구들도 마찬가지였다. 그래서 사르코의 집을 방문한 것은 원칙적으로 그저 보좌 역을 하기 위해서였다. 사르코가 세세한 부분을 놓치지는 않았는지, 그러니까 어떤 잡지나 지방 문예지나 두서너 사람의 이름을 빠뜨리지는 않았는지 살피는 일이었다. 모든 시를 아우르고자 하는 사르코의 열망은 그러한 사소한 누락마저 결코 용납할 수 없었던 것이다.

하지만 이스마엘 움베르토와 통화하고 실제로 그를 방문하기까지 며칠 사이에 선집 편찬자가 포함시키려는 시인의 숫자를 운명처럼 알게 되었다. 누가 봐도 지나친 숫자, 민주적이지만 거의 비현실적인 숫자였다. 특이하고 도전적인 시도였지만 시의 용광로로는 적당하지 않았다. 그 며칠 동안 악마가 나를 시험에 들게 하면서 내 머리에 자기 생각을 주입했다. 기다림의 나날 동안 (오! 주여, 하지만 어떤 기다림입니까?) 광야에 있는 느낌이었고, 사르코를 방문했을 때는 눈을 뜨고 구세주를 본 순간 같았다. 그 이전의 사흘은 의심, 아니 강렬한 의심의 고뇌였다. 하지만 내가 명확히 감지하는 바이지만, 그 고뇌는 나를 고통스럽게 하고 의심에 들게 했지만(아니 강렬한 의심에 들게 했지만), 즐겁게도 해주었다. 고뇌의 불길이 고통과 쾌락을 동시에 안겨 주는 듯이.

내 생각, 아니 내가 받은 유혹은 선집에 피엘 디비나를 넣자고 사르코에게 제안하는 것이었다. 시인 숫자의 증가는 내 편이지만 나머지는 다 내 적이었다. 인정하는 바이지만 이 어처구니없는 구상에 나도 처음에는 죽도록 웃겼다. 말 그대로 나 자신에 놀랐다. 그다음에는 죽도록 가슴 아팠다. 그다음에 마침내 어느 정도 냉정하게 (물론 말이 그렇다는 것이다) 그 구상을 통찰하고 저울질하게 되자 합당하면서도 슬프게 느껴졌다. 그래서 내가 제정신인지 심각하게 걱정됐다. 물론 이해 당사자, 즉 피엘 디비나에게는 내 의도를 알리지 않는 신중함 내지 교활함을 발휘했다. 피엘 디비나는 한 달에 두세 번 혹은 한 번 보거나, 때로는 한 번도 보지 못했다. 그는 보통 오랫동안 모습을 보이지 않다가 뜻밖의 출현을 했다. 우리 관계는 에밀리토 라구나의 작업실에서의 결정적인 두 번째 만남 때부터 불규칙한 행보를 계속하여 가끔은 돈독해지고(특히 내 입장에서는) 가끔은 관계가 부재했다.

우리는 보통 콜로니아 나폴레스에 있는 우리 집 소유

---

6 이 장면의 무대인 라 비야는 과달루페 대성당, 즉 1531년 이 지역에 발현했다고 하는 갈색 피부의 성모 마리아인 과달루페 성모를 위한 대성

의 빈 아파트에서 만났다. 하지만 우리가 만나기 위해 사용한 방법은 훨씬 더 복잡했다. 피엘 디비나가 우리 부모님 집에 전화하고, 거의 항상 내가 없기 때문에 에스테파노라는 이름으로 전갈을 남겼다. 맹세컨대 그 이름을 제안한 사람은 내가 아니었다. 피엘 디비나에 따르면 에스테파노는 스테판 말라르메에 대한 경의의 표시였다. 이름만 아는 작가면서(이 경우뿐만 아니라 그는 거의 그런 식이었다) 말라르메를 내 수호신으로 여기니 피엘 디비나가 왜 그리도 연상(聯想)의 순례를 하는지 알다가도 모를 일이다. 한마디로 전갈을 남길 때 사용하는 이름은 내게 가장 중요하다고 피엘 디비나가 믿는 것에 대한 일종의 경의의 표시이다. 즉, 그가 지어낸 이름은 나의 혹은 나를 향한 매혹, 욕정, 진정한 필요성(이를 차마 사랑이라고 부르진 못하겠다)을 숨기고 있고, 몇 달을 보내며 수없이 생각해 보니 나를 기쁨으로 충만하게 해주었다.

피엘 디비나가 전갈을 남기면 우리는 보통 인수르헨테스 로터리에 있는 유기농 식품 매장 입구에서 만났다. 그러고는 멕시코시티를 쏘다니며 북부 라 비야 인근의 카페와 술집을 전전했다. 나로서는 아는 사람이 전혀 없는 곳이고, 피엘 디비나로서는 뜻밖의 장소에서 만나는 친구들을 아무 거리낌 없이 소개해 줄 수 있는 곳이었다. 그 친구들은 멕시코의 타자성보다는 회개하는 멕시코의 모습을 하고 있었다. 비록 내가 피엘 디비나에게 설명하려고 애쓴 것처럼 타자성은 여러 가지 모습을 하고 있을 수도 있지만(피엘 디비나가 말했다. 그러니까 고결한 야만인 성령처럼 말이지).[6] 밤이 되면 우리는 순례자 커플처럼 여관이나 최하급 호텔, 그러나 나름대로 광채가 나는(나는 낭만주의자가 되고 싶은 마음은 없지만 그래도 덧붙여 말하고 싶다. 나름대로 〈희망이 있는〉이라고) 곳에 투숙했다. 본도히토 역이나 탈리스만 역 주변에서. 우리 관계는 환영(幻影)이었다. 사랑이라고 말하기도 싫고 욕정이라고 말하기도 그렇다. 우리는 공유하는 것이 극히 적었다. 영화 몇 편, 작은 민예품 조각상 몇 점, 절망적인 이야기를 늘어놓는 그의 취향과 그 이야기를 듣는 나의 취향 등뿐이었다.

불가피한 일이지만 가끔 피엘 디비나는 내장 사실주의자들이 간행하는 문학지를 선물했다. 어느 호에서도 그의 시는 보지 못했다. 사실 사르코에게 피엘 디비나의 시 이야기를 해보자는 생각이 떠올랐을 때, 내게는 그의 시가 달랑 두 편밖에 없었다. 그것도 미발표 시였다. 한 편은 긴즈버그의 신통치 않은 시를 신통치 않게 베낀 시였다. 또 다른 한 편은 산문시로 홀리오 토리라면 배격하지 않았을 것이다. 호텔과 전투에 대해 모호하게 말하는 기묘한 시로, 내게 영감을 얻었다는 생각이 들었다.

사르코와의 약속 전날 나는 거의 잠을 이루지 못했다. 내가 몬터규 가와 캐풀렛 가 사이의 막무가내 싸움의 덫에 걸린 멕시코판 줄리엣처럼 느껴졌다. 피엘 디비나와의 관계는 비밀이었다. 적어도 상황을 내가 통제할 수 있는 범위에서는 그랬다. 친구들이 내가 동성애자라는 것을 모른다는 말이 아니다. 나는 동성애를 사려 깊게

당이 있는 곳이다. 과달루페 성모에 대한 열렬한 신앙심은 멕시코의 독특한 특징이지만, 일각에서는 현실 비판 의식을 약하게 한다는 지적도 있다.

하지만 감추지는 않았다. 친구들이 모르는 것은 내가 내장 사실주의자와 사귄다는 사실이었다. 피엘 디비나는 가장 내장 사실주의자답지 않지만 어쨌든 내장 사실주의자였다. 선집에 피엘 디비나를 추천한 것을 알베르티토 무어는 어떻게 생각할까? 페핀 모라도는 어떻게 생각할까? 아돌포 올모는 내가 돌았다고 생각하지 않을까? 그리고 장본인인 이스마엘 움베르토, 그렇게 냉철하고 아이로니컬하고 겉보기에는 〈세상을 초월한〉 듯한 그가 내 제안에 배신감을 느끼지 않을까?

그래서 이스마엘 움베르토 사르코의 집에 갔을 때 나는 보물처럼 간직하던 시 두 편을 그에게 보여 주고, 속으로는 오만 가지 까다로운 질문의 표적이 될 준비를 했다. 실제로 표적이 되었다. 이스마엘 움베르토는 바보가 아니기 때문에 내가 추천한 사람이, 사람들 말마따나 법의 울타리 밖에 사는 사람임을 즉각 알아차렸다. 다행히도(이스마엘 움베르토는 바보는 아니지만 그렇다고 신도 아니다) 피엘 디비나가 내장 사실주의자들과 관련 있다는 생각은 못 했다.

나는 피엘 디비나의 산문시를 두고 치열하게 싸웠다. 선집이 시인들 숫자와 관련해서는 턱없이 관대한 판에 내 친구 시 한 편을 더 집어넣은들 뭔 대수냐고 주장했다. 선집 편찬자는 완고했다. 그는 2백 명 이상 되는 젊은 시인들의 시를 대부분 한 편씩 수록할 생각이었지만 피엘 디비나는 집어넣을 생각이 없었다.

논쟁 중에 이스마엘 움베르토는 내 추천 시인의 본명을 물었다. 모릅니다라고 말하면서 나는 피곤했고 부끄러웠다.

피엘 디비나를 다시 만났을 때, 마음이 약해진 어느 순간에, 사르코의 출간 예정 책에 그의 시를 집어넣으려 한 내 헛된 노력 이야기를 했다. 피엘 디비나가 나를 바라보는 방식에서 나는 감사의 표식 같은 것을 포착했다. 피엘 디비나는 이스마엘 움베르토의 선집이 판초 로드리게스와 목테수마 로드리게스를 포함하고 있는지 물었다. 내가 답했다. 아니, 아닌 것 같아. 하신토 레케나와 라파엘 바리오스는? 내가 답했다. 걔들도 없어. 마리아 폰트와 앙헬리카 폰트는? 마찬가지야. 에르네스토 산 에피파니오는? 고개를 저었지만 사실 그건 알지 못했다. 그 이름은 전혀 들어 본 적이 없었다. 울리세스 리마는? 나는 그의 검은 눈을 빤히 쳐다보면서 없다고 말했다. 피엘 디비나가 말했다. 그러면 나도 없는 편이 좋아.

1979년 4월, 멕시코시티 콜로니아 콘데사 콜리마 가, 앙헬리카 폰트. 1977년 말 에르네스토 산 에피파니오는 뇌동맥 수술 때문에 입원해서 두개골을 천공했다. 그러나 일주일 후 두개골을 다시 열어야 했다. 수술진이 깜빡해서 두개골 안에 뭔가 놔둔 것 같았다. 의사들은 이 두 번째 수술에 대단히 회의적이었다. 수술하지 않으면 죽을 것이고, 수술하면 일말의 가능성은 있지만 크게 다르진 않으리라고 생각했다. 내가 이해한 바로는 그랬고, 유일하게 그와 내내 있어 준 사람이 나였다. 나와 에르네스토 산 에피파니오의 어머니 두 사람이었지만 그의 어머니는 어째 계산에 넣기가 그렇다. 매일 병원을 방문했지만 존재감 없이 있었기 때문이다. 병원에 나타날 때 너무 조용했다. 병실에 들어서고 침대 옆에도 앉지만, 병실 문턱을 넘지 않거나 계속 문턱을 넘는 중인 것처럼 느껴져서 문을 액자로 한 작은 인물화 같았다.

언니 마리아도 두어 번 왔다. 별명이 조니이고 에르네스토의 마지막 사랑이었던 후아니토 다빌라도 왔다. 나머지 방문자들은 형제, 친척 아주머니, 내가 모르는 사람들이거나 기막힐 정도로 희한한 인척 관계로 에르네스토와 연결된 이들이었다.

작가나 시인이나 전 애인은 아무도 오지 않았다.

두 번째 수술은 다섯 시간 이상 걸렸다. 나는 대기실에서 잠이 들어 라우라 다미안 꿈을 꿨다. 라우라가 에르네스토를 찾아와 두 사람이 유칼립투스 숲으로 산책을 나갔다. 유칼립투스 숲이란 게 있기나 한지 모르겠다. 무슨 말인고 하니 나는 한 번도 유칼립투스 숲에 가 본 적이 없는데 꿈속의 숲은 무시무시했다. 나뭇잎은 은색이고, 팔에 스치면 거무튀튀하고 찐득찐득한 흔적을 남겼다. 땅바닥은 물컹물컹해서 뾰족한 솔잎으로 뒤덮인 소나무 숲의 바닥 같았다. 꿈속의 숲은 유칼립투스 숲이었건만. 나무 몸통들은 예외 없이 썩어 있어서 악취가 견딜 수 없었다.

대기실에서 잠에서 깨어났을 때 아무도 없었고 나는 울음을 터뜨렸다. 에르네스토가 어떻게 홀로 멕시코시티의 병원에서 죽어 갈 수 있단 말인가? 어떻게 나 혼자만 이곳에 있으면서, 에르네스토가 끔찍한 수술 때문에 죽었다 혹은 살았다 하는 누군가의 말을 기다리고 있단 말인가? 나는 울다가 다시 잠이 든 것 같다. 잠에서 깨어났을 때는 에르네스토의 어머니가 옆에서 알아들을 수 없는 말을 중얼거리고 있었다. 뒤늦게 그녀가 그저 기도 중이었음을 깨달았다. 이윽고 간호사가 와서 다 잘되었다고 말했다. 그녀가 설명했다. 수술은 성공이었습니다.

며칠 뒤 에르네스토는 퇴원해서 집으로 갔다. 전에는 그 집에 한 번도 가본 적이 없었다. 우리는 늘 우리 집이나 다른 친구들 집에서 만났다. 하지만 그때부터는 집으로 그를 찾아가기 시작했다.

처음 며칠 동안 에르네스토는 말도 하지 못했다. 쳐다보고 눈을 깜빡거리지만 말은 하지 못했다. 듣지도 못하는 것 같았다. 그러나 의사는 우리에게 에르네스토에게 말을 건네라고, 아무 일 없는 듯 대하라고 권했다. 나는 그렇게 했다. 첫날 나는 에르네스토의 책장에서 그가 확실히 좋아할 책을 찾아 큰 목소리로 읽어 주기 시작했다. 발레리의 『해변의 묘지』였는데 이를 알아듣는 듯한 어떠한 반응도 감지하지 못했다. 나는 읽고, 에르네스토는 천장이나 벽이나 내 얼굴을 쳐다볼 뿐 정신은 딴 데가 있었다. 그 후 살바도르 노보의 시 선집을 읽어 주었는데 마찬가지였다. 에르네스토의 어머니가 방으로 들어와 내 어깨를 어루만지며 말했다. 너무 애쓰지 마요, 아가씨.

그러나 에르네스토는 차츰차츰 소리를 구분하고, 사람 형체를 구분했다. 어느 날 오후에는 나를 알아보았다. 그가 앙헬리카라고 말하면서 미소를 지었다. 그렇게 끔찍하고 불쌍하고 망가진 미소는 본 적이 없다. 나는 울음을 터뜨렸다. 하지만 그는 내가 우는 줄도 모르고 계속 미소를 지었다. 마치 해골바가지 같았다. 속상할 정도로 머리카락이 천천히 자라서 아직 수술 자국을 감추지 못하고 있었다.

얼마 후 에르네스토는 말을 하기 시작했다. 플루트를 방불케 하는 아주 날카롭고 가느다란 목소리였다. 점차 음색을 회복했지만 여전히 날카로워서 절대 에르네스토의 목소리라 할 수는 없었다. 그건 확실했다. 정신 박약아의 목소리, 임종의 순간에 있는 무지한 청소년의 목소리 같았다. 그가 사용하는 어휘는 한정되어 있었다. 몇몇 사물은 제대로 지칭하지 못했다.

어느 날 오후 에르네스토 집에 갔더니 어머니가 문가에서 나를 맞이하며 호들갑을 떨면서 자기 방으로 데려갔다. 처음에는 친구의 건강이 악화되었다고 생각했다. 하지만 에르네스토 어머니의 소란은 행복의 소란이었다. 어머니가 내게 말했다. 나았어. 나는 무슨 소리인지 이해하지 못했다. 에르네스토 목소리를 가리키거나 이제 그가 훨씬 더 또렷하게 사고를 한다는 이야기겠거니 생각했다. 나는 그녀의 양팔에서 빠져나오려고 하면서 물었다. 뭐가 나았는데요? 에르네스토 어머니는 뜸을 들였지만, 도리 없이 이야기를 했다. 이제 에르네스토는 동성애자가 아니에요, 아가씨. 내가 물었다. 에르네스토가 뭐가 아니라고요? 그 순간 방에 에르네스토 아버지가 들어와 우리에게 방에 처박혀 무엇을 하는지 묻더니, 당신 아들이 마침내 동성애에서 치유되었다고 선언했다. 정확히 이렇게 말한 것은 아니었지만. 나는 대답도 질문도 하지 않고 그 끔찍한 방에서 얼른 나왔다. 그러나 에르네스토의 방에 들어가기 전에 어머니의 말이 들렸다. 인생지사 새옹지마라니까.

물론 에르네스토는 여전히 동성애자였다. 이따금 동성애가 무엇인지조차 잘 기억하지 못했지만 말이다. 에르네스토에게 성(性)은 뭔가 거리가 먼 것이 되었다. 달콤하거나 흥분케 하는 일이라는 것은 알고 있었지만. 어느 날 후아니토 다빌라가 내게 전화해 북쪽[7]으로 일하러 간다면서, 에르네스토에게 작별을 고하기 가슴 아프니 대신 인사 전해 달라고 말했다. 그때부터 에르네스토의 인생에는 더 이상 애인이 없었다. 에르네스토의 목소리는 조금 호전되었지만 충분하지는 않았다. 말을 한다기보다 흐느끼고 신음했다. 그럴 때면 어머니와 나를 제외한 나머지 모든 사람들, 아버지를 비롯해 끝없이 엄숙한 방문을 하는 이웃 사람들은 에르네스토 옆에서 달아났다. 이는 결과적으로는 휴식이 되었다. 그 많은 끔찍한 격식 따위를 타파하려고 에르네스토가 일부러 흐느끼는 것은 아닌가 하는 생각마저 들었을 정도이다.

몇 달이 지나면서 나 역시 방문 횟수가 줄어들기 시작했다. 에르네스토가 퇴원했을 때는 매일 집으로 찾아갔지만, 그가 말하고 복도를 거닐기 시작했을 때부터 방문이 점점 뜸해졌다. 그러나 나는 밤마다 어디 있든지 간에 전화를 했다. 우리는 상당히 골 때리는 대화를 나누었다. 가끔은 내가 쉬지 않고 말하면서, 진실한 이야기지만 사실은 표피적인 이야기를 늘어놓았다. 그 무렵 알기 시작한 멕시코시티의 세련된 삶에 대해서(우리가 멕시코에 살고 있다는 사실을 잊는 방법이다), 파티에 대해서, 내가 하는 마약에 대해서, 내가 잠자리를 하는 남자들에 대해서. 가끔은 그가 이야기를 계속해서, 전화기를 통해 그날 오린 기사를 읽어 주고(아마 그를 담당한 치료사의 권유로 생긴 새로운 취미일 것 같은데 누가 알

---

[7] 미국을 가리킨다.

겠는가), 그날 먹은 음식에 대해, 자신을 방문한 사람들에 대해, 대화의 마지막을 위해 남겨 둔 어머니가 한 말에 대해서도 말했다. 어느 날 오후 나는 에르네스토에게, 막 출간된 선집에 이스마엘 움베르토 사르코가 그의 시 한 편을 수록했다고 말해 주었다. 무슨 시? 에르네스토가 새끼 새 같은 그 목소리, 내 영혼을 면도하는 질레트 면도날 같은 그 목소리로 내게 물었다. 옆에 책이 있어서 어느 시인지 말해 주었다. 에르네스토가 말했다. 그 시를 내가 썼다고? 평소와는 다른 무거운 어투 탓인지 나는 에르네스토가 농담하는 줄 알았다. 그의 농담은 보통 천연덕스러워서 구분하기 거의 불가능했다. 하지만 농담이 아니었다. 그 주에 나는 없는 시간을 내어 에르네스토를 보러 갔다. 남자 친구, 새 남자 친구가 에르네스토 집까지 데려다 주었는데 같이 들어가고 싶지 않아서 말했다. 여기서 기다려 줘. 여기는 위험한 동네라서 갔다 오는 사이에 차가 없어질 수도 있어. 남자 친구는 이상하게 생각했으나 아무 소리 하지 않았다. 그 무렵 나는 만나는 사람들 사이에서 이미 괴짜라는 지극히 당연한 명성을 얻은 터였기 때문이다. 게다가 내 말이 옳았다. 에르네스토네 동네는 그 당시 퇴락했다. 에르네스토의 머리 수술 후유증이 길거리에, 실직한 사람들에게, 멕시코시티의 또 한 번의 오후를 기계적으로 끝장낼 준비가 되어 있는 좀비들처럼 [아니면 전할 말이 없거나 이해 불가능한 전갈을 가지고 가는 사자(使者)처럼] 오후 7시에 햇볕을 쬐곤 하는 좀도둑들에게 투영된 듯했다.

　물론 에르네스토는 선집에 거의 신경 쓰지 않았다. 자기 시를 찾아보고 〈아〉라고 했을 뿐인데 자기 시를 이내 알아본 건지 아니면 낯선 느낌에 놀랐던 것인지 모르겠다. 그러고 나서 에르네스토는 통화할 때와 똑같은 이야기를 했다.

집에서 나올 때, 나는 차 밖에서 담배를 피우고 있는 남자 친구를 발견했다. 나 없는 동안 무슨 일이 있었는지 물었다. 그가 말했다. 전혀. 이 동네는 공동묘지 이상으로 조용한걸. 하지만 머리카락이 헝클어지고 양손이 떨리는 것으로 보아 아주 조용한 것은 아닌 것 같았다.

나는 에르네스토를 다시 보지 못했다.

어느 날 밤 에르네스토가 전화해서 리처드 벨퍼의 시를 읽어 주었다. 어느 날 밤에는 내가 로스앤젤레스에서 전화해서 적어도 나보다 스무 살 연상이며 세구라 할머니라는 별명으로 불리는 연극 연출가 프란시스코 세구라와 자고 있다고 말했다. 에르네스토가 말했다. 감동적이군. 세구라 할머니는 아주 지적인 사람이겠지. 내가 말했다. 재능은 있지만 지적이지는 않아. 그가 말했다. 무슨 차이가 있는데? 나는 대답을 생각하고, 그는 대답을 기다리느라 둘 다 몇 초 동안 아무 말 하지 않았다. 작별 인사를 하기 전에 내가 말했다. 너하고 같이 있고 싶어. 그가 다른 차원에 사는 새의 목소리로 말했다. 나도 그래. 며칠 뒤 에르네스토의 어머니가 내게 전화해서 그가 죽었다고 말했다. 편안한 죽음이었어. 집 소파에 앉아서 햇볕을 쬐는 동안에. 천사처럼 잠들었어. 내가 물었다. 몇 시에 죽었나요? 식사를 하고 5시경에.

에르네스토의 옛 친구들 중에서 멕시코시티 북쪽의 어느 어수선한 묘지에서 거행된 장례식에 간 사람은 나밖에 없었다. 시인도 전 애인도 문학지 주간도 보지 못했다. 많은 친척과 가족의 지인들, 그리고 아마 이웃 사람만 갔을 것이다. 묘지에서 나오기 전에 젊은 청년 둘이 다가와 나를 다른 곳으로 끌고 가려고 했다. 나를 강간할 거라는 생각이 들었다. 비로소 그때 나는 에르네스토의 죽음에 분노와 아픔을 느꼈다. 나는 가방에서 잭나이프를 꺼내 들고 말했다. 죽여 버릴 거야, 이 염병할 놈들. 그놈들은 도망치고 나는 잠시 두서너 구역을 쫓아갔다. 내가 마침내 멈춰 섰을 때 다른 장례 행렬이 나타났다. 나는 가방에 칼을 집어넣고 그들이 관을 어떻게 또 얼마나 조심스럽게 들어 올려 벽에 집어넣는지 바라보았다. 죽은 사람은 아이였던 것 같다. 하지만 장담할 수는 없다. 그 후 묘지를 떠나 한 친구와 함께 시내의 어느 바로 술을 마시러 갔다.

10

1979년 10월, 텔아비브 이디스 울프슨 공원 벤치에 앉아서, 노르만 볼스만. 나는 늘 타인의 고통에 민감했고 그 고통을 함께 나누고자 했다. 나는 유대인, 멕시코 유대인이고 내 두 민족의 역사를 알고 있다. 그것만으로 모든 것이 설명되었으리라고 믿는다. 나 자신을 정당화하려는 것이 아니다. 단지 이야기를 하나 하려는 것뿐이며, 어쩌면 그 이야기의 감추어진 의미, 그때는 알지 못했으나 지금은 나를 짓누르는 의미들을 이해하고자 함이다. 하지만 내 이야기가 내 소망만큼 논리 정연하지는 못할 것이다. 그 이야기에서 나의 역할은 명료함과 모호함 사이, 웃음과 눈물 사이를 먼지처럼 굴러다닐 것이다. 정확히 멕시코 연속극이나 이디시[1] 통속극처럼.

모든 일은 지난 2월에 시작되었다. 어느 흐린 날 오후,

---

1 옛 독일어에 히브리어와 슬라브어 등이 섞여서 만들어진 언어. 중앙 및 동부 유럽 출신의 유대인들이 많이 사용한다.
2 신칸트주의를 표방한 독일 철학의 한 유파.
3 Salomon Maimon(1753?~1800). 독일의 유대인 철학자. 비판적 관념론의 입장에서 칸트 철학의 창조적 비판을 시도했다. 칸트도 그의 비판을 높이 평가했다.

이따금 텔아비브의 하늘을 전율케 하는 수의처럼 엷게 흐린 오후였다. 누군가 하쇼메르 가에 있는 우리 아파트 초인종을 눌렀다. 내가 문을 열자 시인이며 자칭 내장사실주의 그룹의 수장 울리세스 리마가 내 앞에 등장했다. 그를 알고 있었다고 말하기는 힘들다. 사실 딱 한 번 보았을 뿐이다. 하지만 클라우디아가 곧잘 울리세스 이야기를 하고, 언젠가 다니엘이 그의 시를 읽어 준 적이 있다. 그러나 문학은 내 전공이 아니라 나는 그 시의 가치를 결코 가늠하지 못했을 것이다. 어찌됐든, 내 앞의 남자는 시인이 아니라 거지 같았다.

울리세스와 나는 출발이 좋지 못했다. 그건 인정한다. 클라우디아와 다니엘은 이미 학교에 갔고, 나는 공부를 해야 했다. 그래서 울리세스를 집에 들여 차 한 잔을 타준 뒤 이내 방에 틀어박혔다. 순간 모든 것이 정상으로 돌아온 것 같았고, 나는 마르부르크학파[2] 철학자들(나토르프, 코엔, 카시러, 랑게)과 이들을 간접적으로 공박하는 살로몬 마이몬[3] 저작의 몇몇 주석에 빠져들었다. 하지만, 20분일 수도 있고 두 시간일 수도 있는 얼마 후 내 머릿속이 하얘지고, 그런 와중에 이제 막 온 울리세스 리마의 얼굴이 그려졌다. 머릿속이 온통 새하얗게 되어 있었는데도 불구하고 한동안(얼마 동안이냐고? 모르겠다) 그의 모습이 정확히 식별되지 않았다. 마치 울리세스의 얼굴이 그 주위의 하얀색 덕분에 명확해지기는커녕 어두워지는 듯했다.

방에서 나오자 소파에 널브러져 자고 있는 울리세스가 보였다. 잠시 바라보았다. 이윽고 다시 방에 들어가 공부에 집중하려 했다. 불가능했다. 외출을 해야 했는데 그를 혼자 놔두면 안 될 것 같았다. 그를 깨울까 생각했다. 울리세스처럼 나도 잠이나 잘까 싶은 생각도 들었다. 하지만, 어찌 말해야 할는지 모르겠지만, 겁을 먹었거나 어째 좀 그랬다. 결국에는 서가에서 나토르프[4]의 책 『인간의 한계 상황에서의 종교』를 꺼내 울리세스 맞은편 소파에 앉았다.

10시경에 클라우디아와 다니엘이 왔다. 나는 양다리에 쥐가 나고 온몸이 쑤시고, 설상가상 읽은 것도 전혀 이해가 가지 않던 참이었으나, 그들이 문으로 들어오는 것을 보고 손가락으로 조용히 하라는 신호를 보낼 여력은 남아 있었다. 왜 신호를 보냈는지는 모를 일이나 아마 클라우디아와 먼저 의논하기 전에 울리세스 리마가 깨지 않기를 바랐거나, 그저 잠자는 울리세스 리마의 고른 숨소리에 벌써 익숙해져 있었기 때문이리라. 그러나 다 부질없었다. 잠깐 멈칫하던 클라우디아가 소파의 울리세스를 발견하자 제일 먼저 내뱉은 말이 이런, 어머나, 아니, 우와였다. 클라우디아는 아르헨티나에서 태어나 열여섯 살에 멕시코로 갔다. 그리고 스스로 늘 멕시코인으로 생각했거나 그렇게 말한다. 진짜인지 누가 알겠느냐마는. 그러자 울리세스가 대번 잠에서 깨어났고, 처음 본 사람은 1미터도 안 되는 거리에서 미소 짓는 클라우디아였고, 그다음에는 다니엘이었다. 다니엘도 그에게 미소를 지었으니 놀라 자빠질 일이었다.

그날 밤 우리는 울리세스를 환영하기 위해 저녁을 먹

---

4 Paul Natorp(1854~1924). 독일의 철학자이자 사회교육학자로 마르부르크 대학 교수를 지내며 신칸트학파 중 마르부르크학파의 대표자로 활약했다.

으러 나갔다. 나는 처음에는 못 나가겠다고, 마르부르크학파를 끝내야 한다고 말했다. 하지만 클라우디아가 나를 내버려두지 않았다. 절대 안 돼, 노르만. 그럼 우리 저녁 먹지 않을 거야. 걱정과 달리 저녁 식사는 재미있었다. 울리세스는 자신의 모험담 이야기에 열중하고, 우리는 모두 웃었다. 아니 클라우디아에게 이야기하는 데 열중했다고 해야 할 것이다. 너무 흥미진진하게 이야기하는 바람에, 슬픈 이야기인데도 불구하고 우리 모두 웃었다. 웃는 것은 이런 경우에 할 수 있는 최고의 일이다. 나중에 우리는 아를로조로브 거리의 공기를 한껏 들이마시면서 걸어서 집으로 돌아왔다. 다니엘과 나는 앞에, 그것도 상당히 앞에 있었고, 클라우디아와 울리세스는 뒤에서 마치 다시 멕시코시티에 돌아간 것처럼, 이 세상 모든 시간이 자기들 것인 양 이야기를 나누었다. 다니엘이 내게 너무 빨리 걷지 말라고, 어쩔 작정으로 그렇게 걷느냐고 말했다. 그래서 나는 얼른 화제를 바꾸어, 다니엘에게 뭘 했는지 묻고, 미치광이 살로몬 마이몬에 대해 머릿속에 떠오르는 최초의 생각을 아무렇게나 주워섬겼다. 이 모두가 앞으로 닥쳐올 순간, 내가 두려워하는 순간을 조금이라도 늦추기 위함이었다. 나는 그날 밤 당장 도망치고 싶었다. 그렇게 했어야 했다.

우리가 아파트에 도달했을 때, 아직 차 한 잔 할 시간은 있었다. 이윽고 다니엘이 우리 셋을 바라보면서 자러 가겠다고 말했다. 그의 방 문이 닫히는 소리가 들렸을 때 나도 같은 말을 하고 내 방에 들어갔다. 나는 불을 켜지 않고 침대에 누워 한동안 클라우디아가 울리세스와 하는 이야기를 들었다. 이윽고 방 문이 열리고, 클라우디아가 불을 켜고, 다음 날 수업이 있는지 묻고, 옷을 벗기 시작했다. 나는 울리세스 리마는 어디 있는지 물었다. 클라우디아가 말했다. 소파에서 자. 나는 울리세스에게 무슨 이야기를 했느냐고 물었다. 클라우디아가 대답했다. 아무 이야기도 안 했어. 나도 옷을 벗고 침대로 들어가 눈을 질끈 감았다.

   2주일 동안 우리 집에는 새로운 질서가 지배했다. 적어도 나는 그렇게 느꼈는데, 어쩌면 예전에는 감지하지 못한 시시콜콜한 일들에 내가 과민하게 불안을 느낀 것일 수도 있다.

   처음 며칠 동안 새로운 상황을 애써 무시하던 클라우디아도 마침내 현실을 받아들이고, 숨이 막히기 시작한다고 말했다. 우리와 같이 지낸 지 이틀째 되던 날 아침 클라우디아가 이를 닦을 때 울리세스가 사랑한다고 말했다. 클라우디아의 대답은 이미 알고 있다는 것이었다. 울리세스가 말했다. 너 때문에 이곳까지 왔어. 너를 사랑하기 때문에 왔다고. 클라우디아의 대답은 자신에게 편지를 할 수도 있었다는 것이었다. 울리세스는 그 대답에 크게 고무되어 시를 한 편 써서 식사 시간에 클라우디아에게 낭송했다. 내가 아무것도 듣기 싫어서 식탁에서 슬쩍 일어서는데, 클라우디아가 남아 달라고 부탁했다. 같은 부탁을 다니엘에게도 했다. 시는 지중해의 어느 도시, 아마도 텔아비브에 대한, 그리고 방랑자 혹은 거지 시인에 대한 일종의 단상들을 모아 놓은 것이었다. 시가 아름답게 느껴져서 울리세스에게 그 말을 했다. 다니엘도 나와 같은 생각이었다. 클라우디아는 뭔가 생각하는 모습으로 몇 분 동안 침묵을 지키다가, 그렇다고, 자신도 그렇게 아름다운 시를 쓸 수 있으면 좋겠다고 말했다. 잠시 그런 생각이 들었다. 모든 것이 다시 제자리를 찾고, 모두 평화롭게 지낼 수 있겠다고. 나는 포도주를 사러 가겠다고 자원했다. 그러나 클라우디아는 다음 날 학교에 아주 일찍 가야 한다고 말하고, 10분 후에는 이미 우리 방에 틀어 박혀 버렸다. 울리세스, 다니엘, 나는 한동안 이야기를 나누고, 차를 한 잔 더 마신 뒤 각자 방으로 갔다. 3시경에 화장실에 가려고 일어나 발끝으로 거실을 지나다가 울리세스가 우는 소리를 들었다. 내가 거기 있는지 알아채지 못했던 것 같다. 울리세스는 엎드려 있는 것 같았는데, 내 위치에서 보면 소파 위에 그저 담요와 낡은 외투를 덮어 놓은 꾸러미, 물체, 살덩어리, 불쌍하게 들썩거리고 있는 그림자일 뿐이었다.

　나는 그 이야기를 클라우디아에게 하지 않았다. 사실 그 무렵 나는 처음으로 클라우디아에게 무언가를 숨기고, 이야기 일부를 빼먹고, 거짓말을 하기 시작했다. 클라우디아는 학생으로서의 일상생활에 전혀 변화가 없었다. 적어도 늘 그렇게 보이려고 했다. 텔아비브의 처음 며칠 동안은 대개 다니엘이 울리세스의 동무가 되어 주었다. 하지만 2~3주 후에는 다니엘도 대학 생활을 다시 조이지 않으면 시험을 망칠 판이었다. 점점 나만 울리세스 상대를 해줄 수 있었다. 하지만 나는 신칸트주의, 마르부르크학파, 살로몬 마이몬에 몰두해 있었고, 밤에 소변을 보러 나올 때마다 어둠 속에서 울고 있는 울리세스 때문에 머리가 돌 지경이었다. 최악의 일은 따로 있었다. 오늘은 그가 우는 모습을 〈보아야지〉 하고 생각하는 밤들도 있었다는 사실이다. 즉, 그의 얼굴을 들여다보겠다는 뜻이었다. 그때까지는 그저 〈소리만〉 들었다. 내가 들은 소리가 울음소리라고 누가 장담할 수 있으랴? 이를테면 자위행위 중의 신음 소리일 수도 있지 않은가? 울리세스의 얼굴을 보아야겠다는 생각을 하자, 그가 어둠 속에서 일어나는 모습, 눈물범벅이 된 얼굴, 거실 창문으로 들어오는 달빛에 비치는 얼굴이 떠올랐다. 그 얼굴은 너무나 처량해서 내가 어둠 속에서 일어나 침대에 앉아 내 옆에서 코를 고는 듯한 클라우디아의 숨소리를 느낀 바로 그 순간부터 바윗덩어리 같은 것이 내 심장을 옥죄어 나도 울고 싶을 지경이었다. 나는 가끔 오랫동안 침대에 앉아서 화장실에 가려는 욕구, 울고 싶은 마음을 억눌렀다. 그 모든 것이 다 그날 밤에 그렇게 될까 봐, 그날 밤에 어둠 속에서 그가 얼굴을 들어 내가 그것을 보게 될까 봐 두려워서였다.

섹스, 내 성생활은 말할 것도 없었다. 그가 우리 아파트 문을 넘어선 순간부터 엉망이 되어 버렸다.

간단히 말해 섹스를 할 수가 없었다. 다시 말하자면 할 수는 있었지만 하고 싶지 않았다. 사흘째인가 섹스를 하려고 처음 시도했을 때 클라우디아는 내게 무슨 일 있는지 물었다. 내가 말했다. 아무 일 없는데 왜? 그녀가 말했다. 네가 시체보다 더 조용해서. 나는 사실 그렇게 느꼈다. 시체 같다고 느낀 것은 아니지만, 죽은 사람들 세계를 예기치 않게 방문한 방문객처럼 느꼈다. 나는 고요를 유지해야 했다. 신음 소리를 내지 않고, 소리를 지르지 않고, 헐떡거리지 않고, 최대한 절제하면서 사정을 해야 했다. 심지어 예전에는 그토록 나를 환장하게 만들던 클라우디아의 신음 소리도 그 무렵에는 견딜 수 없는 소음, 내 고막을 거스르는 소리로 변해서 클라우디아의 입을 손등이나 입술로 막아 소리를 죽이려고 했다. 이 이야기는 늘 마음에만 담고 있었지만 정말 미칠 지경이었다. 한 마디로 사랑의 행위가 고문으로 변해서, 서너 번 경험 후에는 수단 방법 안 가리고 피하거나 미루려 했다. 맨 마지막에 자는 사람은 항상 나였다. 나는 울리세스와 남아서(게다가 그는 졸려할 때가 거의 없었다) 아무 이야기나 했다. 울리세스에게 그날 쓴 것을 읽어 달라고 요청하곤 했다. 클라우디아에 대한 사랑이 광적으로 느껴지는 시들일지라도 상관없었다. 그래도 나는 그 시들이 마음에 들었다. 물론 다른 시들을 더 선호하기는 했다. 홀로 남게 되어 로카치 지구로, 하 샬롬 역으로, 야파 시의 옛 항구 골목으로, 대학 캠퍼스로, 야르콘 공원으로 정처 없이 쏘다니면서 매일 보는 새로운 것들을 노래하는 시들이나, 너무도 멀리 있는 멕시코와 멕시코시티를 회상하는 시들이나, 형식을 실험하는 혹은 그렇게 보이는 시들을. 클라우디아와 관계된 것만 빼고는 무엇이나 좋았다. 하지만 나 때문에, 나나 클라우디아에게 상처가 되기 때문에 싫어한 것이 아니다. 울리세스의 고통과 노새 고집과 뿌리 깊은 멍청함을 피하고자 했을 뿐이다. 어느 날 밤 내가 말했다. 울리세스, 왜 이런 짓거리를 하는 거지? 그는 듣지 못한 척하고 나를 힐끔 바라보았다(그 모습이 백여 가지 기억을 번뜩이게 했다. 그중에서도 내가 어렸을 때, 멕시코시티 콜로니아 폴랑코에 살 때 키우던 강아지 눈길을 연상시켰다. 갑자기 사람들을 무는 바람에 우리 부모님이 죽여 버린 강아지의 눈길을). 이윽고 울리세스는 아무 말 못 들었다는 듯 계속 이야기를 했다.

그날 밤 침대에 들었을 때 나는 잠자고 있는 클라우디아에게 했다. 쉽지 않았지만 마침내 적당한 흥분 상태에 이르렀을 때 나는 신음 소리를 냈거나 혹은 소리를 질렀다.

그다음으로는 돈 문제가 있었다. 클라우디아, 다니엘, 나는 공부를 했고, 각자 부모님에게 매달 돈을 받았다. 다니엘 경우에는 살기가 빠듯했다. 클라우디아는 그보다 여유가 있었다. 나는 두 사람의 딱 중간이었다. 돈을 합치면 우리는 월세, 학비, 식비를 충당하고 영화나 연극을 보러 가거나, 자멘호프 가의 세르반테스 서점에서 스페인어 책들을 살 수 있었다. 그러나 울리세스가 와서 모든 것이 헝클어졌다. 울리세스는 일주일 만에 돈이 거의 떨어졌고, 사회학자들 말마따나 우리에게는 하룻밤 사이에 입이 하나 더 늘었다. 그러나 내게는 문제가 아니었다. 나는 약간의 사치를 포기할 준비가 되어 있었다. 예전 삶의 리듬을 그대로 유지하고 있는 다니엘도 마찬가지였다. 누가 생각이나 했겠느냐마는 새로운 상황에 안달한 사람은 클라우디아였다. 처음에는 이 문제에 냉철하고 실용적으로 접근했다. 어느 날 밤 클라우디아는 울리세스에게 일자리를 구하거나 돈을 보내 달라고 멕시코에 부탁하라고 말했다. 울리세스가 반쯤 일그러진 미소로 클라우디아를 바라보다가 일자리를 구하겠다고 말한 기억이 난다. 다음 날 저녁을 먹으면서 클라우디아는 일거리를 구했느냐고 물었다. 울리세스가 대답했다. 아직 못 구했어. 클라우디아가 말했다. 나가서 찾아 보기는 한 거야? 울리세스는 설거지를 하면서 등을 진 채 그렇다고, 나가서 찾아 봤지만 운이 없었다고 대답했다. 나는 식탁 상석에 앉아 있어서 그의 옆얼굴을 볼 수 있었는데 미소를 짓는 것 같았다. 나는 생각했다. 제기랄, 미소를 짓네. 행복하기 그지없는 미소를. 클라우디아가 자기 부인, 바가지를 긁는 부인, 남편 일자리를 걱정하는 부인이라는 듯이, 그래서 행복하다는 듯이. 그날 밤 나는 클라우디아에게 울리세스를 내버려두라고, 일자리 문제로 그녀까지 귀찮게 하기에는 그는 이미 충분히 고초를 겪고 있다고 말했다. 게다가 이런 이야기까지 했다. 텔아비브에서 무슨 일자리를 구하기를 바라? 공사판 인부? 시장 짐꾼? 접시 닦이? 클라우디아가 말했다. 네가 뭘 알아.

물론 역사는 다음 날 밤도, 그다음 날 밤도 되풀이되었다. 클라우디아는 점점 더 폭군처럼 행동해서 그를 몰아붙이고, 쪼고, 조였다. 그리고 울리세스는 한결같이 조용히, 체념하면서, 행복하게 대답했다. 우리가 학교에 갈 때마다 울리세스도 외출해서 일거리를 찾아 이곳저곳 돌아다니기는 했지만 아무런 일거리도 발견하지 못했다. 물론 그다음 날도 다시 시도했다. 상황은 극단으로 치달아 어느 날 저녁을 먹은 후 클라우디아가 식탁 위에 신문을 펴고, 구인 광고를 찾고, 종이에 적고 울리세스에게 어디로 가야 하는지, 무슨 버스를 타야 하는지 가르쳐 주기에 이르렀다. 지름길로 가려면 어느 골목으로 가야 하는지도 가르쳐 주었는데, 이는 울리세스가 늘 버스비가 있는 것은 아닌 데다 클라우디아는 울리세스는 걷는 것을 좋아하니 버스비를 줄 필요가 없다고 말하곤 했기 때문이다. 예를 들어 다니엘과 내가 미장이를 구하는 하르가짐, 요레 가, 페타호 티크바, 로쉬 하아인까지 어떻게 걸어가느냐고 말하면, 몽둥이찜질을 당한 남편처럼, 그래도 남편은 남편인 것처럼 그녀를 바라보면서 미소 짓는 울리세스 앞에서 클라우디아는 멕시코시티에서 그가 걸어 다니던 일, 툭하면, 그것도 한밤중에 멕시코 국립 자치 대학에서 시우다드 사텔리테[5]까지 걸어 다니던 일을 이야기했다. 그건 거의, 거의 이스라엘 끝에서 끝까지 걸어가라는 이야기나 마찬가지였다. 날마다 상황이 악화되었다. 울리세스는 이제 돈이 다 떨어지고 일자리도 구하지 못했다. 어느 날 밤 클라우디아는 길길이 날뛰면서 말했다. 자기 친구 이사벨 고르킨이 기차역인 북(北)텔아비브 역에서 울리세스가 자고 있는 것을, 혹은 하멜레 조지 로 혹은 메이르 공원에서 구걸하는 것을 보았다고 말했다. 클라우디아는 용납할 수 없는 일이라고(〈용납할 수 없는〉이라는 말을 힘주어 말했다), 멕시코시티에서 구걸하면 모를까 텔아비브에서는 안 된다고 말했다. 최악의 일은 그 이야기를 울리세스를 옆에 두고 다니엘과 내게 했다는 사실이다. 그는 식탁 자기 자리에 앉아 투명 인간처럼 그 이야기를 듣고 있었고, 클라우디아는 울리세스가 우리를 속였다고, 전

---

[5] 원래는 〈위성 도시〉라는 뜻. 그러나 여기서는 1950년대에 위성 도시로 개발되었다가 그 후 멕시코시티의 팽창으로 도시로 편입된 지역을 가리킨다.
[6] 그리스 로마 신화에 나오는, 여자의 머리와 몸에 새의 날개와 발을 가진 괴물들.
[7] Cat Stevens(1948~). 영국의 싱어송라이터.

혀 일자리를 알아보지 않았다고, 우리가 조치를 취해야 한다고 단언했다.

그날 밤 다니엘은 평소보다 일찍 방에 들어가고, 나도 몇 분이 채 안 되어 자리에서 일어났다. 그러나 방(클라우디아와 같이 쓰는 방)으로 가지 않고 거리로 나가 사랑하는 나의 하르피이아이[6]와 멀리 떨어져 자유롭게 숨 쉬면서 정처 없이 걸었다. 밤 12시경에 집으로 돌아와 문을 열었을 때 제일 먼저 들린 것은 음악 소리, 클라우디아가 아주 좋아하는 캣 스티븐스[7]의 노래였다. 그리고 목소리들이 들렸다. 그 목소리에 무언가가 있어 나는 거실로 가는 것을 멈추고 그 자리에 섰다. 클라우디아의 목소리가 들리고 이어 울리세스의 목소리가 들렸다. 하지만 정상적인 목소리, 매일 듣던 목소리, 적어도 매일 듣던 클라우디아의 목소리가 아니었다. 이내 그들이 시를 읽고 있다는 것을 깨달았다. 캣 스티븐스의 음악을 듣고 있었다! 짧은, 메마르고 슬픈, 찬란히 빛나고 애매모호한, 느리면서도 번갯불처럼 빠른 시들을, 보들레르의 다리 위로 올라가는 고양이, 아마 같은 고양이겠지만 정신 병원의 다리 위로 올라가는 고양이를 노래한 시들을 읽고 있었다!(나중에 울리세스가 번역한 리처드 브라우티건의 시임을 알게 되었다.) 내가 거실로 들어서자 울리세스가 고개를 들고 미소를 지었다. 나는 아무 말 없이 두 사람 옆에 앉아 담배를 말면서 계속하라고 그들에게 부탁했다. 잠자리에 들면서 나는 무슨 일이 있었는지 클라우디아에게 물었다. 클라우디아가 말했다. 울리세스 때문에 가끔 붕붕 뜬다니까. 그게 다야.

일주일 후 울리세스는 텔아비브를 떠났다. 작별 인사를 하면서 클라우디아는 눈물 몇 방울을 흘리더니 한동안 욕실에 틀어박혀 있었다. 사흘도 지나지 않은 어느 날 밤 발테르 숄렘 키부츠[8]에서 전화가 왔다. 우리처럼 멕시코인인 다니엘의 사촌이 그곳에 살고 있었고, 키부츠 사람들이 울리세스를 받아 주었다. 울리세스는 식용유 공장에서 일한다고 우리에게 말했다. 클라우디아가 물었다. 어떻게 지내? 울리세스가 말했다. 그다지 잘 지내지 못해. 일이 지겨워. 얼마 후 다니엘의 사촌이 전화를 해서 울리세스가 쫓겨났다고 말했다. 왜냐고? 일을 하지 않아서. 울리세스 잘못으로 거의 불 날 뻔했어. 다니엘이 물었다. 그러면 울리세스는 지금 어디 있는데? 하지만 사촌은 전혀 몰랐고, 그래서 우리에게 전화를 건 것이었다. 어디 있는지 알아내서 키부츠 내 상점에 빚진 1백 달러를 받으려고. 며칠 동안 우리는 밤마다 울리세스가 오기를 기다렸으나 그는 나타나지 않았다. 그러다가 예루살렘에서 편지가 한 통 날아들었다. 부모님을 걸고, 아니 그 무엇이라도 걸고 맹세하는데 그 편지는 전혀 알아볼 수가 없었다. 우리에게 배달이 되었다는 사실만으로도 이스라엘 우편 서비스의 의심할 바 없는 우수함이 입증됐다. 클라우디아에게 온 편지였지만, 우리 아파트 호 수도 맞지 않고, 길 이름도 철자가 세 개나 틀렸으니 이 모두가 기록적이었다. 겉봉투만 그렇다는 것이다. 안에는 더 엉망이었다. 이미 말했듯이 편지는 읽을

---

8 이스라엘 집단 농장의 한 형태로, 농업뿐만 아니라 식품 가공, 기계 부품 제조 등의 경공업을 포함하는 경우도 많다.
9 셈족에 속하는 아람인의 언어.

수가 없었다. 스페인어로 쓴 것임에도 불구하고, 적어도 다니엘과 내가 스페인어로 썼다는 결론에 이르렀음에도 불구하고 말이다. 하지만 아람어[9]로 쓴 것일 수도 있다. 이에 대해, 즉 아람어에 대해 뭔가 기묘한 일이 기억난다. 편지를 보고도 무슨 내용인지 전혀 호기심을 보이지 않은 클라우디아는 그날 밤 다니엘과 내가 편지를 해독하려고 노력하는 동안 오래전 그녀와 울리세스가 멕시코시티에 있을 때 그에게 들은 이야기를 해주었다. 울리세스에 따르면 예수 그리스도의 유명한 우화인 부자에 관한 낙타와 바늘구멍 이야기는 잘못된 철자의 산물일 수도 있다. 울리세스가 그랬다는데 그리스어에는(그런데 울리세스는 언제부터 그리스어를 알았을까?) 〈낙타〉의 뜻을 지닌 〈*káundos*〉라는 단어가 있지만 〈n(eta)〉이 거의 〈i〉처럼 읽혔고, 끈, 밧줄, 굵은 줄을 뜻하는 〈*káuidos*〉에서는 〈i(iota)〉가 〈i〉로 읽혔다. 그래서 울리세스는, 마태오와 루가가 마르코의 복음서에 의거했기 때문에 실수나 철자 오류의 기원은 마르코나 마르코 직후의 어느 필사자에게 있다는 의문을 품게 되었다. 클라우디아는 거듭 울리세스가 한 이야기라면서, 그리스어에 능통한 루가가 오류를 바로잡았으리라는 주장만은 반박할 수 있다고 말했다. 루가가 그리스어를 알고 있었다지만 유대인들의 세계를 알지 못했고, 〈낙타〉가 바늘구멍에 들어가니 마니 하는 이야기가 히브리어나 아람어에서 유래한 속담이라고 추측했으리라는 것이다. 울리세스에 따르면, 묘한 것은 오류가 다른 데서 유래할 수도 있다는 점이다. 프랑크푸르트 대학의 히브리어와 아람어 전문가인 핀카스 라피데(클라우디아가 말했다.

이름이 뭐 이래) 교수에 따르면 갈릴리 지방의 아람어에는 배에서 사용하는 밧줄을 뜻하는 〈gamta〉라는 명사가 들어간 속담들이 있는데, 히브리어와 아람어 원고가 툭하면 그렇듯이 자음 철자를 하나 잘못 쓰면, 〈낙타〉를 뜻하는 〈gamal〉이라고 읽을 소지가 아주 크다. 특히 고대 아람어와 히브리어 글에서는 모음이 사용되지 않아서 〈직관〉으로 모음을 유추해야 한다는 점을 감안하면 더욱 그렇다. 울리세스의 말이라면서 클라우디아는 우리는 이로써 덜 시적이며 더 현실적인 우화와 조우한다고 말했다. 〈부자가 천국에 가는 것은 선박용 밧줄이나 굵은 줄이 바늘구멍에 들어가는 것보다 어렵다〉가 되는 셈이다. 다니엘이 물었다. 울리세스는 어느 우화를 좋아했는데? 우리 둘은 물론 답을 알고 있었지만 클라우디아가 말할 때까지 기다렸다. 클라우디아가 말했다. 물론 잘못된 우화지.

일주일 뒤에 헤브론 시에서 엽서가 왔다. 그 후 사해 연안에서 또다시 엽서가 왔다. 그 후 세 번째 엽서가 엘라트 시에서 왔는데 그곳에서 호텔 종업원 일자리를 얻었다고 했다. 이후로 오랫동안 우리는 울리세스에 대해 더 이상 알지 못했다. 나는 내심 종업원 일이 별로 오래가지 못할 거고, 땡전 한 푼 없이 무작정 하는 이스라엘 여행이 가끔 위험한 결과를 초래한다는 것도 알고 있었지만 다른 사람들에게 말하지는 않았다. 그러나 다니엘과 클라우디아도 알고 있었으리라고 생각한다. 가끔 우리는 저녁을 먹으면서 울리세스 이야기를 했다. 클라우디아가 말하곤 했다. 엘라트에서는 어떻게 지낼까? 다니엘이 말하고는 했다. 엘라트에 있다니 운이 좋군! 내가 말하고는 했다. 오는 주말에 우리가 울리세스를 방문할 수도 있겠지. 우리는 이내 전략적으로 화제를 바꾸었다. 그 무렵 나는 비트겐슈타인의 『논리 철학 논고』를 읽고 있었고, 내가 보거나 행하는 모든 일이 내 나약함을 드러내는 일로 여겨졌다. 아팠을 때가 기억난다. 며칠을 몸져누워 있는데, 늘 눈치가 빠른 클라우디아가 『논리 철학 논고』를 빼앗아 다니엘 방에 감추고, 대신 자기가 곧잘 읽는 소설들 중에서 J. M. G. 아르침볼디라는 프랑스인의 『무한한 장미』를 내게 주었다.

어느 날 밤 같이 저녁을 먹다가 나는 울리세스 생각이 났고, 거의 나도 모르게 눈물 몇 방울을 흘렸다. 클라우디아가 말했다. 왜 그래? 나는 울리세스는 아프면, 클라우디아와 다니엘이 나를 돌보듯 돌봐 줄 사람도 없다고 대답했다. 그리고 두 사람에게 감사를 표하고 나는 허물어졌다. 클라우디아가 말했다. 울리세스는…… 멧돼지처럼 튼튼해. 다니엘이 웃었다. 클라우디아의 말, 그녀의 비유는 내게 상처를 주었다. 모든 것에 그렇게 무감각해졌느냐고 클라우디아에게 물었다. 클라우디아는 대답을 하지 않고, 나를 위해 꿀 차를 준비했다. 나는 외쳤다. 우리가 울리세스를 사막에 처넣었어! 다니엘이 과장하지 말라고 말하는 사이에 클라우디아가 쥔 숟가락이 찻잔 속에서 딸그락거리는 소리, 물과 꿀을 휘젓는 소리가 들렸다. 나는 더 견딜 수가 없어서 애원하고 간청했다. 내가 이야기할 때는 나를 봐달라고. 내가 다니엘이 아니라 그녀와 이야기하고 있고, 다니엘 말고 그녀가 내게 설명하거나 위로해 주기를 바라기 때문에. 그러자 클라우디아가 뒤로 돌아 내 앞에 차를 놓고, 늘 앉는 자리에 앉아서 말했다. 무슨 말을 해주기를 바라는 거야. 웬 헛소리야. 너무 철학을 많이 해서 총기가 흐려졌어. 그러자 다니엘이 대충 이렇게 말했다. 휴, 그래, 친구. 너 최근 보름 동안 비트겐슈타인, 베르그송, 카이절링(솔직히 어떻게 네가 이자를 견뎌 내는지 모르겠어), 피코 델라 미란돌라, 그 루이 클로드(『의지의 인간』의 저자인 루이 클로드 드 생마르탱을 말한다), 미친 인종주의자 오토 바이닝거에 빠져 있었어. 몇 사람에 더 빠져 있었는지 알고 싶지도 않아. 클라우디아가 최후의 일격을 가했다. 내 소설은 손끝 하나 건드리지 않았고. 그 순간 나는 실수를 저질렀다. 클라우디아에게 어떻게 그리 무감각할 수 있느냐고 물은 것이다. 클라우디아가 나를 쳐다보았을 때, 나는 내가 그녀를 깔아뭉개 버렸다는 것을 깨달았지만 이미 너무 늦었다. 클라우디아가 이야기를 시작하자 방 전체가 전율했다. 클라우디아는 다시는 그따위 말을 하지 말라고 말했다. 한 번만 더 하면 우리 관계는 끝이라고 말했다. 울리세스 리마의 방랑을 지나치게 걱정하지 않는다고 해서 그것이 무감각의 표시는 아니라고 말했다. 자기 오빠는 아르헨티나에서 경찰 내지 군의 고문으로 죽었는데, 그런 것이 심각한 일이라고 말했다. 오빠는 민중 혁명군 대오에서 투쟁을 하고, 아메리카 혁명을 믿었는데, 그것이야말로 정말 심각한 일이라고 말했다. 탄압이 시작되었을 때 자신과 자신의 가족이 아르헨티나에 있었다면 아마 지금은 죽었으리라고 말했다. 클라우디아는 이 모든 것을 말하고는 울음을 터뜨렸다. 내가 말했다. 이제 우리는 둘이 같이 있잖아. 우리는 내가 바라던 것처럼 포옹을 하지는 않았지만 식탁 밑으로 손을 잡았다. 이윽고 다니엘이 나가서 한 바퀴 돌자고 제안했지만 클라우디아가 바보라고 말하면서, 내가 아직 아프니까 그냥 차 한 잔 더 하고 다들 자자고 했다.

한 달 뒤 울리세스 리마가 나타났다. 거의 키가 2미터에 달하는 거한이 울리세스와 함께 왔다. 베르세바 시에서 알게 된 오스트리아인으로 온갖 종류의 누더기를 걸치고 있었다. 우리는 사흘 동안 두 사람을 거실에 재워 주었다. 오스트리아인은 바닥에서, 울리세스는 소파에서 잤다. 그자의 이름은 하이미토인데, 우리는 끝까지 그의 성을 알지 못했고, 그는 거의 한 마디도 하지 않았다. 울리세스와는 영어로 이야기를 했지만 꼭 필요한 말만 했다. 우리는 그런 이름을 지닌 사람은 다시는 만나지 못했다. 다만 클라우디아가, 확실하지는 않지만 하이미토 폰 도데러라는 이름의 작가가 한 사람 있다고, 그도 오스트리아인이라고 말했다. 울리세스의 하이미토는 언뜻 보기에 저능아거나 그 경계선상에 있었다. 그러나 확실한 것은 두 사람이 상당히 사이가 좋았다는 점이다.

두 사람이 떠날 때 우리는 공항으로 배웅을 나갔다. 그때까지 평온하고, 자신을 잘 통제하고, 무덤덤하던 울리세스가 갑자기 슬픔에 잠겼다. 〈슬픔에 잠기다〉라는 표현이 정확하지는 않지만. 갑자기 표정이 어두워졌다고 해야 할까. 떠나기 전날 밤 나는 그와 이야기를 나누면서 만나서 반가웠다고 말했다. 울리세스가 말했다. 나도. 떠나는 날 울리세스와 하이미토가 출국 심사대로 들어가서 우리를 볼 수 없게 되었을 때, 클라우디아는 울음을 터뜨렸다. 잠시 나는 그녀가 나름대로는 틀림없이 그를 사랑한다고 생각했다. 그러나 이내 그 생각을 털어 버렸다.

〈제2권에 계속〉

야만스러운 탐정들 1

옮긴이 우석균은 1965년 서울에서 태어나 서울대학교 서어서문학과를 졸업했다. 페루 가톨릭 대학교에서 석사 과정을 마친 뒤, 스페인의 마드리드 콤플루텐세 대학교에서 중남미 문학 박사 학위를 받았다. 박사 논문 집필 중 칠레 대학교와 아르헨티나 부에노스아이레스 대학교에서 수학했다. 현재 서울대학교 라틴아메리카연구소 HK(인문한국 지원사업) 교수로 재직 중이다. 지은 책으로 『잉카 IN 안데스』, 『바람의 노래 혁명의 노래』, 『라틴 아메리카를 찾아서』(공저)가 있고, 옮긴 책으로 로베르토 볼라뇨의 『칠레의 밤』, 가브리엘 가르시아 마르케스의 『사랑과 다른 악마들』, 세르히오 밤바렌의 『꿈의 바닷가』, 안토니오 스카르메타의 『네루다의 우편배달부』, 호르헤 루이스 보르헤스의 『부에노스아이레스의 열기』 등이 있다.

지은이 로베르토 볼라뇨 **옮긴이** 우석균 **발행인** 홍예빈·홍유진
발행처 주식회사 열린책들 **주소** 경기도 파주시 문발로 253 파주출판도시
전화 031-955-4000 **팩스** 031-955-4004 **홈페이지** www.openbooks.co.kr
Copyright (C) 주식회사 열린책들, 2012, *Printed in Korea*.
ISBN 978-89-329-1560-9 978-89-329-1559-3(세트) 04870
발행일 2012년 6월 15일 초판 1쇄 2023년 9월 25일 초판 2쇄